O Portal de Rashomon

um mistério do Japão antigo

I. J. Parker

O Portal de Rashomon
um mistério do Japão antigo

TRADUÇÃO
Vera Maria Marques Martins

2004

EDITORA BEST SELLER

Título original: *Rashomon Gate*

Coordenação editorial
Janice Flórido

Editores
Eliel Silveira Cunha
Fernanda Cardoso

Editoras de arte
Ana Suely S. Dobón
Mônica Maldonado

Revisão
Levon Yacubian

Editoração eletrônica
Dany Editora Ltda.

EDITORA NOVA CULTURAL LTDA.

EDITORA BEST SELLER
uma divisão da Editora Nova Cultural Ltda.
Rua Paes Leme, 524 – 10º andar
CEP 05424-010 – São Paulo – SP
www.editorabestseller.com.br

2004

Impressão e acabamento:
RR Donnelley América Latina
Fone: (55 11) 4166-3500

Para Tony

Agradecimentos

Muitas pessoas maravilhosas ajudaram Akitada a vir ao mundo. Quero expressar meus mais profundos agradecimentos aos amigos e colegas escritores Jacqueline Falkenhan, John Rosenman, Richard Rowand e Bob Stein, que leram e releram o manuscrito, apresentando sugestões e me oferecendo apoio moral. Sua gentileza e perícia foram igualmente animadoras. Também sou grata a Yumiko Enyo pela ajuda que ela me deu em assuntos pertinentes aos costumes japoneses. Por fim, agradeço a dois grandes profissionais: minha empresária, Jean Naggar, e minha editora, Hope Dellon.

Personagens

OS SOBRENOMES JAPONESES PRECEDEM OS NOMES

Personagens principais

Sugawara Akitada	Funcionário do Ministério da Justiça
Seimei	Servo da família Sugawara e secretário de Akitada
Tora	Ex-salteador, agora servo de Akitada

Personagens ligados aos casos investigados

Hirata	Professor de direito
Tamako	Filha de Hirata
Oe	Professor de literatura chinesa
Ono	Assistente de Oe
Takahashi	Professor de matemática
Tanabe	Professor de estudos confucionistas
Nishioka	Assistente de Tanabe
Fujiwara	Professor de história
Sato	Professor de música
Sesshin	Monge budista, diretor da universidade
Ishikawa	Aluno de graduação
Lorde Minamoto	Aluno
Nagai	Aluno
Okura	Ex-aluno

Outros

Lorde Sakanoue	Tutor de lorde Minamoto
Kobe	Capitão da polícia metropolitana
Omaki	Musicista do bairro dos salgueiros
Sra. Hishiya	Madrasta de Omaki
Titia	Gerente da casa de vinho Salgueiro
Madame Sasaki	Talentosa musicista
Kurata	Comerciante, cliente da casa de vinho Salgueiro
Hitomaro	Espadachim desempregado
Genba	Ex-lutador
Lordes Yanagida, Abe, Shinoda e Soga	Amigos do príncipe Yoakira
Kinsue	Servo do príncipe Yoakira
Umakai	Um mendigo

Prefácio

Rashomon Gate é a história fictícia de Sugawara Akitada, um funcionário do governo japonês do século onze. Na época, ele está com quase trinta anos de idade e, para tristeza de sua mãe, ainda não é casado, nem bem-sucedido em sua carreira no Ministério da Justiça. Por outro lado, tem grande habilidade para solucionar crimes, uma característica que o faz amigo, tanto de homens de alta posição na hierarquia como também de outros, de posições mais baixas.

Embora os personagens e acontecimentos sejam imaginários, certos fatos históricos sobre a capital do Japão, Heian Kyo, a Kioto de hoje, o sistema educacional, a força policial, costumes e preferências do século onze foram cuidadosamente incorporados neste romance, que apresenta Akitada envolvido na solução de uma série de mistérios e no namoro com uma moça que reluta em ser sua noiva.

A história do cadáver desaparecido foi sugerida por dois contos (15/20 e 27/9) da coleção *Konjaku Monogatari*, do final do século onze.

O mapa de Heian Kyo e da universidade baseia-se em documentação histórica, e as outras ilustrações foram criadas de modo a assemelhar-se a gravuras japonesas entalhadas em madeira. As notas históricas, no final do livro, fornecem informações adicionais sobre os aspectos da vida naquele tempo.

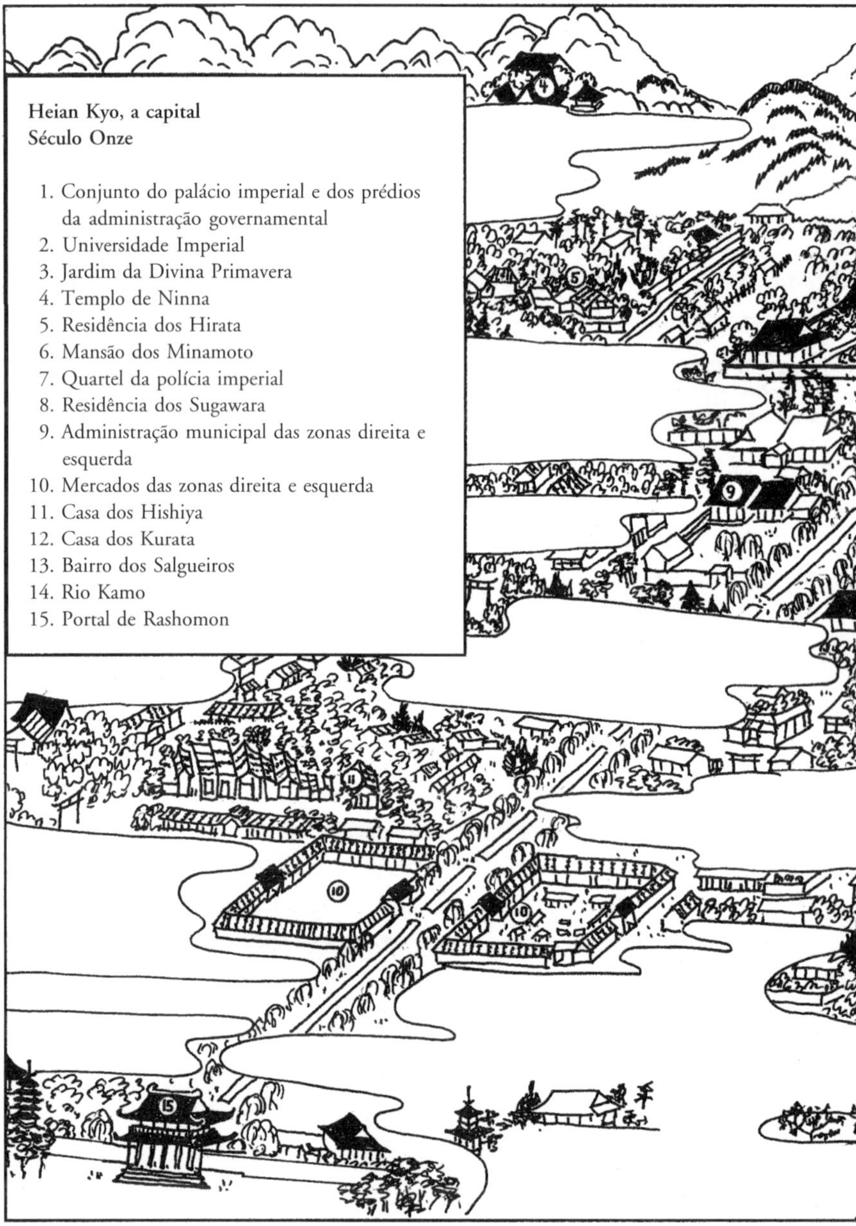
Heian Kyo, a capital
Século Onze
1. Conjunto do palácio imperial e dos prédios da administração governamental
2. Universidade Imperial
3. Jardim da Divina Primavera
4. Templo de Ninna
5. Residência dos Hirata
6. Mansão dos Minamoto
7. Quartel da polícia imperial
8. Residência dos Sugawara
9. Administração municipal das zonas direita e esquerda
10. Mercados das zonas direita e esquerda
11. Casa dos Hishiya
12. Casa dos Kurata
13. Bairro dos Salgueiros
14. Rio Kamo
15. Portal de Rashomon

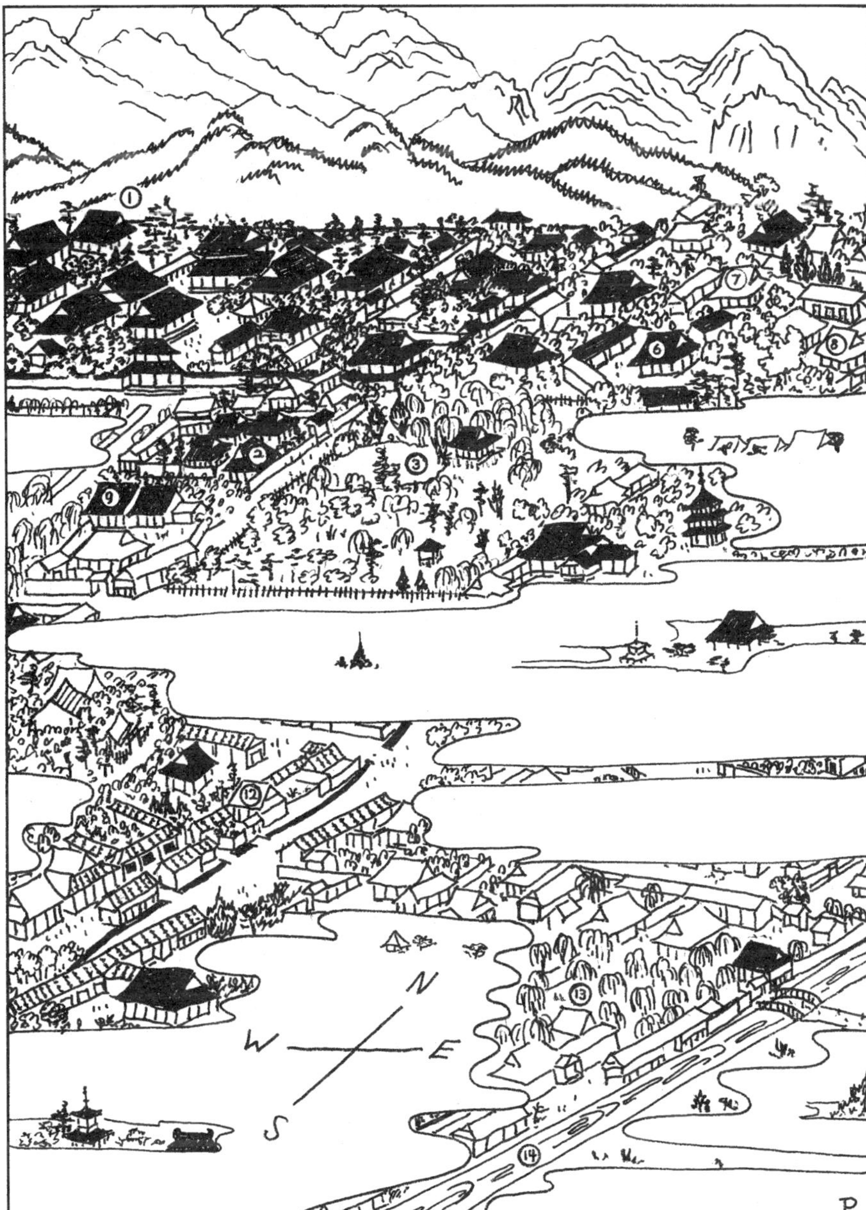
1
2
3
6
7
8
9
12
13
14
N
W
E
S
P.

Prólogo

Rashomon

O cadáver não tinha cabeça. Amontoado em um canto escuro, sua pele lívida destacava-se na obscuridade, captando a fraca luz do luar que se filtrava pelas folhas de madeira da janela.

Uma sombra escura moveu-se na luz acinzentada, e uma voz ordenou em tom áspero:

— Procure a cabeça.

— Para quê? — resmungou uma voz de homem velho, e uma segunda sombra juntou-se à primeira. — Não tem nenhuma serventia, a não ser para os ratos. — A pessoa que falava riu. — Ou para fantasmas que queiram jogar bola.

— Idiota! — a primeira figura sombria exclamou e, por um momento, o luar iluminou uma juba de cabelos brancos e emaranhados. Uma velha. Agachada como um demônio ao lado do cadáver, ela agarrou um pedaço de tecido branco e rapidamente enfiou-o dentro do quimono esfarrapado. — Eu quero os cabelos.

— Está cega? Não vê que é um homem? Não deve haver mais do que um tufo de cabelos naquela cabeça — protestou o companheiro, inclinando-se sobre o corpo. — Além disso, já era velho.

— Mas era bem-alimentado. — A mulher apalpou a barriga do morto e deu-lhe algumas palmadas nas nádegas. — Veja que pele! Macia como seda, hein?

— E daí? De que lhe serviu isso? O pobre mendigo está morto.

— Mendigo?! — A mulher riu com escárnio. — Toque nos pés dele! Acha que esse aí andava? Duvido. Era conduzido em carruagens e palanquins, aposto. Agora, vá procurar a cabeça! Ele usava cabelos compridos, enrolados com elegância no topo. Valem pelo menos dez moedas de cobre. Pessoas de *classe* não cortam os cabelos como eu e você. As mulheres têm cabelos tão compridos que podem andar sobre eles. Eu queria que encontrássemos uma delas.

O homem riu baixinho.

— Eu também queria. Saberia muito bem o que fazer com ela! — disse, estalando os lábios sugestivamente.

A velha deu-lhe um chute.

— Ai! — ele gritou, então bateu no rosto dela violentamente com as costas da mão.

No instante seguinte, os dois estavam brigando como um par de gatos de rua famintos. O homem rendeu-se primeiro e recuou alguns passos.

Ela ajeitou o quimono, certificando-se de que não deixara cair o produto de sua pilhagem.

— Precisamos sair daqui antes que a patrulha passe — avisou rispidamente. — Procure a cabeça. Deve estar por aí. Pode ter rolado para detrás daquela trouxa de trapos.

— Não é uma trouxa de trapos! — exclamou o velho, cutucando o volume com um pé. — É outro morto.

— O quê? Vamos ver. — A mulher correu para lá, curvou-se, olhou o corpo e endireitou-se, desapontada. — É só uma velha. Não há nada de valor para tirar dela. Pela aparência, morreu de fome e cortou os próprios cabelos muito tempo atrás. Onde foi parar aquela cabeça?

— Não está aqui! — o homem choramingou, examinando um canto.

— Não sei o que vai ser deste lugar — a velha disse em tom ultrajado. — Agora os mortos aparecem aos pedaços. Acha que os seguranças vão chamar a polícia?

— Não — respondeu o companheiro. — Seria trabalho demais para aqueles preguiçosos desgraçados. Acabou?

— Acho que sim. — Ela olhou em volta. — Dois, esta noite.

— Sim. Achou alguma coisa?

— Uma sunga e meias — ela murmurou, disfarçadamente acariciando a fina seda da roupa de baixo do morto, aninhada entre seus seios caídos. — Algum miserável levou a cabeça e o resto das roupas. Vamos embora! — comandou, andando na direção da porta, arrastando os pés no chão.

— Eu gostaria de saber quem era o velho — o homem disse, seguindo-a escada abaixo.

— Interessa saber quem era? — ela retrucou. No andar térreo, ocultando-se atrás de um enorme pilar, espiou a rua cautelosamente. — Quando estava vivo, ele não pensou um único minuto em gente como nós. Bem, agora está morto, e suas meias pagarão nosso jantar. Com a sunga, compraremos um pouco de vinho barato. Estamos quites.

1

O Caramanchão de Glicínias

Akitada endireitou-se e alongou o longo corpo esbelto. Estava cansado. Passara a maior parte daquele lindo dia de primavera em seu gabinete, no Ministério da Justiça, inclinado sobre empoeirados dossiês. Com um suspiro, lavou o pincel e pegou o sinete.

No outro lado da sala, seu secretário, Seimei, levantou-se.

— Posso levar-lhe o caso do santuário Ise contra lorde Tomo, agora? — perguntou animado.

Seimei tinha mais de sessenta anos e uma enganosa aparência de fragilidade, com seus cabelos quase brancos, bigode fino e barbicha. Akitada admirou-se, não pela primeira vez, de que seu velho amigo gostasse tanto daquele trabalho tedioso. Seimei era o último remanescente dos agregados da casa dos Sugawara. Fora criado no seio da família e, com seu próprio esforço e o incentivo do pai de Akitada, tornara-se administrador e escrevente. Quando seu amo morrera, deixando um patrimônio minguado para a esposa, duas filhas e um filho menor, Seimei cuidara de todos com total devoção, até que Akitada completara os estudos e conseguira seu primeiro cargo governamental. Quando, recentemente, Akitada fora promovido a chefe do Departamento Jurídico do ministério, escolhera-o para ser seu secretário.

— É preciso? — Akitada suspirou. — Lidei com documentos por tempo demais, hoje, e não creio que suporte trabalhar mais um minuto.

— O caminho do dever fica perto, mas o homem procura-o longe — Seimei observou com afetação. Era muito dado a recitar provérbios. — O oceano formou-se gota por gota. Como o mestre Kung diz, servir Sua Majestade é nosso primeiro dever. — Mas, vendo o rosto exausto de Akitada, abrandou-se. — Você só precisa de um pouco de descanso. Vou fazer chá.

Eles haviam adquirido o hábito de tomar chá pouco tempo atrás, e a erva tinha um preço proibitivo, mas Akitada achava essa bebida mais refrescante do que o vinho, e Seimei acreditava piamente em suas propriedades medicinais.

Akitada andava de um lado para outro do aposento quando o secretário voltou com duas tigelas e uma chaleira fumegante. Do lado de fora, um pássaro gorjeava.

— Fico imaginando quando encontraremos tempo para ir às montanhas — Akitada disse em tom desejoso, ouvindo a ave cantar. Aceitou uma tigela de chá e tomou alguns goles, sedento. — Pensei em visitarmos o templo Ninna.

— Ah, uma estranha história, essa — comentou Seimei. — Já se passaram várias semanas, e o povo ainda não parou de falar nisso. Ouvi dizer que o próprio imperador visitou o lugar e deixou uma inscrição em uma placa, expressando seus augustos sentimentos. Dizem que o príncipe Yoakira foi elevado instantaneamente à condição de Buda, através de suas preces fervorosas. Agora o povo vai em romarias ao templo, para orar e pedir milagres.

— E é claro que o templo tem se beneficiado muito com as contribuições dessa gente — comentou Akitada asperamente.

Seimei lançou-lhe um olhar penetrante.

— Claro — concordou. — Mas também correm boatos de que o corpo do príncipe foi devorado por demônios. Dizem que ele vinha recebendo muitos avisos de adivinhos, ultimamente.

— Milagres, demônios! Ridículo! Deviam fazer uma investigação minuciosa.

— Fizeram. O príncipe chegou com um pequeno séqüito de amigos e assistentes, entrou no santuário sozinho, pela única porta que existe. Entoou suas preces durante uma hora, enquanto os companheiros esperavam no lado de fora, vigiando a porta. Quando as orações terminaram, e ele não saiu, os amigos mais íntimos entraram no templo. Só encontraram o quimono e o manto do príncipe. Chamaram os monges, depois a polícia e a guarda imperial. Todos juntos, vasculharam o templo e seus arredores durante dias, mas não descobriram o menor sinal do príncipe. Por fim, os monges pediram ao imperador que reconhecesse o fato como um milagre, e ele reconheceu.

— Não acredito em milagres — declarou Akitada de testa franzida, puxando o lóbulo de uma orelha. — Deve haver uma explicação lógica. Talvez...

De repente, ouviram-se gritos fora do edifício do ministério.

— É a voz de Tora! — exclamou Akitada.

Com poucas passadas, atravessou a sala e passou pela porta que levava à varanda. Seimei foi atrás dele.

No pátio, dois homens, parados na frente um do outro, encaravam-se ameaçadoramente. Um deles, baixo, de vinte e poucos anos, não tinha bigode, o que poderia melhorar o rosto de traços insossos, e usava um traje de seda brilhante e o formal adorno de cabeça, laqueado, que o distinguia como um oficial da corte. O outro, não muito mais velho, alto, musculoso e bonito, usava túnica e calça simples, de algodão rústico.

O cortesão avançava, erguendo o bastão de madeira para desferir um golpe, quando o outro avisou em um tom de voz perigosamente baixo:

— Se me tocar com esse palito, cachorrinho, eu o enfiarei por sua garganta abaixo, calando sua boca indecente para sempre!

O oficial parou, hesitante. Corando de raiva, retrucou:

— Você não... não... se atreveria!

O jovem alto arreganhou os belos dentes e deu um passo em sua direção. O cortesão recuou, olhando em volta em busca de socorro. Seus olhos pousaram em Akitada e Seimei, que haviam se aproximado da balaustrada da varanda.

— O que é, Tora? — Akitada perguntou ao antigo salteador, que agora era servo em sua casa.

O homem alto virou-se.

— Ah, vocês estão aí — disse, acenando para os dois com um sorriso. — Esse aí e eu trombamos na esquina. Eu estava com pressa, e ele não olhava por onde andava. Pedi desculpas, mas o bonitinho teve um ataque de raiva, me xingou e queria me bater com sua vara de brinquedo.

— Esse brutamontes é seu servo? — o estranho indagou com voz trêmula de fúria.

— É, sim — Akitada respondeu. — Você se machucou na colisão?

— Não, mas foi por milagre. Exijo que castigue esse homem imediatamente e o proíba de voltar a invadir o território imperial. É óbvio que ele não sabe respeitar seus superiores.

— Ele não lhe pediu desculpas? — perguntou Akitada.

— E isso muda alguma coisa? Se você não fizer o que mando, terei de chamar o guarda do portão.

— Talvez precisemos discutir mais um pouco esse assunto. A propósito, meu nome é Sugawara Akitada. Posso saber o seu?

O homenzinho empertigou-se, cheio de importância, e recitou:

— Okura Yoshifuro. Funcionário do Departamento de Hierarquia do Ministério do Cerimonial. Oficial de sétima classe. Estou de saída para ir falar com o ministro e não posso perder tempo com funcionários inferiores.

Akitada ergueu as sobrancelhas espessas, agastado. Seu rosto aristocrático de formato afilado, normalmente simpático, assumiu uma expressão altiva.

— Nesse caso, talvez você queira discutir o assunto com o conselheiro Fujiwara Motosuke, membro do Conselho de Estado. Acontece que ele é amigo meu e de Tora e acreditará no que lhe contarmos.

A cor desapareceu do rosto do cortesão.

— Eu nem sonharia em perturbar um homem da posição do conselheiro — ele disse depressa. — Talvez eu tenha sido precipitado. O jovem pediu desculpas, como o senhor acertadamente me lembrou. Cabe às pessoas de classe compreender os sentimentos do homem comum. Disse que seu nome é Sugawara? É um prazer conhecê-lo, senhor. Espero que nos encontremos novamente.

Com uma respeitosa mesura, virou-se e afastou-se tão depressa que o enfeite laqueado em sua cabeça escorregou para cima de uma orelha.

Tora abriu a boca para soltar uma gargalhada, mas Akitada pigarreou em tom de advertência e com um gesto mandou-o entrar.

— Bem, acho que o senhor mostrou a ele quem manda — o servo comentou sorrindo, quando a porta fechou-se atrás deles.

— O que deu em você, para entrar numa briga com um oficial? — Seimei repreendeu-o. — Ainda vai criar problemas para seu amo, com certeza.

— Acha que eu devia deixar que ele batesse em mim? — perguntou Tora, irritado.

— Acho. — Seimei sacudiu um dedo na frente dele. — Devia, sim. Como pode se dar tais ares de importância? Lembre-se de que é sempre a maior gota de orvalho que primeiro cai da folha.

— Que recado tão urgente você me trouxe? — Akitada quis saber, interrompendo a discussão.

— Oh! — Tora tirou um papel dobrado de dentro da túnica e entregou-o ao amo. — Uma carta do professor Hirata. Um menino levou-a à sua casa justamente quando os carpinteiros iam começar a trabalhar na varanda do lado sul. Preciso voltar logo, porque me parecem um bando de idiotas desajeitados.

Akitada desdobrou a folha de papel.

— Pode voltar para casa agora — disse ao servo, depois de ler a carta. — Que o céu não permita que os desajeitados estraguem a varanda favorita de minha mãe. Mas dessa vez não corra, vá andando!

Virou-se para Seimei, quando Tora saiu.

— Estão me convidando para jantar. Sei que devia tê-los visitado antes, mas...

Sua voz morreu. Ele sentiu uma dor na consciência, o que acontecia freqüentemente.

— O professor Hirata é ótima pessoa — Seimei comentou. — Eu me lembro bem do tempo em que você morou com ele. E a menina? Deve ter crescido bastante.

— Com certeza — Akitada concordou. — Tamako deve estar com mais ou menos vinte e dois anos, agora. Não a vejo desde que voltei para nossa casa, quando meu pai morreu.

A mãe não queria que ele mantivesse qualquer vínculo com os Hirata, mas Akitada não seria honesto, se atribuísse a lady Sugawara sua relutância em ir ver Tamako. Passara-se muito tempo, e ele temia que já não tivessem nada a dizer um ao outro.

— Na carta, o professor disse que precisa de meu conselho — contou a Seimei. — Parece preocupado. Espero que não esteja com problemas. — Suspirando, continuou: — Bem, meu amigo, vamos voltar ao trabalho!

Duas horas depois, secou cuidadosamente a tinta da última folha de comentários sobre os detalhes legais de um caso e observou:

— A não ser pelo estado exaltado dos litigantes, esse é um processo simples. Agora posso dizer que aparamos todas as arestas dos casos em andamento?

— Pode. Só faltam vinte dossiês para ser examinados, mas todos eles tratam de assuntos de menor importância.

— Nesse caso, Seimei, hoje podemos parar por aqui. Vamos para casa!

O sol batia obliquamente nos telhados de tom verde brilhante dos edifícios do governo quando Akitada, a caminho da casa dos Hirata, entrou na avenida Nijo, passando pelos pilares vermelhos do portão que dava acesso à Cidade Imperial. Apertando os olhos para protegê-los da claridade, desviava-se da torrente de funcionários e escribas que saíam pelo portão e tomavam o rumo de suas casas, na cidade exterior.

A partir daquele portão, chamado Suzakumon, a avenida Suzaku estendia-se até o Rashomon, o grande portão aberto em uma torre de dois andares, ao sul da capital. Ao longo de todo seu comprimento, a avenida Suzaku, com mais de sessenta metros de largura, dividida por um canal, era ladeada por salgueiros. Uma multidão de nativos e estrangeiros, gente de classe alta e baixa, pedestres, cavaleiros, passageiros em carros de boi, passava por aquela avenida principal o dia todo. Akitada achava que aquela era a via mais linda do mundo.

A oeste, à frente dele, um aglomerado verde-pálido de árvores cobertas de folhas primaveris escondia um dos quarteirões residenciais. Daquele ponto de observação privilegiado, a área parecia um belo e vasto parque, mas Akitada sabia que não era assim. Os quadrantes noroeste e leste da cidade haviam sido projetados para abrigar palácios e mansões de "pessoas finas", famílias nobres, funcionários de alta posição na corte e membros do clã imperial, enquanto o sul, que ocupava dois terços da cidade, era ocupado por residências de pessoas comuns, mercados e casas de diversão. Por nenhuma razão aparente, o povo começara a abandonar a zona oeste da cidade, amontoando-se no lado leste, ou mudando-se para o campo.

Os palácios e mansões haviam sido queimados ou caído em ruínas, e muitas das casas mais humildes foram ocupadas por invasores e criminosos. Apenas as árvores e os arbustos haviam permanecido, além de umas poucas famílias respeitáveis, como a dos Hirata, que ali levavam uma vida tranqüila e isolada.

Enquanto percorria as ruas, algumas divididas por canais e cruzadas por pontes de madeira, Akitada notou que muitas outras casas tinham ficado vazias desde a última vez em que ele andara por ali. Imaginou se Tamako ficava em segurança, quando o pai estava dando aulas na universidade.

Para seu alívio, a casa dos Hirata parecia não ter mudado nada. O muro fora mantido em bom estado, e os mesmos gigantescos salgueiros flanqueavam o portão de madeira. O perfume de glicínias flutuava por cima do muro, levado pela brisa. Com a sensação de quem retornava ao lar, Akitada ergueu os olhos para a inscrição grafada com elegância acima do portão: Refúgio dos Salgueiros.

Um servo de cabelos brancos, curvado pela idade, abriu o portão e saudou-o com um largo sorriso desdentado.

— Amo Akitada! Seja bem-vindo! Entre, entre!

— Saburo, como é bom ver você de novo. Como vai a saúde?

— Tenho dor nas costas, os joelhos estão duros, e estou perdendo a audição — o velho desfiou, tocando cada parte afetada do corpo, então sorriu novamente. — Mas precisarei piorar muito ainda, antes de querer partir. Ninguém poderia desejar uma vida melhor do que a minha. E agora o senhor está aqui. Voltou famoso.

— Famoso, Saburo? Acho que não, mas muito obrigado por suas palavras de boas-vindas. Como vai o professor?

— Vai muito bem. Está esperando pelo senhor no escritório, meu amo. Mas a moça quer falar com o senhor primeiro. Está no jardim.

Andando pelo caminho de pedras cobertas de musgo, Akitada sentia-se envolvido pelo calor da recepção do velho servo. Ser chamado de amo outra vez, como se fosse um filho da família, trazia lembranças do ano feliz que ele ali passara, ainda muito jovem.

Contornando o canto da casa, viu uma moça esguia entre os arbustos floridos.

— Boa tarde, irmãzinha! — cumprimentou alegremente.

Tamako voltou-se e olhou-o. Por um instante, uma expressão de tristeza passou por seu rosto bonito, mas logo ela sorriu de modo encantador e correu para ele com as mãos estendidas.

— Amigo querido! Seja bem-vindo! Sua presença nos deixa felizes. E você está muito distinto e bonito, usando esse fino quimono.

Parou na frente dele e, sorrindo, deixou-o tomar-lhe as duas mãos.

Akitada estava atordoado de surpresa. A menina tornara-se uma moça linda, de rosto fino, pescoço esbelto e porte elegante.

— Como é possível que você ainda não tenha se casado? — ele comentou.

Ela soltou as mãos das dele e desviou o olhar.

— Talvez a pessoa certa ainda não tenha me pedido — respondeu em tom jocoso. — Mas você também continua solteiro, pelo que sei. — Olhou-o, sorriu novamente e acrescentou: — Vamos até o caramanchão? Preciso pedir-lhe um favor especial antes que você fale com papai. Depois preciso dar uma olhada nos preparativos para o jantar e trocar esta roupa por outra mais apropriada.

Enquanto os dois andavam lado a lado, ele notou que Tamako usava um quimono de algodão azul-claro, preso na cintura por uma larga faixa branca, também de algodão. Parecia impossível melhorar aquela imagem, e ele disse isso a ela.

Ela agradeceu com um rubor no rosto e um sorriso.

— Chegamos — disse, apontando para um tablado de madeira sob uma treliça coberta por ramas de glicínia. As flores de cor púrpura pendiam em grossos cachos do teto forrado de folhas.

Akitada olhou em volta. Todas as plantas mostravam-se plenamente floridas ou cheias de botões prestes a abrir-se. O ar, saturado de diferentes perfumes, vibrava com o zumbido das abelhas. Os dois sentaram-se em esteiras abertas no tablado, e ele foi envolvido pela doce fragrância exalada pelas flores da glicínia, pelo gorjeio dos pássaros e o sussurro das abelhas, sentindo-se como se houvesse entrado em um mundo diferente, mais perfeito, mais intensamente vivo do que qualquer outro.

— Alguma coisa grave está acontecendo com papai — Tamako informou, tirando-o do enlevo.

— O quê?

Ela não percebeu que Akitada estava distraído e tomou a pergunta literalmente.

— Não sei — respondeu. — Ele não quer me contar. Cerca de duas semanas atrás, voltou da universidade mais tarde do que de costume e foi direto para o escritório. Fechou-se lá e ficou andando de um lado para outro a noite toda. Na manhã seguinte estava pálido, cansado e não comeu quase nada. Foi trabalhar sem dar nenhuma explicação, e desde aquele dia tem sido sempre assim. Toda vez que pergunto se está com algum problema, ele diz que não, ou então irrita-se e me manda cuidar de minha própria vida. Você sabe que isso não é do feitio dele.

Olhou para Akitada com ar suplicante.

— O que você quer que eu faça? — ele indagou.

— Minha esperança é que ele o tenha convidado para jantar para lhe fazer confidências. Se for isso, depois você poderá me contar o que está acontecendo. Essa incerteza me deixa angustiada.

Ela empalidecera e estava tensa, mas Akitada meneou a cabeça, em dúvida.

— Se ele se recusou a contar-lhe, talvez não me diga nada também e, mesmo que disser, pode ser que me peça segredo.

— Oh! — ela exclamou em tom de frustração, levantando-se. — Homens! São todos impossíveis! Bem, se ele não falar, você terá de descobrir, de alguma forma. E se falar e pedir segredo, você dará um jeito de me contar. Isto é, se for mesmo meu amigo!

Alarmado, Akitada levantou-se também. Tomou as mãos dela nas suas e examinou o rosto lindo.

— Você precisa ter paciência, irmãzinha — aconselhou. — É claro que farei o melhor que puder para ajudar seu pai.

Seus olhares encontraram-se, e ele teve a impressão de que se afogava nas profundezas dos olhos dela. Então, ela baixou a cabeça, corando fortemente, e libertou as mãos.

— É claro que fará — concordou. — Desculpe. Sei que posso confiar em você. Bem, preciso ver como está o jantar, e papai o espera.

Curvou-se de modo formal diante dele e afastou-se a passos rápidos.

Akitada ficou observando a graciosa figura até que a viu desaparecer numa curva do caminho. O encontro com Tamako deixara-o perplexo e perturbado. Por fim, começou a andar na direção da casa.

O professor recebeu-o calorosamente em seu escritório, um pavilhão ligado à casa por um corredor. As paredes eram forradas de estantes de livros, e o aposento abria-se para uma pequena varanda, além da qual estendia-se um jardinzinho, um arranjo pitoresco de bambus, pedras e pedregulhos. Akitada conhecia muito bem aquele escritório, onde tomara lições com o professor, e viu que tudo continuava igual. Mas o homem bondoso que fora um segundo pai para ele mudara de modo chocante. Envelhecera prematuramente.

— Meu caro rapaz, perdoe-me por tê-lo chamado, quando sei que você deve estar muito ocupado com os deveres de seu cargo — Hirata disse assim que se sentaram em coxins no chão.

— Fiquei contente por ter me convidado. Sempre fui feliz neste lugar e estava com saudade de Tamako. Ela se tornou uma moça muito bonita.

— É verdade. Bem, vejo que ela já conversou com você. — Hirata suspirou, e Akitada notou mais uma vez como ele parecia desgastado. O professor sempre fora alto e magro, com ossos faciais salientes que enfatizavam a severidade dada a seu rosto pelo longo nariz, mas agora havia mais fios brancos do que pretos em seus cabelos e na barbicha pontuda, e linhas profundas desciam das narinas aos cantos dos lábios finos. — Receio ter sido muito ríspido com a pobre menina, mas não tive coragem de dividir com ela o fardo de minha preocupação. Bem, não me sinto com capacidade para resolver o assunto, então presumi que, em nome de nossa amizade, podia pedir-lhe um conselho.

— Merecer sua confiança é uma honra, senhor.

— Vou lhe contar o que aconteceu. Você deve lembrar que, uma noite por mês, nós, professores, nos reunimos para um culto no templo de Confúcio, usando trajes e ornatos de cabeça formais. Como passamos o dia todo dando aulas e fazendo palestras, deixamos essas coisas penduradas em ganchos, na ante-sala do salão do templo, para nos vestirmos antes da cerimônia. Você sabe de que sala estou falando?

Akitada moveu a cabeça afirmativamente.

— Naquela noite eu me atrasei porque tive de dar atenção a um aluno que precisava falar comigo — Hirata continuou. — Vesti-me depressa e fui para meu lugar no salão. O serviço ia em meio quando percebi que algo farfalhava dentro de uma das mangas do quimono. Encontrei um bilhete preso no forro. Como ali estava escuro demais para que eu pudesse lê-lo, trouxe-o para casa.

Levantou-se e foi até uma das estantes. De uma caixa laqueada, tirou um pedaço de papel e, com a mão ligeiramente trêmula, entregou-a a Akitada.

Desdobrando o papel amassado, de qualidade inferior, Akitada viu que o bilhete era curto e que a caligrafia nada tinha de notável. Leu-o:

> "Enquanto homens como você gozam a vida, outros não têm com que encher a barriga. Se deseja manter sua culpabilidade em segredo, pague suas dívidas! Sugiro uma quantia inicial de mil, em dinheiro."

— Suponho que um de seus colegas esteja sendo vítima de chantagem — Akitada opinou, erguendo os olhos para o mestre.

— Obrigado por isso, meu rapaz. — Hirata sorriu de leve, voltando a sentar-se. — Essa foi a única conclusão a que pude chegar. Receio que um dos professores tenha cometido um grave... delito, e que outro esteja exigindo dinheiro por seu silêncio. Sem falar que é chocante o fato de dois de meus colegas estarem mostrando que lhes falta senso de moral, que é justamente o que deviam estar inculcando em nossos alunos, seria desastroso se esse assunto se tornasse público, pois a universidade já está em perigo.

— Isso me surpreende.

Hirata remexeu-se, inquieto.

— Temos perdido alunos para faculdades particulares, e nossas verbas foram severamente reduzidas. Um escândalo poderia significar o fechamento da universidade. — Olhou para as mãos entrelaçadas no colo e deu um longo suspiro. — Desde que aconteceu o incidente não paro de pensar, tentando descobrir o que posso fazer. Agora estou depositando minha esperança em você, que sempre foi muito bom em decifrar enigmas. Se você conseguir identificar o chantagista e sua vítima, talvez eu seja capaz de lidar com eles de uma maneira que não prejudique a reputação da universidade.

— O senhor pode estar superestimando minha capacidade — comentou Akitada, abrindo o bilhete no chão entre eles. — Não reconhece a caligrafia? — Vendo o professor abanar a cabeça em negativa, continuou: — De fato, seria difícil reconhecê-la. Não há nenhum traço particular que a torne distinta. Mas o conteúdo não é obra de um iletrado. "Culpabilidade" é palavra de pessoa culta. O bilhete poderia ter sido escrito por um estudante?

— Não sei dizer. Os alunos nunca entram naquela ante-sala. A caligrafia é realmente comum, mas alguns de meus colegas estão longe de ser grandes calígrafos. Além disso, a caligrafia pode ser disfarçada.

— É verdade. Hum... Mil é uma quantia impressionante para uma pessoa de classe média, e esse é só o primeiro pagamento. Seja qual for o delito envolvido, deve ser muito grave para custar esse preço ao culpado. O que poderia ser tão ameaçador para um de seus colegas, e quem poderia pagar tanto?

O professor fez uma careta.

— Não faço idéia. Mas com certeza é muito mais dinheiro do que eu poderia conseguir com facilidade.

— O que o senhor fez até agora, a respeito do assunto?

— Muito pouco. Não posso perguntar a meus colegas se fizeram algo que os tornasse alvo de chantagem. — Hirata passou uma das mãos no rosto. — É terrível. Peguei-me olhando para eles com suspeita e, por isso, detestando cada dia de trabalho. Então, quando estava começando a me desesperar, pensei em você. Conheço esses homens há muito tempo para ser capaz de vê-los com olhos imparciais. Você pode ter uma visão mais clara.

— No entanto, não posso começar a andar pela universidade fazendo perguntas a esmo.

— Não, claro que não! Mas existe uma outra maneira. Há uma vaga para professor assistente, no Departamento de Direito. O que ocupava o cargo, coitado, morreu há três meses. O melhor de tudo é que você trabalharia comigo e poderíamos nos encontrar regularmente, sem despertar suspeitas. Seria possível você conseguir uma licença curta no ministério para dar algumas aulas na universidade, como professor visitante? Claro que seria trabalho remunerado.

Imagens de seu escritório, com suas pilhas de dossiês enfadonhos, e do rosto de seu superior, o ministro Soga, passaram pela mente de Akitada.

Seu antigo mestre oferecia-lhe uma fuga dos arquivos odiosos, uma fuga que tinha como incentivo adicional um excitante mistério que precisava ser desvendado.

— Eu tiraria uma licença, sim, desde que o ministro desse permissão.

O rosto de Hirata iluminou-se.

— Acho que posso garantir que ele dará. Ah, meu caro rapaz, nem sei lhe dizer como me sinto aliviado! Eu estava no fim de minha resistência. Se conseguirmos acabar com essa chantagem, a universidade poderá continuar em frente por mais algumas gerações, mesmo que seja mancando.

Akitada lançou ao velho amigo e mestre um olhar perscrutador.

— O senhor sabe que não posso concordar em ocultar provas de um crime.

Hirata pareceu assustar-se.

— Oh, naturalmente... Entendo o que quer dizer. Não, claro que não pode. Você tem toda razão, é uma situação esquisita, mas temos de agir para impedir que isso continue. Você deve fazer o que achar necessário. Eu com certeza não sei o que está acontecendo.

Houve um breve silêncio entre os dois. Akitada imaginou se o professor não concordara rápido demais com seus termos, se não dera uma ligeira ênfase à palavra "sei". Por fim, com uma discreta risadinha, disse:

— Farei o melhor que puder, senhor, mas não creio que serei um professor muito bom. Terá de me mandar apenas seus alunos mais obtusos, ou nosso plano se arruinará bem depressa.

— Não, meu caro rapaz! — exclamou Hirata, animado. — Você foi meu melhor aluno, e agora seu conhecimento prático das questões oficiais é muito maior do que o meu.

Bateram de leve na porta deslizante que separava o escritório do corredor.

— Papai? — A voz suave de Tamako foi uma interrupção bem-vinda. — O jantar está pronto. Querem ir para a sala principal, por favor?

— Claro, imediatamente — Hirata respondeu. — Já acabamos de recordar o passado.

Quando deixou de ouvir os passos da moça que se afastava, Akitada perguntou:

— Posso contar a sua filha o que está havendo? Ou o senhor mesmo contará?

O professor, que se levantara, parou de ajeitar o quimono em volta do corpo.

— Por quê? Prefiro não envolvê-la nesse assunto.

— Ela está tão preocupada com o senhor que a verdade lhe daria um grande alívio — Akitada explicou.

Entraram juntos no corredor.

— Você sempre gostou muito de minha filha, não é? — Hirata indagou.

— Naturalmente.

— Muito bem. Contaremos a ela, juntos, durante o jantar.

2

A Universidade Imperial

Uma semana depois, numa ensolarada manhã do Mês da Floração, Akitada entrava como professor no terreno da augusta universidade onde ele próprio estudara.

A universidade, ou *daigaku*, cobria quatro quarteirões, estendendo-se ao sul do maior dos palácios imperiais, ou *daidairi*. O portão principal abria-se para a rua Mibu, de frente para o *Shinsenen*, o Jardim da Divina Primavera, um extenso parque onde, no verão, o imperador e seus nobres freqüentemente realizavam festas.

Akitada parou assim que passou pelo portão, contemplando as tão familiares paredes, os telhados das salas de aula, bibliotecas e alojamentos estendidos pacificamente sob o céu azul e sombreados por pinheiros ondulantes, tocados pela brisa. Experimentou uma conhecida onda de pânico. Como um filho adulto que nunca deixa completamente de sentir-se um tanto inadequado na presença dos pais, ele mais uma vez sentiu-se envolvido pela atmosfera de autoridade e superioridade intelectual que o enchera de reverente assombro em sua adolescência.

Forçou-se a engolir o nó de pânico absurdo que se formara em sua garganta, observando os arredores e notando sinais, embora sutis, de negligência. O mato crescia junto às paredes que precisavam de reparo, pois em certos lugares haviam caído pedaços do barro caiado, deixando à mostra tábuas, entulho e galhos entrelaçados da armação que as sustentavam. O caminho de terra estava esburacado e cheio de poças, e faltavam grandes porções de telhas nos telhados curvos de prédios e portais.

Nove ou dez estudantes, todos no fim da adolescência e usando os obrigatórios quimonos pretos, aproximaram-se tagarelando e rindo, mas calaram-se abruptamente quando chegaram mais perto de Akitada. Lan-

A Universidade Imperial

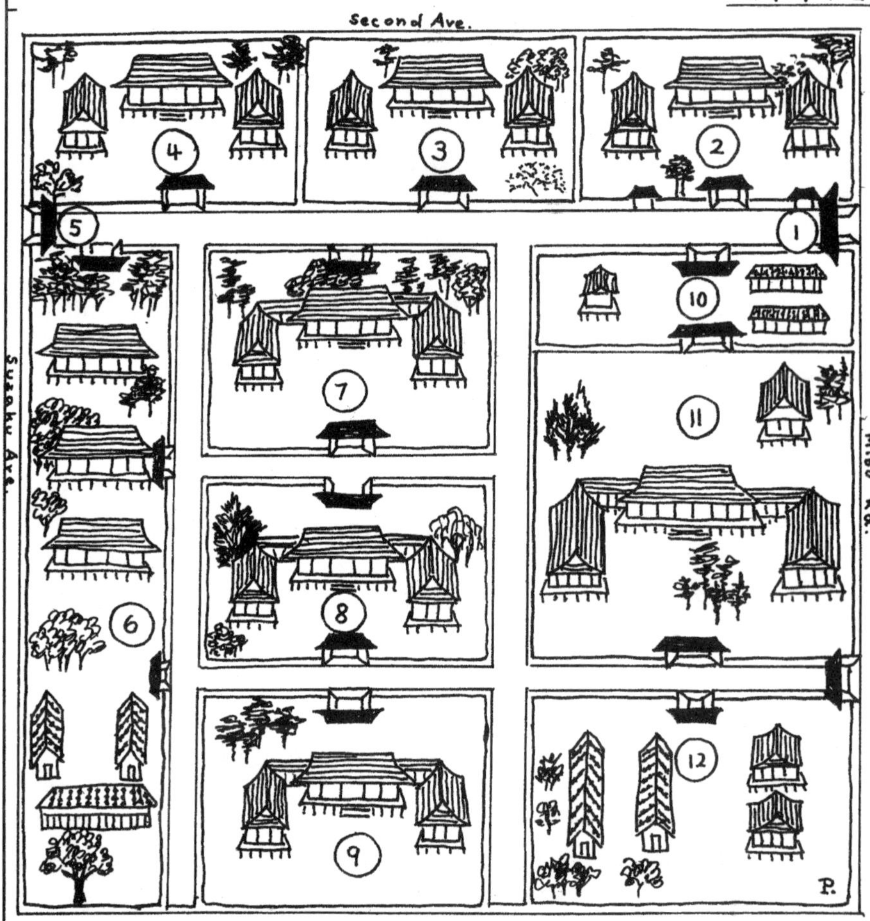

1. Portão principal — saída para o Jardim da Divina Primavera
2. Templo de Confúcio e Centro de Estudos Confucionistas
3. Departamento de Estudos Budistas
4. Faculdade de Belas-Artes
5. Portão da avenida Suzaku
6. Cozinhas e alojamentos de estudantes
7. Departamento de Estudos dos Clássicos Chineses
8. Departamento de Matemática
9. Faculdade de Direito
10. Santuário e almoxarifados
11. Prédio da Administração
12. Cozinhas dos funcionários

çando-lhe olhares nervosos, viraram na direção do pátio do prédio da administração e começaram a correr.

Nem tudo mudara, pensou Akitada com um sorriso. O comportamento dos estudantes ainda era o mesmo. Os jovens estavam sempre dispostos a brincar.

Ele não podia culpá-los, muito menos naquele dia que prometia ser lindo, pois seria muito melhor passá-lo divertindo-se do que fechados numa sala de aula. Os pinheiros verde-escuros e salgueiros de folhagem clara recortavam-se contra o céu azul, e o efeito era o de um delicado bordado. No pátio mais próximo dele, um cuco irrompeu subitamente em seu característico canto sincopado.

Akitada chegara cedo porque queria ter tempo para andar por ali e, talvez, conhecer alguns novos colegas. Entrando no pátio do templo de Confúcio, decidiu que devia prestar uma homenagem ao santo patrono da educação. Além disso, fora ali que o professor Hirata encontrara o bilhete do chantagista.

Ao entrar no templo, saindo da luz do sol, Akitada surpreendeu-se com a densa penumbra, mas seus olhos logo se acostumaram e ele pôde distinguir as estátuas de madeira em tamanho natural. O grande mestre Confúcio ocupava o centro de uma plataforma, com seus colegas sábios alinhados nos dois lados. Akitada curvou-se profundamente diante do "mestre Kung", como Seimei chamava Confúcio, e pediu-lhe inspiração para bem cumprir suas novas obrigações.

A tarefa de lecionar, embora sendo mero disfarce para uma investigação secreta, estava assumindo proporções assustadoras. Ele achava que não conseguiria enganar jovens brilhantes se não empreendesse um esforço verdadeiramente profissional. Pensara em desistir, mas, examinando toda a situação, descobrira que o trabalho com os arquivos poeirentos do ministério apavorava-o mais do que a idéia de que teria de suportar perguntas desconfiadas de estudantes.

Em algum lugar uma porta fechou-se. Akitada olhou em volta, mas não viu ninguém. O sábio esculpido em madeira fitava-o através das pesadas pálpebras, alisando a barbicha com uma das mãos. A sabedoria vinha com a idade, Akitada pensou. Quem era ele para pretender fazer-se passar por professor? Uma fraude desse tipo não fazia parte da filosofia de Confúcio.

Tornou a pensar nos arquivos do ministério. Para sua surpresa, não tivera a mínima dificuldade em conseguir uma licença. Soga, o ministro da Justiça, olhara-o friamente e dissera que ele era mais necessário na universidade do que em sua atual esfera de trabalho. Sua Excelência conseguira, de alguma maneira, passar a mensagem de que poderia ficar sem ele para sempre, não apenas temporariamente.

Suspirando, Akitada inclinou-se diante do mestre outra vez, pedindo desculpas, então atravessou o salão e foi à ante-sala. Lá estavam os ganchos onde os professores penduravam os trajes que usavam em seus rituais. Akitada entrou pela porta de ligação com o salão principal do templo e foi abrir a outra, no lado oposto, voltada para o pátio. Olhou em volta. Arbustos ao redor de um grupo de pinheiros ocultavam a porta aos olhos de quem passasse pelo caminho que cruzava o pátio. Qualquer pessoa podia entrar ou sair da ante-sala sem ser vista.

Ele se virou, e estava olhando para a fileira de ganchos na parede quando alguém tossiu baixinho, assustando-o.

A porta de ligação estava entreaberta, e um homem de rosto comprido olhava para ele através da fresta.

— Ah, um visitante! — o estranho exclamou, entrando na ante-sala. — Posso oferecer meus humildes serviços a tão ilustre cavalheiro, mostrando-lhe tudo o que há por aqui?

Era de meia-idade e tinha um ar abobalhado. Inclinou-se mais profundamente do que exigiam o quimono simples e o informal ornato de cabeça que Akitada usava. Vestia um quimono amarrotado, de algodão mal-tingido, e os cabelos fartos escapavam por todos os lados do nó enrolado no alto da cabeça. Akitada supôs que se tratava de um servo.

— Meu nome é Nishioka — o homem informou em tom simpático. — Mestre em clássicos confucionistas. Como vê, está em boas mãos. Posso perguntar qual é o honrado nome do cavalheiro?

O homem encarava Akitada com ar de interrogação, e sua curiosidade era tamanha que as largas narinas tremiam.

Talvez sua aparência desleixada fosse resultado da pouca importância que ele, como pessoa culta, dava à estética. Mas, mesmo assim, com aquelas sobrancelhas eriçadas e o queixo pontiagudo, o homem era o intelectual menos expressivo que Akitada já conhecera.

— Meu nome é Sugawara, e serei seu colega durante algumas semanas, como professor de direito — respondeu Akitada, retribuindo a reverência. — O senhor é assistente do professor Tanabe?

Nishioka sorriu amplamente.

— Encantado! Estou encantado! Sim, tenho a honra e o prazer de ser assistente desse grande erudito, que é uma constante inspiração para mim! Ele é seu amigo?

— Foi meu professor. Um dos mais exigentes.

— Entendo. Alguns alunos acham que ele é exigente demais. Então, vai dar aulas sobre leis. Conhece Hirata?

— Conheço. Além de ter sido meu professor, é meu amigo.

— Sem dúvida ele o indicou por esse motivo, não é?

Akitada enrijeceu-se. A pergunta era impertinente, sugeria favoritismo.

— O que disse?

O rosto de Nishioka tornou-se comicamente mais comprido.

— Vejo que o ofendi. Acho que formulei mal a pergunta. Eu só quis dizer que o senhor deve ter sido um aluno notável.

— Obrigado. Como vê, estou restabelecendo contato com os lugares onde passei grande parte de minha juventude. Vocês recebem muitos visitantes?

— Oh, não. Foi por isso que vim falar com o senhor. Tento me manter informado sobre os poucos que vêm e vão. Gostaria de poder conversar mais, mas o professor Tanabe está preparando uma aula, e preciso ajudá-lo. Logo irei visitá-lo na Faculdade de Direito, se me permitir. Sei que gostará de saber tudo sobre os professores e alunos.

Depois de mais uma profunda mesura, o homem desapareceu tão depressa quanto aparecera.

Akitada também saiu, refletindo que Nishioka podia ser uma ótima fonte de informações, pois, como ele mesmo dissera, procurava saber coisas sobre as pessoas que visitavam o templo.

Incapaz de vencer a relutância em iniciar o trabalho de professor, espiava para dentro dos pátios pelos quais passava, recordando seu tempo de estudante. O pequeno templo budista parecia abandonado, mas, ao entrar em um pátio ao lado, Akitada ouviu o som de um alaúde. Aquele lugar pertencia à faculdade de artes, dirigida por professores de música, pintura e caligrafia. Ele passara muitas horas felizes ali. Embora não possuísse talento musical, amava todos os tipos de música instrumental, especialmente flauta. Além disso, descobrira que os pintores e músicos residentes eram alegres e informais e estavam sempre prontos a incluir estudantes solitários em suas festas.

Alguém, com verdadeiro virtuosismo, tangia as cordas de um alaúde no prédio à esquerda. O coração de Akitada começou a bater mais rápido, e ele acompanhou o som. A música, porém, parou quando ele virou um canto. Através de uma porta entreaberta, ele viu uma pequena sala onde havia duas pessoas, um homem que devia beirar os quarenta anos e uma moça muito bonita, fortemente maquiada, sentados lado a lado, completamente perdidos na contemplação um do outro. Ambos seguravam alaúdes, mas o homem pôs o seu de lado para abraçar a moça, que começou a rir baixinho.

Após um instante de hesitação, Akitada aproximou-se da varanda e subiu os degraus. Pisava forte de propósito, para fazer barulho, e pigarreando. O homem praguejou e perguntou:

— Quem é?

Akitada foi até a porta e curvou-se de leve. Agora a moça estava sentada recatadamente a quase um metro de distância do homem.

— Quem, diabos, é você? — o músico rosnou.

Como Nishioka, estava longe de ser bonito. Tinha testa baixa e curva, lábios carnudos demais, mas os olhos eram grandes e expressivos.

— Peço que me perdoem pela intromissão — disse Akitada, embaraçado. — Meu nome é Sugawara. Vou preencher a vaga deixada pelo assistente do professor Hirata. A música de alaúde era tão linda que não resisti ao desejo de encontrar o músico e expressar minha admiração.

— Pois agora encontrou — o homem retrucou sem delicadeza, antes de virar-se para a moça e ordenar: — Vá embora e pratique!

A jovem levantou-se e, segurando seu alaúde, inclinou-se e saiu. Era mais pesada e desajeitada do que Akitada imaginara. Seu quimono de algodão cru revelava que ela pertencia a uma das classes sociais mais baixas, mas uma bonita faixa de brocado vermelho e dourado rodeava-lhe a cintura.

— Meu nome é Sato — o músico apresentou-se. — Como pode ver, ganho algum dinheiro extra dando aulas particulares a essa moça idiota. Isso é contra as regras, portanto seria melhor você não contar a ninguém. Sente-se. — Fez um gesto na direção de uma esteira, pegou um jarro de vinho a seu lado e encheu duas taças que já haviam sido usadas, oferecendo uma a Akitada. — O vinho é muito bom. Foi ela quem trouxe, do lugar onde se apresenta como artista.

Akitada viu a mancha gordurosa cor de carmim na borda, deixada pelos lábios.

— Oh, muito obrigado, mas não costumo beber tão cedo. Além disso, vou dar uma aula e preciso estar perfeitamente lúcido.

— Bobagem — Sato engrolou. — O vinho melhora o desempenho, mas faça como quiser. — Bebeu o vinho que fora destinado a Akitada. — Já estou bêbado, e minha aula de alaúde começará daqui a pouco. No fim da tarde, fico sóbrio o bastante para poder ir a minha casa de vinhos favorita, onde meus amigos e eu tocamos música de verdade. Vá lá, se tiver vontade. É a Salgueiro, perto do rio, na altura da ponte da rua Seis.

O rio Kamo, nas proximidades da rua Seis, era ladeado por restaurantes, bordéis e casas de diversão. Era a zona de prazer da capital.

— Obrigado — Akitada agradeceu de modo educado. — Espero sinceramente ouvi-lo tocar flauta um dia, mas agora tenho de ir para minha sala.

Levantou-se e fez uma mesura diante de Sato, que acenou, emborcando a outra taça de vinho.

Quando saiu, Akitada percebeu um movimento furtivo no lado oposto do caminho. Alguém que estivera sob o portal que levava aos alojamentos de estudantes recuara apressadamente ao vê-lo. Por um momento ele se sentiu tentado a ir investigar, mas refletiu que adolescentes adoravam pregar peças nos mais velhos. Tomou um caminho lateral que levava a uma série de pátios que abrigavam as escolas de clássicos chineses, matemática e direito, respectivamente.

Foi ali que ele viu o primeiro sinal de atividade acadêmica. Um estudante, a julgar por seu uniforme escuro, e veterano, pela idade que aparentava, vinha em sua direção, andando pelo caminho que levava ao departamento de clássicos chineses. Carregava uma grande pilha de papéis e ao passar olhou-o de relance, sem mostrar nenhuma curiosidade. Akitada achou o jovem extraordinariamente bonito, apesar da expressão de descontentamento em seu rosto.

Então sentiu-se nervoso de repente, achando que podia estar atrasado.

— Bom dia! — cumprimentou, indo atrás do estudante. — Você pode me dizer se as aulas já começaram?

O moço parou e olhou para ele por cima do ombro.

— Não — respondeu em tom brusco, recomeçando a andar.

Tal falta de delicadeza em um estudante era algo tão inusitado que Akitada ficou olhando-o afastar-se, espantado. O que teria acontecido para que o jovem se comportasse daquela maneira?

Como não havia mais ninguém por ali, Akitada deduziu que devia ser muito cedo e que ainda havia tempo para ele investigar um pouco mais.

A escola de clássicos chineses era a que gozava de maior prestígio na universidade. Seus professores ocupavam o ponto mais alto da hierarquia, e os estudantes que ali se formavam eram os que tinham maiores chances de conseguir colocação em algum departamento do governo e progredir rapidamente.

O grande salão principal, usado para palestras, era ligado, por galerias cobertas, a salas menores alinhadas em ambos os lados. Não havia ninguém no pátio, nem nas galerias. Depois de um momento de indecisão, Akitada subiu os degraus até o salão central e entrou. O amplo recinto estava em penumbra e silencioso. Percorrendo uma das galerias, ele viu apenas salas de aula vazias. Em dado momento julgou ouvir passos no salão, mas quando voltou para lá não encontrou ninguém. Começou a imaginar onde estariam todos. Mesmo sendo tão cedo, o lugar já devia estar cheio de gente. Pelo menos era isso o que acontecia em seu tempo de estudante.

Então, de súbito, o estudante bonito entrou no salão, vindo de uma das galerias.

— Esqueci uma coisa — resmungou, olhando para Akitada e voltando na direção das salas de aula.

— Um momento, rapaz! — Akitada exclamou, irritado.

O moço virou-se.

— O que é?

— O que está havendo aqui? Onde estão os professores?

— Oh, se quer falar com o grande homem, ele está na biblioteca, junto com seu bajulador pessoal — o jovem informou secamente, indicando a ala oeste com um movimento de cabeça antes de afastar-se.

Akitada entrou na galeria oeste, sentindo-se intensamente curioso a respeito dos professores daquele moço. Na biblioteca havia dois homens sentados lado a lado, curvados sobre um pergaminho amarelado. O mais velho, alto e com uma bela cabeça coroada de cabelos brancos, usava um esplêndido quimono de brocado. Ao notar que havia alguém na porta, ergueu os olhos com ar zangado.

— O que deseja? — perguntou asperamente, fitando Akitada. Seu rosto liso, bem-barbeado, ainda era bonito, mas os cintilantes olhos pretos estavam carregados de desdém. — Estou muito ocupado, não quero que me perturbem com assuntos triviais.

Sentindo-se corar, Akitada pediu desculpas e apresentou-se, explicando que ia trabalhar como professor na Faculdade de Direito. O elegante cavalheiro, parecendo abrandar-se, disse que se chamava Oe, e que o companheiro, Ono, era seu assistente.

Ono aparentava ter trinta e poucos anos, era pequeno, franzino e tinha o queixo retraído, um defeito que procurava disfarçar usando bigode e uma barba curta e estreita.

— Vá buscar chá, Ono! — Oe ordenou, fazendo o assistente pôr-se de pé de um salto, curvar-se numa reverência e correr para fora da sala. — Não suporto esse sujeito — declarou, baixando a voz. — Não tem o menor senso de dignidade. Parece um esquilo e age como se fosse. Mas me é útil. Eu não o conservaria, se não fosse. Disse que seu nome é Sugawara? Boa família, pena que tenha decaído. Sente-se! Estudou aqui, antes do meu tempo?

Akitada moveu a cabeça afirmativamente.

— Hum... Direito não é um campo que atrai muita gente, mas Hirata é um homem correto, dizem. Entretanto, é quase um incompetente no que diz respeito a progresso pessoal. Já me ofereci, e não só uma vez, para apresentá-lo a certas pessoas que poderiam ajudá-lo, e ele não aceitou. Tenho amigos nos mais altos escalões, sabe? Nos mais altos...

Nesse momento Ono entrou carregando uma bandeja com um bule e xícaras, e seu superior repreendeu-o por sua lentidão, sua falta de jeito por ter escolhido mal as xícaras de chá.

— Pensei que a esta altura você já soubesse que eu só tomo chá naquelas xícaras de porcelana importada! — ralhou.

— Que estupidez, a minha — Ono murmurou, curvando-se profundamente várias vezes. — Quer que eu vá buscá-las?

— Não, não! Vamos nos contentar com essas. Abafou o chá por tempo suficiente?

— Acho que sim — Ono respondeu, então voltou-se para Akitada. — O professor tem gosto extremamente refinado, diferente do de todo mundo aqui nesta universidade. Eu sempre digo que ele está se desperdiçando, no meio desses caipiras que vêm das províncias para cá.

Oe obviamente não se sentiu lisonjeado com o discurso.

— Não seja idiota, homem! — retrucou. — Tenho muitos alunos de famílias ilustres, por exemplo, lorde Minamoto, neto do príncipe Yoakira, e um sobrinho do primeiro-ministro. Os dois têm sangue imperial nas veias. Como se atreve a dizer que ensino caipiras?

Akitada, tentando desviar do infeliz Ono a ira de Oe, disse depressa:

— Agora mesmo encontrei um jovem com ar de superioridade no salão principal. Um estudante mais velho, muito alto e bem-apessoado.

— Mais velho? — Oe repetiu, olhando carrancudo para Ono.

— Deve ser Ishikawa, senhor. Ele veio cedo, buscar os artigos.

— Ishikawa? É um ninguém. Aluno de graduação. Inteligente, mas de família pobre, e estuda aqui como bolsista. Ele trata de me ser útil, lendo trabalhos dos alunos para mim. Meu tempo é curto, entende? Logo teremos o festival Kamo, e estou organizando um concurso de poesias entre os professores da universidade e os nobres. Estávamos justamente vendo por que seria bom realizar o concurso por ocasião da festa do imperador Mou Tsung no rio. Seria muito apropriado, já que vamos nos reunir no pavilhão do lago do Jardim da Divina Primavera. O senhor será convidado, sem dúvida. Escreve poesia?

— Acho que meu pobre talento limita-se à área da prosa — Akitada respondeu. — Redigi uma petição para que a agricultura seja incentivada através de uma redução do imposto sobre o arroz, e um relatório a respeito das práticas budistas nas províncias.

— Humm. Não tolero os budistas. Os chineses souberam como lidar com eles. Chutaram todos os monges para fora dos templos e fundiram os budas de ouro para o tesouro imperial. Diga algumas linhas do documento sobre a agricultura!

Akitada confessou que não lembrava o bastante para poder atendê-lo.

— Isso deve lhe mostrar alguma coisa. Se o texto fosse bom, o senhor se lembraria. Eu também escrevi uma petição, muitos anos atrás. Era assim.

Com voz profunda e ressonante, Oe recitou o que escrevera, e Akitada começou a compreender a razão de sua fama. As sílabas e frases rolavam de sua língua como música.

Ono estava imóvel, fascinado. E tirou um lenço da manga para enxugar os olhos, quando Oe finalmente parou de falar.

— Lindo! — murmurou num suspiro. — Nunca ninguém escreveu algo melhor. Nem mesmo Po Chu dá esse ritmo e equilíbrio às palavras.

— Pode levar as coisas do chá embora — Oe ordenou-lhe com azedume. — Preciso voltar ao trabalho, Sugawara, mas espero encontrá-lo por aí.

Afastando-se da presença do grande Oe, Akitada tomou um atalho para a Faculdade de Direito e estava atravessando o pátio do departamento de matemática, quando, de repente, um estranho barrou-lhe o caminho.

— Quem é você? — o homem indagou em tom irado.

Akitada explicou quem era e descobriu que o irascível era o encarregado daquele departamento. O professor Takahashi era um homem magro, na faixa dos cinqüenta anos, tinha cabelos ralos e o rosto e o pescoço enrugados como os de uma tartaruga mal-humorada. Observou Akitada por longos momentos, antes de reconhecê-lo como colega.

— Não sei o que essa gente tem na cabeça, para contratar professores temporários — observou asperamente. — Nossa reputação já é bastante ruim, mesmo sem isso. No entanto, posso dizer que é melhor do que deixar Hirata trabalhar sozinho, o que está sendo demais para ele. Já conheceu algum dos outros professores?

Akitada falou-lhe dos três que encontrara até aquele momento, Nishioka, Sato e Oe.

— Nishioka, como intelectual, é um zero. Mete o nariz nos assuntos de todo mundo, em vez de cuidar de suas obrigações. E Sato é um bêbado com a libido de um texugo — Takahashi informou. — Oe é nosso grande homem, naturalmente! A fortuna lhe sorri. Os nobres de cabeça oca ficam impressionados com toda aquela trovoada cheia de paixão. E a fama enche o bolso, como se sabe. Oe comprou até uma casa de veraneio no lago Biwa. E vai ser, sem dúvida nenhuma, nomeado para o Conselho de Estado.

Por um instante, Akitada ficou sem palavras. Takahashi parecia ter pouco escrúpulo no que dizia respeito a denegrir a reputação de seus colegas. Que diferença do homem bondoso que o antecedera no cargo!

— Vejo que houve muitas mudanças aqui, desde meus tempos de estudante — Akitada comentou por fim. — Penso que poucos de meus professores continuam lecionando. Parece que, além do professor Hirata, só restou o professor Tanabe, que estava ocupado, preparando sua aula, quando cheguei.

— É mais provável que estivesse tirando um cochilo — zombou Takahashi. — Ele está ficando caduco, acho. Mas veja por si mesmo.

— Os alunos vão indo bem?

— São quase todos uns cabeças-duras. O que podíamos esperar? Os pais deles, ou são cortesãos desvairados que só pensam em prazeres e não querem que seus monstrinhos sejam obrigados a se esforçar, ou então servidores públicos que trabalham nas províncias, onde as escolas são dirigidas por analfabetos.

— O senhor deve estar exagerando — Akitada protestou. — O professor Oe falou muito bem de alguns de seus alunos que pertencem à aristocracia, e até usa um estudante de graduação para ler os trabalhos de seus alunos.

— Verdade? Eu não sabia que isso era permitido. Mas, como a definição de ética profissional parece ter mudado, talvez todos nós possamos entregar nossas responsabilidades a estudantes para termos mais tempo para nos divertir em nossas casas de veraneio. Quem é esse aluno de graduação?

— Receio não poder dizer-lhe. — Akitada estava farto dos comentários difamadores de Takahashi sobre tudo e todos, mas não podia dar-se ao luxo de indispor-se com ele. Assim, disse educadamente: — Foi uma honra conhecê-lo, senhor. Mas esperam-me em meu departamento. Penso que as aulas já vão começar.

— Que pena! Vai desperdiçar um dia de sua vida. Mas não deixe que eu sufoque seu entusiasmo. Afinal, um contrato temporário não é uma sentença de prisão perpétua.

Akitada fugiu rapidamente. Fora do pátio, respirou fundo o ar fresco da manhã e deixou que a brisa esfriasse seu ânimo, exaltado pela conversa do maledicente. Quando atravessou a rua para entrar no pátio da Faculdade de Direito, pensou ver Nishioka de costas, andando a uma certa distância, mas o coque esfiapado no alto da cabeça podia ser de qualquer um.

Hirata estava em uma sala de aula vazia, arrumando no chão as esteiras de sentar, verificando os tinteiros de pedra, pincéis e vasilhas de água ao lado do lugar de cada aluno. Quando ele viu Akitada, seu rosto iluminou-se.

— O que me conta da manhã de hoje? O que fez até agora? — perguntou.

— Encontrei alguns de seus colegas. Foi uma experiência deprimente.

— Deixe-me adivinhar! — Hirata exclamou, rindo. — Takahashi foi um deles!

— Acertou. Conheci também um tocador de alaúde embriagado, chamado Nishioka, que estava abraçado a uma prostituta, um professor que se diz poeta laureado e abusa de seu assistente, que o idolatra. Ah, encontrei também um estudante muito grosseiro, que aparentemente despreza os dois.

Hirata tornou a rir.

— De fato, você esteve muito ocupado — comentou. — O estudante deve ser Ishikawa. Supõe-se que ele passe em primeiro lugar nos próximos exames. O rapaz, porém, é um pouquinho autoconfiante demais. Tenho medo de que sua arrogância o atrapalhe no futuro. — Ficou sério. — Neste mundo, talento e habilidade não são suficientes para um jovem de origem humilde, quando ele não tem também humildade e gentileza.

— O que aconteceu com este lugar? — perguntou Akitada. — Nada parece igual. Há sinais de negligência por toda parte. Os alunos são arrogantes, os professores se caluniam. As coisas não eram assim no meu tempo, eram?

Parando o que estava fazendo, Hirata olhou-o.

— O tempo não nos favorece, infelizmente — declarou, sorrindo. — Mas anime-se! Não é tão ruim assim. Você vai gostar de seus alunos e talvez de alguns colegas também.

— O professor Oe alega que o neto do falecido e santificado príncipe Yoakira estuda aqui.

— Estuda, sim. Pobre rapaz! Está na sua classe.

Akitada ficou intrigado, mas pressionado pela hora, abordou um assunto mais importante.

— Dei uma olhada na ante-sala do templo de Confúcio. O lugar parece facilmente acessível. Lembra-se de quem participou dos serviços religiosos com o senhor naquele dia?

Hirata pendurava num painel um grande diagrama dos órgãos governamentais.

— Oe e Ono estavam lá. Eles nunca faltam. Takahashi também devia estar, mas não me lembro de tê-lo visto. Nishioka e Tanabe, claro. Fujiwara e Sato, não tenho certeza. Fujiwara pode não ser muito fiel a esse tipo de dever, mas é um gênio. É uma pena, ele bebe, e Sato é seu companheiro de farras. Acho que você gostará dos dois, quando os conhecer melhor. Costumamos convidar também nossos melhores alunos, mas nem sempre eles comparecem. Devem achar tedioso demais. Mas Ishikawa estava lá naquela noite.

— Fiquei surpreso ao descobrir que Sato recebe mulheres em seus aposentos. Ele disse que estava dando uma aula à moça, mas parecia que os dois estavam fazendo outra coisa, não tocando alaúde.

— Meu caro rapaz, você fala como um puritano — Hirata ralhou com brandura. — Faz tempo que sabemos das aulas particulares de Sato. Claro, isso é contra as regras, pelo menos teoricamente, mas artistas da zona de prazer anseiam por aprender a técnica e os arranjos de Sato, que o tornaram famoso, sem falar que ele precisa do dinheiro dessas aulas. Seu salário parece escorrer por entre os dedos como água, e ele está sempre endividado. Devemos fazer concessões ao temperamento artístico — concluiu, sorrindo.

— Por causa de seu comportamento, Sato pode ser o alvo de nosso chantagista.

O sorriso de Hirata desapareceu.

— Ele nunca poderia pagar uma soma tão alta. Pelo menos, acho que não. Espero que não seja Sato. Ele é um gênio da música e tem uma família grande para sustentar.

— Isso torna tudo pior. Bom, seja como for, ele é o único de seus colegas envolvido em situações ilegais ou imorais. Ocorreu-me outro pensamento. Como é o quimono que o senhor usa nos rituais? Há algum outro que seja muito parecido com o seu?

— Mas é claro! Como não pensei nisso? É de seda verde, com estampa de pequenas flores brancas de cerejeira. Não... não creio que houvesse outro com o mesmo desenho.

— No escuro, uma estampa muito pequena pode não aparecer. Havia outro colega vestido de verde?

— Tanabe, Fujiwara e Takahashi.

Akitada espantou-se.

— Tantos assim?

— Todos ocupamos a mesma posição na hierarquia. E o verde é nossa cor.

— Oe não ocupa a mesma posição?

— Oh, não! O chefe do departamento de literatura chinesa está um degrau acima. Ele sempre usa quimono azul.

— Entendo. E os outros? Todos ocupam posições mais baixas?

— Todos. Bem, sei que é uma vergonha admitir, mas se o chantageado for um de meus colegas de verde, eu gostaria que fosse Takahashi. Seria bem-feito para ele.

A conversa foi interrompida por um tropel de passos na escada de madeira e em seguida nas tábuas do piso da varanda. Vozes juvenis, gritos e risos.

— Aí vêm seus alunos — observou Hirata com um sorriso.

— Os meus? — Akitada sentiu-se em pânico. — Pensei que o senhor estivesse preparando a sala para sua aula.

— Oh, não. Mas não se preocupe. São apenas calouros, garotos que precisam aprender o funcionamento de nosso governo, departamento por departamento, antes que possam estudar as leis que regem cada um deles e as que cada um usa para governar. Você sabia isso tão bem que era capaz de recitar tudo dormindo.

A porta abriu-se com ímpeto, e rapazes de rosto viçoso, de doze a dezoito anos de idade, entraram em alvoroço, encontraram seus lugares e ajoelharam-se, eretos como varetas em seus quimonos de algodão escuro.

Para surpresa de Akitada, a última pessoa a entrar obviamente já completara cinqüenta anos, mas também usava quimono de estudante. Ele fez uma reverência e foi para seu lugar.

Akitada olhou para Hirata, que disse baixinho:

— Esse é o sr. Ushimatsu. Ele levou muito tempo para ser admitido e vai levar mais tempo ainda para passar o primeiro de nossos exames, mas é tão esforçado que passei a estimá-lo muito.

Tomando Akitada pelo braço, deu um passo à frente e curvou-se, cumprimentando a classe. Akitada imitou-o, e os estudantes, solenemente, curvaram-se também.

— Este é seu novo instrutor, mestre Sugawara — Hirata apresentou. — Trabalha no Ministério da Justiça e tem servido como *kageyushi*. Vocês podem perguntar-lhe o que quiserem, que ele responderá.

Com essa generosa promessa, curvou-se diante de Akitada e da classe e saiu da sala.

Silêncio. Akitada sentou-se na esteira atrás de sua mesa e olhou para os alunos, que o encaravam sem piscar. Pareciam estudantes bastante comuns, a não ser o sr. Ushimatsu, que olhava para ele com tanta expectativa que estava de boca aberta. Um garoto, mais jovem e franzino do que todos os outros, sentava-se um pouco separado dos colegas. Era um rapazinho bonito, mas tinha olheiras escuras e feições delicadas demais. Estava totalmente alheio a tudo, como se pouco se importasse com a aula ou o novo professor. Akitada dirigiu-lhe um sorriso encorajador, que não foi retribuído. O menino simplesmente desviou o olhar.

— Com licença, senhor! — o sr. Ushimatsu manifestou-se. — O que é um *kageyushi*, senhor?

— Burro! — um dos meninos zombou. — *Kageyushi* é um investigador de funcionários que trabalham fora da capital.

Longe de ofender-se, o sr. Ushimatsu curvou-se para o garoto e disse humildemente:

— Obrigado. É muita gentileza sua me instruir.

Akitada sentiu-se embaraçado.

— Fui enviado à província de Kazusa, quando o governador provincial estava sendo destituído — começou. — Nosso governo certifica-se de que todos os registros de um funcionário estejam em ordem antes que um novo nomeado assuma o posto. Um dia, talvez, vocês também serão chamados para conferir registros ou governar uma província. Por isso devem estudar bastante agora, para estar preparados.

— Foi um trabalho difícil, senhor? — um aluno perguntou.

— Não demais. — Akitada hesitou um pouco. — Tive ajuda de algumas pessoas boas, mas... — Fez uma pausa, e todos os olhares fixaram-se em seus lábios. — Bem, havia também algumas pessoas ruins que, por ganância, conspiraram e cometeram assassinatos, o que tornou a tarefa mais difí... — Calou-se de repente.

O garoto franzino levantara-se de um salto. Estava lívido e apertava os punhos.

— Por favor, senhor, posso sair? — pediu, arquejante, então correu para fora sem esperar resposta, batendo a porta atrás de si.

— Como é o nome desse menino? — perguntou Akitada, surpreso.

— Ele é lorde Minamoto — respondeu um dos rapazes.

O colega sentado a seu lado acrescentou com amarga satisfação:

— Ele pensa que é melhor do que todos nós e que pode fazer o que quer.

3

Coelho

Cedo, na manhã seguinte, Akitada reuniu-se com Seimei e Tora. A mãe felizmente ainda não tomara conhecimento de sua nova ocupação, e ele esperava poder escapar antes que ela o mandasse chamar.

Os três estavam no quarto de Akitada, voltado para um jardim sombrio, coberto de mato. À distância, a varanda de lady Sugawara era uma nota dissonante, com seu claro madeiramento novo, junto das paredes escurecidas pelo tempo da antiga mansão dos Sugawara.

— Minha mãe passou a gostar muito de você, eu acho — comentou Akitada, falando com Tora. — Oferecer-se para reformar a varanda foi um golpe de mestre.

Tora sorriu maliciosamente. A princípio, houvera uma certa animosidade entre a senhora e o ex-ladrão.

— E vou cuidar do jardim, depois — ele anunciou com orgulho.

— Bem, era sobre isso que eu queria falar com você — Akitada disse. — O jardim vai ter de esperar, porque vou lhe dar uma incumbência. Estou trabalhando num caso, na universidade, e precisarei de sua ajuda.

Contou, então, a respeito do bilhete de chantagem.

— Ótimo! — exclamou Tora, batendo palmas. — Gosto de investigar. Deixe-me solto, e descobrirei o que está acontecendo naquela escola!

Seimei fungou.

— Acho bom você se comportar direito! — advertiu. — Professores não são iguais aos seus amigos dos cortiços da cidade. São nobres cultos, e os alunos, jovens cavalheiros. Estudam os preceitos do mestre Kung, mergulhando na sabedoria dos cinco sábios. — Voltou-se para seu amo. — Não acha que eu deveria tirar alguns dias de licença também, senhor, para vigiar esse cabeça-quente e impedi-lo de se meter em encrencas?

Akitada sorriu.

— Não, meu amigo. Preciso que você fique no gabinete do ministério. Professores universitários são funcionários graduados, e isso significa que o Departamento de Educação tem informações sobre eles. — Pegou uma folha de papel e entregou-a a Seimei. — Veja o que pode descobrir sobre essas pessoas, procurando nos arquivos e conversando com os escreventes. Observe principalmente se houve alguma mudança recente na situação financeira de alguma delas.

— O que o senhor quer que eu faça? — perguntou Tora, animado.

— Apresente-se na universidade como meu servo. Misture-se com o pessoal de lá, servos, zeladores, estudantes e assim por diante. Preste atenção nos mexericos a respeito de professores e alunos, porque isso pode nos dar um indício do que existe por trás da chantagem.

Tora concordou, movendo a cabeça, e esfregou as mãos.

— Talvez eu precise de algum dinheiro, senhor.

— Não lhe dê nem mesmo uma moeda de cobre, senhor! — exclamou Seimei. — Ele vai gastá-la, pagando vinho para todas as pessoas de classe baixa que encontrar.

— Você sempre me disse que as paredes têm ouvidos e que as garrafas têm boca, não é? — Tora observou. — Eu estava pensando em ser a parede e ouvir o vinho falar.

— Pois seja uma parede firme, ou nosso plano desabará — Akitada recomendou em tom seco, enquanto contava as moedas de cobre enfiadas em um cordão, antes de entregá-las a Tora.

O servo sorriu e guardou o dinheiro na faixa em sua cintura. Andava para a porta, com Seimei atrás, caminhando mais devagar, quando Akitada lembrou-se de alguma coisa.

— Seimei, enquanto estiver verificando os nomes na lista, tente descobrir em que situação o príncipe Yoakira deixou sua propriedade e quem se beneficiará com sua morte.

— Oh, senhor! — exclamou Seimei, virando-se. — Precisa parar com essa bobagem sobre a morte do príncipe! Além de ser uma tolice, não é... assunto seu. Acho que é uma imprudência, o que está fazendo. Pense nas pessoas envolvidas! Se ficarem sabendo de suas suspeitas, elas o destruirão. — Corou. — Peço que me perdoe por falar com tanta franqueza.

Os olhos de Tora brilharam de curiosidade.

— Do que é que vocês estão falando? — ele indagou.

— Nosso amo acha que o príncipe foi assassinado — respondeu Seimei num resmungo.

— Verdade? — A voz de Tora soou cheia de excitação. — Isso é muito melhor do que a história de que ele foi devorado por demônios. Vocês não acreditariam no que o povo anda falando a respeito disso. — O servo estremeceu. — Coisas horríveis!

Akitada sorriu. Sabia que acontecimentos sobrenaturais deixavam Tora terrivelmente nervoso.

— Nada do que o povo diz pode ser mais ridículo do que a fábula religiosa que fala de uma transfiguração miraculosa — declarou com aspereza, então acrescentou: — A propósito, não comentem nada disso com minha mãe ou minhas irmãs. E você, Tora, cuide das tarefas domésticas, antes de sair.

Tora encurtou o tempo que levaria cumprindo suas tarefas delegando a maior parte delas aos servos da cozinha, e entrou na universidade um pouco depois do início das aulas. De muitas salas vinham vozes joviais, recitando respostas, ou o tom seco de professores dando explicações. As ruas, pátios e alguns prédios estavam silenciosos e vazios.

Foi quando entrou no pátio do prédio da administração que Tora divisou uma possível fonte de informações ao encontrar-se com um dos escreventes, um homem baixo, de meia-idade, modestamente vestido com um velho quimono cinza, usando um desbotado gorro preto e carregando um jarro de vinho. Com ele vinha um jovem magro, de quimono de estudante bastante sujo, equilibrando desajeitadamente uma pilha de três tigelas fumegantes. Quando o escrevente viu Tora, parou subitamente com uma expressão de culpa no rosto. O jovem magro tropeçou e quase derrubou as tigelas.

Notando com interesse o modo como o escrevente corara, Tora decidiu tentar a sorte.

— Vão fazer a refeição da manhã pela segunda vez? — perguntou com um sorriso. — Homens afortunados! Ganham um bom salário para não fazer nada, e ainda por cima comem bem! Vejo que vocês têm bom apetite quando a comida é de graça.

O homem mais velho irritou-se.

— Não é de graça! E o que é que você tem com isso? — explodiu, mas lançou um olhar inquieto para o impecável quimono azul e o pequeno gorro preto que Tora usava.

— Nada. Não tenho nada com isso, homem — Tora apaziguou-o. — Só quero pedir uma informação. Como parece não haver mais ninguém por aqui, você serve. Sou o novo assistente do professor Sugawara, da Faculdade de Direito. Pode me dizer onde fica a sala dele?

— Oh, peço que me desculpe, senhor!

O escrevente inclinou-se profundamente num movimento súbito que fez seu quadril colidir com o jovem atrás dele, e uma das tigelas da pilha caiu no chão, espalhando um cozido de legumes temperado com ervas aromáticas. Virando-se, o escrevente deu um tapa na orelha do moço, que piscou com ar apalermado, e só não derrubou as outras duas tigelas porque Tora pegou-as e entregou-as ao escrevente. O infeliz rapaz abaixou-se e começou a juntar a comida espalhada.

— Que coisa! — o escrevente exclamou, agastado. — Muito obrigado, senhor. Não entendo por que pago pelos serviços desse imbecil desajeitado. Meu coração mole sempre me arruma confusão. Bem, senhor, saia por aquele portão — orientou, apontando para um lado. — Depois vire à direita, atravesse a rua seguinte e vá até o último pátio, que é o da escola que procura. E por favor, perdoe-me por minha rudeza. Eu devia ter visto imediatamente que o senhor é um cavalheiro instruído. Meu nome é Nakatoshi, funcionário administrativo, a seu dispor — apresentou-se, fazendo nova reverência.

— Não precisa se desculpar, meu caro — respondeu Tora com um sorriso, deleitando-se com seu novo papel. — Meu nome é Kinto. Como vê, estou ganhando meu arroz de cada dia, como você. Falando nisso, acredito que vocês, funcionários da administração, sejam muito competentes, ou não estariam a serviço de um grupo de professores eruditos.

Apertando as tigelas e o jarro de vinho contra o peito, o escrevente sorriu debilmente.

— O senhor é muito perspicaz. Precisamos ser cuidadosos e estar sempre bem-informados sobre todo mundo, aqui dentro. Temos quase quatrocentos alunos. É muito trabalho para apenas três escreventes. Meus colegas e eu achamos que uma refeição no meio da manhã aumenta maravilhosamente nossa capacidade de concentração. Graças aos céus, a cozinha dos funcionários é bem ao lado, e a comida é boa.

Tora, que aspirara com gosto o aroma do cozido, disse: — Que cheiro delicioso! Abre o apetite, com certeza. Mas, por favor, não permita que eu o impeça de tomar seu lanche.

— Obrigado. — O escrevente hesitou, então convidou: — Gostaria de juntar-se a nós e experimentar o cozido? A comida dos funcionários é muito superior à dos estudantes.

— Será um prazer, meu caro Nakatoshi, mas com uma condição: permita-me pagar pela reposição da porção derramada e por minha parte — respondeu Tora, fazendo tilintar o cordão de moedas de cobre preso dentro da manga do quimono.

Nakatoshi declarou-se profundamente honrado, aceitou com relutância o dinheiro que lhe foi oferecido e mandou o jovem buscar mais comida. Depois conduziu Tora através do salão para um cubículo empoeirado, onde dois escreventes idosos moviam-se entre altas prateleiras cheias de papéis e caixas. Ambos eram pálidos, curvados e míopes em conseqüência do trabalho, mas animaram-se ao ver o inesperado visitante. Nakatoshi apresentou Tora, que imediatamente começou a conversar, falando das horríveis condições de trabalho na universidade e da pobreza dos funcionários em geral.

Quando o estudante voltou com novas tigelas de cozido, Nakatoshi observou com severidade:

— Ainda bem que você não derrubou mais nada. Eu tiraria o dinheiro de seu salário se esse cavalheiro não pagasse pelo que você estragou.

O jovem olhou para Tora.

— Muito obrigado por sua bondade — agradeceu educadamente.

Tora refletiu que o estudante parecia um coelho, com aqueles protuberantes dentes frontais e longas orelhas, mas sua voz era agradável, e seus modos corteses.

— Agora, vá varrer o salão — Nakatoshi ordenou, e o moço saiu.

— Ouvi dizer que o neto do príncipe Yoakira estuda aqui — Tora disse após comer alguns bocados.

Nakatoshi pareceu ficar perturbado.

— Bem, na verdade não podemos falar sobre isso, mas como o senhor vai ser membro da universidade, suponho que não tenha importância. Sim, o menino foi deixado aqui na mesma noite em que houve o milagre. As mensalidades foram pagas pelo tio dele, lorde Sakanoue, uma pessoa ilustre, muito acima de pessoas como nós. Tive a honra de preparar o quarto do jovem lorde e de levá-lo até lá. Ele estava muito pálido e trêmulo. Fiquei preocupado, achando que estivesse doente, e comecei a fazer perguntas, mas o menino olhou-me com altivez e me mandou cuidar de minha própria vida. Essa é a nobreza! O garoto não tem mais do que dez anos de idade e já se porta como um grande senhor!

— Uma criança de linhagem tão augusta, num lugar como este! — resmungou um dos velhos com a boca cheia. — Não é de admirar que ele tenha ficado pálido ao ver seu quarto. Acho que a comida do menino vem de fora, ou agora ele já estaria morto.

Tora mastigou um bolinho de feijão e estalou os lábios.

— Muito gostoso. Fico feliz por ter encontrado vocês, companheiros. Mas digam-me uma coisa: a situação dos estudantes é de fato tão ruim?

Os três escreventes entreolharam-se e resmungaram.

— Aqui, os animais são mais bem tratados do que os alunos — Nakatoshi resmungou por entre os dentes. — Claro que isso significa que conseguimos mão-de-obra barata. — Moveu a cabeça indicando o salão, de onde vinha o ruído de uma vassoura usada energicamente.

— Como seria possível alojar e alimentar melhor os alunos, com o que o governo nos dá? — comentou um dos velhos, intrometendo-se na conversa de repente. — Eu me lembro de quando a universidade recebia uma verba duas vezes maior do que a de agora, sem falar nos presentes de pais agradecidos. Hoje em dia morremos todos de fome, alunos, funcionários, servos e professores.

Tora olhou as tigelas vazias e estendeu a mão para o jarro de vinho. Haviam sobrado apenas algumas gotas.

— Permitam-me pagar mais uma rodada — ofereceu.

A oferta foi graciosamente aceita, e Nakatoshi gritou para o estudante no salão, mandando-o buscar mais vinho.

Quando haviam tomado quase metade do segundo jarro, Tora achou que o momento era propício para mais um pouco de investigação.

— Não é um pouco estranho que o filho de uma grande família como a do príncipe viva aqui em condições tão precárias? — perguntou.

— Ah! — exclamou um dos velhos. — A mesma coisa que eu disse, quando fiquei sabendo.

O outro idoso concordou com um gesto de cabeça.

— Todos os outros filhos de nobres vêm para cá apenas para as aulas e vão embora no fim do dia — explicou. — Os dormitórios são para filhos de famílias das províncias.

— Tenho um amigo que vive me pregando sermões, dizendo como é bom estudar, mas pelo que estão me contando, vocês, escreventes comuns, e eu, um humilde assistente, estamos muito melhor do que os estudantes

— Tora desfiou. — Pelo menos, podemos comprar comida decente e bom vinho.

— Fale por si só. — Nakatoshi, com expressão positivamente luminosa, piscou para os dois colegas. — Talvez o professor lhe pague bem, mas nós não conseguiríamos comprar uma simples refeição extra como esta, sem outras fontes de renda — arrematou, dando uma risadinha.

Um dos velhos ergueu os olhos e pigarreou em tom de advertência, mas o vinho soltara a língua de Nakatoshi, e ele continuou:

— Nosso trabalho não deixa de nos oferecer benefícios adicionais. — Inclinando-se mais para perto de Tora, explicou: — Por exemplo, temos a condição única de poder aconselhar aqueles que gostam de arriscar algum dinheiro no resultado das competições acadêmicas.

— Nakatoshi! — o velho alertou asperamente.

— Não está me dizendo que vocês agenciam apostas nos exames! — Tora exclamou, passando um braço pelos ombros de Nakatoshi.

— Eu não usaria esses termos, meu amigo, meu bom amigo — o homem disse, rindo. — Mas é algo parecido. Gostaria de conhecer as probabilidades do próximo concurso de poesias? Talvez apostar? Temos Oe e Fujiwara do nosso lado, e Okura e Asano no lado do governo. O que acha?

Tora sorriu amplamente.

— Este é meu dia de sorte, e você me veio a calhar! — afirmou, entusiasmado. — Estou gostando daqui. Fale mais sobre isso.

Mas o velho que resmungara o tempo todo ordenou, zangado:

— Segure a língua, Nakatoshi! Não se lembra do que aconteceu na primavera do ano passado?

— Não aconteceu nada, seu velho bobo! — Nakatoshi retrucou.

— Quem é você para me chamar de bobo? — o outro protestou. — Esqueceu que quase foi morto quando vendeu o nome do favorito nos exames a uma porção de apostadores, cobrando dois cordões de moedas de cobre de cada um, e que no fim quem venceu foi outro aluno?

— Não tive culpa — Nakatoshi defendeu-se. — Examinamos as notas de todos os candidatos com o maior cuidado, e só havia uma possibilidade. Mas então, escolheram um sujeito que nunca tirou mais do que um "regular" em matéria nenhuma, a não ser em caligrafia! Mas agora não corremos mais perigo, porque somos nós mesmos que fazemos as apostas.

Tora riu e deu uma palmadinha no ombro do tagarela.

— Erros acontecem, até nos melhores negócios — comentou. — Eu gostaria de fazer uma pequena aposta com você, tão logo fique sabendo quem é quem, no concurso de poesia.

Separaram-se como amigos. Na saída, Tora passou pelo estudante pobre, que estava guardando a vassoura. Por um instante pensou em dar-lhe algumas moedas como gorjeta, mas então lembrou que, por mais educado que parecesse, o jovem não se dirigira a ele chamando-o de "senhor". Continuou a andar, em busca de nova caça. Acabou por entrar na ampla área cercada que abrigava os dormitórios dos alunos. Àquela hora não havia ninguém por ali, com exceção de duas mulheres sujas carregando vassouras e baldes. Tora ignorou-as e atravessou uma área aberta, pontilhada de pinheiros e arbustos baixos, dirigindo-se aos prédios de serviço. O maior deles era a cozinha: vazia, imunda e com o cheiro repulsivo de cereais mofados e peixe que começava a apodrecer.

O cozinheiro e seus ajudantes estavam descansando sob uma árvore frondosa atrás do prédio, sentados em círculo em volta de uma tigela rachada, onde jogavam moedas de cobre. Um par de dados passava de um para outro homem, e havia um pequeno monte de moedas diante de cada um. O grupo era formado por quatro adultos de aspecto grosseiro e um bando de adolescentes de aparência não muito asseada. Quando viram Tora, pegaram o dinheiro e levantaram-se abruptamente.

— Não se incomodem comigo — ele pediu com um sorriso. — Eu seria o último a arruinar o bem-merecido repouso de um trabalhador. Além disso, também gosto de um bom jogo.

O cozinheiro, reconhecível por sua cintura avantajada e manchas nas roupas, era um brutamontes estrábico que, juntando os lábios grossos num bico, olhou Tora de cima a baixo com ar de desconfiança. Os outros voltaram a sentar-se e ficaram à espera.

Tora ergueu o quimono.

— Não posso estragar minha roupa nova, ou meu amo descontaria do meu salário o preço que pagou por ela — explicou, sentando-se de pernas cruzadas entre os homens. — Quais são as regras?

— Está aqui a serviço, então? — perguntou o gordo cozinheiro.

Tora moveu a cabeça afirmativamente e começou a contar suas moedas e arrumá-las em pequenas pilhas, observado com avidez pelos outros.

— Joga muito? — o cozinheiro quis saber.

— Faz tempo que não jogo. Eu era soldado quando um colega me ensinou a jogar. Mas no exército o jogo era proibido.

O cozinheiro resmungou e sentou-se com um baque surdo, como o de um saco de arroz largado no chão.

— Sua companhia é um prazer — disse, oferecendo os dados. — Examine, para ter certeza de que não trapaceamos. As regras? Rolamos os dados para ver quantas vezes podemos tentar jogar uma moeda dentro da tigela. Quem acerta leva o dinheiro todo.

— Como assim? — Tora pegou os dados e examinou-os de testa franzida. Eram rústicos, mas não haviam sido adulterados. Devolveu-os ao cozinheiro. — Para mim parecem ótimos. — Olhou para a tigela, que era pequena demais e ficava a uns dez passos de distância. O chão de terra em volta dela estava coberto de medalhas de cobre. — Nunca vi ninguém jogar dados dessa maneira.

Alguém fungou sugestivamente.

— Chega de conversa! — o cozinheiro ordenou. — Vamos jogar.

Eram todos jogadores cobiçosos, mas não exatamente habilidosos no modo de atirar as moedas na direção da boca da tigela. Tora jogava com atenção, avaliando a distância e o peso da moeda a ser lançada, perdendo lentamente o dinheiro empilhado a sua frente, antes de começar a ganhar seguidamente.

— Ei, você está ficando bom nisso! — gritou um dos homens.

Tora gabou-se, alardeando que não erraria nem uma única vez nas próximas dez rodadas. Os outros propuseram uma aposta. Tora perdeu, mas propôs mais apostas, ganhando a maioria delas até ver diante de si uma pequena montanha de moedas, e a essa altura grande parte de seus companheiros desistira de jogar.

O cozinheiro olhava para ele com raiva, resmungando. Por fim explodiu:

— O desgraçado mentiu!

Tora parou de contar suas moedas e encarou-o.

— O que foi que você disse?

— Você mentiu. Falou que não sabia jogar.

— Não, eu não falei nada disso. Esqueceu que eu disse que um colega me ensinou a jogar? Claro que sei rolar os dados — Tora replicou em tom de zombaria. — E aprendi a atirar pedregulhos quando era criança.

— Bem, mas você deu a entender que era novato — alegou outro homem em tom de queixa. — Estávamos jogando amigavelmente, e agora você nos limpou. O que vamos dizer às nossas esposas?

Como não via razão para não ser bem-sucedido usando o mesmo método duas vezes, Tora anunciou:

— Como os considero amigos, e para mostrar minha gratidão por me proporcionarem um jogo tão agradável, vou usar parte do que ganhei para oferecer-lhes um vinho realmente bom.

Os rostos fechados abriram-se em sorrisos no mesmo instante.

— Venha cá, anão! — o cozinheiro gritou para o menor dos garotos. — Traga bastante vinho e rabanetes em conserva para acompanhar — instruiu.

Um murmúrio de aprovação ergueu-se do círculo, e o cozinheiro comentou que ainda havia verdadeiros cavalheiros no mundo.

Enquanto esperavam que o menino voltasse, Tora apresentou-se como servo do novo professor e em troca recebeu informações sobre a universidade, os funcionários, professores e estudantes. O ponto de vista daqueles homens diferia notavelmente do exposto pelos escreventes. O pessoal da cozinha e da limpeza via os alunos e professores como pessoas sem consideração, que tornavam sua vida um suplício. E tão logo o vinho, uma bebida muito forte, fez efeito, as línguas soltaram-se de uma maneira bastante útil.

— Vejo que vocês têm muito trabalho limpando a sujeira que os estudantes fazem — Tora disse a um dos faxineiros.

O homem desfiou uma longa lista de atos abomináveis praticados pelos alunos, mas o cozinheiro deu uma risada zombeteira e dirigiu-se a Tora:

— Acha que ele trabalha muito? — O preguiçoso vai para casa ao pôr-do-sol. Se você quer saber o que é trabalho, precisa conversar comigo e com minha mulher. Ficamos acordados a noite toda por causa das façanhas desses malditos estudantes.

— Que façanhas? — perguntou Tora, enchendo novamente as tigelinhas de todos, menos a sua.

— Pulam os muros para ir para a rua. Trazem mulheres perdidas para dentro. Invadem a despensa e roubam comida. Deixam velas acesas durante a noite toda, põem fogo nas coisas. O que você for capaz de imaginar, eles fazem. Todas as noites minha esposa tem de revistar as camas, procurando mulheres.

— Ela não confia em você o bastante para deixá-lo fazer isso, não é? — Tora provocou com um sorriso largo.

Isso provocou um acesso de riso geral.

— Quem? Ele? — um dos homens gritou. — É tão preguiçoso que não saberia o que fazer se tivesse uma moça na cama, a não ser dormir. A mulher precisa fazer a ronda porque ele apaga antes mesmo de o resto de nós ir para casa.

O cozinheiro fechou a cara, rolando os olhos estrábicos horrivelmente.

— Mentiroso! — rosnou. — Cozinho o dia inteiro para manter cheia a barriga dos pequenos bandidos! Comem como ratos famintos e ainda pedem as sobras. A maioria deles não tem dois cobres para esfregar um no outro. Não sei como conseguem mulheres! Sempre aparecem alguns mortos de fome que se oferecem para ajudar na cozinha, em troca de um pouco mais de comida e algumas moedas. Eu e minha bondade! Eles mais roubam comida do que me valem.

Tora considerou isso outro exemplo de como era dúbia a questão da educação.

— Se são tão pobres, por que recebem tratamento de cavalheiros? — indagou.

Os homens entreolharam-se, confusos.

— Bem, agora que mencionou isso, é mesmo engraçado — disse o cozinheiro. — Uma vez, um rapaz faminto me procurou e pediu as raspas do tacho de ensopado, depois quis trocar um quimono por um pouco de arroz. Por bondade, ofereci-lhe trabalho. Então, pouco tempo depois, o mesmo rapaz apareceu vestido como um príncipe, com roupas novas em folha, e me olhou de cima a baixo, como se eu fosse um verme, quando lhe perguntei por que não tinha ido mais trabalhar.

— É verdade! — gritou um dos meninos. — Eu sei de quem ele está falando. De Ishikawa! Ele ia comigo buscar água no poço, no ano passado. Agora, quer que eu o chame de *senhor* Ishikawa.

— Como ele ficou rico tão de repente? — Tora perguntou. — Algum parente morreu e deixou-lhe uma fortuna?

— Não — o cozinheiro respondeu. Seu rosto largo estava brilhante de suor e ficando vermelho de um modo alarmante. — Foi o que pensei no começo — continuou com voz arrastada. — Mas estava enganado, hein, companheiros?

Todos confirmaram, movendo a cabeça. A fonte da riqueza de Ishikawa era um mistério para eles. Fosse como fosse, o grupo achava, por consenso, que os estudantes tinham um comportamento totalmente incompreensível. Eram todos loucos, em sua opinião. Toda aquela leitura fazia mal ao cérebro. Tora sorriu.

— Veja, por exemplo, aquele Coelho — disse o cozinheiro.

— Que coelho? — Tora perguntou, olhando em volta.

O cozinheiro achou tanta graça que riu até que lágrimas escorressem por suas gordas bochechas.

— Por favor! — arquejou, segurando a barriga. — Ha, ha, ha —Veja aquele Coelho... ha, ha. Pegue o coelho e fique com ele!

Os colegas começaram a rir também.

Tora olhava de um para outro sem entender a causa da hilaridade, até que alguém explicou que um dos estudantes que ajudavam na cozinha tinha o apelido de Coelho.

— Ele me ajuda, por acaso? — gritou o cozinheiro, que conseguira parar de rir, tomando outro trago. — É tão inútil para mim quanto uma lanterna para um cego! Metade do tempo eu o mando fazer alguma coisa, e ele faz outra diferente. Ontem à noite mandei que pusesse o arroz nas panelas, em cima do vapor, e ele cozinhou as panelas vazias. Hoje tive de servir uma sopa com sobras de painço, na primeira refeição. Quando falo com ele, o estúpido fica parado, com aquele sorriso bobo na cara, abanando as orelhas, parecendo envergonhado, mas a cabeça dele está em outro lugar, e sou como um mosquito zumbindo em volta dele. — Parou de falar para olhar o sol. — Por falar nisso, está na hora de ele chegar. Hora de acender o fogo de novo.

Ergueu-se com a ajuda de dois companheiros e oscilou, quando o soltaram.

— Vinho danado de bom! — engrolou, olhando para Tora. — Você é um sujeito agradável. Como é mesmo seu nome?

Naquele momento, um terrível tumulto explodiu na cozinha. Ouviram-se gritos de raiva seguidos pelo barulho de louça caindo e quebrando. Todos correram para lá para ver o que estava acontecendo.

No interior da cozinha comprida e de teto baixo, viram dois jovens atracados no chão de terra, rolando no meio de pratos quebrados, rabanetes e uma substância cinzenta e pegajosa, que o ultrajado cozinheiro identificou como sopa de painço. Um dos rapazes, alto e magro, que pareceu estranhamente familiar a Tora, esmurrava o outro, mais baixo e mais musculoso.

— Cão imundo! — O que batia xingou, continuando a desferir socos, totalmente alheio à platéia. — Como ousou ler minha carta? Como ousou fazer insinuações ultrajantes? Eu mato você se disser uma palavra sobre isso a alguém! — Segurando o outro pelos ombros, bateu a cabeça dele no chão para se fazer entender.

— E eu mato você, seu monte de bosta inútil! — berrou o cozinheiro. Agarrou uma vassoura e bateu furiosamente nas costas e na cabeça do magricela.

Os dois briguentos separaram-se e levantaram-se, cambaleantes. O magro protegia-se dos golpes do cozinheiro, cobrindo a cabeça com os braços. Tora, então, reconheceu-o. Era o estudante que ele vira trabalhando para os escreventes. Sua aparência piorara muito. O rosto feio, com aquele nariz comprido, os dentes protuberantes, queixo retraído e orelhas exageradamente grandes, estava agora coberto de sopa e terra, o coque desmanchara-se, um fio de saliva escorria da boca aberta. Com um olhar horrorizado para Tora e o cozinheiro, o rapaz emitiu um som entre um guincho e um soluço e saiu correndo.

— E não volte mais! — o cozinheiro gritou, sacudindo um punho no ar. — Vou fazer você pagar pelos estragos com seu couro, seu narigudo, cara de coelho, miserável!

Enquanto isso, o outro estudante limpava as roupas com as mãos. Era da idade de Coelho e, apesar de ter levado uma surra, parecia forte. Voltando o rosto redondo e os olhos de botão para o cozinheiro, choramingou:

— Eu não fiz nada! Juro! Coelho me atacou de repente. O senhor viu que eu nem estava me defendendo. Lá estava eu, limpando rabanetes, como o senhor mandou, quando ele jogou a panela toda de sopa em cima de mim! Graças aos céus, estava fria. Eu podia ter sido escaldado. Ele é louco! Não deviam permitir que loucos vivessem no meio de nós. São perigosos. Veja que sujeira ele fez em sua cozinha... Não sei como um homem decente como o senhor tolera gente desse tipo.

Amolecido, o gordo cozinheiro deixou-se cair num banco, respirou fundo algumas vezes, então disse:

— Não faz mal, Haseo. Um dos meninos o ajudará, e a cozinha estará limpa num instante. Depois pode começar a preparar a sopa. Você é um bom rapaz, e vou dizer isso ao funcionário pagador.

Foi com grande satisfação que Tora contou a seu amo o que descobrira. Akitada acabara de comer seu arroz do meio-dia, trazido da cozinha dos funcionários, e ouvira-o com lisonjeira atenção.

— Parece que, a não ser pela revista das camas, feita pela mulher do cozinheiro, não há nenhum controle das idas e vindas dos estudantes e funcionários, à noite — Akitada comentou. — Os portões são fechados, mas é evidente que qualquer um pode sair pulando um muro, ou vaguear livremente pelo terreno da universidade. — Refletiu sobre isso por um momento, então franziu a testa. — Isso significa, é claro, que uma pessoa de fora também pode entrar, e aumenta o número de possibilidades, no que diz respeito ao chantagista.

— Aposto todo meu dinheiro que o chantagista é um dos alunos — disse Tora, servindo-se de um pouco das sobras de ameixas em conserva. — Aqueles coitados passam fome, precisam trabalhar meio período para comprar comida. O que me diz daquele sujeito, o tal de Ishikawa?

— Ele agora tem emprego — Akitada informou. — Lê trabalhos de alunos para um dos professores. Isso pode explicar por que ele não trabalha mais para o cozinheiro, que não é, como você observou, um homem para quem seja fácil trabalhar. Além disso, todos supõem que Ishikawa passará os próximos exames em primeiro lugar.

— É melhor ele não contar com isso — Tora falou com ar malicioso. — De acordo com os escreventes, acontecem coisas muito estranhas nos exames. Não dá para acreditar!

Riu e explicou a operação de apostas dirigida pelos escreventes.

O sorriso divertido de Akitada desapareceu de repente quando o servo mencionou a confusão em que Nakatoshi se metera depois dos últimos exames.

— O quê?! — exclamou, endireitando-se. — Céus! Isso vai muito além de um joguinho de apostas conduzido por alguns escreventes! Parece que o resultado dos exames foi falsificado! — Erguendo-se de um salto, começou a andar de um lado para outro. — É chocante, mas só se pode pensar isso. Nada mais explica o bilhete de chantagem tão perfeitamente. E se essa sujeira vier a público, o que certamente acontecerá, dada a abjeta pobreza em que vivem alunos, professores e funcionários, o imperador terá de tomar uma providência. No mínimo haverá um expurgo no quadro de professores.

Tora pareceu ficar confuso.

— Não entendo. Que importância tem um exame? Agora, quanto ao neto do príncipe Yoakira...

Akitada parou de andar.

— O que tem ele?

— Foi trazido para cá pelo tio, na noite em que o avô esticou as canelas. Um dos escreventes disse que ele parecia doente, e os três acham estranho que o garoto tenha sido deixado aqui.

— É estranho, sim — Akitada concordou. — O menino está em uma de minhas turmas. Não parece saudável, realmente. Fiquei preocupado com ele.

— Quer que eu vá fazer mais perguntas sobre o garoto? — Tora ofereceu, animado.

Mas Akitada voltara a pensar no escândalo que rondava a universidade e numa suspeita que ainda não ousava admitir nem para si mesmo.

— Não — respondeu. — Vá para casa. Preciso refletir sobre isso tudo.

4

Alunos e Outros

Akitada passou um longo tempo pensando no que fazer. Em seu tempo de estudante ele amara aquela universidade, apesar do rigor de seus ensinamentos, e idolatrara a maioria de seus professores. Agora perguntava-se se aquela adoração aos heróis de sua adolescência não fora uma forma que ele encontrara de iludir a si mesmo. Fazia mais sentido pensar que aqueles seres humanos tinham falhas do que acreditar que a universidade toda, com suas sólidas virtudes antigas, houvesse mudado completamente em um período de tempo tão curto.

Era evidente que ele teria de denunciar o fato de que o pessoal da universidade envolvia-se em apostas sobre o resultado dos exames anuais. Mas isso revelaria ao mundo que alguém falsificara o resultado no ano anterior, fosse para manipular as probabilidades, fosse pelo incentivo de um vantajoso suborno. Quantas pessoas inocentes seriam prejudicadas pelo escândalo? A suspeita poderia recair sobre Hirata e seus colegas? E quanto ao aluno que fora lesado, que não recebera sua justa recompensa? Quem seria o culpado? Apenas um dos professores, o examinador, poderia alterar o resultado dos exames mais importantes do país. Podia-se permitir que isso voltasse a acontecer? O espírito de Akitada revoltava-se contra essa traição de confiança.

Mas a verdadeira causa de sua aflição era ainda mais pessoal. Se ele estava certo, se a falsificação dos resultados fora de fato o que motivara a chantagem, Hirata saberia, ou pelo menos suspeitaria. Por que seu professor escondera isso dele? Se sua intenção fora proteger a reputação da universidade, então Akitada só podia presumir que seu querido professor não confiara nele. Então, por que pedira sua ajuda? Esperava que ele encontrasse um meio de abafar o escândalo em retribuição pelo tanto que lhe devia? O pensamento era terrivelmente doloroso e sugeria uma possibilidade ainda mais espantosa. E se o bilhete de chantagem fosse, realmente, destinado a Hirata?

Em sua raiva e angústia, Akitada pensou em retirar-se do caso. O dever em relação à família exigia que ele resguardasse sua reputação, e ajudar a acobertar o erro de um antigo professor certamente arruinaria sua carreira. Mas, em seu coração, ele sabia que não podia sair. O passado sempre moldaria seu presente. Seu senso de dever, como filho e irmão, era suplantado pela profunda gratidão àquele homem e pela afeição por Tamako.

Lembrou-se da primeira vez em que vira Tamako. Ela era uma tímida menina de nove anos quando ele, um rapaz beirando a idade adulta, confuso e perdido, entrara na casa de Hirata. "Eu trouxe um hóspede, ele vai morar conosco", o pai dela anunciara. "Receba-o como se fosse seu irmão!" Ele fora bem recebido pelos dois, e com o tempo sentira que fazia mais parte daquela família do que da sua própria. Fora amado e confortado, uma nova sensação para ele, que fora criado por servos, ignorado por sua linda e orgulhosa mãe, sistematicamente humilhado e maltratado pelo pai.

Aos quinze anos, fizera algo imperdoável. Revoltara-se contra o pai, um homem a quem devia honrar e respeitar, arrancando a bengala de bambu de sua mão erguida e ameaçando-o com ela. Os dois estavam no escritório, um lugar que lhe causava tanto terror que ele ainda se recusava a usá-lo. Akitada fizera uma observação inocente sobre o pai não ter prestado serviço militar, e lorde Sugawara avançara para ele à luz bruxuleante das velas, o rosto bonito e frio desfigurado pela raiva. Naquele instante Akitada fora invadido pela súbita e avassaladora certeza de que não podia mais suportar ser espancado. Segurara a bengala e torcera-a até arrancá-la da mão do pai, gritando furiosamente contra aquela intolerável injustiça. Lorde Sugawara recuara, dominado pela surpresa, e ele o seguira sacudindo a bengala no ar, declarando que, se fosse agredido mais uma vez, devolveria a agressão em dobro. Então partira a bengala ao meio e jogara-a no chão.

As conseqüências foram as previsíveis, embora Akitada não houvesse pensando nelas no momento de sua explosão. O pai chamara a esposa, as filhas e os servos mais velhos para servir de testemunhas e informara que, como Akitada erguera a voz e a mão para ele, dali por diante não seria mais um membro da família.

Desesperado, Akitada saíra de casa e fora para a universidade, o único outro mundo que conhecia. O professor Hirata encontrara-o sentado na escada da Faculdade de Direito, ouvira sua história e levara-o para sua própria casa.

A lembrança daquele tempo causou, como sempre, um aperto doloroso no estômago de Akitada, e ele pensou no pequeno lorde Minamoto. O menino era mais jovem do que ele fora na época de sua expulsão da família, e era órfão, mas fossem quais fossem as causas do sofrimento dos dois, suas experiências eram parecidas. Tinham sido abandonados, confusos e sozinhos, aos cuidados de estranhos. Mesmo sendo tão novo, o garoto Minamoto já recebera excelente educação e podia acompanhar os meninos mais velhos nos estudos, mas não se concentrava, e seus olhos estavam sempre vermelhos, indicando que ele chorava. Talvez estivesse sofrendo também pela perda do avô. Por que nenhum membro da família ficara com ele? O que pensar do tio, lorde Sakanoue, que nem pudera esperar por um período de tempo decente antes de livrar-se do menino? A julgar pelo sobrenome, o homem era tio do garoto por afinidade. Onde estava o resto do clã Minamoto?

O pequeno tinha sangue imperial nas veias, e seus modos reservados deixavam claro que fora criado de acordo com a tradição de sua nobre família. Isso proibia familiaridade, e era impossível para Akitada aproximar-se do garoto. Todos os seus esforços para ser amável haviam sido rejeitados, com cortesia mas de maneira firme. Ainda assim, ele sentia compaixão pela criança solitária e gostaria de ser outro Hirata em sua jovem vida.

Naquele momento Hirata entrou na sala, interrompendo suas reflexões, e anunciou que Oe convocara uma reunião extraordinária. Indo para a frente do espelho e ajeitando na cabeça o pequeno gorro, Akitada perguntou em tom casual qual fora o resultado dos exames do ano anterior. Quando não houve resposta, ele se voltou e viu que o amigo empalidecera e olhava-o com ar de desamparo.

— O senhor está bem? — perguntou.

— Estou... Vejo que você já ouviu certos comentários. — O professor suspirou profundamente. — Oh, é horrível, mas receio que seja tudo verdade. Foi um aluno medíocre que obteve o primeiro lugar. O jovem que todos esperavam que fosse o melhor classificado teve de se contentar com o segundo.

— O senhor não suspeitou de nada? — indagou Akitada, incrédulo.

Hirata virou-se como que para esconder o rosto.

— Claro que sim, mas estava de mãos atadas.

A incredulidade de Akitada transformou-se em choque.

— Com as mãos atadas? — repetiu. — Como?

Tornando a virar-se para ele, Hirata encarou-o.

— Você é muito jovem, ainda. Não pode entender — respondeu com voz trêmula.

Akitada decidiu que saberia a verdade naquele instante, nem que isso abrisse uma brecha entre eles dois.

— Como o assunto pode estar relacionado com a chantagem, penso que o senhor me deve uma explicação — declarou em tom firme.

Hirata passou uma das mãos trêmulas no rosto e moveu a cabeça lentamente, concordando.

— Eu sei. Devo uma explicação e um pedido de desculpas por não ter lhe contado. Podemos sentar?

Akitada corou ao ouvir o tom humilde na voz do amigo e fez um gesto na direção das almofadas.

— Preciso saber até que ponto o senhor está envolvido — disse quando já estavam sentados. — Leu a dissertação do aluno vencedor? Assistiu ao exame oral?

— Li a dissertação. Achei-a soberba. Mas não fui convidado para assistir ao exame oral, que foi conduzido por um grupo de professores já aposentados e quatro nobres de alta posição na corte, indicados pelo imperador, além de Oe, Fujiwara e Tanabe, que representaram a universidade.

— Deve ter havido tumulto quando o resultado foi anunciado. E o aluno que foi passado para trás? Como ele reagiu?

O rosto de Hirata ficou ainda mais tenso.

— Ele era pobre, de origem humilde, aliás, como a maioria de nossos professores. A necessidade muitas vezes nos faz reprimir nossas opiniões. Ele não reclamou, e acabei me convencendo de que não havia nada de errado, que o outro estudante era um gênio oculto que de repente se revelara. A excelência de sua dissertação era indiscutível.

Sentindo-se frustrado ao notar que Hirata tentava justificar-se, Akitada acusou rispidamente:

— Mas o senhor sabia que não podia calar-se. Nunca o vi ir contra seus princípios. Não era isso que ensinava a seus alunos. Eu o tinha em mais alta conta.

Hirata encolheu-se, olhando para Akitada com tristeza.

— Você é jovem, e os jovens acham que a maior tragédia da vida é sofrer uma injustiça. Há coisas piores, mas elas acontecem aos velhos. —

Ergueu uma das mãos para cobrir os olhos. Quando finalmente recuperou o controle sobre as emoções, continuou: — Por infelicidade, no caso desse estudante prejudicado não houve o consolo de um emprego na capital, nem mesmo em uma posição mais baixa. Ele foi nomeado para ser professor em uma das províncias do norte.

— Que horror! Isso é o mesmo que ser mandado para o exílio! E ele aceitou?

— Não — respondeu Hirata com voz embargada e apertando as mãos com força. — Cometeu suicídio no dia em que recebeu a notícia.

Akitada ficou sem fala. Um silêncio pesado caiu entre eles como uma parede.

Passou-se um longo momento antes que Hirata dominasse a emoção.

— Agora você sabe por que eu não disse a verdade — ele falou por fim. — Esse assunto da chantagem acabou com minha paz, já precária. Durante quase um ano tentei me convencer de que o jovem havia se suicidado por outros motivos, talvez por causa de uma desilusão amorosa ou problemas financeiros. Achei que uma mera decepção nos estudos não o levaria a tirar a própria vida, pois ele tinha talento e juventude e podia subir na vida apesar do que acontecera. Cheguei a julgá-lo instável demais para merecer as honras de um primeiro lugar, como se seu suicídio justificasse o resultado fraudulento dos exames. Estou profundamente envergonhado e peço-lhe perdão por não ter contado tudo isso antes.

— Hã... claro — Akitada murmurou, comovido com a humildade de seu antigo mestre. — Não há nada para perdoar, senhor. Eu é que peço desculpas por minhas palavras ásperas. Não tinha o direito de falar assim. — Fez uma pausa, olhando para a cabeça grisalha inclinada diante dele e teve vergonha de suas suspeitas. — Mas como...

Hirata ergueu a cabeça bruscamente. Tinha o rosto perturbado, e seu olhar tornara-se duro.

— Como consigo viver comigo mesmo depois disso? Não muito bem, eu lhe asseguro. Mas vou seguindo em frente, porque ainda tenho duas obrigações a cumprir.

Akitada ficou consternado. Não tivera a intenção de causar tanta dor. O que fizera com suas palavras duras já fora ultrajante demais.

— Oh, perdão, senhor! — exclamou. — Não foi isso que eu quis dizer! Ia perguntar como a fraude foi cometida. Como foi que um aluno medíocre conseguiu escrever a dissertação vencedora? Outra pessoa fez o exame escrito em seu lugar?

Os lábios de Hirata tremeram de leve, mas ele pareceu relaxar um pouco.

— Ah, Akitada! Eu devia ter adivinhado que você ia olhar o fato pelo lado prático. A resposta é "não". Ninguém fez o exame no lugar dele. Isso seria impossível. Conhecemos todos os nossos alunos e entrevistamos os que vêm das províncias para fazer os exames. O vencedor era um dos nossos. Eu o vi no dia do exame, li sua dissertação. Era a caligrafia dele.

— O senhor não poderia ter avaliado mal o desempenho anterior desse rapaz?

Hirata torceu o rosto num trejeito de desgosto.

— Não, embora eu tenha tentado pensar que sim — respondeu. — A dissertação vencedora era muitíssimo superior a qualquer coisa que ele fizera antes. A abordagem do difícil assunto foi original, a argumentação, completamente lógica, as citações de fontes chinesas, além de abundantes, eram acuradas, perfeitamente apropriadas, e o estilo só pode ser descrito como notável. — Parou de falar por um instante, então acrescentou: — E isso tudo, vindo de um aluno que nem era fluente no idioma chinês, que em ocasiões anteriores mostrara deplorável ignorância a respeito dos cinco clássicos, que fazia observações quase sem sentido quando discutia assuntos atuais em sua própria língua! — Passou a mão na testa e abanou a cabeça. — Falar sobre isso me deixa doente. Eu devia ter exigido uma investigação.

— Talvez ele tenha decorado o texto de outra pessoa, ou tenha levado um rascunho para a sala de exame e apenas copiou-o no papel da prova — Akitada sugeriu.

— Não. Decorar um texto seria inútil, pois ele não sabia qual seria o assunto. Além disso, não creio que soubesse chinês bastante bem para poder fazer isso. Quanto à hipótese de ele ter levado um rascunho dado por alguém, isso não seria possível. Os candidatos são revistados cuidadosamente e depois levados para seus cubículos. Então, um fiscal, sempre um professor, entrega a cada um deles o tema da dissertação e folhas de papel em branco.

— Então o fiscal deve ter dado a ele a dissertação pronta.

— Não há outra explicação — a voz de Hirata soou fraca, mas seu rosto readquirira um pouco de cor.

— Bem, acho que chegou o momento de o senhor citar nomes.

Hirata suspirou.

— Você descobriria, de qualquer forma. O nome do aluno é Okura. Fico contente em dizer que o governo nomeou-o para um departamento onde ele não poderá causar nenhum dano. Havia quatro professores operando como fiscais: Takahashi, Fujiwara, Ono e eu. Não fui eu que entreguei o tema e as folhas de papel a Okura. Talvez possamos descobrir quem foi falando com Oe, pois ele supervisionou todo o trabalho.

Nesse instante a porta escancarou-se e Nishioka entrou, afobado.

— Ah, vocês estão aí! — Seus olhos brilhantes captaram a cena, e suas narinas dilataram-se, como se ele ficasse excitado. — Assuntos importantes? Ou esqueceram a reunião? Todos os outros já estão lá.

— Obrigado por nos lembrar — Hirata agradeceu em tom seco, levantando-se.

Ele e Akitada seguiram Nishioka até o *Nando-in*, o salão central da escola de clássicos chineses. Como o homem informara, os outros já se encontravam lá, reunidos em pequenos grupos ou já sentados em seus lugares, lendo alguns papéis. Oe mantinha-se à parte, com Ono, aparentemente dando-lhe instruções de última hora. Perto deles, Takahashi andava de um lado para outro com uma expressão assassina no rosto.

Akitada deu uma volta pelo salão, cumprimentando e trocando amabilidades, sem encontrar ninguém que o interessasse especialmente, até ver um rosto familiar. Àquela altura, porém, o mais velho dos professores, o erudito confuciano Tanabe, já o vira e caminhava em sua direção com um largo sorriso de boas-vindas. O homem devia estar com mais de sessenta anos agora e parecia mais frágil e muito mais grisalho. Tinha constituição miúda, um rosto pálido de feições ascéticas e os ombros curvados de um eterno estudioso.

— Meu caro Sugawara! — exclamou, respondendo à respeitosa reverência de Akitada. — Estou tão contente por vê-lo de novo! Nishioka me contou que você entrou para o quadro de professores. Tenho seguido sua carreira no ministério com grande interesse e congratulo-me com você por sua ligação com os lordes Motosuke e Kosehira. Teve um início bastante promissor.

Surpreso pelo fato de Tanabe saber a respeito de sua amizade com os primos Fujiwara, Akitada levou um momento para lembrar-se de que o professor tinha uma admiração infantil pela aristocracia e mantinha-se bem informado sobre todos os membros importantes do clã Fujiwara, que participava do governo. De súbito, ocorreu-lhe que tal veneração podia levar até mesmo um professor da reputação de Tanabe a comprometer seus princípios se lhe pedissem que fizesse isso como um favor a uma pessoa de alta posição.

Porém, vendo o sorriso de pura alegria no rosto enrugado de seu antigo mestre, envergonhou-se desse pensamento e explicou que, com seu trabalho, raramente tinha tempo para ver os amigos.

O rosto de Tanabe refletiu desapontamento.

— Bem, é uma pena — ele lamentou. — Mas aqui está outro Fujiwara para você conhecer.

Com um aceno, chamou um homem de barba, muito alto e corpulento, usando um quimono de seda verde amarrotado, preso na cintura por uma faixa cuja cor não combinava absolutamente com a do traje.

O gigante barbado aproximou-se e foi apresentado a Akitada.

— O novo professor, certo? — disse com voz ribombante e um sorriso aberto. — Ouvi falar de você. Ajudou um dos que usam o mesmo sobrenome que eu a escapar de uma situação bastante difícil na província de Kazusa — comentou com um brilho sugestivo no olhar. — Não está envolvido em uma missão semelhante, está?

Aquilo devia ser uma brincadeira, mas por um momento Akitada ficou confuso, para grande divertimento de Fujiwara.

— Meu antigo professor, Hirata, pediu-me para trabalhar temporariamente como seu assistente — esclareceu em tom reservado, imaginando se o pesado físico do homem não mascarava uma mente muito ágil. Então lembrou-se de que Fujiwara fora um dos fiscais nos exames da primavera anterior e, subitamente curioso, perguntou: — É parente de lorde Motosuke?

— Ho, ho, ho! — O riso de Fujiwara era um rugido. — Parente? Eu? Nós dois somos tão parentes quanto a China e o Japão, ou o inverno e o verão. Ramos da família completamente diferentes. Somos os Fujiwara do Sul, na maioria pequenos proprietários de terra. Acha que os Fujiwara ministros, chanceleres, conselheiros e lordes gostariam de ter um primo como eu? Sou uma desgraça!

— Claro que não é, senhor — protestou Akitada, embaraçado.

— Sou, sim. Bebo, gosto de farras, conto piadas obscenas. Associo-me com gente de caráter discutível e cortesãs. A única coisa que me salva é que sei muitos fatos interessantes da história da China e de nosso próprio passado, e os alunos parecem gostar de me ouvir falar sobre eles.

Havia um grande encanto em tanta franqueza e modéstia.

— Mas é isso o que mais importa — Akitada afirmou calorosamente, pondo de lado a suspeita. Então, obedecendo a um impulso repentino, acrescentou: — Como se entende bem com seus alunos, talvez possa me dar um conselho. Estou muito preocupado com um dos meus, o menino

Minamoto. Ele é introvertido e parece muito triste, mas não consigo fazer com que fale comigo.

Fujiwara ficou sério instantaneamente.

— Ah, pobre garoto! — exclamou, suspirando. — Perdeu o avô há pouco tempo. História esquisita... O senhor ficou sabendo, não é? Oh, claro que sim. — Seus olhos perspicazes estudaram o rosto de Akitada. — Ele e uma irmã estavam sendo criados pelo avô desde que os pais e dois tios morreram na última epidemia de varíola. O menino é orgulhoso demais para demonstrar seu sofrimento, acha que ter sangue imperial significa ser forte. Uma idéia tola, mas de certa maneira admirável. Mas receio não poder ajudá-lo, Sugawara, porque também tentei ajudar o garoto, sem sucesso. De qualquer forma, boa sorte!

Nishioka, cheio de mesuras e trejeitos, abordou-os.

— Peço desculpas por interrompê-los. Perdoem minha intrusão! Mas só agora tive tempo para vir cumprimentá-lo, Sugawara. O que está achando da tarefa de ensinar?

— Estou começando a pegar o jeito.

— Ouvi-o mencionar o nome Minamoto ainda há pouco, e uma pergunta me ocorreu. Descobriu o que o menino está fazendo aqui?

— Está estudando — Akitada respondeu laconicamente.

— Ah, claro. Todo mundo sabe disso. Ah, entendi! O senhor não conhece a história dele. O garoto é neto do príncipe Yoakira, aquele que desapareceu no ar em circunstâncias sobrenaturais. Os familiares alegam que foi um milagre, e Sua Majestade generosamente deu-lhes seu apoio nessa questão. Mas por que o menino está aqui? A família toda foi embora da cidade. Lorde Sakanoue, que dizem que se casou com a irmã do garoto, trouxe-o para cá na mesma noite do desaparecimento do avô. Não acha que foi uma atitude estranha?

Fujiwara pigarreou com rudeza.

— Como sempre, nosso cão de caça, Nishioka, farejou alguma coisa. Pode confiar nele, para cheirar tudo por aí até descobrir o que é.

Nishioka ficou vermelho e defendeu-se:

— Gosta de brincar, não é, meu senhor? Mas saiba que faço do comportamento humano meu principal objeto de estudo. Todas as escrituras sagradas de Confúcio, de seus discípulos e comentadores, são baseadas em sua profunda compreensão dos relacionamentos pessoais, e esses relacionamentos só podem ser analisados através da observação dos atos das pessoas e da descoberta de suas razões para agir como agem.

Akitada olhou para o bisbilhoteiro Nishioka com novo respeito.

— Devo confessar que compartilho de seu interesse pelo comportamento humano — declarou com um ligeiro sorriso. — E também posso ser chamado de curioso, no que diz respeito àquele menino.

Nishioka bateu palmas.

— Eu sabia! Sabia que éramos almas afins! Vamos pôr nossas cabeças para funcionar juntas! Eu lhe direi tudo o que descobrir, e o senhor fará o mesmo. — Nesse instante, alguma coisa na outra extremidade do recinto chamou-lhe a atenção, e ele disse apressadamente: — Por favor, queiram me dar licença. Preciso descobrir a respeito do que Oe e Takahashi estão discutindo.

De fato, os dois professores pareciam empenhados em uma discussão acirrada, enquanto que Ono, junto a eles, torcia as mãos nervosamente.

— Hum... — Fujiwara murmurou, pensativo. — Há uma diferença entre o senhor e Nishioka. Penso que o senhor faz perguntas porque se importa com as pessoas, enquanto Nishioka importa-se apenas com uma boa história. — Abanou a cabeça. — Para a maioria das pessoas ele parece inofensivo, mas a verdade é que nenhum segredo está a salvo quando o sujeitinho está por perto. Olhe pare ele! Vamos saber tudo sobre a discórdia entre Oe e Takahashi num piscar de olhos.

Mas não foi tão rápido assim, porque Ono de repente subiu no tablado e anunciou que a reunião ia começar. Oe e Takahashi separaram-se e todos foram para seus lugares, designados de acordo com a posição hierárquica, o departamento e a idade de cada um. Akitada sentou-se atrás de Hirata, que por sua vez estava a vários assentos de distância de Oe, sentado no centro do semicírculo na frente do tablado.

Ono anunciou Oe, que se levantou e subiu os degraus do tablado majestosamente. Seu rosto bonito ainda estava vermelho por causa da discussão, e ele, sem um único fio dos cabelos prateados fora do lugar, parecia resplandecer em seu quimono de seda azul. Deixou que seus olhos atraentes percorressem a assembléia por alguns instantes.

— Meus amigos e colegas, permitam-me tomar um pouco de seu tempo para dar-lhes boas notícias.

— O menor tempo possível — resmungou Fujiwara audivelmente.

Oe, porém, não admitia ser apressado. Sua voz melíflua pesava as palavras como se fossem de ouro.

— No glorioso passado, nossos ancestrais estavam acostumados a seguir as pegadas dos antigos — ele entoou, continuando seu discurso.

Akitada sentiu seu interesse diminuir enquanto Oe falava longamente de antigos rituais e virtudes, dos dias felizes, perdidos havia muito tempo, quando os poetas eram venerados e recompensados. Por fim, parou de prestar atenção no que o homem dizia e deixou o olhar vaguear pelos rostos dos homens que poderiam ter adulterado o resultado dos exames.

Como Hirata estava a sua frente, via-o ligeiramente de perfil. Notou que ele se mantinha de cabeça baixa, o queixo quase encostado no peito, o que acentuava as linhas profundas que lhe marcavam o rosto. Apenas as mãos moviam-se, inquietas, torcendo o tecido do quimono.

Tanabe estava cochilando com um sorriso feliz nos lábios, parecendo o velho mais inocente que Akitada já vira. Takahashi, sentado ao lado dele, mordia o lábio, obviamente controlando uma fúria que podia explodir a qualquer momento. E toda aquela fúria concentrava-se em Oe, que, mal percebia a platéia, estava perdido em sua própria eloqüência. Só Fujiwara ouvia com atenção e estava claramente impaciente.

— Oh, mas que infelicidade, a nossa! — Oe estava dizendo, abrindo os braços num gesto de efeito. — Aquele tempo passou. Nossa moral declinou, assim como nossas atividades no campo da arte tornaram-se meras brincadeiras de mulheres e crianças. Os poucos que ainda são poetas sérios trabalham em vão no solo estéril da apatia pública.

Fujiwara bocejou alto.

Oe lançou-lhe um olhar irado e continuou:

— Mas não quero ficar comentando nossos sofrimentos, pois finalmente a generosa chuva da aprovação oficial volta a cair sobre nós. E o sol revitalizante do interesse imperial atravessa as pesadas nuvens da indiferença. — Erguendo a voz em tom triunfal, bradou: — Teremos nosso concurso de poesia novamente!

Como isso já não era mais novidade para ninguém, apenas Ono pôs-se de pé de um salto e aplaudiu.

— E não se trata de um concurso comum — Oe tentou de novo. — Será uma das principais atrações da primeira noite do festival Kamo, por requisição de vários dos mais augustos personagens da corte!

Daquela vez, Tanabe acordou.

— Os nomes dos augustos patrocinadores e participantes, por favor! — pediu.

Oe reprimiu um sorriso de zombaria.

— Por ora, só posso revelar que o príncipe Atsuakira presidirá o júri — declarou. — Deram-nos permissão para usar o pavilhão imperial, no Jardim da Divina Primavera e, como um benfeitor anônimo pagará por tudo, nenhuma despesa será poupada.

Recebeu, por fim, aplausos mais calorosos. Aceitou-os com ar de complacência, como um pai indulgente aceitando a manifestação de alegria de um filho a quem deu um presente inesperado. Então, erguendo a mão, impôs silêncio e voltou ao assunto do concurso.

— Vocês receberam um rascunho do programa. Por favor, prestem especial atenção à seleção de peças musicais e bailados a ser apresentados. Alguma pergunta?

Takahashi levantou-se intempestivamente, sacudindo o programa.

— Eu tenho uma pergunta — anunciou em tom belicoso. — Como ousou ignorar nossa opinião? Acho intolerável que eu e os outros colegas não tenhamos sido consultados a respeito da programação. Foi essa mesma falta de profissionalismo que você demonstrou em relação àquele outro assunto e que me obrigou a repreendê-lo.

Oe ficou arroxeado, e seus cabelos brancos pareceram eriçar-se.

— Como fui eu que trabalhei incansavelmente para conseguir o apoio da corte, seria incoerência entregar o planejamento dessa ocasião a quem não tem interesse pelo assunto... e nem talento.

Alguém deu uma risadinha abafada. Olhando em volta e vendo apenas rostos sérios, Takahashi tremeu de raiva, então picou o programa em pedacinhos e voltou-se novamente para Oe. Mas antes que pudesse falar, Ono gritou:

— Por favor, não permitam que comentários desairosos arruínem essa notável conquista. Como se trata de um concurso de poesia chinesa, não pode haver dúvida sobre quem é a melhor pessoa para planejá-lo.

Takahashi girou nos calcanhares para olhá-lo.

— Cale a boca, seu idiota, bajulador hipócrita! — berrou. — Todos nós sabemos que você lamberia a bunda gorda desse imbecil convencido, se ele pedisse!

Ouviram-se exclamações de espanto e riso reprimido.

— Chega! — a voz estrondosa de Fujiwara ergueu-se. — Tenho coisas melhores para fazer com meu tempo do que ficar ouvindo um par de galos furiosos cacarejar. Sente-se, Takahashi! Continue, Oe, e seja rápido!

Por alguns momentos, Takahashi resistiu às mãos que o puxavam para baixo, e Oe parecia que ia retirar-se, mas o bom senso prevaleceu. Oe acabou de fazer o resto dos anúncios com um mínimo de floreios e congratulações a si mesmo, enquanto Takahashi olhava-o furioso mas em silêncio. Ono distribuiu mais papéis, que não provocaram discussão. Só Tanabe fazia-se ouvir, murmurando palavras como "esplêndido", "gratificante" e "generoso".

Akitada olhou para um dos papéis em sua mão. Era uma lista de patrocinadores nobres e competidores. Não compartilhava da empolgação de Tanabe, mas agitou-se ao reconhecer um nome na lista de competidores que representavam o governo: secretário Okura. Imaginou se aquele seria o homem que ficara em primeiro lugar nos exames da primavera anterior.

A reunião acabou cedo, para satisfação de Fujiwara, que saiu de braços dados com Sato, falando alto sobre passar a noite na cidade.

— Que coisa asquerosa! — resmungou Takahashi, que estivera sentado atrás deles e parara para falar com Akitada. — Não deviam permitir que homens como esses lecionassem. Corrompem os jovens.

Nishioka esgueirou-se entre os dois.

— Caro senhor — preludiou —, está esquecendo que é bem possível que esse dissoluto professor de história vença o concurso, derrotando Oe? Quero acreditar que o senhor possa ser mais tolerante com as fraquezas dele, dadas as circunstâncias.

Takahashi bufou e afastou-se.

— Não entendi — disse Akitada. — Achei que Oe fosse o favorito.

— Oh, não! Há muitos concorrentes talentosos na lista, mas apenas Fujiwara é um verdadeiro poeta. Comparados com ele, os outros são meros fazedores de versos. Quando Fujiwara está com vontade, ou bastante bêbado, situações que no caso dele acontecem ao mesmo tempo, escreve como um outro Li Po. Oh! — O rosto de Nishioka iluminou-se num sorriso. — Sabe aquela altercação entre Oe e Takahashi, antes da reunião? Foi sobre o rascunho de uma petição ao imperador. Parece que Takahashi escreveu o rascunho e levou-o a Oe para que ele desse sua opinião. Oe deu-o ao professor de caligrafia, para que os alunos usassem o papel como mata-borrão.

Akitada ergueu as sobrancelhas, chocado.

— Mas fez de propósito?

— Parece que sim. Pelo menos, Oe não nega.

— Se fez, foi uma grande grosseria! — Akitada comentou, meneando a cabeça. — Dá para entender por que Takahashi ficou tão furioso!

— Escreva o que vou lhe dizer, Sugawara — disse Nishioka com ar de satisfação. — Isso ainda não acabou.Takahashi guarda rancor, e Oe não suporta que seu orgulho seja ferido. Ah, sim, vai haver repercussão! — afirmou ao afastar-se, esfregando as mãos.

Quando Akitada saiu do prédio com Hirata, o sol já se punha e as equipes de limpeza estavam trabalhando nos pátios.

— Só faltam dois dias para o festival Kamo — Akitada observou. — Como Oe pode esperar que os participantes estejam prontos para apresentar alguma coisa, num tempo tão curto?

— Acho que ele espera o contrário. Mas os músicos, como Sato, sempre têm algo preparado. Quanto aos outros participantes... bem, Oe não se importa que passem vergonha, desde que ele próprio não passe.

Hirata falara em tom cáustico, o que não era de seu feitio. Akitada decidiu pressioná-lo.

— Os professores são sempre assim hostis uns com os outros, ou toda essa animosidade é por causa do que houve na última primavera? — perguntou.

Hirata sacudiu-se, endireitando os ombros.

— Não acredito que aquilo tenha se tornado público — disse num resmungo. — Não. O problema é que somos mais vulneráveis a falhas humanas do que as pessoas comuns. Se não fôssemos, não estaríamos ensinando. Os santos são professores muito ruins. Não sabem o que é lutar contra a tentação.

Sua voz soara tão carregada de amargura que Akitada teve dificuldade para lembrar-se da extraordinária tolerância que o professor sempre demonstrara em relação aos defeitos e vícios dos outros. Tolerância demais, porém, podia tornar-se prejudicial, e se aqueles homens acabassem por ferir-se mutuamente, Hirata sabia que se recriminaria por não ter interferido. Com inquietação, Akitada pensou no que ele dissera sobre estar persistindo porque ainda tinha duas obrigações a cumprir.

Em silêncio, passaram entre as colunas laqueadas de vermelho do portão da universidade e entraram na rua Mibu. Do outro lado estendia-se o vasto parque. Outro portão, de traves rústicas e telhado de colmo, em vez de colunas laqueadas e telhas azuis, como o da universidade, abria-se para o *Shinsenen*, o Jardim da Divina Primavera, onde aconteceria o concurso de poesia. Árvores floridas brilhavam entre o verde-escuro de carvalhos, bordos e pinheiros, e o perfume das flores enchia o ar morno do anoitecer. A imagem de Tamako em seu jardim passou pela mente de Akitada.

— Você precisa ir jantar conosco outra vez — disse Hirata de repente, quando tomaram o rumo da zona norte.

Akitada, distraído, sobressaltou-se.

— Obrigado — agradeceu, embaraçado.

— Tamako pergunta de você todas as noites.

— Oh... — Akitada murmurou, sem saber o que dizer.

Continuaram andando até onde seus caminhos se separavam, na esquina da rua Mibu com a avenida Dois.

— E então, o que me diz? — perguntou Hirata, parando.

— E-eu... gostaria, sim — Akitada gaguejou. — Isto é, se Tamako de fato... isto é, não quero incomodar.

— Não vai incomodar, de modo algum. Estará nos fazendo um favor. — Hirata pôs a mão no braço de Akitada e continuou: — Vivemos muito isolados, especialmente Tamako. Ela é jovem, precisa da companhia de pessoas de sua idade. Em geral são as mães que cuidam disso, mas como minha esposa faleceu... — Sua voz tremeu, e ele suspirou. — Um dia eu também irei embora, e minha filha ficará sozinha no mundo. De qualquer modo, não é natural uma moça passar o tempo todo com o pai.

A cabeça de Akitada girava. Se não estava enganado, Hirata sugerira que gostaria de tê-lo como genro. Podia muito bem imaginar o que sua mãe diria a respeito daquilo! De súbito, a raiva pelas circunstâncias em que vivia dominou-o.

— Na época do festival eu sempre reservo um camarote para minha mãe e minhas irmãs assistirem à procissão de Kamo. O senhor e Tamako aceitariam ser nossos convidados este ano, ou já têm outro compromisso? — convidou atropeladamente.

O rosto abatido de Hirata iluminou-se.

— Obrigado, meu caro rapaz! — ele exclamou calorosamente. — Eu não posso aceitar porque me reunirei com alguns velhos amigos, mas Tamako ficará muito feliz em ir. Por favor, diga à senhora sua mãe que minha filha e eu lhe somos muito gratos por tanta gentileza.

Akitada sentiu o coração apertar-se ao receber esse encargo, mas afirmou bravamente:

— Direi. Estou contente que Tamako possa ir. O senhor me permite ir buscá-la e depois levá-la para casa?

— Claro que sim. O que poderia ser melhor? Então, aceita jantar conosco amanhã?

— Aceito, obrigado. Será uma grande honra, senhor.

Hirata riu.

— Por que tanta formalidade, meu rapaz? Você é praticamente membro de minha família. Boa noite!

Despediu-se com um aceno e recomeçou a andar.

Observando-o afastar-se, Akitada imaginou se fora mais por aquilo do que pelo bilhete de chantagem que ele o contratara.

5

Morte no Jardim da Divina Primavera

Cedo, na manhã seguinte, Akitada foi aos aposentos da mãe e encontrou-a comendo seu arroz matinal na varanda nova. Quando o viu, ela mandou a criada embora com um gesto da mão longa e fina.

Lady Sugawara fora dona de uma grande beleza, mas a idade e o eterno descontentamento haviam tornado seu corpo magro demais, e seu rosto, severo. Ela cumprimentou o filho com amabilidade e convidou-o a sentar-se.

Depois de fazer as perguntas habituais a respeito de sua saúde, Akitada falou-lhe dos preparativos que fizera para a procissão da virgem Kamo. A mãe aprovou-os. Depois de um momento de silêncio desconfortável, ele disse:

— Há um assunto sobre o qual espero que a senhora dê um conselho a seu indigno filho.

Lady Sugawara ergueu as sobrancelhas, como que surpresa, então moveu a cabeça, concordando.

— Fale.

— A senhora com certeza se lembra de que meu antigo professor, Hirata, tratou-me com extrema bondade.

— O fato de estranhos tomarem o lugar de sua verdadeira família foi um grande desgosto para mim — ela declarou, franzindo a testa. Fez uma pausa, então prosseguiu: — No entanto, o homem é respeitável, e não houve nada impróprio naquele arranjo. Você simplesmente foi morar na casa de seu professor para instruir-se.

— Sabe muito bem que o "arranjo", como a senhora diz, não teve absolutamente essa finalidade — Akitada protestou. — Os Hirata, por pura bondade, me receberam em sua casa porque fui expulso da minha.

A mãe desviou o olhar.

— Nunca se esqueça de que você é um Sugawara. Contudo, acredito que o sr. Hirata seja uma pessoa digna de sua estima.

— Ele é o mais bondoso dos homens, pai de uma filha adorável e talentosa. — Prendendo a respiração por um momento, ansioso, ele esperou que a mãe dissesse algo, mas ao ver que ela apenas apertava os lábios, continuou: — O nome da moça é Tamako. Ela e eu crescemos juntos, como irmãos, durante os anos em que morei com eles, mas eu não a vira mais desde que meu pai... — Interrompeu-se, ao ver a mãe torcer a manga do quimono de modo abrupto e franzir a testa. Respirando fundo, disse o resto do que tinha a dizer, apressadamente: — Ela agora está com vinte e dois anos. É filha única, e o pai está preocupado com seu futuro. Acredito que ele gostaria muito se eu a pedisse em casamento.

Pronto! Estava dito.

Um longo silêncio estendeu-se entre eles. Lady Sugawara não se moveu, nem olhou para ele.

— Entendo — murmurou por fim.

— E-eu... gosto muito de Tamako — declarou Akitada, hesitante. — A senhora também gostará. Ela é instruída, lê e escreve chinês, porque estudou com o pai, junto comigo, e é uma maravilhosa jardineira. A senhora e ela têm muita coisa em comum!

Essa era uma mentira deslavada, pois as duas mulheres não tinham nada, absolutamente nada em comum.

Lady Sugawara emitiu um longo suspiro, então virou-se para olhá-lo.

— Bem, você já passou da primeira juventude, e meus anos de ouro ficaram para trás, de modo que agora considero uma dádiva cada um de meus dias neste mundo — falou, enxugando os olhos com a ponta da manga do quimono. Depois sorriu tremulamente para Akitada. — Está na hora de você ter uma esposa, e eu desejo muito segurar um neto nos braços antes de morrer.

Akitada teve a impressão de que um peso esmagador fora retirado de seus ombros. Quase não acreditava no que ouvira.

— Muito obrigado, mãe — agradeceu com fervor, curvando-se profundamente. — A senhora é muito compreensiva.

Ela dispensou o agradecimento com um aceno e sorriu de leve. Por um momento, tornou-se linda outra vez.

— Fui convidado para jantar na casa deles hoje, então falarei com o professor — Akitada informou, contente. — A senhora conhecerá sua futura nora no dia da procissão. Convidei-a para ficar conosco no camarote.

A expressão de lady Sugawara transformou-se bruscamente.

— Fez o convite sem me consultar? — ela perguntou em tom de censura. — Nada poderia ser mais impróprio! O costume, nesses casos, é contratar um intermediário. E você sabe como detesto surpresas! No futuro, fale comigo antes de levar estranhos a minha presença.

Akitada pediu desculpas e curvou-se humildemente.

A mãe arrumou as pregas do quimono, fungou, então continuou:

— Bem, não tem importância. Trata-se de uma família respeitável, embora não ilustre. É claro que você poderia fazer uma escolha muito melhor, mas como presumo que oferecerá a essa moça uma posição secundária em sua casa, podemos tolerar alguma informalidade.

O sangue de Akitada subiu-lhe ao rosto.

— Oh, não! — ele exclamou. — Penso que a senhora entendeu mal, minha mãe. Uma posição secundária está totalmente fora de cogitação! Seria o mais grave dos insultos, depois de tudo o que os Hirata fizeram por mim. — Sentindo-se subitamente furioso, corrigiu-se: — Por *nós*! Por favor, lembre-se de que seus amigos importantes conhecem perfeitamente as circunstâncias que ligaram nossa família aos Hirata.

Sua voz soara áspera demais, e lady Sugawara piscou, surpresa.

— Você se tornou um homem muito duro, Akitada — ela observou com reprovação. — Eu sempre pensei apenas no seu bem. Os Hirata não podem ajudá-lo a progredir em sua carreira. Você precisa fazer um bom casamento. Eu tinha em mente a filha de Takeda ou uma das meninas Otomo. Os pais delas têm muita influência na corte.

— Não me importo com isso.

Ela abanou a cabeça com tristeza.

— Eu sei. Esse sempre foi seu maior problema. Eu, por outro lado, tenho responsabilidades em relação a minha família. E as carrego sozinha! Suas irmãs continuam solteiras.

Aquilo de novo. A culpa. O destino das irmãs mais uma vez pendia ameaçadoramente sobre a cabeça de Akitada. A mãe gostava de descrever o futuro delas, vendo-as como aquelas tias solteironas que faziam compras e outros serviços de rua, cuidavam de sobrinhos e de pais idosos, como servas sem salário. Se uma delas encontrasse um marido, certamente seria um camponês grosseiro, sem um centavo, que ainda bateria nela. Ou, pior ainda, poderia cair na desgraça de ser a terceira ou quarta esposa de um nobre, vivendo sob a cruel tirania da primeira.

Empertigando-se, Akitada declarou em tom firme:

— Não, mãe. Não oferecerei a Tamako nada menos do que a posição de primeira esposa.

— Muito bem — a dama disse secamente, batendo palmas para chamar a aia.

Ele se levantou e curvou-se diante dela, sabendo que a conversa havia terminado.

Akitada foi para a universidade dar as aulas da manhã, sentindo-se infeliz, pensando em sua mãe e nas mudanças para as quais ele não estava preparado. Depois que se casasse teria sempre de levar em consideração a esposa e possivelmente filhos, antes de tomar qualquer decisão. A situação financeira ficaria mais apertada. Casando-se, estaria assumindo uma nova família, e no momento ele mal era capaz de sustentar a antiga.

De súbito, sentiu-se culpado por estar relutando e pensou em como seria afortunado tendo aquela jovem esguia, bonita e inteligente com quem compartilhar a vida. No entanto, para ser justo, precisava levar em conta que ela também podia ficar perturbada com a idéia de casamento.

Na rua Mibu, imerso em suas reflexões incômodas, passou direto pela entrada da universidade e, andando distraidamente, entrou no território dos prédios governamentais, andando na direção do ministério, como se estivesse se dirigindo para seu costumeiro local de trabalho. Ainda era cedo, mas secretários e escreventes passavam por ele apressados, a caminho dos diversos departamentos. Quando percebeu o engano que cometera, ele resolveu entrar e falar com Seimei.

O velho estava curvado sobre uma pilha de documentos, fazendo anotações com seu ágil pincel. Ergueu os olhos nervosamente, mas seu rosto iluminou-se quando ele viu Akitada.

— Bom dia, senhor. — Erguendo-se, curvou-se em saudação e continuou: — Encontrei alguns registros de bens do príncipe Yoakira nos arquivos do Departamento de Impostos e estou fazendo uma cópia para o senhor. Preciso devolver os papéis antes que alguém perceba que não estão lá e comece a fazer perguntas.

— Que homem diligente! — Akitada pegou o maço de documentos que o velho entregou-lhe e correu os olhos pela relação de bens. — Céus! Quanta riqueza! — exclamou.

— É verdade. Cinco mansões perto da capital, uma delas de proporções palacianas, trinta e cinco outras, por todo o país, enormes extensões de terra cultivável nas províncias mais prósperas, das quais mais de duzentos acres são isentos de impostos. Fiz amizade com um funcionário do Departamento de Registros. Na hora certa, talvez eu consiga ver os testamentos ali registrados.

Akitada concordou com um gesto de cabeça e folheou os papéis.

— Senhor, fiquei ainda mais preocupado com essa história — Seimei declarou. — Todo mundo na corte quer deixar as coisas como estão. Lorde Sakanoue, que requisitou uma grande porção dos bens como dote de sua esposa e que nunca foi benquisto na corte, foi recebido tanto pelo imperador como pelo chanceler.

Irritado, Akitada jogou os papéis na esteira no chão.

— Isso não me surpreende — declarou. — Ele se casou com a neta do príncipe por interesse e alega ter a guarda do neto. Mais um motivo para continuarmos investigando. Uma riqueza tão grande é uma tremenda tentação para um homem inescrupuloso. Abre-lhe portas que de outra forma se manteriam fechadas. Quero que você descubra tudo o que puder. — Virou-se para sair, então lembrou-se de outra coisa. — Ah, pergunte também sobre um jovem chamado Okura. Ele tirou o primeiro lugar nos exames do ano passado e deve ter sido designado para um bom cargo administrativo.

— Okura? Não era esse o nome do cavalheiro que colidiu com Tora alguns dias atrás, na rua?

Akitada franziu a testa, pensativo.

— Era esse o nome daquele emproado? Espere... acho que tem razão! Que figura insignificante! Ele disse que trabalhava no Ministério do Cerimonial, não é? Bem, veja o que consegue descobrir sobre ele. Talvez esteja ligado ao problema do professor Hirata.

As aulas de Akitada transcorreram normalmente naquela manhã. Ele finalmente se familiarizara com a matéria, com as obrigações de professor, e estava até se divertindo. Ainda pensando na riqueza do príncipe Yoakira, pedira que a classe discutisse o assunto da isenção de impostos para membros da família imperial. Ouvira comentários muito inteligentes e originais dos alunos, mas nenhum superior aos do menino Minamoto, que argumentara vigorosamente, indo contra essa prática.

No entanto, muitos dos estudantes demonstravam uma lamentável falta de conhecimento da língua chinesa. Como chinês não era sua matéria, Akitada decidiu ir falar com os professores daquele departamento, aproveitando para esticar um pouco as pernas.

Encontrou apenas Ono e o aluno Ishikawa no salão principal. Os dois estavam corrigindo trabalhos e dando as notas.

— O mestre está na biblioteca — Ono informou. — Mas está se preparando para sua apresentação no concurso e não pode ser perturbado.

Tentou suavizar a notícia com inúmeras mesuras, murmurando desculpas, contorcendo-se, esfregando as mãos e balançando a cabeça de tal maneira que Akitada refletiu que não era à toa que Oe o chamava de esquilo. Ishikawa observava toda aquela mímica com um sorriso de escárnio no belo rosto.

— Não se preocupe — disse Akitada. — Não é nada de urgência.

— Os gênios precisam do máximo de privacidade — Ono insistiu, apresentando mais uma desculpa. — Mas talvez o sr. Ishikawa e eu possamos ajudá-lo.

Então, agora era *senhor* Ishikawa, pensou Akitada. Olhou de relance para o jovem que, obviamente notando sua surpresa, ergueu uma sobrancelha com ar arrogante. Virando-se para Ono, Akitada perguntou:

— Há aulas de reforço de chinês para alunos mais fracos nessa matéria? Descobri alguns bem fraquinhos em minha classe.

— Bem, se puderem pagar, há sempre um aluno veterano que aceita dar aulas particulares. Claro que um aluno que pertence a uma das grandes famílias já tem seu próprio professor particular. Mas espero que o senhor não esteja sendo muito exigente. Lembre-se de que é raro encontrarmos alguém com tanto talento quanto o sr. Ishikawa.

Forçado a deixar de ignorar a presença do arrogante, Akitada voltou-se para ele.

— Ah, sim! Ouvi falar que todos acreditam que você será o vencedor nos próximos exames. Meus parabéns.

— Obrigado — Ishikawa agradeceu com displicência, acrescentando: — Infelizmente, ainda faltam muitos meses.

Irritado com aquela enfatuada autoconfiança, Akitada observou:

— De fato, infelizmente. Esse negócio parece meio incerto. Disseram-me que o favorito do ano passado não foi o vencedor.

— Oh, aquilo foi um choque! — Ono interferiu. — Mas é muito raro um aluno ter um desempenho superior de repente, no último momento, e com certeza isso não vai acontecer de novo este ano. De modo algum!

Ishikawa sorriu.

— Não estou preocupado — declarou em tom indolente. — Afinal, estou estudando há um tempo longo demais, arduamente demais, para ser derrotado agora. Não, isso não vai acontecer. Tenho plena certeza de meu sucesso.

Akitada não gostou do que ouviu. Não foi tanto a arrogante certeza do rapaz que o perturbou, mas uma sugestão de ameaça em seu tom de voz. Depois de um comentário neutro a respeito do tempo, voltou para sua sala para preparar as aulas do dia seguinte.

Quando Tora chegou com seu melhor quimono e um chapéu de copa alta, ele ainda estava fazendo anotações.

— Acho bom começar a trocar-se, senhor — o servo observou. — Está quase na hora de ir à casa do professor para o jantar.

— Já é tão tarde? — Akitada esfregou os olhos e espreguiçou-se. — Obrigado, Tora. — De súbito, pensar na reunião daquela noite encheu-o de ansiedade. — Ajude-me a tirar este quimono. Acho que devo lavar o rosto e as mãos. Vá buscar um pouco de água.

— Não seria melhor o senhor ir a um barbeiro? — Tora sugeriu.

— Por quê? — Akitada perguntou, passando uma das mãos no queixo. — Nunca me barbeio antes do jantar.

Tora resmungou, mas foi buscar a água.

Depois de lavar-se, Akitada foi para a frente do espelho e ajeitou os cabelos com as mãos. Tora, parado a seu lado, segurando o quimono trazido de casa, observava-o com um sorriso amplo.

— Um pretendente que parece bastante nervoso — falou com uma risadinha.

Akitada girou nos calcanhares para olhá-lo.

— Como sabe disso?

— Foi fácil adivinhar. A senhora sua mãe insistiu em escolher pessoalmente um quimono, este aqui, e mandou uma criada limpá-lo com uma esponja. Depois fez uma mistura de incensos e perfumou-o. Disse que o senhor é desleixado com suas roupas. — Tora riu, levando ao nariz uma das mangas do quimono. Aspirando profundamente, cambaleou de leve e gemeu: — Hum... — Rolando os olhos de modo cômico, disse: — A moça vai desmaiar. Mal posso esperar para ver.

— Você está sendo ridículo! — Akitada retrucou, tomando o quimono das mãos dele. — E como vou jantar em casa de amigos, não precisarei de sua companhia.

— Lamento, senhor, mas são ordens de lady Sugawara — Tora informou com um largo sorriso. — Ela disse que o senhor deve ir acompanhado por seu servo.

Akitada olhou-o com irritação, e ele assumiu uma expressão de profunda mágoa.

— Oh, está bem! — Akitada concedeu a contragosto, vestindo o quimono de seda cinza e passando a faixa ao redor da cintura. Por fim, pegou o chapéu que Tora lhe entregou, enfiou-o na cabeça bruscamente e disse em tom impaciente: — Então, vamos!

Já fora do prédio, começou a andar tão depressa que o servo teve dificuldade para acompanhá-lo.

— Espere! — Tora pediu quando ele passou pelo portão que levava à rua, de queixo erguido e com a saia do quimono esvoaçando em volta das pernas. — Não precisamos ter pressa se o senhor não vai passar no barbeiro primeiro.

Akitada parou. A sua frente estendia-se a paisagem verde do Jardim da Divina Primavera, banhado pela luz do entardecer. Obedecendo a um impulso repentino, atravessou a rua.

— Aonde vai agora? — Tora perguntou em tom de reclamação, ofegando atrás dele.

— Quero dar uma rápida olhada no pavilhão onde amanhã acontecerá o concurso de poesia. Não vou levar mais de um minuto.

Mas naquele dia havia guardas no portão rústico, e um deles barrou a passagem dos dois.

— Sinto muito, senhor, mas o parque está fechado ao público, hoje e amanhã — explicou, falando com Akitada.

— Sou um dos professores. Vim dar uma olhada nos preparativos.

Olhando para o fino traje de Akitada e para o servo, o guarda afastou-se para um lado, inclinando-se respeitosamente.

— Nesse caso, como o cavalheiro faz parte das atividades, acredito que posso permitir que entre.

Àquela hora da tarde, o parque estava lindo. Os raios do sol poente filtravam-se através dos galhos das árvores, fazendo brilhar as folhas novas e espalhando ouro líquido nos caminhos cobertos de pedregulhos. Os pássaros trinavam em algazarra, o perfume das flores excitava os sentidos, e a trilha que Akitada seguia fazia voltas misteriosas entre moitas de samambaia e canteiros de azaléias floridas. O perfume floral que flutuava no ar fez Akitada pensar em Tamako e na proposta de casamento que ele ia lhe fazer. Quando, sempre com Tora atrás, virou uma curva, viu uma gigantesca glicínia que crescera através de um salgueiro, misturando suas pesadas pencas de flores roxas com os pálidos ramos flexíveis que pendiam como uma cortina. A bela visão animou-o repentinamente. Claro que tudo ia dar certo. Ele e Tamako eram amigos, não havia motivo para constrangimento entre os dois.

Um pouco mais adiante, após uma curva mais ampla, o lago estendia-se diante do pavilhão imperial. Akitada parou para admirar a cena. Aquele era um dos lugares mais belos da capital. Os frágeis balcões laqueados de vermelho e a brilhante cobertura de telhas azuis do pavilhão destacavam-se contra o verde compacto do parque. Os ornatos dourados em forma de golfinhos e sinos que arrematavam as pontas dos beirais encurvados brilhavam aos raios do sol que descia para o horizonte. A brisa agitava o topo das árvores e formava na água azul pequenas ondas douradas pela luz.

— O paraíso! — murmurou Tora. — Os jardins do paraíso devem ser assim.Veja aqueles barcos e o templo na ilha, bem no meio do lago! Igualzinho ao quadro na sala de sua mãe.

— É muito bonito, sim — concordou Akitada, pensando em seu tempo de estudante, quando passava horas pescando na pequena ilha ou ia com amigos a festas noturnas, realizadas em barcos iluminados por lanternas.

Viu que os preparativos para o concurso de poesia já haviam começado. Os barcos estavam alinhados na margem, prontos para acomodar os convidados. O trecho de areia branca que ia da escada do pavilhão à beira da água fora cuidadosamente rastelado, e na larga varanda, já mergulhada em sombras, ele podia distinguir pilhas de almofadas escuras.

Tora, porém, estava interessado no lago. Olhando para a margem mais distante, perguntou:

— Que edifícios são aqueles, no outro lado?

— Um é o pavilhão de pesca. O outro é chamado de pavilhão da cascata, porque fica junto de uma cascata artificial que derrama suas águas no lago. Há mais dois, mas não podem ser vistos daqui. Em certas ocasiões, no verão, o imperador e a corte usam todos eles.

— Verdade?

Tora entrou na faixa coberta de arbustos que os separava da margem do lago, procurando ter uma visão melhor do outro lado, e Akitada permaneceu na trilha, divertindo-se com sua curiosidade. De repente o servo gritou e proferiu uma torrente de sonoros impropérios, antes de chamar, aflito:

— Senhor! Venha cá, venha ver isto!

Akitada entrou no meio dos arbustos cautelosamente, afastando os ramos para que não tocassem sua roupa de seda. Encontrou Tora inclinado sobre uma moça de quimono de algodão azul deitada de lado, com os braços e pernas estendidos entre os juncos que cresciam na lama perto da água. Estava morta.

Andando com cuidado ao redor do corpo, ele viu que a língua pendia para fora da boca e que a pele do rosto estava arroxeada. Reconheceu a moça no mesmo instante. Era aquela que tomava aulas de alaúde com o professor Sato. Fora estrangulada.

— Um desgraçado estrangulou-a — Tora observou desnecessariamente.

Estendendo a mão, Akitada tocou uma das faces da morta. Era macia, arredondada como a de uma criança, coberta por uma leve camada do pó branco comumente usado por mulheres das classes mais altas e por prostitutas. A pele ainda estava ligeiramente morna. Em seguida, segurando um braço da moça, Akitada ergueu-o, dobrando-o sem dificuldade. Viu que a mão estava mole e limpa, com exceção de traços da lama onde os dedos haviam pousado.

— Não faz muito tempo — declarou, endireitando-se e percorrendo o olhar pelos arredores. Os juncos em volta do corpo só estavam pisados onde ele e Tora haviam andado. — Se o parque está fechado, o que ela estava fazendo aqui?

— O assassino ainda pode estar por perto — comentou Tora. — Posso dar uma olhada por aí?

— Pode, mas não vá muito longe.

Pensativo, Akitada ficou olhando para a moça assassinada, então abaixou-se para virá-la de costas. Quando o corpo rolou, o quimono azul abriu-se, deixando ver a camisa de baixo, de algodão branco e bastante gasta. Erguendo-se novamente, ele começou a examinar o chão entre o corpo e a trilha de transeuntes, mas nada encontrou. Voltou para junto da moça e, tornando a abaixar-se, ergueu-lhe o queixo com delicadeza. Vergões vermelhos e roxos marcavam a pele branca do pescoço.

— Nenhuma alma viva — Tora informou, chegando por trás dele através dos juncos. Olhou para as roupas em desordem da morta e soltou uma praga antes de comentar: — E ele a estuprou antes de matá-la.

— Não creio — disse Akitada. — As roupas não estão sujas nem amassadas. Se fosse estuprada, ela certamente teria lutado.

— Mas ela está sem faixa na cintura! Nenhuma mulher respeitável anda por aí com o quimono aberto desse jeito. Se não foi estuprada, entregou-se de boa vontade. Mas, nesse caso, por que o sujeito a estrangularia?

— Um enigma. Veja o pescoço dela! Quando uma pessoa estrangula outra com as mãos nuas, deixa marcas de dedos. Uma vez, li que essas marcas podem ser medidas e comparadas como os dedos do suspeito. Mas essa mulher não foi estrangulada assim. O assassino usou um pedaço de pano, talvez a própria faixa do quimono dela. Viu alguma coisa parecida por onde andou?

— Uma faixa? — Tora abanou a cabeça. — Não. Quer que eu faça mais uma busca?

— Não. Está escurecendo, e este lugar é muito grande. Vou comunicar o fato ao guarda do portão. Você fique aqui!

Akitada encontrou o guarda sentado no chão e encostado num dos pilares do portão, dormindo.

— Levante-se! — ordenou asperamente, puxando o homem por um braço. — Houve um assassinato aqui há menos de uma hora. Quem entrou ou saiu do parque durante esse tempo?

O guarda ergueu-se, meio cambaleante. Gaguejando, garantiu que ninguém, a não ser Akitada e Tora, entrara ou saíra.

— Todos os portões foram fechados duas horas atrás — explicou. — Só o pessoal autorizado é admitido, e apenas através deste portão, senhor. Eu barrei sua passagem e de seu servo, como o senhor próprio viu.

— Não me pareceu muito alerta, agora — Akitada observou. — Tem certeza de que ninguém mais entrou no parque?

— Tenho, senhor! Eu só estava descansando um pouco. Mas estou sempre vigilante, pode acreditar. Nesta época do ano o parque vive cheio de gente da pior espécie.

— Então, não viu uma moça de quimono de algodão azul entrar? Altura mediana, entre dezoito e dezenove anos, bonita?

O guarda arregalou os olhos.

— Ela foi assassinada? — perguntou. — Por Buda! Vem aqui muitas vezes, sempre chega e vai embora sozinha. — Piscou maliciosamente. — Isso não quer dizer que fique sozinha no lugar aonde vai, não é? Os jovens da universidade precisam divertir-se! Ha, ha! Viva e deixe que os outros vivam.

— Não neste caso — Akitada observou friamente. — Você a deixou entrar, mesmo estando o parque fechado ao público.

— Oh, não, senhor! Hoje eu não vi a moça. Ela deve ter entrado antes do meu turno.

— Muito bem. Fique de olhos atentos e detenha qualquer pessoa que tente sair. O assassino ainda pode estar aí dentro. Agora vou falar com o chefe de polícia.

A divisão da administração municipal, *Sakyo Shiki*, responsável pelo lado esquerdo da cidade, ficava no quarteirão imediatamente abaixo da universidade e abrigava também o gabinete do chefe de polícia daquele distrito. Akitada relatou o que descobrira a um velhote diligente que no mesmo instante enviou um mensageiro ao quartel policial com o recado de que um contingente de policiais devia ser mandado ao parque, e só então registrou o depoimento de Akitada. Isso tudo levou um bom tempo, e quando Akitada por fim retornou ao portão do parque, um grupo de policiais de túnicas vermelhas entrava a trote. Ele entrou também, depois que todos passaram, fazendo um gesto de cabeça para o guarda.

— Alto! — uma voz autoritária soou atrás dele, fazendo-o parar e virar-se.

Um homem de meia-idade e altura imponente, usando uniforme de capitão da polícia, quimono vermelho, arco e aljava cheia de flechas, aproximou-se com passos decididos. Havia uma expressão severa no belo rosto barbado.

— O que está fazendo aqui? — ele inquiriu asperamente. — O parque está fechado. Identifique-se e diga a razão de sua presença.

Akitada obedeceu. O capitão olhou-o com mais atenção, mas não mostrou ter se abrandado.

— Meu nome é Kobe — apresentou-se. — Capitão de polícia. Leve-me até o cadáver!

Mais uma vez, Akitada obedeceu. Encontraram Tora e os policiais discutindo. Kobe gritou uma ordem e seus homens calaram-se. Tora juntou-se a Akitada e os dois ficaram observando o capitão fazer um exame preliminar do corpo e do local e depois dar novas ordens aos policiais, que se dispersaram. Kobe, então, aproximou-se de Akitada.

— Foi estrangulada há duas horas, no máximo. — Seus olhos perspicazes examinaram o rosto de Akitada, que concordou com um gesto de cabeça. — Mandei vasculhar o parque em busca do assassino. Vocês encontraram a moça um pouco depois que ela foi morta. Moveram o corpo?

Akitada explicou o que fizera e, com a ajuda de Tora, mostrou em que posição a jovem estava antes de ser virada de costas.

— Ela parecia ter sido jogada no meio das moitas de junco — contou.

Kobe olhou o cadáver, os juncos partidos, a vegetação rasteira pisada.

— As pessoas têm a mania de se meter, e isso é ruim — disse com azedume. — Muitas pistas podem ter sido destruídas. — Depois de um momento de constrangedor silêncio, acrescentou: — Mas acredito que vocês não tenham causado muito dano. É apenas uma moça do povo, uma mulher das ruas, eu diria. No sexto ou sétimo mês de gravidez.

— O quê?! — Akitada exclamou, corando de embaraço por não ter notado aquilo. — Acho que não tenho muita experiência nesses assuntos — acrescentou num resmungo, corando ainda mais. — Eu simplesmente achei-a pesada.

O capitão suspirou.

— Não tem importância. Na sua idade eu também não sabia muita coisa. Não é casado, suponho.

— Ainda não.

Kobe torceu os lábios de leve, como se fosse sorrir.

— Bem, o legista precisa confirmar que ela estava grávida. A faixa do quimono sumiu. Não a viram, não é?

— Não — respondeu Akitada. — Procuramos aqui em volta, mas não a encontramos. Mas acredito que seja uma faixa de brocado vermelho, de excelente qualidade. — Quando o capitão olhou-o com espanto, explicou: — Eu reconheci a morta. É uma moça que vi rapidamente, uma semana atrás. Naquele dia ela usava o mesmo tipo de quimono, e notei a faixa porque era obviamente muito cara e não combinava de modo algum com o traje simples. Mas não sei o nome dela.

— Onde a viu? O que ela estava fazendo?

— Eu a vi no prédio da Escola de Música da universidade. Ela já estava de saída, depois de uma aula de alaúde.

— Aula de alaúde? Com um professor de música? Uma moça da classe baixa?

Não gostando de algo que captara no tom do capitão, Akitada respondeu secamente:

— Seja como for, foi assim que a vi.

— Quem é esse professor? Onde ele mora?

Akitada refletiu que, se desse a informação, Sato certamente ficaria com raiva dele. Por um momento sentiu-se tentado a desconversar, contando a Kobe o que o guarda do portão dissera a respeito da moça, mas decidiu que isso seria inútil, porque um policial eficiente como aquele naturalmente interrogaria todos os guardas.

— O nome do professor é Sato — respondeu. — Não sei o endereço dele.

— Hum... — O capitão pensou por uns instantes, olhando novamente para o corpo da jovem. — Já é um ponto de partida. A esta hora não há mais nenhum professor na universidade, suponho.

— Acredito que não.

— Senhor! — Tora chamou, inquieto, puxando a manga do quimono de Akitada. — Está ficando tarde. Não pode deixar os Hirata esperando.

Akitada e Tora descobrem um assassinato

— É claro, Tora — Akitada concordou. — Eu havia me esquecido. Virando-se para o capitão, explicou: — Tenho um compromisso importante e já estou atrasado. Se não precisar mais de nós, iremos embora.

Kobe olhou o servo de alto a baixo.

— Tora? Você é aquele que o amo encontrou na estrada depois que alguém tentou assaltá-lo?

— Eu mesmo, senhor — confirmou Tora, sorrindo orgulhosamente.

Akitada encarou Kobe, atônito.

— Como sabe disso? — indagou.

Os olhos do capitão cintilaram. Era óbvio que estava adorando o efeito que causara.

— Em minha profissão, manter os ouvidos atentos é uma boa medida — respondeu. — Só não prendi vocês dois no mesmo instante, hoje, porque reconheci seu nome, Sugawara. Houve muito falatório na cidade a respeito do modo como o senhor lidou com os monges traidores. — Os cantos de sua boca tremeram, e ele quase sorriu. — Mas não quero retê-lo. Saberei onde encontrá-lo, se tiver mais perguntas a fazer.

— Oh... entendo — Akitada murmurou. — Obrigado.

Ele e Tora afastaram-se depressa. Perto do portão, encontraram-se com vários policiais que arrastavam um mendigo velho e andrajoso. Akitada passou por eles apressado, não querendo atrasar-se ainda mais para o jantar com os Hirata, mas Tora parou para falar com os policiais e, quando o alcançou, contou que o mendigo fora preso nas proximidades de um dos portões e que levava uma faixa de mulher escondida na manga.

Akitada parou e olhou para trás.

— Aquele velho? Impossível! Parece frágil demais até para carregar um bebê. Não teria forças para carregar uma mulher, grávida, ainda por cima.

Começou a andar na direção do grupo, mas Tora segurou-o pela manga.

— Não, senhor! Fez uma promessa aos Hirata e a sua mãe. Além disso, o capitão Kobe é bastante inteligente para perceber isso sozinho.

Embora com relutância, Akitada concordou.

Haviam saído do parque e andavam depressa pela avenida Dois, quando Tora disse:

— Então, ela estava grávida! Bem que imaginei. Isso pode significar muita coisa.

Akitada não fez nenhum comentário.

— Sato, o professor dela, pode ser o pai da criança — o servo persistiu.

— Hum...

— Talvez ele a tenha matado porque ela o estava chantageando.

— O quê? Quer ficar quieto, Tora? Estou pensando!

Tora sorriu, mal contendo o desejo de fazer outra observação jocosa a respeito de pretendentes ansiosos. Não conversaram mais durante o restante do percurso. Akitada estava tenso e começara a transpirar, mais de nervosismo do que pelo exercício da rápida caminhada.

Mais tarde ele descobriria que não precisava ter se preocupado tanto.

O portão dos Hirata abriu-se assim que ele bateu, e foi a própria Tamako que surgiu diante dele, segurando uma lanterna e olhando-o com expressão ansiosa. Na luz dourada, contra a escuridão do jardim, ela era como uma aparição sobrenatural. Vestira-se com apuro, mas seu rosto estava pálido e tenso.

— Graças aos céus! — ela exclamou. — Você chegou, finalmente! Onde esteve?

Como o tom de voz dela não sugeria a lisonjeira impaciência de uma jovem que desejava estar com seu futuro marido, Akitada preocupou-se.

— Aconteceu alguma coisa, Tamako?

— Não, mas preciso falar com você.

Akitada despachou Tora para as dependências de serviço e explicou à futura noiva a razão de seu atraso.

Ela baixou a cabeça. A lanterna tremeu ligeiramente em sua mão.

— Oh, por favor, me perdoe! Que coisa horrível, pobre moça! Eu não sabia...

— Como poderia saber? — ele observou. — O que aconteceu, Tamako?

— Akitada... — ela murmurou e calou-se.

Estavam muito próximos um do outro, envolvidos pelo perfume das glicínias, peônias e dezenas de outras flores. Tamako estremeceu, e Akitada sentiu um forte desejo de tocá-la. Ela, porém, recuou abruptamente quando ele pousou a mão em seu ombro.

— Por favor... — pediu com voz embargada. — Sei que papai falou com você sobre casamento. Mas não devemos nos casar. Eu lhe imploro que, se gosta de mim... como a irmã que você disse que sou... não me peça em casamento esta noite... nem nunca! Oh, Akitada, lamento muito, mas não posso me casar com você.

— Mas por que não? — Perplexo, ele deu um passo à frente, mas Tamako recuou novamente.

— Não me pergunte por quê — ela pediu. — Por favor, não torne as coisas mais difíceis para mim, e lhe serei eternamente grata.

6

A Procissão de Kamo

A lembrança daquela noite sempre causaria a Akitada uma vaga impressão de pesadelo. Ele informara Hirata de que não haveria casamento, assumindo a culpa, alegando a incerteza de seu futuro e a obrigação que tinha em relação a sua família. Hirata aceitara a explicação sem comentários.

O jantar foi lúgubre. Tamako, sentada ao lado de Akitada, não erguia os olhos de sua tigela e comeu muito pouco, enquanto o pai olhava para os dois com tristeza, suspirando profundamente de vez em quando.

Em casa, outro confronto desagradável esperava Akitada. A mãe ainda estava acordada e recebeu a notícia como um insulto a sua pessoa.

— Posso saber qual dos dois não quis assumir o compromisso, e por quê? — perguntou com rispidez.

Akitada sentiu o coração disparar. Previa que haveria problemas quando sua família conhecesse Tamako, por ocasião da procissão da virgem Kamo.

— Tirei conclusões baseado em nossa amizade — ele disse. — Estava enganado, e a culpa é exclusivamente minha.

— Entendo. Sua proposta foi rejeitada. Que afronta! — a mãe exclamou com olhos faiscantes de raiva. — E pensar que um Sugawara pensou em casar-se com uma simples Hirata!

— Não foi como a senhora está pensando — Akitada protestou. O medo por Tamako levou-o a acrescentar asperamente: — Espero que a senhora e minhas irmãs lembrem-se, amanhã, de tratar Tamako com o respeito devido a uma amiga da família.

Lady Sugawara empertigou-se.

— Não queira me ensinar boas maneiras! Meu avô era descendente direto do imperador Itoku, e prestei serviço no palácio. Sei e sempre saberei como tratar nossos convidados. Agora saia! Eu já devia estar dormindo.

* * *

O dia da procissão de Kamo amanheceu esplêndido. O feriado, dedicado ao espírito guardião da capital, era um pretexto para nobres e plebeus aproveitarem bem o fim da primavera. Logo ao romper do dia, Tora alugara um carro de rodas altas, puxado por um boi, e agora estava fazendo-o chegar à escada da varanda da casa, para que as damas Sugawara embarcassem sem sujar as saias no chão do pátio.

As irmãs de Akitada foram as primeiras a aparecer, usando seus mais lindos quimonos e tagarelando animadamente. Eram um mistério para Akitada, que passara muito tempo longe de casa e apenas lembrava-se das duas como meninas de rosto redondo que o seguiam por toda parte. E agora eram duas moças com quase vinte anos. Depois de seu retorno à casa da família, descobrira que elas haviam se tornado jovens frívolas mas de bom coração. Naquela manhã ele assistiu à exuberância delas sem um sorriso sequer. Vendo seu rosto fechado, as duas calaram-se abruptamente e subiram no carro sem alvoroço.

Não foi assim com lady Sugawara, porém. Ela chegou à varanda em seu lindo quimono chinês de seda cor-de-rosa com peônias bordadas, que fizera parte de seu dote, e parou bruscamente ao ver o carro simples de junco trançado.

— Você não espera que eu ande nisso aí, espera? — perguntou a Akitada em tom gélido. — Nunca comparecemos a uma função pública em um veículo alugado. Atrás de nosso camarote sempre estava estacionada a carruagem de nossa família, ostentando nosso brasão.

— Não temos mais o privilégio de possuir uma carruagem, mãe — Akitada observou.

— E parece que meu filho não tem mais amigos que possam emprestar-lhe uma — a mãe retrucou.

Akitada suspirou disfarçadamente. Ele ofendera a mãe e precisava acalmá-la.

— Faz anos que minhas irmãs esperam por este momento — lembrou-a. — E se a senhora não for assistir à procissão, elas e nossa convidada também não poderão ir.

Lady Sugawara ergueu a cabeça com altivez, mas entrou no carro sem mais protestos.

Depois de ver a família partir, Akitada tomou o rumo da casa dos Hirata. O tempo esplêndido, no limite entre a primavera e o verão, tornava o festival de Kamo uma ocasião propícia ao romance. Até as moças criadas pelos pais mais severos podiam flertar com jovens cavalheiros sem que por isso fossem censuradas. Akitada via casais caminhando na direção da avenida Um, por onde a procissão passaria, indo do palácio do imperador para o local do santuário de Kamo, fora da cidade. Todas as pessoas que andavam pela avenida usavam suas roupas mais finas e flores de malva, consagradas à virgem Kamo, nos chapéus ou nos cabelos.

Akitada arrependia-se de não ter providenciado uma liteira para Tamako. Até a noite anterior, ele mal podia esperar pelo privilégio de andar ao lado dela como seu noivo oficial. Agora, irem a pé seria constrangedor para os dois, mas àquela altura os carregadores de liteiras estavam todos ocupados.

Tamako esperava por ele, já pronta. Ele nunca a vira tão linda. Os quimonos sobrepostos, com saias em muitas camadas, em tons de vermelho, rosa, verde, dos mais suaves aos mais fortes, acentuavam sua beleza esguia e elegância natural. Ela segurava um chapéu de palha com véu, usado por todas as mulheres de boa família quando saíam às ruas, e os brilhantes cabelos pretos combinavam com a cor amorenada do rosto. Akitada lembrou-se de que ela passava muito tempo ao sol, cuidando de seu jardim. Pele morena não era considerada bonita, pois estava em desacordo com os padrões da moda, mas ele admirava aquele brilho e tom saudáveis.

Assim que se viram frente a frente, fitaram-se por um instante, então desviaram o olhar, acanhados.

— Bom dia, Akitada — ela cumprimentou, curvando-se formalmente. — É muita gentileza sua vir me buscar. Tem certeza de que deseja que eu vá?

— Claro que tenho — ele afirmou, conseguindo sorrir. — Você está muito elegante. Lamento não ter trazido uma liteira. Importa-se de andar?

— Não, de modo algum. O dia está lindo. Vamos?

No salgueiro que os sombreava um pássaro começou a cantar, e o jardim brilhava ao sol da manhã. Em tudo havia alegria, mas Akitada abanou a cabeça com tristeza. Eles nunca haviam se tratado com aquela formalidade, como se fossem estranhos.

Tamako parou junto ao portão e curvou-se sobre um vaso de barro que continha maços de flores de malva.

— Eu não sabia de que cor seria seu quimono, por isso colhi um pouco de cada uma — ela explicou. — Acho que estas brancas ficarão bem. O que me diz?

— Sem dúvida, as brancas — ele concordou. — Bondade sua, lembrar-se. Eu me esqueci disso também.

— Não seja bobo! Tenho um jardim cheio de pés de malva. Abaixe a cabeça um pouco.

Ele obedeceu, e ela prendeu as flores e algumas folhas em seu chapéu de gala. Tamako tinha estatura alta para uma mulher, e seu rosto ficou perto do dele. Os olhos de Akitada pousaram nos lábios dela, lábios bonitos, ligeiramente entreabertos, de modo que ele podia entrever os dentes brancos. Uma fragrância sutil emanava do corpo esbelto, e ele fechou os olhos. Uma feroz onda de desespero invadiu-o, fazendo-o recuar abruptamente.

— Oh... — ela murmurou, confusa, fitando-o nos olhos.

Curvando-se, Akitada tirou do vaso um ramo de flores rosadas, notando que suas mãos tremiam. Hesitante, olhou para os cabelos dela, preto-azulados, brilhando ao sol, presos na nuca por um laço largo de seda branca.

— Onde quer que eu...

— Em minha faixa. Se puser nos cabelos, o chapéu as amassará. Deixe comigo, eu prendo.

Tirou as flores da mão dele e introduziu os caules dentro da faixa. Satisfeita com o arranjo, pôs o chapéu e ajeitou o véu diante do rosto.

— Pronto, podemos ir.

Fizeram a maior parte do caminho sem falar muito. Tamako comentou que o tempo estava perfeito, e Akitada concordou, mas o que queria mesmo era perguntar por que ela não podia se casar com ele. Passara a noite acordado, pensando sobre aquilo, tentando adivinhar o motivo. Talvez ela gostasse de outra pessoa. Essa era a explicação mais lógica. Mas só de pensar nisso ele se enchia de raiva impotente. Fora um tolo, não fazendo o pedido por iniciativa própria muito tempo antes.

Mas o professor Hirata saberia, se ela estivesse interessada em outro homem, e não insinuaria que ficaria feliz se a visse casada comigo, Akitada refletiu.

Por outro lado, talvez não soubesse. Esse pretendente, se é que havia um, seria pobre demais? Ou muito alto e desajeitado, feio, com um longo rosto magro e sobrancelhas grossas e arrepiadas? Sem poder perguntar nada, ele continuou a andar ao lado dela, amargando sua infelicidade em silêncio.

Dois quarteirões adiante, chamou a atenção de Tamako para a algazarra de algumas crianças mascaradas, e ela comentou que os pequenos divertiam-se muito naquele feriado. Pensar em crianças aumentou a tristeza de Akitada, e o silêncio entre eles tornou-se ainda mais opressivo. Era como se houvesse uma barreira invisível entre os dois. Quando finalmente chegaram ao camarote, o alívio que ele sentiu pelo fato de a caminhada ter terminado foi maior do que a preocupação a respeito de como Tamako seria recebida por sua mãe.

Tamako inclinou-se profundamente diante de lady Sugawara, quando ele fez as apresentações.

— Esta humilde pessoa não tem palavras para expressar a gratidão pela bondade da senhora — recitou.

— Não se preocupe com isso, menina. Seja bem-vinda! — lady Sugawara respondeu em tom caloroso, exibindo o mais gentil dos sorrisos. — Notei que meu rude filho não providenciou uma liteira para trazê-la. Peço desculpas por ele. Por favor, sente-se conosco — convidou, batendo num coxim colocado entre ela e as filhas.

Tamako tornou a agradecer e fez mais uma vênia antes de cumprimentar as moças e sentar-se.

Vendo-a instalada, Akitada olhou de modo suplicante para a mãe, que retribuiu com um olhar inesperadamente meigo. Pediu licença, explicando que ia encontrar-se com amigos, e foi embora. Sabia que estava agindo covardemente, mas consolava-se refletindo que, se ficasse no camarote, a mãe poderia interpretar aquilo como um sinal de desconfiança.

Desanimado, andou ao longo da avenida, indo na direção do portão pelo qual a procissão sairia da cidade a caminho do santuário, na margem do rio Kamo. Nem ele nem sua família pretendiam acompanhá-la até o fim.

Os camarotes, alinhados em ambos os lados e por todo o comprimento da avenida, já estavam lotados. Acima de alguns deles flutuavam bandeiras exibindo o brasão das famílias governantes, e na parte de trás enfileiravam-se os carros dourados ou elegantemente pintados. Como os bois haviam sido desatrelados, os varais dos veículos apoiavam-se sobre suportes. As damas da corte, abrigadas sob os toldos de tecido dos camarotes, formavam um quadro multicolorido com seus quimonos cuidadosamente enfeitados e perfumados. Cavalheiros bem-vestidos, que passavam diante delas, faziam comentários lisonjeiros sobre as belas combinações de cores, esperando provocar uma risadinha ou até mesmo merecer o aceno de um leque.

A multidão era mais compacta perto dos palácios dos grandes nobres, ao longo do lado sul da avenida. Aqui e ali viam-se soldados da guarda imperial, montados em cavalos garbosos e com seus arcos e aljavas pendurados nos ombros.

De repente Akitada viu um de seus alunos, o neto do príncipe, sentado ao lado de um homem alto, de aparentemente pouco mais de trinta anos, em um camarote que ostentava as cores e as armas dos Minamoto. O homem devia ser lorde Sakanoue, Akitada deduziu. Seguindo um impulso, atravessou a rua. Viu que o menino usava roupas luxuosas mas que estava pálido e triste e não demonstrava interesse pelo que se passava a sua volta. O homem a seu lado tinha no rosto uma expressão altiva e ameaçadora. Os olhos muito estreitos e as feições impassíveis pareciam pertencer a uma estátua, não a um ser humano de carne e osso. Então o garoto viu Akitada e levantou-se para fazer-lhe uma reverência. Virando-se para o homem, disse:

— Meu senhor, permita-me apresentar-lhe um de meus professores, o doutor Sugawara.

Os olhos frios do homem fitaram Akitada de relance, e a cabeça de estátua mal se moveu.

— Este é lorde Sakanoue, meu tutor — o menino explicou.

Akitada curvou-se educadamente.

— Eu tinha a esperança de conhecê-lo, meu senhor, para lhe dizer que seu pupilo é um aluno notável — disse com um sorriso. — Agora estou satisfeito em ver que o senhor está lhe proporcionando um dia de diversão. Ele merece, tem estudado muito.

— Não faz mais do que sua obrigação — declarou o lorde com voz ríspida e nasalada. — E ele também tem a obrigação de participar de acontecimentos oficiais. Como professor, o senhor devia saber disso.

Considerando ofensivas as palavras do homem, Akitada fingiu não ouvi-las e olhou novamente para o menino.

— Você deve estar gostando dessa reunião com sua família.

O garoto corou.

— Minha irmã não pôde vir — informou num fio de voz. — E não tenho mais ninguém.

— Podem continuar a conversa em uma outra hora — Sakanoue disse em tom de comando. — A procissão já vai começar. É muito estranho ficar conversando quando se veio aqui para assistir ao espetáculo.

Chocado com tal rudeza, Akitada curvou-se em despedida e afastou-se sem mais uma palavra. Mas teve tempo de ver as lágrimas de vergonha nos olhos do menino e arrependeu-se de seu ato impulsivo que causara a cena desagradável.

Continuou andando distraidamente ao longo dos camarotes, pensando com tristeza no garoto. De súbito, um vozerio que se elevou acima dos outros chamou-lhe a atenção e ele ergueu os olhos, curioso. Viu quatro camarotes unidos, lindamente enfeitados com bandeiras, folhagens e ramalhetes de flores de malva, ocupados por pessoas em quimonos de seda de todas as cores e estampas imagináveis, que riam e conversavam aos gritos. No topo de cada camarote flutuava alegremente uma bandeira com o brasão dos Fujiwara. Akitada percorreu o olhar pelos rostos animados e encontrou o de Kosehira. Era óbvio que ele estava oferecendo uma festa. Tentando passar despercebido, baixou a cabeça e apressou o passo. Mas o amigo já o vira.

— Akitada, Akitada! Aqui! — chamou.

Sem alternativa, Akitada parou e olhou para cima. O amigo levantara-se e subira no coxim, acenando com entusiasmo e gritando:

— Suba aqui, homem!

Fingindo surpresa, Akitada acenou de volta e subiu. Kosehira apresentou-o aos outros e convidou-o a sentar-se, ajeitando um coxim no espaço que abriu a seu lado.

Ao longe soaram as batidas de um grande tambor, e todos puderam ouvir os gritos dos batedores, que mandavam a multidão abrir caminho. Akitada sentou-se, disposto a se divertir.

A procissão aproximou-se tão depressa que houve pouco tempo para ele e Kosehira porem as novidades em dia. Na frente vinham os sacerdotes xintoístas em seus trajes brancos, seguidos pelos assistentes, que usavam mantos amarelos de seda e carregavam grandes leques vermelhos e dourados presos em longas varas.

Alguém pôs nas mãos de Akitada uma caixa laqueada cheia de finas iguarias, e Kosehira incentivou-o a comer. Naquele momento passavam os porta-bandeiras, e em seguida veio um carro puxado por um boi, com a cobertura formada por ramos floridos de glicínia. As flores fizeram Akitada pensar em Tamako. Ele pousou a caixa no colo e fechou-a. Estava sem apetite.

— Não é magnífico? — comentou Kosehira, apontando para o enorme boi. — Pertence a Sakanoue, que o doou ao santuário de Kamo. Dizem que houve maus presságios a respeito do casamento dele.

Sakanoue de novo! Akitada olhou para o animal coberto de guirlandas de glicínia, franjas e borlas de seda alaranjada, conduzido por um belo jovem em colorido traje de corte. Mas era provável que o arrogante lorde que ele acabara de conhecer quisesse mais cair nas graças do imperador do que agradar aos deuses.

Logo depois do boi, passou o mensageiro do imperador, um jovem também muito bonito, montado em um fogoso cavalo baio que arrancou exclamações de admiração por sua pelagem de raros tons de cinza. O cavalo empinou, fazendo balançar as borlas vermelhas de seda em sua cabeça. O cavaleiro riu alto, olhando em volta, e acenou com entusiasmo quando seus olhos pousaram no camarote de Kosehira. Então foi em frente.

— É o irmão da imperatriz — Kosehira disse a Akitada, gritando em seu ouvido para fazer-se ouvir acima dos aplausos da multidão. — Bom desempenho, considerando-se que ele ficou acordado a maior parte da noite, bebendo conosco e recitando poemas. Ele...

O resto de suas palavras foi abafado pelo estrondo das batidas ritmadas do grande tambor que apareceu logo em seguida, em outro ornamentado carro de boi. Quem manejava a pesada baqueta era um homem gigantesco, nu da cintura para cima, com o torso brilhando de suor, apesar do ar fresco da manhã.

Akitada sentiu-se contente por não ter de manter uma conversação. Estava deprimido, e a referência a poemas, feita pelo amigo, deixou-o pior, fazendo-o pensar na competição marcada para aquela noite, no Jardim da Divina Primavera. Por associação de idéias, pensou também no brutal assassinato da moça, em sua missão na universidade e no constrangimento que surgira entre ele e os Hirata.

Depois do tambor, passou um grupo de dançarinos lindamente vestidos e mascarados que pararam por alguns instantes diante do camarote para uma rápida exibição coreográfica.

— Fiquei sabendo que você está dando aulas na universidade — disse Kosehira, inclinando-se novamente para Akitada. — Está desperdiçando seus talentos, meu amigo. — Os deuses sabem que existem problemas demais no mundo para que você, com sua capacidade para resolvê-los, fique preso em uma sala de aula.

Akitada suspirou.

— Não sei se você está pensando em algum problema em particular, mas até em uma universidade pode haver um enigma para ser decifrado — confidenciou.

— Um enigma? Você deve estar brincando! — Kosehira exclamou, rindo e dando-lhe um tapa nas costas. — Ótimo! Quero que me conte a história quando ela chegar ao fim. Olhe! A virgem vai passar! Liteira maravilhosa, não? Disseram-me que a princesinha é a criatura mais linda do mundo. Algum dia um homem de sorte a tomará por esposa e, além de ter uma mulher bonita, ficará rico.

Ficaram observando a liteira passar em todo seu esplendor dourado, carregada nos ombros de vinte jovens da nobreza usando quimonos iguais, de seda verde-clara e lilás. Apenas as mangas do traje da virgem, muitas camadas de seda fina como gaze, que iam do creme mais pálido ao vermelho mais intenso, apareciam sob as cortinas decoradas que escondiam a jovenzinha da vista do povo.

Akitada, porém, pensava em outra jovem e em sua fracassada tentativa de tê-la como esposa. Suspirou profundamente.

— Por que toda essa tristeza? — perguntou Kosehira. — É por causa do tal problema na universidade?

— Isso e outras coisas.

— Posso ajudar?

— Não, muito obrigado. Mas me diga uma coisa: você tem contato com lorde Sakanoue?

Uma expressão de extremo desagrado passou pelo rosto redondo de Kosehira, normalmente alegre.

— Não, de modo algum. Não gosto daquele homem — ele declarou. — Dizem que ele forçou a neta do príncipe a aceitá-lo como marido e que pretende despojar o irmãozinho dela de sua herança.

— É esse o comentário na corte? — indagou Akitada, surpreso.

— Bem, não é um comentário geral. — Kosehira pareceu ficar constrangido. — Alguns de nós, que éramos amigos do velho príncipe, estamos muito preocupados. O príncipe nunca gostou de Sakanoue. E tinha razão, porque esse sujeito não presta. Eu próprio, outro dia, testemunhei um incidente revoltante. Sakanoue empurrou a velha lady Kose, a ama do falecido imperador, para passar na frente dela. Ela gritou, assustada, e ele disse algo muito grosseiro, chamando-a de bruxa caduca. Fiquei chocado.

— De fato, ele não é uma pessoa gentil — Akitada concordou. — Acabei de ter uma amostra de sua falta de educação. A propósito, o neto do príncipe é aluno meu.

Os olhos de Kosehira alargaram-se, como se ele houvesse tido uma revelação.

— Não, não! — Akitada disse depressa, adivinhando o que o amigo pensara. — Não é por essa razão que estou na universidade. Afinal, a falta de boas maneiras de um homem não prova necessariamente que ele tenha intenções criminosas.

Kosehira abanou a cabeça.

— Nesse ponto não concordo com você — disse. — Mas, seja como for, é bom que esteja lá. Se há alguém que pode chegar ao fundo desse assunto, é você. Mas tenha cuidado! Sakanoue pode ser muito perigoso. Por falar nisso, ele é um primo distante da família Minamoto. Depois da morte do velho príncipe, andaram dizendo que ele planejara adotar Sakanoue mas que mudou de idéia e optou por criar o neto.

Akitada gostaria de continuar conversando sobre aquele assunto, mas um rapaz sentado no outro lado chamou Kosehira para fazer-lhe uma pergunta. Naquele momento os flautistas que estavam passando diante do camarote levaram os instrumentos aos lábios e começaram a tocar uma melodia antiga. Akitada ficou como que enfeitiçado. Aquilo era ainda melhor do que a música de Sato, e flauta parecia um instrumento muito mais fácil de tocar do que o alaúde. Talvez Sato concordasse em lhe dar aulas. Então lembrou-se novamente da moça assassinada e do relacionamento dela com o professor de música. Àquela altura, Sato já devia ter sido interrogado pela polícia. Talvez até estivesse preso.

Um grupo de sacerdotes vestidos de branco desfilou depois dos flautistas, e a procissão acabou. Os espectadores começaram a acompanhá-la, a pé ou em carros. Os camarotes esvaziavam-se rapidamente.

— Quer ir comigo em meu carro? — Kosehira perguntou a Akitada.

— Não, obrigado. Preciso levar minha família e uma convidada para casa. Além disso, já acompanhei essa procissão muitas vezes.

Despediram-se com promessas de que logo se veriam outra vez, e Akitada foi embora apressado. Mas antes de chegar ao camarote onde estavam a mãe, as irmãs e Tamako, foi abordado por Kobe, o capitão de polícia com quem falara no dia anterior.

— Foi bom tê-lo encontrado — o homem disse. — Se puder dispor de um pouco de tempo, eu gostaria que fosse comigo à cadeia. Prendemos um suspeito do assassinato no parque. Ele levava consigo uma faixa de mulher. Preciso que o senhor veja se é a mesma que a moça usava quando a viu.

A imagem do mendigo passou pela mente de Akitada. Se fosse aquele o suspeito, ele tentaria soltá-lo, mas antes precisava ir ter com sua família e Tamako. Explicou o problema a Kobe e prometeu que iria encontrá-lo o mais rápido possível.

Para sua surpresa e alívio, descobriu que lady Sugawara convidara Tamako para o almoço.

— Depois a mandaremos para casa em segurança, no carro alugado — a mãe assegurou. — Parece que não podemos confiar em você para tratar uma jovem com a devida cortesia.

Os olhos de Akitada encontraram-se com os de Tamako.

— Contei a sua mãe como foi agradável nossa caminhada até aqui — a jovem disse com um ligeiro sorriso. — Mas ela insiste em querer me mandar para casa em grande estilo, e sei que você está muito ocupado. Além disso, nós quatro estamos adorando conversar a seu respeito.

As irmãs de Akitada romperam em risadinhas, e a mãe sorriu com indulgência. Um pouco confuso, ele acompanhou as mulheres até o carro e deu instruções a Tora para levar Tamako para casa após o almoço. Então dirigiu-se o mais depressa que pôde à cadeia municipal, que ficava a apenas alguns quarteirões de distância.

Encontrou Kobe na sala da guarda, um lugar deprimente, com correntes, chicotes e grilhões pendurados em ganchos nas paredes.

— Ah, o senhor chegou — disse o capitão à guisa de cumprimento. Numa mesa cambaia e escalavrada havia um pacote amarrado com um cordão grosso. Kobe pegou-o, desatou o nó e retirou uma longa e amarrotada faixa de brocado vermelho-vivo, cujo bordado mostrava flores e pássaros de várias cores. — Reconhece isto?

Akitada aproximou-se um pouco mais.

— Parece aquela que a moça estava usando na aula de alaúde — respondeu. Examinando o tecido, viu que as rugas eram mais profundas em dois lugares, dando a impressão de que a faixa fora passada ao redor de alguma coisa, depois puxada e torcida com força. — Deve ter sido usada para estrangulá-la — opinou.

Kobe concordou com um gesto de cabeça. Dobrou a faixa e enfiou-a na manga do quimono.

— Venha comigo — chamou, caminhando para a porta.

Andaram por um longo corredor sujo, com celas dos dois lados. Os prisioneiros aproximavam-se das grades para olhá-los, mas não diziam nada. No fim do corredor, os dois saíram por uma porta que se abria para uma varanda voltada para o pátio da prisão. Akitada, então, assistiu a uma cena que achou deprimente. Dois guardas de aparência brutal pegaram pelos braços um homem idoso e maltrapilho ajoelhado no chão, pondo-o de pé aos safanões. Com um pequeno grito de dor, o mendigo cambaleou e, perdendo o equilíbrio, porque estava com correntes nos pés e com as mãos atadas nas costas, tombou contra um dos guardas, que lhe deu um soco na cabeça. Caindo de joelhos, curvou-se para a frente e começou a chorar.

— Por que prenderam o pobre velho? — Akitada perguntou, revoltado.

Kobe lançou-lhe um olhar de esguelha.

— Esse pode ser o assassino da moça.

— Impossível! O que fizeram com ele? O coitado está com as roupas sujas de sangue.

— Foi chicoteado. É o método que usamos quando um suspeito se recusa a colaborar.

— Mas é um velho! — exclamou Akitada. — Como teria forças para estrangular a moça, sem falar que...

— Devo lembrá-lo de que não estamos sozinhos? — Kobe interrompeu-o asperamente.

Akitada corou.

— Por que me mandou vir aqui? — indagou com igual aspereza.

— Quero que o senhor ouça o que ele tem a dizer. A princípio, pensei que ele estivesse simplesmente sendo teimoso e bancando o palhaço, mas depois mudei de idéia. — Virando-se para o grupo formado pelos guardas e pelo mendigo, Kobe tirou a faixa de brocado de dentro da manga, abriu-a e gritou: — Umakai! Olhe isto aqui!

O mendigo continuou curvado.

— Preste atenção, seu monte de merda! — um dos guardas esbravejou, chutando-o.

Por fim o prisioneiro ergueu a cabeça, e Akitada encheu-se de piedade por ele. O rosto pálido estava machucado, sangue e lágrimas escorriam pelas faces enrugadas.

— Diga a esse cavalheiro quem lhe deu esta bonita faixa vermelha — Kobe berrou.

O velho estremeceu e abanou a cabeça com força. O guarda a sua esquerda ergueu o chicote, mas Kobe fez um gesto, impedindo-o de usá-lo, e continuou:

— Não se preocupe, Umakai! Não será mais chicoteado se nos disser o que desejamos saber. O cavalheiro a meu lado estava no parque e pode ter visto a mesma coisa que você viu.

O mendigo olhou para Akitada, pareceu pensar um pouco, então abanou a cabeça outra vez.

— Escute, Umakai! — Kobe rugiu. — Não posso perder tempo. Ou você fala, ou mandarei buscar as varas de bambu. Entendeu?

Aquilo foi demais para Akitada.

— Capitão Kobe, não assistirei ao espancamento de um homem inocente — ele declarou por entre os dentes. — Se quer que eu fique, sugiro que mande aqueles dois sujeitos levar o velho para dentro, então dê-lhe algo para beber, e ele soltará a língua.

Kobe sorriu repentinamente, os dentes brancos brilhando no rosto barbado.

— Claro — concordou em tom macio. — Por que não?

Umakai foi levado para a sala da guarda, desamarrado e acomodado em uma velha almofada. Kobe encheu uma tigela com vinho. O mendigo movia as mãos com dificuldade por causa dos pulsos inchados, mas conseguiu levar a tigela à boca e esvaziou-a em um único gole. Suspirou profundamente. Kobe serviu-lhe mais vinho, ele bebeu, depois arrotou e apertou o estômago com as duas mãos.

— Está sentindo dor? — perguntou Akitada, preocupado.

— Não muita, não muita — o velho engrolou, olhando-o com atenção por um momento. — É verdade que você viu o homem também?

Então desviou os olhos, passando-os por Kobe e pelos objetos na sala.

— Talvez eu tenha visto, sim — respondeu Akitada. — Como ele era?

— Como ele era? Como todos os outros, ora. São todos parecidos, não são?

Akitada refletiu que Umakai podia estar falando de um guarda do parque ou um policial.

— Quer dizer que usava uniforme? — perguntou.

O velho riu.

— Uniforme? Bem, acho que se pode dizer isso.

— Uma túnica vermelha, certo? — Akitada insistiu, olhando rapidamente para Kobe, que ergueu as sobrancelhas com expressão maliciosa.

— Não. Um gorro vermelho — o mendigo corrigiu. — O senhor não sabe nada?

— Um gorro vermelho — Akitada repetiu. Olhou para Kobe, que dessa vez sorriu amplamente, e comentou: — Mas isso não faz parte de nenhum uniforme, não é?

— Oh, eu não sei... — disse o capitão, olhando para o teto. — Pergunte a ele o nome do homem de gorro vermelho!

Sentindo-se um tolo, Akitada voltou-se para o velho e indagou:

— Sabe o nome do homem?

Umakai olhou-o com ar de pena.

— Claro, todo mundo sabe. Que pergunta idiota! Há centenas deles em toda parte.

Akitada suspirou. Kobe devia estar fazendo uma brincadeira de mau gosto com ele, pois o velho mendigo era obviamente louco. Mas decidiu ir em frente.

— Por favor, me diga o nome — pediu. — Parece que esqueci.

Dessa vez recebeu um olhar solidário do pobre homem.

— Então você também tem esse problema. Minha cabeça dói horrivelmente, às vezes, e nem consigo lembrar onde foi que dormi naquela noite. Mas eu nunca esqueceria Jizo.

— Jizo? — Akitada ecoou, olhando para Kobe, que sorria, movendo a cabeça. — Está falando do deus Jizo? O que protege os viajantes?

— E crianças pequenas — Kobe acrescentou. — É por isso que as mães costuram gorros e aventais vermelhos para as estátuas do deus.

— Lembrou, agora? — o velho perguntou a Akitada. — Ele estava usando seu gorro vermelho e me deu um presente. Deu um presente para você também?

— Não. Bem que eu gostaria de ganhar um. Onde você encontrou Jizo?

O mendigo franziu a testa, parecendo concentrar-se.

— Não sei. Em algum lugar por aí. Há um na esquina da avenida Três com a Suzaku. Vá lá e pergunte a ele! E peça um presente! Diga que Umakai mandou lembranças.

— Irei, sim — Akitada afirmou. — Você pediu a ele a bonita faixa vermelha?

— Não. Só estendi minha tigela vazia quando Jizo estava passando, e ele no mesmo instante pôs o lindo pedaço de seda vermelha dentro dela.

— Então preciso levar uma tigela comigo — disse Akitada, querendo rir mas mantendo-se sério. — Mas a tigela não é para comida? Ninguém come seda quando sente fome.

— Eu não estava com fome. Tomei sopa de feijão na prefeitura. Os funcionários de lá são meus amigos. Pode ir falar com eles? — Os olhos de Umakai encheram-se de lágrimas novamente. — Diga a eles para vir me buscar. E diga a Jizo que tomaram meu presente e me bateram!

— Direi — Akitada prometeu.

Kobe andou até o mendigo e ajudou-o a levantar-se.

— Venha, Umakai. Vamos arrumar um bom lugar para você dormir e dar-lhe comida quente — prometeu. — Amanhã você estará se sentindo bem melhor. — Bateu palmas e, quando um policial apareceu, ordenou: — Leve-o. Dê-lhe uma cama e comida, mas mantenha-o trancado!

O policial saiu, levando o velho trôpego.

— Devo lhe dar meus parabéns — Kobe disse, olhando para Akitada com um largo sorriso e esfregando as mãos num gesto de satisfação. — Seu método funcionou. Ontem, o que ele contou parecia não fazer sentido. Agora sabemos que alguém, usando um gorro ou capuz vermelho, deu-lhe a faixa. Ele é simplório demais para inventar tal história.

Akitada não saberia dizer quanto tempo fazia que não sentia tanta raiva.

— E agora que já se convenceu de que esse homem é inocente no que diz respeito ao assassinato, e que o tempo todo disse a verdade, a que outros tormentos está planejando submetê-lo? Qualquer pessoa normal ficaria angustiada se torturasse um ser humano, mas parece que o senhor está poupando a angústia para outra ocasião. Ponha Umakai em liberdade agora mesmo e peça-lhe desculpas, ou eu próprio apresentarei queixa contra o senhor.

Kobe apertou os olhos e ficou em silêncio por um instante.

— Percebi que o senhor desaprova meus métodos — disse então. — Talvez eu precise lembrá-lo que esses métodos são legais e devem ser usados em determinadas circunstâncias. Umakai foi encontrado na cena do crime. Na verdade, era a única pessoa naquele local, com exceção do senhor e de seu servo. Se isso não bastasse, a arma do crime estava em poder dele. Ontem à noite não percebi que ele tem problemas mentais. Achei que estava acobertando um cúmplice. Criminosos muitas vezes trabalham com mendigos. Seja como for, usei o procedimento prescrito, agi de acordo com o juramento que prestei como policial. Quanto a sua exigência para que eu o solte, ele é nossa única testemunha, a única pessoa que pode identificar o assassino. Mendigos não têm residência fixa. Dormem onde encontram abrigo e, nesta época do ano, quase sempre na rua. Se eu o libertar, pode ser que nunca mais o encontremos, mas o assassino talvez encontre.

Akitada viu que os argumentos do capitão eram válidos. Ia pedir desculpas quando um súbito pensamento ocorreu-lhe. E se Kobe arranjara aquela entrevista não porque quisesse sua ajuda, mas para ver se o mendigo o identificaria como o assassino?

— Muito bem. Faça como achar melhor — falou bruscamente, caminhando para a porta. — Desculpe, mas tenho coisas a fazer, e isso tudo já me atrasou demais.

A entrevista com Kobe e Umakai fora o arremate perfeito para um dia já bastante ruim em diversos aspectos. De mau humor, Akitada decidiu ir à universidade. O espancamento de pessoas indefesas que tinham tido a má sorte de estar no lugar errado, na hora errada, era para ele um forte exemplo de como o sistema legal falhava vergonhosamente, favorecendo as classes privilegiadas, protegendo certas pessoas. No entanto, nem mesmo sua vida relativamente privilegiada era proteção contra a infelicidade, como provavam sua própria infância e seu atual desapontamento. Como podia ter tido a esperança de ser feliz com Tamako? Estaria muito melhor sozinho.

Chegou ao portão da universidade dominado por autopiedade e desesperança. Como era feriado, não havia guardas no portão, mas de longe ele viu um estudante veterano que de vez em quando prestava serviços a Hirata, sentado na soleira. O jovem olhava fixamente para o parque, no outro lado da rua. Era feio e desengonçado, tinha dentes salientes, olhos redondos e ligeiramente saltados e uma tendência para assustar-se e derrubar coisas. Forçando a memória, Akitada tentou lembrar-se do nome do rapaz e por fim conseguiu: Nagai. Cumprimentou-o, parando na frente dele.

O moço levantou-se abruptamente, fitou-o com olhos esgazeados, então fez uma reverência. Akitada notou suas profundas olheiras e a pele de tom esverdeado, como se ele houvesse passado semanas sem dormir.

— Você está bem, Nagai? — perguntou, preocupado.

— Estou, sim, senhor — o estudante respondeu de olhos baixos, abrindo e fechando as mãos nervosamente. — Estou bem, obrigado.

Aquilo não podia ser verdade, pois ele tremia, visivelmente perturbado.

— Bebeu demais em alguma festa? — Akitada perguntou em tom compreensivo, lembrando-se de que naquela idade também cometera excessos.

O jovem sobressaltou-se e olhou-o como que horrorizado.

— Festa, senhor?! — exclamou com voz esganiçada. — Não! Oh, céus, não!

— Bem, não seja tolo. Não sou um monstro, para que você tenha medo de me contar o que fez. Venha comigo, e lhe farei um chá. Vai achar um pouco amargo, mas fará bem ao seu estômago e desanuviará sua cabeça. Pretende assistir ao concurso de poesia no parque, hoje à noite?

Nagai quase entrou no pilar do portão, de tanto que se apertou contra ele.

— No parque? Não! Eu não conseguiria entrar lá. Por favor, com licença, estou me sentindo mal!

Virou-se e começou a correr na direção dos dormitórios. Akitada, espantado, ficou olhando-o afastar-se.

7

O Bairro dos Salgueiros

Depois de levar a amiga de seu amo para casa, Tora devolveu o carro e o boi ao estábulo que os alugara e foi para o centro da cidade. A tarde ainda ia em meio e, como a maioria dos habitantes da capital, ele estaria de folga o resto do dia e a noite toda.

Pessoas passeavam pelas ruas, faziam compras, comiam em restaurantes ou nas barracas dos mercados. Na avenida Suzaku, foliões sorridentes iam e vinham, usando suas melhores roupas, e havia flores de malva por toda parte: nos adornos de cabeça, faixas, chapéus, selas e arreios das montarias, chifres dos bois que puxavam carros, nas cortinas de liteiras e carruagens. As "pessoas finas" iam com seus veículos para piqueniques e festas, enquanto as comuns dirigiam-se ao mercado ou ao bairro dos salgueiros. Havia alegria em tudo. Velhos sentados na escadaria do templo sorriam e acenavam para quem passava, funcionários públicos, que normalmente estavam sempre sóbrios, riam, embriagados, caminhando com passos incertos, jovens apaixonados andavam de mãos dadas, olhando-se nos olhos, dando risadinhas.

Tora gostava de ver casais de namorados, mas sentia-se solitário, podendo apenas olhar cobiçosamente para as bonitas moças acompanhadas por seus admiradores. Uma criadinha tímida da casa dos Hirata lançara-lhe um longo olhar apreciativo quando ele estava ajudando a srta. Tamako a descer do carro. Ele piscara para a mocinha, mas ela apenas erguera a cabeça de modo petulante e correra para dentro da casa. Seria tão bom se ela estivesse passeando com ele!

Obedecendo a um impulso repentino, Tora decidiu comprar um presentinho para ela. Tal gesto poderia abrir caminho para uma futura amizade.

Havia dois mercados na capital, um no lado oeste e outro no lado leste da avenida Suzaku, mas abriam em semanas alternadas, de modo que sempre havia apenas um funcionando, mas naquele dia, por causa do festival, ambos estavam abertos e lotados de gente. Cada um deles ocupava um quarteirão inteiro e era rodeado por lojas de apenas um andar, todas voltadas para dentro, e havia quatro portões de acesso. Era no centro desse quadrado formado pelas lojas que ficavam as bancas e barracas, e qualquer pessoa podia estender um pano no chão e ali expor o que tivesse para vender.

Tora foi primeiro ao mercado do lado oeste. Andou por tudo, pesquisando, e por fim parou diante da banca de uma vendedora de leques. Havia ventarolas baratas, feitas de bambu e papel, todas muito coloridas, algumas dispostas num pano no chão e outras penduradas em cordas estendidas entre dois paus. Ele examinou-as, mas achou que os desenhos eram grosseiros demais para um presente romântico. Entrou em uma loja que vendia pentes feitos de madeira de buxo, mas achou-os feiosos e não comprou nada. Queria algo que realmente impressionasse uma moça bonita.

Desanimado, foi para o outro mercado, no lado leste da avenida Suzaku. Assim que passou pelo portão pintado e com cobertura de telhas, sentiu um delicioso cheiro de comida que vinha das barracas que vendiam bolinhos de feijão e de arroz, frutos do mar cozidos no vapor e macarrão com caldo. A boca de Tora encheu-se de água, mas ele decidiu economizar seu pouco dinheiro para a noite. Parou apenas para comprar picles, uma especialidade local feita com fatias de rabanete, pimenta vermelha e algas. Levou sua porção embrulhada em papel oleado, e ia comendo enquanto olhava as mercadorias ou as moças. Quando os picles acabaram, decidiu que aquele mercado também não tinha nada de bom para oferecer. Já desperdiçara muito tempo. O sol poente banhava os telhados com seus raios oblíquos, e logo escureceria. Ele jogou o papel num monte de refugo perto de uma banca de verduras e saiu do mercado.

Atravessou a avenida Suzaku novamente e entrou num bairro comercial mais movimentado. Ali os prédios e lojas eram maiores, e muitos dos comerciantes mais ricos moravam na sobreloja de seus estabelecimentos.

Descendo uma rua, Tora passou pela loja de um comerciante de tecidos. Os rolos de seda e brocado coloridos fizeram-no pensar na moça assassinada e em sua faixa, e ele refletiu que ali poderia encontrar algo que realmente agradasse a criadinha dos Hirata. Entrou, tirando os sapatos, e subiu os degraus da plataforma elevada onde ficava o balcão de vendas.

O proprietário e vários empregados estavam ocupados, atendendo clientes sentados em coxins. Nos fundos, uma mulher mirrada de meia-idade, com nariz pontiagudo e olhos pequenos e inexpressivos, trabalhava curvada sobre um livro de contabilidade e um ábaco.

Tora sentou-se. O dono da loja, um homenzinho de mais ou menos quarenta anos, de rosto redondo e bigode fino, viu-o e fez sinal para um jovem, que foi atendê-lo.

— Eu gostaria de comprar uma faixa de cintura para uma moça. Alguma coisa de cor bem viva — Tora explicou.

O rapaz hesitou por um momento.

— Quanto o cavalheiro está disposto a pagar? — perguntou então.

— Até vinte cobres — Tora respondeu com generosidade, pois faria qualquer coisa para acabar com a solidão em que vivia.

O moço não sorriu propriamente, talvez respeitando a altura e os músculos de Tora, mas disse em tom frio:

— O senhor encontrará artigos mais baratos na rua de baixo. Esta é a loja Kurata. Só trabalhamos com os mais finos brocados e sedas.

— Bem, eu levaria algo de brocado, então.

O vendedor abanou a cabeça.

— Mesmo um pedaço muito pequeno custaria bem mais do que um cordão de cobres. Nossos clientes são pessoas ricas. Fornecemos tecidos até para o palácio imperial.

— Mais do que um cordão de cobres? — Tora repetiu, erguendo as sobrancelhas com ar de espanto. Então olhou em volta e acrescentou: — Quer dizer que aquele tecido estampado, ali, pode se transformar numa roupa para Sua Augusta Majestade?

— Isso mesmo.

Tora levantou-se e foi até onde dois homens, usando quimonos finos e os adornos de cabeça que os distinguiam como fiscais do governo, examinavam alguns rolos de brocado com estampa floral. Tocando um deles, de fundo vermelho e crisântemos dourados, olhou-o com atenção. Os dois fiscais olharam-no com espanto, e o vendedor foi atrás dele dando gritinhos aflitos.

— Vocês venderiam isto para Sua Majestade, certo? — Tora comentou, juntando uma porção de tecido em suas mãos grandes e puxando-o para testar sua resistência.

— Venderíamos, sim — respondeu o rapaz, torcendo as mãos nervosamente. — Mas, por favor, não faça isso! O brocado é muito delicado, o senhor pode arruiná-lo.

Tora soltou o tecido com relutância.

— Concordo que é bem macio, apesar de que prefiro brocados mais coloridos. Quanto custaria esse rolo?

Um dos fiscais começou a rir.

— Ele tem bom gosto! — exclamou, então dirigiu-se a Tora: — Oh, apenas dez barras de prata. Mas há bastante tecido para você mandar fazer um quimono de usar na corte. Ou está pensando em uma túnica de caça?

O companheiro dele gargalhou.

Tora olhou-os de testa franzida.

— Nada disso — respondeu. — Eu só quero uma faixa para dar a uma moça em quem estou interessado.

Isso causou hilaridade ainda maior.

— Ora, senhor! — exclamou o fiscal que estivera falando com ele. — Nesse caso, talvez queira comprar meu carro e meu boi para poder impressionar a moça, quando for buscá-la para passear.

Dessa vez, nem mesmo o jovem vendedor conseguiu reprimir um sorriso.

— O que está acontecendo aqui? — perguntou uma voz áspera atrás de Tora. — O que esse sujeito quer?

Tora virou-se e viu o dono da loja, ou melhor, viu sua cabeça calva, ridiculamente encimada por um nó engrossado com cabelos postiços.

— Na-nada, sr. Kurata — gaguejou o vendedor. — Não está acontecendo nada. O cavalheiro só estava perguntando a respeito de uma faixa de cintura para a namorada.

— Uma faixa? Você é um tolo, Yotsugi. Esse homem não tem dinheiro para comprar brocado — Kurata ralhou, então voltou-se para Tora: — Uma faixa desse tecido lhe custaria vinte peças de prata, mais do que uma pessoa de sua condição poderia ganhar em vários anos. Não temos nada para você ou sua mulher. É melhor ir embora.

Tora observou o homem atentamente e não gostou do que viu. Os olhos pequenos e lábios apertados indicavam mesquinharia e avareza. Também não gostara de ter sido alvo de zombaria. Virando-se para os dois fiscais, disse:

— Talvez eu possa comprar o que sugerem quando começar a aceitar subornos, como vocês fazem.

Então despediu-se do vendedor com um gesto de cabeça e partiu.

Na rua seguinte, comprou de um lojista bastante afável uma faixa de algodão com estampa de garças voando sobre ondas azuis e guardou-a em uma das mangas do quimono. Em uma outra rua, mais abaixo, encontrou a banca de um confeiteiro e comprou uma caixa de doces de arroz e de outros tipos, algo de que as mulheres gostavam muito, e colocou-a dentro da outra manga. Já estava começando a escurecer, e ele fez o caminho de volta, indo na direção do rio.

Entre a avenida Quatro e a rua Kyogo, ao longo do rio Kamo, estendia-se o bairro dos salgueiros, assim chamado por causa do grande número dessas árvores que cresciam nas margens. Ali, o animado comércio oferecia de tudo para o prazer, desde os mais básicos, para o corpo, como comida, bebida e sexo, como os mais refinados e estéticos, para a alma, como música, espetáculos e dança.

O sol se fora, e as ruas mergulhavam em sombras, enquanto no céu, ainda de um tom luminoso de violeta, apareciam as primeiras pálidas estrelas. Ainda um tanto longe do portão do bairro de diversões, iluminado por lanternas multicoloridas, Tora já ouvia o som de música. Apressou o passo e entrou naquela terra encantada cheia de luz. Havia lanternas por toda parte, penduradas nos galhos dos salgueiros e nos beirais das casas de vinho, balançando suavemente na brisa suave. Feixes de luz colorida caíam sobre os quimonos de bonitas mulheres que espiavam pelo vão de portas e janelas e captavam as cores brilhantes dos trajes elegantes de clientes ricos que passeavam ao longo do rio.

Tora olhava desejoso para a bela mercadoria exposta, mas não podia pagar os preços que as melhores casas de encontros amorosos cobravam. Na verdade, não tinha dinheiro para pagar o preço de nenhuma casa especializada naquele tipo de diversão. Consolava-se trocando gracejos com as moças que ali trabalhavam.

As casas de vinho e restaurantes não tinham preços proibitivos e eram boas. Tora tornara-se um cliente costumeiro da casa de vinho Salgueiro, um lugar que, apesar do nome que indicava total falta de imaginação, oferecia comida, bebida e diversão excelentes.

Lá ele foi recebido pela "tia" meio desdentada que conseguia para seus clientes encontros íntimos com algumas das melhores prostitutas autônomas do bairro.

— Tora-san! — ela cacarejou ao vê-lo. — Estávamos a sua espera, as meninas e eu. É claro que, na noite do festival da primavera, um homem bonito como você vai querer se divertir.

— Tia-san — Tora inclinou-se diante dela com um olhar triste. — Sou seu mais devotado admirador, mas minha situação não me permite o prazer da companhia de damas como a senhora e suas amigas. Em vez disso, aceite este presente insignificante — disse, oferecendo-lhe a caixa de doces.

— Oh... — A mulher pegou a caixa, deliciada, e abriu o papel para olhar o conteúdo. — Menino tolo! — exclamou, dando-lhe um tapa no braço. — Se não gastasse seu dinheiro com mulheres velhas como eu, poderia aquecer sua augusta ferramenta em uma gruta de mil prazeres, esta noite. Agora o pobre passarinho já deve estar cansado de tanto procurar um ninho. Não vai deixar que sua titia encontre um aconchegante lugar de repouso para ele? Podemos pôr na conta.

— Ah, nesse caso... — Tora curvou-se e cochichou alguma coisa no ouvido dela.

A mulher desatou a rir, sacudindo um dedo para ele.

— Qualquer dia desses, meu lindo e jovem galo, você vai encontrar uma mulher que acreditará cegamente em suas palavras. Agora corra! Seus amigos estão esperando. Coma e beba. E se gostar de uma das belezinhas, titia ajeitará as coisas para você.

Tora deu-lhe um abraço apertado, para enlevo dela, então percorreu o corredor até uma grande sala onde cinco homens barulhentos, sentados em volta de um braseiro, aqueciam botelhas de vinho.

— Você está atrasado, Tora! — gritou um sujeito esquelético, de pernas tortas e peito afundado. Era Ueda, tecelão de *tatami*, e seu físico era o resultado de gerações de pessoas que haviam passado a vida de pernas cruzadas, curvadas sobre as esteiras de palha que faziam. — Tivemos de começar sem você. Sente-se perto de Kichibei.

Sorrindo, Tora sentou-se ao lado de um carregador musculoso e coberto de tatuagens.

— Tragam mais vinho! — o homem berrou. — Um companheiro sedento acabou de chegar.

— Ele não é o único que está com sede — observou um jovem atarracado que usava um desgastado quimono azul de escrevente de categoria inferior, virando uma botelha vazia de boca para baixo.

— Bebendo desse jeito, você não vai aproveitar a noite toda, Danjuro! — exclamou o companheiro de meia-idade sentado ao lado dele, um ceramista que nunca conseguia tirar toda a argila vermelha entranhada embaixo das unhas. — Juntamos nosso dinheiro, Tora. Cinqüenta cobres de cada um cobrem comida, bebida, e a bunda mais rebolante do bairro.

— Sinto muito, Osada — disse Tora, tirando o cordão de moedas da faixa na cintura. — Hoje só posso gastar quinze.

Depois de reclamar um pouco, Osada concedeu:

— Bem, você pode comer e beber, mas só. Terá de ficar sem diversão.

Tora entregou as quinze moedas com um suspiro.

— Eu pretendia trazer uma moça, mas não encontrei nenhuma a tempo.

— Você devia fazer seu amo pagar-lhe mais — sugeriu Danjuro. — Estou planejando comemorar o festival das flores de acordo, entre "flores". Mas elas não trabalham de graça.

— Eu arranjo alguém sozinho — Tora declarou. — Vocês, pobres coitados, devem estar tão sem prática que precisam pagar pelo serviço.

Danjuro riu com os outros e ergueu sua tigela num brinde a Tora.

— Muito bem colocado — um homem de cabelos grisalhos aplaudiu. — Sua bolsa vazia não faz diferença. Coma e beba até se fartar e, se desmaiar de bêbado, nunca saberá o que perdeu.

— Obrigado, Kunisada — Tora replicou, rindo. — Bom conselho, vindo de um farmacêutico. Estou seco e morto de fome. Onde está a comida?

Uma moça entrou, trazendo mais vinho de arroz morno. Depois de animada discussão, os homens pediram um banquete, que incluía ovos, sopa de peixe, *kisu,* outro tipo de peixe, em escabeche, e castanhas cozidas, entre outras iguarias.

Tora tomou sua tigela de vinho, tornou a enchê-la e olhou em volta para os rostos alegres de seus companheiros.

— Um brinde à boa amizade! — exclamou. — Que possamos ter prazer na companhia uns dos outros por muitos e muitos anos!

— O quê?! — gritou Danjuro, afastando-se dele com fingido horror. — Ficou louco? Você pode admirar minha potência, mas é muito ossudo para meu gosto. Tenho fome é de carne de mulher. Espero que não esteja querendo dormir com um de nós.

Sorrindo, Tora abanou a cabeça.

— Dormir é tudo o que vou fazer esta noite. Hoje não é meu dia, realmente. Estava esperando passar uma tarde agradável, percorrendo os mercados e lojas, mas acabei ouvindo poucas e boas de um comerciante azedo e de dois fiscais corruptos.

— O que aconteceu? — Kunisada quis saber.

— Vocês conhecem um mercador de seda chamado Kurata?

— Daquela loja grande na rua Sameushi? Todo mundo conhece.

Danjuro confirmou, dizendo:

— Kurata! Um sujeito de sorte, com muito dinheiro para gastar com mulheres! Dizem que ele teve todas as mulheres mais encantadoras deste bairro.

O ceramista desatou a rir.

— Você não soube? Kurata não voltará aqui durante um bom tempo — informou. — A mulher dele pegou-o com uma das criadas e bateu nos dois até deixá-los roxos do pés à cabeça.

A gargalhada foi geral.

— Pobre coitado! — Danjuro lamentou. — A galinha velha, que põe todos os ovos, não vai mais deixar o galo aproximar-se das franguinhas.

— Bem-feito para ele! — resmungou o ceramista. — É um miserável, bate nas moças!

— Por que ele não manda a mulher embora? — Tora indagou.

— Porque a dona da loja é ela.

— Como assim?

— Ele foi adotado. A única filha do velho Kurata era tão mesquinha e feia que não arrumava marido, principalmente depois que o pai anunciou que ela ficaria com a propriedade, e não o marido, se conseguisse um. Quando ela foi para a cama com o vendedor que trabalhava na loja e engravidou, o velho ficou tão contente que adotou o homem, deu-lhe seu nome e sua filha. Canalha de sorte, aquele!

— Sorte? — Danjuro ecoou em tom de desprezo. — A megera é dona da loja, pelo menos quinze anos mais velha do que ele e feia como uma ameixa seca.

A moça que os servia chegou com os pratos pedidos. Então, entraram três elegantes mulheres musicistas. A que andava na frente, trajando um quimono verde-claro sobre uma saia vermelha, era um pouco mais velha do que as outras, devia ter passado dos trinta, mas ainda era muito bonita. Segurava um alaúde. As duas moças, que carregavam cítaras, eram lindas, uma em particular, na opinião de Tora. O quimono de uma era de seda lilás, e o da outra de brocado creme.

Os homens receberam-nas com evidente prazer, e as mulheres curvaram-se, agradecendo. Então, sentaram-se com muito decoro junto de uma das paredes e começaram a tocar.

Tora não era grande apreciador de música, mas não conseguia desviar os olhos do rosto da moça de quimono lilás. Quando ela sorriu para ele, duas encantadoras covinhas apareceram em suas faces. Elas tocaram uma seleção de canções populares da moda, que foram muito apreciadas.

Kunisada ofereceu-lhes vinho, mas a mulher mais velha educadamente recusou, falando pelas três, então sugeriu que os homens pedissem as canções que quisessem ouvir, e a reunião tornou-se bastante animada. Várias outras rodadas de vinho foram pedidas, e Tora continuou trocando olhares lânguidos com a tocadora de cítara. Danjuro pediu às mulheres que dançassem para eles, mas elas se negaram a atendê-lo, as duas mais novas abafando risadinhas. Tora olhou para "sua" menina e juntou as mãos num gesto de súplica. Ela moveu a cabeça numa afirmativa quase imperceptível. Danjuro estava cobrindo as mulheres com elogios sugestivos e, estando muito bêbado, acabou por fazer-lhes propostas. A mulher mais velha levantou-se abruptamente e fez sinal para que as moças a imitassem. As três curvaram-se profundamente e foram embora.

— Veja o que você fez, Danjuro! — Kunisada censurou. — Você tem as maneiras de um porco. Não sabe distinguir uma respeitável musicista de uma mulher das ruas? Insultou a famosa madame Sakaki.

Danjuro, porém, apenas riu e gritou pedindo mulheres. No mesmo instante, a "tia" empurrou para dentro da sala um bando de moças usando quimonos de cores berrantes e pesadamente maquiadas. Na confusão que se seguiu, de homens fazendo muito alarido e mulheres dando gritinhos, Tora saiu da sala discretamente.

Alcançou as musicistas quando elas já iam sair.

— Esperem, irmãzinhas! — chamou.

As três pararam na porta.

— Peço licença, senhor, mas vamos tocar em outra festa — a mais velha disse em tom áspero.

Tora fez-lhe uma reverência.

— Madame Sakaki, por favor, perdoe o comportamento rude de meu amigo — pediu humildemente. — O vinho e sua beleza deixaram-no embriagado demais. E é uma pena que ele não tenha bom ouvido para música. Quanto a mim, só vim aqui para ouvi-la — mentiu. — Por favor, permita-me convidar as três para jantar, depois que acabarem seu trabalho. Eu gostaria de compensá-las pelo momento desagradável que passaram.

Ela sorriu de leve, mas abanou a cabeça.

— É muita gentileza sua, senhor. Mas o que nos pede é impossível.

— Compreendo — Tora rendeu-se. — Foi um prazer ouvir uma verdadeira artista. Ouvi falar de uma tocadora de alaúde que toma aulas com um professor da universidade. Seria a senhorita, por acaso?

A mulher corou e empertigou-se.

Tora diverte-se no bairro do prazer

— Não — respondeu em tom áspero. — Está falando de Omaki. Agora, com licença. Precisamos ir.

Curvou-se rapidamente e saiu. As duas jovens seguiram-na, e a mais bonita, de quimono lilás, piscou para Tora.

Desapontado, ele acompanhou o trio com o olhar. E agora, o que ia fazer?

— E então? — perguntou a "tia" chegando por trás dele. — Você gostou da pequena que toca cítara? A de lilás? Eu disse a ela que você a admirou.

— Oh, eu não sabia — Tora murmurou, pesaroso.

— Quer dizer que a deixou escapar? — a mulher perguntou, erguendo as mãos num gesto de desânimo. — Você deve ser muito burro.

— Não faz mal, tia — Tora resignou-se, suspirando. — Me fale de outra moça, chamada Omaki. Ela está aqui?

— Aquela? Pode esquecer! Ela foi levada embora. Lavei as mãos, no caso dessa moça. Só a aceitei aqui porque o professor pediu, mas ela não é confiável. Está sempre procurando homens.

— Foi levada embora? Como assim?

— Não interessa! Ela não está aqui, estou ocupada e não tenho tempo para perder com gente estúpida. Suma daqui!

Lá fora, as lanternas entre os salgueiros tremeluziam como vaga-lumes na escuridão perfumada. Grupos de farristas enchiam as ruas, e casais de namorados abraçavam-se na sombra das árvores. Tora passou uma hora andando a esmo, sorrindo para as poucas moças que passavam desacompanhadas, mas nenhuma deu demonstração de ser fácil. Deprimido, ele encostou-se no tronco de um salgueiro e pensou no que mais poderia fazer. Era muito cedo para ir para casa. Ele se gabara de ter grandes planos para a noite e, se chegasse àquela hora, seria alvo de zombarias implacáveis dos outros servos. Por outro lado, não tinha dinheiro suficiente para ir a um bordel, nem mesmo um dos mais baratos.

— Tora-san — uma voz murmurou a seu lado. Ele se virou e viu a bonita tocadora de cítara, segurando o instrumento contra o peito e sorrindo. Então, ela informou timidamente: — Meu trabalho desta noite acabou.

Os olhos de Tora alargaram-se de surpresa e alegria.

— Querida! — ele exclamou. — Acabei de fazer um pedido, e ele já se realizou! Eu pedi você!

— Ora, vamos! — Ela corou e pestanejou. — Nós nos conhecemos hoje.

— É isso o que acontece com certos homens. Parece que são atingidos por um raio quando vêem uma determinada mulher. E não se pode fazer nada, a não ser sofrer — Tora desfiou, então olhou-a com ar de súplica. — A menos que...

— Não devia dizer essas coisas a uma moça, Tora.

— Você sabe meu nome, mas não sei o seu. Isso não está certo.

— Meu nome é Michiko. E sei o seu porque a tia, lá da casa de vinho Salgueiro, me disse.

"Abençoada seja, tia", pensou Tora.

Ele gostava de Michiko e de seus modos sem artifícios.

— Vamos dar um passeio — propôs. — Se encontrarmos um bom lugar para comer, deixe-me pagar-lhe um jantar. Você deve estar com fome e cansada.

Ela sorriu para ele.

— Estou, sim. Obrigada, Tora.

Mas todos os restaurantes e casas de vinho estavam lotados demais àquela hora, e todos as salas privativas, ocupadas. Como Tora tinha em mente mais do que um jantar, começou a sentir-se frustrado.

— Por que não compramos alguma coisa em uma barraca e vamos comer em minha casa? — Michiko sugeriu, talvez notando seu aborrecimento. — Eu moro aqui perto.

Tora animou-se instantaneamente. Comprou camarões fritos, um grande jarro de vinho, então os dois saíram do bairro do prazer. Michiko morava em um quarto alugado, nos fundos da casa de um artesão que fazia cortinas de bambu. Ele e a família já estavam dormindo, de modo que ela e Tora andaram em silêncio por um longo corredor e entraram em um quartinho que não passava de um barraco de madeira anexado à parte de trás da casa. Mas era perfeitamente limpo e arrumado.

De uma prateleira, ela tirou uma esteira enrolada e abriu-a no chão de tábuas. Em seguida, arrumou ali as tigelas para comida e bebida que guardava numa arca muito simples. Sentaram-se. Ela serviu a comida, e Tora, o vinho.

A moça estava faminta. Ele, que já comera bastante em companhia dos amigos, observou-a esvaziar a tigela avidamente, então deu-lhe sua própria porção. Gostava de moças que tinham um apetite saudável. De perto, ela era ainda mais bonita. Seus olhos começaram a brilhar, depois que a fome foi saciada e o cansaço diminuiu. Os lábios úmidos eram cheios e convidativos. Quando parou de comer, ela arrotou discretamente, como uma dama, e presenteou Tora com um sorriso largo.

— Obrigada — agradeceu de modo caloroso. — Estava tudo muito bom.

Comovido, ele tirou a faixa com estampa de garças de dentro da manga e entregou-a a ela.

— Pegue — disse. — Não é grande coisa, mas é sua, se você gostar.

Michiko abriu a faixa no colo.

— Oh, Tora... — murmurou, tocando o tecido com reverência. — É tão linda! Eu não podia imaginar que você me compraria um presente. Como sabia que íamos nos encontrar de novo?

Tora teve a decência de corar, mas refletiu que seria uma indelicadeza confessar a verdade.

— Eu lhe disse que fiz um pedido — observou.

Ela abraçou-o pelo pescoço, pressionando a face contra a dele.

— Estou tão contente! — exclamou, então levantou-se e começou a recolher as tigelas.

Ele se ergueu para ajudá-la.

— Por acaso você conhece uma moça chamada Omaki? — perguntou, passando-lhe uma das tigelas maiores, de comer.

— Conheço. Ela era minha amiga.

— Era?

Michiko ajoelhou-se no chão, pôs água em uma bacia e começou a lavar as tigelas.

— Ela ficou esnobe depois que começou a tomar lições de música com um professor que vai muito à Salgueiro — contou. — Ele a fez achar que é melhor do que todas nós. Então, Omaki ficou doente do estômago, tinha enjôos, e quando perguntei qual era o problema, ela ficou zangada e me mandou cuidar da minha própria vida. — Apontou para um pano de algodão barato, cuidadosamente dobrado sobre a arca. — Poderia enxugar as tigelas?

Tora concordou, pegando o pano.

— Ela foi grosseira — comentou.

— Foi, sim, e aquilo me fez pensar que ela devia estar grávida. Aposto que foi por isso que não trabalhou hoje. A tia deve ter dito que ninguém gosta de ver uma musicista grávida.

— Você tem idéia de quem pode ser o pai? — perguntou Tora, empilhando as tigelas dentro da arca.

— Acho que é o professor — Michiko respondeu, jogando a água suja pela janela e pendurando a bacia na parede. Então virou-se para Tora, olhando-o com expressão pensativa. — Por que está fazendo essas perguntas? Não me diga que se apaixonou por *ela*!

— Não, minha querida! — ele negou com ênfase, e aproximando-se dela para acariciar-lhe o rosto, acrescentou: — Eu nem conheço a moça. Um de meus amigos disse que Omaki toca bem o alaúde, e achei que madame Sakaki fosse ela. Que pescoço lindo você tem!

Michiko riu e segurou a mão dele.

— Omaki não toca tão bem assim. Madame Sakaki é a melhor. E odeia Omaki. — Encostou o rosto na mão de Tora e continuou com tristeza: — Sinto muito não saber tocar alaúde, mas sei fazer muitas brincadeiras.

— Verdade? — ele perguntou, fazendo-se de ingênuo. — O quê, por exemplo?

— Ponte de bambu — ela disse baixinho, traçando o contorno do rosto de Tora com um dedo e olhando-o nos olhos. — Cigarra agarrada em um tronco de árvore. Macaco pendurado em um galho. Mulher balançando um bebê.

— Macaco pendurado em um galho? — Tora repetiu, atônito. — Que brincadeira é essa?

Ela aconchegou-se contra ele.

— Bobinho! Você não sabe nada? Nunca esteve com as moças do bairro dos salgueiros?

Tora agarrou-a e caiu com ela na esteira aberta no chão.

— Não, menina sapeca — respondeu, começando a desatar a faixa na cintura dela. — E você não devia saber certas coisas.

Ela riu, contorcendo-se nos braços dele.

— As moças nos contam como trabalham — explicou. — Elas ganham um bom dinheiro. Mas prefiro me divertir com homens bonitos.

— É o que está fazendo agora? — Tora perguntou com um amplo sorriso, jogando a faixa para um lado e fazendo o quimono escorregar dos ombros dela.

— Espere! — Michiko ordenou. — Primeiro, deixe-me arrumar a cama!

Tora levantou-se, praguejando baixinho. Começou a tirar o quimono, enquanto a moça desenrolava no chão uma esteira acolchoada e uma coberta que tirara da prateleira. O quimono dela, solto, revelava um pouco de pele nua, uma coxa roliça, um seio, a forma arredondada de um quadril e... Ela tirou o quimono, dobrou-o e guardou-o. Tora segurou o fôlego, desamarrando a sunga com movimentos bruscos.

No instante seguinte, ela estava a seu lado para ajudá-lo.

— Oh! — exclamou. — Como é grande! Uma boa árvore para um macaco trepar. — Guinchou como um bichinho. — O macaco está com medo!

Escondeu-se embaixo da coberta, rindo.

Tora deitou-se também.

— Esqueça o macaco — gemeu. — Esta árvore vai morrer se não for plantada logo.

Michiko, além de ser um moça generosa, era ótima professora. Naquela noite, Tora aprendeu tudo a respeito de macacos pendurados, entre muitas outras coisas.

8

O Concurso de Poesia

Era a hora do galo, cerca de duas horas antes do pôr-do-sol, quando Akitada chegou ao Jardim da Divina Primavera. Em comemoração ao concurso de poesia, o portão fora enfeitado com bandeiras, e havia dois soldados da guarda imperial de cada lado, em posição de sentido. Akitada apresentou seu convite e recebeu permissão para entrar. Viu, andando à frente dele, Nishioka em companhia do estudante Ishikawa, mas não fez nenhum esforço para alcançá-los.

Andara deprimido o dia todo, e seu estado de espírito piorou quando ele passou pelo local onde haviam encontrado o corpo da moça assassinada. Fez uma curva, e o pavilhão imperial apareceu diante de seus olhos. A cena formada pela multidão de convidados em quimonos coloridos era quase dolorosamente brilhante à luz do sol da tarde, contrastando de modo chocante com seu humor sombrio. Colunas e balaústres vermelhos, telhados cor de esmeralda, ornatos dourados, coxins de seda de todos os tons, trajes de cores vivas, barcos coloridos na areia branca da margem do lago que se estendia como ouro derretido, iluminado pelo sol já baixo no céu, tudo aquilo pareceu-lhe irreal por um momento. Ele se sentia como se houvesse entrado em um lugar muito distante do mundo normal de pessoas normais. Um mundo muito distante daquele da moça morta e do mendigo, onde ambos haviam sido intrusos, pagando um preço alto por isso.

Cheio de raiva irracional daqueles que viviam acima das nuvens, como verdadeiros deuses, Akitada subiu os degraus da varanda do pavilhão, já quase totalmente cheia de convidados que conversavam e riam. Nenhum deles, ele pensou, daria importância, se soubesse que uma jovem fora assassinada a uma curta distância dali.

No topo da escada, parou diante do palco dos juízes para fazer uma reverência ao príncipe Atsuakira e outras personagens imperiais. Em seguida dirigiu-se para a esquerda, onde vira outros professores da universidade, e encontrou seu lugar numa das últimas fileiras. Passaram-se alguns instantes, então Hirata apareceu a seu lado. Parecia cansado, mas sorriu.

— Não fui para casa, ainda. Estou fora desde manhã. Sua mãe e as moças gostaram da procissão? — perguntou, sentando-se.

— Acredito que sim — respondeu Akitada, tendo de esforçar-se para sorrir de volta. — Minha mãe convidou Tamako para almoçar com ela e minhas irmãs. Eu não pude acompanhá-las. Tive de resolver uns assuntos relacionados com o assassinato da moça, mas Tora ficou de levar sua filha para casa, no carro alugado, depois do almoço.

— Você e a senhora sua mãe foram de uma gentileza extrema — disse Hirata em tom caloroso. — Por favor, transmita a lady Sugawara minha profunda gratidão pela honra que ela concedeu a minha insignificante filha.

Insignificante? Honra? Gentileza? As palavras convencionais de polidez eram tão falsas quanto o ridículo acontecimento que estavam prestes a testemunhar. Mas Akitada limitou-se a concordar com um gesto de cabeça e correr o olhar pelos nobres e membros do alto escalão do governo sentados à direita da escada. Notou que até os coxins onde as pessoas se acomodavam eram diferentes, de acordo com a posição social de cada uma, como se um traseiro nobre fosse sentir-se ofendido por afundar-se em um assento inapropriado. Os coxins ocupados pelos príncipes eram de brocado púrpura, enquanto os dos nobres eram de seda vermelha, verde ou azul. Akitada, assim como todos os outros professores, sentavam-se sobre almofadas de algodão cinzento. Ele não devia esquecer, nem por um segundo, seu lugar na hierarquia!

Era estranho, mas à penumbra do crepúsculo, na tarde anterior, as almofadas empilhadas tinham-lhe parecido iguais. Um truque da luz, ou melhor, das sombras. Esses pensamentos provocaram sua imaginação, como se um assunto tão trivial pudesse ter algum significado oculto, mas ele não lhes deu seqüência, pois a cerimônia ia começar.

O príncipe Atsuakira levantou-se e deu alguns passos à frente no palco, e a platéia ficou em silêncio. Seu curto discurso de abertura foi seguido por outros, e o último a falar foi Oe, que aproveitou ao máximo aquela oportunidade de brilhar diante de tão ilustre assembléia.

Ele usava um esplêndido quimono de brocado azul, e seus cabelos brancos brilhavam sob o formal barrete preto. Depois de dar as boas-vindas aos convidados, em nome de todas as escolas da universidade, explicou as regras e informou em que ordem os competidores se apresentariam.

Akitada já sabia que a apresentação seria dividida em quatro partes: obras em comemoração a datas especiais, poemas de viagem, canções de brinde e poesias de amor. Entre uma parte e a seguinte haveria números musicais e bailados, e depois desse intervalo o nome do vencedor daquela categoria do concurso seria revelado.

Como Oe continuasse a falar, Akitada distraiu-se olhando para o lago. Patos reunidos em um grande grupo deslizaram ao redor de uma curva e pararam, parecendo atônitos ao depararem-se com tão brilhante reunião de humanos no pavilhão, então irromperam em grasnidos de protesto e alçaram vôo numa confusão de asas e cintilantes gotas de água.

— A beleza deste dia dará à luz a genialidade e confirmará a grandeza do reino de Sua Majestade — Oe entoou.

Os nobres no outro lado da escada aplaudiram, e Akitada, olhando-os preguiçosamente, reconheceu um rosto.

Se não se enganava, lá estava Okura, o almofadinha de queixo retraído que discutira com Tora e que, contrariando todas as probabilidades, passara em primeiro lugar nos exames do ano anterior. Era um dos concorrentes do concurso de poesia. Akitada começou a ter um leve interesse pelo acontecimento.

Quando Oe acabou de falar, sob um aliviado aplauso geral, Hirata inclinou-se para Akitada e disse baixinho:

— Você notou alguma coisa estranha no jeito de Oe?

— Não, por quê?

— Espero estar enganado, mas poderia jurar que o homem está embriagado. Ele falou arrastando demais as palavras. — Hirata abanou a cabeça. — É estranho ele arriscar-se a passar por uma situação embaraçosa, já que acha tão importante vencer.

— Se o senhor estiver certo, ele não vai agüentar muito tempo — declarou Akitada. — Estão começando a distribuir tigelas de vinho.

Era costume brindar cada composição poética com uma tigela de vinho e, pela extensão do programa, a apresentação se estenderia noite adentro, de modo que muita bebida seria servida.

As primeiras obras apresentadas não causaram grande surpresa. Fazer versos era a especialidade de funcionários da corte que viviam eternamente escrevendo louvores a aniversariantes imperiais e cerimoniais esotéricos. Okura competiu nessa categoria, e Akitada observou-o com interesse. Ele parecia calmo, até mesmo displicente, recitando um poema curto que, aos ouvidos destreinados de Akitada, pareceu muito bom, pelo menos, não pior do que os outros. Seria possível que Hirata julgara mal a capacidade do rapaz, como Akitada já sugerira?

— O estilo dele melhorou de modo espantoso — comentou Hirata num resmungo.

Okura deixou o centro do palco sob aplauso moderado.

— Ora, vejam só! — uma voz murmurou ao ouvido de Akitada. — Nosso estimado colega vende seus talentos a quem paga mais!

Virando-se, Akitada viu os olhos semicobertos por pesadas pálpebras de Takahashi, o "cabeça de tartaruga".

— Desculpe, mas não sei o que o senhor quer dizer — disse friamente.

— Claro que não sabe. Não está acostumado com o fraseado de Oe, como nós estamos, para nossa desgraça. O estilo dele, se é que se pode dizer assim, é inconfundível. Foi ele quem compôs o poema de Okura. O moço nunca seria capaz de escrever aquilo.

— Como pode ter tanta certeza? — perguntou Akitada.

— O que me diz, Hirata? Não estou certo? — Takahashi indagou.

Hirata moveu a cabeça numa afirmativa relutante.

— Pode estar, sim.

— E tem mais — Takahashi prosseguiu. — Nosso grande homem bebeu o dia todo, e o vinho não o torna amável. Já se enfureceu duas vezes com Ono, aquele pobre peixe morto. Nem sei como o coitado ainda teve coragem de mostrar a cara em público. Os nomes com que Oe xingou-o! Horríveis! E na frente de pessoas importantes. Não é um absurdo? Ergueu-se uma nova onda de aplausos, e Takahashi afastou-se para ir ao encontro de Fujiwara, que estava chegando atrasado, ainda usando o quimono amassado e a faixa discordante com que comparecera à reunião de professores.

Hirata pôs a mão no braço de Akitada para chamar-lhe a atenção e fez um gesto de cabeça na direção do palco. Oe, com o rosto muito corado, fora novamente para frente e balançava-se de maneira esquisita, apoiando-se nos calcanhares. Em vez de olhar para os nobres do júri, olhava para o grupo de funcionários do governo e da corte.

— Aqui estamos, reunidos novamente — começou com sua voz melíflua. — Mais uma vez o sol se põe, fulgurante. — Abriu os braços na direção do lago banhado de luz dourada, e recebeu um fraco aplauso. —

O mesmo sol que brilhava sobre nós no ano passado, mas, oh... como hoje estamos diferentes — continuou em tom de tristeza.

Akitada apreciou a sensação de nostalgia que essas palavras haviam tido o poder de provocar e esperou com interesse que Oe declamasse sua obra poética. Para sua surpresa, o homem voltou a olhar para os funcionários e recitou em tom cortante:

— Muitos quebram as regras do jogo, e a recompensa vai para quem não merece, enquanto outros vêem frustradas suas esperanças, pois o tempo e as mudanças favorecem apenas uns poucos.

Curvou-se meio sem firmeza e voltou para seu lugar, deixando a platéia perplexa com seu estranho poema. Os aplausos foram indecisos, mas quase todas as pessoas murmuravam entre si, abanando a cabeça, confusas.

— O que será que ele quis dizer com isso? — perguntou Hirata. — Foi quase como se ele acusasse os juízes de concederem o prêmio ao poeta errado.

Akitada franziu a testa, pensativo. Oe não faria uma acusação contra os nobres que atuavam como juízes. Estaria se referindo a algum outro assunto? À fraude que houvera nos exames? O fato era que sua atitude sugeria inquietantes possibilidades, e Akitada prometeu a si mesmo que teria uma conversa franca com o grande Oe, o mais cedo possível.

O vencedor foi anunciado. Não era Oe, nem Okura, mas um dos funcionários governamentais. No intervalo que se seguiu, os servos circularam entre as pessoas, distribuindo tigelas de vinho, e um menino lindamente fantasiado, filho de um dos nobres da corte, executou uma dança elaborada que contava a história de um antigo imperador que vencera uma batalha enfrentando extremas dificuldades, usando o disfarce de um feroz dragão. Quando o bailado terminou, a criança deixou o palco sob generosos aplausos.

Oe levantou-se abruptamente e, antes que pudessem impedi-lo, recitou outro poema. Para alívio geral, foram versos em louvor à graça do menino bailarino, predizendo que ele teria um futuro brilhante. Dessa vez, Oe arrancou da platéia palmas verdadeiramente entusiasmadas. Os convidados pareciam convencidos de que aquela fora uma genial obra de improviso, mas Akitada achou que Oe já a preparara com antecedência. E isso fazia com que seu primeiro poema se tornasse ainda mais enigmático.

A segunda parte do programa transcorreu sem incidentes. Ishikawa estava entre os concorrentes e ganhou o prêmio. No intervalo houve música de flauta, à qual Akitada prestou total atenção. Ele não conhecia o flautista. Pensou em Sato, que não estava presente, imaginando se a polícia o detivera para investigação. Esperava que Kobe não houvesse feito isso. Arrependia-se de ter citado o nome do professor de música quando falara com o capitão, um homem bastante cruel para ordenar que um velho mendigo fosse açoitado. Quando o flautista terminou sua apresentação, Akitada levantou-se e, para esticar as pernas, andou pela varanda que rodeava o pavilhão, indo até a parte de trás.

No pátio, embaixo, havia um grande movimento de servos que aqueciam jarros de vinho em grande braseiros e corriam para dentro do pavilhão carregando bandejas cheias de tigelas. Akitada debruçou-se na balaustrada para observá-los. Diretamente abaixo dele, vários homens tiravam de uma caixa grandes lanternas de papel colorido e as desdobravam, preparando-as para serem acesas. Não demoraria muito para anoitecer, pois a luz brilhante do sol tomara um tom de ouro pálido, e o céu azul ganhava um suave matiz de roxo, lembrando a cor das flores de glicínia. E aquelas lanternas coloridas logo estariam brilhando na escuridão da noite.

De vez em quando, um dos convidados descia para o pátio, talvez para aliviar-se depois de tanto vinho. Akitada endireitou-se e decidiu descer também, mas nesse momento viu lá embaixo o estudante Ishikawa parado num dos cantos do pavilhão, falando de modo zangado com alguém escondido atrás de uma coluna laqueada. De repente, Ishikawa inclinou-se para a frente com as mãos estendidas, como se fosse empurrar a pessoa com quem falava. Um homem alto, vestido de azul, apareceu, cambaleando para trás. Era Oe. Ele perdera o barrete, e seu rosto estava quase roxo, obviamente de raiva. Berrou alguma coisa e atacou, dando uma bofetada no rosto de Ishikawa, com tanta violência, que Akitada ouviu o som do golpe acima do vozerio dos servos. Ishikawa encolheu-se, pondo a mão na face atingida, então abaixou-se e pegou algo que parecia um remo quebrado. Tinha uma expressão assassina no rosto. Akitada inclinou-se por sobre a balaustrada e gritou uma advertência. O estudante olhou para cima e, vendo-o, deixou cair o pedaço de madeira. Disse algo para Oe e desapareceu, rodeando o canto. Oe ficou parado por um momento, encarando Akitada, então virou-se e também desapareceu.

Quando voltou para seu lugar, Akitada perguntou a Hirata:

— O senhor sabe se haveria alguma razão para Oe e Ishikawa brigarem, chegando a agredir-se fisicamente?

— Agredir-se? — Hirata repetiu, espantado. — Você deve estar exagerando.

— Não. Acabei de assistir a uma briga dos dois.

— Você precisa levar em conta que Oe bebeu demais, Akitada. Mas vamos aproveitar os bons momentos, enquanto podemos. Olhe! As bailarinas *Dengaku* estão se apresentando.

Akitada apenas lançou um olhar para as mulheres no palco. Irritara-se com a falta de interesse de Hirata pelo fato que lhe contara.

— Pensei que o senhor quisesse que eu fizesse uma investigação séria, mas agora, que parece que temos uma pista do chantagista, não quer discutir o assunto — queixou-se.

Hirata corou e olhou por cima do ombro cautelosamente.

— Fale baixo — recomendou, então inclinou-se para mais perto de Akitada. — Tem razão de estar zangado. De fato, eu me arrependi de ter envolvido você nessa questão e acho que será melhor parar de investigar. Por favor, perdoe-me por ter lhe causado tanto incômodo, principalmente agora que... — interrompeu-se delicadamente, mas Akitada sabia que ele se referia aos fracassados planos de seu casamento com Tamako.

Então, o que Hirata queria era apenas arrumar um marido para a filha. Akitada controlou a fúria que se apossou dele com tanta intensidade que fez seu estômago revoltar-se.

— A menos que o senhor tenha desvendado o mistério sozinho, e nesse caso me deve no mínimo uma explicação, a situação continua tão perigosa quanto antes — disse em tom áspero. — Ou está me dizendo que a carta foi um mero subterfúgio para me fazer ir a sua casa?

— Não — respondeu Hirata, empalidecendo. — Eu o chamei por causa do perigo que ameaça a universidade. — Fez uma pausa, olhando para as mãos cruzadas no colo. — Mas é verdade que tive a esperança de que nosso trabalho em conjunto pudesse levar você e Tamako a novamente sentir afeição um pelo outro.

E o plano funcionara muito bem no caso de Akitada, mas não no de Tamako. Fosse o bilhete de chantagem verdadeiro, ou não, Hirata acabara de admitir que de fato tivera em mente algo muito mais pessoal. Mal sabia que a filha rejeitara o homem que ele escolhera para ser seu marido, o homem que, por dever-lhe tanto em termos de gratidão, era o único com quem ele podia contar.

— Não fique zangado, meu caro rapaz — Hirata pediu. — Eu receava que você me entendesse mal, e agora lamento não ter mordido a língua, antes de lhe falar daquele bilhete.

Akitada também lamentava.

— Não tem importância — disse por entre os dentes. — Eu compreendo.

Quando houve novo intervalo, um certo silêncio caíra sobre o parque. A última luz do dia apagava-se no céu. Akitada procurava mentalmente as palavras certas para despedir-se de Hirata e ir embora.

A apresentação recomeçou, e ele, distraído, mal ouvia os versos ruins em louvor ao vinho que um dos concorrentes declamava. Num impulso, esvaziou sua tigela. Um servo substituiu-a por uma cheia, que ele também bebeu até a última gota.

— Quanto a Oe e Ishikawa... — Hirata disse inesperadamente, então calou-se por um momento antes de prosseguir: — No ano passado, Ishikawa começou a ajudar Oe em algumas tarefas menos importantes. Os dois pareciam dar-se bem, até pouco tempo atrás. Então, a arrogância de Ishikawa tornou-se mais pronunciada, ele sempre demonstrava grande falta de respeito quando se dirigia a Oe, um homem mais velho e seu professor. Mas essa sua maneira rude pode realmente significar alguma coisa?

Akitada forçou-se a responder:

— Comportamento impróprio é sempre sugestivo. Algo aconteceu para causar uma mudança no relacionamento deles. Quando foi que as coisas mudaram? Na época dos exames? Talvez Ishikawa tenha descoberto que Oe ajudou o estudante vencedor a trapacear.

— Oe?! — Hirata ecoou, incrédulo. — Não. Nisso você está errado. Ele goza de um conceito alto demais para fazer uma coisa tão perigosa. Ishikawa é outro assunto. Sempre foi arrogante e acho bem possível que seja capaz de fazer chantagem. Mas, chantagear Oe? Não. Você mesmo disse que o quimono azul de Oe não poderia ser confundido com o meu, que é verde.

— Talvez Ishikawa seja daltônico — sugeriu Akitada.

Mas não acreditava nisso. Ele sentia que havia uma explicação muito mais simples para o engano, mas sua mente estava ficando anuviada.

Lá embaixo, as primeiras lanternas brilhavam na penumbra azulada. A luz produzia súbitos lampejos nos quimonos dos poetas e músicos e pintavam arco-íris nos barcos coloridos. O céu ainda guardava um tênue matiz de violeta, e uma fina linha dourada orlava a massa escura das montanhas longínquas.

O ânimo dos participantes do espetáculo mudara. Os homens na platéia acompanhavam com gritos e gargalhadas os versos que celebravam a embriaguez. Mas todos ficaram em silêncio, cheios de expectativa, quando

Fujiwara foi para a frente do palco, fazendo uma mesura na direção dos juízes.

Sua voz era profunda e envolvente. As palavras rolavam de sua boca como trovões distantes. O poema era longo e falava das necessidades humanas que iam além daquelas de fama e fortuna, da amizade entre homens, que se tornava mais terna quando o vinho lhes soltava a língua, e quando sentimentos verdadeiros derrubavam as barreiras das convenções sociais. Aqueles eram, sem dúvida nenhuma, os mais comoventes versos que Akitada já ouvira. Ele pensou nos amigos que perdera, e lágrimas subiram a seus olhos. Lembrou-se do gigante mutilado, Higekuro, e de sua filha Ayako, que um dia haviam sido tão queridos e agora estavam perdidos para sempre. Recordou o belo Tasuku, que partira do mundo porque a vida tornara-se um grande sofrimento. Pensou em todos os seus amigos de infância, dos quais fora separado pela morte ou pela distância. Pensou também em Tamako, que estava afastando-se dele rapidamente. E refletiu que permanecer unido aos amigos era uma das maiores necessidades do ser humano.

O silêncio continuou por um breve instante, quando Fujiwara acabou de dizer seu poema. Tudo o que se podia ouvir naquele momento era o farfalhar das lanternas sopradas pela brisa e os grasnidos distantes de aves aquáticas no lago. Nem mesmo os servos perturbavam o silêncio com seus passos, pois haviam parado de se movimentar entre os convidados. Então, o aplauso começou, geral e estrondoso. Aos poucos, os homens foram se levantando, até que todos ficaram de pé, fazendo reverências a Fujiwara e aplaudindo, gritando elogios. Alguns foram até ele para abraçá-lo.

De súbito, uma voz aguda elevou-se acima do barulho. Oe, de pé no centro do palco, agitava os braços e gritava:

— Parem com essa manifestação vulgar! Sentem-se todos! Essa balbúrdia precisa acabar imediatamente! As regras não permitem isso, e o concorrente que causou esse tumulto com suas palavras indecentes deve ser desclassificado. Sua falta de decoro é mais apropriada para o deleite de libertinos e prostitutas!

As pessoas calaram-se, atônitas. Todos os olhos estavam voltados para Oe e Fujiwara.

— Preciso segurar aquele tolo — resmungou Hirata, indo depressa na direção de Oe.

Mas já era tarde demais para remediar o mal. Todos os presentes, de Sua Alteza Imperial ao mais humilde servidor, haviam ouvido as palavras insultuosas. Hirata, com a ajuda de Ono, conseguiu sentar Oe em sua almofada, mas ele continuou a protestar, gritando palavras ininteligíveis.

Fujiwara surpreendeu todo mundo. Com sua voz forte, fez um gracejo inteligente sobre a potência do vinho e da poesia. As pessoas riram e começaram a pedir mais vinho.

A paz restabelecida, outro concorrente ocupou o centro do palco. Fujiwara caminhou para Oe, que estava rodeado por alguns colegas, inclusive Nishioka. Inclinando-se, pegou-o por baixo dos braços e ergueu-o, pondo-o de pé. Ono ajudou-o, e os dois arrastaram-no para fora, com Hirata na frente, abrindo caminho, e Nishioka atrás, levando os pertences de Oe. Quando o grupo desapareceu num canto do pavilhão, Akitada viu Ishikawa levantar-se e sair também.

O último concorrente terminava de recitar seu poema, quando Fujiwara retornou, enxugando com a manga do quimono o filete de sangue que escorria de um grande arranhão em seu rosto. Sentou-se, escondendo a face ferida, mas quando o príncipe anunciou-o como vencedor daquela principal etapa do concurso, teve de levantar-se e subir ao palco. O próprio príncipe caminhou até ele para cumprimentá-lo por seu talento e presenteá-lo com um fino quimono de seda. Fujiwara, baixando a mão que ocultava o arranhão, ajoelhou-se e curvou-se, e o sangue gotejou por entre sua barba. O príncipe murmurou alguma coisa, e Fujiwara sorriu, explicando:

— Eu só colidi com um galho de árvore, Sua Alteza.

Depois da apresentação de outro bailado, houve mais um intervalo, e os barcos foram levados para a água, suas lanternas lançando faixas de luz na água escura, brilhando como as estrelas no céu. Outras luzes piscavam ao longo da margem, entre as árvores e na ilha. Era uma cena mágica e, a sua maneira, mais esplêndida do que a exibida pelo que ainda restava do crepúsculo.

Os servos corriam ao longo da varanda, pendurando lanternas nos beirais com a ajuda de longas varas. Os nobres deixaram o pavilhão para passear de barco ou a pé, e o lugar onde haviam estado sentados ainda não fora iluminado, de modo que na penumbra as almofadas não mostravam mais suas cores, parecendo todas igualmente escuras. Akitada lembrou-se de como as almofadas empilhadas na sombra da varanda haviam lhe parecido todas da mesma cor, no entardecer do dia anterior. Ele presumira que fossem todas azuis, pois uma delas ainda captava um pouco de luz e era dessa cor. Mas claro! A mesma coisa devia ter acontecido com os quimonos, na noite em que o chantagista depositara seu bilhete na manga de um deles. Com pouca claridade, não seria possível distinguir o verde do azul, e tanto o quimono de Oe como o de Hirata tinham pequenos desenhos brancos. Devia ter sido por isso que Ishikawa cometera o engano.

Já completamente fora de sintonia com a beleza da noite, Akitada não se sentia com vontade de assistir à parte seguinte da competição. Estava com o coração triste demais para ouvir poemas de amor. Preparava-se para ir embora, quando Hirata, que ajudara a levar Oe para fora, voltou ao pavilhão, parecendo transtornado.

— O que aconteceu? — perguntou Akitada.

— Uma coisa horrível. Oe atacou Fujiwara com as mãos limpas, mas o teria ferido gravemente, se não nos atirássemos todos sobre ele para segurá-lo. — Hirata abanou a cabeça com tristeza. — Eu não sabia que um homem podia ter tanta força, quando está fora de si. Foi um grave insulto a Fujiwara, que só estava tentando ajudar. Conseguimos acalmar Oe o bastante para que Ono e Ishikawa pudessem levá-lo para casa. Mas receio que ele esteja completamente desequilibrado. Chorava, quando foi levado embora. Nunca imaginei que o vinho fizesse isso com um homem.

— Não foi o vinho, mas o sentimento de culpa — Akitada observou. — Isso, e ele saber que está em poder de um homem inescrupuloso que pretende arruiná-lo.

— O quê?

— O bilhete era para Oe. No escuro, fica difícil diferenciar o verde do azul.

— Tem certeza? — Hirata perguntou em tom aflito, então pensou por um momento, antes de continuar: — Se o caso é esse, o que faremos?

— Falaremos com ambos, o mais rápido possível. Assim que a culpa de cada um ficar comprovada, o senhor poderá agir da forma que achar melhor.

— Oh... vamos esperar um pouco. Temos de pensar mais calmamente.

Akitada levantou-se de sua almofada.

— Não. Estou ansioso para acabar logo com isso. Amanhã ainda trabalharei no caso, mas depois darei o assunto por encerrado — informou. — Agora, com licença. Vou para casa. Boa noite.

Afastou-se, e Hirata ficou olhando, sem nada ver, o que se passava no lago alegremente iluminado.

9

Mangas de Quimono Ensopadas de Lágrimas

O feriado continuou no dia seguinte, que era quando a virgem Kamo voltaria do santuário para seu palácio. Logo pela manhã Akitada foi ver a mãe, como era de costume. Suas irmãs estavam com ela, tomando o desjejum, e ele perguntou-lhes se haviam gostado do passeio no dia anterior.

— Tamako é uma moça encantadora — declarou a irmã mais nova, Yoshiko. Era óbvio que se lembrara do desafortunado namoro de Akitada, pois corou e acrescentou: — Ficou conosco bastante tempo depois do almoço e prometeu que logo viria nos ver novamente. Foi ótimo estar em companhia dela.

Akitada sentiu um aperto no coração. Não queria ter de enfrentar novos encontros embaraçosos com Tamako.

— Que bom que tiveram um dia agradável — comentou e então olhou para a mãe.

— Parece que a moça gosta de jardinagem — disse lady Sugawara. — Ela nos deu uma porção de sugestões úteis. — Fez um gesto na direção do jardim que crescia em luxuriante desordem em volta de sua varanda. — Como pode ver, este lugar está parecendo uma ruína abandonada. É uma pena que eu tenha de contar com pessoas que encontro por acaso para ter uma idéia de como fazer as coisas.

— Pensei que a senhora gostasse do jardim assim como está — Akitada defendeu-se, embora soubesse que a mãe estava aborrecida com ele por outros motivos. — Basta que me peça, para que eu mande Tora cuidar do trabalho de podar, replantar, o que for necessário.

— Hum! — a mãe fungou. — Esse sujeito fica mais na rua do que aqui.

— Ele não voltou para casa ontem à noite — contou Akiko, a outra irmã.

Lady Sugawara ergueu os olhos para o céu e suspirou dramaticamente.

— Aposto como está na cadeia. A que ponto cheguei! Moro em uma casa dilapidada, tendo um bandido como servo! Esta casa já foi grandiosa, sempre bem-cuidada e cheia de servos competentes. Agora vivemos como exilados que foram condenados ao isolamento de uma província distante.

— Lamento que esteja tão deprimida hoje, mãe. — Akitada levantou-se e curvou-se em despedida. — Voltarei a vê-la quando a senhora estiver se sentindo mais animada.

Ela não se dignou a responder.

A universidade estava quase deserta, pois não havia aulas nem palestras. Akitada foi à sala de Hirata, mas encontrou-a vazia. O feriado prolongado estava sendo um transtorno. Ele estava ansioso para ter uma reunião com Oe e Ishikawa e acabar logo com aquele assunto, mas sem Hirata não podia fazer nada.

Em sua própria sala, viu uma pilha de monografias de alunos e imaginou se precisaria lê-las antes de deixar a universidade ou se devia passar seu último dia ali juntando o que lhe pertencia. Adiando o momento da decisão, encaminhou-se para os prédios dos dormitórios dos estudantes com a vaga idéia de fazer algumas perguntas a Ishikawa.

Ali as coisas estavam um pouco mais animadas. Alguns dos meninos mais novos, reunidos num espaço aberto entre pinheiros, faziam muito barulho, ocupando-se em criar alguma coisa com grandes folhas de papel colorido.

Curioso, Akitada aproximou-se e viu que eles estavam fazendo pipas. Olhou para o céu muito claro. Nuvens fofas deslizavam na imensidão azul, empurradas pelo vento. Um tempo perfeito para empinar pipas. Observando os garotos, viu a primeira pipa de teste começar a subir, presa à linha que um menino segurava, correndo loucamente. O brinquedo flutuou por um instante, então deu um mergulho repentino e caiu, ficando enroscado no topo de um dos pinheiros.

Akitada foi até a árvore, que parecia oferecer uma escalada fácil. Cedendo a um impulso, tirou o quimono e enrolou as pernas da calça larga que usava por baixo até acima dos joelhos. Agarrando-se ao galho mais próximo, começou a subir. Mas a pipa estava muito no alto. Os galhos mais fracos perto do topo não suportariam seu peso. Ele parou para pensar no que fazer, e nesse momento sentiu um puxão na calça. Olhou para baixo e viu um dos meninos logo abaixo dele.

— Com licença, senhor, mas poderia me deixar passar? — o garoto pediu. — Minha pipa ficou presa lá em cima.

Afastando-se para o lado, Akitada observou-o subir com a agilidade de um macaquinho, chegar até a pipa, soltá-la e deixá-la cair para que os companheiros a pegassem.

— Com licença, senhor — o menino repetiu, passando por ele na descida.

Sentindo-se um tolo, Akitada viu-o saltar para o chão. Os garotos não haviam percebido que ele subira para tentar recuperar a pipa? O que haviam pensado ao ver um dos professores subindo numa árvore? Embaraçado, ele desceu mais devagar do que subira, desenrolou as pernas das calças e vestiu o quimono. Ficara claro que subir em árvores atrás de pipas não era atividade para alguém de sua idade. Em um dos dormitórios, encontrou um estudante mais velho sentado na escada externa, remendando um sapato.

— Você sabe me dizer onde posso encontrar Ishikawa? — perguntou.

O jovem educadamente levantou-se e fez uma reverência.

— Ele não está aqui hoje, senhor. Vi quando ele saiu antes do amanhecer, carregando uma trouxa pequena, de modo que suponho que tenha ido fazer uma viagem curta.

Mais atrasos! Ishikawa não voltaria até o final da tarde, com certeza. Desanimado, Akitada voltou pelo mesmo caminho, indo na direção dos pinheiros. Olhando em volta, viu o pequeno Minamoto sentado na varanda do quarto que ocupava. Ele parecia estar lendo um livro, mas de vez em quando lançava olhares disfarçados para os garotos que brincavam com as pipas. Por um instante, Akitada imaginou por que ele não ia brincar também, então lembrou-se de que sua alta posição e o recente desgosto que tivera impediam-no de participar de brincadeiras, algo que devia ser natural naquela etapa de sua vida. Sentiu o coração apertar-se, pensando no contínuo isolamento do jovem lorde.

Abanando a cabeça num gesto de impotência, saiu da área dos dormitórios pelo portão do lado norte e atravessou a alameda para chegar à Escola de Música. Sato devia estar lá, pois ele ouvia o som de seu alaúde. A melodia era ainda mais alegre do que a que ele ouvira da outra vez. Então, um segundo alaúde juntou-se ao primeiro. Tocado por um aluno? Não. A julgar pela deliciosa harmonia em que os instrumentos soavam, era óbvio que a música era executada por dois mestres.

Aproximando-se em silêncio, Akitada sentou-se na varanda da sala de Sato para ouvir. Desejou, não pela primeira vez, tocar um instrumento assim tão bem. Era maravilhoso mergulhar na música. Todas as preocupações desapareciam. Na adolescência ele aprendera os rudimentos da arte, e nos tempos de estudante tivera algumas aulas de flauta, mas depois assuntos mais importantes passaram a tomar todo seu tempo, e a música fora abandonada.

Depois de alguns momentos a melodia parou, e Akitada ouviu Sato falar em voz baixa. Levantou-se, pigarreou para anunciar sua presença e entrou na sala para cumprimentá-lo.

Sato estava novamente em companhia de uma mulher, mas essa era mais velha e muito mais elegante do que a moça que fora assassinada. Não ouviram Akitada aproximar-se, e ele, pelo viu, não podia ter dúvida de que os dois eram amantes. Estavam sentados de pernas cruzadas, com os alaúdes no colo, as cabeças encostadas. Além dessa proximidade física, eles trocavam olhares apaixonados. A mulher ergueu a mão para acariciar o rosto de Sato, e Akitada recuou, mas os dois o viram e separaram-se bruscamente, olhando-o com ar assustado. Fazendo uma reverência, Akitada pediu desculpas pela intromissão. A mulher corou e assumiu uma pose mais decorosa, pondo-se de joelhos. Sua beleza madura era notável.

— Ouvi a música e não pude resistir — Akitada explicou, embaraçado.

— É feriado — replicou Sato em tom irritado. — Você não tem uma vida particular com que se ocupar?

A mulher levantou-se com seu alaúde e saiu sem dirigir um gesto ou palavra a nenhum dos dois.

— Desculpe — Akitada murmurou, olhando-a partir. — Por favor, não se preocupe, achando que vou denunciá-lo por dar aulas particulares. Seu segredo está em segurança. Mas essa senhora toca o alaúde tão bem, que não posso acreditar que seja sua aluna.

Corou, imaginando como Sato interpretaria suas palavras.

O professor de música olhou-o sem nenhuma expressão no rosto.

— Ela é musicista, uma conhecida minha que veio me visitar — informou e, ao ver que Akitada fazia menção de retirar-se, acrescentou, mais amigável: — Quer tomar vinho?

Um tanto surpreso, Akitada aceitou, refletindo que Sato era um enigma muito interessante. Sentou-se, pegou a tigela que lhe foi oferecida e tomou um gole.

— Presumo que o capitão da polícia tenha conversado com você sobre a moça que foi assassinada no parque. Você soube dizer a ele quem era ela?

— O nome dela era Omaki. Eu tive de identificar o corpo. Pobre menina! — Sato tomou um longo gole de vinho, então comentou com sarcasmo: — Suponho que devo agradecer a você o interesse da polícia por mim.

— Foi inevitável — disse Akitada, olhando-o calmamente nos olhos. — Meu servo e eu a encontramos, e me lembrei de que a vira aqui com você.

Sato desviou o olhar.

— Entendo. Inevitável, de fato — concordou, fazendo uma careta. — Mas não deixou de ser embaraçoso. Ela era uma moça tola, mas não merecia morrer tão jovem. Eu a conheci no bairro dos salgueiros.

— Era prostituta?

— Nem todas as mulheres daquele bairro são prostitutas — Sato observou com raiva. Mas acalmou-se depressa e suspirou. — Pobre Omaki! Estava tentando tornar-se artista. No entanto, se quer saber, estava a caminho de tornar-se prostituta, quando morreu. Era seu carma. O pai dela é muito pobre, um artesão que faz sombrinhas, chamado Hishiya. Mora no sexto distrito. A mãe de Omaki morreu, ele se casou novamente, e foi a história de sempre: a segunda mulher não se deu bem com a enteada já crescida. A moça ameaçou vender-se em um bordel, dizendo que preferia prostituir-se a servir de criada para a madrasta. O pai, um homem decente, veio falar comigo uma noite. Disse que a filha tocava alaúde e me perguntou se eu podia ajudá-la a arrumar um emprego. Concordei em ouvi-la tocar. A moça precisava de treino, mas não tocava mal. Resumindo, fizemos um acordo, eu arrumei-lhe emprego num lugar que conheço, e ela me pagava para ter algumas aulas. Qualquer outra, em seu lugar, teria sido bem-sucedida, porque ela aprendia depressa. Mas Omaki? Foi tudo em vão. Pobre tola!

Akitada, que apenas bebericava seu vinho, tomou um gole maior. Não acreditava nos sentimentos expressos por Sato, nem em suas explicações. O homem tornara-se falante demais. E seu comportamento, sua reputação, aqueles sensuais lábios grossos, os olhos lânguidos depunham contra tudo o que ele dizia. Não, Sato não era nenhum filantropo. Era mulherengo e talvez fosse um assassino.

— Sabe de alguma coisa que pudesse ajudar a polícia a encontrar quem matou Omaki? — perguntou Akitada.

Sato abanou a cabeça.

— Só sei que ela estava grávida, a menina idiota — respondeu. — Isso acabou com sua carreira, que mal começara. Ela, porém, parecia não se importar. Na verdade, parecia mais alegre, mais animada do que nunca. Mas quando eu fazia perguntas sobre seus planos para o futuro, ou a respeito do pai da criança, ela se fechava. — Fez uma pausa, pensativo, antes de prosseguir: — Uma coisa eu pude dizer ao capitão. Contei que vi Omaki com um dos estudantes da universidade. Talvez ele seja o pai da criança. Costumava rondar o lugar onde ela trabalhava. Esses jovens desgraçados deviam pensar apenas em estudar! E esse de quem estou falando não tem nada de atraente, muito pelo contrário. Não entendo o que ela viu nele!

O alaúde emitiu um agudo som metálico, e Akitada olhou para as mãos de Sato. Viu que elas apertavam com força o braço do alaúde. Sato seguiu seu olhar e imediatamente relaxou os dedos, fortalecidos pelo exercício de tanger as cordas apertadas do instrumento e tornados ágeis pelas longas horas de prática. Fortes e ágeis o bastante para torcer rapidamente uma faixa de seda ao redor do pescoço de uma mulher e estrangulá-la?

— Ah, eu sei o que você está pensando — Sato declarou com raiva. — O filho não era meu, e não tive nada a ver com a morte da moça. E agora, estando isso esclarecido, vamos mudar de assunto.

Akitada sentiu que ficava vermelho, negou ter esse tipo de suspeita e começou a conversar sobre os acontecimentos da noite anterior. Mas seus comentários a respeito da briga de Oe e Fujiwara pareceram irritar Sato ainda mais, pois ele disse:

— Eu não estava lá e, para mim, uma informação sobre o que o desgraçado do Oe faz ou deixa de fazer vale tanto quanto um pum de macaco. Bem feito para ele, ter se sujado dessa maneira.

Segurando seu alaúde, levantou-se. Era sinal de que dera a conversa por terminada. Akitada ergueu-se também e saiu, indo para sua sala, onde encontrou Tora à espera, sentado numa esteira.

— Você está horrível — disse em tom azedo, observando o rosto do servo, que não fizera a barba e estava com os cabelos em total desalinho e os olhos injetados de sangue. — Por onde andou? Não dormiu?

— Nem um minuto — Tora respondeu, sorrindo. — Há coisas melhores para fazer do que dormir. O senhor descobriria isso, se tentasse. Sabe, seria bom se dormisse com uma mulher mais vezes. Talvez não seja muito repousante, mas é muito melhor do que dormir sozinho. Ficar sem mulher mina a essência vital de um homem. Minha aparência pode estar pior do que a sua, mas minha essência vital está lá no alto, graças à mais linda e talentosa moça que o senhor já viu. Oh, que corpo aquela garota tem... que coisas ela sabe fazer com ele! Há uma posição que ela chama de macaco pendurado num galho, que...

— Chega! — Akitada rugiu, tomado por súbita fúria. — Controle a língua, quando falar comigo! Não quero saber detalhes de seus sórdidos negócios. Seimei tem razão. Estraguei você, permitindo essa excessiva familiaridade. E agora você está se tornando insolente. Não apenas não tem respeito por seus superiores, como também parece não estar trabalhando muito. Por que não voltou para casa ontem à noite e apresentou-se a sua senhora para saber quais seriam suas tarefas para hoje?

Tora ficou olhando-o de boca aberta e parecendo incapaz de dizer uma palavra.

— Minha mãe queixou-se de você — Akitada continuou. — E eu não soube o que dizer. Tenha cuidado! Se abusar demais de minha paciência, eu o devolverei às ruas.

Pálido, Tora levantou-se.

— Vou para casa imediatamente, senhor — murmurou, fitando o chão e com a voz apertada de susto.

Akitada mordeu o lábio, já envergonhado de sua explosão.

— Bem... hã... será melhor esperar um pouco, antes de ir. Você... hã... sabe fazer pipas de papel?

— Claro que sei! E sei fazê-las voar! Quando eu era menino, fui campeão em minha vila, dois anos seguidos. Por que perguntou isso?

— Alguns dos alunos mais novos estão fazendo pipas no pátio dos dormitórios. Acho que eles planejam soltá-las hoje, porque há uma boa brisa. Quero que você vá lá e converse com o menino Minamoto. Ele ainda deve estar na varanda fingindo ler um livro. Você vai tentar interessá-lo em pipas.

— Existe algum menino que não se interessa por eles? Está brincando, não? — Tora calou-se abruptamente, então acrescentou: — Perdão, senhor. Vou cuidar disso imediatamente. — Correu para fora da sala, então parou e virou-se. — Ah, já ia esquecendo! Resolvi aquele outro caso para o senhor. O nome da moça assassinada é Omaki. Ela tocava alaúde em uma das casas de vinho do bairro dos salgueiros, mas foi demitida.

— Eu sei, e isso não resolve o caso — Akitada informou, então, vendo o desapontamento no rosto de Tora, concluiu: — De qualquer modo, foi bom você ter investigado. Falaremos disso mais tarde.

Sozinho, sentou-se pesadamente e ficou olhando para o ramo de malvas brancas que havia sobrevivido, embora um pouco amassado, numa tigela de vinho cheia de água sobre sua mesa. Talvez Tora tivesse um pouco de razão, admitiu, falando consigo mesmo. Um homem não devia viver sozinho, a menos que fosse um monge ou eremita, e ele não tinha nenhuma vocação para a vida contemplativa, dedicada às coisas espirituais. O que fora que Sato insinuara? Perguntara se ele não tinha uma vida particular com que se ocupar. Contrariando o bom senso, fechou os olhos e pensou em Tamako, tornando a vê-la com o traje de festa com que fora assistir à procissão da virgem Kamo. Notar como seu rosto era lindo fora uma revelação, pois ele antes nunca notara, não realmente. Assim como nunca notara o corpo gracioso e esbelto, os ombros elegantes, nem como o pescoço delicado era atraente, quando ela virava a cabeça. A imagem do pescoço claro, da orelha pequena e rosada meio escondida pelos sedosos cabelos pretos era extraordinariamente erótica, e ele ralhou consigo mesmo, envergonhado de ter permitido que o caso de Tora com uma prostituta o fizesse pensar com desejo físico na moça que fora como uma irmã para ele. Com um suspiro, decidiu ler as monografias dos alunos.

O professor Hirata foi vê-lo quando ele estava na metade do trabalho e queixou-se por não ter encontrado Oe.

— Você já falou com Ishikawa? — perguntou.

— Não. Ele saiu cedo, hoje de manhã. Como é feriado, deve ter ido visitar amigos. — Achando difícil comportar-se de modo normal com Hirata, precisou forçar-se a dar continuidade à conversa: — Como foi o resto do concurso?

— Saí logo depois da última parte, mas me disseram que a festa continuou noite adentro, com passeios de barco pelo lago e poesias improvisadas em louvor à lua. Por falar nisso, Fujiwara ganhou outro prêmio, o da categoria de poemas de amor, e foi declarado o poeta laureado deste ano. Oe ficará furioso, quando souber, pois espera receber essa honra há anos. E sendo como ele é, vai contestar os resultados, tendo como base o fato de que foi levado embora à força por Fujiwara, antes de poder apresentar mais uma de suas obras.

Akitada sorriu de leve.

— Suponho que durante algum tempo se sentirá envergonhado demais para aparecer em público.

Hirata concordou com um gesto de cabeça.

— E há também a questão da fraude nos últimos exames, que nos permitirá exercer algum controle sobre ele. Tenho pensado nisso e concluí que será suficiente falar com ele e Ishikawa e revelar o que sabemos. Exigiremos que Ishikawa pare com a chantagem e que Oe não participe mais do julgamento, nos futuros exames. Sei que isso não é punição pelo que fizeram, que não vai remediar a injustiça que cometeram nos exames do ano passado, mas não há nada mais que possamos fazer. O dano foi irremediável, não podemos trazer de volta o infeliz jovem que se matou. Sem falar que qualquer tentativa de modificar o resultado arruinaria a reputação da universidade.

Chantagem gera chantagem, pensou Akitada.

No entanto, disse apenas:

— Está bem. Será como o senhor deseja.

Na pausa que se seguiu, Hirata mordeu o lábio. Seu rosto traía surpresa e preocupação pela passividade de Akitada, que denotava total falta de interesse pelo assunto. Ia voltar a falar, quando Tora entrou correndo na sala.

— Nunca vão adivinhar o que aconteceu! — o servo quase gritou. — A polícia prendeu um estudante pelo assassinato!

— Não! — exclamou Hirata. — Quem?

— O Coelho — Tora informou, olhando para Akitada. — O senhor sabe, aquele sujeito de quem lhe falei. O que se envolveu numa briga com outro estudante, na cozinha. — Enfiou os dedos na faixa da cintura, procurando alguma coisa, e tirou um amassado pedaço de papel que entregou a seu amo. — Ele mandou este bilhete para o senhor.

Akitada desdobrou o papel. O bilhete era curto, o rapaz escrevera apenas que era inocente e implorava a ajuda dele, prometendo que o pagaria por seu trabalho. E assinara seu nome, Nagai Hiroshi. Akitada passou o bilhete para Hirata.

— Pobre rapaz! — o professor lamentou, parecendo chocado. — É um jovem atrapalhado, mas bonzinho. Deve ser um engano. Quem pode achar que ele seria capaz de matar alguém?

Lembrando-se da breve conversa que tivera com o jovem no portão da universidade, na tarde anterior, Akitada teve o pressentimento desagradável de que talvez não fosse um engano.

— Tora, você sabe o que causou a briga a que assistiu? — perguntou.

— Parece que o outro sujeito zombou desse rapaz por causa de sua paixão por uma mulher. Mas vou apostar uma coisa com o senhor. Se o amante da moça assassinada era Coelho, desistirei de me envolver com mulheres para sempre!

Embora a contragosto, Akitada achou a declaração divertida e murmurou:

— Não quero criar dificuldades para esse jovem, mas estou tentado a desejar que você perca a aposta.

— Eu sei que estou certo — Tora afirmou. — Ela era bonita, e ele parece o resultado do cruzamento de um coelho ranhoso com uma garça raquítica. Anda como uma ave pernalta pisando em junco quebrado, as orelhas balançam com o vento, e os dentes quase mordem o queixo. Pode acreditar em mim, nenhuma moça em seu juízo perfeito deixaria que os outros a vissem na companhia de uma coisa daquela!

— Você está exagerando — Akitada censurou, mas estava pensando no que Sato dissera sobre Omaki ter tido um namorado nada atraente. Então, contou: — Eu me encontrei com o rapaz ontem à tarde, no portão. Ele parecia muito doente.

— Ah! — exclamou Tora. — Talvez fosse apaixonado por ela. Seja como for, os policiais revistaram o quarto de Coelho e encontraram uma porção de coisas que ele escreveu. Levaram tudo. — Fez uma pausa, como se um pensamento súbito cruzasse sua mente. — Isso só mostra em que encrenca uma pessoa se mete, quando resolve se instruir. O sujeito foi preso por causa dos poemas que escreveu falando da moça.

Akitada e Hirata entreolharam-se e sorriram.

— O que o senhor acha que devo fazer? — Akitada perguntou. — Detesto a idéia de me intrometer novamente nos negócios do capitão Kobe tão pouco tempo depois de discutir com ele por causa da prisão do mendigo. Ele...

— Que história é essa do mendigo? — Tora interrompeu-o.

Akitada lançou-lhe um olhar feio e continuou:

— Além disso, existe o nosso problema. O senhor sabe que quero resolvê-lo o mais rápido possível. Envolver-me com o caso desse aluno pode me prender aqui por tempo indefinido.

Hirata, obviamente constrangido ao ser lembrado de que Akitada estabelecera um prazo para lidar com o caso da chantagem, evitou olhá-lo nos olhos, mas comentou em tom de brincadeira:

— Parece que sua fama de ser capaz de endireitar o que está errado espalhou-se até entre os estudantes. É claro que deve tentar ajudar Hiroshi. Estão em jogo a vida de um jovem e a honra da família dele. Até mesmo a reputação da universidade é menos importante do que isso. — Parou de falar por um instante, então continuou: — Eu conheci o pai desse moço, quando ele o trouxe aqui. O sr. Nagai é um pobre professor primário na província de Omi. Hiroshi é o único menino dos cinco filhos, e certamente a família está fazendo grandes sacrifícios para pagar por seus estudos.

Uma história não muito diferente daquela do rapaz que se suicidara, pensou Akitada. Mas de nada adiantava irritar-se com a hipocrisia de Hirata a respeito do assunto. Nem com o alívio que o homem obviamente sentia por saber que ele, para ajudar Hiroshi, seria forçado a permanecer na universidade. E permaneceria, porque não podia ignorar o apelo do jovem.

— Muito bem, vou vê-lo na prisão — rendeu-se com um suspiro.

— E eu? — perguntou Tora. — O senhor precisará de mim para investigar, mas o jovem lorde está me esperando para irmos comprar papel, varetas de bambu e linha para fazer uma pipa.

Akitada olhou-o com espanto.

— Está me dizendo que já conquistou a confiança do menino?

— Oh, foi bem fácil. Com toda sua nobreza, ele está louco para ter alguém com quem conversar. Quando falei da pipa com que ganhei minha primeira competição, ele logo disse que queria tentar fazer um igual.

— Ótimo! — exclamou Akitada, batendo-lhe no ombro. — Saiu-se melhor do que todos nós! Faz dias que venho tentando falar com o menino e falhando miseravelmente. Você deve ter muito jeito para lidar com crianças. Bem, agora precisa cumprir a promessa que fez a lorde Minamoto. Mais tarde, porém, quando a pipa estiver pronta, vá fazer uma visita à família da moça assassinada. O professor Sato me disse que ela era filha de um homem que faz sombrinhas e mora no sexto distrito, chamado Hishiya. Como você sabe, Omaki estava grávida e era solteira, mas parecia não estar muito preocupada com o próprio futuro. Talvez você possa descobrir alguma coisa sobre os homens com quem ela se relacionou.

Para alívio de Akitada, Kobe não se encontrava no quartel da polícia. Melhor ainda, um dos policiais reconheceu-o e levou-o para falar com o estudante Nagai Hiroshi.

O rapaz estava sentado no chão de terra de uma pequena cela úmida, cuja única iluminação vinha de uma janela que não era mais do que uma fenda perto do teto. Quando a porta se abriu, ele ergueu os olhos avermelhados e inchados. Mais uma vez, Akitada ficou espantado com a patética feiúra das feições do jovem. Envergonhado de sua reação, cumprimentou-o com um sorriso.

Hiroshi tentou levantar-se, mas as correntes que prendiam seus pulsos e tornozelos tornavam isso difícil.

— Por favor, fique sentado — Akitada disse depressa e sentou-se no chão junto dele. — Recebi seu bilhete. Em que tipo de encrenca você entrou, exatamente?

— Estou sendo acusado de matar Omaki — o rapazinho explicou, engolindo em seco, e seu pomo-de-adão saliente moveu-se de modo desconcertante no longo pescoço. — Como se eu fosse capaz disso! — exclamou. — Eu a adorava! Mas minha situação está muito ruim. Só o senhor pode me ajudar! Dizem que já solucionou muitos casos difíceis. Por favor, pelo bem de minha família, limpe meu nome! Não me importo comigo, mas meus pobres pais, minhas irmãs...

Lágrimas rolaram por seu rosto. Ele fungou e limpou o nariz na manga do quimono, já molhada de lágrimas.

Akitada observou-o com pena. A descrição de Tora fora cruel, mas correta. O rosto feio, agora todo vermelho, o nariz que escorria e a boca flácida não faziam dele, nem de longe, a figura de um herói romântico. Naquela idade, um jovem sentia de modo intenso a dor de ser rejeitado por uma pessoa que idolatrava. E uma moça como Omaki, bonita, atrevida e ambiciosa, consideraria a adoração de um rapaz como ele, sem beleza ou fortuna, uma brincadeira de mau gosto. Ela o teria maltratado, abusado demais de sua paciência e devoção, até que ele a matara? Era ele o estudante com quem ela habitualmente se encontrava no parque? Ou ele a seguira e, vendo-a com outro estudante, sentira-se traído e fora dominado pela raiva?

— Por que a polícia o prendeu como suspeito? — Akitada perguntou.

— Eles conversaram com alguns de meus colegas, que mencionaram meu nome. — Hiroshi baixou a cabeça, escondendo o rosto. — Um dos rapazes achou um poema meu e contou aos outros. Fiquei furioso, mas talvez tenha mesmo sido uma grande tolice, eu achar que uma moça bonita como Omaki pudesse gostar de mim. Na primeira vez em que nos vimos, ela me tratou com muita gentileza. Depois, criamos o hábito de passear no parque, e ela parecia gostar de minha companhia, falava de sua música, e eu lhe falava sobre minha família.

O coração de Akitada enterneceu-se pelo pobre jovem apaixonado. Mas piedade apenas não o livraria das acusações erguidas contra ele.

— O fato de seus colegas mencionarem seu nome explica por que a polícia foi falar com você, mas não justifica sua prisão — Akitada observou. — O que mais aconteceu?

Hiroshi suspirou, lançando-lhe um olhar de súplica.

— Omaki e eu brigamos, no dia em que ela... bem, no dia em que ela foi encontrada no parque. Alguém ouviu nossa discussão. Então, quando os policiais revistaram o quarto, encontraram minhas poesias e meu diário — contou, torcendo as mãos ossudas.

— Vocês brigaram no parque?

— Não! — Hiroshi exclamou. — Não fomos ao parque, naquele dia. Conversamos na universidade, no pátio dos dormitórios. Ela acabara de ter uma aula de alaúde. Eu sempre a esperava lá.

— E qual foi o motivo da briga?

O jovem ficou em silêncio por um instante.

— Eu a pedi em casamento — disse por fim. — Sei que não devia fazer isso sem a permissão de meu pai. Mas tinha medo de que ele me proibisse de casar, porque minha família precisa que eu vá bem nos exames, e eu não podia esperar porque achava que Omaki precisava ter alguém que cuidasse dela. Pensei em prestar os próximos exames, em vez de esperar meu tempo certo, pois sabia que passaria. Mesmo que não tivesse uma nota muito alta, poderia ser professor primário em minha terra. Omaki e eu poderíamos morar com meus pais. Ela ajudaria minha mãe, e eu e meu pai dirigiríamos a escola juntos. — Abanou a cabeça com tristeza. — Eu devia saber que estava sendo um grande tolo.

— Pelo que estou entendendo, Omaki não ficou muito feliz com sua proposta — observou Akitada.

Uma expressão de dor profunda passou pelo rosto de Hiroshi.

— Ela riu de mim! — ele contou. — Queria saber como viveríamos até eu fazer os exames. Sugeri que ela podia dar aulas de alaúde ou tocar para clientes durante um pouco mais de tempo, e ela ficou furiosa e me xingou, me chamou de... coelho, por causa de minhas orelhas e meus dentes, de... sapo feio e coisas muito piores. — Corou, olhando aflito para Akitada. — Omaki não parecia a mesma, mas o senhor vê, ela estava esperando uma criança, e sei que as mulheres ficam muito nervosas quando estão nesse estado.

— A criança era sua?

Hiroshi hesitou um pouco.

— Não — respondeu. — Nós nunca... Ela deve ter ficado grávida antes de nos conhecermos. Não perguntei. Acho que um homem sem escrúpulos aproveitou-se dela e depois a abandonou. Quando Omaki me fez confidências pela primeira vez, tive a impressão de que ela gostaria de se casar com alguém como eu.

Parecia tão humilhado, que Akitada mais uma vez encheu-se de compaixão, e sua raiva contra a moça morta aumentou. Descobrindo-se grávida, Omaki pretendera casar-se com seu jovem apaixonado, então mais tarde decidira que ele não era bastante bom para ela. Isso confirmava a impressão de Sato, de que ela parecia despreocupada com sua situação e até muito animada. Primeiro tivera Hiroshi em quem se escorar, depois acontecera alguma outra coisa, e o pobre rapaz tornara-se dispensável, de modo que ela se sentiu livre para tripudiar sobre ele, zombando de sua altruísta e sincera devoção antes de mandá-lo sumir de sua vida.

— Vou tentar ajudá-lo — Akitada disse. — Mas você terá de me contar tudo o que sabe dela, de seus parentes e amigos.

O estudante curvou-se profundamente, agradecendo.

— Acho que não sei muita coisa — começou. Fez uma pausa, parecendo constrangido, então confessou: — Conheci Omaki no bairro dos salgueiros. Sei que é contra as regras os estudantes freqüentarem aquele lugar, mas uma noite alguns colegas levaram-me com eles. Pulamos o muro, para sair da universidade. Eu estava muito nervoso.

Akitada moveu a cabeça, compreensivo. Era fácil entender que o jovem solitário, nada popular, aceitasse o convite dos companheiros com satisfação, mesmo sabendo que o que estavam fazendo era errado.

— Omaki tocava alaúde em uma das casas de vinho onde estivemos. Ela tocava bem e era linda. — Hiroshi sorriu de leve àquela lembrança. — Continuei indo lá sempre que podia, e um dia ela me notou e sorriu para mim. Depois da apresentação, reuni coragem e fui falar com ela. Demos um passeio ao longo do rio. Omaki me contou que sua família era muito pobre e disse que era infeliz, que a madrasta batia-lhe e obrigava-a a se levantar antes do amanhecer e fazer todo o serviço doméstico, sem levar em consideração que ela chegava muito tarde do trabalho na casa de vinho. Falou muitas vezes que queria fugir ou suicidar-se.

— Ela comentava a respeito das pessoas do lugar onde trabalhava?

— Não muito. A tia da casa de vinho Salgueiro queria que ela se vendesse, mas ela se recusava, queria ser artista. Sei que muita gente falava mal de Omaki, mas isso prova que ela era uma moça decente, não é, senhor?

Embora não fosse da mesma opinião, Akitada inclinou a cabeça num gesto afirmativo.

— Quem falava mal dela? — perguntou.

— Oh, alguns dos rapazes com quem eu saía. Mas tudo o que diziam era mentira. Eles estavam sempre zombando de mim. — Com um olhar acanhado para Akitada, murmurou: — Acho que tinham inveja.

— Entendo. Havia alguém, além de você, que a conhecia bem?

— Ela estava tomando aulas de alaúde com o professor Sato. Ele e o professor Fujiwara sempre vão à Salgueiro. Na primeira vez em que os vi lá, fiquei com medo, mas meus colegas asseguraram que eles não iam nos denunciar. Bem, como o professor Sato dá aulas de alaúde, indiquei-o a Omaki, e ela conseguiu fazer com que ele a aceitasse como aluna particular. Foi maravilhoso, porque aí eu podia vê-la durante o dia também. Nós sempre nos encontrávamos depois da aula, e às vezes íamos caminhar no parque. Até aquele último dia. — Hiroshi suspirou e tornou a enxugar os olhos na manga do quimono.

— E outras pessoas? Amigos, colegas de trabalho, clientes regulares?

— Há outra mulher que toca alaúde no Salgueiro, mas as duas não se davam. Omaki dizia que ela era orgulhosa demais. Também não gostava das outras colegas, achava que eram tolas e vulgares.

— E namorados?

— Omaki não tinha namorados! — Hiroshi declarou enfaticamente. — Não era uma perdida! Não me importo com o que dizem dela! Não houve outros homens, depois que nos conhecemos!

Os dois encararam-se. Akitada não saberia dizer se a agonia eloqüente no rosto feio do moço era causada pela dor da perda ou da rejeição, ou ainda pelo fato de ele saber que Omaki não era uma jovem tão virtuosa quanto queria fazer acreditar. Com um suspiro, levantou-se.

— Muito bem. O que me contou não ajuda muito, mas vou tentar conseguir mais informações. Se você se lembrar de mais alguma coisa que possa dar uma pista de outros relacionamentos, por exemplo, algo que a própria Omaki disse ou que alguém disse sobre ela, mande-me um recado.

— Esta pessoa inútil sente-se profundamente grata, senhor — declarou Hiroshi em tom fervoroso e, com as correntes retinindo de modo sinistro, curvou-se e encostou a testa no chão.

Akitada ficou olhando para a figura desgraciosa a seus pés. A profunda tristeza que encheu seu coração pareceu transbordar, inundando a pequena cela e afogando seu infeliz ocupante e a ele próprio. Estremecendo, virou-se e saiu.

10

Pipas

Tora foi buscar o menino Minamoto, e os dois dirigiram-se ao centro da cidade para comprar papel, linha e varetas. Quando chegaram ao distrito comercial, o rosto normalmente abatido do pequeno lorde brilhou de excitação, e seus olhos tornaram-se curiosos, observando tudo o que se passava em volta. Apenas o senso de importância do garoto impedia-o de parar diante de cada loja para admirar todas as mercadorias expostas. Depois de um certo tempo, talvez para encobrir sua indecorosa curiosidade, ele começou a conversar com Tora.

— Há muitos leques nessa loja — comentou, parando para olhar.

Tora lançou um olhar desinteressado para a exposição de leques, concordou e continuou andando.

— Aquele homem vende todos aqueles bolinhos de arroz empilhados na prateleira? — o menino indagou, alcançando-o e apontando para a loja de um confeiteiro.

— Quase todos — Tora respondeu. — O que não vende, ele próprio come, ou doa ao templo, como um presente para os deuses.

Minamoto parou para olhar os bolinhos com ar de gula.

— Mas isso não é um desperdício? — comentou. — E são recheados com geléia! É claro que os deuses não dão importância a bolinhos. Você acha que os monges os comem e fingem que foram os deuses?

Tora, que fora obrigado a parar também, olhou para o jovem lorde com surpresa.

— Não acredita nos deuses? — indagou.

O menino virou-se, depois de lançar aos doces outro olhar cobiçoso.

— Não sei — disse. — Nunca vi um deus comer, nem fazer nada de útil. — Seguiu Tora, que recomeçara a andar. — Quanto custa um bolinho recheado com geléia?

— Três cobres. Não podemos ver os deuses porque são espíritos. É muito estranho ouvir o senhor falar dessa maneira a respeito deles. Está zangado com eles porque levaram seu avô?

O menino virou-se abruptamente, olhando-o com expressão furiosa.

— Não foram os deuses que levaram meu avô! — exclamou, quase gritando.

— Desculpe! — Tora murmurou, erguendo as mãos num gesto apaziguador. — Esqueça minha pergunta.

Não sabia como interpretar aquela reação do garoto, mas sentiu-se culpado por ter tocado no doloroso assunto. Imaginou o que poderia fazer para remediar o erro e tardiamente compreendeu por que o menino fizera tantas perguntas a respeito dos bolinhos. Era óbvio que sentira vontade de comer um.

— Venha — chamou. — Vamos voltar à loja do confeiteiro. Fiquei com fome, de repente, e aqueles bolinhos estavam cheirando muito bem. Gosto dos recheados com geléia. E o senhor?

O garoto exibiu um ar de indiferença.

— Tanto faz.

Tora entrou na confeitaria, escolheu dois apetitosos bolinhos e retornou para junto do pequeno lorde, oferecendo-lhe um.

O menino aceitou o doce sem comentários ou agradecimentos e mordeu-o com gosto.

— Hum... — Tora murmurou, mastigando a pasta de arroz enrolada em volta de uma boa porção de geléia de feijão. — Que gostoso! Esta geléia... — Levou o doce à boca novamente, comendo mais um bocado generoso, fazendo um pouco do recheio escorrer pelo queixo. — Esta geléia é deliciosa.

Observando-o, o garoto começou a rir.

— Você está com geléia até no nariz! — avisou, quase engasgando com o pedaço que mastigava.

— É gostosa em qualquer lugar — disse Tora, limpando o rosto e lambendo os dedos exageradamente para fazer graça.

Mas o menino voltara sua atenção para um mostruário de sombrinhas de papel com desenhos coloridos.

— Nunca vi guarda-sóis de papel, só de seda — comentou. — O imperador é carregado embaixo de um muito grande. Nos templos há guarda-sóis para os abades, e às vezes meu tio-avô também usa um. Mas esses aí têm pássaros e flores pintados. E são feitos de papel e varetas. Não podemos fazer uma pipa com um deles? Só precisaríamos de linha de seda.

— Linha de seda? A de cânhamo é muito melhor para isso, sem falar que é mais barata — Tora explicou. — A menos que o senhor vá pagar pelo material, teremos de nos contentar com papel sem desenhos e linha de cânhamo. Na volta, pegaremos bambu para fazer as varetas. Conheço um terreno baldio onde há uma touceira. — Abanou a cabeça. — Mas que idéia! Fazer uma pipa de uma sombrinha! Se quer saber, não há uma folha inteira de papel numa delas. E o papel é fraco, rasgaria num instante. E pense em como ia ficar caro! Você não sabe nada, não é? — Vendo mágoa nos olhos do menino, apertou-lhe o ombro gentilmente. — Não faz mal. Vai aprender depressa.

Lorde Minamoto, porém, baixara a cabeça e arranhava o chão de terra com a ponta de um sapato.

— Você está sendo muito bondoso, me ensinando a fazer uma pipa — disse baixinho. — É claro que eu o pagarei, quando receber minha mesada.

— Esqueça — respondeu Tora, rindo. — Eu vou me divertir muito. Além disso, meu amo me dará o dinheiro, se eu pedir. Foi ele mesmo quem sugeriu que eu o ensinasse a fazer pipas.

O menino ergueu os olhos para ele, surpreso.

— Por quê?

— Acho que ele gosta de crianças. E talvez lamente não ter tido ninguém que o ensinasse, quando ele era da sua idade.

Isso pareceu ocupar a mente do pequeno lorde até que chegaram à loja que estavam procurando. Tora comprou duas folhas grandes de papel barato, de amoreira, e dois carretéis de linha de cânhamo. Em seguida, foram ao terreno do qual ele falara, onde os ramos verdes de uma touceira de bambu agitavam-se graciosamente na brisa. Tora juntou do chão um feixe de caules secos, enquanto explicava de que comprimento tinham de ser as diversas varetas que iam usar.

Voltaram para a universidade conversando animadamente sobre as pipas que Tora fizera na infância.

De repente, o menino mudou de assunto.

— Seu amo é um homem bom — comentou. — Mas você gosta de trabalhar para ele?

— Claro que gosto. Não trabalharia, se não gostasse. No entanto, quando o conheci, achei que ele era um daqueles fidalgotes perfumados que pensam que as pessoas comuns, da classe trabalhadora, não passam de merda fedida. Eu não trabalharia para um desses idiotas inúteis nem por um saco de ouro. Inúteis e perversos. Uns verdadeiros demônios!

— Como assim?! — exclamou o garoto, cerrando os punhos e com o olhar carregado de raiva.

Tora olhou para o ultrajado lordezinho.

— Oh, desculpe — pediu sorrindo, nem um pouco intimidado por sua expressão feroz. — Esqueci que o senhor é um deles. Bem, foi o que eu pensei do meu amo, mas ele se revelou um homem bom. Na verdade, não é muito diferente das pessoas comuns. Talvez o senhor seja como ele, quando crescer.

O menino abriu a boca para protestar, mas pareceu pensar melhor e não disse nada.

— Por que você odeia tanto as pessoas finas? — perguntou após um momento.

— Pessoas finas, o senhor diz? — Tora deu uma risada irônica. — Foram pessoas "finas" que tomaram a fazenda de meus pais, e eles morreram de fome, enquanto eu estava no campo de batalha, lutando numa guerra que essa gente provocou.

— Deve ter sido horrível — o jovem lorde comentou. — Lamento muito. Mas essas coisas raramente acontecem. Sei que todos os nossos camponeses são muito felizes, vivendo e trabalhando em nossas terras.

— Como pode saber? O senhor ainda é um garoto e mora na capital, nunca viveu como camponês. No lugar de onde eu venho, no leste, o que aconteceu com minha família acontece a muitos outros lavradores. Eles trabalham nos campos do amanhecer até o pôr-do-sol, arando, plantando e colhendo. Cultivam arroz, painço, cânhamo e feijão; então, quando pensam que têm o suficiente para passar o inverno, chega o cobrador de impostos e leva metade da colheita para o lorde. Depois, quando voltam aos campos para cultivar legumes de inverno com que matar a fome, o lorde inventa que precisa de um lago em seu jardim e manda chamar os pobres lavradores para cavá-lo. Depois, quer uma colina no meio do lago. A terra para isso tem de ser transportada, então é preciso abrir estradas. Em seguida, o lorde deseja que seja construído um templo em honra a seus ancestrais. Adivinhe quem faz tudo isso. Os lavradores. E, enquanto eles trabalham para o lorde, suas famílias passam fome e cuidam dos campos. Quando, por fim, voltam para casa, o senhor inicia uma guerra, e eles têm de se apresentar para lutar, levando uma alabarda e qualquer tipo de armadura que possam comprar com seu próprio dinheiro. E, enquanto estão lutando, os soldados do lorde inimigo chegam e matam suas mulheres e filhos e incendeiam suas casas.

Tora parou de falar, respirando pesadamente. Percebeu que se esquecera de seu companheiro e olhou-o, ansioso, esperando uma reação violenta. Mas lorde Minamoto tinha o olhar perdido na distância e ficou em silêncio durante longos instantes.

— Você não entende — disse por fim em tom solene. — Alguém tem de cuidar das pessoas do povo. Nós somos criados para cuidar dos camponeses, e eles trabalham para nós. Não é uma troca justa? Entramos em guerras para proteger vocês, nossa gente, morremos por vocês em campos de batalha. Também tomamos providências quanto ao futuro, armazenando grãos para os tempos ruins, aplicamos as leis, prendemos criminosos e mantemos a ordem no país. Quando construímos templos ou abrimos estradas, não é apenas para o nosso bem, mas para o bem de todas as pessoas.

Parando de andar, Tora pôs uma das mãos grandes no frágil ombro do menino.

— O senhor diz que é uma troca justa? Olhe a sua volta! Quem vive melhor? Quem tem fartura de comida? Quem anda a cavalo ou de carro, em vez de a pé? Quem usa roupas de seda? Quem pode ter uma porção de esposas e concubinas? Quem tem tempo para caçar, jogar e escrever poemas idiotas?

O garoto esquivou-se da mão dele bruscamente.

— Você é cego! — gritou, furioso. — Vê as coisas apenas do seu jeito! Nunca foi um lorde. Como pode saber de nossos problemas?

— Nesse ponto o senhor tem razão — Tora concedeu. — Sabe, é bastante esperto, para sua idade. Por falar nisso, quantos anos tem?

— Onze, mas idade não tem nada a ver com isso — o pequeno lorde retrucou com altivez. — Sei dessas coisas porque fui criado para usar minha inteligência, o que não aconteceu com você.

— Ah! — Tora exclamou, esforçando-se para manter o rosto sério e olhando para as nuvens que flutuavam no céu. — Nesse caso, o senhor não terá nenhuma dificuldade para montar sua própria pipa, meu caro lorde. — Com uma reverência exagerada, estendeu o embrulho que continha o papel e a linha na direção do garoto. — Isso é bom, porque tenho outras coisas para fazer.

O lordezinho pôs as mãos atrás das costas, recusando-se a pegar o embrulho.

— Não carrego pacotes, como uma pessoa do povo. E seu amo ordenou-lhe que me ensinasse a fazer pipas.

Tora pousou o embrulho no chão.

— O senhor se lembra de que me perguntou se eu gosto de meu amo? — indagou e, quando o menino moveu a cabeça numa afirmativa relutante, continuou: — Bem, gosto dele porque ele me trata com respeito. Posso sair de casa quando quero e, se trabalho para a mãe dele, uma velha horrorosa, por sinal, faço isso porque quero. Ele me pediu para ensinar o senhor a fazer uma pipa, e vou ensinar porque quero. Mas é óbvio que o senhor não quer minha companhia.

O garoto olhou-o com ar de susto.

— Isso não é verdade! — Seu protesto angustiado pesou entre os dois por um instante.

Então, virando-se, ele recomeçou a andar, de ombros curvados e olhando para o chão. Tora observou-o por um momento, então ergueu o embrulho do chão e seguiu-o.

Apressou o passo, quando estavam chegando ao portão da universidade, e alcançou-o.

— Muito bem, dessa vez passa — concedeu. — Mas não faça isso de novo. Uma pessoa não fala dessa maneira com um amigo.

O rosto pálido do menino ficou vermelho, e ele concordou com um gesto de cabeça, sem nada dizer. Os dois andaram até a área dos dormitórios e sentaram-se na varanda do quarto do jovem lorde. Tora abriu o embrulho, examinou o conteúdo e franziu a testa.

— Esquecemos de comprar uma faca. Venha, vamos pedir uma emprestada ao cozinheiro.

— Aquele animal gordo e imundo?

— É. Vejo que vocês já se conheceram — Tora comentou. — Mas não precisaremos dele, se o senhor tiver uma faca.

— Não, mas tenho uma espada.

O menino entrou no quarto e voltou pouco depois com um longo objeto num invólucro de brilhante seda vermelha amarrado com cordões brancos também de seda, entremeados com fios dourados. De dentro, tirou a espada protegida por uma bainha de madeira revestida de laca polvilhada de ouro e com entalhes de madrepérola representando pássaros em pleno vôo. Segurando a espada pelo cabo ornamentado com crisântemos e abelhas de ouro e prata, puxou para fora a lâmina de aço preto-azulada. Então ofereceu a espada a Tora.

— Pegue!

Tora olhou primeiro para a espada, depois para o garoto. Sabia que a arma era herança de família, passada de pai para filho e conservada como relíquia sagrada no altar doméstico. Nunca vira um objeto tão lindo. Nervoso, pôs as mãos atrás das costas.

— Não posso tocar nessa espada — declarou. — É preciosa demais, e o senhor não deve permitir que seja usada para cortar bambu e papel.

— Eu sei. Mas você disse que é meu amigo. E... e não tenho nada mais para lhe oferecer. Pode usar minha espada, Tora.

Um amplo sorriso iluminou o rosto do servo.

— Muito obrigado, meu amigo — agradeceu, fazendo uma reverência.

O pequeno lorde sorriu timidamente.

— Meu nome é Sadamu, e é assim que meus amigos me chamam.

— Obrigado, Sadamu. — Tora limpou as mãos no quimono e pegou a espada. — É muito linda, e sou grato por me deixar segurá-la e examiná-la de perto. — Virou a espada de um lado e de outro, testou o fio da lâmina com o polegar, deu alguns golpes no ar, então recolocou-a na bainha e devolveu-a com outra reverência. — Vamos pedir uma faca ao cozinheiro. Seus ancestrais ficariam aborrecidos se fizéssemos mau uso dessa arma tão fina.

O cozinheiro, que estava sentado no chão da cozinha, com as costas gordas apoiadas em um barril, recebeu Tora com um sorriso que se desvaneceu, quando ele viu lorde Minamoto.

— Pensei que você tivesse vindo aqui para jogar — resmungou. — Tenho praticado bastante.

Havia uma tigela no chão, cercada de pilhas de moedas, pedregulhos, rabanetes, bolinhos de arroz e outros restos de comida não identificáveis. Os ajudantes do cozinheiro corriam a seu redor, fazendo suas tarefas, mas deixando bastante espaço para ele e a tigela.

— Um outro dia — disse Tora. — Hoje não posso, estamos fazendo pipas. Vim pedir uma faca emprestada.

— Ho, ho, ho! Pipas, hein? Por um momento pensei que quisesse uma faca para proteger-se de assassinos como Coelho. Mas já trancafiaram o maníaco. Estrangular uma moça no parque foi o fim dele, mas eu sempre soube que aquele idiota acabaria mal. Lembra-se do dia em que você e eu o pegamos surrando o pobre Haseo? Ele poderia ter matado o rapaz e a mim, se você não nos socorresse. — O cozinheiro inclinou a cabeça para um lado, pensativo. — Você vai estragar minha faca, cortando bambu, mas como sou grato por ter salvado minha vida, vou deixar que a leve. — Deu uma ordem aos gritos, para que alguém lhe levasse uma faca, então virou-se novamente para Tora. — Me disseram que seu amo foi falar com

Coelho na cadeia. Diga a ele que está perdendo tempo. Haseo fez seu depoimento, falando sobre Coelho e a moça. Você sabia que os dois se encontravam às escondidas e que brigaram, no dia em que ele a matou?

— Como você sabe que esse Haseo não mentiu? A mim parece que ele aproveitou a oportunidade para vingar-se de Coelho pela surra que levou.

O cozinheiro deu uma risada que era um cacarejo.

— Como eu sei? Vou lhe dizer. Naquele dia, eu estava preparando o arroz do meio-dia, me perguntando onde estavam aqueles vadios, quando Coelho chegou com uma cara de dar medo e falando sozinho. Vi que ele não ia trabalhar direito e pensei em dispensá-lo, mas Haseo entrou e me falou da briga do Coelho com a moça. Parece que ela o mandou sumir de sua vida. Que moça não mandaria? Coelho ouviu nossas risadas e ficou com aqueles olhos de louco. Fiquei com medo que ele estrangulasse Haseo ali mesmo, na minha frente. Então mandei-o limpar o depósito, achando que ele ficaria ocupado a tarde inteira. — O cozinheiro abanou a cabeça. — Mas vou lhe dizer uma coisa, a cara dele estava horrível. Pode acreditar que foi ele mesmo que matou a moça. É um lunático.

Lorde Minamoto deu um passo à frente e olhou-o com desdém.

— Você é um mentiroso, seu monte de merda — declarou calmamente. — Conheço o estudante que chamam de Coelho, e ele não é como você diz. Se aquele nojento do Haseo e você não pararem de difamá-lo, vou mandar prender e açoitar os dois.

O cozinheiro abriu a boca, espantado. Tora tirou a faca da mão do ajudante, pegou o pequeno lorde pelo braço e dirigiu-se ao cozinheiro:

— Obrigado. Devolverei a faca, quando terminarmos. — Em seguida, saiu rapidamente, levando o menino. Quando já haviam se distanciado um pouco, disse: — Lição número um: nunca insulte um homem a quem pediu um favor. Insulte-o só depois que conseguiu o que queria.

— Desculpe. Ele me fez ficar com raiva.

— Você gosta do estudante feio?

— Gosto. É um dos poucos que falam comigo. Além disso, eu o observava e notei que é educado e bondoso.

De volta à varanda, sentaram-se para trabalhar. Tora mostrou ao garoto como dividir um caule de bambu em varetas longas e flexíveis e amarrá-las com linha, formando um "esqueleto" leve e forte.

— Para a espinha, coloque a vareta de maneira que a ponta mais pesada fique virada para cima — explicou. — As costelas do topo também têm de ser mais pesadas.

Juntos, armaram dois esqueletos de bambu. Depois, Tora cortou o papel em tiras largas para cobri-los, sobrepondo ligeiramente uma sobre a outra. O formato de cada estrutura, agora, era o de uma ave de rapina planando.

— Falcões noturnos — disse o menino. — Ou melhor, milhafres. São grandes, mas muito sem graça. Não podemos pintar o papel?

— Não temos tinta — Tora respondeu. — Além disso, não sou um pintor muito bom. Mas não tem importância, desde que voem mais alto do que todas as outras pipas. — Lançou um olhar sugestivo para os meninos que haviam se reunido a uma certa distância para observá-los.

— Tenho pincéis e tinta — o lordezinho informou. — E sei pintar penas de pássaros. Espere, vou buscar.

Correu para dentro do quarto e quando retornou trazia dois pincéis, água e uma caixa de tintas em pó. Misturou o pó vermelho com um pouco de água, então começou a pintar. Logo a pipa tinha dois ferozes olhos vermelhos. A seguir, pintou as penas do corpo, à maneira de escamas, pretas com algumas pintas vermelhas aqui e ali. As asas e a cauda foram as últimas, e ele decidiu pintá-las com largas listras pretas. Observando-o, Tora pegou o outro pincel e começou a pintar, de vez em quando olhando a pintura do menino para comparar. Suspirou de prazer ao ver olhos, bico e penas tomarem forma sob os toques de seu pincel.

— Parecem aves de rapina de verdade — comentou. — Aposto como vão assustar os passarinhos.

— Como foi que você conheceu seu amo? — o menino perguntou de repente.

Tora contou que os dois haviam se encontrado na estrada, durante um ataque de salteadores, e que Akitada mais tarde o livrara de uma acusação de assassinato. O garoto parou de pintar, interessado na história.

— Era sobre isso que eu estava falando na rua. No início, pensei que meu amo fosse um daqueles ambiciosos cobradores de impostos da capital, mas descobri que ele estava viajando para investigar um crime. Ele é bom nisso. E agora vai ajudar Coelho também.

Isso naturalmente provocou mais perguntas, que produziram mais histórias, e o sol já estava baixo, quando as pipas ficaram prontas, com as pontas das varetas introduzidas em fendas abertas no papel e firmadas com linha, as penas das extremidades das asas e da cauda recortadas, a linha de controle presa às outras que serviam de cabrestos e se encontravam no centro do corpo da "ave".

Chegara o momento do teste. Tora levou o menino para o meio do grande espaço entre o dormitório e os pinheiros.

— Seria melhor se estivéssemos no topo de uma montanha ou em uma praia, mas aqui está bom para o senhor treinar — disse.

Explicou o que devia ser feito, fez uma demonstração, e sua pipa subiu, rapidamente e de modo triunfante, enquanto ele soltava a linha do carretel aos poucos, dando-lhe mais liberdade.

Lorde Minamoto riu, batendo palmas.

— Veja como ele plana! — gritou. — Parece um falcão gigantesco! Oh, é lindo!

Tora sorriu e amarrou sua linha em um pequeno arbusto.

— Agora é sua vez — disse. — Segure o carretel com esta mão, e a pipa com a outra, assim. Pelos deuses! É maior do que o senhor! Tem certeza de que vai conseguir correr com ela?

— Vou — respondeu o garoto, mordendo o lábio nervosamente.

— Então, vá. Corra para aquele lado, o mais rápido que puder. Quando sentir que a pipa está puxando, comece a soltar a linha.

A primeira tentativa fracassou. Lorde Minamoto e sua pipa levaram um grande tombo. Mas o menino levantou-se no mesmo instante, limpou o pó das roupas e o sangue de um arranhão na bochecha e saiu correndo de novo. Dessa vez a pipa subiu, meio descontrolada a princípio, depois mais suavemente, quando Tora correu para ajudar a estabilizá-la. Gritos e aplausos ergueram-se do grupo de meninos que os observavam. O servo e o pequeno lorde mantinham os olhos fixos na grande ave de papel que planava acima deles, indo sempre mais alto a cada puxão de incentivo na linha. Os grandes dedos escuros de Tora roçavam de leve as mãos pequenas e claras do menino, enquanto os dois sentiam a força da pipa que se impulsionava cada vez mais para cima, em direção ao céu azul. Sentiam através dela a emoção do vôo, da total liberação da condição humana.

— Oh, como ela é forte! — exclamou o menino. — Não vai me erguer do chão? Me fazer subir acima das árvores? Me carregar até as montanhas?

Tora riu, cheio de alegria.

— Não! — respondeu. — Seria perigoso demais. Eu não deixaria. E o senhor é mais forte do que ela. Agora, tente segurá-la sozinho.

Soltou a linha, e a pipa descreveu um arco perfeito, mergulhando na direção do chão.

— Ai, não! — o garoto gritou e instintivamente puxou a linha. A pipa estabilizou-se, completou o círculo e subiu novamente. — Você viu o que eu a fiz fazer?

— Vi. E aprendeu esse truque sozinho. Vou pegar a minha e faremos as duas perseguirem-se no céu.

E assim foi. Seguiram-se momentos de deliciosas manobras. Tora ensinava ao menino movimentos de ataque e evasão, e as aves de papel investiam uma contra a outra, quase se tocavam, então voltavam a se separar. O rosto do jovem lorde estava vermelho, seus olhos cintilavam de entusiasmo.

— Sabia que se pode fazer uma competição? — perguntou Tora.

— Como? Por favor, me ensine!

— Basta cruzar a linha com a do oponente, então puxar com força para fazer a pipa dele cair.

Lorde Minamoto olhou as duas pipas que planavam suavemente. Então, num movimento rápido, passou por trás de Tora.

— Assim? — indagou, quando as duas linhas se tocaram.

— Isso mesmo — respondeu Tora, sorrindo. — Agora puxe com força.

O menino puxou com tanta força que caiu sentado no chão, e a pipa de Tora deu um súbito mergulho.

— Vai cair nas árvores! — o servo gritou, enrolando a linha no carretel freneticamente.

Sua pipa debateu-se durante um momento, antes de começar a subir outra vez. Ele ouviu o garoto rir atrás dele e, pelo canto dos olhos, viu-o levantar-se e correr a toda velocidade na direção do dormitório. As linhas cruzaram-se de novo, e daquela vez a pipa de Tora foi ao chão.

— Ganhei! Ganhei! — gritou o lordezinho, pulando e rindo.

— Ganhou, de fato — concordou Tora com um sorriso largo, indo buscar sua pipa.

Estava começando a escurecer. No céu, a pipa do menino captava os últimos raios do sol que se punha.

— É melhor trazê-la de volta — Tora recomendou. — Está ficando tarde.

Para sua surpresa, lorde Minamoto obedeceu sem discussão.

— Você virá amanhã novamente? — o garoto perguntou, enrolando a linha.

— Acho que não vou ter tempo.

Levaram suas pipas para a varanda, onde o bando de meninos os aguardava.

— Podemos ver suas pipas? — pediu o maior deles.

— Terá de falar com Sadamu — respondeu Tora. — As duas são dele.

Os garotos juntaram-se em volta do pequeno lorde e das aves de papel.

— Quer nos ensinar a fazer pipas iguais a essas? — um deles pediu.

Tora observava a cena com um sorriso paternal.

— Bem, agora preciso ir — anunciou, quando a discussão tornou-se técnica.

Lorde Minamoto foi até ele no mesmo instante, e os dois afastaram-se um pouco do grupo.

— Obrigado por sua ajuda, Tora — o menino agradeceu, fazendo uma ligeira reverência. — Será uma honra para mim se você vier me visitar novamente, quando tiver tempo.

Estendendo a mão, Tora alvoroçou-lhe os cabelos.

— Virei, sim, Sadamu. Sempre que puder. Cuide-se e não se esqueça do que lhe ensinei.

O garoto moveu a cabeça afirmativamente. Então olhou para Tora com uma estranha expressão no rosto.

— Quanto seu amo lhe paga? — perguntou.

— Ele não é rico, Sadamu. Mas me dá casa, comida, e me paga o suficiente para eu comprar roupas e vinho. Isso me basta. Por quê?

— Ah, por nada — respondeu vagamente o jovem lorde, mas havia um brilho de maliciosa satisfação em seu olhar. — Acho que você tem muitos talentos úteis — completou, correndo para junto de seus novos amigos.

Com uma risadinha, Tora abanou a cabeça e foi embora.

11

O Sacrilégio

Akitada voltou para a universidade num estado de ânimo sombrio. Procurou por Ishikawa, mas como o rapaz ainda não retornara, foi para sua sala, pretendendo ler mais algumas monografias de seus alunos. Mas não conseguiu concentrar-se no trabalho. Empurrando a pilha de papéis para um lado, ficou olhando para a parede a sua frente. Não era apenas o problema de ter de livrar o estudante Nagai Hiroshi da acusação de assassinato que o preocupava. A prolongada ausência de Oe e Ishikawa também era inquietante.

Não que fosse estranho qualquer um deles ausentar-se da universidade. Ishikawa podia ter decidido passar o feriado com amigos, e Oe devia estar envergonhado demais para aparecer. No entanto, apesar desse raciocínio, Akitada continuava preocupado.

Reconhecendo que não conseguiria ler nenhuma das monografias com a necessária atenção, decidiu ir falar com Seimei no ministério, mas quando estava saindo, Hirata chegou.

— Vim aqui para falar com você — Hirata explicou. — Como está a situação de Hiroshi?

Akitada fez um breve resumo de sua conversa com o estudante preso.

— Pobre rapaz tolo — Hirata lamentou com um suspiro. — Outra coisa, não consigo encontrar Oe. Sabendo como você está ansioso para resolver aquele assunto, fui à casa dele, e os servos disseram que não o vêem desde ontem. Perguntei-lhes se era possível ele ter ido para sua casa de campo, e responderam que o amo não iria sem levá-los. Acredito, pois Oe é preguiçoso demais para ficar lá sozinho, sem ninguém para preparar suas refeições e fazer outros serviços necessários. O que você acha que está acontecendo?

— O senhor conhece o homem melhor do que eu. Ele estaria escondido em casa de amigos, esperando o falatório acabar?

— Que amigos? — perguntou Hirata. — Oe não tem nenhum.

— Bem, não podemos fazer nada até ele aparecer. Estou indo falar com Seimei no ministério, mas voltarei mais tarde para acabar de ler as monografias de meus alunos.

Seimei estava sentado em uma almofada, debruçado sobre a escrivaninha de Akitada, copiando um documento. Seu pincel parecia voar sobre o papel. Cumprimentou o amo com uma expressão que conseguia ser ao mesmo tempo alegre e preocupada. Pousando o pincel em um suporte de madeira, levantou-se e fez uma reverência.

— É muita gentileza do senhor pensar em mim, quando há tanta coisa ocupando sua mente — disse com um olhar grave.

Akitada achou que ele se referia à prisão de Hiroshi e imaginou como o homem soubera daquilo tão rápido. Mas não teve tempo de perguntar, porque Seimei prosseguiu:

— O senhor deve estar profundamente desapontado. Nem preciso dizer como fiquei contente, quando soube que meu amo escolhera uma esposa. E que boa escolha! Lembro-me muito bem das vezes em que me encontrei com a srta. Hirata, quando levava mensagens de uma casa à outra. Vocês dois ainda eram crianças, mas já naquela época eu achava que fariam um par perfeito. — Suspirou. — Ah, felicidade e infortúnio são como dois fios trançados numa mesma corda.

Akitada teve vontade de ir embora. O velho era bem-intencionado, mas às vezes falava demais.

— Obrigado, Seimei — agradeceu, olhando para uma estante como se estivesse verificando o que continha. — Tem razão. Foi um grande desapontamento para mim. — Por um instante, uma sufocante sensação de perda apoderou-se dele, e algo em seu peito contraiu-se dolorosamente. Pigarreou, disfarçando um suspiro involuntário, olhou para o assistente e anunciou quase asperamente: — Bem, logo estarei de volta a meu trabalho aqui. O problema de Hirata na universidade está quase solucionado. Fez algum progresso na pesquisa a respeito do príncipe Yoakira?

— Tem sido mais difícil do que pensei — respondeu Seimei. — Mas, afinal, até um ladrão leva dez anos para aprender bem seu ofício, e ele simplesmente rouba coisas dos outros. E eu estou fazendo um trabalho muito mais complicado, procurando sinais de conspiração e atos de má-fé.

Akitada ergueu as sobrancelhas, admirado.

— Onde você aprendeu essa linguagem empolada?

— O registrador do Departamento de Registros é um homem interessante. Um homem de letras. Nós dois temos muito em comum — Seimei explicou com um sorriso complacente.

— Fico contente em saber. O que ele tem a dizer a respeito do testamento do príncipe?

O velho arregalou os olhos, parecendo chocado.

— Senhor! Eu não podia fazer uma pergunta tão audaciosa!

— Entendo. Mas existe outra razão para você tê-lo mencionado?

— Nós sempre nos encontramos após o trabalho. Isso tornou-se um hábito. Ele é viúvo, mora sozinho, e nós dois compartilhamos uma paixão por xadrez.

— Verdade? Eu não sabia que você gostava tanto assim de jogar xadrez — Akitada comentou com um sorriso.

— Descobri que esse jogo exercita a mente. A pessoa precisa ficar quieta, pensando como fazer o próximo movimento. Às vezes, os dois jogadores fazem uma pausa e refrescam a cabeça conversando sobre assuntos triviais.

— Assuntos triviais? — Akitada, fascinado, incentivou-o a continuar.

— É, coisas como o estranho desaparecimento do príncipe podem ser mencionadas de passagem. — Seimei lançou um olhar malicioso para o amo. — É natural inventar teorias sobre herdeiros e sucessores, quando homens ilustres morrem. Também é natural expressar incredulidade quando se fica sabendo da fabulosa riqueza de certas pessoas.

— É natural, claro.

— Espero poder ver os documentos em questão hoje à noite. Meu parceiro de xadrez quer fazer uma aposta sobre essas coisas, achando que vai ganhar.

— Vejo que você é um mestre do jogo. De quanto é a aposta?

— Uma moeda de prata.

Akitada fez uma careta, mas tirou uma moeda da faixa e entregou-a ao assistente.

— Continue o que estava dizendo.

— O registrador acha que o príncipe deixou toda sua fortuna para o neto, com exceção de uma parte generosa que separou como dote da neta.

— Ah! E quanto a indicações? Estão falando alguma coisa sobre quem vai tomar o lugar do príncipe?

— Isso agora já é de conhecimento público. O irmão mais jovem do príncipe herdeiro ficará no lugar do príncipe Yoakira. Mas o lugar que ele deixar vago será ocupado por lorde Sakanoue, porque ele é casado com a neta do príncipe falecido.

— Hum... cada vez melhor! Algo bastante grande para tentar aquele cavalheiro orgulhoso.

Seimei pigarreou.

— De acordo com a definição do sábio mestre Kung, aquele homem não é um cavalheiro — observou com afetação. — E o mestre ensinou que os homens não devem cobiçar riquezas, porque, se o fizerem, o céu provocará calamidades na vida deles.

— Nesse ponto o sábio Confúcio se enganou — Akitada declarou com amargura. — Parece que muitas calamidades caem sobre inocentes.

Seimei ignorou a crítica a seu ídolo favorito.

— O senhor também perguntou a respeito do secretário Okura. Todo mundo adora falar mal dele. É um indivíduo de classe baixa, filho único de um abastado especulador que negocia terras, um simples comerciante.

Akitada reprimiu um sorriso. Seimei tinha o típico esnobismo de um servo que ocupava posição hereditária.

— O que dizem de Okura?

— Zombam dele pelas costas, por causa de sua origem plebéia. Parece que ele anda gastando dinheiro prodigamente para impressionar as pessoas finas, enquanto elas se divertem com sua falta de requinte. Corre por aí um rumor chocante sobre ele estar tão desesperado para ser aceito, que está indo todas as noites fazer companhia à filha de um nobre de alta posição na corte, em sua mansão no bairro Sanjo. Um anúncio de casamento é iminente, dizem. A dama, além de não ser mais jovem, é extremamente feia. — Seimei fez uma pausa para deixar o amo assimilar o que ouvira, então continuou: — Acho que um dos mexericos vai interessar o senhor de modo especial. Estão dizendo que ele comprou o primeiro lugar nos exames do ano passado. As pessoas gostam de embaraçá-lo pedindo-lhe para traduzir poesias chinesas.

— Isso só prejudica a reputação da universidade — comentou Akitada com um suspiro. — Mas estou aliviado em saber que ele não consegue enganar ninguém. E isso significa que esse moço já foi até aonde podia ir, no governo. Não irá mais longe.

— Um girino só pode transformar-se em sapo — observou Seimei com grande satisfação.

— É verdade — concordou Akitada, olhando para algumas caixas de documentos no chão, ao lado da escrivaninha. — Como está indo a revisão de casos?

— Está indo bem. Não apareceu nada de novo, desde que o senhor foi trabalhar na universidade, e posso dar conta facilmente do que já estava em andamento.

Akitada bateu-lhe no ombro.

— Ótimo, amigo velho. Eu não sei o que faria sem você. E estou admirado principalmente com seu jeito habilidoso de lidar com o funcionário do Departamento de Registros. Bem, agora preciso ir. O professor Hirata e eu estamos querendo estabelecer um confronto entre os culpados naquele negócio de chantagem. — Andou até a porta, então parou e virou-se. — A propósito, um dos estudantes foi preso pelo assassinato da moça no parque. Acredito que ele é inocente e prometi ajudá-lo.

Saiu antes que Seimei começasse a fazer perguntas.

A otimista idéia de Akitada, de que ele se desvencilharia rapidamente dos problemas de Hirata, e conseqüentemente do homem e de sua filha, estava fadada ao fracasso. Quando passou pelo portão que levava ao pátio do templo de Confúcio, percebeu que havia algo errado.

Foi um lampejo vermelho que primeiro chamou sua atenção. Parando para olhar, viu um grupo de policiais de túnica vermelha protegendo a escada do templo da curiosidade de um ajuntamento de pessoas.

Com a estranha sensação de que algo ia confirmar um pressentimento ruim que o estivera perseguindo, juntou-se aos curiosos, e nesse momento o capitão Kobe surgiu na varanda, carrancudo. Ele viu Akitada imediatamente, e sua expressão tornou-se ainda mais desagradável.

— Eu sabia que mais cedo ou mais tarde o senhor ia aparecer — observou com aspereza. — Venha cá!

Embora achando a atitude do homem mais rude do que das outras vezes, Akitada obedeceu.

— O que aconteceu aqui? — perguntou ao chegar à varanda.

Kobe não respondeu. Caminhou para a porta do salão principal do templo, então parou e olhou para trás.

— Fiquei sabendo que o senhor foi à cadeia falar com o estudante que matou a moça grávida.

Akitada estava começando a perder a calma.

— Pegou o homem errado outra vez — informou secamente. — Nagai Hiroshi é tão inocente quando o mendigo.

— Oh, claro! Inocente como uma criança recém-nascida. Venha comigo!

O salão estava mergulhado em penumbra, as colunas vermelhas pareciam pretas, e nos cantos as sombras eram ainda mais espessas. Um cheiro estranho flutuava no ar. Akitada franziu o nariz, imaginando se um cachorro entrara ali e se aliviara. Na plataforma alta encostada na parede mais distante da entrada, as estátuas dos sábios, em tamanho natural, tinham aparência sinistra na obscuridade.

Diante da estátua central, que representava Confúcio, havia duas pessoas. Akitada reconheceu o frágil Tanabe e Nishioka.

— O que aconteceu? — perguntou novamente a Kobe, quando se aproximaram dos dois homens.

O cheiro tornou-se mais forte e repulsivo, e havia nele algo horrivelmente familiar.

Nishioka virou-se e disse com voz apertada:

— É Oe! Que coisa pavorosa!

— Oe? — perguntou Akitada, seguindo o olhar que Nishioka lançou à estátua do sábio.

Notou, pela primeira vez, que a imagem parecia envolta em um volumoso quimono azul. Também parecia ter criado uma segunda cabeça, que pendia sobre o peito, e outro par de braços, pendurados frouxamente. Então, Akitada viu o sangue. Bem que ele reconhecera aquele cheiro, de sangue e excremento. O sangue escorrera de um ponto embaixo da cabeça pendida, pintando uma faixa marrom na frente do elegante quimono azul. O quimono de Oe. Sangue e fezes misturavam-se numa grande poça no chão. O sangue escorrera também até a borda da plataforma e pingara nas tábuas enceradas do piso abaixo, formando uma poça menor. O quimono de Oe abrira-se e, a não ser pelas meias brancas de seda e as sapatilhas pretas, o morto estava completamente nu.

A voz cortante de Kobe arrancou Akitada do estado de choque.

— Dois assassinatos em dois dias — o homem comentou. — A uma curta distância um do outro. Este aqui aconteceu ontem à noite, e creio que já temos o assassino. Sugawara, nem mesmo o senhor pode acreditar que existem dois loucos homicidas andando à solta na universidade.

Akitada não respondeu. Sua mente estava em turbilhão. Aproximando-se da estátua que se tornara monstruosa, ergueu a cabeça do morto, segurando-a pelos cabelos brancos amarrados em um coque no topo. Os olhos de Oe, sem visão e injetados de sangue, fixaram-se nos dele. O sangue vertera de um profundo corte que quase separara a cabeça do corpo. E Akitada viu o que mantinha o cadáver ereto. O assassino passara a faixa de cintura de Oe por baixo de suas axilas e amarrara as pontas ao redor do pescoço da estátua de madeira. Na morte, o corpo pendera para a frente, os joelhos dobraram-se, mas alguém que passasse distraidamente pelo salão sombrio, não notaria nenhuma diferença na estátua.

Olhando mais para baixo, Akitada chocou-se novamente com a incongruência entre o fino quimono e o estômago saliente do morto, as dobras flácidas da barriga, as pernas sujas com suas veias salientes e manchas senis, tudo indecentemente exposto. A nudez, em especial a dos velhos, anulava a imagem de poder e alta posição, pensou. Por trás de toda a pompa escondiam-se a fragilidade e a imperfeição humanas. O assassino fizera questão de revelar o verdadeiro Oe aos olhos do mundo.

— Quem o encontrou? — perguntou Akitada, virando-se para os dois colegas.

Tanabe estava muito pálido e tremia, apoiado no braço de Nishioka. Seus lábios moviam-se, mas não produziam nenhum som.

— Fui eu — Nishioka respondeu depois de um momento, falando muito baixo. — Foi um choque. Como hoje não há aula, Tanabe e eu planejávamos trabalhar no glossário de uma nova coletânea dos aforismos de Confúcio. Atravessei o salão duas vezes, sem notar nada de anormal. Então, na terceira vez, quando eu estava indo devolver um documento à biblioteca... vi um reflexo esquisito no altar. — Olhou para a plataforma em penumbra. — Era meio-dia, e um raio de sol entrara pela porta aberta. Seja como for, vi algo brilhar. Cheguei mais perto, senti o cheiro, então vi o sangue. Olhei para cima e vi... — Interrompeu-se, estremecendo.

Tanabe, com seus dedos trêmulos, bateu-lhe de leve na mão num gesto de conforto.

Akitada apalpou as mãos e os braços do cadáver. Estavam frios, e a rigidez que se segue à morte já desaparecera. O sangue no chão coagulara e não mais refletia a luz, e o que molhara o quimono secara. Kobe estava certo. Oe morrera durante a noite.

— Suponho que o senhor ainda não teve tempo para investigar — Akitada disse em tom seco, virando-se para o capitão. — Precisamos descobrir quem foi a última pessoa que viu Oe vivo.

Kobe, com os braços cruzados no peito, tinha um ar zombeteiro.

— Como sou um mero oficial da polícia, estava esperando pelo senhor, para que nos dissesse como devemos proceder. Pode fazer isso, quando terminar sua investigação na cena do crime.

Akitada corou.

— Desculpe — murmurou em tom gélido. — Sei que este caso é seu, mas há certos fatos que... — Parou de falar, refletindo que talvez fosse melhor não mencionar, diante de testemunhas, o envolvimento de Oe na fraude nos exames, nem o bilhete de chantagem. Depois de um momento, continuou: — Bem, estou interessado no caso do estudante Nagai Hiroshi, que o senhor parece responsabilizar por este assassinato também. Oe esteve no concurso de poesia, ontem, bebeu demais e tornou-se belicoso. Foi levado embora por seu assistente, Ono, e um aluno do curso de graduação, chamado Ishikawa. Meu colega, professor Hirata, esteve com essas pessoas, antes de elas deixarem o pavilhão.

O capitão olhou-o fixamente.

— Seus dois colegas aqui já me deram essas informações — disse. — Como o senhor sustenta sua afirmação de que Nagai Hiroshi é inocente, pode me dar um motivo para o assassinato deste homem?

Akitada forçou-se a fitar calmamente os olhos hostis de Kobe.

— Não posso sugerir nada, no momento. Mas sua teoria, de que o estudante Nagai ficou louco e matou a moça num dia, e o professor no outro, não faz sentido. Para começar, o jovem estava bastante lúcido, quando falei com ele esta manhã. Depois, a moça foi estrangulada, e Oe foi degolado. Isso sugere dois assassinos diferentes. E há o detalhe das faixas. Veja. — Akitada apontou para a faixa de brocado que prendia o cadáver à estátua. — Essa faixa foi usada de modo macabro para que o morto ficasse ereto e vergonhosamente exposto. A que matou a moça desapareceu da cena do crime, e o corpo foi escondido no meio dos juncos. É óbvio que isso sugere duas mentalidades muito diferentes.

Kobe não pareceu impressionar-se.

— Não necessariamente. O primeiro crime pode ter feito o assassino sentir-se tão poderoso, que ele decidiu exibir-se um pouco ao cometer o segundo. Quanto ao degolamento, Oe era muito maior e forte do que a moça. Seria mais fácil matá-lo com uma faca ou espada do que estrangulá-lo.

Akitada reconheceu que o argumento era razoável. Puxando o lóbulo da orelha, pensativo, moveu a cabeça lentamente, concordando.

— Ainda não consigo ver Nagai agindo dessa forma, mas o senhor tem razão a respeito do tamanho de Oe — concedeu com má vontade. —

Mesmo embriagado, ele não ficaria quieto, deixando-se estrangular. Mas por que o assassino despiu-o dessa maneira? — perguntou, indo para trás da estátua para examinar o nó na faixa.

— Exatamente! — exclamou Nishioka. — Por quê?

Kobe olhou-o carrancudo, fazendo-o calar-se, mas respondeu:

— Por um pervertido senso de humor juvenil, eu diria.

— Foi um pavoroso sacrilégio — observou Tanabe, falando pela primeira vez e com voz incerta. — Uma profanação ao templo. Quem ousaria desonrar nosso patrono dessa maneira? Só pode ter sido um louco ou um pervertido.

— De fato, o assassino teve um comportamento totalmente fora do comum — Akitada concordou. — Oe estava vestido no estilo formal da corte. Gostaria de saber o que aconteceu com a saia-calça que devia estar usando por baixo, e com a sunga. — Correu o olhar pelo salão, então falou com Kobe: — Sem dúvida, o senhor ordenará uma busca, e seria bom falar imediatamente com Ono e Ishikawa. Eram mais chegados a Oe do que qualquer um de nós, e suponho que foram os últimos a vê-lo com vida. A propósito, prometi ao estudante Nagai que o ajudaria, portanto acho que o senhor e eu nos veremos muitas vezes daqui por diante.

O capitão estava vermelho de raiva.

— Acabou? — perguntou em tom gelado. — Ou deseja me dar mais instruções? — Aproximou-se de Akitada e encarou-o. — O senhor não tem nenhuma autoridade aqui, e quando seu depoimento se tornar necessário, serei eu quem o procurarei, não o contrário. Fui claro? Não preciso de seus conselhos, e fique sabendo que está perdendo seu tempo com Nagai. Eu o prendi pelo assassinato da moça, e se o senhor pensa que ele vai se safar porque o mendigo Umakai não o reconheceu, não fique muito certo disso. O velho está caduco, é provável que tenha sonhado aquela história a respeito de Jizo.

Embora muito ressentido com a áspera repreensão, Akitada ficou perturbado ao deduzir que Umakai fora posto em liberdade, pois sabia que o velho ficaria à mercê do assassino da moça, que certamente não hesitaria em eliminá-lo.

— Vou deixar de fazer sugestões — declarou. — Mas estou preocupado com a segurança do mendigo. O senhor mesmo comentou que o assassino poderá encontrá-lo. Seus homens o vigiariam por alguns dias?

Atirando a cabeça para trás, Kobe deu uma sonora gargalhada que ecoou por todo o salão, e Tanabe deu um salto para trás, assustado.

— Pode esquecer — resmungou o capitão. — A polícia tem mais o que fazer do que ficar seguindo mendigos por aí. Além disso, o velho não corre perigo, pois o assassino da moça está na cadeia.

Akitada ia retrucar, quando uma nova voz soou, impedindo-o.

— Deuses augustos! Que abominação! — O esquelético e enrugado Takahashi juntou-se ao grupo e olhou para o corpo ensangüentado pendurado no pescoço da estátua do sábio. — Que coisa grotesca! Mas típica de Oe. Ele não podia morrer sem fazer disso um espetáculo.

— Quem é você? — indagou Kobe, olhando-o ameaçadoramente.

— Oh, meu nome é Takahashi. Matemática. Suponho que o senhor tenha detido Fujiwara pelo assassinato.

— O quê? — Kobe rugiu. — Quem, diabos, é Fujiwara?

— Ninguém lhe contou? — Takahashi olhou de Nishioka para Tanabe, então para Akitada, e abanou a cabeça, estalando a língua. — Não foram nada prestativos, cavalheiros. Afinal, num caso de assassinato, temos o dever de... Esqueçam, estou me desviando do assunto. Fujiwara é outro membro de nosso pequeno grupo de acadêmicos, professor de história com uma queda para poesia, bebedeiras e brigas. É esse gosto por brigas que certamente o interessará, capitão. Ontem mesmo, ele e Oe agrediram-se fisicamente. Ou melhor, Oe agrediu Fujiwara. Em público. — Fez um gesto de cabeça na direção do cadáver. — Pode-se presumir que Fujiwara acertou as contas com ele mais tarde.

Kobe olhou para Akitada.

— Isso é verdade?

— Foi um incidente sem grande importância — Akitada respondeu. — Mas Fujiwara deixou bastante claro para todo mundo que não considerava Oe responsável por seus atos, pois ele estava bêbado demais para saber o que fazia. Pode perguntar aos outros. — Lançando um olhar de censura para Takahashi, acrescentou em tom firme: — Em minha opinião, o incidente foi muito insignificante para ser motivo de assassinato, e Fujiwara não me parece do tipo que comete esse tipo de agressão.

— Ele é outro de seus protegidos? — indagou Kobe com ironia. — E não perca tempo com isso de "tipo". Uma pessoa simples como eu contenta-se em saber que houve motivo e oportunidade. Algumas provas fortes ajudam, naturalmente.

Nishioka empertigou-se, indignado.

— Mas o senhor não pode ignorar...

— Fique quieto — recomendou Tanabe, apertando-lhe o braço. Então, pediu educadamente ao capitão: — Pode nos dispensar, capitão? Temos de aproveitar o feriado para pôr nossas anotações em ordem.

Kobe hesitou. Olhou o grupo com suspeita, então concedeu:

— Está bem. Vocês todos podem ir, mas não saiam da universidade sem minha permissão. Irei até o fundo disso, apesar de toda sua interferência.

De volta ao prédio da Faculdade de Direito, Akitada ficou aborrecido ao encontrar Hirata a sua espera, andando de um lado para outro nervosamente. Mas, quando viu o rosto tenso do homem, escondeu seu desagrado.

— Você ouviu o boato de que Oe foi assassinado?

— Não é boato. Estou vindo do templo de Confúcio. Alguém o degolou e o amarrou à estátua de Confúcio. Deve ter acontecido ontem à noite, não muito tempo depois que ele saiu do pavilhão. O capitão Kobe está de péssimo humor. Acho que ele pensa que está havendo alguma espécie de conspiração aqui, e que participo dela. Não gostou que eu fosse ver Hiroshi na cadeia, e consegui irritá-lo ainda mais.

— Oh, céus! Amarrado à estátua de Confúcio, você disse? Incrível! — exclamou Hirata, torcendo as mãos. — O capitão suspeita de alguém em particular?

— O pobre Hiroshi é o principal suspeito, de acordo com a teoria de Kobe, que diz que os dois assassinatos só podem ter sido cometidos pela mesma pessoa. Tentei fazê-lo mudar de idéia, mas receio que minha tentativa tenha conseguido apenas provocar mais suspeitas, levando-o a incluir todos nós em sua lista de possíveis assassinos.

— Com certeza não pode ter sido Hiroshi. Oe nunca deu a menor atenção ao pobre sujeito. Achava que ele era feio demais e muito mal-nascido para ter qualquer esperança de ser bem-sucedido na vida. E que motivo Hiroshi teria? Nenhum. Mas há muitas outras pessoas que gostariam de ver Oe morto.

— Exatamente. E Kobe não vai levar muito tempo para descobrir isso. O senhor tem vinho, ou chá? — perguntou Akitada. — Estou seco.

Hirata levou-o a seu gabinete, um pequeno aposento entre a sala de aula e a varanda com vista para o pátio. Ali ele guardava todo seu material de ensino: livros de direito, mapas e diagramas, os clássicos chineses, a coletânea de aforismos de Confúcio, os documentos sobre a reforma legal efetuada pelo príncipe Shotoku e inúmeros maços de monografias escritas por alunos. Cada maço levava um rótulo informando o ano, e Akitada só

Um professor ilustre morre de maneira espantosa

podia admirar a devoção de um homem que preservava o fruto do esforço de todos os alunos a quem ensinara durante décadas.

Indicando uma almofada perto de sua escrivaninha baixa, para que Akitada se sentasse, Hirata foi até uma prateleira e pegou um jarro de vinho e duas tigelas. Na escrivaninha havia um vaso de porcelana branca com uma única peônia cor-de-rosa, cujo perfume enchia a pequena sala.

Akitada segurou a tigela que Hirata lhe entregou e ficou olhando para a flor de pétalas crespas e fartas que se tornavam mais escuras perto do miolo. Tamako devia tê-la colhido para o pai naquela manhã. Akitada sentiu um nó na garganta. Ressentido porque nos últimos dias tudo parecia lembrar Tamako, tomou um grande gole de vinho.

— De qualquer forma, Hiroshi não poderia ter matado Oe — observou. — Não teria força para tanto.

Hirata pareceu surpreender-se.

— Não teria força para cortar o pescoço de um homem? Concordo em que ele é magro, mas é jovem e vigoroso.

— O assassino amarrou o corpo na estátua, e para isso teve de erguê-lo. Oe não era apenas alto, mas também corpulento. Morto, seria pesado demais para Hiroshi.

— Que coisa horrível! — Hirata murmurou, chocado. — Foi um insulto a toda a universidade. Uma vez, um aluno amarrou um barrete na cabeça da estátua do sábio, por pura travessura, e foi expulso imediatamente. Quem pensaria em profanar o templo dessa maneira, usando o corpo de Oe? E por quê? Parece inconcebível.

— Eu sei, mas isso pode nos ajudar a encontrar o assassino. Muitas pessoas detestavam Oe, e algumas delas talvez tivessem fortes motivos para matá-lo, mas nem todas poderiam fazê-lo. Takahashi odiava-o e é bastante perverso para ser capaz de qualquer coisa, mas já passou da meia-idade, não é musculoso, não conseguiria erguer Oe e amarrá-lo. Ono, por outro lado, ainda é jovem e sofreu contínuos maus-tratos por parte de Oe, como seu assistente. Parece humilde, mas às vezes a raiva vai crescendo aos poucos, até chegar ao ponto em que apenas um ato de violência pode dar-lhe vazão. No entanto, mais uma vez temos de considerar a parte física. Ono é baixo demais, não se exercita, não poderia fazer o que o assassino fez. — Fazendo uma pausa, Akitada tomou um gole de vinho, então prosseguiu: — Sato, Fujiwara e Ishikawa são todos bastante fortes, e os três tinham motivos para odiar Oe. Sato, porém, não teria motivo forte o suficiente para matá-lo, porque Oe apenas censurava seu comportamento, e ele nunca se importou com isso. Desse modo, restam Ishikawa e Fujiwara, e ambos foram agredidos fisicamente por Oe um pouco antes de ele ser assassinado. Não vai demorar muito para Kobe chegar a essa mesma conclusão. Sem falar que Takahashi já acusou Fujiwara.

— Oh, não! — Hirata gemeu. — Quase chego a desejar que o assassino seja Takahashi, que é o homem mais maldoso que conheço, enquanto Fujiwara é um dos melhores. Que os deuses não permitam que Kobe cometa um erro tão grande! Vamos esperar que o assassino seja alguém de fora.

Akitada ergueu as sobrancelhas, incrédulo.

— Não podemos esperar tal coisa. Como uma pessoa de fora saberia onde encontrar Oe naquele momento, ou por que optaria por expor o cadáver daquela maneira em particular?

— Mas talvez Kobe esteja certo, achando que o assassinato de Oe tem ligação com o da moça — Hirata observou teimosamente. — E ela era da cidade, uma mulher comum.

Suspirando, Akitada refletiu que nem mesmo Hirata era imune ao esnobismo de sua classe. Um homem bom e gentil, ele não obstante alimentava a crença de que "pessoas finas" eram incapazes de cometer crimes, enquanto que, de modo lamentável, embora compreensível, eram os cidadãos comuns que sempre se envolviam em situações violentas.

— Ainda não sei o que pensar — Akitada admitiu. — Mas terei de falar com Kobe a respeito do bilhete de chantagem. Em caso de assassinato, não se pode encobrir um fato que pode indicar um motivo. Kobe aparecerá muito em breve para lhe fazer perguntas. Esteja preparado.

Hirata encarou-o com uma expressão aflita, e sua respiração acelerou.

— Oh, céus! Eu não havia pensado nisso! — Levou as mãos à cabeça, gemendo baixinho. — Que desgraça.

A porta abriu-se ligeiramente, e Nishioka introduziu a cabeça na fresta. Parecia estar melhor, pois recuperara a cor.

— Posso entrar? — pediu. Quando os dois moveram a cabeça afirmativamente, ele entrou, sentou-se e aceitou uma tigela de vinho. — Obrigado. Sofri um choque terrível, dr. Hirata. Acho que já lhe disseram que fui eu que encontrei a infeliz vítima.

Hirata, ainda com a aparência de quem estava passando mal, disse-lhe algumas palavras de conforto.

— Obrigado — Nishioka agradeceu. — Sei que vou me recuperar. Vim aqui para falar a respeito daquele capitão de polícia. O homem não tem nenhuma compreensão do comportamento humano. Na verdade, até se orgulha disso. Como foi extremamente rude comigo, decidi não compartilhar minhas idéias com ele. E de nada adiantaria, porque ele já estabeleceu que o assassino é o pobre Coelho.

Akitada concordou com um gesto de cabeça.

— Também acho que a atitude de Kobe não é exatamente elogiável.

Nishioka animou-se.

— Vejo que somos da mesma opinião! Vamos juntar nossos cérebros e descobrir o assassino, nós mesmos! Não acham que foi sórdida demais a maneira como o assassino amarrou Oe na estátua de nosso venerável mestre Confúcio?

Hirata e Akitada concordaram, e Nishioka continuou:

— Essa é uma das coisas que o capitão é estúpido demais para notar. Mas eu me pergunto o que passou pela mente do assassino para que ele fizesse o que fez. É evidente que se trata de um homem que não respeita a tradição de cultura que o grande sábio representa. Por outro lado, ele aprecia gestos simbólicos. Concordam comigo?

Mais uma vez, Akitada e Hirata concordaram.

Nishioka sorriu.

— Posso pensar em apenas dois indivíduos com essa mentalidade — anunciou. — E talvez em um terceiro, mas não o conheço bastante bem para poder dizer com certeza.

Como parasse de falar, olhando de modo expectante para os companheiros, Hirata perguntou, ansioso:

— Quem são essas pessoas?

— Se eu dissesse, estaria fazendo acusações prematuras, doutor. A esta altura, devemos esperar e observar — Nishioka respondeu, então olhou para Akitada. — O senhor está seguindo a mesma linha de pensamento que eu?

— Não formei uma opinião, ainda. Mas se o senhor suspeita de alguém, deve dar essa informação a Kobe. Enquanto o assassino estiver em liberdade, será um perigo.

— Eu me recuso a falar com aquele homem rude e ignorante! Mas vou continuar investigando. Garanto que sou uma pessoa muito cautelosa. Observo em silêncio, às vezes faço alguma pergunta inócua. Acredite, sou tão sutil, que o objeto de meu interesse nunca percebe que está sendo observado. — Nishioka sorriu, meneou a cabeça duas ou três vezes e prosseguiu: — Tomem como exemplo a noite de ontem. Ora, eu poderia ter previsto o assassinato de Oe. Estava tudo evidente, para qualquer um ver... e ouvir. — Dirigiu-se a Akitada: — O senhor notou, não é?

— Se está se referindo ao incidente com Fujiwara, deve ter me ouvido dizer que não acho que ele seja capaz de matar alguém — Akitada respondeu.

Os olhos de Nishioka cintilaram, cheios de interesse.

— Fujiwara? — ele ecoou. — Ah, talvez não, embora nunca se possa ter certeza, com homens fleumáticos como ele, ou explosivos como Sato. No entanto, qualquer pessoa pode cometer assassinato, se for suficientemente provocada. Todos os seres humanos têm pelo menos um ponto sensível que não permitem que seja tocado.

Akitada observou-o com suspeita.

— E quanto a Sato? — perguntou, antes que ele mudasse de assunto outra vez.

Nishioka sorriu com uma leve expressão de superioridade.

— Perdeu essa também, não é? Oe andou falando que ia pedir a demissão de Sato ao diretor da universidade. Ouvi-o dizer a Ono que finalmente tinha provas da depravação do professor de música e que pretendia escrever a Sesshin. Penso que ele descobriu que Sato recebia prostitutas em sua sala.

— Quem é Sesshin? — Akitada quis saber.

— O diretor da universidade — respondeu Nishioka, olhando-o com espanto. — Pensei que soubesse.

— Essa é uma acusação perversa e caluniosa! — Hirata interferiu. — Estou surpreso com o fato de você espalhar tais rumores, Nishioka. A única culpa de Sato é ele dar algumas aulas particulares para aumentar um pouco a renda.

Seu rosto ficara muito vermelho, e ele arquejava um pouco quando acabou de falar.

— Oh, não, dr. Hirata. Deve ser mais do que isso, porque Oe sabia dessas "aulas" havia muito tempo. — Nishioka acabou de tomar seu vinho e levantou-se. — Preciso me apressar. Quero falar com Fujiwara antes que Kobe o interrogue. Obrigado pela bebida.

Saiu, e Hirata disse, irritado:

— Como ele pode falar assim a respeito de Sato? Está ficando quase tão maldoso quanto Takahashi.

Akitada olhou para a porta pela qual Nishioka saíra e franziu a testa, pensativo.

— Confesso que ele me deixa nervoso. E, se de fato percebeu alguma coisa que aponta para o assassino, está sendo muito tolo, guardando isso para si. Entretanto pode estar certo, no que se refere a Sato. Eu mesmo por duas vezes surpreendi esse homem em companhia de mulheres. A primeira foi a moça assassinada, e a outra, uma mulher muito bonita, aparentemente da idade dele. É verdade que estavam tocando alaúde, mas o modo de se comportarem deixava claro que havia intimidade entre elas e Sato.

— Não consigo acreditar numa coisa dessas. Ele é casado, tem filhos.

Lançando um olhar de piedade para o colega, Akitada viu-o corar. Depois de um momento, observou:

— Temos de considerar o fato de que Sato é robusto e tem mãos fortes.

Hirata engoliu o resto de seu vinho.

— Pensa, de fato, que ele estrangulou a moça e depois matou Oe para proteger sua posição aqui na universidade?

Akitada não respondeu imediatamente. Podia muito bem imaginar Sato matando Oe. O professor de música parecia ser do tipo que não respeitava convenções e, sentindo raiva de Oe pelo modo como ele o tratava, podia ter decidido zombar dos sagrados cânones da instituição, matando seu mais famoso representante e deixando-o amarrado na imagem do reverenciado patrono. E deixá-lo com a genitália exposta podia ser o gesto de vingança de um homem que fora acusado de mau comportamento sexual. No entanto, Akitada ainda não estava convencido de que havia conexão entre os dois assassinatos.

— Não sei o que pensar — disse mais uma vez.

Hirata retorcia as mãos, e seus dedos tremiam.

— Espero que isso nada tenha a ver com o bilhete de chantagem.

— Eu também — Akitada afirmou, então comentou: — Essa prolongada ausência de Ishikawa me preocupa. — Olhou para seu antigo mestre. — O senhor está se sentindo bem?

— Estou, apenas não digeri direito o que comi de manhã — respondeu Hirata. — Ishikawa é grande, jovem e forte. Tenho vergonha de admitir, mas nunca gostei muito dele. Ficaria bem mais aliviado se ficasse provado que o assassino é ele, não Fujiwara, nem mesmo Sato. Mas por que Ishikawa mataria Oe? Era Oe que tinha motivos para matá-lo.

— Não saberemos, até falar com ele.

— Falar com quem? — perguntou uma voz áspera.

Kobe empurrou a porta corrediça, que ficara entreaberta, e entrou na sala sem nenhuma cerimônia, acompanhado por um escrevente.

Ignorando o cumprimento de Hirata, sentou-se com um grunhido e mandou o escrevente fazer o mesmo.

— E, então? Falar com quem? — persistiu, olhando de Akitada para Hirata.

— O professor Hirata e eu estamos preocupados com o desaparecimento de um de nossos estudantes do curso de graduação, chamado Ishikawa, que costumava ajudar Oe, lendo os trabalhos dos alunos dele. Foi visto saindo hoje bem cedo, e ainda não voltou. Como foi um dos últimos a ver Oe com vida, penso que ele deve ter informações valiosas.

Kobe olhou para o escrevente, que montara uma pequena escrivaninha portátil e estava esfregando um gasto bastão de tinta em uma pedra molhada. No silêncio da sala, o ruído que ele provocava era irritante. Quando acabou de preparar a tinta, o homem pegou um pincel, e Kobe voltou-se novamente para Akitada e Hirata.

— Nome completo desse Ishikawa, data e local de nascimento, nomes dos pais e do lugar onde vivem, profissão do pai. E quero uma descrição do suspeito.

— Suspeito? — Hirata ecoou, nervoso, mas deu as informações pedidas.

Quando o escrevente acabou de anotá-las, Kobe perguntou:

— Ishikawa pode ter ido para algum lugar com aquele tal de Ono?

— Com Ono? Por quê? — perguntou Akitada. — Ele também desapareceu?

— Isso é bobagem — Hirata interferiu. — Ono deve estar em casa, com a mãe, que é inválida. Eles moram na rua Takatsukasa, a oeste do palácio.

Kobe abanou a cabeça.

— Um de meus homens já foi verificar. Ono não está lá, e a mãe não sabe dizer aonde ele foi. Ela nem sabe dizer se ele voltou para casa ontem à noite.

Hirata e Akitada entreolharam-se, confusos.

— O que mais os senhores têm a declarar? — perguntou o capitão, impaciente. — Foi só nesse Ishikawa que pensaram? Ele tem o tipo físico adequado para fazer algo como aquilo. Mas Fujiwara também tem.

— Vejo que o senhor já não tem tanta certeza de que o culpado é o pobre Nagai Hiroshi — comentou Akitada. — Ele não é bastante forte.

Mas, por uma questão de justiça, devo acrescentar que nem o professor Hirata nem eu consideramos Fujiwara suspeito.

— Não eliminei ninguém da lista — retrucou Kobe. — O assassino pode ter tido um cúmplice. Quanto a Fujiwara, ele tinha um motivo para o crime e é bastante forte, portanto não teria dificuldade em erguer o cadáver e amarrá-lo na estátua. Talvez os senhores precisem saber que seus colegas têm colaborado bem, dando informações a respeito uns dos outros e de Oe. Parece que quase todo mundo aqui odiava o homem. Para que não tenham o trabalho de tentar proteger seus colegas, vou lhes dizer o que tenho ouvido deles. Ono odiava Oe porque ele era um tirano que o maltratava; Sato estava a ponto de ser demitido devido a acusações de Oe; Tanabe estava sendo forçado a aposentar-se, porque Oe considerava-o senil; tanto Fujiwara como Takahashi foram humilhados publicamente por Oe. Por falar em Takahashi, ele é uma cachoeira de informações a respeito de professores e das ofensas que sofreram. Os senhores têm algo a acrescentar à lista de motivos para assassinato?

Akitada evitou olhar para Hirata, que recomeçara a respirar de modo acelerado.

— Vejo que não perdeu tempo — observou.

— Ainda não ouvi os senhores — disse Kobe. — Para começar, quero saber o nome completo de cada um, a posição que ocupa, o endereço residencial e seu relacionamento com o homem assassinado. Hirata, o senhor primeiro.

Ofegando, Hirata forneceu as informações, e depois, Akitada.

— Quando foi a última vez em que viram Oe com vida? — o capitão indagou.

Akitada repetiu o que já lhe dissera antes. Hirata confirmou e acrescentou que acompanhara o grupo que retirara Oe da reunião até o portão principal do parque e que depois voltara ao pavilhão.

— Aonde Ono e Ishikawa iam levar Oe? — Kobe perguntou a Hirata.

— Suponho que para a casa dele, que fica na zona oeste da cidade.

Kobe grunhiu e ficou calado, imerso em reflexões.

— Alguém pode confirmar o horário em que vocês dois voltaram para casa? — indagou por fim.

— O quê?! — exclamou Hirata, corando. — Não pode estar pensando que um de nós...

— É melhor dizer ao capitão o que ele deseja saber — aconselhou Akitada em tom conciliador. — Penso que ele fez a mesma pergunta a todos. Quanto a mim, saí do pavilhão antes do início da última parte do concurso e passei o resto do tempo, até dormir, lendo em meu quarto. Não havia razão para eu ir falar com minha família ou com algum dos servos.

— Fui para casa quando o concurso terminou — Hirata esclareceu. — Era tarde, mas minha filha pode ter me ouvido entrar.

O escrevente escrevia rapidamente, enquanto Kobe olhava para o teto, franzindo os lábios.

— Hã... — Hirata ensaiou desajeitadamente, então continuou: — Agora que já terminamos, o senhor aceitaria uma tigela de vinho, capitão?

— Não bebo durante uma investigação — Kobe declarou friamente. Olhou para Akitada e disse: — Ocorreu-me um pensamento, Sugawara. O senhor mesmo é bastante alto e forte para fazer um serviço daqueles.

Akitada abriu a boca de puro espanto.

Estreitando os olhos, Kobe observou-o, depois olhou longamente para Hirata.

— Disseram-me que vocês dois são muito unidos — comentou, voltando a olhar para Akitada. — Que o senhor, Sugawara, deve muito a Hirata. Na verdade, ele o tem como um filho, porque o criou.

— Não exatamente — Akitada retrucou, corando de raiva. — Aonde quer chegar, capitão?

Kobe não respondeu e olhou para Hirata.

— Takahashi disse que o senhor esteve em desavença com Oe desde os últimos exames.

Hirata ficou vermelho.

— Isso não é verdade! — protestou com veemência. — Oe e eu não éramos propriamente amigos, mas nunca deixamos de nos falar.

— Hum... — Kobe resmungou, pensativo. — Parece-me que houve algo errado nos exames. Além disso, há aquela questão da casa de veraneio de Oe. — Abanou a cabeça. — Isso me cheira a chantagem, e chantagem é um bom motivo para assassinato.

Ficando lívido, Hirata apertou o peito com as duas mãos, olhando horrorizado para Kobe.

— Está me acusando de ter mandado matar Oe? — perguntou, ainda mais ofegante.

— Isso é absolutamente ridículo! — Akitada explodiu, indignado.

Mas sabia que agora tornara-se impossível falar a Kobe do bilhete de chantagem, porque pareceria uma tentativa desesperada de pôr a culpa num homem morto.

O capitão assumiu um ar de satisfação.

— Digamos que estou considerando possibilidades — falou, examinando as próprias unhas. — Hirata não é jovem e forte o bastante para fazer aquilo sem ajuda, mas tem um assistente que é — concluiu, encarando Akitada.

Hirata começou a levantar-se, gritando: — Essa insinuação é ultrajante! Uma mentira... — Então, gemeu e caiu.

Akitada pôs-se de pé de um salto e foi abaixar-se junto dele. Uma camada de suor cobria o rosto de Hirata, que estava ficando com os lábios arroxeados.

— O que foi, senhor? — Akitada perguntou, pondo um braço sob a cabeça dele. — Quer que eu mande chamar um médico?

— Uma indisposição bastante conveniente — disse Kobe. — Acho que o bom professor se recuperará assim que eu sair.

— Não é nada — murmurou Hirata, tremendo. — Vai passar.

Mas arquejava com falta de ar, embora seu rosto houvesse ganhado um pouco de cor.

— Fique calmo, senhor — Akitada pediu, ajudando-o a erguer o corpo para sentar-se. — O capitão está brincando conosco, como um pescador que tenta pegar um peixe balançando uma isca especial diante dele. — Lançou um olhar furioso para Kobe. — Não é o que se esperaria de um cavalheiro, naturalmente, mas é evidente que a polícia tem seus próprios métodos.

Kobe mostrou os dentes num sorriso malévolo, então ergueu-se.

— Eu lhes disse que não eliminei ninguém da lista. Vocês dois podem ir para casa agora, mas não saiam da cidade.

12

A Casa do Artesão Hishiya

Feliz com o sucesso que fizera com os papagaios, Tora deixou a universidade para cumprir a outra tarefa que seu amo lhe designara. Tarde demais, ocorreu-lhe que perdera muito tempo com uma brincadeira infantil, muito mais do que seria justificável, pois, afinal, ele estava trabalhando na investigação de um crime. Além disso, ainda queria ir ver Michiko. Embora seu estômago roncasse, avisando-o de que era hora do jantar, ele ignorou a fome e a dor nas pernas e andou rapidamente até o sexto distrito, onde pediu informações para chegar à casa de Hishiya, o artesão que fazia sombrinhas e guarda-chuvas.

A luz do dia já quase desaparecera, mas ele não teve dificuldade para encontrar a rua. Os artesãos mais pobres viviam e trabalhavam ali. Casas pequenas e estreitas amontoavam-se de tal maneira que os beirais se tocavam. Tora conhecia bem lugares como aquele. Atrás daquele quarteirão de casas, ele sabia que havia um beco, onde às vezes as pessoas faziam pequenas hortas, mas que quase sempre tornava-se depósito de lixo e abrigo de esfomeados cães de rua.

Viu a placa indicando a casa do artesão, mas passou direto para ter uma impressão geral da vizinhança e com a esperança de encontrar alguém com quem pudesse conversar e trocar uns mexericos. Chegou ao fim do quarteirão sem encontrar ninguém — a maioria dos moradores devia estar jantando — e já ia voltar quando ouviu uma porta abrir-se, uma voz furiosa de mulher e um grito de dor. Virou-se para olhar e viu uma menina, obviamente uma serva, sair correndo da casa do artesão Hishiya com uma grande cesta no braço. No vão da porta, uma mulher de corpo cheio, voluptuoso, sacudia um punho ameaçadoramente.

Tora esperou até que a mulher entrasse, então correu atrás da menina e alcançou-a na outra esquina.

— Boa noite, irmãzinha — saudou-a, andando ao lado dela.

A garota, que não devia ter mais de dez ou onze anos, deu um salto, assustada, e virou o rosto molhado de lágrimas para ele. Era uma criança pálida e muito magra, e havia medo em seus olhos.

— Desculpe, senhor — murmurou. — Estou com pressa.

Então, correu.

— Espere! — Tora pediu e alongou as passadas, forçando os músculos doloridos. — Vou andar com você. Trabalha na casa do artesão que faz guarda-chuvas, não é?

A menina parou de correr, mas continuou andando depressa.

— Trabalho — respondeu, olhando-o nervosamente.

Tora exibiu um sorriso largo e notou que ela relaxava um pouco.

— Sinto muito se a assustei, irmãzinha — disse. — Ouvi você gritar. Aquela era sua patroa?

Novas lágrimas escorreram pelo rosto da pequena serva. Ela enxugou-as com a mão suja de fuligem, deixando manchas escuras nas faces.

— Ela me bate muito — contou. — Tento fazer todo o trabalho, mas sou pequena, me canso logo, e estou sempre com fome. Acho que, se minha patroa me desse mais comida, eu ficaria mais forte.

A explicação jorrou de uma vez, terminando em um soluço. Tora enfiou a mão em uma das mangas, procurando suas moedas de cobre.

— Olhe, eu ainda não jantei. O que acha de nós dois tomarmos sopa de macarrão?

O rosto ossudo e sem atrativos da garota iluminou-se, mas ela abanou a cabeça.

— Não posso, senhor. Tenho de levar os legumes para o jantar deles. Minha patroa me baterá se eu me atrasar.

— Venha — Tora insistiu, pegando a cesta e pendurando-a no braço. Estendeu a mão livre para a criança, que a segurou timidamente, e informou: — Eu estava indo para a casa de seu patrão, porque preciso falar com ele. Chegaremos lá juntos, e eu explicarei por que você demorou um pouco mais.

Foram até à feira do bairro, que funcionava perto de um pequeno templo. Tora supervisionou as compras, certificando-se de que a menina escolhesse os rabanetes maiores e os cogumelos mais frescos, então parou um comerciante ambulante que vendia sopa e pediu duas tigelas, das grandes.

O homem baixou cuidadosamente a vara de bambu com um caldeirão em uma das pontas e um cesto que continha tigelas na outra. Então encheu duas tigelas com uma sopa de caldo grosso e grandes pedaços de macarrão e fatias de legumes.

— Agora vamos comer — disse Tora à frágil menina, levando-a até a escada do templo, onde se sentaram. — E não tenha pressa! Falarei com seu patrão quando voltarmos — tornou a prometer.

— O patrão ainda não chegou. O senhor só vai encontrar a patroa e o convidado dela — a garotinha esclareceu, olhando avidamente para a sopa.

Observando-a, Tora pensou no pequeno lorde. Os dois eram mais ou menos da mesma idade e, embora estivessem em extremos opostos de um rígido sistema de classes, tinham muita coisa em comum: tristeza, solidão e medo. Tora também tivera uma infância dura, mas que fora amenizada pela alegria de poder brincar com outras crianças e pelo amor da família, algo que nunca lhe faltara.

— Não vamos pensar em seus patrões, por enquanto. Coma! — ele ordenou, vendo que a menina hesitava.

Quase perdeu o apetite ao notar que a fome da garota era tanta que ela engolia o alimento sem saboreá-lo. Esperou até que ela esvaziasse a tigela, então perguntou:

— Seu patrão também lhe bate?

— Oh, não! Ele é bom, mas passa o dia no mercado, vendendo guarda-chuvas e sombrinhas, e fico com a patroa. Às vezes, à noite, ele me pergunta se comi o suficiente, ou como foi que fiquei com marcas roxas nos braços. Mas ela sempre está lá, me olhando como um demônio, e respondo que comi bastante e que caí da escada. A patroa grita que sou desajeitada, burra, e que ela tem de fazer todo o trabalho sozinha porque ele não tem dinheiro para pagar servos bons.

— E seus pais?

— Meu pai morreu, e minha mãe não pôde ficar comigo. Ela tem cinco crianças mais novas para dar de comer.

— Hum... — Tora verteu o resto de sua sopa na tigela dela. — Não estou com muita fome — mentiu. Ficou em silêncio enquanto a menina comia, então perguntou: — Os Hishiya não têm uma filha moça? Por que você não fala com ela?

— A moça foi assassinada dois dias atrás — a garota contou sem nenhuma emoção. Era óbvio que seu próprio sofrimento era muito maior do que qualquer preocupação com a dor dos outros. — E ela nunca estava em casa. Só ia lá para dormir, e às vezes nem isso. Era filha do patrão. Minha patroa é a segunda mulher dele.

— Suponho que tenham ficado muito tristes quando souberam da morte da moça — Tora comentou.

— O patrão chorou. — A menina pegou a tigela dele e colocou-a em cima da sua. — Mas ela não! — disse asperamente. — Quando ele saiu para trabalhar, ela dançou e depois cantou o dia inteiro.

— Verdade? As duas não se gostavam?

— Não. Brigavam o tempo todo. O patrão saía de casa para escapar delas.

— Por que elas brigavam?

— A moça tinha coisas bonitas, e a patroa vivia pedindo tudo emprestado. A moça não gostava disso, falava das visitas que iam à casa delas, e a patroa ficava furiosa.

Tora interessou-se por aquela informação.

— Seu patrão recebe muitas visitas? — perguntou.

— Meu patrão? Não. — A menina levantou-se e foi devolver as tigelas ao vendedor ambulante. Quando voltou, disse: — Agora precisamos ir. Muito obrigada pela gostosa sopa de macarrão. — Estendeu a mão para pegar a cesta, acrescentando: — Eu me sinto muito mais forte, posso carregar a cesta.

— Nem pense nisso! — Tora protestou, erguendo a cesta. — O que pensariam, vendo um sujeito jovem e forte como eu deixando uma pequena dama como você carregar peso?

Ela riu.

— Não sou uma dama. E o senhor não devia andar por aí com uma cesta de legumes no braço.

— Não sou orgulhoso, irmãzinha. Vamos. Continuaremos a conversa enquanto andamos. Me fale das visitas que vão à casa de seus patrões. São homens ou mulheres?

— Homens. Ela diz que são primos que vêm lá de sua aldeia, mas muitas vezes eu os vejo aqui na cidade.

Tora assobiou algumas notas de uma canção maliciosa muito popular, então perguntou:

— E a filha? Ela também recebia visitas?

— Oh, não, a patroa não deixaria. Ela é má, tinha muita inveja da moça, principalmente depois que a srta. Omaki começou a ganhar presentes de um cavalheiro.

Tora olhou afetuosamente para a pequena serva. Como ela estava sendo útil!

— A moça ia se casar? O cavalheiro era noivo dela? Você o viu? Como ele era?

A menina franziu a testa, parecendo confusa.

— Noivo? Não conheço essa palavra. Nunca vi o cavalheiro. Mas a patroa ficou pior ainda, chamava a srta. Omaki de vagabunda e prostituta. Eu sei o que essas palavras significam, e acho que a patroa não xingaria a moça desse jeito se ela estivesse para se casar, não é?

— Acho que não. Bem, chegamos! — Tora parou diante da casa do artesão e olhou-a do telhado ao chão. — Eles lhe deram o quarto da srta. Omaki?

— Não. Eu durmo na cozinha. O quarto da srta. Omaki fica no andar de cima, nos fundos. As coisas dela ainda estão lá, por isso a patroa trancou a porta. — A garota olhou temerosamente para cima. — Eu nem chego perto daquele quarto. O espírito de uma pessoa morta fica na casa quarenta e nove dias, e aposto que a srta. Omaki está muito zangada porque minha patroa está usando as coisas dela.

Tora sentiu os cabelos se eriçarem. Gostaria que a menina não houvesse mencionado espíritos.

— Vamos entrar? — propôs de má vontade.

A criança lançou-lhe um olhar ansioso.

— Vai falar com minha patroa, para que ela não me bata de novo? O senhor prometeu.

— Vou falar, sim. Fique tranqüila.

Ela pegou a cesta da mão dele, abriu a porta, e os dois entraram numa sala escura. A menina acendeu um lampião a óleo com o auxílio de uma pederneira. A sala era mais comprida do que larga. À esquerda, uma pequena área era reservada à cozinha de chão de terra batida, com os dois costumeiros fogões de alvenaria embutidos na parede lateral da casa. Sobre um deles havia uma panela de cozinhar arroz no vapor, e o fogo estava quase apagado. A garota soltou uma exclamação ansiosa, largou a cesta no chão e correu ao fogão para pôr mais lenha e reavivar as brasas, soprando-as.

No lado direito, em cima de uma plataforma de madeira, havia pilhas de materiais necessários para a confecção de guarda-chuvas: varetas de bambu, rolos de papel oleado e pintado, potes de cola, carretéis de linha e feixes de capim seco para amarração. Em um dos cantos havia um pequeno monte de guarda-chuvas em fase de acabamento.

Nos fundos da sala, alguns degraus íngremes levavam a uma galeria e, atrás dessa escadinha, uma porta aberta deixava entrever o início de um corredor que levava à parte de trás da casa. Não havia ninguém à vista.

— Patroa! — a garotinha chamou, levantando-se de junto do fogão com uma nova camada de cinzas e fuligem no rosto, e sua voz ecoou nas traves do teto enegrecidas pela fumaça.

— O que você quer? — alguém lá nos fundos perguntou rispidamente. — Está atrasada! Comece logo a preparar os legumes!

— Uma pessoa quer falar com a senhora — a menina informou.

Depois de um breve silêncio, Tora ouviu uma porta abrir-se e algumas palavras sussurradas. Logo em seguia a porta fechou-se, e passos leves soaram na direção da porta aberta para a sala.

— Por que não disse logo, menina? — a dona da casa ralhou, emergindo do corredor escuro. Olhou para Tora, apertando uma brilhante túnica amarela ao redor do corpo.

Ele deu alguns passos à frente e fez-lhe uma reverência. Examinando o quimono que ele usava, de algodão azul e preso na cintura por uma faixa preta, seus ombros largos, quadris estreitos, o rosto bonito e os cabelos cuidadosamente amarrados na nuca, ela ergueu a mão e ajeitou o penteado meio desmanchado.

Tora examinava-a com igual interesse. Era evidente que ela vestira apressadamente a túnica amarela por cima de um quimono de tecido fino, quase transparente. A mulher devia ter uns trinta anos, seu rosto era um pouco grosseiro, mas não feio, e o corpo, roliço.

— O ilustre cavalheiro gostaria de encomendar um guarda-chuva? — ela perguntou, caminhando para ele com passinhos curtos e balançando os quadris de um lado para o outro. Apontando para a plataforma, continuou: — Por favor, sente-se e eu lhe mostrarei os modelos. Vou lhe arrumar uma almofada.

Deslizando os pés sujos para fora das sandálias de palha, ela subiu na plataforma. Quando se curvou para puxar uma almofada para o centro, Tora viu que ela estava nua por baixo do quimono.

— Não se incomode — ele pediu, afastando o olhar dos seios fartos e sentando-se na borda da plataforma. Dirigiu-lhe um sorriso que sugeria admiração e explicou: — Vim para falar com seu marido, senhora, mas sobre outro assunto. Sua serva teve a gentileza de me mostrar como chegar aqui. Receio ter feito a menina atrasar-se, porque ainda tinha outras coisas para fazer. Me perdoe.

A mulher dispensou o pedido de desculpas com um gesto da mão.

— Não se preocupe com isso, por favor! Falta bastante tempo para a hora do jantar. Meu marido chegará tarde. — Olhou nervosamente para a escuridão além da janela, então sorriu para Tora e perguntou: — Posso ajudá-lo em alguma coisa?

Ele alisou o pequeno bigode, olhando para ela com ar apreciador.

— Preciso falar com seu marido, mas devo dizer que tive muita sorte em encontrar aqui sua linda esposa.

— Oh! — Ela pestanejou e tornou a apalpar os cabelos. — O senhor me pegou com minha pior aparência. Eu estava tirando um cochilo.

— Está muito elegante — Tora elogiou. — Seu marido é um homem de sorte. — Tocou na barra da túnica amarela, examinando-a com admiração. — E vejo que ele demonstra que a aprecia muito, dando-lhe presentes finos.

— Isto? Não foi um presente de meu marido. Ele é velho e não se interessa por essas coisas. Além disso, mal ganha para pôr comida na mesa. Casei-me com um homem de posição inferior à minha. — Notou que a pequena serva estava parada, segurando a cesta que erguera do chão e observando a cena de boca aberta. — Como você está suja, menina! Vá se lavar! — gritou. — E depois vá lavar roupas.

— Mas a senhora me mandou preparar os legumes, e... — A garotinha lançou um olhar ao rosto da patroa, calou-se e, pousando a cesta novamente no chão, correu ao longo do corredor na direção da porta dos fundos.

— Não repare em minha casa humilde e desconfortável — a mulher pediu, ajoelhando-se perto de Tora. — O senhor aceita uma taça de vinho?

— A senhora é muito gentil — ele disse, percorrendo o olhar pelo corpo generoso. — Eu aceitaria se não estivesse aqui a trabalho. Mas talvez a senhora possa me ajudar.

— A trabalho? E como posso ajudar o ilustre cavalheiro?

— Vim fazer algumas perguntas a respeito de sua filha Omaki.

— Omaki? — O rosto da mulher endureceu, e seus olhos assumiram uma expressão cautelosa. — É filha de meu marido, não minha. Além disso, ela morreu.

— Eu sei, e é por isso que estou aqui. Um caso muito triste. Aceite minhas sinceras condolências.

A mulher baixou a cabeça rapidamente e, erguendo um braço, apertou a manga da túnica contra os olhos.

— Estou a serviço do Ministério da Justiça — Tora continuou, satisfeito consigo mesmo pela escolha de palavras. Então, quando ela o olhou, claramente impressionada, decidiu adulterar a verdade mais um pouco. —

Como o capitão Kobe, da polícia municipal, está seguindo uma pista, nós, do ministério, fomos incumbidos de investigar outros aspectos do caso.

— O senhor não me parece ter idade suficiente para estar no Ministério da Justiça — a mulher observou.

Tora endereçou-lhe outro sorriso brilhante e curvou-se galantemente.

— Obrigado, senhora, pelo cumprimento. Na verdade, sou apenas um assistente de assistente, digamos assim. Tive sorte na solução de um caso em uma província e fui transferido para cá. Agora estou tentando progredir na capital. Não gosto de perturbar pessoas que estão de luto pela morte de um ente querido, mas a senhora e seu marido certamente desejam que o assassino seja preso, e ficarei contente se puder ajudar a descobri-lo.

Parando de falar, olhou para a mulher com ar suplicante.

— Bem... — ela começou, hesitante. — Eu não sei... Não prenderam o assassino, ainda? O estudante com quem ela estava se encontrando? Acho que o filho que ela estava esperando era dele. Ou talvez não fosse, e isso o deixou tão furioso que ele a matou.

— Isso mesmo! — exclamou Tora. — É exatamente disso que eu preciso, do ponto de vista feminino sobre o que aconteceu. Eu soube, logo que a vi, que a senhora é uma pessoa observadora e capaz de fazer deduções. Veja como notou que sou jovem demais para fazer o trabalho que faço. Acredito que não perde muita coisa, quando se trata de avaliar pessoas e seus sentimentos. Mas, voltando ao assunto, a senhora sabia que Omaki estava se encontrando com o estudante?

— Sabia. Ele a trouxe para casa algumas vezes. Um jovem idiota, feio, com orelhas que pareciam alças de um jarro. Até Omaki zombava dele. Eu achava que ela não gostava dele, mas pode ser que estivesse enganada.

— Bem, não podemos falar sobre um caso com as pessoas envolvidas, mas como a senhora já sabe de muita coisa... Omaki costumava ir vê-lo na universidade, e ele escrevia poemas para ela.

A mulher moveu-se um pouco mais para perto dele, demonstrando interesse ávido pelo que ouvia.

— Poemas? Não diga! Então, talvez a criança fosse dele, afinal. A família do rapaz tem dinheiro?

— Acho que não.

— Nesse caso, Omaki deve ter ficado louca de raiva por ter se envolvido com ele. E veja o que ganhou!

— Na verdade, parece que não foi ele que a matou — Tora observou.
— Acha que havia outro homem?

Ela ficou pensativa, mordendo o lábio.

— É possível — respondeu depois de um momento. — Ela conhecia muitos homens, por causa de seu trabalho. E às vezes ganhava presentes deles.

— Poderia tentar descobrir se havia alguém especial? — Tora sorriu, afagando o bigode e deixando o olhar descer lentamente para os seios grandes, parcialmente expostos pela túnica entreaberta.

Ela olhou para baixo e fechou a túnica. Corando, fitou-o nos olhos.

— Vou precisar de um pouco de tempo — murmurou, puxando a barra da túnica para cobrir os joelhos. Deixou o olhar vaguear pelos lábios de Tora, seus ombros e o peito largo. — O senhor poderia voltar num outro dia?

Tora concordou, movendo a cabeça.

— Amanhã? Um pouco mais cedo do que hoje? — Deixou o olhar escorregar novamente para os seios volumosos, agora cobertos pela túnica fechada. — Não há motivo para eu atrapalhar o jantar de seu marido.

Dessa vez a mulher inclinou-se para ele, sorrindo, os seios apertando-se contra o tecido da túnica. Um cheiro quente, de corpo não lavado, emanava dela.

Tora raramente sentira tão pouco desejo por uma mulher, mas o trabalho de um investigador às vezes exigia talento para o teatro, e ele forçou-se a murmurar:

— Como a senhora é linda! — Então, fingindo lembrar-se de seu propósito, pigarreou e indagou: — Sua filha falava de seus admiradores com a senhora?

O sorriso da mulher desapareceu.

— Já disse que Omaki não era minha filha! — ela exclamou com petulância. Tora desculpou-se, e a mulher continuou, carrancuda: — Omaki era uma pessoa fechada. E era difícil para mim, fazer o papel de mãe para uma moça da minha idade.

Deu alguns tapinhas no coque já quase todo desfeito, olhando de lado para Tora para ver como ele reagia às suas palavras. Ao vê-lo mover a cabeça de modo compreensivo, prosseguiu:

— Ela começou a achar-se fina demais para nós, depois que começou a trabalhar no bairro dos salgueiros como artista. Mas isso, em minha opinião, não é muito melhor do que ser prostituta.

— Ah! Então, acha que Omaki tinha... clientes?

A mulher desviou o olhar.

— Eu não iria tão longe. E, por favor, não mencione isso, quando falar com meu marido. O velho tonto acha que ela era uma santa. Mas, e as coisas caras que ela ganhava? Acha que alguém dá uma túnica assim a uma moça, simplesmente porque ela toca alaúde? — comentou, apontando para uma das mangas bordadas. Fez uma pausa, então perguntou: — É verdade que um assassino e a família dele precisam pagar uma grande soma de dinheiro aos pais da vítima? Quero dizer, se o assassino de Omaki for encontrado, vocês, da justiça, o farão pagar pelo que ele nos fez?

Tora moveu a cabeça afirmativamente.

— Saberei recompensá-lo, se cuidar de nossos interesses — ela afirmou, pondo a mão no braço dele num gesto de intimidade. — Pessoas humildes como nós não sabem lidar com essas coisas de polícia e leis, mas o senhor, sendo do Ministério da Justiça, pode manter olhos e ouvidos abertos e nos ajudar a reclamar o que nos é devido, contando o que se passa por lá.

— Ah, não posso ser informante de pessoas ligadas ao caso — Tora alegou, franzindo a testa com desagrado. — Isso é contra as regras, e posso arruinar minha carreira, até perder o emprego, se fizer tal coisa.

— Oh, não! — ela quase gritou. — Não desejo que isso aconteça. Só quero o que é nosso, por direito. — Movendo-se sobre os joelhos, ela se aproximou mais um pouco dele e murmurou: — Eu ficarei muito grata por qualquer coisa que possa fazer. Somos pobres, e Omaki era a única esperança de nossa velhice.

Tora ergueu as sobrancelhas, atônito. Ela podia ajustar sua idade, passando da juventude à decrepitude de acordo com a necessidade do momento. E ele já notara que aquele era um hábito peculiar apenas a mulheres de meia-idade.

— A moça tinha uma brilhante carreira pela frente! — ela afirmou, obviamente interpretando mal o espanto dele. — Pense no dinheiro que ela ganharia. Pense em como ela cuidaria bem de seus velhos pais! É justo que tudo isso nos seja tirado?

— Hum... — Tora resmungou, fingindo refletir sobre aquela alegação. — A senhora tem uma certa razão. Vou pensar a respeito. Mas é claro que vocês não receberão nada, a menos que encontremos o assassino e que ele tenha dinheiro.

Antes que ela pudesse dizer qualquer coisa, o barulho de alguém batendo os pés no chão chegou até eles, vindo dos fundos da casa. A mulher estremeceu e pôs-se de pé.

— Está ficando tarde. Preciso aprontar o jantar. Meu marido chegará a qualquer momento. Talvez seja melhor o senhor não falar com ele hoje. Volte amanhã à tarde.

Tora sabia que ela estava ansiosa por livrar-se do impaciente amante, antes que o idoso marido chegasse. Com um grande sorriso, curvou-se e saiu.

Na rua, rodeou o quarteirão, entrou no beco escuro atrás das casas e percorreu-o, contando os telhados para orientar-se, até chegar ao quintal dos Hishiya. Um pouco de luz saía pela porta aberta, e ele viu a pequena serva pendurando peças de roupa numa cerca de bambu. Permanecendo nas sombras, observou o que havia nos fundos da casa: restos de material de guarda-chuvas, um barril de água de chuva em um canto, escorando uma pilha de lenha. A pilha quase chegava a um rebordo sob a única janela da galeria. O quarto de Omaki devia ser ali. Satisfeito consigo mesmo, ele decidiu que ainda havia tempo para uma visita ao Salgueiro.

Quando entrou na casa de vinho, Tora encontrou a "tia" rodeada por suas meninas, informando-as a respeito dos compromissos marcados para aquela noite.

— Olá, meu jovem amigo! — ela o saudou com um sorriso. — Está preparado para um pouco de luta num colchão de seda? Quantas de minhas preciosas flores seu soldadinho pode conquistar? — perguntou, provocando um coro de risinhos.

— Não, não, tia! — ele exclamou, olhando-a com meiguice. — Vim ver só a senhora.

As moças riram ruidosamente, e ela abriu o leque e escondeu o rosto como uma donzela tímida. Tora abraçou-a pela ampla cintura.

— Só tenho dinheiro para pagar uma tigela de vinho para cada um de nós dois — cochichou-lhe ao ouvido. — Sabe que sou um homem pobre.

Apertou-a de leve, fazendo-a rir.

— Ora, vamos, um homem bonito como você não precisa continuar pobre — ela observou. — Deixe-me ajudá-lo a fazer fortuna. Há muitas esposas solitárias que gostariam de ter um pouco daquilo que seus maridos dão a minhas lindas meninas.

Tora soltou-a abruptamente.

— Estou decepcionado! Isso quer dizer que a senhora não está interessada em mim?

Ela tornou a rir e beliscou-o no braço.

— Tudo bem, você venceu! — rendeu-se. — Tenho alguns momentos livres. Chamou uma das atendentes e mandou-a levar um pouco de vinho especial ao seu escritório, então disse a Tora: — É por minha conta.

Foram para o cubículo onde ela guardava os cadernos que usava para anotar os encontros das moças com seus clientes, livros de contabilidade e caixas de dinheiro.

— Gostou da franguinha que mandei para você ontem à noite? — a mulher perguntou, quando já estavam sentados. — Foi de seu agrado?

— Ah... — Tora suspirou, olhando sonhadoramente para o teto baixo. — Um prato saboroso, tia, mas ainda estou com fome! Encontrei a garota lá fora, ontem, falei com ela e me ofereci para levá-la para casa. Ela aceitou. Mas é uma moça recatada.

Tornou a suspirar, e a cafetina desatou a rir escandalosamente.

— Mentiroso! Eu vi a cara dela hoje. Quero ser uma macaca, se ela dormiu!

Tora estendeu a mão e apalpou-a, tentando passar a mão sob suas nádegas gordas.

Ela deu um gritinho, esquivando-se.

— Por que fez isso?

— Estava procurando seu rabo, tia querida.

Ainda riam, quando a atendente entrou com o vinho. Sozinhos novamente, tomaram alguns goles da bebida, e Tora estalou os lábios de modo aprovador.

— Bom vinho — comentou. — Bem, voltando ao assunto da franguinha, ela me disse que a senhora mandou a tocadora de alaúde embora porque ela estava prenhe. E fiquei tentando adivinhar quem foi que andou brincando com o "alaúde" dela.

A mulher ficou séria de repente e olhou-o com desconfiança.

— Aquela moça foi encontrada morta. Assassinada. O que isso tem a ver com você?

Tora refletiu que, com aquela mulher astuta, mentiras não funcionavam.

— Acontece que meu amo se interessa muito por crimes e prometeu ajudar o rapaz que a polícia prendeu. Não acredita que ele seja o assassino. Estou meio encrencado com meu amo, e achei que ele esquecerá o assunto, se eu descobrir alguma coisa a respeito dos amigos da moça.

— Então, está tentando culpar um de meus clientes pelo assassinato, não é?

— Tia, eu juro que o estudante não matou a garota. Ele é um coitado. Feio como o pecado e mais ingênuo do que um bebê. O tolo conheceu a moça aqui, e ela o fez acreditar que gostava dele. Depois largou-o. Ele quase enlouqueceu por causa disso.

— Conheço o rapaz. Não tem dinheiro, é mais seco do que um bolinho de arroz de uma semana. Dali não se tira nada. Eu avisei a garota, e ela respondeu que gostaria de ser a mulher de um homem estudado, um dia.

— Bem, mas largou-o — Tora observou. — Penso que ela encontrou alguém mais promissor.

A mulher franziu os lábios, pensativa.

— Aquela menina sempre foi muito reservada. E nunca teve caso com nenhum cliente. Podia ter feito bons negócios, mas dizia que não queria isso, que desejava ser artista e ficar famosa.

— Ora, pare com isso! — Tora exclamou, perdendo a paciência. — É evidente que houve um homem na vida dela!

— Ela tomava aulas de alaúde com um professor de música da universidade. O homem vem aqui quase todas as noites. Talvez a criança fosse dele. Talvez ela pagasse pelas aulas indo para a cama com ele.

— Isso é mentira! — a exclamação indignada, de alguém que parara junto da porta entreaberta, fez com que ambos se voltassem para lá. Madame Sasaki empurrou a porta, abrindo-a um pouco mais, e entrou. Seu rosto estava desfigurado pela raiva. — Como pode dizer uma coisa dessas? Por que deseja arruinar um homem que nunca lhe fez nenhum mal? Esse moço contará à polícia o que você disse, e Sato será preso. Depois, será torturado até confessar e, então... — Caiu de joelhos no chão, desatando em lágrimas.

A cafetina estalou a língua, abanando a cabeça, levantou-se e foi ajoelhar-se junto dela.

— Não chore — murmurou, abraçando-a pelos ombros. — Não se aflija. Você tem trabalhado demais, minha querida, tocando todas as noites, e durante o dia cuidando de seus pais, marido e filhos. Esse moço é Tora, um grande amigo meu. Ele não vai causar problemas a seu precioso professor.

Ah, não vou, é?, pensou Tora.

Então, olhou para a porta e viu Michiko. Sorriu e ia dizer alguma coisa, mas ela pôs um dedo nos lábios, pedindo silêncio. Ele se ergueu, fez um gesto de cabeça para a "tia" e saiu, fechando a porta atrás de si.

— Senti sua falta, meu bem — disse a Michiko, enterrando o rosto no pescoço dela. — Viu? Não pude ficar longe de você nem uma noite.

— Não faça isso — ela sibilou, empurrando-o. — Estou trabalhando. Vá a minha casa mais tarde.

Afastou-se e entrou no salão bem-iluminado, onde curvou-se profundamente diante de um recém-chegado que usava um elegante quimono de seda marrom.

— Kurata-san! — exclamou. — Seja bem-vindo! O grande salgueiro aí em frente perdeu as folhas, quando Kurata-san parou de vir, e os pássaros já iam partir, fugindo do inverno de sua ausência.

Tora observou a cena, fervendo de raiva por dentro. Reconhecera o orgulhoso comerciante de tecidos, mesmo ele estando luxuosamente vestido e com um barrete formal. O homem deu um tapinha carinhoso no rosto de Michiko, depois passou um braço ao redor de seus ombros. Tora ia interferir com um soco bem dado no queixo de Kurata, quando a cafetina passou por ele e foi ao encontro do cliente com gritos de júbilo. Em seguida, várias lindas mulheres também passaram, indo apressadas para o salão. Tora, furioso, seguiu-as.

— Mas Kurata-san, o que aconteceu? — a "tia" arrulhou. — Estávamos preocupadas com o senhor! Pérola Preciosa só chorava, achando que o senhor estava doente, e Jade passou a recusar todos os seus clientes. Não estava zangado conosco, estava?

— Não, não — o homem respondeu com sua voz aguda, despindo as mulheres com o olhar. — Só estava ocupado, tratando de assuntos particulares.

— Assuntos particulares? — a cafetina repetiu em tom de censura. — Mas que homem sem consideração! Fez com que minhas belezinhas perdessem noites de sono, pensando no senhor!

O comerciante riu e estendeu a mão para correr um dedo fino e amarelado ao longo do pescoço de Michiko.

— Vejo que preciso me redimir — disse, olhando-a sugestivamente. — Tomei um tônico especial, esta noite, e me sinto bastante forte para atender todas as suas sobrinhas, titia. — Sem desviar o olhar do rosto de Michiko, perguntou: — Meu quarto favorito está disponível?

Nesse instante, a "tia" virou-se e notou a expressão assassina de Tora, que começara a avançar para o grupo. Deixando Kurata com Michiko e as outras moças, foi até ele, postando-se a sua frente para barrar-lhe a passagem.

— Festa particular — informou em tom ríspido.

Consumido pela fúria, Tora viu Kurata ir para os fundos da casa com as mulheres. Foi para a área do restaurante e ficou lá durante mais de uma hora, mas não tornou a ver Michiko, nem a "tia". Por fim, desgostoso, foi embora e andou até o mercado, onde jantou e comprou uma lanterna barata. Em seguida, retornou à rua dos artesãos e entrou no beco atrás das casas, esgueirando-se até o quintal dos Hishiya.

Tudo estava escuro e em silêncio. Tora observou a casa. A sra. Hishiya sem dúvida dispensara o "primo" havia muito tempo, servira o jantar ao marido e se retirara com ele para o quarto. Artesãos pobres dormiam cedo. Assim como pequenas servas famintas e cansadas. Pelo menos, era o que Tora esperava. Mas, fosse como fosse, ele não se preocupava com a possibilidade de ser surpreendido por gente de verdade, de carne e osso. Ele tinha medo era de encontrar o espírito perturbado de Omaki. Então, pensou na farra que estava acontecendo na casa de vinho Salgueiro, no outro lado da cidade, e a raiva que sentiu foi intensa o bastante para sobrepujar o pavor.

A lua crescente iluminava fracamente o quintal, mas sua claridade foi suficiente para permitir que Tora encontrasse uma fina vareta de bambu entre os detritos. Em seguida, ele subiu no barril de água e dali para o alto da pilha de lenha, fazendo o mínimo de ruído. Içou-se para o rebordo largo e sentou-se para abrir a janela. Introduziu a vareta na fresta entre as duas folhas de madeira e usou-a para erguer a taramela no lado de dentro. Conseguiu erguê-la na primeira tentativa. Fez uma pausa, murmurou uma prece rápida e abriu a janela. Passando por cima do peitoril, entrou na escuridão.

Quando endireitou o corpo, bateu a cabeça numa das traves do teto baixo. O barulho ecoou no silêncio, e ele teve a impressão de que luzes explodiam dentro de seu crânio. Ficou imóvel, gelado de medo.

— Omaki, não fique zangada — murmurou de olhos fechados. — Só estou tentando ajudar. Encontrarei seu assassino, se você não me fizer nenhum mal.

Em algum lugar lá embaixo, uma janela abriu-se ruidosamente. Tora arregalou os olhos e prendeu a respiração. Acordara alguém. Ouviu uma conversa abafada, então a voz irritada e sonolenta da sra. Hishiya gritando:

— Xô, gato desgraçado!

Alguma coisa pesada foi atirada no quintal, fazendo um barulho surdo ao bater no chão, então a janela fechou-se, e tudo ficou em silêncio outra vez.

Com um suspiro de alívio, Tora fechou a janela cautelosamente. Riscou uma pederneira com dedos trêmulos e acendeu a lanterna.

Viu-se num espaço pequeno, onde não caberiam três esteiras estendidas lado a lado. Uma pilha de quatro caixas de madeira, para guardar roupas, um colchão enrolado em um canto e um alaúde pendurando de um gancho na parede deram-lhe a certeza de que ele encontrara o quarto da moça assassinada. E felizmente não havia ninguém lá, nem pessoa viva, nem espírito de morto. Ele examinou a porta, descobrindo que estava trancada.

Não precisou de muito tempo para revistar o quarto. Não havia muita coisa além do conteúdo das caixas e de algumas bugigangas sobre uma das traves largas do teto. As roupas estavam divididas entre as quatro caixas, de acordo com as estações do ano. Tora surpreendeu-se ao ver que duas das caixas, a da primavera e a do verão, continham, além de quimonos simples, de algodão, alguns obviamente caros, de seda. Mas foi na caixa com as roupas de verão que ele encontrou roupas ainda mais finas, como um quimono brilhante, vermelho-cereja, além de dois cortes de seda, um azul-claro e outro cor de pêssego. Arrumou as coisas nas caixas, deixando-as como as encontrara, e foi examinar os objetos arrumados sobre a trave do teto. O pente de uso diário de Omaki, feito de madeira e com alguns dentes faltando, estava ao lado de outro menor, laqueado e decorado com desenhos de crisântemos dourados. Havia vários leques, na maioria de papel e bambu, mas um deles era de seda com uma pintura que representava um casal de patos sob uma chuva de flores de cerejeira. Um pequeno envelope de brocado continha cartões de visita de papel vermelho, polvilhado com ouro em pó, mostrando nomes e endereços escritos em preto. Tora olhou-os, soltando um leve assobio de entusiasmo, guardando-os na faixa do quimono, depois de colocá-los de volta no envelope. Olhou em volta, fez uma reverência à presença invisível da moça morta, então apagou a lanterna e saiu pela janela em total silêncio, descendo por onde subira.

Na rua novamente, respirou, aliviado. Não resistindo ao impulso de ir ver Michiko, foi à casa dela. Ficou um tanto surpreso ao encontrá-la a sua espera.

— E então? Terminou sua tarefa de dar prazer àquele miserável da loja de sedas? — indagou em tom feroz.

— O quê? Está falando de Kurata? Ficou louco? Eu fui tocar numa festa de comerciantes de arroz.

— Eu vi o indecente acariciar você! E ele a levou para o quarto!

— Eu não fui com ele para o quarto. Saí da casa pela porta dos fundos. Existe um atalho para o restaurante que fica atrás do Salgueiro. Os comerciantes de arroz já estavam lá à espera. Mas admito que achei estranho o comportamento de Kurata. Ele nunca me deu atenção, antes. De qualquer modo, não gosto dele. Não é uma boa pessoa.

— Por que deixou que ele a tocasse, então? — Tora insistiu, olhando-a com expressão de dúvida.

Michiko abriu a boca para defender-se, então começou a rir.

— Oh, Tora! Você está com ciúme! — exclamou, acrescentando com voz rouca de emoção: — Meu tigre! Não sabe que, enquanto você me quiser, eu não vou nem pensar em outro homem?

Dizendo isso, aninhou-se contra o peito dele.

13

O Monge Nobre

Hirata recuperou as forças assim que Kobe saiu, como o próprio capitão previra. E quando Akitada ofereceu-se para levá-lo para casa, ele não aceitou, alegando ainda ter o que fazer ali na escola.

— Não se preocupe — disse, andando pelo escritório. — Tenho essas coisas toda vez que alguma coisa me irrita demais. Sinto-me mal do estômago. Mas felizmente o mal-estar dura pouco. Por favor, não diga nada a Tamako.

Havia pouca possibilidade de isso acontecer! Akitada não tinha nenhuma intenção de tornar-se um importuno pretendente de coração partido, andando atrás da moça que o rejeitara.

— Não estou gostando de sua aparência — comentou preocupado, observando o amigo. — O senhor precisa descansar. Essas tolas provocações de Kobe vão continuar. Por que não fica em casa por alguns dias? Posso falar com seus alunos e dar-lhes alguns temas para desenvolver durante sua ausência.

Hirata, porém, foi categórico ao afirmar que estava bem, que apenas sentia um desconforto quando ficava nervoso. Quanto a Kobe, argumentou que o homem não poderia ser mais irritante do que já fora. E acrescentou que, como sabia que era inocente, o melhor que tinha a fazer era parar de se preocupar com o assassinato de Oe.

Akitada desistiu de tentar convencê-lo.

No dia seguinte, Akitada ainda fervia de raiva ao pensar nas ultrajantes insinuações de Kobe. Mas tinha de reconhecer que o capitão não era tão estúpido quanto fingia ser. O homem descobrira, muito mais depressa do que ele, que os resultados dos exames haviam sido adulterados, e imediatamente ligara o fato ao assassinato de Oe. Deixado em paz para fazer seu trabalho, ele com certeza desvendaria o mistério. Era óbvio que lançara acusações indiscriminadamente como um meio de obter mais informações. E o método funcionara bem.

Depois de comer seu arroz da manhã, Akitada fez a costumeira visita à mãe, notando, pelos modos dela, que ainda não fora perdoado. Perguntou as mesmas coisas de sempre, educadamente, então voltou para seu quarto, onde encontrou Tora conversando com Seimei, que se ocupava em estender seu quimono de trabalho sobre uma esteira.

— Céus, homem! — exclamou, vendo os olhos cansados e vermelhos de Tora. — Perdeu mais uma noite de sono, não foi? Precisa divertir-se com tanto entusiasmo?

— Desculpe, senhor — o servo murmurou com um sorriso. — Vou tentar dormir um pouco durante o dia. Mas tudo o que fiz foi por uma boa causa. Fiquei sabendo que o senhor tem outro assassinato para investigar. Deve haver um demônio solto na universidade.

— O capitão Kobe está trabalhando no caso, e fui persuadido a não me meter. Estou cuidando apenas do caso de Nagai Hiroshi. O que você descobriu?

Primeiro, Tora contou tudo o que ele e o menino Minamoto haviam feito.

— Ele é um garoto muito inteligente, aprende tudo depressa — comentou em tom de admiração. — E eu nunca imaginei que um desses nobres mimados pudesse correr daquele modo, como um pé-de-vento.

Akitada sorriu.

— Meninos da classe dele recebem um bom treinamento esportivo. Aprendem a cavalgar, atirar flechas, usar a espada e jogar bola. E o que descobriu sobre Omaki?

Tora contou, com todos os detalhes, o que soubera através da pequena serva e da esposa do artesão Hishiya. Então, descreveu os duvidosos encantos e o modo de vida da mulher, com tanta crueza, que deixou Seimei escandalizado, e ia fazer mais comentários, quando Akitada repreendeu-o:

— Chega! Já ouvimos o suficiente. São os fatos que me interessam. Parece-me que ela não pode ser culpada pela morte da enteada, porque a teria matado de modo muito mais fácil em casa. E seu mesquinho interesse em receber pagamento pela morte da moça faz dela uma testemunha duvidosa. Tente falar com o marido.

— Ufa! — Tora exclamou com expressão de alívio. — Graças aos céus! Ela não é meu tipo. Bem, depois fui à Salgueiro e conversei com a tia de lá. Ela sabia que Omaki encontrava-se com Coelho e que tomava aulas com Sato, aquele professor de alaúde. Disse que a criança devia ser dele, mas nesse momento, uma das artistas, madame Sasaki, que ouvira a conversa, entrou no escritório toda nervosa e teve um ataque de choro. Agora, pensando nisso, me lembrei de que ela agiu de modo muito estranho ontem, quando eu estava fazendo perguntas sobre Omaki e Sato.

— Verdade? Como é essa madame Sakaki?

— Oh, é bem bonita, embora não seja mais jovem. Deve ter uns trinta anos. Magra, mas não muito, se o senhor entende o que quero dizer. Cabelos bonitos, presos num coque. Michiko diz que a mulher é uma excelente musicista, e a tia parece gostar dela, tanto que a conserva na casa porque ela precisa trabalhar para ajudar o marido, tem filhos e ainda sustenta os pais idosos. Não pude descobrir mais nada, porque um porco de um mercador de sedas chegou, e todas as mulheres correram para recebê-lo, como se ele fosse o imperador. O homem tem dinheiro para gastar, de modo que elas o bajulam, principalmente agora, depois que ele ficou sumido durante algum tempo. Dizem que ele é tão judiado em casa, que a mulher bate nele quando o pega correndo atrás de mulheres. Espero que seja verdade. O covarde merece!

Akitada estava ficando impaciente.

— Será que podemos falar dos fatos pertinentes ao assassinato da moça, sem descrições da vida em antros de prostituição?

Seimei bufou, também manifestando seu desagrado.

— Bem... — Tora começou, fez uma pausa, então lembrou: — Foi o senhor mesmo, meu amo, quem me mandou ir lá. Eu só estava tentando conseguir informações para o senhor. Talvez deva ir à Salgueiro pessoalmente para ver como as coisas são. Mas, continuando, saí de lá e fui outra vez à casa do homem que faz sombrinhas. Estavam todos dormindo, e entrei no quarto da moça morta, pela janela.

Descreveu o que vira no quarto e, com um gesto floreado, tirou da faixa o envelope de brocado com os cartões, entregando-o ao amo.

Akitada examinou o envelope.

— Parece o mesmo brocado da faixa com a qual ela foi estrangulada — observou. — Tecido fino e muito caro, que só pode ter sido presente de um homem rico.

— Eu sei — Tora afirmou. — Aquele desgraçado do Kurata me jogou para fora da loja, quando tentei comprar uma faixa de brocado para uma amiga minha. Parece que gente da ralé, como eu, não pode nem tocar numa coisa assim.

— O homem mostrou que é um grande mal-educado. Ignore-o — Akitada aconselhou, tirando os cartões vermelhos de dentro do envelope. — Caligrafia muito boa — resmungou.

Examinou-os cuidadosamente, então passou-os a Seimei.

— Não consegui ler — disse Tora. — Mas são parecidos com alguns daqueles cartões de visita que o senhor costuma levar quando sai, e imaginei que pudessem ser do amante dela. Conseguiu decifrar o nome?

Akitada deu uma risadinha.

— Acho que você pensou que fossem cartões do assassino. Sinto desapontá-lo, Tora, mas não são. Omaki usava-os para anunciar seu trabalho como tocadora de alaúde. Ela se referia a si mesma como "pássaro canoro do salgueiro", e avisava que podia ser encontrada na casa de vinho com o nome dessa árvore.

Seimei devolveu os cartões.

— Muito impróprio para uma mulher, principalmente uma da classe baixa — comentou, fungando com desprezo. — Cartões de visita devem ser usados apenas por cavalheiros de alta posição.

Tora pegou um dos cartões e examinou-o.

— Foi ela que escreveu os cartões?

Akitada abanou a cabeça.

— Duvido muito. Foram escritos em chinês, e a caligrafia é de pessoa instruída. Mas devo dizer que Omaki foi bastante empreendedora. É evidente que esperava ser chamada para tocar apenas nas melhores casas. Suponho que foi o jovem Hiroshi que escreveu os cartões. O estranho nisso é que parece que ela não teve pressa em distribuí-los, apesar de ter perdido o emprego e deixado Hiroshi. Acho que você não ouviu nenhum comentário a respeito de ela estar para se casar, não é?

— Não, muito pelo contrário. A pequena serva disse que a madrasta chamava Omaki de prostituta.

Akitada beliscou o lóbulo da orelha, pensativo.

— Por que ela desistiu da carreira e rejeitou a proposta de casamento de Hiroshi, sem parecer nem um pouco preocupada com o futuro, mesmo depois de perder o emprego?

— A tia e eu também pensamos nisso — disse Tora. — E Michiko me contou que Omaki parecia muito animada com alguma coisa, antes de morrer.

— Acho que devemos procurar o pai da criança que Omaki estava esperando — Akitada opinou. — O lugar mais promissor é o bairro do prazer. E peço desculpas por ter ralhado com você, Tora. Trabalhou muito bem. Quando for lá novamente, tente descobrir se algum dos clientes mostrou interesse especial pela moça.

Tora alvoroçou-se, fazendo menção de sair.

— Espere! Há outra coisa, e essa é mais urgente. Você se lembra do mendigo que o capitão Kobe prendeu pelo assassinato?

— Lembro, sim, senhor.

— Ele foi posto em liberdade, e estou preocupado com sua segurança. Precisamos encontrá-lo e trazê-lo para cá. Na prefeitura da zona leste da cidade alguém deve saber onde ele está. O velho costuma ir lá.

Quando Tora saiu, Akitada virou-se para Seimei.

— Esqueça que me queixei com você da monotonia de minha vida. De repente estou me vendo às voltas com três casos de assassinato, sem ter a mínima idéia de como proceder em nenhum deles.

Seimei segurava o quimono aberto para que Akitada o vestisse.

— *Três* assassinatos? — estranhou. — Só houve dois, o da moça e o do professor Oe.

Akitada tirou o quimono caseiro e introduziu os braços nas mangas do outro.

— Esqueceu o do príncipe Yoakira — disse, amarrando a faixa em volta da cintura.

— Como eu gostaria que o senhor esquecesse o caso do príncipe! — exclamou Seimei com tristeza. — É perigoso demais. E não vejo razão para o senhor não deixar os outros dois a cargo da polícia.

— Correndo o risco de parecer um de meus mais irritantes colegas da universidade, tudo gira em torno da personalidade do assassino. Kobe não está interessado nisso. E duvido que ele compreenda claramente o que causou o assassinato de Oe. Seja como for, Nagai Hiroshi pediu minha ajuda e não tem ninguém mais a quem recorrer, por isso farei tudo o que puder para encontrar o verdadeiro assassino.

Seimei entregou-lhe o barrete de gaze preta engomada.

— Lembre-se do que diz o ditado, meu amo: quem corre atrás de duas lebres, não pega nenhuma — avisou sombriamente.

* * *

Na universidade, tudo voltou a funcionar de modo quase normal, apesar do assassinato de Oe. O professor Hirata parecia o mesmo de sempre, e Akitada deu aulas a manhã toda, uma tarefa nada fácil por causa dos contínuos cochichos dos alunos. Por fim, quando dispensou a última classe daquele período, esperando poder esticar as pernas, indo até sua casa almoçar, notou que um dos meninos continuava na sala.

— Sadamu?

Não se sentia muito à vontade, chamando o pequeno lorde pelo primeiro nome. Estava meio confuso a respeito do protocolo adequado à situação.

Mas o menino pareceu não se importar e, sem erguer-se de sua esteira, curvou-se respeitosamente.

— Você deseja me dizer alguma coisa? — Akitada incentivou-o.

— Quero agradecer-lhe por me emprestar seu servo. Foi extremamente gentil. O homem é muito habilidoso para fazer papagaios e me proporcionou uma grande diversão.

Akitada, divertido com os modos formais do garoto, quase sorriu, mas conteve-se.

— Fico feliz em saber. Tora também falou muito bem de você.

O rosto de Sadamu iluminou-se.

— Verdade, senhor? Eu gostaria de contratá-lo, se ele não lhe fizer falta. Espero começar a receber minha mesada em breve, e Tora seria muito bem pago.

Por um momento, Akitada ficou tão surpreso que não sabia o que dizer.

— Terá de falar com o próprio Tora — explicou por fim. — Ele é livre para escolher o amo que quiser.

— Eu não faria tal proposta, se ele não houvesse dito que está trabalhando para o senhor há pouco tempo. Ele também me contou como foi que o conheceu. — Lançando um olhar furtivo para Akitada, o garoto prosseguiu: — Ele parece um homem leal.

— Tora tem excelentes qualidades.

— Mas a lealdade é a qualidade mais importante, em se tratando de servos, o senhor não acha?

— Lealdade e afeição — Akitada respondeu.

Essa pareceu ser uma idéia nova para o jovem lorde. Ele refletiu um pouco, então concordou com um gesto de cabeça.

— E são qualidades que sujeitam o amo à obrigação de cuidar bem daqueles que o servem, atendendo a todas as suas necessidades.

Akitada estava começando a se sentir desconfortável com o rumo que a conversa tomara. Estaria o menino insinuando que ele era pobre demais para manter um homem como Tora?

Mas, então, lorde Minamoto falou com voz trêmula de emoção:

— Quando meu avô morreu, essa obrigação passou para mim. Mas como posso cumprir meu dever em relação a minha gente, se estou preso aqui, sem nem um secretário, ou pelo menos um servo que pudesse ir a minha casa e me dizer o que está acontecendo lá?

Atônito com tal explosão, Akitada ficou mudo. Olhou para os olhos agoniados do menino por um longo momento, então observou, hesitante:

— Acredito que sua gente espera que você assuma essa obrigação apenas quando for mais velho. Enquanto isso, outras pessoas cuidarão de tudo. E há mais. As regras da universidade não permitem que os alunos tenham servos pessoais ou secretários.

O garoto levantou-se de um salto.

— O senhor não entende! — exclamou com raiva. — O lugar que por direito me pertence foi usurpado por Sakanoue! É ele que me mantém aqui como prisioneiro. Meu avô não queria que as coisas fossem assim. Eu tinha professores particulares. Só o céu sabe o que aquele homem perverso está fazendo com minha gente... e com minha irmã.

Virou-se e correu para a parede mais próxima, começando a esmurrá-la num desabafo de fúria impotente.

Akitada esperou até que ele se acalmasse. Então, ao vê-lo baixar a cabeça, deixando os braços pender ao longo do corpo, perguntou:

— Você tem provas de que lorde Sakanoue não está agindo de acordo com o desejo de seu avô? — perguntou então.

O menino virou-se, os olhos faiscando através das lágrimas.

— Não preciso de provas. Tenho a palavra de meu avô! Ele odiava Sakanoue. Chamava-o de novo-rico convencido e suspeitava de que ele nos roubava. Avisou-me para nunca lhe dar nenhum tipo de poder.

— Lorde Sakanoue foi nomeado seu tutor — Akitada lembrou-o. — Para anular isso, você teria de ir contra ele no tribunal e provar sua incapacidade de desempenhar essa tarefa a contento. E como seu avô não está mais aqui para testemunhar, seria sua palavra contra a dele.

Um longo silêncio estendeu-se entre os dois. O garoto voltou a sentar-se, mordendo o lábio.

— Tora me disse que o senhor esclarece crimes que ninguém mais consegue esclarecer. Eu quero que descubra quem assassinou meu avô. Acha que pode fazer isso?

Akitada sentiu que esperara por aquele momento desde a primeira vez em que ouvira falar das estranhas circunstâncias da morte do príncipe Yoakira. Forçando-se a disfarçar a onda de entusiasmo que o invadiu, respondeu calmamente:

— Não sei. Você precisa me contar o que aconteceu.

— Então, concorda em que foi assassinato?

— É mais provável que tenha sido isso do que um milagre.

Os olhos do pequeno lorde brilharam com uma expressão de alívio e esperança.

— O que deseja saber, senhor?

— Tudo o que puder se lembrar do que aconteceu antes e depois do desaparecimento de seu avô. Imagino que suspeite de lorde Sakanoue. Talvez seja bom começar por ele.

— Certo — o menino concordou, endireitando os ombros. — Sakanoue era nosso administrador. O avô e o pai dele já haviam ocupado essa posição. É um cargo hereditário. Meus antepassados e meu avô sempre confiaram nos membros da família Sakanoue e recompensavam-nos generosamente. Mas quando esse Sakanoue começou a comprar terras, ao mesmo tempo que relatava que nossas colheitas de arroz haviam sido fracas, meu avô teve suspeitas e chamou-o à capital para prestar contas. Sei disso porque foi meu próprio avô quem me contou. Foi quando ele me alertou contra Sakanoue. Meu avô estava muito irado, mas acredito que Sakanoue tenha conseguido explicar as más colheitas, porque ia ser mandado de volta para o campo. Então, um dia antes da morte de meu avô, os dois tiveram uma terrível discussão a respeito de minha irmã, e...

— Como sabe disso? — Akitada interrompeu-o. — Assistiu à discussão?

O jovem lorde abanou a cabeça e olhou para os punhos cerrados apoiados no colo.

— Eu tinha meus próprios aposentos na casa de meu avô — começou a explicar. — Naquela tarde, estava no jardim e vi que os servos passavam por ali correndo, parecendo muito ocupados. Então, meu avô saiu de seus aposentos e percorreu apressadamente a galeria aberta até o pavilhão de minha irmã. Percebi que ele estava furioso, por isso fiquei no mesmo lugar, esperando para ver o que estava acontecendo, e vi meu avô voltar para seus aposentos, gritando para que alguém fosse chamar Sakanoue. — Fazendo uma pausa, encarou Akitada com ar desafiador. — Corri à varanda de meu avô para escutar a conversa. Ele estava gritando com Sakanoue, mas eu não conseguia entender o que dizia. Depois, Sakanoue saiu e parecia... parecia um demônio.

— E sua irmã? Você teve chance de falar com ela?

— Não. Faz mais de um mês que não a vejo. Nem sei se está viva. Sakanoue alega que ela se casou com ele — o menino contou com voz estranha, como se as palavras o sufocassem.

— É, todos estão dizendo que os dois se casaram. Agora me conte o que aconteceu depois, Sadamu. Por que seu avô viajou para o templo na montanha, se havia problemas na família?

— Quando meu pai morreu, meu avô teve um sonho. Nesse sonho, meu pai apareceu e pediu-lhe para orar por ele no primeiro dia do quarto mês, ao nascer do sol, do contrário a família se extinguiria comigo. Meu avô passou a fazer o que o filho pedira, todos os anos, religiosamente.

— Céus! — exclamou Akitada. — E você pretende manter essa tradição?

— Claro que sim. — O menino hesitou, antes de acrescentar: — Se eu viver para isso.

Um silêncio pesado caiu entre eles.

"Se eu viver para isso", Akitada repetiu em pensamento.

O receio do garoto era compreensível. Ele se interpunha entre Sakanoue e um dos patrimônios mais ricos do país. Por um momento fantasioso, Akitada imaginou se o velho príncipe chegara a fazer o ritual prescrito no dia em que morrera.

— O que lhe disseram sobre os acontecimentos no templo? — perguntou.

— Apareceram com a história de que meu avô entrara no santuário e que, quando demorara demais para sair, Sakanoue e os outros abriram a porta e viram que ele desaparecera. Todos disseram que os deuses deviam ter ido buscá-lo, porque não havia outro lugar por onde ele pudesse sair.

— Todos, quem?

— Os companheiros de meu avô. Alguns amigos dele, secretários e vários servos, além de Sakanoue.

— Vou precisar dos nomes deles. Todos afirmaram que houve desaparecimento?

— Todos.

Akitada puxou a própria orelha, refletindo.

— Você sabe se houve uma investigação? Deve ter havido, porque o imperador confirmou a história do milagre.

— Sakanoue enfeitiçou Sua Majestade — o menino declarou. — Como eu queria estar lá! Podia, pelo menos, ter ficado acordado naquela noite para ver meu avô partir para a montanha e falar com ele uma última vez, mas achava que ia vê-lo no dia seguinte. Ele me mandara um recado, dizendo que eu devia ir para a cama cedo para estar descansado para a viagem.

— Viagem? — Akitada ecoou, surpreso. — Que viagem?

— Íamos nos mudar para o campo. Vovô queria supervisionar a propriedade pessoalmente para ter certeza e que não haveria mais desfalque nas colheitas.

— Esse plano de seu avô, de mudar para o campo, foi repentino?

— Foi. Os servos reclamaram, porque tiveram de correr demais para arrumar a bagagem. Quando acordei, de manhã, havia caixas e arcas por todos os lados, e o pátio estava cheio de carroções, cestos e colchões enrolados.

— Quer dizer que você estava acordado, quando chegou a notícia da morte de seu avô?

— Estava, sim. O general Soga, que também acompanhara meu avô, chegou gritando e batendo no portão. Quando o fizeram entrar, ele desceu do cavalo com tanta pressa, que quase caiu, e o animal espumava pela boca, coberto de suor. Vi tudo isso porque, quando ouvi o barulho saí para ver o que estava acontecendo. Ele me viu, foi ao meu encontro e me levou para dentro. Então, contou que meu avô desaparecera. Sakanoue chegou depois, com os outros. Disse que os deuses haviam levado vovô para morar com eles, que devíamos ficar contentes por isso e construir um santuário em sua memória. Também disse que agora era meu irmão mais velho, porque se casara com minha irmã. Respondi que ele estava mentindo e cuspi em seu rosto. Foi quando ele me bateu e me prendeu em meu quarto. Mais tarde, naquele mesmo dia, me trouxe para cá — o pequeno lorde contou.

— Lamento muito que você tenha passado por momentos tão terríveis — disse Akitada com sinceridade, pondo a mão em seu ombro.

O menino esquivou-se.

— Eu sei que Sakanoue matou meu avô! — afirmou em tom feroz. — E o senhor vai provar isso! Então, assumirei o controle de minha família e o recompensarei.

— Vou tentar, disso não há dúvida — Akitada assegurou.

— Tora me disse que o senhor está trabalhado no caso de Nagai Hiroshi — o rapazinho continuou. — Tenho certeza de que ele é inocente, por isso o senhor não deve preocupar-se demais com seu caso. Está ajudando a solucionar o assassinato do professor Oe também?

— No momento, não.

— Ótimo — o lordezinho aprovou, levantando-se. — Sendo assim, já pode começar imediatamente a investigação a respeito de Sakanoue. Lembre-se da recompensa.

Inclinou-se em despedida e saiu da sala.

Olhando-o partir, Akitada riu baixinho. Recompensa. Essa era boa. O jovem lorde Minamoto sabia assumir ares de um grande homem acostumado a dar ordens. No entanto, a consciência que tinha de suas obrigações era admirável, e ele demonstrara grande coragem, rebelando-se contra Sakanoue. No todo, o homenzinho prometia muito.

Era tarde demais para ir almoçar em casa, de modo que Akitada pediu a um servo que fosse buscar uma refeição na cozinha dos funcionários e comeu sozinho em sua sala. Logo depois, Hirata foi vê-lo. Parecia cansado e desanimado.

— Como está se sentindo hoje? — perguntou Akitada. — O senhor me deu um susto, ontem.

— Não foi nada. Já estou bem. Indigestão é um dos males da velhice. Passei aqui para avisá-lo que Sesshin convocou uma reunião. Vamos?

Por um instante, Akitada ficou perdido.

— Sesshin?

— O abade do templo da Água Pura, mas, mais importante, diretor da universidade. Também é nosso professor de budismo, uma função que nem sempre desempenha porque prefere viver em sua casa na montanha, que ele pretende converter em templo. Chegou cerca de uma hora atrás, mas só veio por causa do assassinato de Oe. Pode crer que tornará a desaparecer assim que indicar quem vai substituir Oe.

— Fraco testemunho de sua devoção à universidade — Akitada comentou sarcasticamente, levantando-se e ajeitando o barrete e o quimono. Tinha pouco respeito pelos clérigos budistas, e aquele parecia ainda mais preguiçoso do que os outros. — Ono não voltou ainda? Não será ele quem substituirá Oe?

Hirata torceu os lábios e abanou a cabeça, em dúvida.

— Não sei. Faz muito tempo que ele espera essa oportunidade. Acho que foi apenas por isso que suportou os maus tratos de Oe. Mas não é, nem nunca será, o homem que Oe foi, e Sesshin sabe disso.

Caminharam juntos até o templo budista, conversando a respeito do assassinato e seus efeitos sobre a rotina da universidade. Em dado momento, Akitada contou:

— O jovem Minamoto conversou comigo, hoje, e me pediu para investigar o desaparecimento de seu avô. Ele acredita que Sakanoue assassinou o príncipe.

Hirata ficou tão atônito que estacou bruscamente.

— Lorde Sakanoue? Oh, Akitada, não se envolva num assunto que talvez não passe de uma mera fantasia de criança. Dizem que Sakanoue pode vir a ser o próximo primeiro-ministro. Você correrá perigo, se apoiar o menino nessa acusação. Fale com Sesshin sobre isso.

Akitada riu.

— Falar com um monge? Pois seria a última pessoa que eu consultaria.

O amigo abanou a cabeça, impaciente.

— Conheço sua aversão à religião, mas acho que você não sabe quem de fato é Sesshin. Ele é um dos filhos do imperador Murakami, meio-irmão do príncipe Yoakira. Isso significa que é tio-avô do menino.

A surpresa de Akitada foi tão grande, que por um momento ele ficou com a mente confusa. Presumira que o garoto não tivesse mais nenhum parente do sexo masculino.

— Sesshin é tio-avô de Sadamu?! — exclamou. — E como teve coragem de virar as costas ao menino e à irmã dele? Que tipo de homem é esse?

Hirata recomeçou a andar.

— Venha — convidou. — Descubra por si mesmo.

Atravessando a rua, entraram no pátio do templo. A porta do pequeno salão estava totalmente aberta. Alguém espiou para fora e fez um gesto, chamando-os. Os dois apressaram-se em entrar.

Akitada se esquecera de como o templo era bonito em sua simplicidade, com as colunas quadradas, laqueadas de vermelho, em contraste com a madeira escura do teto e das paredes. A única ornamentação era um friso que corria por toda a volta, exibindo garças entalhadas, pintadas de preto e branco e com toques de vermelho na cabeça. Na parede atrás de uma plataforma alta, onde havia uma enorme almofada de seda púrpura, a cor imperial, viam-se cinco grandes quadros em pergaminho, representando divindades budistas. Os utensílios cerimoniais ficavam sobre elegantes mesas laqueadas de preto, colocadas diante dos quadros.

Quase todos os outros professores já se encontravam no templo, conversando em pequenos grupos. Na verdade, só a augusta personagem ainda não chegara, pois até Fujiwara e Ono, que não haviam mais sido vistos desde o dia do concurso, estavam lá.

Ono foi o primeiro que Hirata e Akitada cumprimentaram. Akitada não esperara que o homem estivesse sofrendo, mas também não esperara que exibisse aquela expressão de entusiasmo e satisfação. Imaginou se ele já fora notificado de que seria o sucessor de Oe. Trocaram palavras convencionais de tristeza pela morte do colega, e Ono não se deu ao incômodo de explicar sua ausência naquele dia.

Hirata virou-se para falar com outra pessoa, mas Akitada continuou na companhia de Ono e comentou:

— O senhor deve estar assoberbado de trabalho. Conta com Ishikawa para ajudá-lo? Não vi mais o rapaz, desde o concurso de poesia.

— Não tenho nenhuma intenção de contratar aquele sujeito — respondeu Ono asperamente. — Ele pode saber chinês, mas não é completamente confiável, e suas maneiras são inaceitáveis. O senhor acredita que ele desapareceu sem deixar nem um bilhete explicando aonde ia e quando pretendia voltar?

— Kobe o fará aparecer — afirmou Akitada, arrependendo-se no mesmo instante pelo modo sarcástico como se expressara. — O senhor e Ishikawa foram os últimos a ver Oe com vida, não é verdade?

Ono olhou em volta nervosamente.

— Nós o levamos até a rua Mibu. Ele disse que tinha assuntos particulares a tratar e nos ordenou que voltássemos ao pavilhão para ficar de olho no que acontecia até o final do concurso.

— Entendo — Akitada murmurou, decidindo pressioná-lo mais um pouco. — Não vi nenhum de vocês dois voltar.

Empertigando-se, Ono olhou-o com irritação.

— Não posso falar por Ishikawa — declarou friamente. — E não vejo necessidade de dar explicações sobre meus atos ao senhor, mas eu estava me sentindo muito mal e não queria me envergonhar diante de todos, de modo que fiquei além do canto da varanda, perto da escada lateral. — Estreitando os olhos, acrescentou: — Por falar nisso, vi o senhor sair cedo, antes do início da última parte da competição.

— Queira me desculpar, se fui grosseiro — pediu Akitada, curvando-se. — Falei sem pensar.

Ono aceitou o pedido de desculpas com um ligeiro gesto de cabeça.

Akitada afastou-se, refletindo que a antiga lagarta já estava criando escamas de dragão. Ou Ono sempre fora uma serpente venenosa disfarçada em criatura inofensiva?

Olhou em volta e juntou-se a Nishioka, que falava com Fujiwara. Akitada notou que Fujiwara parecia ter perdido seu ruidoso bom humor, dando a impressão de estar cansado e irritado.

Nishioka, porém, era a pessoa mais alegre daquela reunião, a julgar por seus olhos brilhantes. Depois de enfiar para dentro do coque algumas mechas de cabelo que haviam se soltado, ele coçou o queixo e disse a Akitada:

— Estava justamente dizendo a este nosso amigo que ele não precisa se preocupar com a possibilidade de ser preso pelo assassinato de Oe. Tenho pensado muito a respeito, e cheguei à conclusão de que a personalidade dele o desqualifica como assassino frio e brutal, e que ele só mataria alguém se fosse provocado demais, num momento em que a raiva o dominasse.

— Obrigado pelo depoimento — Fujiwara resmungou secamente.

Seu rosto mostrava as feias marcas deixadas pelas unhas de Oe, e ele não trocara de roupas. Akitada notou as manchas de sangue na manga de seu quimono e imaginou se ele teria apenas aquele traje.

Nishioka apenas sorriu, e Fujiwara continuou:

— Mas como o senhor convenceria o capitão de polícia de que eu não tive outra briga com Oe mais tarde, perdi a cabeça e o matei?

— Simples — respondeu Nishioka. — O senhor não se daria ao trabalho de amarrá-lo na estátua. Teria quebrado algumas coisas, jogando-as na parede, depois iria correndo para uma casa de vinho, embebedar-se.

Fujiwara sufocou uma risada.

— Vejo que minha reputação está bem firmada — observou. — E quem, em sua opinião, tem a personalidade adequada para um crime desses?

— Oh, pelo menos duas pessoas. — Nishioka sorriu maliciosamente. — Mas em um dos casos ainda não atinei como aquilo foi feito, a menos que o assassino tivesse uma... — calou-se, quando houve um súbito silêncio no salão.

Uma porta lateral abrira-se, e foi por lá que Sua Reverência entrou. O nobre monge não era uma figura atraente. Muito gordo, usava um manto clerical de seda preta, e uma estola bordada, verde e dourada, que pendia de um dos ombros até a volumosa barriga. Subiu ao púlpito andando como um pato e desabou na almofada com um grunhido.

Todos os presentes curvaram-se profundamente. Akitada lançou um olhar disfarçado ao monge e viu um rosto de lua cheia com dois olhinhos fundos, meio escondidos por pálpebras pesadas, e uma boca pequena e flácida. Sesshin correu um olhar impassível pelas costas curvadas. Akitada achou que o homem tinha uma aparência vulgar, e que isso não era devido apenas a sua cabeça rapada. Havia um leve esboço de sobrancelhas no rosto liso e redondo, que terminava num queixo não duplo, mas triplo. As orelhas eram enormes, e os lóbulos pendentes repousavam sobre os ombros carnudos.

Talvez por causa de sua aversão — em parte natural e em parte adquirida — pelo clero budista, parecia a Akitada que o governo dera mais uma prova de sua fraqueza ao nomear, como diretor da universidade, um membro mimado da família imperial, alguém que abandonara seus deveres mundanos para devotar-se a uma vida de ócio e luxo.

O gordo monge pigarreou, limpando a garganta.

— Obrigado a todos por terem vindo — agradeceu em voz baixa e seca. — Por favor, sentem-se.

Com um farfalhar geral de quimonos, os homens se sentaram.

Sesshin olhou por cima das cabeças e prosseguiu, ainda em voz baixa:

— Acontecimentos recentes exigiram minha presença aqui, e quero aproveitar a oportunidade para fazer alguns anúncios. — O silêncio no salão era profundo, mas mesmo assim todos precisavam esforçar-se para ouvir o que ele dizia. Akitada pensou com desdém que o homem era preguiçoso demais para erguer a voz. — Por causa da morte infeliz de nosso colega, é inevitável que haja uma certa perturbação em minha rotina e também na sua, mas devemos tentar ir em frente. Os senhores, naturalmente, darão aulas como de costume e colaborarão de modo irrestrito com a polícia. Ono será professor temporário de literatura chinesa, e eu providenciarei um bom assistente para ele. Como sempre faço, quando estou aqui, conduzirei uma série de palestras sobre as escrituras sagradas. Desta vez, escolhi como tema o sutra da Grande Sabedoria. As palestras acontecerão todas as tardes, imediatamente após o almoço. Os senhores podem dar esse aviso a seus alunos. Isso é tudo.

Moveu a cabeça à guisa de cumprimento, levantou-se com outro grunhido, desceu do púlpito e arrastou-se para fora do salão.

Era só aquilo? Por um momento, Akitada continuou sentado, estupefato, enquanto os colegas levantavam-se e começavam a conversar. Então, uma fúria irracional dominou-o. Como aquele homem ousava agir daquele modo? Antes de ter plena consciência do que estava fazendo, levantou-se e, com largas passadas, atravessou o salão e saiu pela porta por onde o monge saíra, indo atrás dele.

Viu-se num longo corredor escuro, onde uma tênue luz vinda de fora brilhava nas tábuas enceradas do chão. À frente dele, Sesshin movia-se pesadamente. Então, o homem parou diante de uma porta, abriu-a e, entrando em um aposento, fechou-a outra vez. Akitada tornou a abri-la e entrou também.

— Quero falar com o senhor — anunciou com aspereza, acrescentando de má vontade: — Sua Reverência.

Sesshin estava de costas para ele, tirando a estola. Virando-se devagar, olhou-o longamente.

— Você deve ser Sugawara — disse por fim. — Se me lembro bem, indelicadeza sempre foi um defeito de sua família. Por favor, sente-se.

A raiva de Akitada não se abrandara. Aquele homem abandonara duas crianças indefesas!

— Prefiro ficar em pé. O que tenho a dizer não levará muito tempo. Acabei de saber que o senhor é irmão do falecido príncipe Yoakira.

O monge dobrou a estola bordada calmamente e colocou-a numa estante. Além desse pequeno móvel, havia pouca coisa mais no cômodo: um par de almofadas e uma mesinha baixa. Sobre essa mesa, Akitada viu um rosário de madeira, uma linda caixa de sutras e um pequeno fogareiro com uma chaleira.

Com um gemido, Sesshin deixou-se cair na almofada mais próxima dele.

— Perdoe-me, mas sou velho, preciso me sentar. Eu lhe ofereceria chá, mas não é nosso costume tomar essa bebida estando de pé. Vocês, jovens, não se permitem relaxar. Tudo com vocês é apressado e intenso.

— Relaxar? Acredito que a maioria dos jovens não pode ter esse privilégio — Akitada comentou em tom frio. — Peço desculpas por minha brusca intrusão, mas só tomarei alguns minutos de seu tempo. Seu sobrinho-neto, lorde Minamoto Sadamu, atualmente está estudando aqui, e hoje de manhã tive a oportunidade de conversar com ele sobre uma situação perturbadora, para dizer o mínimo.

— Espero que o malandrinho não tenha lhe dado nenhum motivo de queixa contra ele.

Akitada respirou fundo, tentando acalmar-se.

— De modo algum, muito pelo contrário. Ele é extremamente inteligente e tem um senso de responsabilidade que não é próprio de sua idade. Foi por isso que aceitei fazer o que ele me pediu: investigar a morte de seu avô.

Sesshin suspirou e pegou o rosário. Não respondeu, nem se mostrou interessado. Se isso era possível, parecia mais indiferente do que antes. As pálpebras pesadas desceram sobre os olhos fundos até fecharem-se, como se ele houvesse adormecido.

— O senhor não tem nada a dizer? — perguntou Akitada, impaciente. — Julguei que se interessasse pelos netos de seu irmão, que ficaram sozinhos no mundo e até podem estar correndo perigo de vida! — Esperou, mas como não houvesse nenhuma reação do monge, virou-se e caminhou para a porta. — Desculpe. Eu me enganei, pensando que o senhor se preocupasse com eles.

— Um momento! — ordenou Sesshin.

Akitada parou e virou-se. Os lânguidos olhos pretos agora estavam fixos nele.

— Você interferiu de modo doloroso em minha paz arduamente alcançada — o monge continuou. — Quando perdi meu irmão, quase perdi a mim mesmo. Minha fé vacilou, e minha alma afogou-se em lágrimas. Voltei para o mundo para conduzir o serviço fúnebre, e naquela ocasião disseram-me que as crianças estavam em boas mãos, que haviam escolhido seus futuros caminhos livremente. Depois da cerimônia, retornei à montanha para pedir a Buda que me ajudasse a esvaziar o coração e a mente de todas as lembranças. Não estou dizendo isso porque lhe deva uma explicação, mas porque sou grato pelo fato de meu sobrinho-neto ter encontrado um amigo em seu professor. Agora, vá em paz.

Akitada quis protestar, mas sabia que seria inútil, além de perigoso. Frustrado, mordeu o lábio, curvou-se e saiu.

14

O Portão da Morte

Como lady Sugawara decidiu que estava na hora de fazer a faxina anual no depósito doméstico, Tora não pôde ir à cidade tão cedo quanto desejara. Quando finalmente ficou livre para sair à procura do velho mendigo, já no meio da tarde, foi primeiro à prefeitura da zona leste da capital, perto da universidade.

No portão, explicou ao guarda o que desejava.

— Ei, companheiros! — o homem chamou, alvoroçado. — Há uma pessoa aqui, perguntando por Umakai.

Guardas, policiais e funcionários reuniram-se em volta de Tora, todos expressando sua preocupação com o mendigo. Gostavam dele e estavam sentindo sua falta, pois o velho raramente deixava de ir lá na hora do almoço. Cada um dos homens contribuía com um pouco de sua comida, até encher a tigela do velho. Mas ele não aparecera mais, a não ser para uma curta visita, assim que saíra da cadeia, e estavam todos preocupados.

Tora perguntou se Umakai não podia estar comendo em outro lugar, na prefeitura da zona oeste, por exemplo, mas disseram-lhe que não, que o pessoal de lá tinha coração de pedra e prendia mendigos, alegando que eram vadios arruaceiros. Não, ninguém fazia idéia de onde o velho pudesse estar.

Prometendo que os manteria informados sobre o que descobrisse, Tora agradeceu a ajuda e despediu-se. Começou a andar por ruas que ficavam cada vez mais movimentadas, parando de vez em quando para perguntar a mascates e músicos ambulantes se haviam visto o mendigo. Alguns deles conheciam Umakai, mas nenhum o vira nos últimos dias. Foi só quando já estava perto do mercado, que Tora obteve uma informação, falando com uma prostituta de meia-idade que oferecia seus serviços na rua. Como já não fosse bastante atraente para trabalhar no bairro dos salgueiros, abordava trabalhadores braçais e jovens aprendizes que passavam por ela. A mulher pôs os olhos em Tora, mas o quimono azul bem-feito que ele usava e o gorro preto deviam tê-la convencido de que se tratava de alguém fora de seu alcance, de modo que ela não o chamou. Ele, porém, aproximou-se, refletindo que uma pessoa naquelas condições certamente conhecia outras iguais, que perambulavam pelas ruas, tentando ganhar algumas moedas, oferecendo o corpo ou mendigando.

Ela ficou desapontada, quando Tora perguntou a respeito de Umakai, e disse que não o conhecia. Mas quando ele recomeçou a andar, chamou-o e informou:

— Tiraram um velho do canal, hoje de manhã.

Tora sentiu um frio no estômago.

— Como sabe?

— Eu estava aqui, quando uma porção de gente juntou-se lá, olhando alguma coisa, então fui ver o que era. O velho estava morto. Um sujeito pequeno e magro. Um bêbado qualquer, eu acho. Deve ter caído no canal e morrido afogado. Imagino que o administrador do distrito pensou a mesma coisa, porque apenas olhou o morto e deixou que os amigos dele o levassem embora. Pode ser que seja o velho que você está procurando.

— Pode ser — Tora concordou. — Amigos do morto, você disse? Sabe onde posso encontrá-los?

Ela riu.

— São gente pobre, como eu, e não temos uma casa para onde ir, como você. — Lançou um olhar de inveja para o traje de Tora. — Vivemos e dormimos na rua, ou às vezes na zona oeste da cidade, em algum barracão ou casa arruinada. Mas quase sempre ficamos andando até cair de cansaço em algum lugar. — Fez uma pausa, então atacou: — Não está interessado em um pouco de prazer?

— Uma outra hora. Estou trabalhando.

Ela começou a se afastar, resignada.

— Espere! — Tora pediu. — Eu lhe pagarei dez cobres, se me descrever os homens que levaram o corpo do velho.

A mulher virou-se para ele com o rosto corado de satisfação.

— Dez cobres? Por essa quantia posso fazer mais do que descrever os dois. Foram Estaca e Prego que levaram o morto. Estaca é um brutamontes. Ele perdeu uma das mãos e pôs uma estaca de metal no lugar. Prego, o amigo dele, é um sujeitinho mirrado. Um preguinho. Ha, ha! Acho que eles sabiam o que iam encontrar, porque trouxeram um monge para rezar pelo morto.

A história era esquisita, Tora pensou, mas devia ter algum fundamento.

— Obrigado — agradeceu, contando dez moedas e pondo-as na mão imunda da mulher.

Ela olhou para o dinheiro e fechou a mão com força. Indicando um beco próximo com um gesto de cabeça, ofereceu:

— Se quiser, posso dar uma mexida no seu caule. — Sorriu e passou a língua agilmente pelos lábios. — Não vou cobrar nada.

Tora sentiu-se corar.

— Não, obrigado. Estou com pressa, preciso descobrir o que aconteceu com o velho — explicou, virando-se para ir embora.

— Aposto como o levaram para o Rashomon — a mulher disse.

Rashomon! Claro! Tora estremeceu. Todo mundo sabia que os pobres que não podiam pagar por um funeral deixavam seus mortos lá, para que as autoridades os recolhessem e cremassem em uma pira comum. Era por isso que ninguém mais, a não ser bandidos, ia ao Rashomon depois que escurecia. E a luz do dia estava desaparecendo rapidamente.

Rashomon era o grande portão que ficava no lado sul da capital.

A imponente estrutura de dois andares, com suas imensas colunas vermelhas, cobertura de telhas azuis e paredes caiadas, fora construída para dar boas-vindas de maneira apropriada aos visitantes da capital imperial. Assim que passavam pelo portão, os viajantes viam a sua frente a avenida Suzaku, extraordinariamente larga e comprida, dividida por um canal e ladeada por salgueiros, que levava, reta como uma flecha, até a Suzakumon, a entrada da cidade imperial. E quando deixavam a capital, saindo pelo Rashomon, encontravam-se na grande rodovia do sul, que era o caminho para Kyushu e portos exóticos.

Mas o Rashomon passara por tempos difíceis, assim como a própria capital. Agora, raramente havia guardas no portão, que se transformara num ponto de reunião de vagabundos, ladrões e todos os tipos de indivíduos indesejáveis que vinham das províncias vizinhas. Depois que anoitecia, o lugar era evitado pelas pessoas comuns, o que o tornava seguro para criminosos. A polícia fazia-se de cega, a não ser duas vezes por semana, quando, antes do amanhecer, acompanhava as equipes de limpeza que as autoridades enviavam para recolher cadáveres.

Tora sentia pavor só de pensar em ir ao andar superior do Rashomon, onde os corpos geralmente eram deixados. Esse medo só era superado pelo que ele tinha de encontrar-se com o rei do inferno, mas a história da prostituta precisava ser averiguada, e seu amo ficaria zangado se isso não fosse feito. Não era a primeira vez, desde que estava a serviço de Akitada, que ele se via obrigado a enfrentar o que mais temia: o sobrenatural.

No caso de Rashomon, ele decidiu adiar um pouco o inevitável, então foi primeiro à casa do pai de Omaki e teve sorte, pois encontrou-o lá. Hishiya estava beirando os sessenta anos, era calvo, prematuramente curvado, e o ofício deixara-o com os dedos nodosos e cobertos de cicatrizes. Sorriu e curvou-se profundamente, quando Tora explicou o motivo de sua visita, expressando sua gratidão pelo interesse dele por sua pobre filha. O que o tornou ainda mais simpático aos olhos de Tora foi o fato de o homem não mencionar dinheiro de sangue, como era chamado o pagamento feito por um assassino à família de sua vítima.

Depois de incentivá-lo pacientemente a revelar alguma coisa importante, sem conseguir arrancar-lhe mais do que exclamações de surpresa e choque, Tora exclamou, frustrado:

— Mas o senhor é pai dela! Como pode não ter desejado saber se Omaki dormia com homens, nem quem era o pai da criança que ela esperava?

O homem baixou a cabeça humildemente.

— Omaki era uma boa moça, mas somos muito pobres, e ela tentava conseguir uma vida melhor, tocando alaúde. Tinha talento. Todos os que a ouviam tocar diziam isso. Mas os homens que iam àquele lugar onde ela se apresentava... bem, eles queriam mais do que música, e Omaki não tinha ninguém que cuidasse dela. Quem era eu para fazer-lhe perguntas ou censurá-la? Sou tão pobre que nem podia dar-lhe um dote.

— Desculpe — Tora murmurou. — Por tudo o que temos ouvido, podemos deduzir que ela estava feliz com a gravidez, como se tivesse certeza de que ia casar-se com o pai da criança.

Hishiya suspirou.

— Talvez tivesse. Não sei dizer. Fico muito tempo fora de casa, vendendo sombrinhas e indo buscar bambu para fazer varetas. O senhor terá de perguntar a minha esposa. Mulheres costumam fazer confidências umas às outras. Só que ela não está em casa agora.

Tora levantou-se.

— Não tem importância. Farei perguntas a outras pessoas.

Saindo da casa de Hishiya, foi ao bairro do prazer, onde passou algumas horas. Seu dia fora longo, e lady Sugawara o fizera trabalhar demais. Ele precisava de um pouco de descanso e de uma bebida. Além disso, as luzes, os risos e a música afastavam seus pensamentos dos horrores que o esperavam no Rashomon.

Bebeu bastante e fez perguntas a muitas pessoas, mas não obteve nenhuma resposta útil. Omaki não fora benquista pelas outras mulheres do bairro dos salgueiros, que a achavam orgulhosa e fechada demais, de modo que nada sabiam de sua vida particular. A certa altura da noite, o cansaço e o vinho fizeram com que Tora cabeceasse de sono e por fim cochilasse sentado em sua esteira. Quando um dos atendentes da casa de vinho sacudiu-o para acordá-lo, querendo que ele cedesse o lugar a outro cliente, já passara de meia-noite, e ele não tinha mais nenhuma razão para continuar protelando a desagradável tarefa de ir ao Rashomon. Refletiu que investigações de casos de homicídio expunham um homem não apenas ao perigo representado pelos assassinos, como também pelos espíritos revoltados das vítimas. Rashomon, sendo receptáculo de mortos rejeitados, devia estar lotado de espectros furiosos.

Saindo da casa de vinhos, lançou um olhar apreensivo para o céu e viu que estava ficando nublado e que a lua mal aparecia em alguma nesga clara, para depois esconder-se novamente. Os dias luminosos e frescos da primavera haviam terminado. A estação quente e chuvosa ainda não começara, mas isso não tardaria a acontecer. Não ia chover, a noite simplesmente estava escura. Uma condição excelente para alguém procurar cadáveres abandonados e deparar-se com fantasmas horrorosos, Tora pensou com negro senso de humor. De repente, percebendo que estava totalmente despreparado para tal empreitada, marchou para o mercado.

A maioria das barracas já estava fechada, mas ele conseguiu comprar uma lanterna das mais baratas e, então, começou a procurar com crescente desespero por um adivinho. Encontrou um desses indivíduos de essencial utilidade na pessoa de um velho murcho que adormecera em cima de seus palitos divinatórios, ervas medicinais e amuletos.

— Acorde, amo — Tora chamou-o com respeito, apertando-lhe o ombro gentilmente, pois era preciso não ofender um homem que lidava com demônios e feitiços.

— O que você quer? — o adivinho resmungou.

Tora falou-lhe de sua desagradável tarefa.

— Sábia precaução, vir me procurar — o velho aprovou. — O último homem que foi lá depois que escureceu encontrou um fantasma faminto e teve de lhe dar o braço direito inteiro para poder escapar.

Tora arrepiou-se, estremecendo.

O adivinho pegou um amuleto, uma plaquinha de madeira com a imagem mal desenhada do deus Fudo. Passou um cordão pelo furo na parte superior e amarrou as pontas. Em seguida, acrescentou a isso um punhado de arroz. Por fim, tirou de dentro do quimono remendado uma folha de papel barato com algumas linhas garatujadas e colocou-a junto com o arroz e o amuleto.

— Cinqüenta cobres — anunciou.

Tora gelou, apalpando a manga do quimono onde guardava o dinheiro.

— Vou precisar disso tudo? — indagou.

O velho suspirou.

— O amuleto, você erguerá a sua frente, se encontrar um demônio. Fudo o espantará. O arroz é para você jogar dentro de um aposento antes de entrar. Leva fantasmas famintos para longe. O papel contém a oração mágica em louvor às virtudes de Sonsho, que é uma encarnação de Buda e protege as pessoas contra espíritos maus. Quando recitar a oração, você estará seguro, até mesmo no portal de Rashomon.

— Não sei ler — Tora confessou.

Com outro suspiro, o homem pegou o papel.

— Eu leio, e você repete. Vamos fazer isso até você decorar.

O texto era longo e cheio de nomes e termos indianos, mas Tora não desanimou. O velho corrigia sua pronúncia, suspirava, lia mais um pouco, tornava a fazer uma correção, suspirava de novo, até que, depois de várias leituras, finalmente deu-se por satisfeito.

— Você decorou! Vá praticando no caminho para não esquecer.

— Em quanto fica tudo, sem o papel?

O velho fitou-o com uma carranca.

— Cinqüenta cobres. E ainda não estou cobrando pelo trabalho de lhe ensinar.

Tora fez uma reverência, agradecendo o preço, que chamou de generoso, e entregou tudo o que lhe restava de seu salário, menos cinco moedas de cobre, e foi embora, levando o amuleto e o punhado de arroz, com a mente apenas ligeiramente fortalecida. Então, tomou o rumo do Rashomon.

Quando seus passos lentos por fim levaram-no até diante do grande portão, ele encontrou o lugar quase deserto. Apenas os indivíduos mais duros e valentes, os mais tolos ou os mais desesperados permaneciam ali depois que escurecia. Dois mendigos sentados nos degraus esperavam, mesmo sabendo que era inútil, que algum viajante entrasse ou saísse da cidade. E no espaçoso vão sob o telhado, alguns andarilhos dormiam. Tora observou-os cautelosamente. Um casal de idosos cobertos de trapos aninhara-se perto de um pilar. Os dois roncavam, profundamente adormecidos. Perto deles, um monge itinerante, encostado na parede, com o bastão e a tigela no chão a seu lado, cobrira o rosto com o chapéu de palha. Monges daquele tipo eram sempre vistos nas estradas. Não pertenciam a nenhum monastério e passavam a vida viajando. Aquele parecia forte e saudável, pelo menos tinha pernas musculosas e pés grandes. Tora sabia que monges andarilhos podiam ser adversários perigosos, pois muitos criminosos procurados pela polícia usavam aquele disfarce. Olhou o homem longamente, até certificar-se de que ele também estava dormindo.

O som de vozes e risos atraiu-o para o outro lado do portão. Ali, nos degraus que desciam para a estrada, vários homens jogavam dados à luz de uma lanterna. Pareciam trabalhadores comuns, com suas túnicas de mangas curtas e largas calças de algodão rústico e vários pedaços de tecido amarrados uns aos outros e enrolados ao redor da cabeça. Conversavam alegremente, até que um deles ergueu os olhos e viu Tora com seu bonito quimono azul e o barrete preto.

— Um inspetor! — ele exclamou, e todos levantaram-se rapidamente, dispersando-se.

Tora deu uma risadinha. Já fora confundido antes com um daqueles funcionários municipais que revistavam viajantes. Como, de acordo com a descrição da prostituta, nenhum dos homens ali reunidos tinha a aparência de Estaca ou de Prego, ele teria de descobrir o cadáver sozinho. Virou-se para entrar em uma das duas torres laterais que abrigavam as escadas para o andar superior.

Foi quando notou o homem armado, sentando junto da porta, no lado de dentro. Ele pousara os braços nos joelhos dobrados, deitara a cabeça sobre eles e adormecera. O sujeito era alto e robusto, tinha uma espada pendurada em um dos ombros, e um arco e uma aljava presos no outro. Tora conhecia outros daquele tipo, guerreiros que não serviam a nenhum senhor, mas que viajavam de cidade em cidade procurando um trabalho que exigisse o uso de armas. Quando não encontravam nada para fazer, alguns tornavam-se salteadores, que viviam à espreita, aguardando a passagem de viajantes ricos e desarmados a quem assaltar. Aquele ali era bastante cauteloso para não tirar as armas dos ombros nem para dormir.

De súbito, como se sentisse o escrutínio de Tora, o homem ergueu a cabeça lentamente e olhou para ele. Ainda era jovem, tinha mais ou menos a idade de Tora, e usava barba e bigode bem-aparados. Os dois avaliaram-se com o olhar. O homem armado foi o primeiro a desviar os olhos, cuspindo para o lado e coçando o coque no alto da cabeça num gesto de desprezo.

Tora desejou estar usando roupas velhas e, decidindo que era mais seguro evitar aquele homem, afastou-se e entrou na torre do lado oposto.

Viu-se numa guarita espaçosa e deserta. Fracos raios de luar entravam pela porta e pela janela, mas uma nuvem interceptou-os. Tora acendeu a lanterna, mas sua luz mal lhe permitia enxergar a escada de madeira que levava à escuridão do segundo pavimento. Um cheiro nauseante de sujeira, comida podre, trapos suados e, levemente, de corpos em decomposição, permeava o ar seco e parado. Lá de cima vinha um ruído suave de algo se movendo. Ratos famintos, ou espíritos irados?

Estremecendo, Tora segurou o amuleto pendurado em seu pescoço. Começou a subir a escada devagar, murmurando um verso da oração mágica. Estava no meio do caminho, quando viu, lá em cima, uma luz bruxuleante que se refletia nas traves do teto. E ouviu um estranho som farfalhante. Parou, procurando o saquinho de grãos de arroz em sua faixa. De repente, uma sombra enorme e grotesca moveu-se, projetada no teto. Era a sombra de uma criatura monstruosa, corcunda e com mãos em forma de garras. Olhando a sombra, apavorado, Tora viu uma das mãos retrair-se, depois aparecer de novo, segurando uma enorme faca. Sentindo os cabelos eriçados até o último fio, ele tentou recitar a oração, mas sua mente parecia ter ficado vazia. Tentou jogar o arroz, mas deixou-o cair na escada. Então, viu a sombra da faca descer com força sobre alguma coisa e recuou abruptamente. Escorregou nos grãos de arroz e rolou degraus abaixo com um barulho estrondoso.

Lá em cima, uma voz de mulher desfiou um rosário de pragas e palavrões.

Com um suspiro de alívio, Tora levantou-se. Com mulheres de baixa classe, e vivas, ele sabia lidar. A vela da lanterna apagara-se. Ele tornou a acendê-la e subiu a escada correndo. Quando chegou ao topo, a luz bruxuleante que ele vira extinguiu-se. Nesse mesmo instante, uma corrente de ar apagou sua lanterna novamente, e tudo ficou escuro como breu.

Ele deu alguns passos à frente e tropeçou em uma trouxa, quase caindo de cara no chão.

Alguém deu uma risada sinistra abaixo dele, e um mau hálito horrível subiu até suas narinas. Fosse quem fosse, homem ou mulher, estava bem junto dele. Tora saltou para o lado e pisou em algo mole e frio A risada transformou-se em um grito:

— Ei! Olhe onde pisa! Ela não vai reclamar, mas você quase pôs seu pé grande em cima de mim.

— Desculpe!

Apalpando a faixa na cintura, Tora encontrou a pederneira e reacendeu a lanterna. Na luz que se fez, uma velha olhou para ele. Ela usava muitas camadas de trapos imundos sobre o corpo, e os longos cabelos brancos caíam emaranhados sobre os ombros encurvados. O rosto tinha aparência de caveira. A pele cinzenta colava-se aos ossos salientes, os olhos desapareciam nas órbitas escuras, e uma boca sem dentes mostrava uma imitação grotesca de sorriso. Ela estava agachada junto do cadáver nu de uma mulher. Tora recuou, praguejando, quando percebeu que pisara num braço da morta.

A velha tornou a rir.

— O que é? Tem medo dos mortos? Olhe bem para ela. Um dia sua namorada também ficará assim.

Tora já vira muitos cadáveres, antes, e não teve receio de olhar para o corpo a seus pés. A mulher era jovem e muito magra, a não ser pelo rosto e o abdome intumescidos. Com aquela magreza e cabelos curtos, não era nada parecida com Michiko, que tinha pernas e braços roliços e cabelos que chegavam abaixo da cintura. Os olhos da mulher estavam abertos e revirados, de modo que apenas o branco aparecia. Tora viu uma mosca sair de entre os lábios entreabertos. Mesmo que não fosse aquele cheiro adocicado de carne em decomposição, as manchas irregulares de um tom entre o roxo e o vermelho, espalhadas na pele da mulher, indicariam que fazia mais de vinte e quatro horas que ela morrera, no mínimo.

— Bonita, não? — a velha comentou com uma risada de escárnio. — Se quiser se deitar com ela, fique à vontade. Ela está livre e não vai protestar.

— Cale a boca! — Tora ordenou, erguendo a mão como se fosse bater-lhe, e a mulher levantou-se e recuou. Na pressa de afastar-se, deixou cair uma faca comprida. — Tora praguejou e pegou-a. — O que faz com essa faca, seu demônio?

A mulher encostou-se na parede, erguendo os braços finos como gravetos para cobrir o rosto.

— Nada de errado — respondeu. — Não há nenhuma lei contra. Ela não vai precisar mais daquilo.

— Daquilo, o quê?

A velha enfiou uma das mãos descarnadas no meio dos trapos que a cobriam e retirou uma trança de longos cabelos pretos.

Tora tornou a praguejar e virou o rosto. A megera roubara da morta a única coisa de valor que ela deixara. Havia um bom mercado para cabelos femininos. As damas ricas e da nobreza gostavam de aumentar a cabeleira, quando curta ou rala, com mechas postiças. Mal sabiam elas de onde vinham aqueles artifícios de beleza. Olhando novamente para a jovem morta, Tora refletiu que ela devia ter sido muito bonita com aqueles longos cabelos brilhantes. A raiva contra a velha fazia seu estômago contrair-se, mas ele se conteve. Afinal, ela também precisava viver, e ele sabia muito bem o que a extrema pobreza podia fazer com as pessoas.

— Estou procurando o corpo de um velho — explicou, enquanto a velha guardava a trança no peito e erguia sua lanterna do chão. — Ele era uns vinte centímetros mais baixo do que eu, magro, e tinha nariz grande. Morreu afogado. Viu alguém assim?

— Quero minha faca de volta!

Embora com relutância, Tora entregou-lhe a faca.

— O que você quer com ele? — ela perguntou astutamente, enfiando a faca no cinto. — Acha que levava ouro?

— Não. Era mendigo.

Os olhos dela moveram-se para além dele.

— Não sei de nada — resmungou. — Preciso ir.

Derrubando a lanterna de Tora com um chute, saiu, deixando-o em total escuridão.

— Ei! — ele gritou.

Xingando, começou a andar cautelosamente, esperando não pisar em mais nenhum cadáver ou rolar escada abaixo outra vez. Conseguiu tocar uma parede e seguiu-a, hesitante. Em algum lugar a sua frente soavam passos arrastados. Então, a parede acabou. Ele decidiu que não voltaria para pegar a lanterna que a velha bruxa derrubara, porque não desejava tocar de novo no cadáver da moça. Uma porta levava a outro aposento, fracamente iluminado pelo luar que se filtrava através das folhas quebradas da janela. Tora entrou, foi até a janela e escancarou-a. Não havia nada lá, a não ser uma pilha de lixo e um rato que corria ao longo da parede.

Tora saiu e percebeu que agora podia enxergar bastante bem para ver que estava em um corredor, para o qual abriam-se portas de vários outros aposentos. Entrou em um deles e tropeçou em outro corpo humano — vivo. Não se deu ao trabalho de verificar se a pessoa estava embriagada, ou morrendo. Entrou em um quarto após o outro, sistematicamente, sempre segurando o amuleto de Fudo, e por fim, no quinto e último, encontrou o que procurava.

Viu uma forma escura estendida no meio do piso. Um corpo. Tocou-o, notando que as roupas estavam molhadas, então foi abrir a janela. A lua ia desaparecer atrás de uma montanha de nuvens outra vez, e ele virou-se rapidamente para o morto.

Era Umakai.

Não morrera há muito tempo, quando fora tirado da água. O rosto estava azulado, os olhos abertos, raiados de vermelho, eram protuberantes, e a língua pendia para fora da boca desdentada. Apesar dos trapos molhados que o vestiam, ele não parecia um afogado. Intrigado, Tora curvou-se para examinar o pescoço do homem, como vira seu amo fazer com Omaki.

Naquele momento, a parte de trás de seu crânio pareceu explodir, e ele caiu, mergulhando em escuridão.

Quando voltou a si, sentiu que estava deitado de lado, com as mãos amarradas atrás das costas, os pés também atados e erguidos. Uma mordaça com gosto horrível enchia-lhe a boca, a cabeça doía terrivelmente, e ele estava nauseado.

Olhou com cautela ao redor, percebendo que ainda se encontrava no Rashomon. O corpo do mendigo desaparecera, mas havia alguém no lugar dele. Um homem, sentado de pernas cruzadas, lia um livro à luz de uma lamparina. Tora achou que ele não lhe era estranho.

Aos poucos, a memória voltou. O homem era o guerreiro mercenário, com certeza também ladrão, que ele vira no andar de baixo. Continuava com a espada pendurada no ombro, mas pusera a aljava e o arco no chão.

Tora disfarçadamente testou as cordas que o imobilizavam. Nenhuma chance de se soltar. Se fora o homem ali a seu lado que o amarrara, fizera um serviço muito bem-feito. As pernas estavam dobradas, e uma corda ligava a atadura dos tornozelos àquela que lhe prendia as mãos. O ombro sobre o qual se apoiava doía de modo horrível, e havia alguma coisa pressionando suas costelas dolorosamente. Ele perdera a sensibilidade em um dos braços. Mas o pior de tudo era a mordaça, um trapo fedorento, sem dúvida um pedaço de algo que os profanadores de corpos haviam deixado para trás depois de tirar dos mortos tudo o que podiam. Uma onda de náusea assaltou-o, e ele concentrou-se em dominá-la. Se vomitasse, amordaçado daquele jeito, morreria sufocado. Muito lentamente, o estômago sossegou.

O homem armado desenrolou um pouco o livro para ler mais uma página.

O fato de um bandido ler livros em seu tempo livre deixou Tora abismado. O homem era mais ou menos de sua altura, mas mais robusto, tinha peito largo e braços poderosos. O rosto mostrava algumas cicatrizes, talvez causadas por cortes superficiais de espada. As feições tinham uma beleza diabólica, que a barba e o bigode bem-aparados acentuavam. As roupas, apesar de gastas, eram limpas e de boa qualidade.

Passos soaram na escada lá fora, e o homem rapidamente enrolou o livro, colocando-o dentro do quimono. Ele olhou para Tora, então para a porta. Três homens entraram. Dois deles usavam trajes de trabalhadores pobres. Um era grandalhão e desajeitado, e o outro, muito magro, tinha no máximo um metro e trinta de altura. O terceiro homem era um monge. Embora agora mostrasse a cabeça nua, segurando o chapéu de palha em uma das mãos, Tora achou que era o mesmo que ele vira lá embaixo e que julgara adormecido, mas era provável que estivesse fingindo. Ainda jovem, tinha um rosto comum e ombros largos. O fato de deixar que os cabelos despontassem, cobrindo o crânio com uma sombra azulada, quando o certo era rapar a cabeça com freqüência para mantê-la totalmente lisa, sugeria que ele não respeitava muito seus votos.

— Bem, tudo foi feito como queriam? — perguntou o guerreiro.

O brutamontes desajeitado arrastou-se para junto de uma parede e sentou-se, fungando.

— Pare de choramingar, Estaca! — o companheiro baixinho ralhou. Tinha a voz aguda e as faces lisas de um menino, mas havia linhas de idade em volta dos olhos e da boca. Olhou para o homem armado e respondeu: — Enterramos nosso velho amigo de modo decente, como prometemos a ele. Abrimos uma cova perto do muro, e o monge aqui fez as homenagens, recitando suas rezas, enquanto o Estaca chorava como um bebê.

O grandalhão fungou novamente, e o monge perguntou com voz profunda:

— E o nosso prisioneiro?

Todos viraram-se para olhar para Tora, que fechou os olhos depressa.

— Nem se mexeu — respondeu o guerreiro. — O que vão fazer com ele?

— Eu devia ter matado o desgraçado! — Estaca gritou.

Tora abriu os olhos, assustado. Então, viu a estaca pontuda de metal que saía da manga direita do quimono do homem. Não era à toa que sua cabeça doía daquele jeito. Na verdade, era um milagre continuar vivo, mas o crânio devia estar rachado.

— Não, não haverá derramamento de sangue — declarou o monge.

O guerreiro pigarreou.

— Penso que temos um problema — comentou. — Ele é um inspetor e teve tempo de memorizar nossas fisionomias. — Parou de falar, levantou-se e aproximou-se de Tora, agarrando-o pelo peito do quimono e fazendo-o ajoelhar-se. — Vai pôr a polícia atrás de nós, antes de podermos dizer "louvado seja o nome de Buda". Ei! Ele está acordado.

Ondas de dor corriam dentro da cabeça de Tora. Ele tornou a fechar os olhos e a voz do monge soou, parecendo vir de muito longe:

— O homem está mal demais para tentar fugir. Por que não afrouxamos um pouco as cordas? Quando ele se sentir melhor, se soltará sozinho, mas então já estaremos escondidos em algum lugar. O Prego conhece alguns bons esconderijos.

Estaca protestou um pouco, então calou-se. Tora abriu os olhos. O quarto ainda girava, e as tábuas ásperas do piso pareciam mover-se sob seu peso. Ele tentou e conseguiu produzir vários gemidos suplicantes.

O guerreiro mercenário olhou-o com desagrado.

— Não sei, não, monge. Dê corda suficiente a um inspetor, e ele logo enforca algum pobre coitado.

O monge abafou uma risada.

— Bem, podíamos simplesmente deixá-lo aí, para os papa-defuntos.

Tora tornou a gemer e quis abanar a cabeça, mas tudo escureceu a sua volta, e ele mal conseguia manter-se ajoelhado.

— Acho que o sujeito está querendo dizer alguma coisa — o guerreiro observou. — Tire a mordaça, Prego.

— Ele vai gritar por socorro — Prego objetou.

Daquela vez, Tora abanou a cabeça, e a dor foi tão forte, que ele tombou no chão.

O monge pegou-o pelo braço e ergueu-o.

— Você bateu nele com muita força, Estaca? — perguntou, tirando a mordaça da boca de Tora. — O homem parece bastante machucado.

Aspirando longamente o ar da noite, Tora cuspiu algumas fibras do tecido imundo e empertigou-se o mais que pôde.

— Se vocês afrouxarem um pouco as cordas, ficarei mais confortável, e poderemos ter uma boa conversa — disse.

Estaca soltou um impropério, mas o guerreiro riu.

— Gosto de seu senso de humor, inspetor, mas acho que é melhor deixarmos as coisas como estão. O que veio fazer aqui?

— Não sou inspetor. Sou secretário, e meu amo mandou-me procurar um mendigo chamado Umakai. Acontece que o encontrei tarde demais. Uma prostituta me informou que vocês haviam tirado um afogado do canal e trazido para cá. Então, quando encontrei o corpo do velho, um desgraçado me deu uma pancada na cabeça, e desmaiei. É isso. Agora, por que não me desamarram, para que possamos nos apresentar de modo adequado?

— Boa tentativa! — o guerreiro aplaudiu, sorrindo. — Vejo que você vai longe. Sei que os inspetores tomam aulas para aprender a fingir que são sinceros e bondosos. Acredito que você terá uma carreira brilhante, mas suas mentiras ainda precisam ser aperfeiçoadas. Imagino que seu amo seja uma daquelas pessoas importantes. Por que alguém da classe dele se importaria com um velho mendigo? Não, não, isso é um absurdo.

— Tem razão — resmungou Estaca. — O canalha está mentindo. — Vamos fazê-lo calar a boca para sempre e depois cair fora daqui!

Os outros ficaram em silêncio.

— Façam como quiserem! — Tora exclamou com irritação. — O assassino de Umakai vai lhes agradecer por sua ajuda. Primeiro vocês enterram o corpo, depois querem matar o único sujeito que pode ajudá-los a pegar o miserável. Que ótimos amigos o pobre mendigo tinha! — arrematou, cuspindo com desprezo.

— Você é um monte de bosta de vaca! — Estaca rugiu, levantando-se e erguendo o braço que terminava numa ponta de metal.

Prego estendeu uma perna, fazendo-o tropeçar, e o grandalhão caiu com estrondo.

— Muito bem, Prego! — o guerreiro mercenário aprovou. — Agora sente-se, Estaca, e deixe o homem falar. Estou começando a ficar interessado. —Olhou para Tora. — Quando o mendigo foi retirado do canal, hoje de manhã, o guarda atestou morte por afogamento. Por que acha que ele foi assassinado?

Em vez de responder com palavras, Tora expressou-se com mímica, arregalando os olhos e estendendo a língua o mais que pôde para fora da boca.

O homem armado moveu a cabeça, concordando.

— Eu também achei isso estranho. Então, quem o matou?

— Não sei, mas pode ser o mesmo desgraçado que estrangulou a moça no Jardim da Divina Primavera. O velho Umakai viu o assassino e poderia identificá-lo. Foi por isso que meu amo me mandou procurá-lo assim que soube que ele saíra da cadeia.

Interrogatório de um suspeito

— Você está mentindo, seu monte de bosta de cachorro! — Estaca berrou. — A polícia disse que foi Umakai que estrangulou a moça! Quase o mataram de pancada. Aposto como você é um deles, que veio prendê-lo outra vez para ter em quem pôr a culpa. Será que não foi você mesmo que o matou?

Tora virou-se para olhá-lo.

— Não. Se eu tivesse matado o mendigo, não viria aqui — explicou devagar, como se falasse com uma criança. — Foi meu amo quem o livrou da acusação de assassinato. Então, a polícia soltou-o, mas não era para soltar, ainda, porque ele correria perigo. E foi por isso que meu amo ficou preocupado com sua segurança.

— Quem é esse seu amo? — perguntou o guerreiro, obviamente admirado.

— Lorde Sugawara — Tora respondeu, mas o nome anunciado orgulhosamente não pareceu causar efeito. — Se vocês não fossem tão idiotas, teriam ouvido falar dele. Meu amo é famoso por pegar criminosos. Na província de Kazusa, no inverno passado, ele descobriu uma perigosa conspiração contra o imperador. Além disso, pegou três assassinos enquanto cuidava do outro caso!

Os homens ficaram em atônito silêncio por instante, então o monge disse, pensativo:

— Sabem, acho que ouvi essa história. Esse Sugawara é funcionário do Ministério da Justiça, se não me engano.

O guerreiro grunhiu.

— Então, é um maldito oficial do governo! — Olhando carrancudo para Tora, perguntou: — E por que ele resolve crimes para a polícia municipal?

Tora, com a cabeça doendo e cãibra nos músculos dos ombros e costas, suspirou.

— Meu amo não trabalha para a polícia — informou. — E no momento também não está trabalhando no Ministério da Justiça. Está lecionando na universidade. Foi por isso que nós dois encontramos a moça morta no parque. Ele chamou a polícia, e vimos quando prenderam Umakai como suspeito. Meu amo logo percebeu que o velho não podia ser o assassino. No início, o chefe de polícia não lhe deu ouvidos, mas meu amo provou que estava certo — Fazendo uma pausa, olhou com raiva para seus captores. — Estou gastando fôlego à toa. Com sujeitos como vocês, o melhor é calar a boca.

Um breve silêncio seguiu-se a seu desabafo.

— Esse Sugawara é professor, um homem instruído que esclarece mistérios — o monge observou. — Talvez tenhamos cometido um erro.

— Não seja idiota! — rosnou o guerreiro. — Esses professores, para serem chamados de instruídos, só precisam ter boa memória para decorar umas besteiras chinesas e odiar tudo o que é japonês. Isso não quer dizer que sejam inteligentes.

— E onde foi que você estudou? — Tora perguntou. — Numa toca de texugo?

O monge riu.

— Ah, Hitomaro, ele pegou você! Toda sua leitura não vai ajudá-lo em nada, sem um professor.

O guerreiro, que agora Tora sabia chamar-se Hitomaro, corou.

— Não vou discutir — declarou, olhando para a janela. — Não vai demorar muito para amanhecer, e estamos perdendo tempo. Os papa-defuntos logo estarão aqui para levar os cadáveres. O que vamos fazer com esse homem?

— Vamos soltá-lo — o monge respondeu depressa.

— Não. Vamos matá-lo — disse Estaca.

Hitomaro olhou para o baixinho.

— E você, Prego, o que acha?

Prego coçou a cabeça por baixo do trapo sujo que usava para cobri-la.

— Não sei. Ele pode estar mentindo, mas se não estiver, há uma chance de pegarmos o desgraçado que matou Umakai. Acho melhor soltá-lo, mas só depois de fazê-lo jurar que vai nos trazer o assassino.

— De que isso adiantaria? Se ele for mentiroso, não hesitará em jurar qualquer coisa — Hitomaro ponderou. — E se for honesto, não prometerá o que não poderá cumprir. Minha opinião é que devemos deixá-lo ir. Logo saberemos que tipo de homem ele é.

O monge levantou-se, foi para perto de Tora e, tirando uma faca da faixa em sua cintura, cortou as cordas que o prendiam. Tora sentou-se, flexionou as pernas e massageou os pulsos, franzindo o rosto numa careta.

— Meu nome é Tora — informou, então perguntou: — Onde enterraram Umakai? Teremos de desenterrá-lo para provar que foi assassinado. — Pôs-se de pé, testando as pernas cuidadosamente. — E é possível que vocês tenham de responder a algumas perguntas. Onde poderemos encontrá-los?

— Não digam! — gritou Prego. — Ele irá atrás de nós com a polícia, para nos prender.

Hitomaro trocou um olhar com o monge. Então, com ar sobressaltado, virou a cabeça na direção da janela aberta.

— Psiu! — alertou, levantando-se e prestando atenção a alguma coisa que ouvira lá fora. — Vieram buscar os cadáveres. Apaguem a lamparina! — Virou-se para Tora. — Umakai foi enterrado no velho cemitério, atrás do templo, aqui na zona oeste. E você pode deixar recado para mim na casa de vinho ao lado do templo. — O monge soprou a chama da lamparina, apagando-a, e Hitomaro continuou: — Se nos trair, será um homem morto. Talvez pegue um ou dois de nós, mas os outros irão atrás de você e o encontrarão.

Estaca quase encostou a boca no ouvido de Tora e rosnou:

— Você não ficará nada bonito, quando o pegarmos.

15

A Mansão Fantasmagórica

Na manhã seguinte Akitada levantou-se cedo e vestiu-se para o trabalho, cheio de ânimo. Estava sentado diante de uma mesinha baixa, esperando sua primeira refeição, quando Tora entrou, apertando a cabeça com as duas mãos e o rosto distintamente esverdeado.

— Céus! — exclamou Akitada, encarando-o. — Esta é a terceira vez consecutiva que você passa a noite na farra. Nem mesmo seu físico forte vai agüentar isso por muito tempo.

Seimei pousou na mesinha a bandeja com a tigela de mingau de arroz de Akitada. Fungou, manifestando seu desdém.

— Dizem que com a primeira taça o homem consome vinho, com a segunda consome vinho, e com a terceira o vinho consome o homem — recitou com empáfia. — Olhando mais atentamente para Tora, acrescentou: — Você parece muito doente.

— E não é por causa de vinho — Tora murmurou, deixando-se cair numa almofada junto da mesinha. — Meu crânio foi atingido por uma estaca de metal que um sujeito usava no lugar da mão. — Aspirou com gula o aroma do fumegante mingau na tigela de Akitada. — Além disso, não jantei e não comi nada agora de manhã.

Seimei foi até ele e examinou o grande calombo sob os fartos cabelos, então saiu resmungando que ia preparar uma compressa com ervas.

Akitada empurrou a tigela na direção de Tora.

— Coma primeiro, depois me conte o que aconteceu.

Erguendo a tigela até a boca, o servo inclinou a cabeça para trás e bebeu o mingau em grandes goles. Quando terminou, pôs a tigela na mesa e lambeu os lábios.

— Obrigado. Já estou me sentindo melhor — afirmou com um suspiro de satisfação. Bem, encontrei o velho mendigo, pobre coitado. Mas alguém o encontrou antes de mim. Ele foi estrangulado e jogado em um canal. Atestaram que foi acidente, e os amigos dele o enterraram no cemitério atrás do templo budista perto do Rashomon. Tudo isso em um dia!

Akitada olhava-o com expressão fechada.

— Explique direito.

Tora contou tudo com detalhes, enquanto Seimei, que retornara com outra tigela de mingau e uma olorosa compressa de ervas, cuidava do calombo em sua cabeça, estalando a língua de vez em quando, embora não ficasse claro se aquilo era um comentário à gravidade do ferimento, ou à história que ouvia.

Akitada ficou profundamente angustiado ao saber da morte de Umakai, mas quando Tora terminou seu relato, disse apenas:

— Nosso estrangulador, de novo! — Levantou-se e foi procurar alguma coisa entre seus papéis. — Me mostre neste mapa onde o corpo foi encontrado.

Tora apontou para um ponto no mapa.

— Mais ou menos aqui, pelo que entendi.

— Hum... — Akitada murmurou, franzindo os lábios e puxando o lóbulo da orelha. — No canal entre o rio e o lado leste do mercado.

— O bairro comercial — Tora observou. — O canal passa atrás das lojas.

— Muito estranho. Um lugar nada adequado para se abandonar um cadáver. Há sempre gente passando por lá, e as autoridades mantêm o bairro sob grande vigilância. Mais, ainda, não sei o que Umakai poderia estar fazendo num lugar onde não toleram mendigos.

— Bem... — Tora coçou a cabeça, desalojando a compressa e fazendo Seimei resmungar e estalar a língua. — Os comerciantes fecham as lojas ao anoitecer e dormem cedo. Depois disso, o lugar fica bastante deserto. Não acredito que muita gente teria de passar por ali, indo ou voltando do bairro dos salgueiros.

— Seja como for, mesmo que Umakai tenha sido morto e jogado no canal à noite, o assassino teve de se arriscar — Akitada comentou, então parou para refletir, antes de continuar: — A menos que o assassinato tenha acontecido no interior de uma daquelas casas, ou num quintal.

Uma vaga idéia começou a tomar forma em sua mente. Talvez estivessem examinando o caso de modo errado, desde o início.

— É possível — Tora concordou. — Mas pode ser também que o assassino tenha seguido Umakai e que, quando chegaram ao canal, ele o tenha estrangulado, jogado o corpo na água e continuado andando como se nada tivesse acontecido. Não demoraria muito para fazer isso com um velho fraco.

— Mas não poderia matá-lo em plena luz do dia — Akitada argumentou. — E por onde Umakai andou o dia todo? Ninguém mais o viu depois que ele esteve na prefeitura.

Tora não tinha resposta para isso.

— Os comerciantes... — Akitada murmurou, pensativo, então ordenou: — Tora, assim que se sentir melhor, quero que vá lá e descubra quem mora nas casas com fundos para o canal. Seimei levará um bilhete ao capitão Kobe informando onde ele pode encontrar o cadáver de Umakai. Espero que agora o homem tenha o bom senso de libertar o estudante Hiroshi.

— Estou bem — Tora assegurou, levantando-se e tirando a compressa da cabeça. — Posso levar o bilhete ao capitão e depois ir ao canal. Preciso ter certeza de que os amigos de Umakai não vão ter problemas — completou, pondo a compressa na mão de Seimei.

O secretário quis protestar, mas Akitada impediu-o, dizendo:

— Deixe que ele vá, Seimei. E quanto a você, Tora, devo dizer que está sendo generoso demais com aqueles bandidos, depois do modo como foi tratado. A situação lá no Rashomon está se tornando assustadora. Quanto mais cedo as autoridades souberem de tudo o que se passa lá, melhor. Já está na hora de livrarem o portão daquela ralé que o rodeia.

Tora olhou-o, chocado.

— Não pode fazer isso, amo! Aqueles sujeitos me soltaram. Concordo em que Estaca e Prego são dois brutos, mas o monge e Hitomaro foram muito decentes comigo. São homens estudados como o senhor, lêem livros e tudo o mais. Não pode pôr pessoas na cadeia só porque elas não têm sorte na vida. Logo não teríamos ninguém para varrer as ruas e arar os campos.

— Tem razão — Akitada admitiu. — Muito bem, deixo esse assunto para você resolver. — Pôs o barrete que completava seu traje. — Seimei, por favor, faça uma cópia dos documentos que seu parceiro de xadrez prometeu levar para você. — Caminhou até a porta, parou e acrescentou: — Ah, e veja também se descobre quem foram os comerciantes que forneceram vinho, lanternas, almofadas e tudo mais para o concurso de poesia. Tente o gabinete de administração interna do departamento de finanças e o do superintendente dos parques imperiais.

Tora e Seimei entreolharam-se, atônitos.

* * *

A mansão que pertencera ao príncipe Yoakira ficava bem perto da residência dos Sugawara. Um muro alto de alvenaria, com uma cobertura de telhas, protegia a propriedade que cobria um quarteirão inteiro. Por trás do muro, erguiam-se copas de árvores muito altas e telhados de várias construções. Um grande silêncio pesava sobre toda aquela área.

O pesado portão duplo estava trancado, mas Akitada viu, logo ao lado, uma portinhola aberta, por onde entrou. Atravessou um belo e enorme pátio de entrada, totalmente deserto. À direita e à esquerda, enfileiravam-se construções com amplas varandas e largos beirais, ligadas umas às outras por galerias cobertas, através das quais viam-se, do outro lado, mais pátios, alguns com árvores e canteiros de plantas, e mais construções e galerias. Aquele lugar já vira o movimento de muitos hóspedes e servos. Agora, o vazio e o silêncio eram opressivos.

Akitada passou pelo prédio principal, que abrigava os salões cerimoniais, reservados apenas para funções públicas e grandes comemorações familiares, e era provável que o serviço religioso conduzido por Sesshin houvesse acontecido ali.

Atrás desse prédio estendia-se um pátio onde pinheiros enfileiravam-se, escuros e altaneiros, como que guardando as residências dos membros da família. Qual teria sido a do príncipe? Eram todas iguais. Era ali que deviam ficar também os aposentos ocupados pelo menino Minamoto e sua irmã. De onde fora que o pequeno lorde vira o avô atravessar o conjunto correndo para ir à residência da neta?

De repente, Akitada experimentou uma sensação desagradável, como um intruso apanhado em flagrante. Virou-se depressa, olhando em volta. Nada. No entanto, fora como se ele houvesse perturbado a paz de alguma força invisível, e um arrepio percorreu-lhe a espinha.

Mas, então, seus ouvidos captaram um reconfortante som humano naquele cenário fantasmagórico. Em algum lugar, alguém puxava pedregulhos com um rastelo.

Seguindo o barulho, Akitada saiu à procura da pessoa, que devia ser um jardineiro. Depois de entrar por caminhos errados algumas vezes, atravessou uma galeria e chegou a um pequeno pátio interno sombreado por uma enorme árvore. Um velho, usando uma túnica solta e calça de cânhamo, estava ocupado, juntando flores e folhas caídas no chão coberto de pedregulhos.

— Bom dia, tio — Akitada cumprimentou, chamando-lhe a atenção.

O velho, sobressaltado, virou-se e olhou-o com ar interrogativo. Depois de um momento, curvou-se profundamente, dizendo com voz rouca:

— Bom dia, senhor. Receio que tenha vindo numa hora errada. Não há ninguém em casa. A família mudou-se para o campo.

A idade curvara-lhe as costas, mas ele ainda era robusto. O rosto triste, queimado de sol, mostrava rugas profundas, e a barba e os cabelos eram quase totalmente brancos.

— Meu nome é Sugawara, sou professor do jovem lorde — Akitada explicou. — Ele está preocupado com sua gente, então pensei em vir aqui pedir notícias.

O rosto do velho abriu-se num sorriso cheio de ternura.

— O jovem lorde?! — ele exclamou. — Oh, como está ele, senhor? — Lágrimas subiram aos seus olhos e escorreram pelas faces escuras. — Que triste mudança!

— O menino está bem e é ótimo aluno. Vamos nos sentar ali na escada e conversar um pouco. Como se chama?

— Kinsue, senhor. — O idoso encostou o rastelo de bambu no tronco da árvore e seguiu Akitada até a escada da varanda. — Minha velha e eu fomos deixados aqui para cuidar do lugar — contou, então parou, olhando para Akitada com ar incerto. — Mas o senhor não quer entrar?

— Não, não, obrigado. — Akitada sentou-se em um degrau. — O dia está muito bonito, e prefiro ficar aqui, ao ar livre. O jovem lorde Minamoto está preocupado com o bem-estar da irmã e dos servos. Pode me dizer alguma coisa a respeito deles?

Kinsue permanecia respeitosamente de pé.

— Não muita coisa, senhor. Quando voltamos da montanha, os carroções estavam carregados e prontos para partir. A jovem senhora e os servos partiram logo depois. Lorde Sakanoue disse que não havia motivo para luto, mas para alegria, porque nosso amo fora transportado para o nirvana. — Olhou para seu traje de cânhamo, tradicionalmente usado em sinal de luto pelos servos de um homem falecido, e esfregou as mãos na túnica, acanhado. — Mas me pareceu falta de respeito. — Olhando através do pátio, na direção da árvore, enxugou os olhos. — Perdão, senhor, mas sou um velho e não posso evitar de chorar. O dia em que perdemos nosso amo foi terrível para mim. Lorde Sakanoue levou o jovem lorde embora e, quando voltou, ordenou que eu e minha mulher ficássemos aqui. Então, tomou o único carroção que ainda não partira, e se foi.

— Mas ele retornou à capital — comentou Akitada. — Não mora aqui?

— Não. Foi para o campo e, quando estavam todos acomodados, voltou sozinho e não veio morar aqui. Há falatórios sobre fantasmas, entende? Ficamos só eu e minha velha para cuidar da casa do amo. — Kinsue suspirou. — Não podemos culpar lorde Sakanoue. O vidente nos avisou. Disse que o mal cairia sobre esta casa, mas o amo mandou que o enxotassem do portão a chicotadas. Agora, o amo morreu, e tudo aqui está sem vida. Até aquela árvore está morrendo. Minha mulher e eu fazemos preces pelo espírito do amo, todos os dias. Os quarenta e nove dias acabarão daqui a uma semana. Talvez, então, ele fique em paz. Talvez Buda lhe conceda essa graça.

Curvou a cabeça e deixou que as lágrimas rolassem à vontade, pingando nos pedregulhos do chão.

Akitada não sabia o que dizer diante de tanta dor e superstição. Olhou para a pilha de folhas amarelas ao pé da árvore. Era início de verão. Por que a árvore estava perdendo as folhas? Ele ergueu os olhos para a densa copa. Era espantoso o número de folhas amarelas. Mas aquilo devia ser causado pelo tempo seco e quente. Logo viriam as chuvas, e a velha árvore certamente se recuperaria.

— Tentamos manter o lugar do jeito que o amo gostava — o velho disse. — Todas as manhãs ponho flores frescas no quarto dele e oferendas de frutas e arroz. Quando estou lá, converso um pouco com ele. Nada importante. Falo do tempo e digo que parte da casa vamos limpar naquele dia. Vou contar a ele que o senhor disse que o menino é um bom aluno. Ele ficará contente. Amava muito o jovem lorde. Era um bom amo. — Mais uma vez, enxugou o rosto com a mão nodosa. — O senhor gostaria de ver o quarto dele? — perguntou timidamente.

Akitada aceitou e descobriu que a escada onde estivera sentado era a que levava ao pavilhão do príncipe. Kinsue subiu os degraus e abriu uma linda porta entalhada. Entraram em um aposento espaçoso e claro, dividido em três ambientes por biombos. O velho mostrou o lugar onde o príncipe dormia, mas ali não havia mais esteiras, nem almofadas ou colchão. Uma escrivaninha baixa e prateleiras com alguns livros ocupavam o espaço seguinte. Ali, em um nicho que abrigava um pergaminho, Kinsue pusera suas oferendas: um ramalhete de íris de cor roxa em um vaso de porcelana, uma tigela com laranjas e outra com arroz. Arrumadas ao lado dessas tradicionais oferendas aos budas e espíritos dos mortos, havia um par de sandálias de palha e uma pequena pilha de moedas de cobre.

Olhando de modo perscrutador para o velho, Akitada apontou para o nicho e perguntou:

— Não acredita na história do milagre? Se seu amo está com Buda, agora, não precisa dessas coisas.

Kinsue encolheu-se.

— Não entendo disso — engrolou. — Mas sei que meu amo fala comigo aqui, e ele... não está feliz.

Akitada estremeceu involuntariamente. A atmosfera ali naquele aposento era, sem dúvida, muito mais inquietante do que a lá de fora.

— Você disse que foi à montanha com ele, naquele dia?

— Fui, sim, senhor. Eu era o cocheiro dele e vi tudo o que aconteceu.

— Tudo? Viu seu amo entrar na carruagem, aqui, e desembarcar no templo de Ninna?

O velho moveu a cabeça afirmativamente.

— Vi. Ele estava esplêndido naquele seu traje púrpura. A cauda do manto era tão longa e pesada que se arrastava dois degraus abaixo dele, na escada da entrada do templo.

Akitada refletiu sobre aquilo por um momento.

— Ele teve dificuldade para entrar ou sair da carruagem?

O velho franziu a testa, parecendo forçar a memória.

— Bem, o boi estava agitado, e precisei segurá-lo, por isso não fiquei olhando, mas não acho que o amo teve alguma dificuldade. Ele estava muito bem, para um homem de sua idade. Às vezes até parecia que era jovem. Lembro que pensei isso, quando ele subiu depressa a escada do templo. Estava tão ansioso para fazer suas preces a Buda!

— Ele estava de bom humor? Sorrindo, falando com os amigos?

— Oh, não, eles foram a cavalo. Só eu estava perto do amo, quando ele entrou na carruagem, e depois, quando saiu. Mas não pude prestar muita atenção, porque precisava segurar o boi, sem falar que estava escuro, porque era noite fechada, quando partimos, e chegamos ao templo antes do amanhecer.

Akitada suspirou. Estava ficando claro que o velho se orgulhava da atenção que dava a seu amo, mas naquela noite, o escuro e a agitação do boi o haviam impedido de observá-lo e ver tudo o que acontecia.

— Lorde Sakanoue não foi na carruagem, então? — perguntou.

— Não, também foi a cavalo, com os outros.

— Adiante da carruagem?

— Às vezes, os homens nos ultrapassavam, porque o boi é lento, mas às vezes faziam os cavalos ir devagar e ficavam para trás. Mas eu sei que na volta ele veio o caminho todo na frente — o servo contou, então coçou a cabeça, franzindo a testa, mas não disse mais nada.

— Entendo — disse Akitada. Virou-se para olhar através da porta aberta, visualizando o alvoroço da partida naquela noite, a carruagem levada até o pé da escada da varanda, os cavaleiros um pouco distantes, à espera. Mais uma vez, foi assaltado pela sensação estranha de que ali havia uma presença invisível, ouvindo, observando. — Quantas pessoas acompanharam o príncipe ao templo? — perguntou.

— Vamos ver... — Kinsue pensou um pouco, então prosseguiu: — Noro e eu. Noro é o menino que vai montado no boi. Além de nós dois, lorde Abe, o general Soga, lorde Yanagida, lorde Shinoda e lorde Sakanoue. Mais ninguém. Os outros tiveram de ficar para arrumar a bagagem para a viagem ao campo.

Cinco testemunhas, além do cocheiro e do menino, Akitada pensou.

— Parece estranho que seu amo tenha decidido, de repente, levar a família para o campo, exatamente no dia de sua visita anual ao templo de Ninna — comentou.

— Quem pode dizer por que ele fez isso? O vidente nos amaldiçoou. Foi o que eu disse a minha mulher, quando houve o problema com a neta do amo.

O "problema" devia ser a discussão entre o príncipe e Sakanoue, de que o jovem lorde falara, Akitada refletiu.

— Você disse que viu tudo o que aconteceu no templo, Kinsue. Não estava cuidando do boi?

— O menino foi junto para isso. Eu estava sentado, encostado no muro, observando os cavalheiros na varanda e ouvindo o amo orar.

— Tem certeza de que podia ver e ouvir bem? Ainda devia estar escuro, e você estava encostado no muro, quer dizer, no outro lado do pátio.

— É um pátio pequeno, e o céu estava clareando.

— Muito bem, continue. Diga tudo o que viu e ouviu, desde o momento em que chegou ao templo.

Os olhos de Kinsue assumiram uma expressão distante.

— Depois que meu amo desembarcou, desatrelei o boi e mandei Noro levá-lo para fora e alimentá-lo. Então, me sentei junto do muro para esperar. Meu amo já entrara no templo, e eu podia ouvi-lo entoando preces. Os cavalheiros estavam sentados na varanda.

Depois de um tempo, o sol começou a aparecer por cima da montanha. Os monges tocaram o grande sino do templo, e o amo parou de orar. Lorde Sakanoue levantou-se, foi até a balaustrada e me mandou buscar o boi. Eu fui. Lembro que Noro e eu falamos que chegaríamos em casa a tempo de fazer a primeira refeição. Atrelamos o boi ao carro e ficamos esperando. Os cavalheiros estavam de pé na varanda, conversando, mas eu não podia ouvir o que diziam. Alguns desceram para ir buscar seus cavalos. Então, lorde Sakanoue bateu na porta do templo, avisando: "Sua Alteza, estamos prontos para partir". Mas o amo não saiu. Um dos homens e lorde Sakanoue trocaram algumas palavras e entraram no templo. Noro e eu ficamos olhando, imaginando o que acontecera. Os outros também se aproximaram para olhar. Depois de um tempo, lorde Sakanoue saiu, segurando as roupas de meu amo e chorando. Disse que Sua Alteza desaparecera.

O velho inclinou a cabeça para o peito e tornou a enxugar os olhos.

— Nunca mais vi meu amo — disse baixinho. Após uma breve pausa, continuou: — Os monges e o abade chegaram e ajudaram os outros a procurar. Foram buscar um exorcista e uma médium. A médium entrou e, quando saiu, disse que o amo renascera no paraíso, porque lia os sutras com devoção e desejava estar com o filho. Acho que foi isso mesmo.

Notando que a emoção deixara o velho exausto, Akitada esperou um pouco, dando-lhe tempo para recuperar-se, então perguntou:

— Não pensou que seu amo podia simplesmente ter saído e ido para algum outro lugar? Ou que alguém o seqüestrou, ou até mesmo matou e escondeu o corpo?

Kinsue abanou a cabeça.

— Impossível. Eu vi. Os cavalheiros viram. Lorde Sakanoue quis que todos nós entrássemos para ver que não havia ninguém no templo. E não havia jeito de o amo sair sem ser visto. Acho que foi como a médium disse.

— Kinsue — uma débil voz feminina chamou de fora.

A súbita interrupção sobressaltou os dois, fazendo-os estremecer de leve.

— Minha esposa — o velho explicou.

— Eu gostaria de conhecê-la.

Os dois saíram. Uma mulher idosa, baixa e gorda, parada embaixo da árvore, olhava para o rastelo abandonado e a pilha de folhas como se quisesse fazer o marido aparecer ali de repente, saindo do nada. Kinsue chamou-a, e ela se virou com uma expressão de alívio no rosto, então viu Akitada e ficou visivelmente confusa.

Um príncipe desaparece de modo milagroso

O velho fez as apresentações. Pondo-se desajeitadamente de joelhos, ela se curvou profundamente várias vezes.

— Por favor, levante-se — Akitada pediu. — Eu gostaria de saber se a senhora tem algum recado para mandar a Sadamu, a respeito da irmã dele. O menino está preocupado com ela.

A mulher não se ergueu, começando a chorar.

— Oh, minha pequena senhora! — lamentou com um soluço. — Está sozinha, agora. Que Amida a proteja! — Fechou os olhos, movendo os lábios numa prece silenciosa.

— Pare com isso, velha! — o marido repreendeu-a, escandalizado. Virou-se para Akitada e explicou: — Foi minha mulher quem levou a refeição da manhã para a jovem senhora, antes de ela partir para o campo, porque as outras servas estavam ocupadas, carregando os carroções. A jovem senhora estava chorando desesperadamente, por causa da triste notícia a respeito do avô. Mas agora ela deve estar muito bem. Casada com lorde Sakanoue, é a primeira dama da casa. Aos quinze anos de idade! Não é uma maravilha?

Quinze anos?, Akitada pensou. Uma criança, ainda.

— Houve mesmo casamento? — indagou, olhando para a esposa de Kinsue, e ela moveu a cabeça afirmativamente, fitando-o com profunda tristeza. — Pensei que o príncipe Yoakira houvesse negado seu consentimento — ele pressionou.

Os dois velhos entreolharam-se, confusos.

— Mas devem estar casados, porque lorde Sakanoue passou três noites seguidas com ela, e fui eu que fiz os bolinhos de casamento, no terceiro dia — a mulher contou, então seu rosto contraiu-se num trejeito de dor. — Um dia antes de nosso amo ir para o paraíso.

Kinsue abanou a cabeça, desalentado.

— Que dia, aquele! Tantas coisas aconteceram!

— Deve ter sido muito difícil para vocês — Akitada concordou. — Bem, muito obrigado, direi a lorde Minamoto o que vocês me contaram.

A idosa levantou-se por fim e cochichou alguma coisa ao ouvido do marido, então afastou-se apressadamente.

— Ela foi buscar uma coisa para o senhor levar ao jovem lorde — Kinsue esclareceu.

— Está bem — Akitada respondeu, voltando-se para olhar a casa do príncipe.

Yoakira ficara furioso ao descobrir que sua neta, por vontade própria, ou forçada, tornara-se esposa de Sakanoue, e fora ali que acontecera a briga entre os dois homens. O que se passara entre eles? O príncipe aceitara a união, ou se recusara a abençoá-la? Akitada achava que sabia a resposta. Aquele fora o motivo do assassinato de Yoakira. E o jovem lorde e a irmã, pobres crianças, ficaram à mercê de um homem inescrupuloso. Como a menina devia ter se sentido? Como estava se sentindo agora?

Mergulhado em pensamentos, Akitada subiu a escada novamente e parou na porta do espaçoso cômodo dividido por biombos. Olhando para dentro por um momento, então entrou. O casamento da jovenzinha devia ser triste e vazio como aquele lugar. Ele pensou nos próprios pais, na formalidade como se tratavam, na total ausência de sinais de afeição, de intimidade física. Mas sua mãe sempre fora uma mulher de espírito forte, capaz de lidar com um marido autoritário. Seria isso que deixara Tamako amedrontada? Ela teria imaginado que ele seria um marido distante que a deixaria abandonada às exigências de uma sogra fria e eternamente descontente? Com um suspiro, ele refletiu que nunca poderia esclarecer esse mistério. Mas o mistério que envolvia a morte do homem que ocupara aqueles aposentos seria desvendado. Pelo menos, ele faria tudo o que pudesse para que isso acontecesse.

Estava entretido com esse último pensamento, quando sentiu os cabelos da nuca arrepiarem-se. Teve a sensação de que alguém falava com ele com grande urgência.

Olhou em volta. Ali não restava nem sequer uma arca de roupas, mas ficara a marca no lugar onde uma estivera, perto da porta. Estaria cheia, pronta para ser transportada para o campo? Por que levariam as roupas do príncipe na mudança? Se ele não iria para sua propriedade rural, pois desaparecera, não precisariam levar suas roupas.

Arranhões nas tábuas do chão indicavam que a arca estava pesada e fora arrastada para fora. Deviam ter sido mais profundos, mas alguém aplicara cera no assoalho, tornando-os menos visíveis. Sem dúvida fora Kinsue quem fizera isso após a partida dos outros, movido pelo fervoroso desejo de manter imaculado o quarto de seu amo.

Akitada olhou para o pergaminho no nicho e aproximou-se para ler o texto escrito em chinês. Decifrou os ideogramas, sentindo de modo estranho que ouvia alguém recitando as frases em sua cabeça. "Procure a verdade e a encontrará! Não procure a verdade e ela se perderá para sempre! A busca depende do homem, mas a descoberta está nas mãos do céu. Procure a verdade no lado de dentro, pois não a encontrará no lado de fora." As palavras eram atribuídas a Meng Tse.

Akitada suspirou e voltou para o pátio, encontrando Kinsue e a esposa a sua espera.

— O que aconteceu com as roupas e outros pertences do príncipe? — perguntou.

— Foram levados para o campo — respondeu o velho. — Lorde Sakanoue levou-os no último carroção, que ele mesmo dirigiu.

— Entendo. Bem, preciso ir. Muito obrigado por me contarem sua história. Lorde Minamoto ficará contente em saber que vocês estão cuidando bem da casa e que pensam nele.

A esposa de Kinsue aproximou-se de Akitada com um sorriso desdentado no rosto redondo, enrugado como um inhame seco, curvou-se e estendeu-lhe uma caixa amarrada com um cordão de cânhamo.

— Bolinhos doces — Kinsue explicou, falando por ela. — O jovem lorde gosta muito deles.

— Obrigado — Akitada agradeceu, pegando a caixa. — Por favor, no caso de se lembrarem de mais alguma coisa além do que já me contaram, mesmo que pareça não ser importante, mandem me chamar.

— Não há mais nada, senhor — disse o velho. — Só não falamos do cavalo, mas que importância isso pode ter?

— Que cavalo?

— Aquele que lorde Sakanoue usou para ir à montanha. Não era dele, nem um dos nossos. Conheço todos os nossos animais, senhor.

16

Castanhas Assadas

A despeito do brutal assassinato de seu mais famoso professor, a universidade estava funcionando como de costume. Akitada chegou em cima da hora para dar sua primeira aula e isso foi um alívio, pois não precisaria trocar amabilidades com Hirata. A amizade deles fora tristemente abalada, não apenas porque Akitada ainda se ressentia do modo como o homem o induzira a fazer uma proposta de casamento a Tamako, que a rejeitara, mas também porque o mais leve contato com ele fazia-o lembrar-se de sua filha, e isso lhe causava sofrimento. Atravessando o saguão de entrada com passos rápidos, foi direto para a sala de aula.

Os alunos estavam a sua espera. Receberam-no com sorrisos entusiasmados e então os quinze, todos com quimonos azuis e barretes pretos, curvaram-se diante dele. O coração de Akitada encheu-se de gratidão. Pela primeira vez, considerou que a vida de um professor era abençoada. Encorajado pela calorosa acolhida, passou a manhã explicando as leis que regulamentavam a administração das províncias e ficou satisfeito com a paciente atenção dos estudantes.

O sr. Ushimatsu, o aluno de meia-idade, superou a si mesmo não apenas mostrando que decorara os nomes de todas as províncias como se oferecendo para mostrar sua localização no mapa. Forneceu também informações sobre a lavoura, a indústria, os templos e cidades daquelas regiões, e de modo tão acurado, que até seus colegas ficaram impressionados. Quando Akitada elogiou-o, os olhos do homem brilharam de alegria, e ele contou timidamente que sonhava em ser enviado a uma das províncias como registrador ou escrevente a serviço do governador. Fora por isso que achara sensato preparar-se, estudando todas as lições possíveis com antecedência.

Um dos jovens nobres perguntou, desdenhoso:

— Deseja sair da capital e ir para um fim de mundo qualquer? E ainda por cima como simples escrevente? Eu tenho ambições maiores. Por que se deu ao trabalho de freqüentar a universidade, se isso é tudo o que você quer, Ushimatsu?

Os colegas apoiaram-no em coro, e por um momento pareceu que o pobre homem ia se deixar intimidar por seus zombeteiros colegas.

Ele, porém, limitou-se a curvar-se e responder à crítica, dizendo:

— Perdão, Mokudai, mas você pode ter grandes ambições, assim como muitos dos outros meninos. Seus parentes são pessoas importantes aqui na capital, e seu chinês é muito, muito melhor do que o meu. — Virando-se para o resto da classe, sorriu e acrescentou: — Eu ficaria muito contente em ser secretário de um de seus primos, ou até, algum dia, de um de vocês. Quanto a deixar a capital, anseio por isso, porque ficarei sabendo como é o resto do país.

— Tenho inveja de você, Ushimatsu — declarou o jovem lorde Minamoto. — Eu queria ser livre para conhecer o mundo. — Por um rápido instante, uma sombra de tristeza cobriu-lhe o rosto. — Oh, Ushimatsu, quando você falou da neve e dos ursos em Echigo, eu desejei poder vê-los. E desejei navegar pelo mar Interior para ir ver os macacos em Kyushu, e viajar pela estrada Tokaido até ver o monte Fuji. Mas sei que nunca sairei da capital enquanto viver.

Os críticos manifestaram-se novamente, mas Akitada calou-os com um gesto e disse depressa:

— Nenhum de nós sabe o que o futuro nos reserva. Muitos grandes senhores têm viajado em missões importantes, a serviço de Sua Majestade. Todos servimos onde podemos.

Estava indizivelmente orgulhoso do progresso feito por Ushimatsu. Se o homem continuasse assim tão aplicado, passaria nos exames. Dizendo a si mesmo que ia emprestar-lhe alguns documentos que o ajudariam a progredir ainda mais, deu aos alunos a tarefa de escrever uma monografia sobre as corvéias e dispensou-os para o almoço.

Quando o jovem Minamoto passou por ele a caminho da porta, Akitada lembrou-se do presente enviado pela esposa de Kinsue.

— Sadamu, tenho uma coisa para lhe dar — informou, estendendo-lhe a caixa.

O rosto do menino iluminou-se de prazer.

— Para mim? O que é? — ele perguntou, excitado, pegando a caixa.

— Não é um presente meu — Akitada explicou. — Esta manhã fui falar com o cocheiro de seu avô. Ele e a esposa foram os únicos que ficaram na mansão.

— Kinsue... Conheço todos os servos pelo nome — o menino murmurou, e seus olhos tornaram-se subitamente atentos. — O que o senhor descobriu?

Akitada hesitou.

— Em resumo, descobri que Kinsue sustenta a história que todos contam, que o príncipe entrou no templo e não mais saiu, e que todos os que o acompanhavam procuraram por ele mas não o encontraram.

O garoto suspirou.

— Kinsue não mentiria. Amava meu avô. Mas deve haver uma explicação para o desaparecimento. O senhor irá ao templo?

— Irei, sim, mas primeiro tenho de falar com os homens que estavam com seu avô. Kinsue disse que eram os lordes Abe, Yanagida, Shinoda, além de um general.Você conhece algum deles?

— Conheço todos, mas não muito bem. Iam sempre a nossa casa, mas eu não ficava com eles. O nome do general é Soga. Desculpe, se não posso ajudá-lo com mais informações.

— Não tem importância. A propósito, estou admirado por você saber os nomes dos servos de seu avô. Devem ser muitos.

O pequeno lorde sorriu. Sopesava a caixa e a sacudia de leve.

— São muitos, sim. Mas gosto especialmente de Kinsue e de sua esposa, Fumiko. Os dois estão bem? Foi ela que me mandou este presente?

O cordão soltara-se, e o menino ergueu a caixa, espiando para dentro dela por uma fresta.

— Abra e veja o que é — Akitada incentivou-o, sorrindo.

No mesmo instante, o rapazinho tirou a tampa.

— Bolinhos doces! — exclamou, dando um pulinho. — Eu estava mesmo esperando que fosse isso. Ninguém faz bolinhos doces como Fumiko. — Aspirou o cheiro, deliciado, e estendeu a caixa aberta para Akitada. — Por favor, senhor, experimente um.

— Não, Sadamu, obrigado. Está na hora de meu almoço. Kinsue e... hã... Fumiko estão bem. Mandaram dizer que sua casa está sendo bem cuidada.

O menino fechou a caixa, corando um pouco.

— É muita bondade deles cuidar de tudo. Fico contente em saber que estão com saúde e que não foram dispensados. Eles precisam de alguma coisa?

Mais uma vez, Akitada comoveu-se com o senso de responsabilidade daquela criança de onze anos.

— Não, acho que não precisam de nada. Estão sofrendo, naturalmente. Por seu avô e também por você não estar com eles.

O garoto piscou várias vezes, obviamente contendo as lágrimas.

— Eu me sinto feliz por eles continuarem na casa, porque é lá que o espírito de meu avô ficará até que passem os quarenta e nove dias de sua morte — declarou com voz meio embargada. — Há alguma notícia de minha irmã, senhor?

— Lamento, mas não há. Ela está no campo. Por falar nisso, onde fica essa propriedade de sua família?

— Perto do monte Kuriko, na estrada Nara.

— Falei também com seu tio-avô, o bispo Sesshin. Imagino que ele não tenha mandado buscá-lo para uma conversa, nem providenciado para que você deixasse o dormitório e fosse morar em outro lugar, não é?

— Não, senhor. Meu tio-avô é um monge, não se interessa por coisas do mundo.

Isso foi dito calmamente, mas Akitada sentiu o coração apertar-se de compaixão pelo menino solitário.

— Bem, aproveite bem seus bolinhos — disse, forçando-se a sorrir.

Foi recompensado com um amplo sorriso. Ficou observando o jovem lorde sair, levando sua preciosa caixa. Era preciso tão pouco, para fazer uma criança feliz. Mesmo as tristes lembranças de sua própria infância incluíam momentos como aquele, de pura alegria.

Sorriu, recordando certas ocasiões felizes, mas sua viagem ao passado foi interrompida por Nishioka, que olhou para dentro da sala e perguntou:

— Meu caro colega, não vai almoçar? Estou a caminho de meu escritório, para onde vão levar meu arroz. Venha, quero que seja meu convidado. Estou ansioso para compartilhar minha nova teoria com o senhor e ao mesmo tempo oferecer-lhe algo delicioso.

Akitada ia recusar, quando viu o abatido Hirata aparecer ao lado de Nishioka. Aceitou o convite. Hirata cumprimentou os dois com um leve aceno e afastou-se.

Nishioka falou o tempo todo, enquanto andavam para o templo de Confúcio. Akitada, sentindo remorso em relação a Hirata, manifestava-se com monossílabos. Pela primeira vez naquele ano, o calor tornara-se incômodo. Olhando para o céu, achou que o tempo estava mudando. Uma calmaria opressiva caíra sobre a cidade, nem as folhas das árvores se moviam.

— Mestre Tanabe tirou o dia de folga hoje, por insistência minha — Nishioka disse quando chegaram a sua sala. — Estou um pouco preocupado com ele. É velho demais para tanta comoção. Quanto mais cedo a polícia prender o assassino, melhor será para todos nós.

Pensando em como Hirata parecia doente nos últimos dias, Akitada concordou.

Nishioka então confidenciou, animado:

— Acho que atinei com a resposta do enigma. Nós dois concordamos em que tudo era uma questão de análise da personalidade dos envolvidos, e à medida que fui analisando, minhas conclusões afunilaram-se, indicando um único possível assassino. Claro que, se não fosse pelo fato de que o homem precisou de muita força para amarrar alguém do tamanho de Oe naquela estátua, o campo seria muito mais amplo. Mas vamos discutir isso enquanto comemos.

Sentaram-se na varanda do pequeno e atravancado escritório para saborear a refeição composta de arroz e legumes em conserva, mandada da cozinha dos funcionários. Akitada olhou para a comida sem muito apetite.

— Algo delicioso, o senhor disse?

Os olhos de Nishioka cintilaram.

— Mais tarde — ele prometeu com um sorriso. Então, voltou ao assunto da morte de Oe: — Penso que devemos levar em conta todas as pessoas que tinham motivo para o assassinato, eliminando as que obviamente não seriam capazes de fazer aquilo, então analisar as características psicológicas das que restarem. Concorda?

Era evidente que aquela conversa ia ser longa. Aborrecido, Akitada concordou com um gesto de cabeça, enxugando algumas gotas de suor em sua testa. Não estava com fome, mastigava longamente pequenos bocados.

— Vamos começar por nós — Nishioka propôs, agitando no ar os pauzinhos de comer. — Não, não abane a cabeça! Devemos ser metódicos. Método é tudo, na pesquisa acadêmica. Eu não gostava de Oe. Ele foi extremamente grosseiro comigo em várias ocasiões. O que também me desagradava era a falta de respeito com que ele tratava mestre Tanabe. Mas não gostar não é motivo bastante forte para assassinato. Acho que o senhor, a menos que me diga o contrário, não conhecia Oe há tempo suficiente para não gostar dele. Estou certo?

Akitada lançou um longo olhar ao colega. Pousou na mesa baixa seus pauzinhos e a tigela e observou com franqueza:

—Talvez o senhor tenha tido um motivo mais forte do que esse, de não gostar de Oe. O capitão da polícia parece achar que ele o estava ameaçando por causa de algumas atividades relacionadas a jogo.

Nishioka abriu a boca, espantado, e ficou lívido.

— Ko-Kobe disse isso? — gaguejou. — O que ele comentou com o senhor, exatamente?

— Nada específico. Obteve a informação através dos muitos mexericos a respeito dos professores.

— Foi uma coisa boba — Nishioka afirmou, relaxando um pouco. — Alguns escreventes da administração estavam aceitando apostas sobre o resultado dos exames, nada de estranho, apostas sempre acontecem. Então, eles me pediram para guardar o dinheiro que recebiam. Ninguém diria nada a respeito, se nós não tivéssemos tido uma encrenca com alguns apostadores que ficaram zangados porque perderam. Sabe como é. O estudante favorito não ficou em primeiro lugar.

— Foi o que ouvi — disse Akitada em tom frio.

Notara que Nishioka começara a referir-se a "eles" e depois mudara para "nós", e imaginou qual seria sua dose de culpa naquela história. Todo mundo precisava de dinheiro, principalmente professores assistentes que, como ele sabia, ganhavam um salário de fome.

— De quanto era a quantia de dinheiro envolvida? — perguntou.

Nishioka remexeu-se na almofada.

— Cerca de quinhentas peças de prata.

— Tudo isso?! — exclamou Akitada, surpreso. — E quem ganhou?

— Só houve um ganhador: Ishikawa.

— Ishikawa! Não me diga! Se ganhou tanto, por que continuou a ler monografias de alunos para Oe?

Com um irritante olhar misterioso, Nishioka simplesmente disse:

— Ah!

Akitada tornou a pegar a tigela e os pauzinhos e comeu mais um pouco.

— Por favor, continue sua análise do assassinato — pediu secamente, depois de engolir o bocado de arroz seco demais.

O colega, desconcertado por seu tom de voz, respondeu hesitante:

— Oh... sim... estava falando de motivos. Bem, hã... no que diz respeito a seu amigo Hirata, ele parece se dar bem com todo mundo. Não encontrei nenhum motivo que ele pudesse ter. E mestre Tanabe sempre foi muito paciente com Oe, portanto acho que podemos eliminar os dois. Com Fujiwara, por outro lado, as coisas são mais complicadas. Ele tem bom gênio também, mas Oe o odiava e nunca perdia uma oportunidade de difamá-lo, em público ou em particular.O incidente durante o concurso de poesia pode ter sido a última gota para Fujiwara. Motivo claro: vingança.

Akitada correu um dedo entre a gola dura do quimono e o pescoço. O suor colara a seda em sua pele.

— São meras suposições — declarou. — Hirata, e mesmo eu, podíamos ter um motivo que o senhor ignora, e Fujiwara pode ter um gênio tão bom, que nada jamais o faria cometer uma violência.

Nishioka olhou-o com ar ofendido.

— Não se esqueça de que conheço meus colegas muito melhor do que o senhor — retrucou. Engolindo alguns pedaços de legumes, continuou: — Imagino que agora vá começar a defender Takahashi, que odeia todos os colegas e não mede esforços para fazê-los sofrer! O senhor deve se lembrar de que ele se tornou incoerente, de tanta raiva, depois do que Oe fez com sua preciosa petição. Eu diria que ele tinha bastante motivo para querer vingar-se.

— Penso que devemos nos guardar com especial cuidado contra a tentação de imputar um crime a um homem, só porque o detestamos — Akitada declarou.

A irritação de Nishioka ficou evidente quando ele pousou a tigela na mesa com força exagerada.

— Talvez o senhor queira me honrar, compartilhando comigo sua opinião a respeito de nossos colegas — disse, controlando a voz.

Bem-feito para mim, pensou Akitada. Por que não posso controlar meu temperamento e manter a boca fechada?

Não havia mais nada que ele pudesse fazer, a não ser ceder, esperando que Nishioka se acalmasse.

— Achei Sato muito interessante — começou calmamente, fingindo que nada acontecera. — Ele é aparentemente sossegado, mas tem coisas a esconder. Um professor dar aulas particulares é contra as regras da universidade, e há rumores sobre escandalosos casos com mulheres que ele recebe em seus aposentos, no Departamento de Música. Penso que o senhor sabe mais a respeito disso do que eu.

Nishioka hesitou, mas a tentação era grande demais para ele.

— Sei, sem dúvida nenhuma — confirmou. — Sato não pode perder o emprego, porque é pobre e tem uma família numerosa. E Oe estava prestes a cair sobre ele.

— Ah, o motivo seria autopreservação — comentou Akitada.

— Exatamente! Mas não vamos esquecer Ono. Como assistente de Oe, ele sempre esperou sucedê-lo na direção do departamento de clássicos chineses, um dia. Por isso suportou, durante anos, abusos e sobrecarga de trabalho.

— Isso lhe dá dois motivos para assassinato: vingança e interesse — Akitada observou.

Apaziguado, Nishioka levantou-se, foi buscar vinho e encheu duas tigelas. Akitada, sedento, bebeu avidamente, sem pensar em sua aula da tarde.

— Bom vinho! É essa a prometida delícia?

Nishioka riu.

— Não. Tenha paciência. Bem, o que acha de meu raciocínio até agora?

— Analisou todos os professores, mas na verdade o assassino pode ser qualquer outra pessoa. Temos de pensar em alunos, funcionários, visitantes, amigos, parentes — Akitada respondeu, deixando o colega servir-lhe mais vinho.

— Oe não tinha amigos, nem parentes próximos. Quanto aos funcionários, nunca sentiram nada especial por ele, quero dizer, não o queriam bem, nem mal. E Oe raramente prestava alguma atenção a eles. O mesmo vale para os alunos, com uma notável exceção: Ishikawa. Esse moço é tão pobre quanto inteligente, e nesses últimos meses ele e Oe tornaram-se estranhamente íntimos. Ishikawa começou até a atribuir notas no lugar de Oe. Isso é muito curioso.

— É, sim — Akitada concordou. — Fica ainda mais curioso, quando se leva em conta que Ishikawa não precisava do dinheiro que Oe lhe pagava, porque ganhou a aposta que o senhor ajudou a organizar.

Deixando cair um pedaço de rabanete que levava à boca, Nishioka ficou vermelho de irritação.

— Não ajudei a organizar aposta nenhuma! — gritou. — Gostaria que o senhor não tocasse mais nesse assunto.

— Desculpe — Akitada murmurou. — Suponho que o senhor suspeite de que Oe fraudou os exames com o conhecimento de Ishikawa.

— Não suspeito, tenho certeza. Foi uma trama inteligente, ninguém percebeu o envolvimento de Oe. Quem ganhou foi Ishikawa, mas penso que ele teve de dar a maior parte do dinheiro a Oe. Todo mundo notou como Ishikawa mudou depois da época dos exames. Tornou-se desrespeitoso com Oe, que suportava todos os seus desaforos. Houve até um comentário sobre ter batido no velho. Para mim, isso cheira a desavença entre conspiradores — Nishioka declarou, franzindo o longo nariz, como se sua comida de repente exalasse mau cheiro.

— O senhor tem alguma prova do que diz?

— Prova? Só é preciso observar as ações das pessoas. Suponho que Ishikawa chantageava Oe. O que o senhor acha?

Akitada chegara à mesma conclusão havia muito tempo. Mas, infelizmente, isso não parecia explicar o assassinato.

— Foi Oe quem morreu assassinado, não Ishikawa — ponderou. — Por que Ishikawa mataria sua fonte de renda?

— E se Oe cansou-se das exigências dele e estava ameaçando expulsá-lo da universidade?

— Não faria isso, pois teria medo de que Ishikawa revelasse toda a trama, o que acabaria com sua carreira acadêmica.

— Oe não tinha nada a perder. Já decidira aposentar-se.

— Como sabe disso? — Akitada perguntou, surpreso.

— Por algo que ele disse. Lembre-se de que mantenho olhos e ouvidos abertos o tempo todo. Oe tinha o dinheiro da aposta e detestava seus deveres de professor. Penso que ele planejava vender sua posição na escola a quem pagasse mais. — Nishioka fez uma pausa e riu. — Pergunto-me se Ono sabia disso. Como ele é pobre e jamais poderia dar um lance nesse leilão, certamente isso lhe daria motivo para matá-lo.

— Parece que há muitas possibilidades, mas nenhum fato concreto para validar as suspeitas — observou Akitada.

— De fato, muitas possibilidades: Fujiwara, Takahashi, Ono, Sato e Ishikawa. E fatos são dispensáveis, desde que se possa eliminar todos, menos um.

Akitada suspirou. Os legumes estavam muito salgados, e ele tomou mais um longo gole de vinho.

Nishioka, no entanto, parecia não perceber o calor, nem o gosto da comida.

— No que se refere a oportunidade, Fujiwara poderia ter tido uma, se fosse ao templo após a competição, e é bastante forte para matar um homem grande e pendurá-lo. Mas para isso teria de ter marcado um encontro com Oe no templo, antecipadamente. O mesmo vale para Takahashi e Sato.

— Qualquer um deles poderia ter se encontrado com Oe por acaso e aproveitado a chance — Akitada lembrou-o. — O portão da universidade não estava trancado e não havia guardas para ver quem entrava e saía, porque era feriado.

— Pensei nisso mas acho menos provável. E não acredito muito em coincidências. Ishikawa e Ono saíram com Oe, e nenhum dos dois voltou ao pavilhão para assistir ao resto do concurso.Temos apenas a palavra deles, de que acompanharam Oe só até a rua. Esses dois foram os que tiveram a melhor oportunidade de agir, juntos ou separados.

— Ono alega que voltou ao pavilhão. Mas, por favor, continue — Akitada pediu, embora estivesse ansioso para ir embora.

Nishioka esfregou as mãos com ar satisfeito.

— Isso tudo me levou, finalmente, a determinar a personalidade do assassino. Tomando primeiro os suspeitos menos prováveis, Fujiwara é talentoso, mas nada convencional. Não se importa com aparência física, nem com fama, de maneira que não se ofenderia com alguns insultos. Nesse ponto, é o oposto de Takahashi. O motivo de Takahashi torna-se mais forte quando consideramos a vaidade dele, mas seu exagerado apego às convenções venceria o desejo de vingança. Sato, confesso, me confunde. Torna-se suspeito por ser um indivíduo de emoções fortes, mas, ao mesmo tempo, parece tão despreocupado quanto Fujiwara. Sabia que esses dois freqüentemente bebem juntos em casas de vinho?

— O fato de um homem gostar da vida noturna não significa que ele não tenha valores firmes — Akitada disse asperamente, cada vez mais irritado com o tagarela e teimoso colega, já desinteressado da misteriosa delícia que ele lhe prometera.

— Isso é verdade — Nishioka concordou. — Seja como for, nenhum deles apresenta características totalmente adequadas à personalidade do assassino. Vamos, então, passar para os principais suspeitos, Ono e Ishikawa. Ono é um sujeito contido, capaz de uma paciência infinita. Mas homens assim explodem, quando vêem que todo seu sofrimento foi em vão. Ishikawa, porém, possui mente muito mais forte. Ele planejaria tudo com cuidado e não sacrificaria sua dignidade, nem poria sua segurança em risco. Em vez de explodir, evitaria o desastre, entrando em ação no momento certo. De qualquer modo, tanto Ono como Ishikawa seriam capazes de matar Oe. Pronto. Aqui termina minha análise do caso — Nishioka concluiu, cruzando os braços com ar triunfante.

— Pensei que o senhor houvesse dito que sua análise apontava para um único homem — Akitada protestou.

— Ishikawa, naturalmente! — Nishioka exclamou, rindo gostosamente da expressão confusa de Akitada. — Não se sinta mal por não ter descoberto a verdade. Afinal, conheço essa gente e me treinei para interpretar todas as suas ações e palavras. Mas o senhor aprenderá.

— Muito obrigado pelo encorajamento — Akitada replicou friamente —, mas tenho a impressão que o senhor acha que Ishikawa é o culpado por causa de sua força física e do fato de que ele parece ter fugido.

Nishioka tornou a rir.

— Isso também, mas há uma razão muito mais importante. O assassino não apenas amarrou sua vítima à estátua do mestre Kung, como tirou todas as suas roupas de baixo. Por quê?

— Foi um gesto de desafio?

— Mais do que isso. Um gesto de desprezo por toda a universidade e pelo que ela representa. Ono seria incapaz de uma coisa dessas, pois esperava ser promovido a professor catedrático, e esta instituição é a vida dele. Ishikawa, entretanto, estava sempre fazendo comentários cínicos a respeito da escola. Seria bem de seu feitio mostrar daquela maneira o desdém que sente pela universidade e por Oe, um de seus mais ilustres representantes.

— O senhor pode estar certo nesse ponto, mas isso não prova que ele é o assassino — Akitada argumentou teimosamente.

— Bem, para que isso fique provado, basta mandar a polícia atrás dele. Quanto a mim, estou de olho também em outra pessoa, e será divertido observá-la, enquanto esperamos que Ishikawa seja preso. — Olhou para as tigelas na mesa, a sua vazia, e a de Akitada abandonada ainda pela metade, e lembrou-se de seus deveres de anfitrião. — O senhor não gostou da comida — comentou. — Não faz mal. Deixei o melhor para o fim.

Levantou-se e correu para dentro, voltando pouco depois com uma pequena caixa de madeira. Ergueu a tampa para mostrar o conteúdo a Akitada com evidente orgulho.

A caixa estava vazia, e os dois notaram isso ao mesmo tempo.

— O quê?! — Nishioka quase gritou, incrédulo. — Não sei... — Sacudiu a caixa e virou-a de boca para baixo na esperança irracional de que caísse alguma coisa de dentro. — Sumiram! Eu poderia jurar que ainda havia mais da metade, ontem à noite. Eu ia lhe oferecer algumas de minhas castanhas especiais para arrematar o almoço. Conheço uma mulher que as prepara à perfeição. É uma receita diferente. Ela assa as castanhas depois de cozinhá-las em água e sal. São minha única fraqueza. — Fechou a caixa e atirou-a para dentro da sala. — Vou comprar mais, então o senhor terá de prová-las.

Por educação, Akitada afirmou que gostaria muito de experimentar as castanhas.

— Pretendo apresentar minhas deduções a Kobe agora à tarde — Nishioka anunciou. — Isso o fará tirar da cabeça aquela conversa boba que ouviu sobre as apostas. O senhor gostaria de ir junto?

— Não, obrigado — Akitada respondeu, erguendo-se. — Tenho mais uma aula e depois uma reunião — explicou vagamente.

Agradeceu a refeição e saiu, voltando para seu prédio imerso em pensamentos.

Não achara totalmente desinteressante a análise que Nishioka fizera do caso. Embora não concordasse com a interpretação do homem, tinha de reconhecer que suas próprias suspeitas também não se encaixavam muito bem nos fatos. Contudo, concordava com o colega em que Ishikawa estava envolvido e precisava ser encontrado.

Quando entrou na sala de aula, encontrou um pacote em sua mesa. Estava endereçado a ele, e a caligrafia era de Seimei. Desatando-o, ansioso, encontrou a lista de comerciantes que haviam fornecido mercadorias para o concurso de poesia, um grosso maço de papéis concernentes às muitas propriedades dos Minamoto e um bilhete de Seimei, onde ele explicava que o principal herdeiro era o menino Sadamu, acrescentando que não encontrara nenhuma evidência de malfeitoria, mas que várias transações financeiras recentes levavam o selo de Sakanoue.

Akitada pôs de lado os papéis sobre os Minamoto para lê-los mais tarde, com tempo, pois exigiam um exame cuidadoso, e pegou a lista de comerciantes.

Correndo o dedo pela relação, localizou o nome que esperava encontrar.

17

A Faixa de Brocado

Durante a aula da tarde, Akitada não conseguia parar de pensar no enigma dos três assassinatos. Depois que vira a lista de comerciantes enviada por Seimei, ficara ainda mais ansioso para saber o que Tora descobrira a respeito das lojas com fundo para o canal, pois disso dependia a confirmação da identidade do assassino de Omaki. E o fervor que Nishioka demonstrara, explicando sua busca de pistas do assassinato de Oe, causara-lhe uma vaga porém incessante inquietação que ele não sabia definir, por mais que analisasse a conversa que tivera com o colega.

Toda vez que relanceava o olhar por seus alunos, concentrados na redação de um curto ensaio, seus olhos pousavam mais longamente no pequeno lorde, e o misterioso caso do príncipe Yoakira voltava a ocupar-lhe a mente. Por que Sakanoue montara um cavalo que não era dele nem da família Minamoto?

Quando o sino tocou, anunciando o fim da aula, ele ouviu o som profundo com tanto alívio quanto os estudantes. Observou-os levantar-se, curvar-se rapidamente num esboço de reverência e sair da sala correndo.

Akitada juntou seus papéis e preparava-se para ir embora, quando Tora entrou.

— Eu já estava ficando preocupado — disse, olhando o servo ansiosamente. — Você está se sentindo bem? Conseguiu os nomes dos donos das lojas?

Tora largou-se numa almofada.

— Estou bem e, sim, consegui os nomes. Entreguei o bilhete que o senhor escreveu para Kobe a um dos policiais na portaria do quartel e fui embora depressa, porque imaginei que me segurariam lá para fazer perguntas, se eu contasse ao capitão o que aconteceu no Rashomon. Não confio naqueles desgraçados. Eles iam querer saber tudo sobre Hitomaro, o monge e os outros dois. E o senhor sabe que dei minha palavra de que não os denunciaria.

— Sei — Akitada afirmou, olhando-o de testa franzida. — Tem medo de que aqueles valentões venham atrás de você?

— Eles? Não, de jeito nenhum! — exclamou Tora com veemência. — É dos homens da lei, que se dizem defensores da paz e da ordem, que eu morro de medo. Quando interrogam alguém, arrancam as respostas que querem a chicotadas e coisas piores.

Lembrando-se do açoitamento sofrido pelo mendigo Umakai, Akitada estremeceu.

— Isso não aconteceria com você — assegurou. — Eu não permitiria.

— Se chegasse a tempo — Tora respondeu com ceticismo. — E se eles já tivessem me torturado? Kobe diria que sentia muito, que seus homens haviam cometido um erro, então o senhor me levaria para casa, e Seimei trataria minhas costas em carne viva com seus ungüentos. Não, muito obrigado. Quero distância da polícia.

Ficaram em silêncio. Akitada sabia que a lei praticamente obrigava a polícia a usar de violência nos interrogatórios. Kobe era menos cruel do que muitos outros de sua profissão, mas orgulhava-se de sua competência para extrair informações dos presos. Se ordenara o açoitamento do velho mendigo, não hesitaria em fazer o mesmo com um jovem saudável como Tora.

— Bem, depois de deixar o bilhete no quartel, fui à casa de vinho que Hitomaro mencionou — o servo continuou por fim. — Ele e o monge estavam lá, parecendo famintos. Pedi comida e vinho, comemos juntos e tivemos uma boa conversa. Eu gosto mesmo daqueles sujeitos, principalmente de Hitomaro. Acho que ele foi soldado, como eu. Pode até ter sido um oficial, porque freqüentou a escola e lê livros. Fico pensando por que um oficial abandonaria o exército. Tentei fazer algumas perguntas a respeito, mas ele disse que a vida dele não era da minha conta.

— Foi uma grosseria do homem, considerando-se que você estava pagando seu almoço — Akitada observou. — Pensei que você fosse mais sensato, Tora, e percebesse que ele é um criminoso com muita coisa a esconder. Prefiro que no futuro você fique longe daquela gente.

Tora abanou a cabeça num gesto de teimosia.

— Não, senhor. Está enganado a respeito daqueles dois. Hitomaro é uma pessoa superior, e o monge tem um bom coração. Admito que o que

Hitomaro falou do monge me fez imaginar se o homem era mesmo um religioso, e eu gostaria que não fosse. O senhor precisava vê-lo, senhor! Tem músculos de fazer inveja. A mulher idosa que cuida da casa de vinho precisou mudar uma pilha de sacos de arroz para outro lugar, e o monge pegou quatro de cada vez e carregou dois embaixo de cada braço como se fossem filhotes de cachorro. Ela me disse que ele sempre a ajuda assim.

— De qualquer forma, suspeito que sejam fugitivos. Mas agora me diga o que descobriu sobre os comerciantes de perto do canal.

Tirando um papel amassado da manga do quimono, Tora alisou-o e colocou-o na mesa de Akitada.

— Procurei o administrador do distrito para conseguir isto. Foi ele quem tirou o pobre Umakai de dentro do canal e atestou que ele morreu afogado, por acidente. No início, o preguiçoso se recusou a me atender, mas eu disse que estava em missão oficial, verificando o modo como ele lidara com a vítima de afogamento. O homem murchou com um leque de papel que tomou chuva. Então, escreveu isso aí o mais depressa que pôde.

— Você não disse que era da polícia, disse?

— Claro que não, senhor. Disse que era do Ministério da Justiça.

Reprimindo uma risada, Akitada pegou o papel. O administrador desenhara rusticamente um mapa do bairro, com as ruas, o canal e as lojas, representadas por retângulos. No centro de cada retângulo, ele escrevera o nome do proprietário. Akitada pousou a ponta de um dedo sobre um dos retângulos maiores.

— Veja!

Tora inclinou-se, olhou e piscou, confuso, pois sabia ler muito mal.

— Não entendo o que está escrito aí.

— Kurata.

— Kurata? Santo Kwannon! Será? Oh! — Endireitando-se, bateu com o punho fechado na testa. — Como sou burro! Eu estive na loja dele! E não reconheci o lugar, olhando do canal para lá! O senhor quer dizer que foi ele?

Akitada moveu a cabeça num lento gesto afirmativo.

— Foi ele que estrangulou Omaki com a própria faixa dela? — o servo insistiu.

— Foi.

— Canalha! E levou a faixa, para que ninguém percebesse que o tecido era da loja dele?

— Acredito que sim.

— Mas ele deu a faixa a Umakai. Por quê? Não é do tipo de pessoa capaz de dar um cobre a um homem faminto.

— Ele precisava se livrar da faixa o mais rapidamente possível e cometeu o erro fatal de achar que o melhor meio para isso era dá-la a um mendigo.

Um largo sorriso brilhou no rosto de Tora.

— Louvado seja o nome de Buda! Foi bem-feito para o demônio do homem! — ele exclamou em tom de regozijo, então seus olhos alargaram-se. — Ah, e tem mais! Fui eu que falei dele ao senhor pela primeira vez!

Akitada riu.

— É verdade — concordou. — Eu não chegaria a lugar nenhum sem você. Vamos, marque aqui o lugar do canal em que foi encontrado o corpo de Umakai, e depois levaremos a Kobe as informações que você conseguiu.

Tora pegou o pincel de Akitada, lambeu-o e molhou a ponta num pouco de tinta que já estava secando. Com muito cuidado, fez um "X" no desenho do canal, num ponto bem atrás da loja de Kurata.

Os dois homens entreolharam-se, trocando um sorriso de satisfação.

O capitão andava de um lado para outro de seu escritório, quando Akitada e Tora entraram. Seu olhar passou por Akitada, depois fixou-se no servo.

— Foi você quem deixou na portaria a mensagem a respeito do corpo do mendigo? — perguntou em tom severo. — Pode me dizer por onde andou?

Tora olhou para Akitada, que respondeu:

— Ele estava fazendo um trabalho para mim.

Kobe olhou-o, carrancudo.

— E suponho que o senhor veio aqui para vangloriar-se.

— Não, de modo algum. Vim para saber se há alguma novidade a respeito do caso.

— Desenterramos o mendigo. O legista disse que ele foi estrangulado. Como a moça. Já estava morto, quando foi jogado no canal. Era isso que o senhor queria ouvir?

— Era o que eu *esperava* ouvir — Akitada corrigiu-o. — Foi esse raciocínio que ajudou Tora a solucionar os dois assassinatos.

Kobe olhou para Tora, então de novo para Akitada.

— Está brincando, não é? *Ele* solucionou os assassinatos?

— Por que não? — Os dois homens encararam-se. Kobe foi o primeiro a desviar o olhar, e Akitada prosseguiu: — Desde que comecei a dar aulas na universidade, foi Tora quem trabalhou na investigação. Ele falou com o pai e a madrasta de Omaki e com algumas artistas que se apresentam em casas de diversão no bairro dos salgueiros. Ontem, percorreu a cidade em busca de Umakai. Encontrou-o tarde demais, mas o velho não morreu em vão. Seu assassinato revelou quem matou Omaki.

O capitão cerrou os punhos, furioso.

— Eu gostaria de saber por que seu servo não nos procurou para relatar o que descobrira. Hoje passamos horas procurando-o para que ele nos dissesse como encontrou o corpo.

— Como eu disse, ele estava fazendo um trabalho para mim, ou seja, procurando mais informações a respeito do caso, e viemos para cá assim que nos certificamos de que tínhamos algo útil para relatar. Agora, vai ouvir com atenção o que temos a dizer, ou estamos aqui perdendo tempo?

Kobe bufou, irritado, mas resmungou:

— Que novas informações vocês têm?

Akitada abriu na mesa o mapa desenhado pelo administrador do distrito comercial e apontou para a marca que Tora fizera.

— Penso que foi aqui que tiraram da água o corpo do mendigo. Estou certo?

Kobe inclinou-se para olhar.

— Foi mais ou menos aí. Por quê?

— Veja o nome escrito neste retângulo, que representa a loja mais próxima do local. É o nome do proprietário — Akitada orientou, então abriu a lista de comerciantes enviada por Seimei ao lado do mapa. — Depois, dê uma olhada nisto. Foram esses comerciantes que entregaram no pavilhão do parque as mercadorias para o concurso de poesia, no dia em que Omaki morreu. Note que o mesmo nome aparece de novo.

Kobe pegou a lista e leu-a atentamente.

— Kurata. — Olhou para o mapa. — Acham que foi um dos empregados dele que matou a moça?

— Não. Achamos que foi o próprio Kurata, porque ela esperava um filho dele e estava exigindo que se casassem. E achamos que ele matou Umakai também, porque o velho podia identificá-lo como o homem que lhe dera a faixa de brocado de Omaki.

Kobe deu uma gargalhada.

— Impossível! Kurata é proprietário da melhor loja de tecidos finos da capital. Grandes comerciantes como ele mandam seus empregados e carregadores fazer as entregas. Nunca fariam isso pessoalmente.

— Acredito que ele fez e que até carregou algumas almofadas de seda. Era uma encomenda importante. E além disso, deve ter marcado um encontro com a moça, já com a intenção de matá-la, e o papel de carregador era o disfarce perfeito.

— Está fazendo meras suposições.

— Não. De acordo com todos os fatos, essa é a única explicação. Omaki sabia que o parque fora fechado ao público, mas entrou mesmo assim. O guarda a viu chegando, mas não lhe prestou mais atenção, porque começou a atender os entregadores. O senhor lhe perguntou sobre outras pessoas que pudessem ter entrado, e ele só mencionou a mim e Tora. Nem lhe passou pela cabeça falar dos empregados das lojas, porque, afinal, eles tinham de entrar para entregar suas mercadorias. Deduz-se que Omaki entrou despercebida para encontrar-se com seu amante.

Kobe pensou um momento, então moveu a cabeça, concordando.

— Suponho que possa ter sido assim.

— Quando Tora visitou a família de Omaki, descobriu que a moça possuía não apenas a cara faixa de brocado com a qual foi estrangulada, um toque perverso, eu diria, como também quimonos e cortes de seda finíssima, que só podiam ter vindo da loja de Kurata.

— Mas ele é um cidadão respeitável. Como teria conhecido alguém como aquela moça? — o capitão conjeturou.

Foi Tora quem explicou:

— Oh, ele é cliente regular do restaurante e da casa de vinho Salgueiro, onde Omaki tocava alaúde. A tia de lá sabe tudo da vida dele.

Lançando-lhe um olhar rápido, Kobe voltou-se novamente para Akitada.

— E daí, que a moça estava grávida? Kurata é rico. Por que não comprou o silêncio dela?

Mais uma vez, Tora respondeu no lugar de Akitada.

— Porque o negócio não é dele, mas da mulher, e ela fica uma fera, quando descobre que ele está atrás de outra.

— O quê? — Kobe surpreendeu-se. Recomeçou a andar, então admitiu num resmungo: — Então, suponho que as coisas podem ter acontecido como vocês dizem. — Parou e voltou para junto da mesa, tornando a olhar o mapa. — Umakai viu o assassino, afinal. E por que o velho tolo não nos disse? Ainda estaria vivo.

— Mas ele disse — Akitada afirmou.

Kobe empertigou-se, olhando-o.

— Não. Ficou repetindo bobagens a respeito de Jizo. O senhor mesmo ouviu.

— Exatamente. As estátuas do deus sempre aparecem com gorros vermelhos, que as mães lhe oferecem para que ele proteja seus filhos. Carregadores transportam coisas na cabeça, que protegem com um gorro ou turbante. O senhor pode descobrir facilmente que os que trabalham para Kurata usam gorros vermelhos.

— O senhor sabia disso o tempo todo? — Kobe indagou, furioso.

— Não, mas acreditei que Umakai vira alguma coisa desse tipo. Procurei descobrir se havia alguma conexão entre a história de Jizo e o assassino. Foi pensando nos entregadores do parque, que me lembrei de que eles normalmente usam algo na cabeça. Depois disso, foi fácil imaginar o que devia ter acontecido.

O capitão mordeu o lábio e grunhiu qualquer coisa.

— Acha, então, que o velho de fato reconheceu Kurata e que tentou chantageá-lo? — perguntou.

— Não. Penso que Umakai olhou para dentro da loja de Kurata, quando passava pela rua, e viu o que lhe pareceu uma manifestação de Jizo. Duvido que percebesse no que estava se metendo. Deve ter falado com Kurata, achando que falava com o deus, e contado que perdera o presente que ele lhe dera. Talvez tenha pedido uma outra faixa de brocado. Claro que depois disso Kurata não podia deixá-lo vivo.

Kobe observou Akitada durante um longo tempo. Então, praguejando, sentou-se abruptamente e levou as mãos à cabeça.

— Aquele desgraçado sem coração matou um velho que pensou que ele era Jizo! — exclamou. — Maldição! Eu devia ter visto isso! — Levantou-se, apontando um dedo acusador para Akitada. — Mas você e seu servo deviam ter me contado antes o que sabiam! Se não tivessem tentando bancar os espertos, eu teria interrogado Kurata dias atrás.

Irritado com a injusta acusação, Akitada retrucou:

— Vou ser muito franco. Depois que o senhor não conseguiu arrancar a verdade de Umakai a chibatadas, o pouco crédito que eu dava a seus métodos acabou de uma vez!

Kobe ficou vermelho.

— Meus métodos são os únicos que arrancam confissões — gritou. — E sem uma confissão, o culpado fica livre. Acho bom o senhor deixar à polícia o trabalho que é da polícia!

— Não acredito que consiga muita ajuda de cidadãos honestos, agindo dessa maneira! — Akitada revidou.

— Damos sempre um jeito. Quanto a Kurata, poderíamos vigiar seus movimentos por uns dois dias e com isso descobrir algo que o incriminasse, mas, de acordo com *meu* método, vou procurá-lo agora. Covarde como ele é, confessará bem depressa, e se o que seu servo disse sobre a mulher dele for verdade, ela ficará mais do que ansiosa para vê-lo condenado, quando ouvir a história toda.

— Está bem — Akitada concordou por entre os dentes. — Vamos deixar o caso em suas mãos competentes e voltar a nossos afazeres.

Mas Kobe não estava ouvindo. O esboço de um sorriso curvou-lhe os cantos dos lábios.

— Pegamos o maldito — murmurou. — A poesia da justiça! Nunca convenceríamos um juiz da culpa do miserável, usando o depoimento de Umakai, de que o deus Jizo lhe dera uma faixa de brocado.

— Talvez não — Akitada disse por sobre o ombro, já caminhando para a porta. — Mas foi horrível o velho ter de perder a vida para nos levar ao assassino.

— Nem mesmo o senhor poderia solucionar o caso de outra maneira — Kobe declarou. Sua raiva se fora, e agora ele parecia excitado. — Aonde vão? Vamos prender aquele canalha!

Akitada parou e virou-se.

— Quer que nós dois vamos com o senhor? Isso é realmente necessário?

O capitão já tirara da parede o arco e a aljava e estava colocando-os no ombro.

— Talvez não seja, mas quero que vejam como *eu* trabalho — respondeu com um sorriso.

Antes que Akitada pudesse protestar, abriu a porta e berrou os nomes de cinco policiais que apareceram rapidamente, com o rosto afogueado, carregando suas armas e ajeitando as túnicas.

— Acompanhem-me! — ordenou, percorrendo-os com um olhar avaliador. — Vamos à loja de Kurata para efetuar uma prisão.

Virando-se para Akitada e Tora, chamou-os com um gesto autoritário e marchou para fora.

Akitada suspirou.

— Acho que é bom irmos — comentou com Tora.

Apesar do calor que fazia naquele fim de tarde, deixando as pessoas vagarosas, Kobe andava tão depressa, que Akitada e Tora ficaram vários passos para trás. Por estarem entre o capitão e os cinco policiais que os seguiam a trote, os dois pareciam criminosos conduzidos a seu merecido castigo e eram olhados com curiosidade pelos transeuntes. O traje de pessoa de classe superior, usado por Akitada, causava particular interesse, e quando chegaram ao estabelecimento de Kurata, estavam sendo acompanhados por cerca de cinqüenta pessoas de todos os tipos e idades.

Kobe ignorou o cortejo de curiosos e entrou na loja, percorrendo o olhar pelos clientes que estavam pasmos com a invasão dos túnicas-vermelhas, e gritando:

— Saiam todos, menos o proprietário e os empregados!

Os clientes saíram correndo, atropelando uns aos outros na pressa de abandonar o local. Ficaram apenas Kurata, dois vendedores, um menino que estivera carregando alguns rolos de tecido que deixou cair quando ouviu a ordem de Kobe e, nos fundos da loja, uma mulher de meia-idade, sentada numa almofada, rodeada de livros de contabilidade e segurando um ábaco. Ficaram todos imóveis, pálidos de susto, olhando para os policiais.

A reputação da força policial da cidade era tão temível, que qualquer pessoa que se visse como foco de sua atenção imediatamente presumia que cometera algum grave delito, mesmo sem intenção. Por isso, o menino desatou em pranto, gritando:

— Não fui eu! Eu não fiz nada!

Um dos vendedores tentou fugir, sem sucesso, enquanto o outro tremia tanto que seus dentes batiam.

Kurata, em seu quimono de seda, ficou parado no meio da loja, abrindo e fechando a boca como um peixe fora da água. Apenas a mulher com o ábaco manteve razoável controle sobre si mesma. Levantou-se, passando as mãos no severo quimono de seda preta, aproximou-se de Kobe e olhou a insígnia em seu peito.

— Que assunto o traz aqui, capitão? — perguntou com voz áspera.

Um dos policiais fez um rápido movimento e agarrou o vendedor que já quisera fugir e que naquele momento tentara novamente, jogando-o de bruços no chão e sentando-se em suas costas. Kobe observou a cena com rosto impassível, antes de responder à pergunta da mulher.

— Estou investigando um assassinato cometido neste bairro, duas noites atrás — informou. — Todos desta casa serão interrogados. Quem é a senhora?

A mulher fez-lhe uma reverência.

— Sou a proprietária da loja, a sra. Kurata. — Lançando um olhar para o ajuntamento de pessoas na rua, disse, apontando para uma porta na parede do fundo: — Talvez seja melhor conversarmos lá dentro.

Kobe assentiu, movendo a cabeça.

— Vá na frente.

— Alguém precisa fechar as portas, ou os ladrões levarão todo o estoque — ela observou.

— Não seja tola, mulher! — Kobe repreendeu-a. — Ninguém vai roubar nada, com meus homens aí.

Ela se virou para guiar o grupo até a parte residencial, atrás da loja. Com exceção de dois policiais que ficaram para trás para impedir os curiosos de entrar, todos os outros a seguiram. Kobe sentou-se em uma das almofadas e convidou Akitada a fazer o mesmo. Kurata e a mulher iam sentar-se também, mas Kobe ordenou:

— Fiquem de pé! — Fez um sinal, e os três policiais postaram-se atrás do casal.

O menino e os dois vendedores amontoaram-se num canto.

Kurata por fim recuperou a voz e protestou:

— O que significa isso tudo, capitão? Esta é minha casa, e sou um cidadão respeitado, na verdade, *muito* respeitado. Faço negócios com o palácio e tenho como clientes apenas pessoas da mais alta classe. Qualquer um deles pode dizer que tenho um bom caráter.

Kobe olhou-o como um gato observando os movimentos de um rato, seguro de si, sabendo que não precisava apressar-se para abocanhá-lo. Seus olhos pousaram rapidamente na mulher, passando pelo corpo ossudo, o nariz pontudo, os pequenos olhos mesquinhos, os lábios finos, os cabelos ralos e grisalhos, antes de voltarem-se novamente para Kurata.

— O senhor fez uma entrega no Jardim da Divina Primavera no dia anterior ao concurso de poesia, na semana passada? — perguntou.

Kurata abriu a boca e tornou a fechá-la. Era óbvio que não esperara aquela pergunta. Kobe anunciara que estava investigando um assassinato no bairro, e ele naturalmente achara que fosse ser interrogado a respeito do mendigo. Hesitou, então olhou de relance para os dois vendedores, antes de admitir que fizera a entrega. Akitada aplaudiu Kobe mentalmente. O capitão, com aquela pergunta, tornara impossível para o homem mentir ou dar uma resposta evasiva diante dos empregados.

— O senhor conhecia uma moça chamada Omaki, que tocava alaúde no bairro dos salgueiros? — Kobe continuou.

Gotas de suor brotaram da testa de Kurata.

— Eu... eu posso ter visto a moça — ele gaguejou. — Por que está... O que isso tem a ver com...

— Eu lhe fiz uma pergunta. Responda! — o capitão esbravejou. — Não tenho tempo para conversas inúteis. É verdade que Omaki era sua amante e estava esperando um filho seu?

A mulher soltou uma exclamação abafada e apertou as mãos contra o estômago.

— Não! — Kurata gritou. — Claro que não! Sou um homem casado, não tenho amantes. Alguém lhe contou histórias mentirosas!

— Essa moça, Omaki, é aquela que foi encontrada estrangulada no Jardim da Divina Primavera? — a esposa dele perguntou.

Kobe olhou-a.

— É — confirmou. — Lamento informar que seu marido é cliente regular de vários estabelecimentos do bairro dos salgueiros.

Ela fez um gesto afirmativo com a cabeça e fixou os olhos inescrutáveis novamente no marido.

— Que assunto você tinha a tratar com aquele mendigo, duas noites atrás? —indagou.

Kurata ficou branco como um lenço de seda alvejada.

— Que... que... me-mendigo? Não sei de mendigo nenhum — declarou com pânico na voz.

A esposa virou-se para Kobe. Respirou fundo, ergueu os ombros e tornou a alisar o quimono com as mãos.

— Alguém veio aqui, tarde da noite — começou a falar em tom inexpressivo. — Eu estava em meu quarto, já deitada, e ouvi meu marido fazer a pessoa entrar. Claro que me levantei para ver quem era. Vi um velho maltrapilho conversando com meu marido. Eles estavam no corredor. Parece que o homem queria seda vermelha. Meu marido prometeu dar-lhe um retalho, e os dois saíram pela porta dos fundos. Um pouco depois, meu marido voltou sozinho.

— Não acredite no que ela diz! — Kurata uivou e caiu de joelhos, chorando de medo. — É mentira! Ela está zangada porque tive outras mulheres, por isso inventa histórias.

Kobe sorriu. Mais uma vez, Akitada pensou em um gato, e esse agora lambia os bigodes, deliciando-se antecipadamente com uma suculenta refeição.

— Por que todo esse barulho, Kurata? — perguntou o capitão. — E daí, que o senhor falou com um mendigo? Isso é motivo para começar a chorar como uma criança?

Kurata enxugou o rosto com uma das mangas do quimono.

— Não... não sei... Tudo isso me deixou nervoso... — engrolou, levantando-se com dificuldade.

O sorriso de Kobe alargou-se.

— Entendo que fique nervoso, porque foi você que estrangulou o mendigo para impedi-lo de falar certas coisas.

— Não, eu...

— O mendigo viu você! — Kobe gritou de repente, erguendo-se para ficar frente a frente com Kurata. — Viu-o no parque, no dia em que você matou a moça.

Os olhos do homem arregalaram-se de pavor. Ele parecia incapaz de desviar o olhar do rosto do capitão.

— Não, não... ele não viu... eu não...

— Estou falando de Omaki, a moça a quem você deu uma faixa de brocado — Kobe continuou, implacável. — Brocado vermelho, lembra? Um lindo presente para uma linda amante. Ela usava a faixa porque era um presente seu, e você a usou para estrangulá-la.

Kurata desabou no chão, gritando:

— Não, não, não, não!

A mulher olhou-o sem nenhuma emoção.

— Você desonrou o nome que meu pai lhe deu — acusou. — Vou pedir ao conselho familiar que o elimine dos registros de minha família, porque estou anulando a adoção. E também estou me divorciando de você. — Desviou o olhar do homem que se lamentava, deitado no chão, e olhou em volta. — Os senhores são minhas testemunhas.

Akitada conhecia bem as leis de divórcio e adoção, e era óbvio que a sra. Kurata também conhecia, pois naquele momento, diante de testemunhas, divorciara-se legalmente do marido e tomara de volta o nome que seu pai dera a ele. O que o chocou profundamente foi o fato de ela fazer isso sem hesitação e sem demonstrar nenhuma emoção. Ele sempre acreditara que as mulheres eram mais brandas do que os homens, mais emotivas, menos práticas e frias. Nem mesmo anos de sofrimento por causa de um marido infiel terminavam daquela maneira, com um rompimento tão impiedoso de todos os vínculos.

Tora inclinou-se para Akitada e murmurou:

— Que demônio de mulher! Quase tenho pena desse canalha.

Kobe observava Kurata, que não era mais Kurata, mas apenas alguém à mercê da lei, de cuja crueldade seria tão incapaz de fugir quanto fora Umakai.

Por fim, o homem tomou consciência da mudança em sua situação e de todas as implicações disso. Ergueu-se sobre os joelhos e arrastou-se na direção da mulher, implorando entre lágrimas:

— Retire o que disse, meu tesouro! Por favor, não faça isso comigo! Lembre-se de nossos votos! Lembre-se de todos os meus anos de trabalho em nosso negócio. Fui acusado injustamente!

Ela olhou-o aproximar-se até que ele parou a seus pés e tocou a barra do quimono preto. Então, afastou a mão dele com um pontapé e cuspiu-lhe no rosto.

Kurata recuou.

— Minha esposa! — gritou em tom rouco, as lágrimas em seu rosto misturando-se com saliva. — Fiz aquilo por você, por nós. A moça ia causar problemas e se pôr entre nós. Eu não queria que isso acontecesse. E aquele andarilho me viu fechando as portas e começou a falar uma porção de bobagens sobre Jizo e o parque. Precisei fazê-lo calar a boca. Você entende, não é?

Voltou a arrastar-se para ela, estendendo a mão, suplicante.

A sra. Kurata, que ouvira tudo com o rosto duro como pedra, voltou-se para Kobe.

— Capitão, conseguiu a confissão de que precisava. Por favor, retire essa pessoa de minha casa. Preciso voltar ao trabalho. Tenho clientes esperando lá fora. Agora sou sozinha, não posso me dar ao luxo de desagradá-los. A loja Kurata precisa manter sua boa reputação.

Até Kobe pareceu ficar atônito ao ouvir aquilo, mas moveu a cabeça, concordando, e bateu palmas. Os policiais cercaram Kurata e obrigaram-no a se levantar do chão.

— Amarrem o homem e levem-no! — o capitão ordenou.

Kurata começou a gritar. Ainda gritando, foi amarrado e arrastado para fora. O som de seus gritos desapareceu lentamente na distância.

Fizera-se um longo silêncio na sala, e Kobe finalmente quebrou-o, dizendo a Akitada:

— Desagradável, eu sei, mas achei que vocês deviam ver como nós fazemos essas coisas. Vamos?

18

Os Amigos do Príncipe

Akitada esquecera os trabalhos dos alunos na universidade, então ele e Tora pararam lá no caminho para casa.

Estava escurecendo, mas o calor não diminuíra.

— Estamos precisando de chuva — Tora comentou, olhando para o céu. — Faz anos que não temos tanta seca. É um espanto não haver mais incêndios.

— É verdade — Akitada concordou.

Os pátios e ruas da universidade, cercados por grama e mato empoeirados e ressequidos, estavam desertos. Os estudantes encontravam-se nos dormitórios ou haviam ido à cidade, visitar amigos e parentes. Com uma ponta de culpa, Akitada pensou no pequeno lorde.

Depois de pegar os trabalhos em seu escritório, disse a Tora:

— Vamos fazer uma visitinha a lorde Minamoto. Se ele não tiver nada para fazer amanhã, talvez queira ir a nossa casa.

Encontraram o menino em seu quarto, lendo um livro. Ele parecia muito triste, mas animou-se quando os viu e inclinou-se respeitosamente diante de Akitada.

— Seja muito bem-vindo, senhor. Veio me trazer notícias?

Akitada sorriu e sentou-se.

— De certa maneira. Resolvemos o caso da moça assassinada, graças em grande parte ao trabalho de Tora. Um comerciante de tecidos, chamado Kurata, é o culpado.

Lorde Minamoto bateu palmas.

— Que bom, Tora! — exclamou. Voltando-se para Akitada, observou: — Então, o pobre Coelho é mesmo inocente. Estou contente por ter se interessado por ele, senhor. Não há nada de novo sobre meu caso?

— Ainda não. — Akitada olhou em volta do quarto pequeno, tornando a pensar no tio-avô do menino. Aquele homem não podia fazer alguma coisa pelo garoto? Com um sorriso, perguntou: — Planeja fazer alguma coisa amanhã?

O rosto do lordezinho nublou-se.

— Não, senhor.

— Bem, então, gostaria de ir a nossa casa?

— Oh! Posso ir? — O menino perguntou, com os olhos brilhantes de alegria. — Muito obrigado! Você estará lá, Tora?

Foi Akitada quem respondeu:

— É bem provável. Mas eu estarei, com certeza. E minha mãe e minhas duas irmãs gostarão muito de conhecê-lo.

Lorde Minamoto corou, percebendo que cometera um deslize.

— Por favor, senhor, perdoe minha rudeza. É claro que ficarei muito feliz em conhecer sua família e com a oportunidade de nós dois conversarmos.

— Muito bem — Akitada disse, levantando-se. — Tora virá buscá-lo logo depois de sua primeira refeição.

O menino levantou-se também.

— Será muito bom sair um pouco daqui — declarou. — Uns homens que não conheço, devem ser servos novos, trabalham aí fora e ficam olhando para dentro de meu quarto. Eles me dão arrepios. Parecem mais bandidos ou piratas do que servos. Um deles estava varrendo a varanda, mas nem sabe segurar direito a vassoura.

Akitada trocou um olhar com Tora.

— Há quanto tempo eles estão trabalhando aqui nos dormitórios? — perguntou ao garoto.

— Desde ontem.

O pensamento de que Sakanoue mandara homens para vigiar o menino, ou fazer coisa pior, passou pela mente de Akitada no mesmo instante. Sesshin devia ter contado a Sakanoue que ele o procurar para conversar, depois da reunião no templo. Mais uma vez, Akitada refletiu que a única pessoa que se interpunha entre Sakanoue e o controle total da fortuna dos Minamoto era aquela criança. Falar de suas suspeitas àquela imitação de monge fora um terrível engano!

— Vá dar uma olhada em volta do dormitório, Tora.

O servo saiu e retornou depressa.

— Um grandalhão de cara feia está aí em frente, mas atrás não há ninguém.

— Sadamu, não gosto da idéia de deixá-lo aqui sozinho, enquanto não verificarmos quem são os novos servos — Akitada falou com o menino, baixando a voz. — Acho melhor levarmos você para minha casa agora.

O garoto deu um pulinho, com o rosto brilhando de entusiasmo. Amontoando alguns livros e roupas num grande quadrado de seda, fez uma trouxa, que entregou a Tora. Então, pegou a espada e anunciou:

— Estou pronto, senhor.

— Talvez seja bom você sair em silêncio, pela porta dos fundos — Akitada sugeriu num cochicho. — Tora e eu sairemos pela frente e iremos a seu encontro.

A excitação do pequeno lorde diante do perigo foi tão intensa, que seus olhos pareciam soltar faíscas. Pendurando a espada num ombro, ele testou com que rapidez poderia sacá-la, então pegou a trouxa das mãos de Tora, murmurando:

— Ficarei à espera.

A manobra transcorreu sem nenhum transtorno. Akitada e o menino saíram rapidamente do terreno dos dormitórios e desceram a rua deserta rumo ao portão, enquanto Tora ficava para trás, certificando-se de que não estavam sendo seguidos.

Em casa, Akitada acomodou o jovem lorde em seu próprio quarto e foi comunicar à mãe que tinham um hóspede. Estava nervoso, sem poder imaginar qual seria a reação dela ao saber que ele tomara a iniciativa de convidar alguém sem consultá-la. Ele ficaria numa situação bastante embaraçosa, se lady Sugawara se recusasse a receber o menino.

Mas viu que não conhecia a mãe tão bem quanto julgava. Assim que ela ouviu o nome do garoto, seus olhos cintilaram, cheios de interesse.

— O netinho do príncipe Yoakira? Que encanto! Você está cultivando amizades certas, finalmente. Nunca me contou que o pobre menino órfão é seu aluno. Nada poderia ser melhor do que isso! Vou pedir a ele que de agora em diante considere esta casa como sendo sua também. Não entendo como a família permitiu que uma criança de sua estirpe se misturasse com plebeus num dormitório comum — ela censurou, como se Sadamu houvesse sido condenado a viver numa comunidade de proscritos.

— É um arranjo temporário — Akitada explicou. — Como é temporária sua estada nesta casa. Eu apenas quis que o menino viesse passar conosco o dia de descanso.

— Não seja tolo! — a mãe retrucou. — Esta é sua chance de se tornar professor particular do pequeno lorde. Então, quando ele subir na vida, você subirá com ele.

Bateu palmas, e uma serva idosa entrou, pondo-se de joelhos e curvando-se até encostar a testa no chão, ficando nessa posição à espera das ordens de sua patroa. Akitada remoeu-se por dentro. A serva, Kumoi, fora ama de lady Sugawara e dele também. Tornara-se fraca com a idade, e ele achava cruel que a mãe exigisse dela aquela penosa demonstração de respeito.

— Kumoi, arrume depressa o quarto grande ao lado dos aposentos de meu filho para nosso nobre hóspede — a dona da casa instruiu em tom seco. — Faça com que alguém esfregue o chão, depois leve para lá nossas melhores esteiras. Vá ao depósito e escolha tudo o que for necessário para tornar o quarto habitável, arcas para roupas, biombos, pergaminhos com pinturas para as paredes, braseiros, lampiões, tudo do melhor. E procure alguns jogos adequados para um menino de onze anos. O colchão precisa ser de seda acolchoada. Arrume tudo com bom gosto e me avise, quando acabar. Quero inspecionar tudo pessoalmente. Agora vá fazer o que mandei, e depressa!

Sem dizer uma palavra, a serva bateu a testa no chão, levantou-se e saiu do quarto quase correndo.

— Não havia necessidade de sobrecarregar a pobre mulher dessa maneira — Akitada observou. — Ela está ficando velha. Além disso, o jovem Minamoto é apenas uma criança.

A mãe olhou-o friamente.

— É obvio que não conhece o tratamento que um menino da posição dele merece — ela criticou. — Se o tratar bem, talvez ele o recompense algum dia. Se o tratar com pouco respeito, arrumará um inimigo pelo resto da vida. Para pessoas como ele, nada é mais desagradável do que ambientes sem requinte e pessoas de baixa classe a sua volta.

Akitada reprimiu um sorriso.

— Ah, não sei não — disse. — O jovem lorde gosta muito de Tora, desde que os dois fizeram pipas juntos. Tenho a impressão de que ele pretende passar a maior parte do tempo com nosso servo.

Lady Sugawara encarou-o, horrorizada.

— Você nunca deveria ter permitido que os dois tivessem contato! A família do menino ficará aborrecida, quando souber. Trate de encontrar uma maneira de fazê-lo esquecer Tora. Jogue bola com ele, ou qualquer coisa assim.

Akitada sorriu.

— Pretendo passar algum tempo com ele, naturalmente. — Pensou um pouco, então acrescentou: — A situação desse menino lembra a minha, quando fui morar com os Hirata. Eu não era muito mais velho do que ele.

Não devia ter feito esse comentário, pois sabia que o tempo que vivera com a família Hirata era um assunto desagradável para a mãe.

Ela se empertigou, agastada.

— Ah, eu já ia esquecendo! Uma pessoa trouxe um recado de Tamako para você — informou em tom azedo. — Mostrou que é muito educada, pondo o bilhete dentro de um outro, endereçado a mim. — Tirou da faixa um papel dobrado e deu-o a Akitada. — Pegue.

Ele sentiu o coração bater descompassado, quando a dor e as muitas perguntas sem resposta voltaram, intensas.

— Obrigado, mãe — agradeceu, lutando para manter a compostura. Pôs o bilhete na manga do quimono, concluindo: — Preciso ir ver como está nosso hóspede.

Com uma reverência, retirou-se apressadamente.

No corredor, tirou o bilhete da manga e abriu-o com mãos trêmulas. Se esperava algo que não deveria esperar de um bilhete que a mãe teria liberdade de ler, ficou desapontado. Era uma mensagem extremamente curta e dirigida a ele de uma forma que o colocava em seu devido lugar.

"Caro e honrado irmão mais velho,
Perdoe a inconveniência, mas você poderia fazer uma visita rápida a papai? Ele está doente, e receamos o pior.
Sua obediente irmã mais nova."

Confuso e triste, Akitada dobrou o papel. Lembrou-se com remorso do rosto abatido de Hirata e de suas repetidas tentativas de falar com ele. O homem estaria realmente doente? Pensando na fria distância que se estabelecera entre os dois nos últimos dias, Akitada arrependeu-se, porque fora ele que a provocara. E se o mal-estar que Hirata sentira durante a conversa com Kobe fora mais do que uma simples indigestão? Por que não o levara para casa e explicara o que acontecera a Tamako?

Mas defrontar-se com a moça era algo mais difícil do que ele podia enfrentar. Não. Era impossível! Vê-la outra vez reabriria antigas feridas. Akitada lembrou-se de que fora ela que começara toda aquela história infeliz, quando o chamara para falar de sua preocupação com o pai.

Apertando o bilhete na mão, pensou no que fazer. Saiu para o jardim, onde ficou andando de um lado para outro, agoniado. Depois de muita reflexão, concluiu que Tamako devia ter sugerido que ele fosse ver Hirata na universidade, não em casa. Isso ele faria, no primeiro dia útil. Depois, através de uma carta, informaria a sua "irmã mais nova" o que achara do estado do pai dela.

Com isso resolvido, enfiou o bilhete na faixa. Retornando a seu quarto, ofereceu chá quente e ameixas ao menino.

— Tora ainda não chegou? — Sadamu perguntou de boca cheia.

Tora! Akitada esquecera-se dele! Pediu licença ao garoto e foi ao pátio procurar o servo, imaginando por que ele estaria demorando tanto. Naquele instante, para seu alívio, o portão abriu-se, e Tora entrou.

Agora que não estava mais preocupado, Akitada irritou-se.

— Onde esteve esse tempo todo? — perguntou asperamente.

— Eles nos seguiram — o servo contou, ofegante. — Vi isso logo que passei pelo portão da universidade. O senhor e o pequeno lorde já haviam virado a esquina.

— Deu um jeito de despistá-los?

— Não imediatamente. Os desgraçados são bons. Eu vi dois, mas havia outros, com certeza. Um era o grandalhão de cara feia que estava na frente do dormitório, e o outro, um magricela com jeito desconfiado e as pernas mais compridas que já vi. Aposto como aquele rato é capaz de atravessar a cidade toda, pulando por cima das casas. Passei a última hora correndo para cima e para baixo, em ruas e becos, fugindo deles. Por duas vezes, quase me pegaram, mas acho que consegui despistar os canalhas.

— Você *acha*? — Akitada perguntou, sentindo um nó no estômago. — Não estou gostando nada disso. Sakanoue quer fazer mal ao menino. Se tivesse algum receio paternal pela segurança de Sadamu, comunicaria isso às autoridades da universidade. — Fez uma pausa, então prosseguiu: — Precisamos pensar no que fazer, se aqueles homens chegarem aqui. Esta casa não é mais segura.

Olhando em volta do terreno, observou os muros de pau-a-pique, altos e bem conservados. Ofereciam uma boa proteção, mas um malfeitor ágil podia escalá-los e pular para dentro com relativa facilidade. E os portões eram fortes, mas não suportariam o ataque de um grande número de homens.

— Talvez eu tenha exposto o garoto a um perigo muito maior, trazendo-o para cá, do que se o deixasse no dormitório — ele continuou. — Além disso, coloquei também minha família em risco. Você e eu somos os únicos dois homens fisicamente capazes desta casa. Seimei é velho demais, e o menino muito jovem para ser de grande serventia numa luta contra bandidos. Vou ter de contratar alguém para nos ajudar na vigilância e, se necessário, a defender as mulheres e o menino.

— Conheço os sujeitos perfeitos para isso, senhor — Tora anunciou, entusiasmado.

— Quem?

— Hitomaro e Monge. O apelido do religioso é esse mesmo: Monge.

— Não seja ridículo. Depois do que eles fizeram com você? Dois criminosos fugitivos dentro de nossos muros! Não precisamos de mais nada!

— Não são criminosos — Tora protestou. — Só estavam ajudando Estaca e Prego porque pensaram que foram os policiais que mataram Umakai e acharam que eu era da polícia. Senhor, eles precisam de trabalho e farão qualquer coisa. Disseram que, se não encontrarem rapidamente algo para fazer, terão de comer o que Monge ganhar, mendigando.

— Bem-feito para eles. Se não houvessem infringido alguma lei, não estariam nessa enrascada. Homens desesperados são capazes de tudo. Você poria um gato para tomar conta de seus peixes?

— Foi o que Seimei disse, quando o senhor me deu emprego — Tora observou em tom magoado.

Recordando aquele incidente, Akitada ficou indeciso.

Tora tocou-o no braço. Havia lágrimas em seus olhos.

— Por favor, senhor, confie em mim. Pelo menos fale com eles.

Akitada abriu a boca, de tão perplexo com aquela atitude.

— Muito bem, traga-os aqui. Falarei com eles, mas não estou prometendo nada. E espero que você realmente saiba o que está fazendo.

— Obrigado, senhor! — Tora exclamou, feliz. — Não vai se arrepender!

Correu para o portão e desapareceu.

Lady Sugawara decidiu presidir a refeição da noite, que foi esplêndida, considerando-se o pouco tempo que ela tivera para mandar preparar algo especial. Além do costumeiro arroz e dos legumes em conserva, o jantar incluiu peixe cozido no vapor, ovos e bolinhos quadrados de arroz, recheados com verdura.

Ela conversou mais com o jovem hóspede do que com os filhos, mantendo admirável equilíbrio entre a apropriada subserviência diante de um descendente imperial e um jeito carinhoso de mãe ou avó.

O menino aceitou com naturalidade o tratamento que lhe era devido e ao qual estava acostumado, mas teve bastante delicadeza para cumprimentá-la pelo saboroso jantar e pela arrumação de seu quarto. Agiu da mesma maneira gentil com as irmãs de Akitada, que respondiam a seus comentários com monossílabos e risadinhas abafadas. No todo, a noite foi um sucesso, o que deixou lady Sugawara encantada.

Depois que todo mundo se recolheu, Akitada verificou os portões e informou Seimei a respeito da situação. Como não poderia deixar de ser, o velho tinha um ditado adequado pra recitar. Quando Akitada salientou o fato de que Sakanoue podia facilmente contratar bandidos em número suficiente para dominá-los e levar o menino embora, ou matá-lo, ele disse:

— A virtude não vive isolada. Sempre tem vizinhos. — Em seguida, acrescentou: — Não se preocupe, encontraremos quem nos ajude.

Também, como não poderia deixar de ser, anunciou que se manteria vigilante a noite toda, na entrada da ala que abrigava lady Sugawara e as filhas.

Depois de conversar com ele, Akitada foi esperar a volta de Tora no pátio da frente.

Era uma noite escura. O calor diminuíra apenas ligeiramente, e a pedra de cobertura do poço, onde ele se sentara, ainda estava quente do sol. Tudo ficou em silêncio durante um longo tempo. Por fim, logo depois que o guarda-noturno anunciou a hora do rato, Akitada ouviu passos e, então, a voz de Tora. Foi abrir o portão.

Os dois homens que entraram com o servo, vistos indistintamente à luz da lanterna, pareciam bastante normais. Inclinaram-se de maneira educada, o homem que parecia um militar disse chamar-se Hitomaro, e o outro, o monge musculoso, informou que seu nome era Genba. Deixando Tora no pátio para vigiar o portão, Akitada levou-os até seu escritório.

Eles se sentaram, olhando com ar apreciador para os livros e pergaminhos. A luz ali era melhor, e Akitada viu que os dois, mais ou menos de sua idade, tinham físico bem desenvolvido e eram bastante altos. Hitomaro, bronzeado e barbado, sentado com as costas eretas, usava roupas limpas, e não havia sinal de desmazelo em sua aparência geral. O olhar sustentava o de Akitada, direto e compenetrado. Genba, de rosto redondo, sem nenhum fio de cabelo ou barba, com um corpo que parecia feito só de músculos, sorria amplamente. Não parecia muito asseado, mas havia uma cativante gentileza em seu olhar. Os dois suportaram o minucioso exame de Akitada sem protestar ou demonstrar impaciência.

— Tora deve ter-lhes dito que precisaremos de seus serviços durante alguns dias apenas — Akitada disse por fim, e quando os dois moveram a cabeça, confirmando, prosseguiu: — Ele explicou o que vocês terão de fazer?

— Não — os homens responderam em uníssono.

— Terão de montar guarda, vinte e quatro horas por dia, mas principalmente durante a noite. Terão um lugar para dormir durante o dia, em turnos, além de três refeições diárias e cinqüenta cobres diários, que deverão dividir entre si. Aceitam?

— Aceitamos — respondeu o homem chamado Hitomaro.

— Na verdade, estamos muito satisfeitos com a generosa oferta — Genba acrescentou em tom animado. — Faríamos isso apenas em troca de comida.

Akitada olhou-o mais atentamente, suspeitando daquele entusiasmo, mas, vendo que o monge suportava seu escrutínio com uma expressão franca e alegre, disse:

— É muita honestidade sua dizer isso, mas prefiro pagar. Espero que não tenhamos nenhum problema, mas vocês devem permanecer alertas. Se acontecer algo com que não possam lidar sozinhos, deverão dar um alarme geral. Seu trabalho começa imediatamente.

Fez menção de levantar-se, mas Hitomaro pigarreou e perguntou:

— Podemos saber o que estaremos guardando? Tora não foi específico.

— Estarão guardando esta propriedade. É tudo o que precisam saber.

— Como queira. No entanto, devo salientar que trabalharemos melhor se desenvolvermos um plano de ação, e para isso precisamos saber pelo menos onde está guardado o valioso objeto.

— Não se trata de nenhum objeto. Vocês protegerão minha família.

— Ah! Contra quem?

Akitada levantou-se, impaciente.

— Chega de perguntas. Vocês andarão armados, patrulhando a propriedade dia e noite.

Os dois homens também se ergueram.

— Dizem que há assaltantes em todas as ruas, e ratos em todas as casas — comentou Hitomaro. — Pode nos dar certeza de que todos os seus servos são leais?

— É claro — respondeu Akitada, furioso. — Tora vocês já conhecem. Meu secretário, Seimei, logo irá falar com vocês. Ele tem servido a minha família desde antes de eu nascer e poderá lhes dar detalhes sobre o resto de meu pessoal.

Hitomaro e Genba curvaram-se e saíram.

Poucos minutos depois, Tora entrou.

— Então, o que achou, senhor? — perguntou, ansioso.

Akitada suspirou. Estava cansado. Puxando a gola do quimono desconfortavelmente úmida de suor, respondeu:

— Vamos esperar que tenhamos acertado. Achei o tal de Genba um pouco alegre demais para meu gosto, mas ele parece honesto. Disse-me que trabalhariam em troca de comida. Mas não é monge, disso tenho certeza, pois não fez objeções quando eu avisei que os dois terão de andar armados. Agora vá e fique de olho neles, enquanto descanso um pouco.

A noite transcorreu sem que nada acontecesse. Akitada levantou-se antes do alvorecer para ficar no lugar de Tora. Seus dois novos ajudantes pareciam competentes, fazendo a ronda em direções opostas e passando um pelo outro no pátio a intervalos regulares. Hitomaro pareceu surpreso ao ver Akitada, mas não disse nada. Genba, no entanto, parou para conversar um pouco, e Akitada incentivou-o a falar. O "monge" interessava-se por esportes, principalmente os torneios anuais de luta livre, patrocinados pelo imperador. Mas tornou-se evasivo, quando Akitada fez perguntas a respeito de sua origem e a de Hitomaro. Fez poucas referências ao passado dos dois, na maioria em forma de histórias engraçadas sobre tipos populares que conheciam e comentários a respeito de refeições memoráveis. Quando Akitada tornou-se insistente, Genba partiu para nova ronda, alegando que ouvira um barulho suspeito.

O sol surgiu no céu novamente limpo, sem uma nuvem. À luz do dia, era muito pouco provável que ocorresse um ataque, então Akitada dispensou os dois guardas, dizendo-lhes que fossem comer e descansar.

— Comida! — exclamou Genba, com o rosto iluminado por um enorme sorriso.

Partiu na direção da cozinha, passando por Sadamu, que saía para o pátio, descalço e com um quimono de dormir de seda branca.

O menino viu Akitada e correu para ele.

— Bom dia, senhor! Que dia lindo! Tora e eu vamos fazer pernas-de-pau. Quer se juntar a nós?

— Mais tarde, talvez — respondeu Akitada, alvoroçando-lhe os cabelos.

Sua mãe ficaria aborrecida, quando soubesse que ele deixara o menino aos cuidados do servo, mas isso não podia ser evitado. Ele tinha coisas mais importantes para fazer do que andar em cima de pernas-de-pau ou jogar bola. Sadamu, no entanto, não pareceu ficar desapontado. Afastou-se com um aceno e correu para dentro de casa.

Hitomaro fora ao poço, lavar o rosto e as mãos. Enxugando-se, olhou para além do muro, observando o topo das árvores douradas pelos primeiros raios do sol. De repente, soltou uma exclamação de surpresa.

Andando rapidamente para junto de Akitada, disse:

— Olhe, senhor! Está vendo aquele pinheiro alto, no meio de árvores mais baixas? Há alguém lá.

Akitada apertou os olhos, tentando ver, mas a distância era muito grande.

— Não vejo ninguém — declarou.

Hitomaro protegeu os olhos com as mãos em concha.

— Não está mais lá. Foi embora. Mas juro que, por instante, vi um homenzinho.

— Bem, mesmo que alguém tenha subido no pinheiro, isso não quer dizer que tinha a intenção de nos espionar — Akitada observou. — Vá descansar. Tora e os outros logo estarão de pé.

Tranqüilizado pelo fato de a noite ter passado sem nenhum incidente, foi banhar-se e arrumar-se para sair. Chegara o momento de ir visitar os amigos do príncipe Yoakira.

A mansão de lorde Abe era a mais próxima da residência dos Sugawara. Akitada apresentou-se no portão e foi levado a um jardim. Um homem idoso, de pé junto a um pequeno lago, jogava pedacinhos de bolinho de arroz na água, para os peixes. Quando Akitada fez-lhe uma reverência, ele olhou rapidamente para o cartão de visita que pusera na borda da varanda.

— Ah... hum — murmurou, retribuindo a reverência. — Sim... hã... Sado... Mura... — Encaminhou-se para a varanda, obviamente para pegar o cartão.

— Meu nome é Sugawara, senhor — Akitada apresentou-se adivinhando o problema do homem. — Sugawara Akitada.

— Ah, claro. Sugawara. Eu estava com o nome na ponta da língua. Tem algum parentesco com... Não, acho que não. Sobre o que deseja falar comigo?

— O neto do príncipe Yoakira me pediu para investigar o desaparecimento do avô. O senhor pode me dizer suas impressões sobre o que aconteceu no templo de Ninna?

Abe sorriu.

— O templo de Ninna? Um lindo lugar! Eu me lembro bem. Há muitas belas construções na montanha. Comemos ameixas deliciosas. São os próprios monges que as cultivam, sabia? Ah, preciso ir lá de novo um dia. Como o senhor quer minha opinião, recomendo que vá ao templo, um lugar maravilhoso para quem está precisando de cura. Tenho um problema nos olhos. — Inclinou-se para examinar o rosto de Akitada mais de perto e exclamou: — Manchas!

Uma horrível suspeita brotou na mente de Akitada.

— O senhor se lembra do príncipe Yoakira? — ele perguntou.

— Yoakira? — Sorrindo, Abe bateu palmas. — Ah, foi Yoakira quem o mandou falar comigo! Como está meu velho amigo? Faz séculos que não o vejo. — Fez uma pausa, franzindo a testa. — Do que era que estávamos falando?

— Bem... — Akitada começou, mas parou, porque Abe estava olhando para dentro do lago.

— Venham, meus pequenos — o homem chamou carinhosamente. — Eu trouxe uma coisa gostosa para vocês.

— Foi um prazer conhecê-lo, senhor — Akitada disse. — Muito obrigado por seus excelentes comentários.

Abe olhou-o e sorriu.

— Não precisa agradecer. Fiquei encantado... hã... Yoshida.

Akitada curvou-se em despedida e foi embora. Pobre velho! Mesmo que estivesse em seu juízo perfeito, quando a tragédia acontecera, ele agora não se lembrava de nada. Mas a perda de lembranças dolorosas talvez fosse a maior de todas as dádivas, Akitada pensou, quando seus olhos pousaram sobre algumas tardias flores de malva perto do portão. Quase sem perceber, levou a mão à têmpora, onde os dedos e a manga do quimono de Tamako haviam roçado sua pele, quando ela prendera as flores em seu chapéu.

Em seguida, foi à residência do general Soga, mas um dos servos informou que seu amo, para fugir do calor que fazia na cidade, partira para o lago Biwa, onde tinha uma casa de veraneio. Desanimado, Akitada dirigiu-se à mansão de lorde Yanagida.

Não havia nada de errado com a memória do lorde, no que se referia à última vez em que vira o amigo. Seu problema era outro, totalmente diferente.

Ele recebeu Akitada em seu escritório, um aposento notável pelo grande número de quadros religiosos nas paredes e um pequeno altar com a imagem de Buda. O próprio Yanagida parecia uma versão mais velha daquela imagem, com o mesmo corpo mole e gordo, as mesmas feições arredondadas e pálpebras pesadas, a cabeça rapada, um sorriso de beatitude no rosto. Usava quimonos sobrepostos que lembravam vagamente vestes sacerdotais e segurava um rosário entre os dedos.

Yanagida manteve calma reserva até ver Akitada sentado e com uma tigela de suco de frutas nas mãos, oferecida por um servo. Mas, assim que ouviu a respeito da preocupação do menino Minamoto com o desaparecimento do avô, mostrou-se alarmado.

— Desaparecimento? — murmurou, torcendo as mãos, fazendo o rosário balançar loucamente. — Está me dizendo que ninguém contou ao neto dele que foi um milagre? O senhor precisa explicar ao menino o fenômeno da transfiguração. Foi a experiência mais emocionante que tive em toda minha vida! Imagine, ver alguém receber tal recompensa por sua devoção! Considero-me abençoado, só pelo fato de ter estado lá. Mas suponho que o senhor saiba disso, do contrário não estaria aqui. Oh, foi um momento sagrado — suspirou, fechando os olhos.

Akitada ficou desapontado, mas ainda assim pediu:

— O senhor faria a grande gentileza de me falar sobre os acontecimentos que precederam o... milagre, de modo que eu possa contar ao jovem lorde Minamoto?

— Sem dúvida — Yanagida acedeu, olhando-o com brandura. — Nada mais fácil nem mais prazeroso. A cena toda gravou-se em minha mente. Ainda estava escuro, quando Yoakira entrou no santuário, que agora será um lugar ainda mais sagrado, e começou a dizer suas orações. Ficamos sentados no lado de fora, pensando na miríade de coisas passageiras deste mundo, até que ele recitou um sutra. Podíamos ouvi-lo claramente. Ele estava soberbo, não hesitou, não pulou uma única linha! Foi algo arrebatador!

Então, começou ele próprio a recitar um sutra, contando linha por linha com ajuda das contas do rosário.

Na primeira pausa que ele fez para respirar, Akitada perguntou depressa:

— O senhor examinou pessoalmente o recinto, imediatamente depois que o príncipe foi... transfigurado?

Yanagida juntou as palmas das mãos e curvou a cabeça.

— Foi um privilégio e uma bênção — declarou. — E naquele momento, quando vi que meu amigo transcendera a prisão dos eternos renascimentos neste mundo, fiz meus votos. Estou me preparando para esquecer meu ser mundano e tomar o hábito para servir como um simples monge naquele lugar santo onde meu amigo alcançou a salvação. Diga isso ao menino.

— Mas como o senhor sabe que foi milagre? O príncipe não poderia ter saído do templo sem que ninguém visse?

Fechando os olhos novamente, Yanagida pareceu entrar em transe, com uma leve sugestão de sorriso nos lábios cheios.

Akitada observou-o com suspeita. Desconfiava de demonstrações de fervor religioso e não pôde deixar de se perguntar se o homem estava escondendo alguma coisa, se não era até um cúmplice de Sakanoue. Mas abandonou esses pensamentos. Yanagida, assim como os outros três amigos do príncipe, gozava de excelente reputação e, além disso, nenhum deles devia conhecer Sakanoue muito bem. Deu uma outra olhada ao redor do aposento e convenceu-se de que estava lidando com um fanático religioso, nada mais. Compreendendo que não ia conseguir nenhuma informação útil ali, levantou-se.

Yanagida também se ergueu, sorriu para ele, o rosto redondo cheio de alegria e, virando-se para o altar, prostrou-se diante da imagem.

— A vida é passageira, sujeita por natureza ao nascimento e à extinção — começou a declamar em voz alta. — Louvado seja Amitabha! Apenas quando o nascimento e a extinção são eliminados é que a bênção do nada acontece. Louvado seja Amitabha!

Akitada saiu na ponta dos pés. Ainda tinha de procurar o último amigo de Yoakira que fizera parte de sua comitiva, lorde Shinoda.

Shinoda escapara do calor do meio-dia sentando-se na borda de uma ponte de pedra em seu jardim e mergulhando os pés nus na água fresca do riachinho raso que passava embaixo. Parecia muito velho e frágil, com os cabelos, barba e bigode brancos bem-aparados.

Vendo aquela atitude tão pouco convencional do velho, Akitada receou que ele também houvesse ficado senil. Mas descobriu bem depressa que o lorde, ao contrário de Abe, estava em plena posse de suas faculdades mentais.

— Então, você é professor do menino — Shinoda comentou, depois que Akitada apresentou-se e explicou o motivo de sua visita. — Fez um gesto na direção do espaço a seu lado e sugeriu: — Tire os sapatos e as meias e ponha os pés na água. Está quente demais para formalidades.

Akitada obedeceu. A água foi um bálsamo para seus pés, depois da caminhada pelas ruas empoeiradas, sob o forte calor.

— É bom saber que Sakanoue pôs o menino na universidade — Shinoda observou, pegando uma folha com os dedos dos pés e erguendo-a da água. — Foi a melhor coisa, nas atuais circunstâncias. A família ficou muito abalada com tudo o que aconteceu. — Lançou um olhar penetrante para Akitada. — Tem certeza de que não veio apenas para satisfazer sua própria curiosidade? Você tem fama de curioso, como deve saber.

Surpreso com o fato de o velho ter ouvido falar dele, Akitada corou.

— Para ser franco, eu não acreditava na história do milagre, já antes de o menino me pedir para descobrir o que aconteceu na realidade. Mas não fui eu quem pôs idéias na cabecinha dele.

A expressão de Shinoda tornou-se velada.

— Não posso confirmar suas suspeitas — informou em tom distante.

Uma declaração ambígua. Akitada tentou adivinhar o que ia na mente do homem. Shinoda era sua última chance de descobrir a verdade.

— Há aspectos do incidente que me perturbam — disse.

O lorde encarou-o.

— É? Terá de me dizer quais são esses aspectos.

— Eu gostaria de saber, por exemplo, por que todos os acompanhantes do príncipe presumiram imediatamente que ele estava morto — Akitada respondeu, sustentando o olhar do idoso lorde. — Sem um corpo para provar isso, acho que deveriam ter pensado em fazer uma busca meticulosa no templo e todas as suas dependências, nos bosques vizinhos, assim como nas várias residências do príncipe através do país. Em vez disso, os senhores anunciaram sem perda de tempo que ele morrera.

Shinoda olhou para a água.

— Houve uma busca, mas nós sabíamos que ele estava morto.

— Está dizendo que encontraram o cadáver? — Akitada perguntou, surpreso.

— Claro que não — respondeu Shinoda rispidamente, voltando a olhá-lo. — Não haveria nenhum milagre, se Yoakira simplesmente morresse no meio da leitura do sutra.

— Então, como...

— Confie em mim, jovem — Shinoda interrompeu-o, impaciente. — Tivemos provas tanto de que houve morte, como milagre. Não acha que enganaríamos Sua Majestade com uma mistificação, não é?

— Não, naturalmente que não, mas...

Akitada parou de falar, quando lhe ocorreu um súbito pensamento. A afirmação do imperador de que houvera um milagre representava um obstáculo insuperável para sua investigação. Shinoda não estava sendo meramente obscuro ou dificultando o avanço de sua pesquisa. Estava avisando-o de que pisava em terreno perigoso. Mas deixara perceber que ele e os outros haviam visto algo que os convencera da morte de Yoakira.

— Não vou questionar o milagre, mas o que foi que descobriram, que provou que o príncipe partira desta vida? — Akitada insistiu.

Lorde Shinoda não respondeu. Tirou os pés da água e começou a enxugá-los com a barra do quimono.

Num gesto impulsivo, Akitada pôs a mão em seu braço.

— Por favor, senhor! Não estou perguntando por simples curiosidade. Trata-se de algo urgente... da segurança do menino. O que descobriram?

Levantando-se, Shinoda olhou-o com severidade.

— Jovem, se eu acreditasse, mesmo que por um breve instante, que o que você sugere é verdade, não ficaria aqui no meu jardim, molhando os pés. Como você me parece um daqueles moços inquietos, que não conseguem esquecer um assunto que enfiaram na cabeça, sem dúvida continuará sua busca em outro lugar. Desejo-lhe boa sorte.

— Senhor! — Akitada quase gritou, corando de raiva e frustração. — Pode estar ajudando um assassino a fugir da Justiça para matar de novo! Pense em seu dever de amigo! Só o menino está impedindo Sakanoue de apossar-se de todos os bens de Yoakira.

Shinoda arregalou os olhos, furioso.

— Como ousa?! — exclamou. — Está nos acusando de encobrir um assassinato! Para sua informação, lorde Sakanoue não entrou no santuário, enquanto meu amigo estava vivo. Ficou sentado conosco até que a oração parou, então entramos e descobrimos que... Yoakira se fora. Além disso, ele se empenhou na busca com mais ansiedade do que todos nós. Foi incansável! Quanto a você, devo lhe dizer que já houve demasiada conversa ociosa e irresponsável a respeito do assunto. Primeiro, demônios, agora assassinato. Cuidado, jovem, cuidado!

Com isso, afastou-se, descalço e indiferente às agudas pedrinhas que cobriam o chão.

Akitada levantou-se, furioso consigo mesmo por ter arruinado sua última chance. Espanou com as mãos o pó de seu melhor quimono e calçou as meias e os sapatos com os pés molhados. Sentindo-se refrescado, mas mentalmente mais confuso e frustrado do que nunca, foi para casa, refletindo sobre tudo o que ouvira de Shinoda.

A total falta de colaboração dos três homens, embora por motivos diferentes, fora de uma perturbadora unanimidade. Apenas Shinoda deralhe uma resposta, mas pouco esclarecedora. Ele vira mais alguma coisa além das roupas de Yoakira no santuário, algo que provara a ele e aos outros que o príncipe morrera ali. Mas, o quê? De repente, Akitada lembrou-se vividamente do pergaminho que vira no quarto do príncipe e das palavras de admoestação ali escritas: "Procure a verdade no lado de dentro, pois não a encontrará no lado de fora". Perdera tempo falando com pessoas ali na capital, quando deveria ter ido ao lugar onde o fato acontecera. E agora suspeitava que Abe e Yanagida haviam feito uma brincadeira elaborada com ele. Os amigos de Yoakira sabiam alguma coisa que não queriam revelar, com medo de provocar mais "conversa ociosa".

A essa altura, ele estava passando pela universidade e lembrou-se do mau estado de saúde de Hirata. Se pelo menos conseguisse esclarecer o mistério do assassinato de Oe, isso acabaria com o estresse que seu velho amigo vinha suportando, refletiu.

Seguindo um impulso, atravessou a avenida Nijo e entrou no terreno da universidade. Não havia ninguém nas ruas e pátios, e o calor pesado parecia cozinhar os pedregulhos do chão, arrancando deles um tênue vapor que tremeluzia no ar parado. Akitada caminhou até o templo de Confúcio e entrou. Na meia-luz, o recinto estava um pouco mais fresco do que lá fora. Sob os olhares sombrios das imagens dos sábios, ele procurou sentir a atmosfera na esperança de captar alguma coisa. Em sua visita aos aposentos de Yoakira, sentira a presença do príncipe muito distintamente. Ali, as paredes, traves do teto e tábuas do assoalho estavam impregnadas de mistério e de imagens de morte violenta. No entanto, Akitada não sentiu a presença do espírito de Oe, como sentira a do príncipe, na mansão Minamoto. O que aquelas estátuas haviam visto? Quantas pessoas estavam lá, na noite em que Oe morrera? Ele e seu assassino, obviamente. E Ishikawa. Disso, Akitada tinha certeza, mas não achava que o moço matara Oe. Tampouco achava que ele fora cúmplice do assassino. Ishikawa, o chantagista, seria uma escolha muito ruim. Ele fora uma testemunha involuntária? Ou encontrara o corpo do professor, mais tarde, e por capricho decidira pendurá-lo na estátua? Isso estaria bem de acordo com sua personalidade. Mas Akitada não podia imaginar Ishikawa arriscando-se a ser preso como assassino por ter sido surpreendido movendo o corpo do morto. Mesmo que não fosse surpreendido no ato, ficaria com a roupa ensangüentada.

Pensativo, Akitada olhou para as tábuas do chão. Se o cadáver houvesse ficado deitado ali, haveria manchas de sangue no assoalho. E, nesse caso, o sangue teria escorrido para os lados, cobrindo apenas o pescoço e os ombros da vítima. Mas o sangue escorrera ao longo da parte da frente do quimono de Oe e pingara no chão, formando uma poça.

Erguendo os olhos para o rosto do sábio, Akitada notou pela primeira vez que os lábios cheios, meio escondidos entre a barba e o bigode, exibiam um sorriso. Com uma exclamação de raiva, girou nos calcanhares e correu para fora.

Kobe recebeu Akitada quase com alegria. Era como se a prisão de Kurata o houvesse levado a olhá-lo com olhos mais amigáveis.

— O senhor vai gostar de saber que conseguimos que Kurata confessasse os dois assassinatos — anunciou. — Imagine que ele alega que é estéril e que portanto Omaki estava querendo impingir-lhe o filho de outro homem. Disse que ficou com tanta raiva, que tomou de volta a faixa de brocado que lhe dera e que, quando ela começou a ameaçá-lo, estrangulou-a, jogou o corpo no meio dos juncos e deu a faixa ao primeiro mendigo que encontrou.

— Umakai.

— É, Umakai. Mais tarde o velho reconheceu Kurata ao vê-lo na loja e fez uma cena, falando coisas sem nexo a respeito de Jizo e reclamando que perdera a faixa. Kurata disse-lhe para procurá-lo depois que escurecesse, que ele lhe daria outra. Mas, em vez disso, estrangulou o velho, carregou o corpo através da pequena distância até o canal e jogou-o na água. Caso encerrado.

— O senhor merece congratulações — disse Akitada secamente. — A polícia foi muito eficiente. Mas foi para falar de Oe que vim aqui. Se guardaram as roupas dele, eu poderia vê-las?

— É claro que guardamos as roupas. A investigação ainda está em andamento.

Kobe bateu palmas e deu uma ordem a um jovem policial, que logo entrou na sala com uma trouxa que pousou na mesa baixa entre os dois homens.

Akitada pegou a faixa bordada e abriu-a. Rugas profundas marcavam os pontos em que ela passara sob o braços de Oe e no lugar do nó que o prendera à estátua. A parte central estava menos amassada, mas ficara empapada de sangue. Em seguida, Akitada abriu o quimono e estendeu-o na mesa.

— Como eu pensei — murmurou, apontando para a parte superior do peito do quimono, ao lado da gola, onde o tecido não fora manchado. Então, arrumou a faixa sobre o traje, no lugar da cintura. — Veja. Percebe o que isso significa?

Kobe inclinou-se para a frente, e seus olhos alargaram-se.

— Paraíso sagrado! — exclamou. — Ele foi morto *depois* de amarrado.

— Exatamente. Se houvesse sido morto antes, a faixa teria protegido o quimono na altura da cintura. Quem o amarrou, passou a faixa através do peito e por baixo dos braços. Isso quer dizer que o assassino não precisaria ter muita força física, como pensamos. Cortar o pescoço de um homem amarrado é ridiculamente fácil. — Akitada franziu o rosto num trejeito de desprezo. — Um crime covarde.

— Mas como ele conseguiu que a vítima concordasse em ser amarrada? — Kobe conjeturou, coçando a cabeça.

— Lembre-se de que Oe estava embriagado. Se o assassino enganou-o de alguma maneira, ou se o ameaçou, não importa. Penso que o professor estava bêbado demais para perceber que se encontrava em perigo.

— Hum... — Kobe resmungou com expressão de teimosia. — Pode ter acontecido assim, mas isso não significa que Ishikawa não seja o assassino. Seja como for, meus homens estão vasculhando todos os templos da capital à procura dele. Amanhã começaremos a procurar nos outros, fora da cidade. Vou pegar aquele vilão, mais cedo ou mais tarde. Ele vai se arrepender de ter fugido.

Akitada quase desejou que a suposição do capitão a respeito do esconderijo de Ishikawa estivesse errada, mas fora o próprio jovem tolo que arrumara aquela encrenca. Virou-se para ir embora, dizendo:

— Vou ao templo de Ninna, amanhã, e posso poupar-lhe o trabalho de ir lá à procura do moço.

Kobe apertou os olhos, pensativo, observando-o sair do escritório.

19

A Verdade Interior

Naquela noite, Akitada ficou acordado até muito tarde, pensando no caso Yoakira. Sua decisão de visitar o templo fora mais intuitiva do que racional, e ele não tinha idéia do que procurar num lugar que já devia ter sido examinado muitas e muitas vezes depois do incidente. Apenas sabia que precisava ir.

"Procure a verdade no interior, pois não a encontrará no lado de fora." Esse era o conselho escrito no pergaminho do príncipe, e Akitada se lembrava de que tivera a sensação de ouvir as palavras ditas em voz alta, enquanto as lia. A frase referia-se à introspecção, à busca da verdade no fundo da alma, mas nada o impedia de seguir o conselho de modo prático, em mais uma tentativa de solucionar o mistério. Até então, procurara explicar o desaparecimento do príncipe apenas colhendo informações, falando com seus servos, amigos, neto e irmão. Agora chegara o momento de aprofundar a busca, e para isso ele precisava ir ao santuário onde Yoakira deixara de existir, enquanto seis homens, no lado de fora, vigiavam a porta e ouviam sua voz.

Akitada e Tora estavam prontos para a viagem às montanhas, a noroeste da capital, muito antes do alvorecer. Como era um dia útil, Akitada escreveu um bilhete para Hirata, pedindo-lhe que o desculpasse por não ir à universidade e tranqüilizando-o a respeito do caso de Oe. Deu o bilhete a Hitomaro, para que ele fosse entregá-lo ao professor antes da primeira aula, sentindo-se culpado por adiar a visita mais uma vez, mas o perigo que ameaçava o jovem Sadamu exigia que ele se dedicasse inteiramente à missão de descobrir provas contra Sakanoue.

Continuava escuro, quando ele e Tora partiram a cavalo. O ar pesava, quente e úmido, e nas ruas pairava o odor desagradável da fumaça produzida pelos fogões, pois na maioria das casas a primeira refeição já estava sendo preparada. Mas, assim que deixaram a cidade para trás, a fumaça desapareceu, e a brisa suave levava até eles o cheiro limpo de capim e o perfume de flores silvestres que cresciam nos dois lados da estrada de terra, embora não pudessem ser vistas na escuridão.

Mantiveram os cavalos andando a passo e não levou muito tempo para que avistassem ao longe as suaves colinas cobertas de pinheiros que os separavam de seu destino. De vez em quando, cruzavam com um cavaleiro ou um lavrador com seu carro de boi, sombras vagas na escuridão, ou pontos dançantes de luz amarela, se as pessoas levavam lanternas. Os carros eram obrigados por lei a ter lanternas, mas homens a pé ou a cavalo confiavam na tênue luz das estrelas.

— O senhor tem de admitir que Hitomaro e Genba são boas pessoas — disse Tora, aproximando o cavalo do de Akitada e quebrando o longo silêncio. — Eles estão fazendo tudo o que o senhor mandou.

Akitada, que estivera visualizando a viagem de Yoakira ao templo, teve dificuldade em trazer os pensamentos de volta ao presente.

— Eles não foram postos à prova, felizmente — comentou. — Nas duas últimas noites não vimos nada estranho, e nenhum indivíduo suspeito mostrou a cara. Mas mesmo assim pretendo retornar à cidade o mais rápido possível.

— O que o senhor pensa realmente de Hitomaro, amo? — Tora persistiu.

— Ele tem certos maneirismos próprios de um militar, mas acredito que recebeu uma educação melhor do que a de um soldado comum, embora tente esconder isso. É um tipo interessante.

— É, sim. Ele age de modo engraçado, às vezes. Convidei-o para uma luta de varas, e ele disse que nunca fez isso. Falou como se estivesse acima dessas coisas. Mas também não quis treinar luta de espadas comigo — Tora contou, ofendido.

— Não tem importância — Akitada disse com um sorriso. — Suas habilidades são muito apreciadas pelo pequeno lorde.

Tora sorriu amplamente.

— O menino aprende tudo depressa. Já está andando muito bem com pernas-de-pau. Eu ia começar a ensinar alguns movimentos simples de luta de varas, mas lady Sugawara me chamou para fazer alguns serviços.

Akitada divertiu-se, imaginando a expressão ultrajada da mãe, mas só por um momento. Tinha coisas mais importantes em que pensar.

— Se a viagem de Yoakira transcorreu nas mesmas condições que a nossa, penso que os amigos dele e o cocheiro não podiam ver claramente uns aos outros na estrada — comentou.

O servo olhou à frente, onde um carro de boi subia uma colina lentamente.

— De jeito nenhum — confirmou. — Os cavaleiros deviam estar bem adiante do carro do príncipe. Por que ficariam todos juntos, se nem se viam?

— Kinsue, o cocheiro, me disse que os homens a cavalo às vezes iam na frente e às vezes ficavam para trás. Suponho que ele não prestaria muita atenção nisso, mesmo que pudesse vê-los.

— Bem, nada aconteceu no caminho, então isso não tem importância. Agora que descobrimos o assassino de Omaki e Umakai, o que o senhor vai fazer a respeito do caso do professor Oe?

— Vou esperar pelas explicações que Ishikawa terá de dar, quando Kobe encontrá-lo.

— O senhor acha que o assassino é ele?

— Não, não acho, embora Nishioka afirme que é. Há a possibilidade de o assassino ser alguém de quem ninguém suspeitou até agora, mas não posso me ocupar disso por enquanto, porque o mais urgente é ajudar o menino Minamoto. Quanto ao príncipe, acredito que foi Sakanoue quem o matou para assumir o controle dos bens da família. Já se casou com a neta de Yoakira, e agora só o garoto está em seu caminho. Ele deve ter matado o príncipe no templo, mas todas as testemunhas dizem que isso não seria possível. Tudo seria mais fácil de esclarecer, se o velho houvesse desaparecido de sua mansão na capital.

A estrada começou a subir, e logo eles entraram na fresca escuridão da floresta. Acima dos pinheiros e das criptomérias, o céu gradualmente mudava de cor, passando para um tom azul de tinta, então para um cinzento luminescente. Quando chegavam ao topo, o sol surgia por trás das montanhas do leste, lançando um brilho dourado nas copas das árvores. Uma raposa cruzou o caminho estreito e desapareceu no meio da vegetação da margem, e o canto dos pássaros enchia o ar puro da manhã. Por fim, do alto da colina, eles viram um amplo vale lá embaixo. O rio que serpenteava através dele separava um pequeno grupo de casas de fazenda de um vasto conjunto de mansões e pagodes que parecia estender-se até a cadeia de montanhas no outro lado.

Por sua proximidade da capital, a região do templo tornara-se o local de retiro preferido de muitos imperadores, muitos dos quais haviam construído seus palácios e santuários ali no vale. O lugar era pitoresco, com seus prédios consagrados às divindades espalhados entre bosques e colinas.

Akitada e Tora desceram a encosta num galope leve, vadearam facilmente o rio, bastante raso naquela época de seca, e apearam diante do portão principal.

O monge na guarita recebeu-os com pouco interesse, mesmo sendo ainda tão cedo. Muita gente ia ao templo, principalmente depois do "milagre". Akitada assinou o livro de visitantes e perguntou o caminho para o santuário do príncipe Yoakira. O monge deu-lhes um mapa mal desenhado, pedindo que o devolvessem quando fossem embora.

O santuário ficava na extremidade mais distante do imenso terreno do templo. Enquanto percorriam devagar o caminho estreito, os dois viram poucos monges e ainda menos visitantes. Mas, quando passaram pelo enorme salão de palestras, com telhado de colmo, colunas de madeira, beirais e grades pintadas em um tom brilhante de vermelho, viram as portas totalmente abertas e, lá dentro, fileiras e mais fileiras de monges sentados, ouvindo o que um companheiro lia com voz lindamente sonora. Grupos de pinheiros separavam os pavilhões do templo dos prédios de serviço, e canais forrados de pedregulhos conduziam borbulhantes riachos de montanha através de todo o terreno. O ar, impregnado do cheiro de pinho e incenso, estava agradavelmente fresco.

Quando chegaram ao santuário dos Minamoto, cercado por muros, Akitada espiou para dentro através do rústico portão. O alto muro fronteiro, de pau-a-pique caiado de branco, quase escondia um único prédio, quadrado e simples, de madeira enegrecida pelo tempo, com cobertura de casca de cipreste e um pequeno pátio em frente. Desceram dos cavalos e amarraram-nos em postes de madeira próprios para isso. Entraram no pátio, e Akitada explicou a Tora que os companheiros do príncipe haviam feito a mesma coisa, e que Kinsue levara o carro vazio para perto do portão, depois que o príncipe entrara no pequeno templo particular.

O pátio era de fato muito pequeno, ali não caberia mais de um carro, e seu condutor certamente devia encontrar séria dificuldade para manobrá-lo. Akitada e Tora subiram os degraus que levavam à varanda. Nas laterais do terreno fechado do santuário crescia uma densa vegetação, e além dos muros estendia-se a floresta. A pesada porta dupla, único acesso ao interior do prédio, estava fechada. Uma balaustrada simples cercava a varanda, que corria apenas na frente da construção.

Akitada parou e olhou em volta, observando o pátio. Naquela varanda, cinco homens, o general Soga, os lordes Abe, Shinoda, Yanagida e Sakanoue, tinham ficado à espera na última hora de vida do príncipe Yoakira. E em algum lugar abaixo, sentado no chão, encostado no muro, Kinsue ficara olhando sonolento para os nobres, ouvindo a voz de seu amo orando e recitando um sutra no interior do santuário. A luz certamente ainda era muito tênue, pois o príncipe tinha de começar suas orações ao romper da aurora. E as montanhas em volta deviam lançar sombras espessas sobre o lugar, mesmo depois de a primeira claridade aparecer no céu. Muita coisa acontecera no escuro. E no interior daquele recinto.

Akitada virou-se para a porta escurecida pelo tempo.

Procure a verdade no interior!

Ele abriu a porta, e as dobradiças antigas rangeram. O santuário parecia muito escuro, depois da luz matinal lá fora. Perto da parede do fundo uma pequena imagem de Buda, entalhada em madeira e pintada de cores vivas, erguia-se sobre uma flor de lótus, também de madeira, e na frente enfileiravam-se três mesinhas com objetos religiosos e alguns ornamentos. De cada lado, havia uma vela grossa num alto castiçal de ferro com detalhes em ouro e prata. Akitada acendeu as duas velas. As chamas tremularam na corrente de ar vinda da porta aberta, e sombras estranhas dançaram sobre a imagem e o grande tapete acolchoado diante dela. Por um momento, ele sentiu novamente o toque de algo fantasmagórico, um súbito hálito gelado no ar morno. Ficou tonto, e os cabelos de sua nuca arrepiaram-se. A sensação não foi tão forte quanto a que experimentara na mansão de Yoakira, mas ainda assim o fez estremecer.

As paredes pareciam feitas de pesadas colunas e pranchas ajustadas de modo a não deixar frestas, e o teto, com suas grossas traves, de onde pendiam teias de aranha, subia íngreme até a viga mestra. O lugar tinha um cheiro ruim de incenso e decadência. Não existiam janelas, portanto não havia ventilação, e o ar era viciado, pesado e quente.

Vistas de perto, as mesinhas diante da imagem de Buda eram muito bonitas, feitas de madeira escura e com um trabalho de marchetaria em madrepérola. As bandejas e vasilhas sagradas, cuja utilidade Akitada ignorava, eram laqueadas e douradas, e alguns vasos exibiam flores de pedras semipreciosas e ouro. Uma placa vermelha, com caracteres grafados em preto, repousava sobre uma das mesas, entre os outros objetos. Akitada leu os dizeres e curvou-se profundamente. O texto fora escrito e selado por Sua Augusta Majestade, em comemoração ao milagre.

Akitada sentia tudo, menos inspiração. A atmosfera era-lhe quase repulsiva, parecia maculada e perniciosa, e a cor escura das paredes causava uma sensação opressiva. A própria imagem parecia sutilmente perversa. Ele se virou, procurando por Tora, e viu-o parado na porta, olhando para dentro.

— O que está esperando? — perguntou. — Entre! Vou precisar de você.

— O senhor acha que ele foi morto aqui, não é?

— É o que dizem.

— Acha que o espírito dele está por aqui? — Tora indagou, olhando cautelosamente em volta.

— Não. Se estiver em algum lugar, deve estar em sua mansão, na capital. O velho servo diz que está.

— Então, talvez, ele foi assassinado lá — Tora sugeriu, entrando. Torceu o nariz e comentou: — Deviam deixar essa porta aberta mais vezes.

Akitada lançou-lhe um olhar irritado.

— Claro que o trabalho seria mais fácil, se a investigação não exigisse que viéssemos aqui, mas esqueça o cheiro. Queimaram muito incenso neste lugar. Vamos examinar as paredes e o chão para ver se há alguma porta oculta.

Começaram a andar ao longo das paredes, indo um para cada lado, batendo nas tábuas e examinando as emendas, até encontrarem-se na área sombria atrás da imagem. Não haviam encontrado nenhuma abertura disfarçada.

— Nada! — Tora exclamou, fungando. — O cheiro é bem pior, aqui.

— Ou é cheiro velho de incenso, ou algum pequeno animal morreu sob o piso. Mas não adianta examinar o assoalho. Não há espaço para um ser humano no porão.

Tora caminhou na direção da porta, mas Akitada ficou para trás, dando mais olhada em volta e, quando se virou para sair, tropeçou no grande tapete diante da imagem, tirando-o do lugar. Notou que era velho, mas lindamente tecido e com as bordas arrematadas por uma faixa de seda bordada. Ergueu uma das pontas e bateu nas tábuas embaixo, vendo que eram sólidas.

— Bem, eu não esperava mesmo encontrar alguma coisa — disse com um suspiro. — Afinal, eles devem ter examinado todo o recinto. — Venha me ajudar a pôr o tapete no lugar, Tora.

O servo voltou com relutância.

— Vamos virá-lo — sugeriu, erguendo a outra extremidade do tapete. — Parece que o outro lado está mais bonito.

De fato, o tapete estava menos desbotado na parte de baixo. Mas havia uma mancha. Akitada ajoelhou-se e observou-a atentamente, vendo que era pequena e marrom, parecendo superficial. Lambeu um dedo para umedecê-lo e esfregou-o na mancha. Um leve traço de sujeira apareceu na ponta do dedo, e ele o cheirou.

— O que é? — Tora perguntou.

— Sangue — respondeu Akitada em tom sombrio.

— Ai! — Tora exclamou, recuando. — Então, ele morreu aqui!

— Talvez. Mas é muito pouco sangue, e pode nem ser de Yoakira.

— Aposto que é. — Tora olhou para a imagem, estremecendo. — Alguma coisa sobrenatural pegou o velho?

— Não.

— Mas o sangue! Há demônios que estraçalham pessoas e depois as comem. Vamos sair daqui, amo! — Tora pediu, andando na direção da porta.

Akitada, porém, estava examinando um montículo de pó branco no chão.

— Quando ergui o tapete, não vi isto aqui. O pó deve ter caído dele quando o viramos.

Tora parou e olhou por cima do ombro.

— Sujeira. Acho que monges não são muito limpos.

Agachando-se para investigar, Akitada esfregou um pouco do pó entre os dedos e experimentou-o com a ponta da língua.

— Farinha de arroz — informou, erguendo-se.

O servo, que já se encontrava na varanda, opinou:

— Pode ter sido trazida por um dos monges.

— Hum...

Akitada limpou as mãos no quimono e lançou um último olhar à imagem de madeira, percebendo que representava Amitabha, o Buda Iluminado. O rosto fora pintado com cores vivas, os olhos de castanho-claro, e os lábios de vermelho. Pedras preciosas cintilantes pendiam de seus braços e pescoço. De repente, uma delas mexeu-se. Chegando mais perto, Akitada viu uma mosca muito grande, uma varejeira-azul, esfregando as asas preguiçosamente. O ar fresco vindo da porta devia tê-la tirado de seu torpor. Ele enxotou-a com um gesto da mão, e a mosca voou com um zumbido irritado. Por alguns instantes, o inseto esvoaçou ao redor da imagem, parecendo desorientado, então pousou novamente num ponto escuro qualquer. Akitada apagou as velas e saiu.

Ele e Tora desceram os degraus da varanda, voltando ao pequeno pátio.

— O que haverá atrás do santuário? — Akitada conjeturou, parando para olhar a rústica construção. — Vamos ver.

Andando junto de uma das paredes laterais do pequeno templo, os dois abriram caminho com dificuldade através da vegetação e em certo ponto encontraram uma trilha que vinha do conjunto de prédios do templo principal, passando por um portão no muro, e então acompanhava a parede. Seguindo-a, chegaram aos fundos, onde viram um fosso profundo que separava a construção da encosta de uma elevação atrás dela. A trilha terminava ali, na borda do fosso, formada por uma grande pedra achatada.

— Para que serve esse caminho? — Akitada murmurou.

— Não sei, mas alguém andou por aqui recentemente — disse Tora, apontando para os ramos quebrados de um arbusto.

Olharam para além do fosso, onde a encosta subia como uma muralha verde, coberta de trepadeiras, samambaias e pequenas árvores que cresciam precariamente em fendas na rocha. Um lagarto que tomava sol no lado oposto do fosso percebeu a presença deles e desapareceu num buraco com um movimento sinuoso da cauda.

— Esquisito — Tora comentou. — Não há nada neste lugar, a não ser esta pedra onde estamos. Por que fariam uma trilha até aqui?

A pedra era mais ou menos do tamanho de meio *tatami* e forrada de musgo. Akitada curvou-se e tocou uma mancha escura, esfregando o resíduo entre os dedos.

— Óleo. — Cheirou os dedos e acrescentou: — Óleo barato. O que usamos em nossas lanternas é de melhor qualidade. Alguém esteve aqui com uma lâmpada a óleo, o que significa que não foi durante o dia. — Olhou para a encosta, pensativo. De súbito, uma idéia estranha ocorreu-lhe. Tão espantosa, que ele sentiu o estômago revoltar-se. — Tora, você consegue ver aquela rocha cinzenta de formato esquisito, lá no outro lado?

— Parece uma estátua entalhada na pedra. Um dos budas, eu acho.

— É uma estátua, sim. Os monges devem vir aqui para rezar, e pelo menos uma vez alguém esteve aqui à noite. Volte para o pátio e apure os ouvidos.

— Para quê?

— Não interessa! Vá!

Tora obedeceu, abanando a cabeça, e Akitada forçou a memória, tentando lembrar-se de alguns versos de um sutra qualquer. Sua educação religiosa deixava muito a desejar, e isso às vezes era um transtorno. Bem, qualquer coisa serviria. Em voz alta, começou a recitar o primeiro poema de que se lembrou.

— Assim como as fogueiras acesas nos portões do palácio imperial brilham à noite e são apagadas ao amanhecer, que se apaguem os pensamentos de meu coração...

Interrompeu-se bruscamente, percebendo que estava declamando um poema que falava de amor não correspondido, descrevendo com perfeição a dor de um pretendente rejeitado.

Tora apareceu de repente, olhando em volta.

— Fogueiras? Onde?

— Não há fogueira nenhuma. Eu só queria saber se você me ouviria lá do pátio.

— Ouvi, sim. Se não soubesse o que estava acontecendo, poderia jurar que era alguém falando no interior do santuário.

— Era o que eu esperava — disse Akitada. — Pense um pouco no desaparecimento miraculoso. A única prova que temos de que o príncipe estava aqui num momento e no seguinte havia desaparecido é que cinco testemunhas, sem contar Sakanoue, afirmam que o ouviram recitando um sutra lá dentro.

Tora arregalou os olhos, espantado.

— Acha que alguém ficou aqui atrás recitando um sutra no lugar do príncipe porque ele já estava morto? E o que fizeram com o corpo?

— Suspeito que o príncipe não tenha vindo aqui naquela dia. O assassino veio em seu lugar, fazendo o papel dele.

— Sakanoue? Mas como? O cocheiro viu o príncipe entrar e sair da carruagem.

— O sol ainda não nascera, estava escuro. Lembra que não conseguíamos distinguir o rosto das pessoas que passavam por nós no caminho para cá? Sakanoue podia estar usando as roupas cerimoniais do príncipe e ter vindo na carruagem, sem que ninguém percebesse. — Akitada fez uma pausa, então resmungou. — Mas e os cabelos brancos do príncipe? Teriam sido vistos, mesmo estando escuro. — De repente, deu um tapa na testa. — Mas claro! Sakanoue usou farinha de arroz para empoar os cabelos! Tora, garanto que foi isso. O príncipe foi assassinado em seus aposentos, na capital. — Moveu a cabeça vigorosamente num gesto afirmativo, então pegou Tora pelo braço — Vamos embora! Agora só precisamos superar algumas pequenas dificuldades.

Correram através do matagal até o pátio, assustando um jovem monge de faces rosadas que olhava em volta, como se houvesse perdido alguma coisa.

— Ah, estão aí! — o rapaz exclamou ao vê-los. Então, dirigiu-se a Akitada: — Vi os cavalos amarrados lá fora e imaginei o que teria acontecido com o senhor e seu servo.

— Estávamos passando e resolvemos visitar este lugar tão famoso — Akitada explicou, saindo pelo portão. — Foi um passeio muito instrutivo. Acabamos de ver a admirável imagem sagrada na encosta da colina. É verdade que as pessoas alcançam graças especiais, adorando-a? — perguntou, desamarrando o cavalo.

— Oh, é verdade, sim, senhor. Está falando da imagem de Yakushi, o buda da cura — o jovenzinho esclareceu com entusiasmo. Olhando para o quimono de seda de Akitada, sugeriu: — Se o senhor quiser, posso providenciar para que sutras sejam lidos em sua intenção. Quer que o leve até o escritório do registrador?

Akitada aceitou o oferecimento, e ele e Tora, levando os cavalos pelas rédeas, seguiram o monge, que foi tagarelando a respeito das maravilhas do templo e do poder das orações feitas ali. Passaram por fileiras de celas, e em uma delas quatro ou cinco noviços, nus em pêlo, banhavam-se ruidosamente numa enorme banheira de pedra. O guia mostrou-lhes com orgulho um prédio de dimensões impressionantes, o santuário do Grande Buda, e outro pequeno e gracioso, onde eram guardados os sutras. O escritório ficava perto do portão principal, e para chegar lá eles passaram pelo estábulo. O alarido de cavalos e cavalariços era grande, naquela hora em que os animais eram tratados.

— Vocês têm um estábulo enorme — comentou Akitada, parando. — Por acaso fornecem cavalos a viajantes?

— Fornecemos, sim, senhor. O estábulo funciona como uma estação de troca de animais. Os viajantes alugam cavalos descansados para continuar viagem, deixando os deles aqui. Há também pessoas que vêm de carro para ficar uma semana ou mais no templo e alugam animais para poder se locomover pelas redondezas.

— Muito conveniente — murmurou Akitada, pensativo.

No escritório administrativo encontraram o registrador, um velho monge com dedos manchados de tinta, debruçado sobre um livro de contabilidade.

— Este cavalheiro está interessado em encomendar leituras de sutra ao buda da cura — o jovem anunciou tão orgulhosamente quanto se estivesse mostrando um rabanete de tamanho extraordinário que ele próprio cultivara.

O velho monge lançou-lhe um olhar azedo e examinou Akitada, apertando os olhos míopes.

— O buda da cura? — ecoou. — *Cloc*! Qual é sua doença? *Cloc*!

Akitada, que no primeiro momento tomara o "cloc" como um estalo de língua que expressava desdém, notou que o velho era desdentado e tinha o hábito irritante de chupar as bochechas, produzindo aquele som.

— Doença? Hã... as preces são para uma pessoa de minha família, não para mim. Trata-se de... hã... tonturas.

— Ah, isso explica tudo. Os jovens raramente se preocupam em orar ao buda da cura, *cloc*, *cloc*. — Posso perguntar o nome do ilustre cavalheiro e o nome da pessoa doente? *Cloc*. — O monge folheou o livro de registros, resmungando e chupando as bochechas. — Ah, aqui está. Preciso que me dê o dia e a hora em que deseja que o sutra seja lido, *cloc*. Recomendamos um capítulo do Sutra da Luz Dourada que é o mais apropriado para Yakushi, mas por um pouco de dinheiro a mais podemos incluir preces específicas para tonturas. *Cloc, cloc*.

— É para minha mãe, lady Sugawara — Akitada reprimiu um sorriso ao ver a expressão de espanto de Tora. — Não conheço os detalhes, mas ela me disse que essa mesma leitura foi requisitada em sua intenção, cerca de um mês atrás.

O velho olhou para ele com ar apalermado.

— Sugawara? — repetiu. — Não me lembro de ter visto o registro desse nome. Tem certeza, senhor? — Tornou a folhear o livro e meneou a cabeça. — Não, não há ninguém com esse nome. É de fato o buda da cura que o senhor quer?

— É. Foi outra pessoa que veio marcar a leitura, da outra vez. Talvez minha mãe tenha dado outro nome, porque não quer que os outros saibam que está doente.

Pelo jeito, Yakushi, o Buda da cura, não tinha nada contra pseudônimos, porque o monge simplesmente perguntou:

— E que nome seria esse?

— Ora! — exclamou Akitada, fingindo irritação. — Como vou saber? Ela nunca pede minha opinião para nada, e isso, devo dizer, me deixa frustrado! Vamos esquecer a encomenda, já que o senhor não pode localizar o nome — concluiu, virando-se para sair.

— Espere um momento, senhor — o monge registrador pediu depressa. — Não temos recebido muitas encomendas de preces a Yakushi nos últimos tempos. O senhor disse que foi um mês atrás? *Cloc.* —Procurou rapidamente no livro de registros. — Aqui está. A única encomenda em vários meses. Em nome de Kato. Leitura do Sutra da Luz Dourada ao nascer do sol. *Cloc, cloc.* O nome lhe diz alguma coisa?

— Kato... — Akitada murmurou. — Minha mãe tem um primo com esse nome. Em que dia foi?

O monge tornou a olhar para a folha de registro.

— No nono dia do terceiro mês.

Tora prendeu a respiração, e Akitada lançou-lhe um olhar de advertência, antes de dizer ao velho, em tom de dúvida:

— A data parece certa, mas não sei... Como era o homem que veio fazer a encomenda?

— *Cloc.* Não sei dizer, senhor. Foi outra pessoa que fez a anotação.

— Bem, quanto custou, daquela vez? — Akitada indagou, carrancudo.

O velho encolheu-se como que agredido pela pergunta direta.

— Foi feita uma generosa doação de quatro barras de prata, de acordo com a anotação.

— Quatro barras de prata! — Akitada exclamou sem precisar fingir espanto, pois de fato ficara atônito. — Deve haver um engano. Minha mãe jamais pagaria quatro barras de prata por uma oração! Precisarei falar com ela, antes de fazer a encomenda. Muito obrigado por sua atenção.

O registrador fungou e resmungou:

— Estou a suas ordens, senhor. *Cloc.* Volte logo, por favor.

O jovem monge saiu com Akitada e Tora, parecendo desapontado.

— Posso fazer mais alguma coisa pelos cavalheiros? — ofereceu. — Talvez a ilustre mãe do cavalheiro se beneficie com a leitura do sutra feita pelo arcebispo, durante os rituais sagrados. Basta uma pequena doação ao templo para que o nome de sua mãe seja incluído nas orações.

Os monges dependiam de doações para sustentar-se, e o rapazinho parecia tão esperançoso que Akitada tirou um punhado de moedas de prata da faixa.

— Tome. Isso é suficiente?

Pegando o dinheiro com um sorriso e inclinando-se várias vezes em curvaturas respeitosas, o rapaz afirmou:

— Oh, é sim, senhor. Espere um momento. —Correu de volta para o escritório e reapareceu um pouco depois, trazendo um recibo e anunciando alegremente: — Tudo acertado, senhor.

Akitada guardou o recibo na faixa, imaginando a reação da mãe, se ela descobrisse o que ele fizera. Então, de repente, lembrou-se do fugitivo Ishikawa.

— Vocês recebem muitos postulantes de sua idade aqui no templo? — indagou.

— Na verdade não, senhor. Quase todos vêm quando ainda são crianças.

— Um conhecido meu, um jovem muito bonito e inteligente, de cerca de vinte anos de idade, entrou para um monastério esta semana. Teria vindo para cá?

— Não, senhor. Faz muitos meses que não temos candidatos dessa idade.

Quando o rapaz se afastou, Akitada e Tora voltaram a montar seus cavalos, preparando-se para partir.

— O senhor está ficando um mentiroso muito bom, senhor — o servo comentou com um sorriso. — Mas quem será o homem que pagou quatro barras de prata por uma leitura de sutra no dia em que o príncipe desapareceu? Deve fazer parte do complô.

Akitada decidiu ignorar o elogio a sua habilidade para mentir.

— Nosso amigo Sakanoue tem uma fraqueza por disfarces — comentou. — Gosta de se fazer passar por outras pessoas. Pagou uma soma considerável para que o sutra fosse recitado por um monge atrás do santuário, na mesma hora em que o príncipe deveria recitá-lo lá dentro. Isso quer dizer que planejou o assassinato com alguns dias de antecedência. O que eu ainda não entendo é por que os amigos do Yoakira presumiram que ele estava morto. Como chegaram a essa conclusão? — Num movimento súbito, puxou as rédeas do cavalo, fazendo-o parar. — Tora! As moscas! Havia moscas perto da imagem de Buda. Vamos voltar!

Com um gemido de descontentamento, Tora seguiu-o e retornaram a trote largo para o santuário. Akitada desceu do cavalo e correu escada acima. Quando Tora alcançou-o, ele estava segurando uma vela acesa e batendo com os nós dos dedos na imagem de madcira.

— Acha que deve fazer isso? — o servo perguntou nervosamente.

Uma mosca subiu da parte traseira da cabeça do Buda. Então, zumbindo languidamente, circulou a chama da vela e pousou no nariz da pequena estátua. Akitada foi para trás da imagem.

— Venha cá! — chamou.

Tora obedeceu e viu-o olhando fixamente para o chão. Havia um pequeno corte em uma das tábuas escuras.

Akitada agachou-se e apalpou-o.

— Me dê sua faca — pediu.

Quando inseriu a lâmina numa fenda, uma parte do assoalho, com cerca de trinta centímetros de lado, levantou-se, deixando escapar um forte mau cheiro e um enxame de moscas. Através da abertura, os dois olharam para o escuro porão abaixo. Viram uma caixa um pouco menor do que a abertura ao alcance da mão, pois o espaço não era profundo. Ao lado da caixa, havia uma grande pilha de varetas de incenso.

— É só um lugar para guardar incenso, pergaminhos, coisas usadas nos rituais — Tora sugeriu.

— Nada disso atrairia moscas — Akitada ponderou.

Estendeu o braço para pegar a caixa, e mais moscas voaram para fora. A caixa um dia contivera aquelas varetas de incenso, ele pensou, erguendo a tampa.

— Deuses sagrados! — Tora exclamou, recuando. O que é isso? Apertou o nariz com uma das mãos, dando tapas no ar para espantar as moscas alvoroçadas. — Um animal morto? Está coberto de vermes!

Akitada suspirou.

— É uma cabeça humana. A cabeça de um velho de cabelos brancos — respondeu. — Penso que seja a do príncipe. — Fechou a tampa e recolocou a caixa delicadamente em seu lugar sob as tábuas do assoalho. — Foi trazida para cá por Sakanoue.

— Mas por quê? E onde está o resto? — Tora perguntou, muito pálido.

Depois de ficar longos instantes em silêncio, pensando, Akitada explicou:

— O cocheiro falou do traje do príncipe, disse que ele usava um manto. É fácil esconder algo do tamanho de uma cabeça sob algo assim. O assassino queria que a cabeça fosse encontrada como prova da morte de Yoakira, mas Shinoda, que entrou com Sakanoue enquanto os outros esperavam no lado de fora, decidiu escondê-la.

Parando de falar, recordou o dia em que visitara os amigos do príncipe. Abe, com o juízo perturbado pela idade, ficara confuso com os acontecimentos, enquanto Yanagida, com seu fervor religioso, deslumbrara-se com o "milagre" que julgara ter testemunhado. Shinoda fora o único que falara de modo racional a respeito daquela história no templo. Akitada tornou a vê-lo molhando os pés no riacho, olhando-o com perspicácia, tentando adivinhar seu verdadeiro propósito. Tornou a ouvi-lo falar, acalmando suas suspeitas e finalmente repreendendo-o com aspereza, quando ele insistira em perguntar qual fora a prova que ele tivera da morte do príncipe. Então, de repente, compreendeu o que acontecera naquela madrugada, como se houvesse estado no santuário com os outros. Agora sabia que Shinoda escondera a cabeça. Ao contrário do senil Abe, do devoto Yanagida e do general, que não permitiria que enganassem o imperador, Shinoda tivera a inteligência e a coragem de inventar um milagre a fim de proteger a memória de seu amigo de perversos comentários supersticiosos. Ali estava a verdade, finalmente. A verdade encontrada no interior. A cabeça estivera escondida no interior do santuário, da mesma maneira que a verdade estivera escondida no interior de sua mente.

— Foi isso — disse em voz alta. — Shinoda escondeu a cabeça, mas fez isso por amor a seu amigo, não para proteger um assassino. Ele não podia suspeitar de Sakanoue, que estivera à vista o tempo todo, depois que o príncipe entrou no santuário. Quanto ao corpo, acredito que foi deixado na mansão, em uma das arcas. — Endireitou-se, suspirando. — Vamos. Já vimos o bastante.

Voltaram para casa mantendo os cavalos a passo ligeiro. Akitada continuava mergulhado em pensamentos.

— O que o senhor vai fazer agora? — Tora arriscou-se a perguntar, quando o silêncio prolongou-se demais.

— Não faço idéia, mais sei que tenho de proteger o menino de qualquer maneira. Estamos lidando com um homem de mente pervertida, que premeditou rapidamente um crime de natureza tão extraordinária, que as pessoas acreditaram tratar-se de algo sobrenatural, porque não havia nenhuma explicação lógica para o que acontecera. E pelo fato de um velho tolo ter decidido esconder a cabeça, que era a única prova de que Yoakira tivera morte violenta, embora não nas mãos de demônios, o próprio imperador declarou que o desaparecimento do príncipe fora um milagre.

— Quer dizer que, se encontrassem a cabeça, poriam a culpa nos demônios? — Tora perguntou. — Faz sentido. Aí, todo mundo ia pensar que o príncipe fizera algo de muito mau. Aconteceu isso com um bandido, anos atrás, nas proximidades do palácio imperial. Todo mundo conhece essa história.

— Todo mundo conhece — Akitada concordou. — E Sakanoue contava com isso. Sem dúvida foi o incidente com o vidente, que lançou uma maldição sobre a família do príncipe, depois que ele mandou que o enxotassem do portão a chicotadas, que deu a Sakanoue a idéia de encenar um ataque demoníaco. O povo, supersticioso como é, logo pensaria que fora uma punição pelo desrespeito do velho com o vidente. E os motivos de Sakanoue são claros. Quando Yoakira descobriu suas fraudes, ele conseguiu insinuar-se na cama da neta, com ou sem aquiescência dela, vendo nisso sua grande oportunidade de escapar de um desterro ignominioso. Mas, para alcançar a riqueza e o poder que ambicionava, precisava matar o príncipe. O prêmio valia qualquer risco.

Tora refletiu um pouco sobre tudo aquilo.

— Entendo por que lorde Shinoda fez o que fez — disse então. — Também entendo os motivos de Sakanoue, mas não compreendo como ele esperava escapar impune. Poderia ter sido apanhado a qualquer momento.

— Não, Tora. Houve apenas dois momentos perigosos. O primeiro, foi quando ele saiu da carruagem e entrou no santuário, fazendo-se passar por Yoakira. Tinha de ser rápido, pois embora Kinsue estivesse ocupado com o boi, os amigos do príncipe logo entrariam no pátio. Lembro que Kinsue disse que se admirou ao ver como o príncipe subiu a escada depressa. Mas o que Sakanoue tinha de fazer dentro do santuário levou apenas um instante. Ele acendeu uma vela e algumas varetas de incenso, tirou as roupas do príncipe, que vestira sobre as suas e deixou-as, juntamente com a cabeça decepada, no tapete diante da imagem. Então, saiu, fechando a porta atrás de si e esperou no escuro, até que os velhos se acomodassem na varanda. Quando eles o viram, não se perguntaram de onde viera, pois certamente estavam cansados por causa da viagem e das poucas horas de sono. Esperavam que ele estivesse lá, e ele estava. Então, o sol surgiu, e as preces começaram. Kinsue, que estava no pátio, e os quatro homens na varanda viram Sakanoue durante o tempo todo em que o príncipe orou. Tanto Yanagida como Shinoda garantiram que ele não saiu de perto deles, do começo ao fim. Sakanoue tinha um álibi perfeito.

Tora abanou a cabeça, admirado.

— E qual foi o outro momento perigoso? — perguntou.

— Sakanoue tinha de arrumar um cavalo para a viagem de volta, mas resolveu isso facilmente, enquanto todos procuravam pelo príncipe. Como você viu, qualquer um pode alugar um cavalo no estábulo do templo. Na verdade, Kinsue estranhou o fato de Sakanoue estar montando um animal desconhecido.

— Certo, eu entendo — Tora afirmou, porém em tom hesitante. — Estava escuro, e todos ali eram velhos, talvez não enxergassem nada a um palmo adiante do nariz, nem à luz do dia. Mas como foi que Sakanoue livrou-se do cadáver?

Akitada suspirou. Reconstituir a trama inteligente de Sakanoue era uma coisa, mas outra muito diferente era explicar o sumiço do corpo, que não poderia ser deixado nos aposentos de Yoakira, pois a cabeça decepada deixaria evidente que ele fora assassinado. Visualizando o quarto do príncipe, Akitada reviu os arranhões no chão imaculadamente limpo, teve a sensação de que sentia outra vez a presença do espírito do morto, e um pensamento estranho ocupou sua mente. Talvez Yoakira estivesse lhe dando a resposta que quisera lhe dar naquele dia.

— O cadáver foi levado para o campo em uma das arcas — explicou com tristeza.

— Como? — Tora perguntou, horrorizado.

— De acordo com o que Kinsue me contou, Sakanoue foi o último a partir, à noite, num carroção dirigido por ele próprio. É provável que ele tenha jogado o corpo em algum ponto do caminho. Um cadáver sem cabeça não é facilmente identificável.

— Sakanoue não precisou chegar à estrada para se desfazer do corpo — Tora declarou em tom firme. — Ele passou pelo Rashomon! Abandonam cadáveres lá, à noite. Ninguém se importa em reconhecer os mortos. Nem o próprio chanceler seria reconhecido, se fosse deixado ali.

— Mas os homens que recolhem os corpos certamente informariam às autoridades que haviam encontrado um cadáver sem cabeça — Akitada comentou.

— Talvez sim, talvez não. Muitas coisas acontecem com os mortos naquele lugar, e nem tudo é feito pelos vivos. — Tora observou em tom sombrio, estremecendo. Então, acrescentou, mais animado: — Parabéns, amo! O senhor solucionou o caso.

Akitada moveu a cabeça, concordando, mas sua expressão continuava triste.

— Não está satisfeito? O senhor pegou aquele desgraçado do Sakanoue. Achei que era isso que queria.

— Nós dois sabemos quem matou o príncipe, mas nunca poderemos provar. O próprio imperador garantiu a segurança do assassino, confirmando sua história.

Chegaram ao topo de uma colina, de onde tiveram a primeira visão da capital que se estendia na vasta planura lá embaixo. No calor do meio-dia, uma espécie de bruma flutuava sobre a grande cidade, e apenas os telhados azuis ou pretos dos palácios imperiais e prédios do governo eram claramente visíveis. A avenida Suzaku, ladeada por salgueiros, sumia na distância, como que entrando em um nevoeiro. Os dois olhavam a paisagem, procurando ver os telhados do Rashomon, mas o grande portão estava oculto sob um manto de vapor azulado.

— Veja! — Tora gritou de repente. — Houve um incêndio! Bem que achei que o cheiro de fumaça estava muito forte, de manhã. — Apontou para os espessos rolos cinzentos que pesavam sobre a zona noroeste da cidade. — Eu sabia que isso ia acontecer, com tanta seca. Pobre gente! Mas, graças aos céus, nossa casa fica bem longe de lá!

Akitada pensou em sua família e no menino que era seu hóspede. Esporeou o cavalo, e Tora imitou-o. Desceram a encosta a galope, e logo estavam bastante perto da cidade para ver o local do sinistro mais claramente. O fogo fora controlado. Apenas uma bruma escura pairava sobre grupos de árvores e telhados, enquanto a fumaça preta lentamente se desfazia no céu azul.

— Céu misericordioso! Espero que meus olhos estejam me enganando! — gritou Akitada, puxando as rédeas bruscamente e apontando para um local entre árvores calcinadas. — Olhe, Tora! Aquele espaço vazio! Não era lá a casa dos Hirata?

O servo parou junto dele e protegeu os olhos com uma das mãos, olhando na direção indicada.

— Amida! — murmurou, aflito. — Era lá mesmo! Vamos!

20

Carvão e Cinzas

Akitada e Tora sentiram o cheiro pungente de fumaça a vários quarteirões de distância da rua dos Hirata. Era algo quase palpável que se entranhava na pele, invadia as narinas e agredia os olhos, fazendo-os arder.

À primeira vista, a rua parecia a mesma de sempre. O muro do jardim dos Hirata continuava de pé, e os graciosos ramos dos dois salgueiros que ladeavam o portão oscilavam suavemente, soprados pela brisa. Mas essa brisa carregava filamentos escuros de fuligem para a rua, e havia um grande grupo de homens, mulheres e crianças diante do portão aberto. Akitada achou que eles olhavam para dentro com a ávida curiosidade de pessoas que haviam sido poupadas por um desastre e se regozijavam com sua boa sorte. Tomado de súbito ódio por aquela gente, avançou com o cavalo arfante e suado, fazendo o grupo dispersar-se atropeladamente.

Parou no portão, e o que viu lá dentro pareceu-lhe uma cena do inferno. Desceu do cavalo e ficou parado, mudo de horror. Montes fumegantes de entulho carbonizado apareciam entre a vegetação queimada, e uma bruma azulada pairava sobre o lugar onde antes erguera-se a casa de largos beirais com seus pavilhões anexados. Homens cobertos de fuligem, com o rosto protegido por panos molhados, moviam-se de um lado para outro como demônios em busca de almas perdidas, andando pelas trilhas enegrecidas que serpenteavam entre os canteiros do jardim de Tamako, agora totalmente destruído.

Tamako!

Akitada tentou gritar o nome dela, mas o medo travara-lhe a voz.

Tora parou o cavalo atrás dele e saltou para o chão.

— Ei, você aí! — gritou para um dos homens pretos de fuligem. — O que aconteceu com a família?

O homem, um bombeiro, olhou-o, então apontou para um lado.

Ao pé de um cedro enegrecido pelo fogo, Tora e Akitada viram um policial de túnica vermelha olhando para um quimono azul e branco aberto no chão, cobrindo alguma coisa.

Um quimono de mulher.

Akitada começou a andar para lá rigidamente, obrigando-se a dar um passo após outro, até parar ao lado do policial e olhar para baixo.

O quimono de algodão fora puxado para baixo para mostrar parte de um corpo humano. Os restos carbonizados eram irreconhecíveis, e o corpo era muito pequeno, igual ao de uma criança. Dobrada em dois, com os braços e pernas erguidos contra o tronco, como defendendo-se da indignidade impingida aos mortos, a pessoa era a primeira vítima de incêndio que Akitada via. Aquela massa escura e encolhida de carne e ossos queimados não podia ser... Oh, mas aquele quimono!

— O que veio fazer aqui? — o policial rosnou.

Akitada olhou-o, atordoado.

— Quem é a pessoa? — conseguiu indagar.

— O correto seria perguntar quem "era". Tiraram o homem de baixo daquela pilha de destroços ali.

Homem? Akitada olhou de novo para o corpo e viu que na parte de trás da cabeça ainda restavam alguns cabelos grisalhos. Por um instante, seu alívio foi quase intenso demais para ser disfarçado. Então, ele olhou para os destroços indicados pelo policial. O monte de entulho fora o que sobrara do escritório de Hirata, um pavilhão separado da parte principal da casa. Oh, Deus, ele pensou. Hirata! Não fora Tamako quem morrera, mas onde estaria ela? Ele correu o olhar pelo lugar devastado, procurando outros corpos, pois havia os servos também. Estariam todos mortos?

Tora aproximou-se dele, olhou para o cadáver e perguntou ao policial:

— Onde estão os outros? Nessa casa viviam um professor, a filha dele e dois servos.

— Mais três, fora esse? — o policial assobiou, surpreso. — Acabei de chegar. Acho que ainda não foram encontrados.

Akitada sentiu o estômago contrair-se dolorosamente.

Oh, não, por favor!, implorou em pensamento. Tamako também? Não!

Aquela moça graciosa, esbelta e bonita não podia ter morrido! Restavam apenas ruínas fumegantes da casa e dos dois outros pavilhões. Ninguém poderia ter sobrevivido embaixo daquelas traves e do colmo em brasa do teto. O quarto de Tamako ficava no pavilhão mais distante do escritório.

Oh, Tamako!

Ele engoliu em seco, sentindo náuseas ao pensar no corpo retorcido sob o cedro, e tomou a direção da montanha de destroços na outra extremidade do terreno. Começou a correr, forçando as pernas trêmulas.

— Espere! — Tora chamou-o, indo atrás dele e pegando-o pelo braço. — Não pode ir lá, amo! Ainda está quente.

Akitada livrou-se dele com brusquidão e entrou no que restara de uma varanda. Pegou uma ripa meio queimada que fizera parte do telhado e começou a derrubar montes de brasas e chutar tufos de colmo transformados em cinza. Mas, antes que conseguisse ir mais adiante, foi agarrado por mãos fortes e arrastado para trás. Viu que eram Tora e um dos bombeiros que o seguravam, gritando alguma coisa que, em sua agonia, ele não conseguia entender. Debatendo-se para escapar, por fim compreendeu o que o bombeiro dizia.

— A moça e os servos estão na casa do vizinho, senhor.

Olhou estupidamente para Tora.

— Tamako está viva? — perguntou.

O servo bateu-lhe no ombro num gesto de conforto.

— Ela está bem. Amida seja louvado! Venha comigo, senhor. Vamos ver Tamako.

Akitada sentiu-se zonzo, de tão aliviado. Então, seguiu Tora até a casa vizinha. Bateu na porta e foi atendido por um homem idoso que os olhou com ar indagador.

— A srta. Hi-Hirata está aí? — gaguejou.

O homem moveu a cabeça afirmativamente e levou-os para a sala da pequena casa. Embora o aposento estivesse cheio de gente, Akitada viu apenas Tamako. Sentada em uma esteira, embrulhada num quimono acolchoado, com o rosto lívido sob os riscos de fuligem, os olhos vermelhos por causa de lágrimas e fumaça, ela tremia tanto que não conseguiu falar nada quando viu Akitada.

— Oh... — murmurou simplesmente.

— Eu... eu vim — ele disse baixinho.

Ela concordou, mal movendo a cabeça.

— Você se feriu?

Tamako não respondeu, mas lágrimas transbordaram de seus olhos, correndo pelas faces pálidas.

Akitada queria ir até ela, abraçá-la, aconchegá-la contra o peito, oferecendo a si mesmo em troca do que ela perdera. Mas não estavam sozinhos.

E, mesmo que estivessem, ele não podia fazer isso. Ela não o queria. Nunca quisera. Repreendendo-se por estar preocupado com a própria mágoa, refletiu que ela teria de aceitar qualquer conforto que ele pudesse lhe dar naquele momento.

Olhou em volta e só então viu uma mulher de aspecto matronal, que devia ser dona da casa, o velho servo dos Hirata, Saburo, e a criadinha de Tamako, além de uma porção de crianças de olhos arregalados.

— Ela se feriu? — perguntou à mulher.

— Não, senhor, mas está em estado de choque.

— Tora! — Akitada chamou e, quando o servo aproximou-se, instruiu: — Vá buscar seu cavalo e leve a srta. Hirata e a criada para nossa casa. — Diga a minha mãe para fazer o que puder por elas.

Tamako gemeu um protesto ininteligível.

— Quem é o senhor? — indagou a dona da casa rispidamente.

— Sugawara — respondeu Akitada no mesmo tom, sem desviar o olhar do rosto de Tamako.

— Mas é parente da srta. Hirata? — a mulher insistiu.

Olhando-a, Akitada finalmente entendeu sua preocupação.

— Tamako e eu fomos criados como irmãos — respondeu. — O professor Hirata me aceitou em sua casa, quando eu era menino.

Os olhos da mulher alargaram-se de surpresa.

— Oh! — ela exclamou. — Então, o senhor deve ser Akitada. Que bom que veio buscar Tamako! A pobrezinha não tem mais ninguém no mundo.

Ele se aproximou de Tamako e ergueu-a nos braços. Ela começou a soluçar, enterrando o rosto em seu peito, e ele levou-a para a rua, onde Tora esperava-o com o cavalo.

Akitada colocou-a na sela.

— Vá para minha casa com Tora, querida. Preciso ficar para tomar as providências necessárias.

Ela o olhou, parecendo perdida e indefesa. Akitada queria lhe pedir para não se preocupar, prometer que cuidaria dela dali por diante, mas essas eram palavras que não podia dizer. Ergueu a mão para puxar o quimono dela sobre um pé descalço, mas parou ao ver as bolhas na pele avermelhada. Queria perguntar se havia mais queimaduras, mas ela falou primeiro:

— Você queimou as mãos.

No primeiro instante, ele não compreendeu, então olhou para as mãos e viu que estavam vermelhas e cobertas de bolhas. Foi só nesse instante que começou a sentir dor, mas não se importou, refletindo que se queimara quando tentara revolver os destroços amontoados no lugar onde estivera o pavilhão de Tamako. Pensou em dizer que aquilo não era nada, mas não teve tempo, porque Tora, que já erguera a assustada criadinha, colocando-a montada atrás de Tamako, começou a andar, levando o cavalo pelas rédeas. Akitada ficou parado no meio da rua, olhando o grupo afastar-se até vê-lo virar a esquina e desaparecer. Tamako fora poupada. Naquele momento, só isso importava.

Mas sua alegria teve curta duração. O velho servo dos Hirata juntou-se a ele, chorando.

Akitada olhou-o.

— Como foi que aconteceu, Saburo?

— Meu amo deve ter adormecido em cima dos livros — o velho respondeu, sem conseguir parar de chorar. — Eu e todos os outros tínhamos ido dormir. Acordei no meio da noite, com os gritos da srta. Tamako. Corri para fora e vi o escritório em chamas. O fogo já queimava as árvores próximas, o teto da parte principal da casa e da cozinha. Oh, foi horrível! Pobre amo! Nós o vimos deitado no meio das labaredas. Precisei segurar a srta. Tamako para ela não correr para junto dele. Os bombeiros demoraram muito para chegar, não havia água suficiente no poço, tínhamos poucos baldes, e agora tudo se foi. — Rompendo em soluços desesperados, ele concluiu: — Tudo se foi, tudo! E eu estava dormindo!

Tentando confortá-lo, Akitada tocou-o nos ombros de leve, pois agora as mãos doíam demais.

Voltaram juntos para as ruínas da casa, onde Akitada passou horas inúteis, tentando encontrar uma explicação para o que acontecera. A causa do acidente, de acordo com um dos bombeiros, fora um vazamento de óleo de lampião. Notando a incredulidade de Akitada, acrescentou sem nenhuma emoção que tais coisas aconteciam a pessoas estudiosas, que adormeciam lendo. Saburo protestou, dizendo que seu amo sempre tivera extremo cuidado no que dizia respeito a fogo.

Akitada queria crer que fora um acidente, mas uma dolorosa suspeita apertava seu coração, fazendo-o pensar que aquilo poderia ter sido evitado, se ele houvesse conversado com Hirata nos últimos dias. Tamako sobrevivera, mas perdera tudo. Perdera o pai, seu único apoio no mundo. Akitada amaldiçoou seu orgulho ferido, que o impedira de aproximar-se de seu antigo professor. E se fora ele o responsável pela morte de Hirata?

Os demônios gêmeos da culpa e da vergonha perseguiram-no por todo o caminho até sua casa. Ao chegar, ele perguntou por Tamako, e a mãe, com uma brandura que o surpreendeu, disse que Seimei cuidara dos pés dela, dera-lhe um chá calmante e que agora ela felizmente estava dormindo. Então, aumentou a angústia que ele sentia, observando que uma mulher jovem e bonita como Tamako, sem pai e ou um outro homem da família para protegê-la, nada de bom podia esperar do futuro.

No dia seguinte ao do trágico incêndio, Akitada não saiu de seu quarto. Seimei, que lhe levava as refeições e depois as retirava, intocadas, achava que ele não se movera do lugar um só instante, permanecendo sentado, com o rosto inexpressivo, olhando para as mãos cruzadas no colo, vermelhas e em carne viva nos lugares onde a pele fora queimada.

A mãe e as irmãs foram vê-lo, mas ele apenas ouviu suas súplicas para que saísse do quarto, sem dizer nada. Tora levou Sadamu para visitá-lo, esperando que isso o animasse, mas os dois saíram do quarto acabrunhados, sem nada conseguir.

No dia seguinte, ele saiu, abatido, com o rosto sombreado de barba, para tratar de alguns assuntos urgentes e ir ao funeral de Hirata.

Os colegas e alunos do professor compareceram à cerimônia, além de muitas pessoas que Akitada não conhecia. O óbvio sofrimento dos enlutados, somado a sua própria dor e à culpa que o aguilhoava, aumentou sua depressão, e ele encolheu-se ainda mais dentro de si mesmo. Estava intensamente consciente da presença de Tamako que, com a cabeça e o rosto cobertos por um pesado véu, sentara-se atrás dos biombos, com a mãe e as irmãs dele. O que ela estaria pensando dele, que traíra um dever sagrado com o homem que o amara como filho, do "irmão" que os abandonara num momento de necessidade, que ignorara seu pedido de ajuda?

O percurso até o crematório, que acabaria o trabalho que o incêndio começara, passou como num sonho, e a cerimônia pareceu-lhe tão sem substância quanto a fumaça que subiu da pira funerária do homem que fora mais pai para ele do que seu próprio pai. Ele não falou com ninguém, depois de tudo terminado, e voltou para casa, desaparecendo novamente no quarto, onde ficou um dia e uma noite, a mente presa a lembranças do passado ou imagens da casa destruída pelo fogo, sem comer nada e tomando apenas água.

No quarto dia após o incêndio, ainda dominado pelo desespero, Akitada recebeu, através de um mensageiro da universidade, um bilhete do bispo Sesshin. Desdobrou o papel com dedos desajeitados por causa das queimaduras.

O bilhete dizia simplesmente: "Precisamos do senhor".

Ultrajado, ele picou-o em pedacinhos e pegou uma folha de papel para escrever seu pedido de demissão do cargo de professor. Mas alguma coisa, senso de dever, talvez, ou a lembrança dos rostos de seus alunos, ou a dor na mão causada pelo ato de segurar o pincel, impediu-o de escrever, fazendo-o pensar que devia ir pessoalmente. Chamou Seimei e, com a ajuda dele, banhou-se, fez a barba e vestiu um quimono cinzento.

— Por favor, coma um pouco deste mingau de arroz — o secretário pediu em voz baixa, como se estivesse falando com um doente.

Akitada ignorou-o e saiu.

Quando entrou no salão de palestras da Faculdade de Direito, encontrou-o cheio de alunos, seus e de Hirata. Só estava ausente o menino Minamoto, que continuava em sua casa por medida de segurança. Os estudantes haviam se sentado em semicírculo ao redor do volumoso Sesshin, que usava um quimono cinza-chumbo e uma estola branca em sinal de luto. Os estudantes estavam vestidos como de costume, mas havia profunda tristeza em seus rostos, e muitos deles haviam chorado muito, pois tinham os olhos vermelhos e inchados.

— Seja bem-vindo, meu jovem amigo — Sesshin saudou-o. — Estávamos esperando pelo senhor. Os alunos falaram-me de suas boas lembranças do professor Hirata, e eu contei a eles que o senhor foi um de seus discípulos favoritos. Gostaria de compartilhar conosco algumas de suas recordações?

Akitada fulminou-o com o olhar. Que sugestão indecente!

Dirigindo impropérios mentais ao bispo, virou-se para os estudantes. Ushimatsu, inclinado ligeiramente para a frente, tinha no rosto uma expressão de profunda compaixão. Akitada olhou para os outros, imaginando se todos eles viam seu sofrimento, como Ushimatsu vira. Lá estava Nagai Hiroshi, pobre rapaz, feio, com os olhos vermelhos de chorar e totalmente despercebido de uma bolha de saliva no canto da boca. Não parecera assim tão angustiado na prisão, com uma acusação de assassinato pesando sobre sua cabeça! Mas Hirata amara Hiroshi, quase como a um filho. Talvez, por não ter tido nenhum filho do sexo masculino, seus alunos preenchessem essa lacuna em sua vida. Uma nova onda de dor invadiu Akitada. Hirata amara todos os seus alunos, ele inclusive! Através das lágrimas que lhe subiram aos olhos, os rostos dos estudantes tornaram-se indistintos como borrões. Ele engoliu em seco e tentou falar, mas a garganta apertara-se, deixando-o mudo. Fez um gesto de desamparo para Sesshin, mas o gordo monge apenas moveu a cabeça, encorajando-o placidamente, e apontou para uma almofada a seu lado.

Sentando-se, Akitada, ficou em silêncio por alguns momentos e por fim conseguiu falar, embora mais tarde não se lembrasse do que fora que dissera aos alunos. Mas tinha consciência de que se entregara a um diálogo consigo mesmo, a respeito de sua vida com Hirata. Foi uma experiência estranhamente purificadora, e ele chorou. Quando se calou, encontrara um pouco de paz.

Houve um longo silêncio, então Sesshin começou a recitar o sutra da Terra Pura. Ao terminar, pregou:

— Em nossa religião existe uma prática de meditação difícil, que nos leva a mergulhar completamente no nada. São poucos os que conseguem isso. Mas quando conseguimos, a mente torna-se um mar sereno. Paixão, ódio, desilusão e sofrimento acabam. Pensamentos falsos extinguem-se. Não sofremos nenhum tipo de pressão. Ficamos livres de laços, de obstáculos, cortamos as raízes de nossa dor. Isso se chama entrar no nirvana, um estado de bem-aventurança que só pode ser totalmente alcançado através da morte. E é nesse estado que nosso querido amigo se encontra agora, onde permanecerá para sempre.

Ouviram-se suspiros e Sesshin levantou-se, despediu-se dos alunos e de Akitada com um aceno de cabeça e saiu da sala.

Akitada ergueu-se, meio tonto, e seguiu-o. O velho monge esperava-o na varanda, com as mãos apoiadas na grade e os olhos fixos nos distantes telhados da cidade. Não se virou, quando Akitada parou a seu lado.

— Tantas mortes, no meio de tanta vida... — disse com um suspiro. Fez um gesto na direção da movimentada cidade, e outro indicando o salão, de onde vinha o murmúrio de conversas em voz baixa. — Estou sempre sendo lembrado dos oito sofrimentos inevitáveis: nascimento, velhice, dor, a própria morte, a morte de um ente querido, pessoas más, desejo frustrado e luxúria. Às vezes acho que conheci demais todos eles, com exceção de um. Por que está tão irado contra mim, meu amigo?

— Sua Reverência, peço desculpas pela imperdoável rudeza com que o tratei — Akitada disse, constrangido.

Sesshin relanceou os escuros olhos líquidos pelo rosto dele.

— Não tem importância. Fui mais tolo do que o senhor, sou eu quem lhe deve desculpas. O senhor abriu o coração e sua casa para um menino solitário. Diga-lhe que espero que continue sendo um aluno aplicado.

— O senhor sabe que ele está em minha casa? — Akitada perguntou, atônito.

— Sei. Tenho o menino sob vigilância desde que o senhor me alertou. Meus homens me contaram que o senhor levou Sadamu. Perderam-se de vocês, quando os estavam seguindo, mas encontraram sua residência e certificaram-se de que o garoto estava lá. — O monge fez uma pausa, então acrescentou com um sorriso: — Espero que ele não esteja causando nenhum transtorno.

— Não, não está — respondeu Akitada, tentando disfarçar o espanto. — Mas eu gostaria que o senhor tivesse me avisado. Nós levamos Sadamu às escondidas porque ele queixou-se de dois homens suspeitos rondando o dormitório. O que eu vi era um brutamontes com jeito de bandido, e Tora disse que o outro era pequeno, mas que não parecia melhor do que o grandalhão. Pensamos que fossem matadores a serviço de Sakanoue.

Sesshin riu mansamente.

— Os dois trabalham para mim há muitos anos e, apesar da aparência, são sujeitos muito bondosos. Havia também um terceiro homem que ficava no salão de palestras para vigiar o menino enquanto ele tinha aulas. Eu devia ter-lhe contado.

Akitada sentiu-se um tolo completo.

— O senhor não podia adivinhar que eu chegaria ao extremo de me intrometer nos assuntos de sua família — observou, contrito.

— Fez isso porque fui negligente — o monge admitiu com um suspiro. — Sou-lhe muito grato.

Depois de um momento de hesitação, Akitada anunciou:

— Foram descobertos alguns novos fatos referentes à morte de seu irmão.

O rosto de Sesshin entristeceu.

— Aqui, não. Procure-me mais tarde — pediu.

Curvou-se ligeiramente, despedindo-se, desceu a escada e começou a atravessar o pátio.

Akitada voltou para junto dos alunos, descobrindo que mudara de idéia a respeito do pedido de demissão. Até que novos professores fossem nomeados, ele daria aulas aos alunos de Hirata e aos seus. Estaria se redimindo, embora muito pouco, da negligência com que tratara seu amigo e mestre.

Os jovens estavam quietos, parecendo gratos pela aula. A concentração no trabalho não deixou Akitada pensar demais em seu sofrimento, até que o sino soou, ao meio-dia, lembrando-o de que precisava ir para casa ver como estava a família, que agora ficara maior, com Tamako, sua pequena criada e Saburo, o servo.

Foi Genba quem abriu o portão, quando ele bateu. Estava rindo de alguma coisa e com a boca cheia de comida. Ao ver Akitada, ficou sem jeito, engoliu rapidamente e escondeu atrás das costas o resto do que estava comendo. Akitada cumprimentou-o com um gesto de cabeça e entrou no pátio.

Tora e Hitomaro, que estavam sentados à sombra de uma árvore, levantaram-se depressa. Seus corpos musculosos brilhavam de suor, e havia duas longas hastes de bambu no chão, levando Akitada a deduzir que Hitomaro concordara em praticar luta de varas.

A vida continuava de modo normal para sua gente, ele pensou com ressentimento e um pouco de inveja. Sentia-se um estranho em sua própria casa. Então, ocorreu-lhe que os serviços dos novos amigos de Tora agora podiam ser dispensados. Abriu a boca para dizer-lhes isso, quando viu Genba pôr na boca um último pedaço de bolo de arroz e lamber os dedos. Lembrou como o homem oferecera-se para trabalhar em troca de comida, pensou na situação desesperadora em que ele e Hitomaro encontravam-se, e decidiu que eles podiam ficar mais alguns dias e encontrar uma maneira de serem úteis. No entanto, não tinha idéia de como faria para pagá-los, pois agora a família aumentara, e as despesas seriam bem maiores.

Desanimado, sentindo-se solitário, passou pelos homens, andando na direção da casa.

— Senhor! — Tora chamou-o, brandindo no ar uma grande sombrinha multicolorida.

Akitada parou e olhou-o.

— O que é? — perguntou, impaciente. — Estou ocupado.

Com expressão decepcionada, o servo ficou parado, abrindo e fechando a sombrinha.

— Desculpe, eu só queria lhe dar um recado.

— Pare de brincar com essa sombrinha! — Akitada ralhou. — Que recado?

Tora andou até ele e, com uma reverência, estendeu-lhe a sombrinha aberta.

— É um presente para o senhor.

— Não seja ridículo! — exclamou Akitada, mantendo os braços cruzados e as mãos escondidas nas mangas do quimono. — Acha que vou andar por aí com essa bugiganga colorida? Dê para sua namorada — concluiu, recomeçando a andar.

— Nesse caso, creio que foi bom o sr. Hishiya ter ido embora antes de o senhor chegar — Tora declarou com a voz carregada de mágoa. — Ele estava muito orgulhoso desta sombrinha. Ficou acordado a noite toda para fazê-la e pintar as figuras. Veja! Ele pintou uma por uma as pétalas das peônias e as penas da fênix.

Akitada parou e virou-se.

— Hishiya? Ah, o pai da moça assassinada! Deixe-me ver isso. — Daquela vez pegou a sombrinha, franzindo o rosto quando o cabo áspero raspou a queimadura na palma da mão, e observou o modelo e o trabalho de pintura. — Você tem razão, é muito bonita. Vou mandar um presente ao sr. Hishiya, em retribuição. Que recado ele deixou?

— Que a polícia disse que foi o senhor quem descobriu o assassino de Omaki, e que ele queria agradecer pessoalmente — Tora informou em tom acusador. — Mas quando soube do incêndio e da morte do professor, foi embora, explicando que não queria tomar seu tempo.

— É um homem muito cortês — comentou Akitada, envergonhado. — Lamento os comentários que fiz a respeito da sombrinha. — Os desenhos são realmente bastante... detalhados. Mas reconheço que foi você, Tora, quem mais trabalhou no caso. Na verdade, o caso foi seu, não meu. Assim, a sombrinha é sua, por direito.

Com uma leve curvatura, entregou a sombrinha ao servo.

— Bem... é verdade que o senhor fez muito pouco. Fui eu que descobri a maior parte das pistas — Tora afirmou, e um lento sorriso abriu-se em seu rosto. — Este é o presente certo para Michiko. Tenho espremido o cérebro, tentando pensar em algo bonito para dar a ela.

— Ainda está envolvido com aquela artista? — perguntou Akitada. — Acho bom ter cuidado. Talvez ela não seja muito melhor do que a mulher do pobre Hishiya.

— Não, Michiko não é igual a ela, de jeito nenhum. E por falar nisso, Hishiya livrou-se da mulher. Divorciou-se dela no mesmo dia em que lhe contei que havia um cliente à espera, na casa dele. Imagine que o cliente era um dos tais primos do campo, e o sr. Hishiya não gostou nada do modo generoso com que ela estava tratando o parente.

— Não me diga! — exclamou Akitada com ar fingidamente sério. — Mais uma razão para você ficar com a sombrinha. Fez um grande favor ao sr. Hishiya.

A conversa com Tora melhorara um pouco seu estado de espírito, e ele se sentia capaz de lidar com os muitos problemas a sua espera. Depois de dar a Seimei instruções para embrulhar um corte de seda para Tora levar ao sr. Hishiya, foi aos aposentos da mãe.

Lady Sugawara recebeu-o de braços abertos.

— Meu filho querido! — exclamou. — Como está se sentindo? As mãos melhoraram?

Akitada encarou-a, surpreso com tão calorosa recepção.

— Estou bem, mãe. Vim para saber de Tamako.

Ela observou-o com um olhar avaliador.

— Ela está calma — informou. — Seimei deu-lhe mais um pouco daquele seu chá, para fazê-la dormir à noite, e hoje ela acordou bem melhor. Eu devia ter feito o mesmo com você. Venha, sente-se. Precisa comer alguma coisa.

Ignorando os protestos de Akitada, chamou Kumoi e mandou-a buscar chá quente e arroz com legumes.

Akitada experimentou a comida com relutância e de modo desajeitado, pois tinha dificuldade para segurar direito os palitos de comer. Mas, depois do primeiro bocado, seu apetite despertou, e ele achou tudo muito gostoso.

A mãe esperou em silêncio que ele acabasse de comer, então disse:

— Tamako está pensando em cortar os cabelos e tornar-se monja.

— O quê? — perguntou Akitada, atônito. Então, levantou-se depressa. — Onde ela está?

— Dei-lhe o quarto de sua irmã mais nova — a mãe respondeu, examinando as unhas das mãos.

Tamako estava sozinha, sentada na varanda do quarto. Usava um quimono branco de luto, os cabelos parecendo mais pretos ainda em contraste com o tecido do traje e a pele pálida do rosto. Akitada esperara encontrá-la em desespero, chorando, ou tomada de raiva violenta, alguma demonstração de dor desse tipo, mas Tamako estava perfeitamente calma.

— Akitada! — ela o saudou com voz suave e um leve sorriso. — Estou feliz por você ter vindo. Por favor, sente-se. Preciso lhe agradecer por ter organizado o funeral e me oferecido abrigo em sua casa.

Ele continuou de pé.

— Minha mãe me disse que você pretende renunciar ao mundo — falou com voz embargada de emoção. — Isso é verdade?

Ela o fitou tranqüilamente.

— É, sim. Essa é a melhor coisa a fazer, dadas as circunstâncias. Uma prima de meu pai é monja em Nara. Vou procurá-la.

— Você é jovem e bonita demais para se enclausurar! — Akitada exclamou, furioso. — Eu não permitirei que faça isso! — Fez uma pausa, então corrigiu-se: — Isto é, seu pai não aprovaria.

— Acho que ele compreenderia.

— Não. Você deve se casar. Pode ser minha esposa. Era isso o que ele desejava.

Ela virou o rosto, torcendo as mãos no colo.

— Isso é impossível.

— Por quê? — ele indagou. — Por que não pode se casar comigo, Tamako?

Ela não respondeu e não o olhou.

Ele se sentiu novamente rejeitado, desprezado, e seus sentimentos amargos voltaram, mais intensos do que nunca. Como Tamako devia detestá-lo para recusar-se a aceitar o refúgio que ele lhe oferecia, que a tiraria de uma situação de desamparo e aflição!

— Não, não é impossível! — gritou.

Virou-se e saiu da varanda tempestuosamente.

Mais tarde, quando voltou para a universidade, fez o caminho todo pensativo, procurando uma explicação lógica para a teimosa rejeição de Tamako. Não encontrou nenhuma, a não ser a de que ela não gostava dele ou de sua família. Mandou os alunos lerem um capítulo do *Livro de Documentos* e foi à sala de Hirata juntar os pertences dele, trabalhando com concentração febril para sufocar o desespero.

Depois de embalar os objetos pessoais do amigo, como a filha dele faria, começou a examinar os papéis. A quantidade era enorme, resultado do trabalho de uma vida inteira. Hirata não apenas fizera uma infinidade de anotações sobre assuntos legais, como guardara a maioria dos trabalhos de seus alunos. Akitada emocionou-se ao encontrar um dos seus. Hirata dedicara-se ao ensino sem poupar esforços. Demonstrara seu carinho pelos estudantes escrevendo elogios e comentários encorajadores em cada trabalho. Parecia errado jogar aquilo tudo fora, mas não fazia sentido guardar.

Em seguida, Akitada começou a embalar os livros, e foi no meio deles que encontrou o diário de Hirata, do ano em curso. Ali, o professor anotara pensamentos, além de lembretes sobre tarefas planejadas para cada dia. Akitada procurou a última anotação e viu que fora escrita no dia em que ele decidira ir almoçar com Nishioka, em vez de ficar com seu velho amigo.

"Penso que A. ainda está zangado comigo por causa daquele assunto dos últimos exames. Pobre Tamako. Minha consciência não me dará paz enquanto eu não fizer mais um esforço para acertar a situação. Uma declaração de que houve um erro na avaliação das provas e de que o jovem que se suicidou foi o verdadeiro vencedor daria uma alegria à família dele, pelo menos."

Akitada pousou o diário na mesa com mãos trêmulas. Aquilo confirmava sua horrível suspeita. Imaginou se Hirata quisera consultá-lo, antes de dar o perigoso passo. E se ele tivesse de fato começado a "acertar a situação"?

Pondo o livrinho na manga do quimono, foi dispensar os alunos, apesar de ainda ser cedo. Em seguida, dirigiu-se às ruínas da casa de Hirata.

Não havia mais nada, a não ser carvão e cinza. Um único bombeiro puxava os destroços da parte principal da casa com um rastelo. Akitada tomou o rumo do lugar onde ficava o escritório do professor.

— O que está procurando, senhor? — perguntou o bombeiro, aproximando-se.

— Tentando descobrir onde o fogo começou.

O homem apontou para um lado.

— Bem ali, na varanda, portanto no lado de fora do escritório.

Akitada olhou para o monte de cinzas, então para o bombeiro. Notou que ele tinha um rosto inteligente e olhos brilhantes e curiosos.

— Como sabe disso? — perguntou.

— Oh, já vi incêndios demais. Por isso, aprendi a descobrir essas coisas. Estava mais quente, no lugar da varanda e, como o senhor vê, não sobrou nada da estrutura. O escritório queimou depois, e os alicerces ainda estão lá. O fogo não desce, sobe.

— Mas como um incêndio começaria no lado de fora?

— Há muitas maneiras de isso acontecer. Por exemplo, uma criada descuidada deixa cair um braseiro com carvão, ou derrama óleo de um lampião e fica com medo de contar o que aconteceu. Aqui foi óleo. Ainda há um pouco de cheiro. Penso que o óleo escorreu para baixo, por entre as tábuas do piso.

O único cheiro que Akitada sentia era o de madeira queimada que pairava sobre todo o local, mas ele sabia que o homem tinha razão. Como também sabia que o óleo não fora derramado por acidente.

Depois de perguntar ao bombeiro qual era seu nome, foi embora, dirigindo-se ao quartel da polícia.

Encontrou Kobe ainda de bom humor.

— Entre, entre! — o capitão convidou ao vê-lo na porta. — Tenho uma boa notícia. — Olhou atentamente para o rosto abatido de Akitada e perguntou: — Esteve doente?

— Não. O senhor sabe que o professor Hirata morreu cinco noites atrás, num incêndio que destruiu a casa dele?

Kobe ficou sério.

— Soube, sim, e li o relatório. Peço desculpas por não ter lhe apresentado minhas condolências. O senhor e ele eram muito amigos, não?

— Éramos, sim. Capitão, vim aqui para lhe dizer que foi um incêndio criminoso. O professor foi assassinado pelo mesmo homem que matou Oe.

— Ora, vamos — Kobe murmurou em tom brando. — O senhor tem sofrido muita pressão e está angustiado pelo que aconteceu com seu amigo, mas li o relatório dos bombeiros e não vi nada ali que sugerisse que o incêndio tenha sido obra de um incendiário. E o assassino de Oe não estava nem mesmo perto da casa de Hirata, naquela noite.

Akitada passou a mão distraidamente pelo rosto e sentou-se numa almofada. Vinha acontecendo tanta coisa, que ele estava achando difícil concentrar-se em um assunto. Apalpou o diário de Hirata em sua manga.

— É uma história longa e complicada — preludiou, tirando o livrinho da manga e empurrando-o sobre a mesa em direção a Kobe. — Procure a última página e leia o que Hirata escreveu.

Kobe leu e depois folheou o pequeno livro.

— Era o diário de Hirata?

— Era. Encontrei-o quando fui tirar as coisas que ele guardava em sua sala na universidade. Hirata e eu estávamos investigando uma fraude nos últimos exames, mas pensei que ele havia decidido deixar as coisas como estavam.

— Isso tem alguma coisa a ver com Ishikawa e Oe? — o capitão perguntou.

— Tem, indiretamente. Um estudante medíocre ficou em primeiro lugar na classificação, porque Ishikawa, que é um aluno brilhante, escreveu a redação, e Oe, um dos fiscais, passou-a para o candidato na hora do exame. Oe depois foi pago por isso, mas Ishikawa ganhou muito pouco em troca de todo o trabalho que teve. Tentou mudar essa situação, chantageando Oe. O bilhete de chantagem foi parar nas mãos de Hirata, por engano.

Kobe agora prestava total atenção ao que Akitada dizia.

— Continue.

— Hirata me pediu que o ajudasse a descobrir o chantagista e seu alvo. Íamos estabelecer um confronto entre Oe e Ishikawa, quando Oe foi assassinado. Venho tentando reconstruir a seqüência dos acontecimentos. É óbvio que Ishikawa continuou a pressionar Oe que, para pagar-lhe, pedia mais dinheiro ao vencedor do concurso.

— E quem é esse vencedor?

Quando Akitada disse, Kobe abanou a cabeça enfaticamente e contestou:

— Não pode ser! O nome dele não apareceu uma única vez durante a investigação.

— Porque todos procuravam o suspeito entre os colegas de Oe. O homem de quem falo tinha mais motivo do que qualquer outra pessoa para querer a morte de Oe, e as circunstâncias do crime estão perfeitamente de acordo com a personalidade dele. Nishioka, que estuda essas coisas, concordaria comigo. Quanto à oportunidade, o suspeito estava presente no concurso, e Oe declamou um poema que continha uma ameaça dirigida a ele, a menos que eu esteja enganado, mas acho que não estou. Acredito que ele seguiu Oe até o templo de Confúcio, talvez para tentar chamá-lo à razão. Quando viu Ishikawa sair sozinho do templo, entrou e viu Oe indefeso, amarrado à estátua do sábio. A tentação de matá-lo foi grande demais, e ele não resistiu.

Kobe pensou longamente, então abanou a cabeça.

— Pura suposição — disse. — Preciso de provas para efetuar uma prisão. A propósito, o bilhete de chantagem que Hirata recebeu por engano, onde está?

— Deve ter sido destruído no incêndio.

O capitão ergueu as mãos num gesto de desânimo.

Akitada enxugou o suor que corria em seu rosto misturado com fuligem das ruínas da casa de Hirata.

— Ishikawa pode confirmar que houve fraude nos exames, se estiver vivo — disse. — No templo de Ninna me disseram que ele não está lá.

— Era essa a minha boa notícia! Ishikawa está vivo, e nós o pegamos! Foi trazido ontem, do templo Onjo, na zona sudeste da cidade. Até agora ele não falou muita coisa, mas acredite, pegamos o assassino. Quer conversar com ele?

Pensando nos açoitamentos que invariavelmente acompanhavam os interrogatórios da polícia, Akitada estremeceu, mas aceitou o oferecimento.

Kobe levantou-se.

— Vamos, então.

Atravessaram o pátio, indo para o prédio da cadeia. Depois de dar algumas ordens a dois carcereiros, o capitão convidou Akitada a sentar-se numa esteira, no escritório. Um escrevente acomodou-se atrás de sua mesa, preparou um pouco de tinta e folheou alguns papéis.

Então, o prisioneiro entrou, arrastado pelos carcereiros. Akitada não reconheceu o bonito e arrogante jovem na criatura miserável que puseram de joelhos diante dele e do capitão. Ishikawa usava uma túnica de monge, rasgada e suja. Havia ferimentos e sangue coagulado em sua cabeça rapada, nos pulsos e pés acorrentados, e o rosto, inchado e coberto de hematomas, estava quase irreconhecível.

— Ele lutou como um tigre — Kobe disse em tom baixo, obviamente querendo explicar o estado lastimável do prisioneiro. Então, vendo que ele pendia para a frente, tremendo, berrou: — Endireite o corpo!

Quando Ishikawa não obedeceu imediatamente, um dos carcereiros chutou-o nas costelas, ordenando:

— Preste atenção, cachorro!

O estudante gritou e aprumou-se com visível dificuldade. Seu olho direito estava fechado, de tão inchado, e o nariz era uma massa informe.

— Bem, resolveu falar? — o capitão inquiriu em tom ameaçador.

Ishikawa fixou em Akitada o olho esquerdo, ainda aberto.

— Senhor, diga a eles quem sou, por favor! — implorou. — Diga que não fiz nada.

— Por que está usando um traje de monge? — Akitada indagou.

— Eu me escondi no mosteiro do templo porque estava com medo — o jovem respondeu.

— Ah! — Kobe exclamou. — Então, confessa que matou o professor!

— Não! Eu não o matei! — Ishikawa protestou. — Eu juro que não! Só amarrei-o na estátua. Por que o mataria? Ele me pagava para ler os trabalhos de seus alunos e ia me recomendar para um bom cargo, quando eu me formasse. — Olhou para Akitada novamente. — Por favor, diga a eles que não estou mentindo, senhor!

Akitada observou-o atentamente.

— Admite que amarrou Oe na estátua do sábio?

— Isso eu fiz. — Os lábios do estudante moveram-se de leve, como se ele fosse sorrir. — O professor estava tão bêbado que não conseguia mais andar, só caía. A estátua era um bom ponto de apoio.

— Foi uma grande gentileza você se preocupar com Oe, quando acabara de ter uma violenta discussão com ele — comentou Akitada. — O que aconteceu entre vocês atrás do pavilhão, durante o concurso? O que foi aquilo?

Ishikawa arregalou o olho bom numa expressão de surpresa.

— Não sei do que o senhor está falando — declarou.

— Ora, vamos! Eu vi com meus próprios olhos. Você agrediu Oe.

— Não foi nada. Ele estava bêbado e falou uma porção de bobagens.

De súbito, Kobe gritou:

— Está mentindo, monte de merda! O professor o ameaçou, e você bateu nele!

No mesmo instante um dos carcereiros começou a bater na cabeça e ombros de Ishikawa com seu porrete, e o moço caiu para a frente, gritando.

Akitada franziu o rosto com desagrado, e Kobe fez um gesto para o carcereiro, mandando-o parar.

Lançando um olhar de censura para o capitão, Akitada dirigiu-se ao prisioneiro:

— Endireite-se, responda às perguntas sem mentir, e não será mais espancado. Estamos falando de um caso de homicídio. Um homem inteligente como você deve ser capaz de compreender que precisa colaborar.

Com esforço, Ishikawa ergueu-se.

— Está bem — gemeu. — Podem me dar água?

Akitada pediu que o atendessem, e o moço bebeu avidamente de uma concha de madeira que o carcereiro enchera com água de uma tina.

— O desgraçado estava me enganando, e fui tirar satisfações com ele — Ishikawa contou. — Vou explicar o que aconteceu. Oe teve a idéia de ganhar algum dinheiro por fora, permitindo que um sujeito rico tirasse a nota mais alta nos exames. Sabendo que eu não tinha dinheiro nem para pagar uma refeição decente e que estava limpando cozinhas e dormitórios em troca de alguns cobres por dia, ele me pediu para não prestar os exames, mas para escrever a redação a respeito do tema que ele me desse. Ofereceu-me uma grande soma em ouro e prometeu que eu seria o vencedor nos exames do ano seguinte e conseguiria um bom emprego com sua ajuda. Bem, eu não queria permanecer na universidade mais um ano, de modo que recusei a oferta. Foi quando o miserável começou a me ameaçar, dizendo que eu podia prestar os exames, mas que não ficaria em primeiro lugar, que havia outro candidato tão bem qualificado quanto eu, e que ele não me recomendaria para nenhum emprego, mesmo que eu fosse o vencedor. Então, colaborei, mas ele nunca me pagou o ouro prometido. Claro, me pagava para ler os trabalhos de seus alunos, mas muito pouco, e alegava que o candidato que comprara o primeiro lugar nos exames não o pagara. Mas descobri que isso era mentira. Ele estava construindo uma casa de campo para quando se aposentasse, com o dinheiro que deveria ser meu, e havia colocado seu posto na universidade à venda.

Parando de falar, cuspiu no chão com expressão de ódio.

Akitada gostaria de poder sentir algum prazer pelo fato de sua teoria ter se confirmado, mas a morte de Hirata e a sordidez daquilo tudo causavam-lhe profunda tristeza.

Ishikawa, entretanto, parecia ter recuperado sua antiga arrogância. Fitando Akitada nos olhos e com um sorriso oblíquo, informou:

— Como o senhor tinha de meter seu nariz nesse assunto, professor, fique sabendo que Oe e eu discutimos, no concurso de poesia, porque exigi que ele me pagasse o que me devia. Isso é tudo.

— Não, não é tudo — Akitada replicou friamente. — Você apostou na vitória do candidato de Oe e ganhou quinhentas moedas de prata, pelo que ouvi dizer. Como foi que Oe se sentiu a respeito disso?

Kobe soltou uma exclamação de surpresa, e Ishikawa encarou Akitada, atônito.

— De que lado o senhor está? — o estudante perguntou asperamente.

— Explique seu envolvimento naquele jogo ilegal! — Kobe exigiu. — E depressa, se não quiser ser açoitado de novo.

— Vocês são todos iguais! — Ishikawa gritou. — Estão imputando o assassinato a um pobre estudante indefeso e protegem o verdadeiro assassino porque ele é uma pessoa da classe alta. Sim, tive uma briga com Oe. Ele me enganou! Sim, dei um empurrão no desgraçado e, sim, amarrei-o naquele santo fingido que vocês adoram, seus hipócritas! Mas não o matei! Muita gente odiava Oe, mas vocês estão me culpando porque não tenho quem me defenda. Maldito Oe! Malditos vocês todos!

Interrompeu-se com um soluço e desabou no chão.

Um carcereiro ergueu o chicote e olhou para Kobe, esperando sua ordem.

— Não! — exclamou Akitada, então disse a Ishikawa: — Acredito em você, mas terei de tomar providências para que seja expulso da universidade. Seu caráter é desprezível.

— Não me esquecerei de sua bondade, senhor — o arrogante jovem retrucou com sarcasmo, tornando a cuspir.

O capitão suspirou.

— Ainda não resolvemos nada — declarou, então ordenou aos carcereiros: — Levem o prisioneiro, deixem que ele se limpe, depois tranquem-no em uma cela.

Instantes depois, saindo do escritório com Kobe, Akitada perguntou:

— Ainda acredita que ele seja culpado?

— O que eu acredito não interessa, Sugawara. O senhor não pode provar sua teoria, mas há muitas provas da culpa de Ishikawa.

Akitada sentia-se extremamente cansado.

— Não pode esperar uma confissão verdadeira de um homem inocente que está sendo açoitado — observou. — Ele talvez confesse apenas porque não suporta mais a dor, preferindo ser condenado à morte. Não quero isso me pesando na consciência.

— Para o inferno, o senhor e sua consciência! — Kobe explodiu. — Não devo torturar o homem, então me diga de que outra maneira conseguirei provas contra ele. Afirma que Ishikawa não é o assassino, mas não me dá nenhuma prova contra o outro suspeito para que eu vá prendê-lo. Daqui por diante, não se meta mais nos assuntos da polícia!

Alguns policiais que andavam pelo pátio pararam para olhar para eles, mas Akitada não se importou. Estava pensando em Hirata e no que causara sua morte.

— Peço que me perdoe, capitão, se tenho sido um aborrecimento para o senhor — disse humildemente. — Mas há uma coisa que preciso lhe pedir. A morte de Hirata não me sai da cabeça. Eu ficaria muito grato, se o senhor falasse com os bombeiros que apagaram o incêndio que o matou. Um deles me disse que o fogo começou na varanda. Se Hirata adormeceu no escritório, não podia ter iniciado o incêndio, e ele nunca chamava os servos após o anoitecer, de modo que nenhum deles passou pela varanda. Eu não lhe pediria isso, se não achasse que é importante para o caso.

Kobe ficou tão assombrado com aquela inesperada humildade, que por um momento apenas olhou para Akitada.

— Muito bem, vou cuidar disso — concedeu por fim.

21

O Ramo de Glicínia

Já estava escurecendo quando Akitada saiu do quartel da polícia, ainda se culpando pela morte de Hirata. Ele se distanciara do amigo, do assunto da chantagem, do caso da morte de Oe, em parte apenas por estar ressentido e com o orgulho ferido. Deixara a investigação desses crimes por conta de Kobe e Nishioka, enquanto se dedicava inteiramente a procurar a solução do caso do príncipe Yoakira, dizendo a si mesmo que o menino Minamoto estava em perigo. O fato era que ele se comportara como um imbecil convencido!

Desvendara o mistério do assassinato do príncipe, para sua própria satisfação, e isso não fizera nenhuma diferença no que se referia à segurança do pequeno lorde, pelo menos ainda não, e talvez nunca fizesse. No entanto, ele prometera ir falar com Sesshin sobre o assunto, por isso foi para a universidade, passando primeiro em seu escritório para pegar os documentos que Seimei copiara.

Sesshin estava orando, quando ele chegou, mas um jovem acólito levou-o a uma sala e serviu-lhe suco de frutas. Enquanto esperava, tentou acalmar as emoções que o vinham atormentando. Sesshin, a despeito de sua linhagem nobre e da alta posição que ocupava na hierarquia budista, tinha notável sensibilidade para captar os sentimentos das pessoas. Akitada via nisso um motivo para ter esperança de ser compreendido, mas, tendo tão precipitadamente julgado mal o homem, comportara-se de maneira grosseira em relação a ele e agora preocupava-se com isso, imaginando como poderia remediar o erro que cometera. Por fim, chegou à conclusão de que não tinha nada a ganhar com humildes pedidos de desculpas, de modo que continuaria a falar com total franqueza, esperando pelo melhor.

Após algum tempo, Sesshin apareceu, desculpou-se pela demora, sentou-se e aceitou o suco que o jovem assistente lhe ofereceu.

— Bem, que informações o senhor me traz? — perguntou quando ficaram a sós.

— Sua Reverência deve achar imperdoável eu ter tomado a liberdade de me imiscuir em assuntos de sua família — Akitada murmurou, nervoso.

O bispo sorriu de leve.

— Bem, o senhor me deu a impressão de ser uma pessoa que dá pouca atenção a videntes, presságios e tabus — comentou. — Sendo assim, seria demais presumir que acreditaria em um milagre.

Akitada olhou paras as mãos no colo. A pele queimada saíra, deixando feias esfoladuras vermelhas, e, olhando-as, ele pensou como o adiamento de qualquer coisa podia ter conseqüências fatais. Suspirou com tristeza.

— Eu tinha uma opinião formada e, quando seu sobrinho-neto falou comigo, vi que as suspeitas dele quanto a lorde Sakanoue estavam de acordo com o que eu pensava. Fiquei com pena do menino e de sua irmã. — Fez uma pausa, erguendo os olhos para Sesshin. — Não importa como cheguei à conclusão de que seu irmão foi assassinado por lorde Sakanoue, o que importa é que consegui provar isso.

— Por favor, explique — pediu o monge com ar interessado, mas calmo.

— Se me permitir, direi o que descobri até agora.

— Faça isso, por favor.

— Desde o começo, fiquei intrigado com a rápida e surpreendente ascensão de Sakanoue, tanto em posição como em influência. Isso significa que precisei trabalhar o mais discretamente possível, pois sabia que não encontraria muitas pessoas dispostas a tomar o partido do menino. Mesmo agora, não posso abrir um processo contra um homem de tal posição, e Sadamu também não pode, por causa de sua pouca idade. Para ter um ponto de partida, encarreguei meu secretário de procurar nos arquivos do governo documentos que pudessem indicar um motivo de assassinato. — Akitada parou de falar por um momento, entregando um maço de papéis ao bispo. Então, continuou: — Acredito que esses documentos revelam certas falhas na administração dos bens de seu irmão, tanto antes como depois de sua morte.

Sesshin pôs os papéis de lado.

— Isso pode ficar para depois. Prossiga.

— Em seguida, fui à mansão de seu irmão e conversei com o servo que era seu cocheiro. Depois, entrevistei os lordes Yanagida, Abe e Shinoda.

Não encontrei o general Soga, infelizmente, mas posso tomar seu depoimento um outro dia. Por fim, meu servo e eu fomos ao templo de Ninna e falamos com o registrador de lá. Todas essas conversas foram muito sugestivas, apesar de diferentes, mas reunidas reforçaram minha convicção de que Sakanoue tramou o desaparecimento de seu irmão. No entanto, sem encontrar o corpo, eu não tinha uma prova de que fora assassinato. Foi no santuário, de onde dizem que o príncipe desapareceu, que encontrei essa prova.

— Eu sei o que encontrou — declarou Sesshin com um suspiro. — Depois da conversa que teve com o senhor, Shinoda me procurou e contou o que ele e Sakanoue haviam feito. Não posso falar por Sakanoue, mas Shinoda só queria proteger a memória de meu irmão.

Akitada concordou com um gesto de cabeça.

— Quanto ao motivo do assassinato, acredito que lorde Sakanoue seja um homem excessivamente orgulhoso e ganancioso, que estava insatisfeito com seu cargo hereditário de administrador. Um pouco antes de morrer, o príncipe Yoakira chamou-o à capital para prestar contas. Não sei se Sakanoue conseguiu defender-se das acusações ou não, mas o fato é que seu relacionamento com o príncipe ficou estremecido. Foi nessa época que ele pensou em casar-se com a jovem neta do príncipe como um meio de manter sua posição e ganhar uma fortuna.

— Pobre menina! — murmurou o monge. — Culpo a criadagem de meu irmão, que permitiu que Sakanoue tivesse acesso a ela.

— Parece que o príncipe descobriu tarde demais o que acontecera, bem na véspera de sua costumeira visita ao templo. Ficou furioso e confrontou-se com Sakanoue imediatamente. Então decidiu que a família se mudaria para o campo no dia seguinte. Hoje estaria vivo, se não houvesse insistido em ir ao templo de Ninna.

— Nada o impediria — comentou Sesshin, suspirando. — Meu irmão nunca deixou de cumprir aquela promessa.

— É verdade. E, sem dúvida, Sakanoue estava ciente disso. De qualquer modo, vou lhe dizer o que acho que aconteceu em seguida.

Akitada descreveu os acontecimentos da viagem noturna do príncipe e as ações de Sakanoue, da mesma forma que os descrevera para Tora. Sesshin ouviu com crescente horror e interrompeu-o apenas quando o relato chegava ao fim, para observar:

— Se meu irmão brigou com Sakanoue antes da viagem ao templo, dificilmente o convidaria para acompanhá-lo.

— Exatamente. Essa foi uma das primeiras coisas que me intrigaram.

Então, o monge perguntou se era possível que houvesse um cúmplice.

— Não creio — respondeu Akitada. — Se houvesse alguma razão política pela qual quisessem eliminar seu irmão, eu teria considerado a hipótese de uma conspiração, mas não havia. A única razão era a ganância de um homem. Num crime de tal proporção, levando-se em conta a alta posição das pessoas envolvidas, a fortuna em jogo e o método incomum de assassinato, um cúmplice apenas já seria um risco para Sakanoue. Ele agiu sozinho.

Sesshin curvou a cabeça, desfiando as contas do rosário, fazendo-as tilintar suavemente. Depois de um longo tempo, olhou outra vez para Akitada.

— Por que Sakanoue levou a cabeça para o templo? Por que teve de mutilar meu irmão? Matá-lo não foi suficiente? — conjeturou.

— Acho que não. Ele precisava provar que o príncipe estava morto para poder ter acesso imediato ao patrimônio. Além disso, deve ter contado com a possibilidade de Sua Majestade nomeá-lo para algum cargo importante, por respeito à memória de seu irmão.

Depois de um prolongado silêncio, Sesshin suspirou.

— Pobre homem confuso! — lamentou. — Como deve ter sofrido para decidir-se a correr tanto risco! Como deve ter ambicionado as coisas vãs deste mundo! Como deve ter ficado desesperado, quando meu irmão confrontou-se com ele!

— Não desperdice sua piedade, senhor! — Akitada exclamou com raiva. — O assassinato foi cuidadosamente premeditado. Sakanoue teve de encomendar com bastante antecedência a leitura do sutra na mesma hora em que seu irmão estaria no templo.

O monge pareceu recolher-se em si mesmo.

— A raiva é uma emoção inútil — observou. — E meus votos me proíbem de tomar providências que por lei deveriam ser tomadas. Preciso pensar no que fazer. — Após uma breve pausa, indagou: — O que aconteceu com o resto do corpo de meu irmão?

Akitada esperara e temera aquela pergunta.

— Não sei, mas posso sugerir uma possibilidade. Sakanoue partiu sozinho para o campo, dirigindo o carroção pessoalmente e levando algumas arcas dos aposentos de seu irmão. E já era noite. Suspeito que ele fez uma breve parada no portal de Rashomon.

— No Rashomon?! — Pela primeira vez, Sesshin pareceu realmente chocado. — Acha que o corpo de meu irmão foi queimado juntamente com cadáveres de bandidos, e seus ossos jogados em uma vala comum?

— Também é possível que Sakanoue tenha parado em algum ponto da estrada e enterrado o corpo — Akitada sugeriu depressa.

Por um momento, o monge ficou com o olhar perdido na distância.

— Parece que vou ter de quebrar meus votos temporariamente para garantir o futuro da família de meu irmão — disse em tom melancólico. — Agradeço sua franqueza. Pode deixar o problema em minhas mãos, agora. Já tomei providências para que minha sobrinha-neta vá para junto de uma prima dela, que é a sacerdotisa do santuário Ise. Não é permitida a entrada de homem algum naquele lugar, e a menina estará a salvo. E eu ficaria muito grato, se Sadamu pudesse ficar com sua família por mais um tempo. Espero não estar pedindo demais.

Akitada sorriu.

— Não, senhor — assegurou. — Todos nós gostamos muito do menino. Até... — Interrompeu-se, pois ia dizer "minha mãe", então continuou: — Até meu servo, Tora.

O rosto de Sesshin perdeu um pouco da expressão de tristeza.

— Nesse caso, talvez o senhor me permita visitar Sadamu em sua casa. Preciso começar a me redimir de minha negligência.

Dizendo que seria uma honra recebê-lo, Akitada despediu-se.

Pouco depois, dirigia-se ao portão principal da universidade. Já escurecera completamente, e o tempo continuava seco e quente. Vaga-lumes brilhavam entre a folhagem, flutuando como espíritos desencarnados.

No momento em que Akitada passava pelo templo de Confúcio, ouviu uma voz conhecida chamá-lo:

— Sugawara! — Nishioka passou correndo pelo portão do templo, com o amplo quimono esvoaçando ao redor de seu corpo ossudo, e aproximou-se de Akitada. — Que sorte, o senhor estar passando justamente quando decidi sair para me refrescar, embora aqui fora não esteja muito mais fresco do que lá dentro. Bem, eu queria lhe dizer que aconteceu uma coisa muito estranha.

Akitada estava cansado e sentindo-se desanimado sob a carga de seus próprios problemas. Olhou aborrecido para o rosto fino e pontudo de Nishioka.

— Não pode falar comigo em uma outra hora? — perguntou. — Tenho assuntos a tratar em minha casa.

— Oh, sim, eu havia me esquecido — disse Nishioka, com ar desapontado. — Pobre Hirata! Que grande perda! Os alunos também estão sofrendo pelo que aconteceu. Ouvi dizer que o senhor levou a filha dele para sua casa. Como ela está?

— Como seria de esperar — Akitada respondeu, então perguntou: — O que deseja me dizer é urgente?

— Não quero aborrecê-lo, mas gostaria que me desse sua opinião sobre os ratos.

— Ratos? — Akitada ecoou, imaginando se Nishioka enlouquecera.

— Talvez fosse bom o senhor ir dar uma olhada. Por favor, estou muito preocupado — o homem pediu em tom aflito, passando a mão nos cabelos com tanta agitação, que tirou o coque do lugar, fazendo-o escorregar para cima da orelha direita.

— Está certo, eu vou, mas não posso demorar — Akitada rendeu-se.

Os dois foram ao escritório de Nishioka, que continuava na mesma desordem de quando Akitada estivera lá pela última vez. Parando perto de uma prateleira que arcava sob o peso de maços de papéis, tigelas para vinho e arroz, lâmpadas a óleo vazias e outros objetos, Nishioka apontou para o chão, mostrando três ratos mortos entre algumas castanhas assadas espalhadas em volta da caixa que as contivera.

Akitada empurrou cada um dos animais com a ponta do pé. Estavam duros, com os dentes arreganhados. Haviam morrido envenenados!

— Suas castanhas não haviam acabado? Comprou mais?

— Não. Essas castanhas não são minhas — Nishioka explicou.

— Não? Mas a caixa parece a mesma.

— Ah, a caixa é minha, mas não comprei essas castanhas. Eu lhe falei que compro as minhas de uma mulher que tem uma receita especial, não é? Bem, as que ela assa ficam brilhantes e quase pretas. Essas daí são comuns, opacas e de cor marrom.

— Quando foi que descobriu os ratos mortos?

— Uma meia hora atrás. Não havia entrado no escritório desde ontem, porque Tanabe e eu estamos trabalhando na biblioteca.

— O senhor tem falado de suas suspeitas com outras pessoas?

Nishioka empalideceu.

— Acha que alguém quer me matar? — perguntou, aflito. — Mas quem? Pensei que Ishikawa estivesse preso.

— O senhor deve contar a Kobe o que aconteceu aqui — Akitada aconselhou. — Fale também de suas suspeitas. Depois, vá para casa e mantenha as portas trancadas.

Foi embora, deixando Nishioka com os olhos fixos nos ratos e uma expressão de puro terror no rosto. Andando na escuridão da noite a caminho de casa, começou a tecer um plano para impedir o assassino de matar mais alguém.

Foi novamente Genba quem abriu o portão para ele.

— Está tudo tranqüilo, senhor — o homem informou. — Tora, o pequeno lorde e as moças estão no jardim, caçando vaga-lumes.

— Obrigado. Preciso que você e Hitomaro entreguem duas cartas. Chamarei vocês ao meu escritório, daqui a pouco.

Pouco depois, sentado à escrivaninha, começou a raspar uma pedra de tinta, pensando no modo de escrever as cartas. Era de suma importância que ele fosse bastante convincente para conseguir a colaboração dos destinatários e que expusesse os detalhes de seu plano de modo perfeitamente claro para que não houvesse a mínima possibilidade de erro. O que ele ia fazer podia custar-lhe a vida. Isso não lhe causava grande preocupação — tinha pouco a perder —, mas não queria morrer deixando um assassino à solta. Um assassino, talvez dois.

Quando por fim deu-se por satisfeito com a redação das duas cartas, que endereçou e lacrou, chamou Hitomaro e Genba, deu-lhes as cartas com detalhadas instruções para a entrega, e eles partiram sem demora.

Só então tirou as roupas e pediu que lhe preparassem um banho. Esfregou-se a seco o melhor que pôde, antes de entrar na banheira fumegante na sala de banhos. A água quente aliviou a dor nos músculos e limpou a pele profundamente, mas causou muita dor nas mãos, e ele deixou-as pousadas nas bordas. O longo tempo de imersão na água tépida e mais uma análise de seu plano deixaram-no mais calmo e mais decidido do que estivera em muitos dias. Voltou para o quarto envolto num largo quimono de algodão e encontrou Seimei a sua espera com uma refeição quente. Comeu com grande apetite.

Genba e Hitomaro chegaram quase ao mesmo tempo, e cada um deles trazia uma resposta à carta que entregara. Akitada leu-as e disse aos homens:

— O perigo aqui já passou, então não precisam passar a noite acordados. Vão dormir. Amanhã lhes darei novas tarefas.

Os dois curvaram-se, murmurando agradecimentos

Sozinho, Akitada desenrolou seu colchão e deitou-se. Pensou novamente no perigo que poderia correr no dia seguinte. A situação de sua família era razoavelmente boa. A mãe, uma mulher forte, saberia cuidar do futuro das filhas, e Sesshin cuidaria do menino. Restava Tamako. Pensar nela deixou-o deprimido outra vez. Todas as incertezas e fracassos de sua vida passaram-lhe pela mente, culminando com o pensamento de que ele perdera Tamako e era culpado por seu futuro arruinado. Sabia que precisava dormir, pois teria de estar em sua melhor forma no dia seguinte, mas a mente girava sem parar, como um cachorro tentando morder a própria cauda.

De súbito, ouviu um leve ruído vindo da porta.

— Quem está aí? — perguntou, irritado.

A porta abriu-se, deslizando para um lado, e ele viu a irmã mais nova, iluminada pela luz da vela que carregava.

— Sou eu. Estou perturbando você? — ela perguntou nervosamente.

Akitada sorriu para ela.

— Não, claro que não. Entre, Yoshiko.

Como ela estava ficando bonita! Ele refletiu que passara muito pouco tempo com as irmãs, nos últimos tempos.

A moça, usando uma roupa de dormir, entrou e sentou-se perto do colchão.

— Vim para conversar a respeito de nossos hóspedes — esclareceu. — Mas você ia dormir, não quero incomodar.

— Não vai incomodar — Akitada assegurou. — Eu ainda estava acordado, e você foi muito gentil, vindo me ver. O que gostaria de me dizer?

— O jovem lorde é muito agradável e educado, para a idade dele. Nossa mãe deu-lhe livros, jogos e instrumentos musicais, e ele passa uma grande parte do tempo com Tora. Akiko e eu também temos brincado com ele e tocamos cítara para distraí-lo. O menino nos faz muitos elogios.

— Fico satisfeito em saber que minha família sabe tratar bem um hóspede — Akitada comentou com um sorriso.

— E nossa hóspede também é agradável, mas muito triste.

O sorriso de Akitada desapareceu.

— Isso é natural — ele disse. — Tamako perdeu o pai e ficou sem lar. Além disso, não acredito que uma moça da idade dela fique muito feliz com a idéia de tornar-se monja. E agora, se não tem mais nada a dizer, vou tentar dormir. Terei um dia cheio, amanhã.

A irmã, porém, não se moveu do lugar.

— Não acredito que Tamako realmente queira ser monja — declarou.

— Nem você, nem eu, podemos interferir nesse assunto — Akitada replicou em tom severo. — E eu a proíbo de falar com ela sobre isso.

— Por que *você* não fala com ela? Akiko e eu gostamos muito de Tamako, e nossa mãe tinha esperança de que vocês dois se casassem. Quando mamãe tem aquelas dores de cabeça, Tamako prepara infusões de ervas para ela inalar e massageia seu pescoço. Agora mamãe acha que ela é capaz de curar qualquer coisa. Se você falasse de seus sentimentos a Tamako, tenho certeza de que ela desistiria da idéia de ir para um monastério.

— Chega! — Akitada ordenou bruscamente. — Nada disso é de sua conta!

Assustada, a irmã levantou-se de um salto e correu para a porta. Então, parou e virou-se, com lágrimas escorrendo pelo rosto.

— Não faz mal, se você me odiar pelo que vou falar! — exclamou com voz trêmula. — Mas acho que você devia parar de dizer a Tamako que a considera uma irmã. Isso a deixa confusa, pois ela esperava se casar com você.

Engolindo um soluço, saiu e fechou a porta atrás de si.

A raiva de Akitada transformara-se em pura perplexidade. Então, ele começou a rir. Aquilo que a irmã dissera devia ser alguma bobagem de mulher. Tamako não rejeitaria sua proposta de casamento por uma razão tão infantil. Mas, e se... Tomando uma súbita decisão, ele se levantou. Precisava certificar-se.

A galeria e o pátio entre seus aposentos e os das mulheres estavam escuros e silenciosos. Andando descalço para não fazer barulho, contente por ter dispensado Hitomaro e Genba, pois assim ninguém o veria, foi até a varanda do quarto de Tamako e sentou-se. Pigarreou. Não houve nenhuma resposta, então ele tentou uma segunda vez, mais alto.

De dentro veio o farfalhar de roupas de cama.

— Há alguém aí? — Tamako perguntou baixinho.

— Akitada — ele respondeu.

Um instante depois, ela abriu a porta.

— O que aconteceu? — perguntou, ansiosa.

Ele a olhou à fraca claridade da lua. Os cabelos longos e espessos estavam soltos, caindo sobre a seda branca da camisola. Com aquela expressão sonolenta e o rosto levemente corado, ela estava linda. Invadido por uma onda de desejo, Akitada descobriu que não fazia idéia de como abordar o assunto que o levara lá. No entanto, para desfazer um possível mal-entendido era preciso que os dois conversassem.

— Eu queria ver você — explicou, acanhado.

— Oh... Por quê?

Pensando freneticamente, ele procurou uma resposta. Não podia contar o que a irmã lhe dissera, e aquela não era, de modo algum, uma boa hora para falar de suas suspeitas a respeito da morte de Hirata.

— Para pedir desculpas — ele explicou por fim. — Hoje de manhã tratei-a com rudeza. Não devia ter falado com você daquela maneira.

Ela sorriu, mas era um sorriso triste.

— Não precisa se desculpar. Sei que você estava nervoso porque ficou preocupado comigo. Entendo e agradeço sua preocupação.

Akitada remexeu-se nervosamente na esteira.

— Eu... a-acho que estava mais preocupado comigo mesmo — gaguejou. Então, respirou fundo e continuou: — Ocorreu-me que você pode pensar que eu a pedi em casamento porque sempre fomos muito apegados um ao outro, isto é, como irmãos, e porque eu tinha uma dívida de gratidão com seu pai. Mas não era nada disso.

Os olhos dela brilharam à luz do luar.

— Não?

Ele a olhou com ar suplicante.

— Você precisa entender que o relacionamento que tivemos no passado obscureceu meus verdadeiros sentimentos — disse, então corou, embaraçado por estar tendo tanta dificuldade para se explicar. — O que estou querendo dizer é que eu nunca havia percebido, até revê-la pouco tempo atrás, que amo você.

Ela suspirou.

— Eu não sabia — murmurou. De repente, estendeu a mão para ele. — Deixe-me ver suas mãos.

Akitada hesitou, então ergueu as mãos com as palmas viradas para baixo.

Tamako tomou-as entre as suas e virou-as.

— Oh! — exclamou, vendo os ferimentos que começavam a cicatrizar. — Não pensei que fossem queimaduras tão graves. — Ergueu os olhos para fitá-lo. — Seimei foi me perguntar que ervas usar, e eu disse. Vejo que fizeram bem, suas mãos estão sarando. Ainda doem muito?

Ele abanou a cabeça, negando, puxou as mãos e escondeu-as nas mangas do quimono. A preocupação dela enchera-o de esperança.

— Vai mudar de idéia quanto a ser monja? Vamos nos casar, afinal?

— Não sei — Tamako respondeu baixinho. — Estou muito confusa.

— Ah, Yoshiko tinha razão! Foi tudo um mal-entendido. Ela disse que você está confusa porque eu a venho tratando como se fosse minha irmã. É isso mesmo? Foi por essa razão que não aceitou meu pedido de casamento?

— Yoshiko disse isso? — ela perguntou timidamente e, recuando um passo, escondeu o rosto nas mãos. — Oh, que vergonha!

Akitada sentiu-se um tolo. Sua esperança fora em vão, e ele deixara Tamako embaraçada, pois ela dissera claramente, quando o rejeitara, que não queria que ele voltasse a falar em casamento. Suspirou, desanimado.

— Não foi só por essa razão — ela falou por fim, baixando as mãos. — Papai me contou que havia sugerido que nós dois nos casássemos, e que você ficara surpreso mas concordara em pensar no assunto. Oh, Akitada! Eu só podia achar que papai tirara vantagem de seu bom caráter para forçá-lo a casar-se comigo, algo que você não queria fazer. Claro que eu nunca concordaria com isso. Fiquei zangada com meu pai durante muito tempo, mas no fim compreendi que ele agira daquele modo porque me amava e se preocupava comigo. Não estava bem de saúde e queria me ver amparada, antes de morrer.

— Mas... — Akitada murmurou, então parou, lembrando-se de como se ressentira com a manipulação de Hirata.

Como explicar a Tamako que descobrira que a queria e amava pelo que ela era, não por qualquer outra razão?

Notando a hesitação dele, ela pareceu retrair-se ainda mais.

— E agora você volta a me propor casamento, mas desta vez é por piedade e obrigação, ou por qualquer outro motivo tolo que possa ter — disse com voz um tanto trêmula. — Não posso aceitar tal sacrifício.

— Sacrifício?! — ele exclamou. — Que sacrifício, se passei as últimas semanas sofrendo por ter perdido você? Se tentei com tanto empenho descobrir por que razão você me rejeitou, que cheguei ao ponto de não conseguir me concentrar no trabalho e nas investigações? Pensei que você não me quisesse porque não sou rico, ou porque minha mãe tem um temperamento difícil, pelo fato de eu ter um rosto comum e não saber manter uma conversa animada, por me faltar talento poético, por minha profissão não me dar uma posição de destaque. Pensei em tudo, até quase ficar louco. Pensei até que você amasse outro homem.

— Oh... — Tamako murmurou apenas, tornando a cobrir o rosto com as mãos.

Envergonhado, Akitada levantou-se.

— Desculpe pela indelicadeza desta visita, por favor! — pediu com voz embargada. — É tarde, e perturbei seu sono.

Ela tirou as mãos do rosto e tocou-o no braço.

— Por favor, não vá, Akitada.

Ele viu que as faces dela estavam molhadas de lágrimas, mas que seus olhos brilhavam, inundados de felicidade. Por um instante, ficou aturdido. Então, o aturdimento transformou-se em surpresa e alegria. Com uma exclamação incoerente, ergueu-as nos braços e carregou-a para dentro do quarto.

O sol estava começando a erguer-se acima dos telhados da casa, quando Akitada entrou no pátio. Tora, de pé junto ao poço, pegava água com uma concha, bebia um pouco e derramava o resto na cabeça e nos braços.

— Tora — Akitada chamou-o.

— Já vou, senhor, ainda é cedo — o servo respondeu em tom alegre, enxugando-se com a sua túnica de algodão.

— Eu sei que é cedo, mas quero que você vá levar isto à srta. Hirata — Akitada disse, mostrando um ramo florido de glicínia com um papel amarrado no caule.

O servo aproximou-se e pegou o ramo com ar intrigado.

— Glicínia? E em flor? Onde encontrou isto, senhor? Não temos essa planta aqui.

— Fui ao local da casa dos Hirata, hoje. Uma das trepadeiras do caramanchão sobreviveu ao fogo, e encontrei este ramo florido. Era o último.

Um brilho de compreensão apareceu nos olhos de Tora.

— Muito bem, senhor! — ele exclamou. — Minhas sinceras congratulações a vocês dois.

— Obrigado — Akitada agradeceu gravemente, virando-se e tornando a entrar em casa.

Ficou em seu quarto, aguardando com ansiedade a resposta de Tamako. Sua experiência em escrever poemas era mínima, mas quando ele saíra do quarto dela, deixando-a profundamente adormecida na escuridão da madrugada, sabia exatamente o que desejava lhe dizer. E durante todo o percurso até a casa destruída, e depois na volta, ele ensaiara as palavras, repetindo-as mentalmente:

Eu não sabia,
sob o caramanchão de glicínias em flor,
Que seu perfume marcaria minha alma
de modo tão profundo.

Tora retornou depressa de sua missão, sorrindo amplamente. Entregou a Akitada o ramo agora sem flores, mas com um pedaço de papel lilás preso como um laço no caule.

— Obrigado. Pode ir — Akitada despachou-o, já desatando o papel. Quando o servo saiu, assobiando uma popular canção de amor, ele abriu o bilhete.

Tamako escrevera:

Flores de glicínia fenecem,
sua vida é curta demais,
Mas seu perfume perdura
em minha alma para sempre.

Akitada leu as palavras várias vezes, então dobrou o papel e guardou-o dentro do quimono, em contato com a pele. Um momento depois, Seimei entrou, sorridente, carregando uma bandeja.

— Trouxe sua refeição — anunciou. — Este é um grande dia para a casa dos Sugawara, senhor.

Sentindo-se corar, Akitada respondeu:

— Hã... obrigado, Seimei. Vejo que já falou com Tora. — Pegou a tigela de chá e tomou um gole generoso. — Vamos plantar algumas mudas de glicínia no jardim — informou, sentando-se para comer o arroz com rabanetes em conserva. — Lembre Tora de fazer isso.

22

Aviso de Tempestade

O dia seguinte transcorreu em pesado marasmo. Akitada cumpriu suas obrigações de professor, mas estava distraído, pensando em Tamako e no modo extraordinário pelo qual uma pessoa podia tornar-se mais próxima de outra do que qualquer irmã, do que mãe ou pai, de certa maneira mais necessária do que alimento, água ou ar. Ele se sentia aquecer só de pensar em tê-la nos braços outra vez.

Isso, porém, teria de esperar. Por amor a ela, ele precisava capturar o assassino que tirara a vida de seu pai e estava determinado a fazer isso naquela noite, antes de voltar para casa. O risco seria mínimo, ou pelo menos ele assim esperava, pois protegera-se contra qualquer surpresa. Agora assumira novas responsabilidades e não podia dar-se ao luxo de bancar o herói.

Ocupado com esses pensamentos, esqueceu-se de dar aos alunos um tópico para a aula seguinte, e ficou olhando para Ushimatsu, como se não entendesse o que ele dizia, quando o homem pediu permissão para ir à latrina. E depois que os alunos saíram da sala, no fim da tarde, continuou sentado, fitando o espaço sonhadoramente.

— Sugawara, posso entrar?

Sobressaltado, ele olhou para a porta e ficou atônito ao ver o corpulento professor de música parado no vão.

— Claro que pode, Sato.

— Resolvi arriscar. — O músico entrou, fez uma rápida reverência e olhou para a pilha de papéis sobre a mesa. — Mas se estiver atrapalhando...

— Não, não está. Por favor, sente-se. Aceita uma tigela de vinho?

Na luz oblíqua do sol poente, os grandes olhos de Sato, sob as grossas sobrancelhas, pareciam lagos pretos.

— Não vou demorar — ele disse, continuando de pé. — Não, não quero vinho, obrigado. Vim falar sobre um assunto pessoal.

— O que é?

— É sobre o assassinato de Oe. O capitão Kobe me procurou hoje à tarde para fazer mais perguntas. Ele me deu a impressão de... não sei... de estar me ameaçando, embora de modo velado. Falou que o caso já estava quase solucionado e que o senhor estava ajudando a polícia. Isso é verdade?

Akitada ficou irritado. Esperara que Kobe fosse mais discreto.

— Acho que o capitão exagerou, mas é verdade que falei com ele sobre algumas de minhas suposições.

— Eu sabia! — Sato agora parecia assustado. — O senhor falou com ele a meu respeito, e agora o homem pensa que o assassino sou eu! Por favor, precisa acreditar em mim! Não tive nada a ver com a morte de Oe!

— O que o faz pensar que suspeito do senhor? — perguntou Akitada, surpreso.

— Nada de fingimentos! — Sato gritou. — O senhor me viu com Omaki, e percebi muito bem o que pensou de mim. Então, graças a minha miserável sorte, foi me visitar justamente num momento em que minha esposa estava comigo e presumiu que eu recebia amantes em minha sala e que por isso Oe ia me demitir por justa causa. Quem tinha mais motivo para assassiná-lo era eu e, para ser franco, muitas vezes tive vontade de estrangular o desgraçado, mas não fui eu que o matei.

— Aquela senhora talentosa é sua esposa? De acordo com o que me disseram, ela é conhecida como madame Sasaki, no bairro dos salgueiros.

Sato mordeu o lábio.

— Esse é seu nome artístico. Não poderia trabalhar lá usando meu sobrenome.

— Entendo. Mas não acha que colocou sua esposa numa situação muito ruim? Ela é uma verdadeira artista. Não poderia encontrar um lugar mais respeitável para se apresentar?

Uma expressão de agudo sofrimento passou pelo rosto de Sato.

— Eu sei que ela merece coisa muito melhor, mas somos pobres e temos seis filhos, os pais dela e os meus para sustentar. Com o salário que ganho aqui, eu não conseguiria alimentar nem um terço de todas essas bocas. E não pertencemos à classe de pessoas que são convidadas para tocar em festas de gente poderosa.

Akitada viu a vergonha estampada no rosto de Sato e, sentindo-se constrangido, olhou para o pátio lá fora. O sol batia nas pedras do chão, e havia um estranho tom de enxofre no verde das árvores. O vento quente agitava a vegetação ressequida ao redor da varanda.

— O senhor deveria falar a respeito de seus problemas com o diretor da universidade, o bispo Sesshin — opinou, voltando a olhar para o colega. — Descobri que ele é muito compreensivo e penso que pode ajudar sua esposa, pois tem muitos amigos entre os poderosos. Eu gostaria de poder tranqüilizá-lo mais a respeito de Kobe. Embora não tenha discutido sua situação com ele, o homem tem outras fontes de informação, e receio que saiba que Oe não via com bons olhos a ocupação de sua esposa.

Sato olhou para as mãos entrelaçadas com força.

— Essa foi a razão de todos os nossos subterfúgios — explicou. — Mas quanto mais tentávamos encobrir a verdade, mais mexericos provocávamos. Como eu ia regularmente ao bairro dos salgueiros para cuidar de minha mulher, logo ganhei fama de beberrão e mulherengo. Foi lá que conheci Omaki, que acabei aceitando como aluna. Minha esposa foi contra a idéia de eu dar aulas particulares à moça, mas precisávamos do dinheiro. Oe, aquele demônio pomposo, nunca soube o que é ser pobre e ter uma família para sustentar. — Lançou um olhar suplicante para Akitada. — Mas o senhor, Sugawara, tem mãe e irmãs e é responsável por elas, de acordo com o que me disseram, e deve saber que eu nunca faria nada tão insano quanto matar uma pessoa. Se fosse preso, minha família morreria de fome. Por favor, fale com Kobe por mim.

Os dois homens entreolharam-se.

— Compreendo perfeitamente o que está me dizendo e acredito no senhor. Não se preocupe com Kobe, deixe-o por minha conta. Vá para casa, e amanhã fale com Sesshin.

Lágrimas de gratidão umedeceram os olhos de Sato. Emocionado demais para poder falar, curvou-se profundamente e foi embora.

Akitada ficou pensando na devoção que aquele professor e sua esposa tinham um pelo outro e pela família. Agora compreendia que um homem podia fazer grandes sacrifícios por uma pessoa amada, pois também aceitaria dificuldades e humilhação com alegria para garantir a felicidade de Tamako.

O som distante de um trovão surpreendeu-o, e ele se levantou, indo para a varanda. O sol, brilhante como ouro derretido, desaparecia atrás dos telhados dos dormitórios dos estudantes, mas o céu, nos lados norte e leste, cobria-se rapidamente de pesadas nuvens escuras. Uma tempestade aproximava-se, o que significava que a longa onda de calor logo teria fim.

Akitada preocupou-se com a possibilidade de a mudança de tempo impedir as pessoas a quem ele estava esperando de ir à universidade.

Um outro trovão ribombou ao longe. Com um suspiro, Akitada tornou a entrar na sala de aula e, como teria de esperar até o anoitecer, decidiu passar o tempo corrigindo exercícios dos alunos.

Precisou acender o lampião mais cedo que de costume. A luz era suficiente para iluminar o lugar onde ele estava trabalhando, mas os cantos da sala ficaram imersos em sombras. De vez em quando ouvia-se o ribombar de um trovão, mas a tempestade não parecia prestes a desabar. Ele não saberia dizer quanto tempo fazia que tornara a sentar-se atrás de sua mesa, quando ouviu passos no pátio. Olhou para fora e viu que havia um pouco de luz no leste. Era muito cedo para seu convidado chegar! E Kobe ainda não aparecera.

Sentindo um repentino receio, forçou-se a permanecer calmo, respirando profundamente e concentrando-se em prestar atenção aos ruídos lá fora. Os passos soaram na escada de madeira, aproximaram-se, então pararam um pouco antes da porta aberta para a varanda.

— Por favor, entre — Akitada gritou.

Estarrecido, viu Ishikawa entrar. O jovem tinha uma aparência assustadora na luminosidade fraca e tendo como fundo o céu coberto de nuvens arroxeadas. O rosto continuava desfigurado por manchas escuras e inchaço. Na cabeça rapada e nas faces havia uma sombra produzida pelos cabelos e fios de barba que começavam a nascer, e isso combinado com as roupas sujas e rasgadas faziam-no parecer um salteador. Sua expressão de escárnio e a postura ameaçadora indicavam que o motivo que o levara lá nada tinha de bom.

— Trabalhando até essa hora, e sozinho? — ele perguntou com um sorriso zombeteiro. — Que dedicação admirável!

Akitada lavou o pincel e pousou-o no suporte.

— Como saiu da cadeia, e o que veio fazer aqui? — perguntou secamente.

Sem esperar permissão, Ishikawa sentou-se na outra almofada perto da mesa.

— Não é muito hospitaleiro, sabia? Tive o mesmo problema na cadeia, e foi por isso que resolvi sair. E também para tratar de um assunto pendente aqui na universidade. — Sorriu de modo desagradável. — Seria bom você relaxar, porque não estou com pressa de ir embora.

Kobe saberia da fuga do estudante?, pensou Akitada. Estaria procurando por ele na cidade? Por um instante, imaginou se poderia livrar-se de

Ishikawa, mas bastou um olhar para o rosto dele para saber que seria inútil tentar.

— Por favor, seja breve — pediu asperamente. — Estou esperando uma pessoa que logo chegará.

O arrogante jovem olhou para a porta.

— Duvido. Está vindo aí uma grande tempestade. Não há ninguém nas ruas — comentou, exibindo outro sorriso ameaçador. — Pode acontecer qualquer coisa aqui, que ninguém saberá. Além disso, não me importo nem um pouco com seus compromissos. Pessoas como você estão sempre exigindo respeito dos outros, mas não passam de canalhas. Os professores nos obrigam a estudar demais, mas quando um de nós faz o máximo que pode e ultrapassa todos os outros, põem o prêmio a leilão, vendendo-o a quem pagar mais.

Parou de falar por um momento, prestando atenção aos ruídos de fora, quando o vento açoitou os arbustos, fazendo farfalhar as folhas secas. Os galhos batiam nas colunas da varanda, e relâmpagos riscavam o céu escuro. A chama do lampião tremulava, fazendo os olhos do moço brilhar estranhamente.

— Estou me referindo, é claro, àquele idiota rico, Okura, que conseguiu o primeiro lugar nos últimos exames — Ishikawa continuou. — Agora, ele é secretário do Departamento de Hierarquia e pode contar com um posto ainda mais alto, enquanto eu sou mandado de volta para o buraco de onde vim. Essa é uma prova de que o dinheiro compra tudo. Um homem pobre não pode ter êxito, apesar de seu esforço e de sua inteligência superior.

— Se está tentando justificar-se, perde seu tempo, porque me parece que seu comportamento a respeito desse assunto foi extremamente louco e antiético — Akitada declarou com frieza. — Vá direto ao ponto!

— Ao ponto? — repetiu Ishikawa, estreitando os olhos. — O ponto é que pessoas como você e os outros professores detestam gente como eu! Mas me recusei a sofrer injustiças calado. Oh, sim, sei o que você fez. Kobe deixou escapar que me prendeu por sua sugestão. Já esteve na cadeia, Sugawara?

Akitada negou, abanando a cabeça. De que adiantava dizer àquele jovem irado que uma pessoa não precisava ser presa para saber o que acontecia numa cadeia?

— Claro que não! — exclamou Ishikawa em tom escarnecedor. — Bem, deixe-me informar que os assim chamados guardiões da paz não passam de animais da pior espécie. São ex-presidiários que trabalham em troca de uma tigela de arroz por dia e do que podem extorquir dos prisioneiros. Sentem um prazer sádico em fazer outro ser humano sofrer.

— Você deve isso apenas a si mesmo — observou Akitada. — É um chantagista confesso.

— Oe me devia dinheiro! — o estudante gritou.

— Você também prostituiu sua formação, ajudando Oe a trapacear.

Um trovão explodiu, e o som perdeu-se lentamente na distância.

Ishikawa esperou que houvesse silêncio novamente para dizer, desdenhoso:

— Isso, sem dúvida, é um pecado imperdoável para você! Sabe de uma coisa? Sinto-me enojado. Hirata me contou sua história: o estudante excepcional, o formando perfeito, orgulho da universidade, jovem promissor, com um dos pés já no primeiro degrau da escada para a grandeza! — Inclinou-se para a frente, fixando os olhos furiosos no rosto de Akitada. — Mas fique sabendo que aquele imbecil do Okura, que não consegue escrever uma sentença em chinês sem cometer um erro crasso, que não tem inteligência, nem curiosidade intelectual, já o ultrapassou na escada e vai continuar subindo. Neste mundo, capacidade e honestidade não têm nenhum valor. Dinheiro e influência regem tudo. E quando tomei consciência disso, tentei corrigir uma situação injusta, trocando um pouco de minha inteligência pelo dinheiro dele. Considero isso um ato de justiça num mundo injusto — concluiu, endireitando-se com ar de satisfação.

Olhando para o céu ameaçador, Akitada não respondeu imediatamente. O vento aumentara, os galhos das árvores debatiam-se, e à luz dos relâmpagos ele viu pequenos redemoinhos de poeira e folhas dançando no pátio. Uma forte onda de brisa invadiu a sala, quase apagando o lampião e resfriando por um instante suas costas molhadas de suor, coladas na seda do quimono.

— Esse "ato de justiça" fez com que um de seus colegas tirasse a própria vida — observou por fim. — Outro jovem pobre.

Com o rosto contorcido de ódio, Ishikawa levantou-se abruptamente.

— Como ousa me culpar por isso? — bradou, cerrando os punhos e avançando alguns passos. — Não tive nada a ver com aquele suicídio. Ele perderia, de um jeito ou de outro! Se Okura não vencesse, *eu* venceria. — Inclinando-se sobre Akitada, agitou um punho diante de seu rosto. — Não vou me deixar convencer por essa sua pregação hipócrita, seu santarrão! Você me arruinou! Fui o melhor aluno que esses velhos fossilizados tiveram em muitos anos. Eu não podia falhar! — exclamou, erguendo a voz cada vez mais. — E não ia falhar, mas aí você apareceu. Agora, sua maldita intromissão e sua desgraçada hipocrisia tiraram de mim a oportunidade que levei anos para conseguir, com inteligência e muita luta.

Akitada sustentou seu olhar furioso sem recuar e sem nada dizer. Depois de alguns momentos, Ishikawa baixou o punho e retornou para sua almofada.

— Eu assistia às aulas pela manhã, limpava a sujeira dos meninos ricos à tarde e estudava durante a noite — disse em tom cansado. — E isso durante quatro anos. E todo esse sacrifício foi em vão! O que você ganhou, me arruinando? Preservou um sistema corrupto que continuará moendo pessoas capazes, transformando-as em pó, e colocando o poder nas mãos de incompetentes.

— Discordo — retrucou Akitada. — Um sistema é corrompido por seus membros. Com exceção de você e Oe, descobri que os professores e alunos desta universidade são pessoas decentes e trabalhadoras. Foi por causa dessas suas atividades desonestas, precisamente, que meu amigo Hirata me pediu para iniciar uma investigação.

Ishikawa atirou a cabeça para trás e deu uma gargalhada.

— Você é um tolo! Não há um só de seus colegas que não aceitaria, e com muita alegria, o que Oe aceitou. E foi uma dessas pessoas "decentes" que o matou. Foi um crime covarde, pois o velho bêbado estava pendurado na estátua de mestre Kung, totalmente indefeso, quando teve o pescoço cortado.

— E foi você que tornou esse crime possível — salientou Akitada sombriamente.

— Ah, fui eu, sim! Tive minha pequena vingança. Quando o velho porco caiu de cara no chão, ali na rua, ajudei-o a levantar-se e entrar no templo. Foi então que tive a idéia de amarrá-lo na estátua com sua própria faixa. A calça dele caiu, acrescentando um detalhe inesperado ao quadro. O tempo todo, enquanto eu o amarrava, ele resmungou e roncou, quase dormindo. Levei a calça embora, dizendo a mim mesmo que já era tempo de o resto da augusta instituição ver seu grande professor sob uma nova luz.

— Você o deixou lá, e ele morreu!

— Basta! — Ishikawa ordenou por entre os dentes, levantando-se outra vez. — Minha carreira acabou, mas você não vai saborear seu triunfo! — Atirou-se sobre Akitada, pegou-o pela gola do quimono com uma das mãos e ergueu a outra para esmurrá-lo.

Akitada jogou-se para trás, agarrando-lhe o pulso. Ishikawa perdeu o equilíbrio e caiu sobre ele. Os dois lutaram, arrastando-se pelo chão, então Akitada rolou para um lado, saindo de baixo do corpo pesado de seu oponente, torceu-lhe um dos braços para trás das costas e ajoelhou-se sobre ele.

De repente, a sala pareceu encher-se de gente.

— Bom trabalho! — Kobe grunhiu, enquanto dois policiais caíam sobre Ishikawa.

— Obrigado — Akitada respondeu, levantando-se. — Essa visita foi inesperada, e eu não sabia se o senhor já havia chegado.

Ocorreu-lhe, então, que talvez ele houvesse se arriscado demais, confiando tão totalmente no capitão da polícia.

— Acorrentem o prisioneiro, e mais apertado, desta vez — Kobe instruiu seus subalternos. — Esse aí se aproveita da situação, quando é bem tratado. — Virou-se para Akitada. — Bem, sua armadilha pegou a esperta raposa. Ouvimos o que Ishikawa lhe disse, e agora podemos fazer novas acusações contra ele. Foi uma confissão. Acrescente a fuga da cadeia e a tentativa de homicídio contra o senhor, e o homem está condenado.

Ishikawa gemeu, quando um dos policiais ajoelhou-se em cima dele, e o outro fechou as correntes ao redor de seus pulsos e tornozelos.

— Não foi tentativa de homicídio! — Akitada protestou, chocado. — Ele não estava armado e tudo o que queria era me dar um susto. Como o senhor viu, fui capaz de me defender sozinho. E ele apenas confessou que amarrou Oe na estátua, não que cortou o pescoço dele.

Puxado pelos policiais até pôr-se de pé, Ishikawa disse alguma coisa, e um deles bateu-lhe no rosto com toda a força, mandando-o calar-se.

Kobe ficou observando a cena com satisfação, quando seus homens arrastaram o estudante para fora e pela escada da varanda abaixo.

— O senhor não ouviu o que eu disse? — Akitada perguntou, irado. — Ele não tentou me matar! Não havia necessidade de tanta violência.

O capitão sorriu.

— Depois que foram açoitados por ter deixado Ishikawa escapar, é natural que meus homens estejam furiosos com ele. O que o senhor acha que aconteceria, se eu fosse contra eles, tomando o partido do prisioneiro?

— Mas ele não matou Oe! Faça-lhe uma advertência e deixe-o ir.

— Pensei que houvesse me dito que ia pegar o assassino numa armadilha — Kobe respondeu, olhando-o com ar surpreso. — Talvez não esperasse que fosse Ishikawa, mas eu sei que pegamos o homem certo. Ele está envolvido demais para ser inocente. — Esfregou um quadril, fazendo uma careta. — O porão embaixo desta sala não é muito confortável, mas dali ouvi cada palavra que vocês dois disseram. — Olhou para fora, quando um forte relâmpago iluminou o céu. — Tempo desgraçado — resmungou. — Bem, vou embora e acho que o senhor também devia ir.

— Mas o senhor sabe muito bem que estamos esperando outra pessoa.

— "Estamos", não. O *senhor* está. Nunca acreditei naquela sua suposição.

Flexionando os ombros, Kobe retirou-se e, como que para enfatizar sua saída, um trovão mais forte retumbou como um enorme gongo.

Akitada abriu a boca para chamá-lo de volta, mas desistiu. O capitão já decidira que pegara o assassino e não mudaria de idéia. Abanando a cabeça, resignado, voltou para junto da mesa e sentou-se. Não acreditava mais que o verdadeiro homicida fosse vê-lo, não depois do tumulto causado por Kobe. Teria de esperar outra oportunidade, embora estivesse ansioso para pôr um fim naquele assunto. Precisava prender o assassino, não apenas por Tamako e pelo pai dela, como também por si mesmo. Não teria paz, enquanto a morte de Hirata não fosse vingada. Bem, talvez o homem que ele esperava ainda aparecesse. Molhando o pincel com tinta, curvou-se sobre os papéis a sua frente.

O tempo passou lentamente. Lá fora, continuava a ameaça de tempestade. A escuridão agora era total, rasgada apenas pelos relâmpagos que se acendiam no meio das nuvens, seguidos pelo som profundo dos trovões. O vento continuava a soprar, agitando as copas das árvores, mas ainda não começara a chover.

Ele pensou novamente em ir para casa. Talvez não fosse apanhado pela chuva, se saísse logo e andasse depressa. Ele e Tamako tinham ainda muitas coisas a dizer um ao outro, e poderiam jantar juntos, se Seimei prometesse não dizer nada a ninguém. Era estranho como o fato de um casal fazer amor mudava seu relacionamento de maneira tão profunda, que uma pessoa tinha de começar a conhecer a outra novamente. Akitada sorriu, aquecido por uma alegria que era nova para ele. Nova e arrebatadora.

Olhou para a redação que estava corrigindo, monótona e tão cheia de repetições, que ele teve a impressão de estar lendo as mesmas palavras pela terceira vez. Decidiu que iria para casa assim que acabasse de lê-la e, acabara de corrigir mais uma sentença, quando ouviu os pedregulhos do pátio ranger sob os passos de alguém. Ficou imóvel, ouvindo.

Passos leves, acompanhados pelo farfalhar de seda encorpada, soaram na escada e atravessaram a varanda, indo na direção de sua sala. Akitada olhou para a porta e viu um facho de luz dourada.

Então, Okura entrou na sala e fechou a porta. Apesar da ameaça de chuva, estava vestido com um traje de corte, de pesada seda verde, e usava um chapéu elegante atado firmemente sob o queixo. Carregava uma lanterna em uma das mãos.

— O senhor devia manter a porta fechada, com esse tempo horrível — observou com sua voz estridente, olhando em volta da sala simples. — Vejo que vocês, pobres professores, precisam trabalhar até tarde — comentou, dizendo quase exatamente o que Ishikawa dissera ao chegar.

— É verdade — Akitada concordou, imaginando como devia agir, agora que Kobe e seus homens haviam partido. Bem, pensaria em alguma coisa. — Por favor, sente-se. Fico satisfeito por ter aceitado meu convite.

O jovem não se sentou. Em vez disso, passou por Akitada e entrou no escuro salão de palestras.

— Hum... — murmurou, erguendo a lanterna e olhando ao redor. — É um prazer visitar este lugar novamente. — Importa-se, se eu for ver as outras salas?

Sem esperar resposta, afastou-se pelo corredor.

Akitada levantou-se e seguiu-o. Observando o jovem baixo, que andava rapidamente, olhando para dentro das salas com curiosidade infantil, decidiu que não precisava sentir nenhum medo. Dominara Ishikawa, muito mais alto e musculoso. Em comparação, Okura era fraco, além de um covarde comprovado. A maior dificuldade seria obrigá-lo a confessar seus crimes diante de Kobe.

A lanterna oscilava à frente dele, o brilho dourado desaparecendo no interior de uma sala após a outra, então emergindo nas varandas escuras que circundavam o prédio. Okura queria certificar-se de que estavam sozinhos.

Por fim, voltou pelo corredor, com Akitada atrás.

— Este lugar me traz recordações, mas é mais feio do que eu me lembrava — disse. — Eu poderia tê-lo convidado para ir ao meu escritório, mas estou para me mudar para um lugar maior. Ouviu os rumores, não é? — perguntou, alisando o bigode fino. — Vou me casar com a filha de uma das famílias mais poderosas do reino. A mansão dos Otomo fica no bairro Sanjo, e é lá que vou morar. O processo de minha adoção está quase terminado, e como resultado serei promovido para um cargo mais alto.

— Meus parabéns — murmurou Akitada em tom seco.

— Obrigado. O senhor me pegou em boa hora. Se fosse daqui a um mês, minha posição na hierarquia não permitiria que nos encontrássemos desta maneira informal.

Entraram novamente na sala de Akitada, e Okura apagou a lanterna, antes de sentar-se na almofada ao lado da mesa, arrumando cuidadosamente o quimono de seda a sua volta.

— Bem, pode me dizer que asneira é essa, de o senhor dizer que Hirata me procurou para falar da morte de Oe?

Akitada sentou-se também, estendeu a mão para a mesa, pegou o diário de Hirata e abriu-o na última página. Então, entregou-o a Okura.

— Estou intrigado com essa última anotação — disse. — Talvez o senhor possa me explicar o que significa.

O jovem leu e suspirou. Guardando o livro numa das mangas do quimono, levantou-se.

— Meu caro, realmente acha que vou tolerar ainda mais chantagem? — perguntou em tom macio. — Nem pense nisso. Paguei muito caro por aquele primeiro lugar nos exames. Oe exigiu uma quantia alta demais, mas paguei. É culpa minha, se o velho ganancioso quis ficar com tudo para ele e não conseguiu controlar aquele selvagem do Ishikawa? Vocês, professores, são um bando de gente suja!

— Precisa me devolver o diário — Akitada observou. — É a prova contra você, no caso do assassinato de Oe.

Okura ergueu as sobrancelhas com arrogância.

— Não seja idiota! Isto aqui não significa nada, não cita nomes. Alguém muito curioso poderia adivinhar alguma coisa, mas isso não seria prova. O caso é explicado de modo simples, como se alguém houvesse recompensado com dinheiro um professor favorito. E quem agora ousaria me interrogar a respeito dessa acusação?

— Você cometeu dois assassinatos, e seriam três, se os ratos não houvessem comido as castanhas envenenadas antes de Nishioka. Nem mesmo seus ilustres novos parentes poderão livrá-lo.

O rosto arrogante de Okura transformou-se numa máscara impassível. Com a cabeça inclinada para um lado, o jovem observou Akitada por um momento. Então, voltou para a almofada e sentou-se.

— Sabe que sempre tive uma grande admiração por você? — declarou em tom quase amigável. — Quando começou a vir à universidade para fazer perguntas às pessoas, confesso que fiquei preocupado. E com razão, porque Oe entrou em pânico. Imagino que saiba tudo sobre o que aconteceu nos exames.

Akitada moveu a cabeça afirmativamente.

— Ah, é mesmo muito inteligente — comentou Okura. — Lamento o fato de estarmos em campos opostos neste assunto, pois eu poderia usar você.

Esperou um comentário, mas Akitada manteve-se calado.

— Mas, talvez, essa diferença possa ser superada — continuou. — Ouso afirmar que você analisou sua situação e sabe o que um homem como eu pode fazer para ajudá-lo. Oe praticamente me forçou a deixá-lo participar da fraude. O problema é que ele se tornou ganancioso demais. Achava que teria em mim uma fonte de renda vitalícia. Quando me recusei a pagar mais, ele teve a petulância de me ameaçar publicamente, lendo aquele poema ofensivo no concurso no Jardim da Divina Primavera. Foi um ultraje!

— Então, você o seguiu e matou-o, não é?

— Não era minha intenção matá-lo. Não gosto de sujar minhas mãos, fazendo certas coisas pessoalmente. Assim que Oe saiu do pavilhão, fui ao lugar costumeiro de nossos encontros, achando que ele estaria a minha espera. Pode imaginar minha surpresa, quando o vi amarrado à estátua de Confúcio e bêbado demais para se importar. Tudo o que fiz foi tirá-lo daquela situação infeliz. — Okura levou a mão à faixa na cintura, rindo. — Oh, sim, fui eu quem o matou. Não me fará mal confessar isso, já que aqui estamos apenas nós dois. Foi muito engraçado o modo como a polícia suspeitou de todos os professores e de Ishikawa, quando o culpado era eu. Mas é necessário admitir que prestei um bom serviço à universidade. O que seria do país com professores corruptos como ele ensinando nossos jovens? E salvei todos vocês de um grande escândalo. Pense nisso.

— Agiu pelas mesmas razões altruístas, quando incendiou o escritório de Hirata? — perguntou Akitada, tentando não deixar transparecer a raiva que sentia.

— Que outras razões eu teria? Hirata não foi tão receptivo quanto Oe. Ficou falando sem parar que a consciência não o deixava em paz e que ele queria esclarecer tudo, por respeito aos pais do sujeito que se matou. Propôs que eu renunciasse à minha vitória nos exames, para que a honra pudesse ser concedida postumamente ao outro aluno. Agora me diga, que tipo de idiota ele achava que eu era? Que benefício a honra do primeiro lugar traria a um homem morto? Não haveria dinheiro, cargo importante, nada. Eu compreendi isso tudo. Hirata aceitaria uma boa soma de mim, fingindo, é claro, que a daria aos pais do estudante falecido. Há! Eu o acalmei, dizendo que assim que me houvesse firmado em um alto posto, renunciaria ao primeiro lugar — Okura contou, dando uma risadinha de escárnio.

Akitada imaginou se ele não seria louco. Ocultando seu horror, perguntou:

— Mas foi você quem ateou fogo na varanda do escritório de Hirata?

— Aquele foi um golpe de mestre. De tanto ouvir falar na falta de chuva e no perigo de incêndios, acabei tendo essa idéia. Fui à casa de Hirata, naquela noite, levando uma vasilha de óleo de lampião. O portão só estava fechado com o trinco. Hirata sempre foi um tolo confiante. Entrei e fui direto ao escritório, que eu sabia onde ficava, porque já estivera lá. Ele costumava convidar alunos para ir a sua casa. E lá estava o homem, adormecido entre seus livros e papéis. E não havia um único servo à vista. Fico abismado com a vida de pobreza dos professores. Não é à toa que se entregam à chantagem. Bem, derramei o óleo na varanda, perto da porta, e usei a vela da lanterna para acender o fogo. As chamas subiram lindamente e num instante passaram para as esteiras de palha, correndo pelo chão até chegar à mesa e incendiar os papéis. Ele acordou, naturalmente. Mas apenas rapidamente. — Okura esfregou as mãos curtas e grossas e sorriu. — Incêndios em casas são comuns. Ninguém jamais me ligaria àquele.

Akitada estremeceu. Continuou calado, mas seus olhos não se desviavam do rosto do assassino, e viu quando o horrível sorriso de satisfação deu lugar a uma expressão de descontentamento.

— Parece que não fui tão inteligente no caso de Nishioka — Okura admitiu. — Fiquei curioso para saber o que acontecera, quando não ouvi a notícia de que ele morrera. Então, a fuinha intrometida escapara? Ora, ora. Todos nós sabíamos da fraqueza do homem por castanhas assadas. Estava sempre mastigando uma, enquanto dava aula. Nojento! Bem, vão pôr a culpa no vendedor de castanhas.

Se ao menos Kobe estivesse por ali ouvindo!, pensou Akitada, frustrado.

— E o que pretende fazer comigo e com Ishikawa?

Okura riu.

— Ishikawa não representa mais nenhum problema. Dei um jeito de ele fugir, fazendo com que a porta da cela ficasse destrancada, enquanto os guardas se mantinham longe. O dinheiro resolve muita coisa. Ele seria apanhado outra vez e, então, nada do que dissesse para incriminar outra pessoa mereceria crédito. Até achei que o culpariam pelo assassinato de Oe, mas você... — Passou um dedo pelo bigode, fixando os pequenos olhos brilhantes no rosto de Akitada. — Você é uma inconveniência e tanto, admito. Mas, na verdade, não tem provas de minha culpa, e como seria sua palavra contra a minha, acho, meu caro Sugawara, que você sairia perdendo. No entanto, como já disse, estou tratando de um assunto extremamente delicado e não posso permitir que você me atrapalhe. Por isso, vou lhe oferecer algo em troca de seu silêncio. O que acha de duzentas peças de ouro, seis fazendas e a garantia de duas promoções nos dois próximos anos?

Akitada quase riu. O suborno representava uma fortuna, principalmente para uma pessoa de condição modesta como a sua, mas ele esperara alguma coisa mais dramática, como um atentado contra sua vida. Aquela oferta de bens materiais causou-lhe a decepção de um anticlímax.

— Acho que você não poderá cumprir sua parte no trato — respondeu, levantando-se. — Pelo simples motivo de que vou entregá-lo à polícia e denunciá-lo como assassino. Agora, me devolva o diário — exigiu calmamente, estendendo a mão.

— Não pensei que fosse tão tolo — Okura retrucou. — É óbvio que não vou permitir que me leve à polícia, nem devolver o diário. E, por favor, veja como fala comigo.

Com um movimento rápido, Akitada tentou agarrá-lo pela manga do quimono, mas ele se esquivou e levantou-se de um salto.

— Como ousa? — esganiçou.

— Escute, Okura, você só sairá daqui para ir ao quartel da polícia — Akitada avisou, começando a ficar irritado. — Não me obrigue a amarrá-lo!

— Não me toque! — o homenzinho gritou, recuando. — Você vai me pagar por isso! Não ponha a mão em mim. Estou sob a proteção do imperador! Você vai se arrepender.

— Besteira! — Akitada exclamou. — Você não é ninguém. Suas origens não justificam sua empáfia, e você estará liquidado, assim que o mundo descobrir que comprou o primeiro lugar nos exames. Sabe disso, foi por esse motivo que matou Hirata e Oe. Mas agora está tudo acabado!

Notara que Okura perdera o controle, fraquejara. Avançou contra ele, que recuou novamente, gritando por socorro.

Akitada quase deu uma gargalhada.

— Pare de gritar! — ordenou. — Você mesmo examinou o prédio e viu que não há ninguém aqui para ouvi-lo.

Lançando-lhe um olhar frenético, o jovem correu para a porta que levava à varanda. Ele mesmo a fechara ao entrar, e perdeu tempo precioso tentando abri-la. Akitada aproximou-se e pôs a mão em seu ombro. Mas subestimara seu adversário mais uma vez. Okura virou-se com os dentes arreganhados como um rato acuado e puxou um punhal de dentro da faixa. Ergueu-a para dar um golpe, e Akitada saltou para trás.

Okura tremia de raiva — ou de medo. Por um instante deu a impressão de que ia atacar, então começou a afastar-se, andando de costas ao longo da parede. E uma caçada frustrante começou. Akitada não podia chegar bastante perto para desarmá-lo e, Okura, pequeno e ágil, conseguiu chegar ao canto mais próximo da porta para o salão e correr para lá.

Akitada viu-o desaparecer no escuro e foi atrás, um erro estúpido que quase lhe custou a vida. Ele não podia ver Okura, mas fora visto por ele, pois sua silhueta recortava-se contra a claridade que vinha de sua sala. Assim que começou a andar, saindo do retângulo de luz, sentiu algo zunir perto de sua orelha e bater em seu ombro. Lançou-se para a frente, tentando agarrar Okura, mas pegou apenas um pedaço de tecido que se rasgou ruidosamente. Perdeu o equilíbrio e caiu, batendo o queixo no chão com tanta força, que perdeu a consciência por um rápido instante. Quando a dor diminuiu o bastante para ele pensar em rolar para fora do caminho do atacante, imaginou por que ele não cravara o punhal em suas costas, já que tivera a oportunidade. Agachando-se, ficou ouvindo. Silêncio. Então, ouviu um leve ruído de pés se arrastando. Levantou-se e seguiu o ruído o mais silenciosamente que pôde. Por vários minutos, ambos continuaram assim, andando no escuro, parando para ouvir, recomeçando a andar. De repente, Akitada ouviu um baque surdo e um grito de dor, deduzindo que Okura colidira com um pilar. Sua dedução estava correta, pois logo em seguida ele viu o assassino correr de volta para a sala iluminada, dominado pelo pânico. Correu em seu encalço, e Okura descontrolou-se completamente, brandindo o punhal e gritando em tom desvairado:

— Afaste-se de mim, ou eu o mato!

Movendo-se rapidamente em volta dele para bloquear a saída pela varanda, mantendo os olhos fixos no punhal, Akitada lamentou não ter nenhuma arma com que se defender. Sua esperança era que Okura se acovardasse novamente, dando-lhe uma chance de desarmá-lo. Mas ele atacou com um brilho de fúria assassina no olhar. Akitada ergueu um braço para se proteger e dobrou-se ao meio, pretendendo dar-lhe uma cabeçada no estômago.

Nesse instante, a porta atrás dele abriu-se abruptamente, alguém entrou e derrubou-o. Ele ouviu o barulho de pés em disparada, o baque de um golpe, e a voz de Okura, que começou a guinchar como um animal.

Quando se levantou, viu Tora. O servo, que segurava Okura pela nuca, sacudiu-o como se ele fosse um gato, até fazê-lo soltar o punhal. Então empurrou-o com força, derrubando-o.

Testemunhas ocultas ouvem uma confissão de assassinato

— Sente-se e cale a boca! — ordenou, pegando o punhal e colocando-o embaixo do nariz do moço, que gritava como louco. — Sou capaz de matar você para não escutar mais seus guinchos.

Sufocando um grito, Okura cuspiu um dente quebrado, um pouco de sangue, e desatou em lágrimas.

— O que vocês estão fazendo aqui? — perguntou Akitada, olhando de Tora para Hitomaro e Genba, que estavam no vão da porta da varanda, assistindo à cena, todos parecendo muito satisfeitos.

Tora sorriu.

— Sua senhora nos mandou vir. Ela estava preocupada com sua demora. Quando percebemos que havia mais alguém aqui, nos escondemos embaixo da varanda, só por precaução.

— Tamako mandou vocês?

— Mandou — Tora afirmou.

Akitada ficou em silêncio por um instante, pensativo.

— Ouviram minha conversa com esse homem?

— Ouvimos — respondeu Tora. — Que monstrinho perverso, hein? — Deu um chute em Okura, que recomeçou a gritar. — Achamos que o senhor não precisaria de ajuda, até que ouvimos a correria.

Corando, embaraçado, Akitada refletiu que não só Tamako achara necessário mandar os homens a sua procura, como eles haviam visto como Okura estava levando vantagem na luta. Mas tudo aquilo valera a pena, pois o relato que eles fariam a Kobe, da conversa que haviam ouvido, talvez convencesse o capitão a trancafiar o assassino. E o tratamento impiedoso dispensado aos prisioneiros incentivaria o covarde a confessar sua culpa.

O dia fora longo demais, e de repente Akitada sentiu-se exausto.

— Leve Okura ao quartel da polícia — disse a Tora. — Conte a Kobe o que aconteceu e diga que espero que ele prenda esse homem como assassino de Oe e Hirata.

— Certo! — o servo concordou, olhando Okura com maligna satisfação.

— Não! — Okura ergueu as mãos para ele, suplicante. — Se me deixar ir embora, eu lhe darei ouro, muito ouro, mais do que você jamais sonhou possuir.

Começou a mexer na faixa, mas Genba saltou sobre ele e puxou-lhe os braços para trás, segurando-os para que Hitomaro os amarrasse com uma corda. Desabando no chão, Okura recomeçou a chorar.

Hitomaro falou em tom baixo com Tora, que perguntou a Akitada:

— O que acha de ir conosco tomar um jarro de vinho para comemorar, depois que nos livrarmos desse aí?

Akitada espreguiçou-se. Estava rígido de fadiga. Os homens haviam sido gentis, convidando-o, mas ele tinha coisas melhores a fazer. Abanando a cabeça com um sorriso, respondeu:

— Obrigado, mas não. — Então, acrescentou estupidamente: — No momento só quero uma cama.

Tora fungou, zombeteiro, e Genba e Hitomaro disfarçaram, olhando para fora para examinar o céu. Nesse exato momento, um longo relâmpago rasgou as nuvens, brilhando sobre as árvores e telhados distantes, iluminando a sala toda. Quase que imediatamente, um trovão estrondeou, dando a impressão de que o céu estava se rachando.

— Aí vem a tempestade — Tora previu, então disse a Akitada: — Posso levar o prisioneiro sozinho. Genba e Hitomaro vão para casa com o senhor.

— Não — Akitada discordou. — Não confio em Okura. Vão vocês três com ele. Ah, Tora, não se esqueça de dar meu recado a Kobe.

Os homens entreolharam-se, então Hitomaro disse:

— Genba e eu não podemos acompanhar Tora ao quartel de polícia.

Akitada olhou-o sem compreender. Lá fora, alguns pingos de chuva bateram ruidosamente nas tábuas da varanda. Então, ele entendeu.

— Vejo que vocês só podem ser úteis em lugares distantes dos olhos agudos da polícia — observou com aspereza. — Acompanhem Tora até onde for possível e certifiquem-se de que ele e o prisioneiro entrem em segurança no pátio do quartel. Depois, esperem, para que os três voltem para casa juntos.

O rosto de Hitomaro ficara vermelho.

— Como quiser, senhor — ele respondeu, amuado.

— Muito bem, vamos! — Tora apressou-os.

Hitomaro, porém, ainda hesitava.

— Não quer mesmo que eu o acompanhe, senhor? As ruas não são seguras a esta hora.

— Não! — Exausto e irritado, Akitada não fez nenhum esforço para ser brando. — Façam o que eu mandei, os dois, ou estão dispensados.

O grupo saiu porta afora, deixando-o para trás numa sala vazia, onde o lampião continuava a lançar sua luz sobre os trabalhos dos alunos. Envergonhado de sua explosão de raiva, ele tentou acabar de ler o que estivera lendo, quando Okura o interrompera. Mas perdera a concentração, e

Tamako o esperava. Guardando seus utensílios de escrita, usou a chama do lampião para acender uma lanterna e saiu. Estava fechando a porta, quando notou que o tempo estava realmente ruim. A temperatura caíra e o vento empurrava gotas de chuva, ainda esparsas, para dentro da varanda, batendo na saia de seu quimono como se fosse arrancá-lo e fazendo a lanterna oscilar loucamente. Nuvens escuras rolavam no céu, entremeadas por relâmpagos de brilho cegante, trovões ribombavam e troavam quase que sem cessar.

Akitada desceu a escada e começou a atravessar o pátio. Um forte golpe de vento jogou areia em seu rosto e arrancou-lhe o barrete, que ele conseguiu segurar pelo cordão de seda, contorcendo o rosto quando sentiu dor na mão ainda não totalmente curada. Guardando o barrete na manga, segurou a lanterna com as duas mãos e foi em frente, curvado para opor um pouco de resistência ao vento.

Caminhou apressado em direção ao portão principal, pensando em seus esforços para entregar três assassinos nas mãos da Justiça. Embora houvesse solucionado os casos e acalmado o fantasma da culpa a respeito de Hirata, não podia ter certeza de que Okura seria considerado culpado, e muito menos que Sakanoue seria desmascarado e punido por seu crime. Só Kurata fora preso e ia ser condenado, e isso devia-se mais ao trabalho de Tora do que ao seu.

Refletiu que no dia seguinte retornaria a seu escritório no Ministério da Justiça e dessa vez se esforçaria para ser um excelente funcionário. Estava tomando uma esposa e não podia mais dar-se ao luxo de reclamar das longas horas passadas entre documentos empoeirados, nem de fugir de tediosas reuniões com seus superiores. Sato e a esposa haviam feito sacrifícios muito maiores um pelo outro e por sua família. Tal resignação era muito mais admirável do que qualquer ato heróico com que ele sonhara nos primeiros anos de sua juventude. O relacionamento daquele casal falava de devoção muito mais alto do que qualquer canção de amor ou qualquer poema. E resignação era um pequeno preço a pagar pela felicidade que ele encontrara em Tamako.

Animado por doces pensamentos a respeito de seu futuro com ela, atravessou a avenida Dois e dirigiu-se para a zona leste, caminhando ao longo do muro que cercava os prédios do governo. Um relâmpago banhou o muro e as árvores sacudidas pelo vento com sua fulgurante luz azulada. Ele saltou por cima de um galho caído. Por causa da hora avançada e da tempestade, andava sozinho pela via normalmente movimentada. O cheiro de chuva era forte, e gotas pesadas batiam-lhe no rosto, juntamente com partículas de cascalho e folhas, mas pelo menos as nuvens ainda não haviam despejado as torrentes de água que continham. Com um pouco de sorte, ele estaria abrigado, quando isso acontecesse.

Na esquina do terreno do palácio, virou para o norte, na avenida Omiya, e um forte golpe de vento balançou a lanterna de tal maneira, que a chama extinguiu-se. Não tinha importância. Mais cinco quarteirões, e ele estaria em casa. Com Tamako. Aqueceu-se de desejo ao pensar nela, na voz suave, no perfume sutil e na maciez de sua pele. Imaginou-se deslizando as mãos pelas longas mechas de cabelo brilhante, pela camisola fina sobre a carne morna, trêmula sob suas carícias. Ah, a pele de Tamako... mais macia do que seda... mais macia e morna do que qualquer outra coisa que ele já tocara.

Saiu do devaneio com relutância.

Mal percebeu um som agudo e sibilante em algum ponto do muro do palácio, mas sobressaltou-se quando ouviu um violento farfalhar na copa da árvore acima dele. Olhou para cima. Da sombra dos galhos cobertos de folhas, uma sombra mais densa soltou-se e começou a cair. Ele tentou, tarde demais, saltar para o lado. Uma dor intensa rasgou sua cabeça e um ombro, quando um peso esmagador jogou-o no chão. Sentiu o cascalho ferir seu rosto, então o peito apertou-se, e tudo se apagou.

23

Novos Acontecimentos

Akitada recobrou a consciência em seu próprio quarto, sentindo-se dolorido. Olhou para as familiares traves do teto, onde a luz de um lampião lançava sombras, levando-o a deduzir que era noite e que ele estava deitado em seu colchão, um fato comprovado pelo contato do duro descanso de madeira sustentando sua cabeça.

Alguém falava em voz baixa.

Ele virou o rosto para olhar, e uma dor aguda correu de seu crânio até o ombro. Atônito, viu que o quarto estava cheio de gente, ou pelo menos assim lhe pareceu. As pessoas estavam sentadas ao redor do lampião, de costas para ele, com exceção de Seimei, voltado em sua direção. Era ele quem estava falando, enquanto procurava alguma coisa em sua caixa de remédios, erguendo um frasco ou pacote e recolocando-o no lugar, depois de mostrá-lo aos outros. Após examinar durante algum tempo as costas largas a sua frente, Akitada reconheceu seus donos: Genba, Hitomaro e Tora. Ficou observando o grupo e notou que Genba trocava comentários com Seimei, e que os outros dois mantinham-se calados.

Tentou falar, mas a voz morreu na garganta. Pigarreou e tentou de novo.

— O que vocês estão fazendo? — conseguiu perguntar.

No mesmo instante, quatro rostos ansiosos viraram-se para ele. Seimei e Tora levantaram-se e foram sentar junto do colchão.

— Como está se sentindo, senhor? — indagou Seimei, olhando-o com preocupação.

Akitada mexeu-se e apalpou-se. Os braços e pernas pareciam estar funcionando normalmente. O rosto ardia, e a pele estava esticada sobre as faces. O pescoço e um ombro doíam muito. No entanto, todo esse desconforto não era nada, comparado com a sensação horrível de que todo seu tronco estava paralisado. Respirar era difícil e doloroso.

— Não posso virar o corpo. O que aconteceu? — perguntou, e uma nebulosa lembrança causou-lhe pânico. — Alguma coisa caiu em cima de mim, eu acho.

— O senhor foi atacado no caminho de casa — Tora explicou. — Por assassinos pagos, dois deles, que portavam facas.

— Fui esfaqueado?

— Não, não — respondeu Seimei. — Hitomaro alcançou-o no momento exato. Mas algumas costelas foram fraturadas, quando o bandido saltou da árvore em cima do senhor.

Com movimentos desajeitados, Akitada apalpou as costelas nos dois lados do corpo. Não sentiu absolutamente nada.

— Um diagnóstico demasiadamente otimista, meu amigo — observou em tom sombrio, o medo apertando seu coração como um torno. — Acho que estou paralisado.

Com espanto e mágoa, viu Seimei sorrir para Genba, que sorriu de volta e levantou-se, indo também sentar-se perto do colchão, começando a pressionar vários pontos de seu tórax com um dedo.

Como não sentisse os toques, Akitada fechou os olhos para ocultar o terror que o dominou.

— Precisei enfaixar seu tórax de modo bem apertado para manter as costelas no lugar — Genba explicou. — Vão soldar bem, desde que o senhor não se movimente demais.

— Oh! — Akitada murmurou, inundado por uma onda de alívio. Abriu os olhos, então uma pergunta ocorreu-lhe: — Como cheguei aqui? O que foi que disseram sobre Hitomaro?

Ergueu a cabeça para olhar para o guerreiro, cautelosamente, por causa da dor.

Foi Tora quem respondeu:

— Por sorte, Hitomaro não confiou em Okura, aquela cobra venenosa, e voltou para seguir o senhor. Venha cá, Hito, e conte a ele o que você fez.

Hitomaro aproximou-se, obviamente relutante, e sentou-se com os outros.

— Peço desculpas por ter lhe desobedecido, senhor, mas pelo menos pude ser útil e isso me deixa contente.

— O que aconteceu? — perguntou Akitada.

— Alcancei o senhor na avenida Omiya, entre a esquina e o primeiro portão do palácio, onde os galhos das árvores do lado de dentro pendem sobre o muro. Eles estavam lá, de tocaia, um na árvore, e outro em cima do muro. Quando o da árvore jogou-se sobre o senhor, o outro saltou do muro com uma faca na mão. Só que eu estava lá e dei um jeito neles.

— Bom trabalho, irmão! — Tora aplaudiu. — Nem eu faria melhor.

— Céus! — exclamou Akitada com voz fraca. — Você salvou minha vida. O que houve com eles?

Hitomaro curvou a cabeça.

— Lamento, senhor, mas tive de matar os dois. Tenho certeza de que Okura estava por trás daquilo. Fiquei pensando nas coisas que ele disse ao senhor, e me ocorreu que um homem só faz promessas tão generosas quando sabe que não será obrigado a cumpri-las. — Olhou Akitada nos olhos e acrescentou: — Se a morte daqueles bandidos lhe causar algum problema, senhor, eu me entregarei à polícia.

Akitada bem podia imaginar o que aquela promessa significava para ele.

— Não diga bobagens! Eu não permitiria — afirmou. — E sou eu quem deve lhe pedir desculpas pelo modo como o tratei. O que fez com os corpos dos atacantes?

— Tive de deixá-los lá, para trazer o senhor para casa.

— Se eram criminosos conhecidos, não ouviremos falar do assunto — Akitada comentou. — Seja como for, tenho uma grande dívida com você, meu amigo, principalmente porque me avisou do perigo, embora eu não lhe desse ouvidos. Enfrentar dois bandidos armados sozinho foi um ato muito corajoso.

— Não foi difícil, senhor — declarou Hitomaro, sorrindo. — Não eram lutadores treinados, e eu estava com minha espada.

— Você parece ter profundo conhecimento da natureza humana — Akitada observou. — Tinha razão em me alertar, e fui imprudente. Era, de fato, muito pouco provável que Okura me deixasse vivo, muito menos que me pagasse tão prodigamente quanto prometeu. Devo minha vida a você e vou encontrar uma maneira de recompensá-lo. Temos muito pouco dinheiro, mas talvez exista algo que eu possa fazer por você. Fique à vontade para pedir qualquer coisa que lhe possa ser útil.

Hitomaro abanou a cabeça, mas trocou um olhar com Genba.

— Vamos, diga — Akitada incentivou-o. — Percebi que há alguma coisa. O que é?

— Não me deve nada, senhor — Hitomaro declarou. — Eu estava a seu serviço, quando fiz aquilo. Mas, como deseja saber do que é que eu gostaria, vou dizer. Genba e eu temos sido muito felizes aqui e ficaríamos imensamente gratos, se nos permitisse continuar a servi-lo.

Akitada pensou na difícil situação financeira da família. Bem, ele daria um jeito.

— Claro, mas não posso pagar o que vocês merecem ganhar.

— Não queremos receber salário! — exclamou Genba. — Entenda, senhor, que não está levando grande vantagem no negócio. Hitomaro e eu cometemos crimes.

Com uma careta, Akitada fechou os olhos.

— Assassinato? — perguntou.

— Assassinato — os dois responderam em uníssono.

— Mas eles não tiveram escolha — Tora apressou-se em informar.

— É verdade, senhor — Seimei reforçou. — Se ouvisse a história deles, entenderia. Lembre-se de que um homem vestido de trapos pode ter um coração de brocado. E até mestre Confúcio teve seus problemas.

— Vejo que isso é uma conspiração — comentou Akitada. — Muito bem. Podem falar, estou ouvindo.

— Obrigado, senhor — Genba murmurou, curvando-se profundamente. — Meu nome completo é Ishida Genba. Sou mestre de luta livre, como foi meu pai. Nossa escola ficava na província de Nagato, e um dia o governador assistiu a uma de nossas apresentações e mandou-nos seu filho mais velho para que o treinássemos. O rapaz era fraco e me detestava. Nós dois brigávamos muito, e ele fazia de tudo para sujar meu nome. Um dia ele ameaçou contar ao pai uma mentira muito perversa a meu respeito. Na aula seguinte, lutamos um contra o outro, no treinamento. Houve um acidente, e ele quebrou o pescoço — Genba concluiu com um suspiro.

Akitada olhou-o com simpatia.

— Em sua profissão, acidentes acontecem — disse. — Se me der sua palavra de que não pretendia matar o rapaz, ficarei satisfeito.

— É claro que não pretendia matá-lo — Genba assegurou com ar de mágoa. — Eu ficaria desonrado e não poderia mais exercer minha profissão. O que aconteceu foi que o rapaz, cheio de raiva contra mim, insistiu em treinar um golpe perigoso. Concordei, e estava com um braço em volta de seu pescoço, quando ele de repente curvou-se para trás. O pescoço partiu-se. Mas não é dessa morte que estou falando. Fui preso por causa do acidente e matei dois homens na cadeia.

— O quê?!

— Na noite anterior ao dia de meu julgamento, o governador mandou dois carcereiros a minha cela, para me estrangular. Matei os dois e fugi.

De tão chocado, Akitada ficou mudo por um momento. Não duvidava, de modo algum, que o governador quisesse vingar a morte do filho, e Genba com toda certeza se livraria da acusação de assassinato.

— Lamento seu infortúnio — disse com sinceridade. — Você já pagou um alto preço pelo que aparentemente foi causado pela imprudência de um jovem mimado. Estou inclinado a lhe dar a chance de provar sua inocência com ações futuras, mas, e se alguém o reconhecer?

— Nagato fica longe daqui, senhor, e o governador morreu. Além disso, minha aparência mudou muito.

— Então, tudo bem.

Tora e Seimei desataram a rir, aliviados, dando palmadas nas costas de Genba. O lutador curvou-se respeitosamente e agradeceu a Akitada com lágrimas nos olhos.

Akitada olhou para Hitomaro.

— Sua vez, agora.

— Não posso alegar acidente ou autodefesa — o musculoso guerreiro disse com franqueza. — Fui atrás do homem para matá-lo, sabendo que ele não era adversário para minha espada.

— Foi uma briga de bêbados? — indagou Akitada.

— Não. Eu estava perfeitamente sóbrio. E faria novamente o que fiz — afirmou, enfrentando a perplexidade de Akitada com feroz determinação.

— Você é brutalmente honesto. Com certeza houve circunstâncias atenuantes. Você era jovem demais?

Quando Hitomaro abanou a cabeça, negando, Tora pressionou-o:

— Conte logo qual foi o motivo.

Hitomaro respirou fundo.

— Não pretendo nunca mais usar o nome de minha família, que é Takahashi. Minha gente é da província de Izumo.

Akitada surpreendeu-se. Ele ouvira falar daqueles Takahashi. Eles eram de uma antiga e respeitada família de militares, que caíra na ruína.

— Dez anos atrás, meu pai, meus avós e todos os meus irmãos morreram durante uma epidemia de varíola. Ficamos só minha mãe e eu. Casei-me para dar continuidade ao nome da família. — Hitomaro baixou a cabeça, olhando para os punhos cerrados. Depois de uma longa pausa, continuou: — Minha esposa, Michiko, era muito jovem e também muito linda, e eu a... — Parou de falar novamente, mordendo o lábio. — Um vizinho, filho de uma influente família que possuía muitas fazendas e centenas de servos, começou a assediar Michiko. Ela me contou, e procurei o homem para exigir que parasse com aquilo. Ele era arrogante, e trocamos palavras ofensivas. Não, eu não o matei naquele dia.

Calou-se mais uma vez, olhando para as mãos. Os músculos de seu rosto pulsavam, retesados, como se ele precisasse de toda sua força de vontade para continuar contando a história.

— Precisei viajar a negócios e me ausentei durante alguns dias — prosseguiu. — Quando voltei, minha mãe me recebeu com a notícia de que minha esposa se enforcara. Michiko tinha apenas dezessete anos e estava esperando nosso primeiro filho. Deixou uma carta para mim, explicando que o vizinho a estuprara e que ela não podia continuar vivendo depois de ter causado aquela vergonha a nossa família.

Todos o ouviam no mais completo silêncio. Ele fez nova pausa, então ergueu a cabeça e disse calmamente:

— Foi quando o matei. Depois disso, minha mãe e eu tivemos de fugir. Ela morreu no inverno seguinte, nas montanhas, de frio e pela falta de conforto. — Olhando para Akitada, acrescentou com amargura: — Não tenho mais nada pelo que viver. Um homem como eu, que não sabe fazer outra coisa a não ser manejar bem a espada, pode facilmente ser induzido a prestar serviços sórdidos a outros homens. É por essa razão que desejo servir ao senhor em vez de vender minha habilidade a quem me oferecer mais dinheiro.

Dominado pela emoção, Akitada não conseguiu falar imediatamente.

Uma expressão de desapontamento anuviou o rosto de Hitomaro, e ele disse:

— Bem, não tem importância. Eu sei que não tenho muita coisa a oferecer.

— Não, pelo contrário — Akitada discordou depressa. — E você me honra com sua confiança. Desculpe-me se não falei nada por um momento, mas sua história me comoveu profundamente, pois agora eu também tenho uma esposa.

Hitomaro sorriu e moveu a cabeça, demonstrando que compreendia.

— Não o culpo pelo que fez — Akitada continuou. — Mas existe o problema de sua linhagem, que o coloca acima da posição de um criado. Se lhe agradar, eu ficaria honrado se você quisesse permanecer em nossa casa como hóspede.

— Não — Hitomaro respondeu, levantando-se. — Não tenho mais nome de família. Quero trabalhar para o senhor, como Genba e Tora, ou nada feito.

Akitada fitou-o por um instante e percebeu que seria inútil insistir.

— Então, que seja como você quer — concordou.

Mais uma vez, houve risos de alívio, e Hitomaro também levou tapas entusiasmados nas costas.

— Viram, irmãos? Eu disse que meu amo é um homem justo! — Tora exclamou.

— Obrigado, Tora — murmurou Akitada. — Mas agora eu quero dormir. Até amanhã.

Tora e os dois novos servos saíram, mas Seimei não fez menção de segui-los e voltou a mexer no conteúdo de sua caixa de remédios.

— Deixe isso para amanhã, homem! — Akitada ralhou, impaciente. — Vá dormir.

— Não pode ficar sozinho, senhor. E se precisar de alguma coisa?

— Só preciso dormir — retrucou Akitada. — Vá!

Seimei encarou-o com ar de teimosia, mas vendo sua expressão severa, obedeceu.

Tão logo ouviu os passos afastarem-se lá fora, Akitada iniciou a complicada tarefa de se levantar. Vários minutos depois, banhado de suor, conseguiu pôr-se de pé. Com movimentos lentos, pegou um quimono de algodão e vestiu-o. Então, descalço, puxou para o lado a porta corrediça que levava à varanda e saiu.

A tempestade se fora, deixando a terra encharcada, e a noite estava clara. Havia estrelas no céu, e a lua, quase cheia, transformava o jardim num quadro brilhante de laca escura marchetada de prata. Akitada, envolvido pelo ar úmido, onde flutuava um suave perfume de rosas, tomou o rumo do quarto de Tamako.

Ele não saiu de casa durante uma semana, devido a recuos no processo de cura de suas costelas fraturadas. Genba surpreendia-se por ter de enfaixá-lo novamente todas as manhãs, e ele, cerrando os dentes para não gemer de dor, resmungava:

— Tenho sono inquieto.

No período de sua convalescença, aconteceram três fatos marcantes. O bispo Sesshin foi vê-lo para saber de seu estado de saúde e para levar o jovem lorde Minamoto de volta à mansão da família. Contou-lhe que nomeara dois professores de direito, um para ficar em seu lugar, e outro para preencher a vaga deixada por Hirata, e que Fujiwara substituiria Oe, ocupando a cátedra de chinês. Sato recebera permissão especial para dar aulas particulares, e sua esposa, que já se apresentara em duas casas nobres, estava ficando famosa.

Kobe também foi visitar Akitada para informar que o julgamento de Kurata terminara e que o homem fora condenado à prisão perpétua com trabalhos forçados, na ilha de Tsukushi.

— Vai drenar pântanos — esclareceu com grande satisfação. — Duvido que sobreviva àquela vida por mais de um ano.

— E Okura? — indagou Akitada.

— O desgraçado continua enviando petições à corte. Não sei dizer quando conseguiremos levá-lo a julgamento.

O terceiro acontecimento foi o mais íntimo e importante. Tamako tornou-se oficialmente esposa de Akitada, passando a ser a lady Sugawara mais nova. E ele teve uma surpresa, quando procurou a mãe para informá-la do casamento e pedir-lhe que mandasse preparar os bolos de arroz festivos, que por tradição eram oferecidos aos noivos na manhã após a terceira noite que passavam juntos. Ela, então, deixou-o momentaneamente embaraçado, apontando para uma elegante bandeja com pés, coberta por uma toalha de preciosa seda bordada.

— Os bolos estão prontos desde ontem à noite — ela contou, sorrindo do desconforto dele. — Eu sabia que seus ferimentos não o impediriam de cumprir seu dever. A notícia de seu casamento foi imensamente gratificante.

A aprovação de lady Sugawara não era de todo inesperada. Akitada descobrira que Tamako tinha um jeito especial de tratar a mãe dele. Na verdade, a cada dia ele descobria algo novo a respeito de sua esposa. Novo e surpreendente, pois ele nunca fora tão íntimo de nenhuma mulher até então. Tamako foi sua companhia indispensável, durante a convalescença, e ele, sem perceber, adquiriu o hábito de compartilhar com ela todos os seus sentimentos e pensamentos.

Mas esse tempo bem-aventurado não poderia durar para sempre, pois um dia Akitada teria de reassumir seu cargo no ministério. A estação das chuvas começara com a tempestade, e foi numa manhã cinzenta e de chuvisco fino, que ele pediu a Seimei para preparar seu quimono e barrete de trabalho. Na noite anterior, enquanto ele e Tamako admiravam a vegetação revigorada do jardim, falara a ela de sua intenção de enfrentar o ministro no dia seguinte. Fora franco a respeito de sua precária situação financeira, das dificuldades que tivera com seus superiores no ministério e da pequena possibilidade de uma promoção, admitindo que nunca gostara daquele monótono trabalho burocrático. E, como sempre, ela o animara, de modo que naquela amanhã ele estava num estado de espírito muito melhor e determinado a enfrentar o inevitável com bom ânimo.

Por ironia, uma série de acontecimentos imprevistos começaram a modificar seus planos quase que imediatamente.

Para começar, antes de sair para ir ao ministério recebeu a visita de Kobe, que chegou todo alvoroçado.

— O senhor não vai acreditar no que aconteceu! — o capitão exclamou, sentando-se em uma almofada e aceitando uma tigela de chá oferecida por Seimei. Tomou um gole grande, fez uma careta horrível e cuspiu a bebida na tigela. — Está tentando me envenenar? — rugiu. — Que porcaria amarga é essa?

— Chá — Akitada respondeu.

— Diabos! Vocês não têm vinho?

Seimei resmungou alguma coisa sobre chá fazer bem à barriga em tempo de chuva, mas foi buscar vinho.

— Então, o que aconteceu? — perguntou Akitada.

— Okura enforcou-se. O carcereiro foi quem descobriu, hoje de manhã.

— Pensei que ele tivesse esperança de que seus amigos poderosos o ajudariam.

— Ah! Ele teve visitas, ontem. Os homens não se identificaram, mas têm alta posição. Eu sei pela cor de seus chapéus. Um era de terceira categoria, e os outros dois de quarta. Okura os conhecia. Não sei o que os visitantes disseram a ele, porque me fizeram ficar no lado de fora, mas nunca vi carrancas mais feias em toda minha vida. Okura ficou largado no chão como um trapo, depois que eles foram embora. A propósito, o senhor deseja apresentar alguma queixa contra Ishikawa?

— Céu abençoado! — exclamou Akitada. — Ele ainda está preso?

Kobe sorriu e tomou todo o vinho da tigela que Seimei lhe entregara.

— Claro. A cadeia melhorou bastante os modos dele.

Akitada também sorriu.

— Ótimo. Mas deixe-o ir, agora. Ele já foi bastante punido, perdendo a chance de se formar. Tem a sorte de ser inteligente, poderá ganhar a vida como professor em uma das províncias. Precisam de bons professores, nesses lugares.

— É verdade — o capitão concordou. — Por mim está tudo bem, desde que eu não tenha de vê-lo de novo. Preciso ir, agora. — Ambos levantaram-se, Kobe inclinou-se educadamente e disse: — Suponho que logo estará voltando a seu trabalho anterior, e espero que seja menos conturbado do que suas atividades recentes.

— Obrigado, capitão — Akitada agradeceu, contendo um suspiro.

Refletiu que Kobe fora gentil, dizendo aquilo, mas que mais provavelmente apenas quisera avisá-lo para ficar fora do caminho da polícia, no futuro.

Observou o homem afastar-se sob a chuva, pensando nos detestáveis deveres que o esperavam no ministério.

Então, endireitou os ombros e foi para o quarto. Estava diante do espelho, ajeitando o barrete na cabeça, quando Seimei enfiou a cabeça pela fresta da porta e anunciou:

— Sua Reverência, o bispo Sesshin, e o menino Minamoto estão no salão. Querem falar com o senhor.

Imaginando o que poderia ter feito aqueles dois saírem de casa com um tempo tão ruim, Akitada correu para o salão através da galeria coberta, notando com irritação que haviam aparecido novas goteiras no teto. Teve de saltar várias poças, antes de chegar à grande sala.

Sesshin e o menino esperavam por ele sentados em almofadas de brocado um tanto desbotado e já fino demais, mas isso quase não era percebido na luz acinzentada do dia chuvoso. Os dois estavam totalmente secos e inesperadamente resplandecentes em seus quimonos de seda. Akitada fez-lhes uma reverência, ainda sentindo dor nas costelas, embora Genba houvesse afrouxado um pouco a faixa naquela manhã, explicando que não havia mais necessidade de mantê-la tão apertada.

— Por favor, não faça esforço, meu caro amigo — Sesshin aconselhou depressa. — Como está indo?

— Muito melhor, obrigado — Akitada respondeu, sentando-se desajeitadamente numa almofada, enquanto Seimei servia chá e bolinhos doces de arroz. — Como o senhor vê, estou usando meu quimono de funcionário do governo outra vez. Está na hora de eu voltar ao trabalho no ministério.

— Oh, não! — exclamou o jovem Minamoto. — O senhor precisa descansar mais. Faz apenas alguns dias que foi atacado.

O bispo pigarreou, lançando-lhe um olhar de advertência.

— Meu sobrinho-neto está ansioso demais para lhe dizer o que tem em mente, mas acredito que não lhe fará mal esperar um pouco — expli-

Akitada recebe pessoas da nobreza

cou. — O senhor concordaria em passar mais um dia, pelo menos, pensando em seu futuro? — Fitou Akitada com ar benevolente, e com seu rosto redondo e sorridente, lembrava, de modo desconcertante, o gordo e alegre deus da felicidade. — Na verdade, viemos aqui hoje, entre outras razões, para desejar tudo o que há de melhor ao senhor e sua esposa.

Akitada comoveu-se.

— Fico muito grato aos dois — disse, então virou-se para o menino. — Sadamu, você conheceu Tamako, não é?

— Ah, conheci, sim — o garoto respondeu, sorrindo. — E aprovei sua escolha, senhor.

Sesshin riu, e Akitada afirmou:

— Isso me deixa muito feliz.

O menino moveu a cabeça num gesto solene.

— Tamako foi muito gentil comigo — contou. — Falamos sobre a morte de meu avô e do pai dela, e o que ela disse fez com que eu me sentisse muito melhor. Acho que sua esposa tem grande sabedoria para uma mulher.

O bispo pigarreou novamente.

Daquela vez, o garoto corou.

— Perdão — murmurou. Erguendo do colo uma pequena caixa de laca lindamente decorada, estendeu-a para Akitada. — Esta é uma recompensa pelo que o senhor fez — esclareceu, lançando um olhar ao tio-avô, que com um gesto de cabeça encorajou-o a continuar. — Por sua lealdade a mim e minha família, seu apoio em nossa aflição e a inteligência que mostrou, descobrindo a trama de lorde Sakanoue, nós todos, os Minamoto, teremos com o senhor uma eterna dívida de gratidão. Desejo formalizar nosso reconhecimento pelo grande serviço que nos prestou, registrando-o para a posteridade — concluiu curvando-se respeitosamente.

Por um momento, Akitada não soube o que dizer, então curvou-se também.

— Muito obrigado — agradeceu por fim. — Sinto-me profundamente honrado com suas palavras, e guardarei seu presente para sempre.

O menino deu um suspiro de alívio e sorriu. Em seguida, tirou de dentro da manga do quimono um objeto pequeno e estreito, embrulhado num pedaço de brocado e amarrado com um cordão dourado, que também entregou a Akitada.

— Por favor, aceite de minha parte este presentinho sem valor.

Outra vez emocionado, Akitada disse com um sorriso:

— Não havia necessidade, Sadamu. Eu simplesmente tive sorte.

— Vamos, abra! — o pequeno lorde apressou-o.

Desatando os muitos nós com alguma dificuldade, Akitada abriu o bonito retalho de tecido e viu uma flauta. Ficou olhando com deleitado espanto para o lindo instrumento, antigo e obviamente feito por um excelente artesão.

— Uma flauta!

O rosto do garoto brilhava de prazer.

— Gostou? Acertei? Uma vez o senhor me disse que gostaria de aprender a tocar flauta, lembra? Bem, agora já pode!

— Oh, meu jovem e querido amigo! É o presente perfeito — Akitada afirmou, correndo os dedos pelo delicado instrumento e desejando poder experimentá-lo ali mesmo. — Eu tinha esquecido que falei aquilo, mas é verdade, e a flauta me dará muita alegria. Muito, muito obrigado. — Por fim, tornou a embrulhar o maravilhoso presente e colocou-o de lado. — Acredito que você agora esteja bem, pois voltou ao conforto de sua casa — comentou.

— Estou muito bem. — Sadamu confirmou, trocando um olhar com o bispo, antes de prosseguir: — Meu tio-avô será meu tutor até eu chegar à maioridade. Ele se mudou para nossa mansão para ficar perto de mim e supervisionar meus estudos. Mas Sua Majestade bondosamente me declarou chefe de meu clã, de modo que tenho muito trabalho a fazer todos os dias, antes de ir para meus livros.

— Ah! — Akitada curvou-se diante dele. — Então, isso é motivo para eu me sentir ainda mais honrado com sua visita, meu senhor!

Refletiu que aquele menino tornara-se de repente uma pessoa muito rica e poderosa. Mas o que mais o deixava feliz era o grande senso de responsabilidade que o pequeno lorde tinha em relação a sua gente.

Sesshin deu uma risadinha.

— Ele é ainda muito jovem, mas promete — observou, fazendo murchar um pouco o orgulho do garoto. Então, abruptamente, seu rosto ficou sério. — Nós temos também outras notícias e um assunto confidencial a discutir com o senhor. Segui sua sugestão a respeito do Rashomon e, graças a uma pobre mulher que pôde me dar uma informação, encontrei os restos mortais de meu irmão, que agora repousam na propriedade de seus ancestrais, no campo, para onde foram levados sem nenhum alarde.

Akitada olhou para o menino, que o fitou calmamente.

— Lamento muito o que aconteceu com seu avô, Sadamu. Foi bem a tempo que encontraram o corpo, pois os quarenta e nove dias já estavam se esgotando. Espero que o espírito dele agora possa descansar.

— Ontem, realizamos um serviço religioso na mansão — o menino contou com voz ligeiramente embargada. — Foi apenas para a família e alguns servos. Não o convidei porque achei que o senhor ainda estivesse muito doente para ir. Kinsue e a esposa estavam muito tristes, dizendo que o espírito de vovô não encontraria o caminho para a outra vida, quando o período de espera terminasse. Ficaram aliviados. Depois, Kinsue me levou até a grande árvore no pátio de vovô e me mostrou que ela estava pondo folhas novas. Disse que aquilo era um sinal de que meu avô entrara na outra vida.

Akitada refletiu que era mais provável que as folhas fossem resultado das chuvas, mas voltou a sentir aquele estranho arrepio na nuca, como se um dedo gelado tocasse sua pele.

O bispo limpou a garganta, preparando-se para falar.

— Gostaríamos de conversar confidencialmente com o senhor sobre a questão do milagre — preludiou. — Quando expus nossas suspeitas a Sua Majestade, ele imediatamente consultou o chanceler e conselheiros mais íntimos, e todos acharam melhor não destruir a fé do povo em Buda, nem manchar a reputação do templo. Sadamu e eu concordamos plenamente com essa decisão.

Akitada inclinou-se em sinal de aquiescência.

— A sabedoria de nosso augusto soberano é inspiradora. O senhor e Sadamu me honram com essa confidência.

— Também trago notícias de Sakanoue — Sesshin anunciou. — Sua Majestade achou por bem mandá-lo para a fronteira do norte, dando-lhe a incumbência de acabar com as rebeliões violentas que tem havido por lá. Lorde Sakanoue mostrou-se grato por poder morrer por seu país.

— Ora! — exclamou o menino. — Ele é um covarde.

Sesshin mudou delicadamente de assunto, começando a falar sobre as condições gerais no norte do país. Akitada ouvia educadamente, mas imaginando por quanto tempo ele prolongaria o monólogo.

— Outro dia, o chanceler me disse que é quase impossível manter por muito tempo bons funcionários em províncias como Noto, Echigo, Iwashiro e Uzen — o bispo comentou em dado momento. — A distância da capital, o frio, os problemas com a aristocracia local, tudo concorre para que governadores e outros funcionários se ausentem de seus postos por longos períodos.

Intrigado com aquela conversa aparentemente sem propósito, Akitada esforçava-se por fingir interesse.

Após uma breve pausa, Sesshin prosseguiu:

— Echigo, por exemplo, está sem governador residente há vários anos. Dá para acreditar? Ali não existe nenhum funcionário com total autoridade para representar o governo.

— Nenhum? — Akitada ecoou, repentinamente interessado. Ele sabia muito bem dos problemas enfrentados até mesmo por um bom governador como o de Kazusa, uma província bem mais próxima da capital do que Echigo. — Sua Majestade não poderia substituir administradores relapsos por outros, que fossem competentes? Echigo é uma província rica. Deixar uma fonte de renda tão importante para a nação à mercê de interesses locais parece-me uma política perigosa e... — Parou de falar de repente. — Perdão. Não tive a intenção de criticar Sua Majestade, mas acho que deve haver muitas pessoas honradas que aceitariam essa missão alegremente. Só o desafio já seria suficiente para compensar a falta de conforto, e viver distante da capital não importaria, em troca da oportunidade de ver lugares diferentes e aprender coisas novas. Quando fui enviado a Kazusa, meus amigos consideraram minha missão um castigo, mas eu fiquei radiante... — Interrompeu-se outra vez, um pouco confuso. Então, corou, embaraçado, e murmurou: — Desculpe, Sua Reverência. Estou falando demais.

Arriscou lançar um olhar ao rosto de Sesshin. O velho monge sorria benignamente.

— Fico muito feliz, ouvindo-o dizer essas coisas, Sugawara. É natural que o governo de Sua Majestade nem sempre seja compreendido pelo povo de províncias distantes, onde as medidas civilizadoras só podem chegar através de seus representantes. Mas, infelizmente, nem todos os jovens são como o senhor. São poucos os que estão dispostos a aceitar tal missão, mesmo que compreendam melhor do que homens mais velhos o que acontece naqueles lugares.

Akitada sentiu o coração bater mais depressa, pensando que, afinal, a longa conversa do bispo tinha um propósito. Olhou para o menino, que o observava com expressão de expectativa, então voltou-se novamente para Sesshin.

— Tenho certeza de que o imperador encontrará pessoas capazes e dispostas a trocar a enfadonha rotina de seus cargos em um dos departamentos ou ministérios pela excitação de uma mudança e a liberdade de trabalhar para melhorar a situação de nossas províncias — afirmou.

— Ah, uma ou duas pessoas, talvez — Sesshin observou, sorrindo mais amplamente. — Foi o que eu disse ao chanceler, quando ele me falou de sua preocupação com a situação de Echigo. — Olhou para fora, para o céu nublado. — Bem, a chuva está parando, e não queremos fazê-lo perder mais tempo. Foi muito agradável conversar com o senhor. Por favor, cumprimente seu servo pelo excelente chá e os deliciosos bolinhos.

Com o coração dando saltos de júbilo, Akitada expressou sua gratidão pela visita, pelos presentes e, por dentro, pela gloriosa esperança que o bispo fizera nascer em seu íntimo, uma esperança que ele mal ousava admitir. Acompanhou os ilustres visitantes até a carruagem e observou-os partir, sentindo-se numa espécie de transe.

De volta à sala curvou-se e pegou os presentes, notando que a caixa era pesada, algo que não percebera antes, talvez devido à emoção. Abriu-a e viu, atônito, que estava cheia de pequenas barras de ouro. "Esta é uma recompensa pelo que o senhor fez", Sadamu dissera. Ali devia haver o equivalente a mais de três anos de seu salário, Akitada calculou. Daria para pagar pelo conserto do telhado, por todas as despesas da família recentemente aumentada, durante meses, e ele ainda poderia guardar um pouco, como reserva.

Inundado de alegria, foi procurar a esposa para dar-lhe a boa notícia, mas a criadinha informou que sua senhora fora ao lugar de sua antiga casa, logo que a chuva diminuíra. Preocupado com a segurança e a paz de espírito de Tamako, ele decidiu ir atrás dela.

O céu clareara um pouco, e ele arriscou-se a sair sem sua capa de palha. Andando o mais rápido que lhe permitiam as muitas poças deixadas pela chuva, dirigiu-se ao bairro onde os Hirata haviam residido, imaginando como Tamako se sentiria em sua primeira visita ao local da tragédia que lhe roubara o pai e a casa onde crescera.

Apesar de ele ter mandado remover os escombros, o terreno oferecia uma visão horrível. No lugar onde a casa se erguera havia apenas lama preta, e as árvores queimadas erguiam para o céu os galhos escuros e despidos. O jardim de Tamako morrera juntamente com o pai dela e tudo o que fizera parte de sua antiga vida.

Envolta em um manto de palha, ela estava parada junto ao que restara do caramanchão de glicínias, olhando para os ramos retorcidos, agarrados a pedaços de madeira da treliça. Nenhum deles tinha uma única folha. Fora um milagre Akitada ter encontrado aquele cacho de flores que mandara para ela na manhã seguinte a sua primeira noite juntos.

Ele ficou contente ao ver que ela procurara aquele lugar, onde haviam conversado pela primeira vez depois de muito tempo sem se verem. Chamou-a, e ela se virou, escondendo as mãos sob o manto, mas não antes que ele visse que estavam sujas de lama. O quimono de luto que ela usava sujara-se na barra, e havia uma mancha perto do nariz delicado, no lugar de onde ela devia ter afastado uma mecha de cabelos.

— O que veio fazer aqui? — Tamako perguntou, aproximando-se com um sorriso que fez o coração dele encher-se de ternura.

— Fiquei preocupado com você — ele respondeu, então fez um gesto abrangendo o jardim arruinado. — Ainda está muito feio, mas com o tempo voltará a ser bonito — consolou-a.

— Oh, vamos ficar com o terreno? — ela perguntou, os olhos alargando-se de entusiasmo.

— Claro que sim. Aqui era sua casa, e este é seu jardim. Podíamos construir uma outra casa, com dependências para um jardineiro, que cuidaria de tudo.

— Ah, um jardineiro? Não! — ela exclamou. — Obrigada, Akitada, mas eu mesma quero refazer o jardim. — A alegria no rosto dela morreu de repente. — Seria muito bom, mas, e o dinheiro? Podemos arcar com essa despesa?

Ele ficou secretamente feliz ao ouvir o "podemos".

— Penso que sim. Preciso lhe contar as novidades. Recebi algumas pessoas, hoje. O capitão Kobe foi o primeiro a aparecer, depois fomos honrados com a visita do bispo e do jovem lorde Minamoto, que agora é chefe de seu clã, de modo que temos de nos acostumar a dar-lhe o tratamento de "meu senhor".

Tamako sorriu.

— Ele é um bom menino. Que notícia o capitão lhe deu?

— Okura enforcou-se.

Ela olhou para as mãos, que tirara das dobras do manto e entrelaçara com força.

— Foi bom ele ter se matado — disse baixinho. — Papai não gostaria de ser responsável pela execução de outro ser humano. — Então, tornou a olhar para Akitada com um sorriso. — Suponho que o bispo Sesshin e o pequeno lorde tenham ido ver você para agradecer sua ajuda.

— Foi isso mesmo, e demonstraram sua gratidão generosamente. Eu não tinha levado a sério a promessa do menino. — Akitada contou a respeito do ouro, feliz ao ver a alegria da esposa. — E também nos desejaram felicidade no casamento. — Fez uma pausa, então prosseguiu em tom meio duvidoso: — O bispo disse algumas coisas que me intrigaram bastante, sobre a falta de administradores no extremo norte.

— O que ele disse?

Akitada repetiu a conversa com todos os detalhes de que se lembrava, observando o rosto dela enquanto falava. Tamako ainda sorria, mas com uma fixidez que o preocupou.

— Que boas notícias! — ela exclamou. — Acho que você vai receber uma missão muito importante. Talvez até seja nomeado para o cargo de governador! Céus, que honra, na sua idade! — Mordendo o lábio, acrescentou rapidamente: — Uma honra bem merecida. Fizeram uma sábia escolha. Como sua mãe vai ficar contente!

— E você, Tamako? Está contente?

Ela corou e baixou a cabeça.

— Estou, naturalmente. É algo maravilhoso para você, para todos nós. — Após uma breve pausa, prosseguiu meio ofegante e com voz um tanto trêmula: — Quando terá de partir? Há muitos preparativos a fazer. Se você for mandado para o norte, ficará lá por muito tempo... quatro anos, no mínimo.

— Não precisamos nos preocupar com preparativos, por enquanto — Akitada observou. — Nem sei se não fantasiei demais. Posso ter interpretado de modo errado os comentários do bispo. Afinal, sou um simples funcionário de oitava categoria. — Estendeu a mão e ergueu o rosto dela. Viu lágrimas nos olhos escuros, embora ela sorrisse corajosamente. — Tamako, o que você acharia de ir comigo para um lugar tão distante da civilização?

O rosto dela iluminou-se.

— Oh, você me levaria? — Quando ele moveu a cabeça num gesto afirmativo, ela deixou que as lágrimas rolassem por suas faces, então caiu de joelhos no chão lamacento e curvou-se numa reverência profunda. — Muito obrigada, meu marido! Você tornou esta insignificante pessoa muito feliz.

— Tamako! Levante-se! — ele ordenou, estendendo a mão para ela. — Estamos sozinhos, não há necessidade dessas malditas formalidades. E veja o que está fazendo com sua roupa!

Ela se ergueu, chorando e rindo, passando as mãos nas manchas de lama na frente do quimono.

Akitada tirou um lenço da manga e enxugou-lhe as lágrimas.

— Eu estava com medo de que você não aceitasse me acompanhar — confessou. — A maioria das damas que conheço considerariam tal missão um dos mais horríveis tormentos do inferno. Lá não existe o refinamento da vida na cidade, e me disseram que o inverno dura oito longos meses.

— Mas olhe para mim! — ela pediu, rindo e mostrando as mãos e as roupas enlameadas. — Não sou igual a essas damas, e me sentirei muito melhor no norte incivilizado do que aqui, porque não sei me comportar nem me vestir como elas. — Olhou em volta do triste cenário enegrecido e suspirou. — Vim aqui para dizer ao espírito de papai que você e eu nos casamos. E estou contente que ele tenha podido ouvir a boa notícia que você trouxe e compartilhar de minha felicidade.

— E da minha.

Pegando-o pela mão, Tamako levou-o através do caramanchão arruinado.

— Veja! — disse, mostrando um tronco nodoso de glicínia que emergia da terra nua, ostentando quatro ou cinco brotos verde-claros junto às raízes.

Então, apontou para vários arbustos e árvores, e Akitada viu que todos estavam brotando.

Nesse momento, um rouxinol começou a cantar num dos velhos salgueiros que ladeavam o portão.

Informações Históricas

No século onze, Heian Kyo (Kioto) era a capital do Japão e também sua maior cidade. À semelhança da capital da China, Ch'ang-an, formava um retângulo perfeito, onde largas avenidas e ruas menores entrecruzavam-se como grades. Com mais ou menos um terço do tamanho da grande metrópole chinesa, cobria uma área de quatro quilômetros de largura por cinco e meio de comprimento e abrigava uma população de duzentos e cinqüenta mil habitantes. O palácio imperial, uma cidade à parte com mais de cem construções, onde funcionavam os ministérios e departamentos da administração central, além da residência do imperador, ocupava o centro da zona norte de Heian Kyo. Tanto a capital como o palácio imperial eram cercados por muros ou cercas e acessíveis através de inúmeros portões. Rashomon, mais propriamente Rashoo-mon, ou Rajoo-mon, o portão-baluarte, era o mais famoso da capital, mas caíra no abandono. É possível que na metade do século ele não existisse mais. Uma história muito conhecida sobre esse portão, que mais tarde inspirou o filme premiado *Rashoomon*, de Ryunosuke Akutagawa, aparece na coleção do século onze, *Konjaku Monogatari* (nº 29/18). De acordo com o relato, Heian Kyo era uma linda cidade, com suas avenidas ladeadas de salgueiros, palácios e mansões aristocráticas rodeadas de jardins, templos e prédios governamentais de telhados azuis e colunas e beirais laqueados de vermelho, rústicos santuários xintoístas, parques entremeados de lagos e pavilhões, riachos e rios correndo sob pontes arqueadas, e cercada por uma paisagem formada por montanhas pontilhadas de mosteiros e residências de verão. Devo os detalhes da descrição e os mapas de Heian Kyo à obra de R.A B. Ponsonby-Fane, *Kyoto: The Old Capital of Japan* (Kioto: A Antiga Capital do Japão).

A Universidade Imperial, fundada no século oito, era localizada a sudeste do palácio imperial e funcionava de acordo com os padrões do sistema chinês. Mas, da mesma forma que o governo, foi enfraquecida pelo interesse pessoal dos aristocratas e passou a receber apenas os filhos das assim chamadas "pessoas finas". Como resultado, seus professores não tinham salários dignos, nem eram respeitados, como podemos deduzir pelo papel que eles representavam em 1004, descrito em *Tale of Genji* (Saga de Genji), de Lady Murasaki, e outras fontes. Havia também escolas particulares, estabelecidas por várias grandes famílias, como os Fujiwara e Tachibana, e uma instituição para estudantes das classes mais baixas, fundada pelo monge Kobo Daishi em um dos templos. A universidade seguia os ensinamentos de Confúcio com ênfase na língua e clássicos chineses para preparar profissionalmente os futuros funcionários civis. Os alunos vinham principalmente de famílias de alta posição na hierarquia ou de funcionários civis, tanto da capital como das províncias. As idades variavam, havia meninos no início da adolescência, jovens e até adultos de meia-idade, devido à dificuldade apresentada pelos exames de admissão e aos subseqüentes, de promoção para os graus intermediário e adiantado, que fazia com que alguns alunos demorassem mais para superá-los. Ter êxito nesses exames era, para muitos indivíduos de baixa posição hierárquica, o único caminho para uma carreira lucrativa. No século onze, o contato com a China já não era tão grande, e o chinês escrito e falado deixara de ser perfeitamente autêntico. Além disso, diminuíra o interesse por matérias áridas, como história, direito e rituais, em favor da poesia, algo muito mais leve e agradável. Contudo, os departamentos dessa instituição de ensino superior ofereciam, além de cursos de língua e literatura chinesa e estudos confucionistas, os de direito, matemática, belas-artes e, provavelmente, medicina.

A força policial, no antigo Japão, até certo ponto seguia o modelo chinês, pelo qual cada zona da cidade tinha seu próprio delegado, responsável pela manutenção da paz, e o palácio imperial era protegido por várias divisões de sua própria guarda. Mais tarde, uma outra força policial, a *kebiishi*, foi introduzida, tanto na capital como nas províncias. Com o tempo, a *kebiishi* assumiu toda a responsabilidade pela aplicação da lei, mesmo no que dizia respeito a julgamentos e penalidades. Havia diversas cadeias na capital, mas a anistia imperial, além de comum era irrestrita. Era necessário que houvesse uma confissão para haver condenação, e o açoitamento era usado para convencer os presos a confessar. A pena de morte, extremamente rara por causa dos ensinamentos budistas, era substituída pelo exílio em casos de crimes hediondos, como traição ou assassinato. Pode-se pensar que esse destino equivalia a uma morte lenta.

Os meios de transporte eram incômodos e vagarosos. Na cidade, as pessoas normalmente locomoviam-se a pé, a menos que sua posição lhes permitisse ter um carro puxado por bois. Tanto homens como mulheres usavam cavalos ou liteiras para viajar.

Para os ocidentais, as relações entre os sexos no Japão daquele tempo parecem demasiadamente liberais, até mesmo imorais. As visitas clandestinas de um jovem ao quarto de uma moça de sua classe social eram confirmadas, na manhã seguinte, pela troca de poemas entre os amantes, mas não precisavam ter continuidade. Mas se os dois dormiam juntos por três noites consecutivas, isso queria dizer que estavam casados, e o noivo era recebido na família da noiva, levando uma oferenda de bolos de arroz especiais. O homem geralmente passava a residir na casa da mulher. A situação da esposa dependia da classe social de seus pais ou da posição de seu marido e dos caprichos dele, pois os homens podiam ter várias esposas, além de concubinas. Eles também podiam divorciar-se de suas esposas, simplesmente informando-as dessa sua decisão. No entanto, a família de uma moça geralmente a guardava bem, muitas vezes arranjando visitas desejáveis através de um intermediário que fazia as negociações, tratando de assuntos como a posição e os bens pessoais da jovem. De vez em quando, como no caso do comerciante Kurata, uma família sem filhos do sexo masculino adotava o marido de uma filha.

As duas religiões oficiais, xintoísmo e budismo, coexistiam pacificamente. O xintoísmo era a religião nativa, ligada aos deuses japoneses e práticas agrícolas. O budismo, que entrou no Japão vindo da China através da Coréia, exercia poderosa influência sobre a aristocracia e o governo. Certas práticas importantes, como o festival de Kamo, descrito neste romance, e rituais agrícolas conduzidos pelo imperador e assistidos pela corte eram xintoístas, enquanto na vida diária, do nascimento à morte, as pessoas adoravam os budas, particularmente Amida.

Muitas superstições eram comuns em todas as classes e foram bem documentadas. Ninguém começava o dia sem antes consultar o calendário à procura de sinais auspiciosos ou de mau agouro. Acontecimentos estranhos sempre eram atribuídos a maquinações de espíritos ou demônios, ou ainda à malevolência humana em forma de bruxarias e maldições. O xintoísmo foi responsável por muitos tabus e pela crença nas práticas xamanísticas de adivinhação e exorcismo. O budismo trouxe a fé nos milagres e relíquias, juntamente com os conceitos de céu e inferno. Monstros, fantasmas e demônios eram abundantes na superstição popular, e a literatura da época, repleta de ocorrências assustadoras. A história do desaparecimento do príncipe Yoakira, contada neste livro, foi baseada em dois contos da mesma natureza, registrados na coleção *Konjaku Monogatari* (nºs 15/20 e 27/9).

O calendário no antigo Japão era extremamente complicado, sendo baseado no ciclo hexagenário e em eras designadas periodicamente pelo governo. Depois de bastante simplificado, resumiu-se a doze meses e quatro estações, como no Ocidente, mas o ano não começava em janeiro, e sim em fevereiro. Os seis dias da semana de trabalho começavam ao romper da aurora, e em seguida vinha um dia de descanso. Relógios de água marcavam o tempo, e as horas eram anunciadas por guardas, vigias e sinos de templos. A mudança das estações era comemorada com festas. Neste romance, o retorno da virgem Kamo, uma princesa imperial, a seu templo na margem do rio Kamo, é comemorado no final da primavera. Nessa ocasião, as pessoas adornavam a si mesmas e suas casas com folhas de *aoi*, uma planta da família do gengibre, consagrada à festa de Kamo. (O equivalente moderno de *aoi* é malva, uma planta diferente mas mais conhecida dos leitores de hoje.)

Não ficou claro se Heian Kyo tinha um bairro separado, dedicado ao prazer, no século onze, mas dentro de poucos séculos havia dois deles na cidade. Mulheres artistas certamente eram conhecidas na época. Ganhavam a vida dançando, cantando, tocando instrumentos e gozavam de uma estima ligeiramente mais alta do que as posteriores gueixas.

Os hábitos de alimentação no século onze, assim como as bebidas, diferiam muito pouco dos de outras épocas mais avançadas. O chá ainda não se tornara comum, e a maioria das pessoas tomava vinho de arroz. A carne, com exceção de aves silvestres, era consumida raramente. A dieta dos pobres consistia em legumes, verduras, feijão e painço. As pessoas que estavam bem de vida acrescentavam a isso arroz, peixe e frutas.

Muitos costumes, superstições e tabus cercavam a morte. Embora o sepultamento fosse conhecido, a cremação tornou-se mais amplamente usada depois do advento do budismo. Acreditava-se que o espírito de uma pessoa falecida permanecia na casa durante quarenta e nove dias depois da morte, daí as sensações estranhas experimentadas por Akitada nos aposentos do príncipe. Os mortos também podiam perseguir os vivos, se tivessem sofrido injustamente, um fato que explica a aversão de Tora por fantasmas. De acordo com as crenças xintoístas, o contato com os mortos era uma forma de contaminação, de modo que a organização dos funerais era entregue às mãos de monges budistas.